JOHN STEINBECK

AS VINHAS DA IRA

JOHN STEINBECK

AS VINHAS DA IRA

Tradução
Herbert Caro e Ernesto Vinhaes

16ª edição

EDITORA RECORD
RIO DE JANEIRO • SÃO PAULO
2023

CIP-BRASIL. CATALOGAÇÃO NA PUBLICAÇÃO
SINDICATO NACIONAL DOS EDITORES DE LIVROS, RJ

S834v Steinbeck, John, 1902-1968
16. ed. As vinhas da ira / John Steinbeck ; tradução Herbert Caro, Ernesto Vinhaes. - 16ª ed. - Rio de Janeiro: Record, 2023.

Tradução de: The Grapes of Wrath
ISBN 978-65-5587-423-5

1. Ficção americana. I. Caro, Herbert. II. Vinhaes, Ernesto. III. Título.

22-74632 CDD: 813
CDU: 82-3(73)

Camila Donis Hartmann - Bibliotecária - CRB-7/6472

Título original
The Grapes of Wrath

Revisão de tradução: Messias Basques

Texto revisado segundo o Acordo Ortográfico da Língua Portuguesa de 1990.

Impresso no Brasil

ISBN 978-65-5587-423-5

1

As últimas chuvas lavaram suavemente as terras vermelhas e parte das terras pardas de Oklahoma, sem conseguir amolecer-lhes a crosta petrificada. Os arados deixavam cicatrizes nas terras encharcadas. As últimas chuvas fizeram murchar as hastes de trigo e espalharam lençóis verdes à margem dos caminhos, sob os quais sumiam as terras vermelhas e as terras pardas. Era fim de maio e a primavera varria as pesadas nuvens cinzentas que durante o longo inverno penderam do céu de chumbo. O sol crestava dia após dia cada haste que crescia, delineando um contorno bronzeado em suas verdes baionetas. As nuvens voltavam, tornavam a desaparecer e por algum tempo desistiam de ressurgir. As ervas daninhas cresciam e espalhavam-se até estacarem, satisfeitas com a sua expansão. A superfície da terra enrijeceu-se com uma crosta fina e vestiu a palidez do céu; era rósea nas terras vermelhas e quase branca nas terras pardas.

Fios de poeira fina desciam dos sulcos abertos pela água e aqui e acolá roedores e formigas-leão provocavam pequenas avalanches. E, quanto mais forte brilhava o sol, menos rijas e eretas ficavam as jovens hastes do milho. No início, elas se dobravam como uma curva e, então, na medida em que as nervuras centrais cresciam sem força, cada folha se inclinava para baixo. Chegou junho e o sol queimava com mais intensidade. Douravam-se os grãos sazonados. O ar era transparente e o céu cada vez mais pálido, e dia a dia mais se descorava a terra.

Pelos caminhos em que juntas de bois e veículos transitavam, o peso das rodas e das patas dos animais rompera a crosta, transformando-a num leito de poeira seca. Agora, qualquer movimento levantava essa poeira; um homem erguia uma camada até a cintura, uma carroça, até suas bordas, e um automóvel deixava para trás uma nuvem espessa. Lentamente, a poeira então voltava a se assentar.

Quando já se fora metade de junho, surgiram nuvens bojudas, nuvens de chuva, dos lados do Texas e do golfo do México. Os homens nos campos olhavam as nuvens, aspiravam com força e esticavam os dedos úmidos para sentir a direção do vento. E os cavalos ficavam nervosos, enquanto as nuvens apenas estacavam um pouco para verter pingos grossos e logo ganhavam novos rumos. Após sua retirada, o céu voltava a empalidecer e o sol a castigar a terra. Na poeira havia buracos abertos pelas gotas de chuva e salpicos lavaram as hastes de trigo, e isso era tudo.

Uma brisa suave acompanhava as nuvens de chuva, tangendo-as para o norte; uma brisa que sacudia brandamente os grãos ressecados. Passou-se um dia, e a brisa cresceu, inabalável, em uma rajada contínua. A poeira dos caminhos subia e espraiava-se, cobrindo as orlas e mesmo boa parte dos campos cultivados. Agora, a brisa transformou-se em ventos implacáveis que se perseguiam nos campos de milho. Pouco a pouco, o céu escurecia com a poeira e os ventos mais e mais mergulhavam nos caminhos e se elevavam em novas nuvens de pó. O vento se tornou mais forte. A terra crestada fragmentou-se, e a poeira se ergueu dos campos, projetando-se no ar como nuvens de fumaça cinzenta. Chocavam-se os grãos maduros, emitindo sons secos, crepitantes. Entre uma rajada e outra pousava de novo a poeira grossa. Dessa vez, a mais fina não se assentou de volta à terra, mas desapareceu no céu escurecido.

O vendaval tornou-se mais furioso ainda, varria tudo, arrancava os brotos mais fracos e suspendia torrões de terra, marcando seu rumo como se navegasse pelos campos. O céu escurecia mais e mais e, oculto sob sua capa cinzenta, o sol era um disco sangrento, e havia um cheiro acre no ar. Durante uma noite, os ventos uivaram nos campos e cavaram ardilosamente entre as raízes do milharal, que os enfrentou com suas folhas enfraquecidas até que as suas raízes se libertaram, arrancadas, e seus caules tombaram exauridos na terra, apontando a direção do vento.

Chegou a alvorada, mas não o dia. No céu pardo surgiu um sol de fogo, um círculo tinto de vermelho opaco, como se fosse poente; e, à medida que as horas passavam, a escuridão avançava e o vento chorava e gemia sobre os grãos caídos.

Homens e mulheres permaneciam inquietos em suas casas e tapavam o nariz com lenços quando tinham de sair, e punham óculos para proteger os olhos.

A noite que se seguiu foi uma noite escura, cuja espessura as estrelas não conseguiam perfurar com o seu brilho; a poeira grossa impedia que as luzes das janelas avançassem um passo que fosse. A poeira misturara-se ao ar como se formassem um só corpo; era uma emulsão de ar e de poeira. As casas foram fechadas e trapos enfiados nas frestas das portas e das janelas, mas a poeira penetrava de maneira sutil, uma poeira fina que não se via e que se assentava como pólen nas mesas, nas cadeiras, nos pratos de comida. As pessoas sacudiam-na dos ombros. Pequenas linhas de poeira repousavam nas soleiras das portas.

Pelo meio da noite a fúria dos ventos amainou e a quietude desceu sobre os campos. O ar empoeirado encobria tudo com mais perfeição que um nevoeiro. Deitadas em suas camas, as pessoas ouviam o vento parar. Acordavam com a partida do vento. Deixavam-se ficar quietas, perscrutando o silêncio. Os galos cantaram depois, e seu canto soou fraco, e as pessoas nas camas esperaram extenuadas pelo romper do dia. Sabiam que levaria um longo tempo até que a poeira repousasse na terra. Pela manhã, a poeira pendia pesada, tal como uma espessa neblina, e o sol ressurgia sangrento. O dia todo a poeira caiu sobre a terra, e novamente caiu sobre ela no dia seguinte. Assentava-se sobre as espigas e as estacas das cercas; pousava nos telhados, cobria as plantações, as árvores.

As pessoas deixavam suas casas e aspiravam o ar quente e aguilhoante e enchiam com ele suas narinas. E as crianças não corriam e não brincavam, como fariam depois de uma chuva. Os homens debruçavam-se sobre suas cercas e olhavam os milharais devastados, agora áridos, dos quais se viam apenas farpas verdes através da névoa de pó. Os homens estavam silenciosos e imóveis. E as mulheres se acercavam de seus maridos, pesquisando-lhes secretamente o rosto, para ver o quanto os afligia a perda, o quanto estavam vencidos. As crianças permaneciam junto a eles, figurinhas chupadas, pés nus na poeira, espiando o rosto dos homens e das mulheres para ver se estavam vencidos, traçando arabescos na poeira com os dedos dos pés. Os cavalos iam aos bebedouros e afastavam com o focinho as camadas de pó que cobriam a superfície. Logo, as faces dos homens perdiam aquele ar de perplexidade bestificada e tornavam-se duras e coléricas e decididas. Então as mulheres sabiam que eles estavam salvos e que não perderiam o ânimo. E aí elas perguntavam: "O que vamos fazer?", e os homens respondiam: "Eu não sei." Mas estava tudo bem. As mulheres sabiam que estava tudo bem, e as crianças que os observavam sabiam que tudo estava bem. Mulheres e crianças sabiam profundamente que não havia sofrimento que não suportassem se os homens não se deixassem vencer. As mulheres retornaram aos trabalhos caseiros e as crianças começaram a brincar, embora cautelosamente, a princípio. Com o correr do dia, o sol tornou-se menos vermelho. Lançava seus raios sobre as plantações cobertas de poeira. Os homens sentaram-se à soleira de suas portas; suas mãos brincavam com gravetos e pedregulhos. Os homens permaneceram sentados; pensativos; imaginando.

2

Um enorme caminhão vermelho estacionou em frente ao pequeno restaurante de beira de estrada. Seu motor calou-se suavemente, e do escapamento saiu uma débil fumaça azul-metálica que se desfez rapidamente no ar transparente. Era um caminhão novo, vermelho brilhante, cujos dois lados ostentavam, em grandes caracteres, a inscrição: TRANSPORTADORA OKLAHOMA CITY. Seus pneus duplos estavam perfeitos, e o veículo exibia estribos de latão reluzente nos dois lados das grandes portas pretas. Dentro do restaurante envidraçado, um rádio tocava uma suave música dançante, em um volume baixo, como acontece quando ninguém está ouvindo. Um ventilador girava em silêncio, pendente do teto, à entrada, e moscas zuniam de encontro às vidraças. Junto ao balcão, sentado em um tamborete, estava um homem, o motorista do caminhão. Apoiado nos cotovelos, diante do café fumegante, ele falava à magra e solitária garçonete. Usava a linguagem descuidada dos homens de sua condição:

— Eu vi ele faz uns três meses. Foi operado. Tirou um troço qualquer do corpo; esqueci o quê.

E ela respondia:

— Pois ele teve comigo não faz uma semana. Tava bem-disposto mesmo. É um bom sujeito, quando não tá bêbado.

Depois disso o único som vinha das moscas zumbindo na porta de tela. A máquina de café espresso soltou um jato de vapor, e a garçonete, com um gesto mecânico, fechou-lhe a válvula.

Lá fora, um homem vinha chegando. Atravessou a rodovia e aproximou-se do caminhão. Com andar vagaroso, contornou o veículo, pôs a mão sobre a reluzente grade do radiador e olhou o cartaz com os dizeres "Não se aceitam passageiros" pregado ao para-brisa. Por um instante, pareceu que retomaria seu caminho, mas em vez disso sentou-se no estribo, do lado que não era visível do restaurante. Ele não parecia ter mais de trinta anos. Os olhos eram castanhos, bem escuros, e faltava-lhes brilho. Os ossos das faces eram altos e largos, e linhas fundas e fortes atravessavam-lhe o rosto, desenhando curvas ao redor da boca. O lábio superior era alongado, e seus dentes salientes mantinham-se ocultos pela boca sempre cerrada. Suas mãos eram duras, fortes, e os dedos nodosos ostentavam unhas grossas e sulcadas como conchas. O espaço entre o polegar, o indicador e a palma das mãos estava coberto de calos.

Eram novas as roupas que o homem usava — como tudo nele, eram novas e baratas. Seu boné cinzento tinha a pala impecavelmente dura, engomada, e possuía ainda o botão; não era bojudo, disforme e amarrotado como ficam os bonés depois de servir a seus vários propósitos, como sustentar fardos e enxugar o suor do rosto. O terno era de uma casimira cinza barata e tão novo que os vincos da calça estavam ainda perfeitos. A camisa de cambraia azul tinha o colarinho e os punhos engomados. O paletó era muito grande; a calça, muito curta para um homem de sua altura. Os ombros do paletó pendiam frouxos sobre seus braços e as mangas eram também muito curtas e, na frente, o paletó oscilava frouxamente sobre o ventre. Calçava um par de botinas novas de solado grosso e ferradas com semicírculos nos saltos e na sola para protegê-los do desgaste. O homem tirou o boné e enxugou com ele o rosto. Depois, botou-o de novo na cabeça, e com esse gesto teve início a ruína da pala. Sua atenção então voltou-se para os pés. Desamarrou os cordões das botinas, afrouxou-os e não tornou a atá-los. Sobre sua cabeça, a máquina a diesel soltava breves baforadas de fumaça azul.

A música parou no pequeno restaurante, e uma voz de homem fez-se ouvir do alto-falante, mas a garçonete não desligou o rádio porque não ouvira a música cessar. Seus dedos exploradores tinham encontrado um punhado de cera no fundo do ouvido. Tentou vê-lo no espelho que havia atrás do balcão e, para evitar que o motorista notasse seu gesto, fingiu ajeitar cuidadosamente uma mecha de cabelo. O motorista disse:

— Foi um baile do barulho, aquele de Shawnee. Me disseram que mataram um sujeito ou algo assim. Ocê soube disso?

— Não — respondeu a garçonete, e suavemente tocou a cera em seu ouvido.

O homem que estava sentado sobre o estribo levantou-se e espiou o pequeno restaurante sobre o capô do caminhão. Sentou-se novamente, puxou do bolso um saquinho de fumo e um maço de papel fino e começou a enrolar um cigarro. Ele o fez devagar e com perfeição, examinou, molhou com a língua e o alisou. Finalmente o acendeu e jogou o fósforo aceso na poeira, aos seus pés. A sombra do caminhão ao sol indicava que estava perto de meio-dia.

O motorista pagou sua conta no restaurante e meteu as duas moedas do troco num caça-níqueis. Os cilindros deram algumas voltas e pararam sem lhe dar nenhum prêmio.

— Eles arranjaram bem esse troço; ninguém ganha — disse à garçonete. E ela replicou:

— Um sujeito esvaziou a máquina não faz duas horas. Arrumou três e oitenta. Quando é que cê volta?

O motorista parou à porta entreaberta.

— Daqui a uma semana ou dez dias, tô aqui de novo — disse. — Tenho que fazer uma viagem a Tulsa, e sempre demora mais do que a gente pensa.

— Olha, não deixa as moscas entrar. Ou entra ou sai — disse ela mal-humorada.

— Bom, então, até a volta — despediu-se o motorista enquanto puxava a porta de tela, que bateu atrás dele. Parou sob o sol ardente, atarefado em tirar a embalagem de um tablete de goma de mascar. Era um homem pesado, de ombros largos e de ventre rijo. Tinha o rosto vermelho, e seus olhos azuis sempre piscavam rapidamente com a luz do sol. Usava culotes e botas de cano alto. Segurando a goma de mascar à altura dos lábios, ele ainda gritou para dentro do restaurante:

— Não vá fazer nada que eu não possa saber, hein?!

A garçonete estava de costas para o balcão, olhando-se no espelho. Grunhiu uma resposta, sem se voltar. O motorista mastigou o chiclete vagarosamente, mexendo os largos maxilares a cada dentada. Rolando o chiclete de um lado a outro da boca, dirigiu-se ao caminhão.

O homem que descansava no estribo ergueu-se e espiou para o banco da frente.

— Ocê pode me dá uma carona, seu moço? — pediu.

O motorista olhou rapidamente em direção ao restaurante.

— Ocê não leu o aviso no para-brisa? — replicou.

— Claro que li. Mas às vezes a gente pode ser um bom sujeito, mesmo quando algum bestalhão rico resolve pregar avisos assim.

O motorista, deslizando no assento, pensou na resposta que deveria lhe dar. Se recusasse, não só não pareceria um bom sujeito, como ainda pareceria que fora forçado a carregar aquele cartaz. Se desse carona, passaria automaticamente a ser um bom sujeito, mas, por outro lado, não seria ele que iria comprar uma briga com algum bestalhão rico. Fora apanhado numa armadilha e não via saída fácil. E queria ser um bom sujeito. Lançou novo olhar ao restaurante.

— Fique abaixado aí, até fazermos a volta — disse.

O homem curvou-se desajeitado no banco e se agarrou à maçaneta da porta. O motor deu uma descarga forte, as engrenagens estalaram, e o grande caminhão partiu, em primeira, engrenou a segunda, terceira marcha, acelerou como um lamento e engrenou a quarta. Abaixo do homem agarrado à porta, a estrada tornava-se indistinta. O caminhão rodou um quilômetro até a primeira curva e depois reduziu a velocidade. O passageiro então se levantou da posição incômoda, abriu a porta e ajeitou-se no assento. O motorista olhou-o sobre os ombros, de olhos semicerrados, e foi mascando e remoendo suas impressões com seus dentes até que tomassem forma em seu cérebro. Seus olhos começaram pelo boné novo e foram descendo para a roupa nova e as botinas novas. O passageiro tirou o boné, recostou-se aliviado no assento, esfregou a testa e o rosto suarentos e começou a conversar.

— Brigado, companheiro — disse. — Meus pés estavam me matando.

— Sapato novo — disse o motorista. Sua voz revelava a mesma insinuação que seus olhos. — Ocê devia saber que sapato novo não serve pra andar nesse calorão.

O outro olhou as botinas empoeiradas.

— Não tenho outro, só esse — respondeu. — A gente usa o que tem.

O motorista assentiu judiciosamente e acelerou um pouco o veículo.

— Vai pra longe? — inquiriu.

— Ã-ã! Tinha ido a pé se meus pés não tivessem me matando.

As perguntas do motorista tomavam a forma de um sutil interrogatório. Ele parecia estender redes, montar armadilhas com as suas perguntas.

— Procurando trabalho?

— Não, o meu velho é meeiro numas terras, dezesseis hectares. Mas a gente vive lá há muito tempo.

O motorista olhou sugestivamente para os milharais à margem da estrada, tombados e cobertos de pó. Pequenos seixos abriam caminho por entre a poeira. O motorista falou como se para si mesmo:

— Dezesseis hectares de terra ruim, que viraram poeira? Teve que deixar por causa dos tratores, né?

— Já tem um tempo que eu não tenho notícia nenhuma — disse o mochileiro.

— Há muito tempo... — disse o motorista. Uma abelha entrou na cabine e ficou zunindo de encontro ao para-brisa. O motorista estendeu a mão e com cuidado foi tocando a abelha até que uma corrente de vento a expulsou do veículo.

— Os homens tão abandonando as terras — continuou. — Cada trator enxota dez famílias. Tá cheio de tratores por ali agora. Rasgam a terra, e os meeiros têm de sair. Como é que seu velho tá se virando? — Seus maxilares e a língua ocupavam-se com o chiclete, revolvendo-o, mastigando. A cada vez que abria a boca mostrava a língua revirando o chiclete.

— É, eu não sei de nada disso. Nunca escrevi, nem o velho me escreveu. — E acrescentou com rapidez: — Não é porque a gente não sabe escrever, hein?

— Teve empregado, né? — Outra vez aquela forma velada de investigação. O motorista olhou os campos, através do ar bruxuleante, enquanto empurrava o chiclete de encontro à bochecha e, sem ser visto, cuspia pela janela.

— Claro que sim — falou o mochileiro.

— Logo vi, pelas suas mãos. Andou lidando com uma picareta, ou machado ou malho. Tá escrito nas suas mãos. Sei tudo sobre isso, sou bom nessas coisas.

O outro o encarou. Os pneus cantavam na estrada.

— Ocê quer saber de mais alguma coisa? Eu conto. Num precisa ficar adivinhando.

— Ora, não se queime. Eu não tava querendo meter o nariz na sua vida.

— Eu conto tudo. Num escondo nada, não.

— Não precisa ficar nervoso. Perguntei só por perguntar. Faz o tempo passar depressa.

— Vou contar tudo. Meu nome é Joad, Tom Joad. Meu pai é o velho Tom Joad. — Seus olhos pousaram mal-humorados no motorista.

— Calma, não fique nervoso, eu não fiz por mal.

— Eu também não tô fazendo nada por mal — falou Joad. — Só tô tentando seguir meu caminho sem atrapalhar a vida de ninguém. — Interrompeu-se e observou as campinas secas, as árvores famélicas, dolorosamente suspensas na amplidão escaldante. Do bolso lateral do paletó tirou a bolsa de fumo e papéis. Enrolou seu cigarro entre os joelhos para resguardá-lo do vento.

O motorista mascava chiclete de novo, com o ritmo e a seriedade de uma vaca. Esperava que a irritação do outro desaparecesse e fosse esquecida. Por fim, quando o julgou apaziguado outra vez, disse:

— Quem nunca dirigiu caminhão não sabe o que é a gente pegar passageiro. Os patrões não querem nem saber. Mas a gente às vezes não faz caso disso e arrisca até o emprego, ajudando alguém como eu ajudei ocê.

— Agradecido — disse Joad.

— Conheci uns sujeitos que faziam as coisas mais malucas enquanto dirigiam o caminhão. Me lembro de um que escrevia poesia. Era pra passar o tempo. — Olhou de esguelha para ver o quanto Joad estava interessado ou assombrado. Joad estava em silêncio, olhando para longe, para a estrada branca, que ondulava muito suavemente, como um mar. O motorista continuou: — Me lembro de uma poesia que esse camarada escreveu. Era sobre ele mesmo e um monte de outros sujeitos aprontando o diabo pelo mundo e bebendo a valer. Só queria era poder lembrar essa poesia. Esse camarada escrevia cada palavra que nem Jesus Cristo era capaz de entender. Sei que tinha uma parte assim: "E lá avistamos um preto,[1] com um gatilho que era maior que a probóscide de um elefante ou o membro de uma baleia." Probóscide é um tipo de nariz, a tromba do elefante. O camarada me mostrou no dicionário. Andava sempre com um dicionário. Só vivia olhando nele, mesmo quando tava traçando a torta com café.

Parou, sentindo que falava sozinho. Olhou de revés o passageiro. Joad permanecia em silêncio. Nervosamente, o motorista tentou forçá-lo a falar:

— Ocê conhece algum sujeito que fale assim tão difícil?

— Os pregadores — disse Joad.

— Bem, a gente fica até maluco quando ouve essas palavras encrencadas assim. Claro que um pregador é diferente, ninguém vai achar que eles tão de brincadeira. Mas esse camarada era um gozador mesmo. A

---

1 Optou-se por traduzir o termo racista *nigger* por preto, pois no contexto norte-americano a palavra "crioulo" tem sentido distinto do da língua portuguesa. Trata-se de um termo profundamente racista, cuja polissemia torna praticamente impossível sua simples tradução. *Nigger* é uma palavra que identifica e discrimina pessoas negras em razão de sua mera existência enquanto tais, mas também por suas características físicas e fenotípicas, seus modos de vida, suas linguagens, culturas, origens e religiões. Sabe-se que, ao menos desde 1619, colonizadores britânicos passaram a usar a palavra "negars" ou "negers" em relação aos trabalhadores negros de Jamestown, o primeiro assentamento britânico permanente, fundado em 1607. Já naquele momento, a palavra foi utilizada para identificar pessoas negras como propriedades de pessoas brancas. Pouco a pouco, porém, o termo ofensivo passou a se tornar parte do vocabulário da língua inglesa e do seu próprio aprendizado e uso pela população negra escravizada. Diversos intelectuais negros refletiram sobre a relação de forte ambivalência entre a situação de violência linguística que o uso do termo implica e a sua reversão por meio da transformação da ofensa em termo utilizado entre e por pessoas negras e nas suas comunidades, por vezes de modo afetuoso. Em resumo, ainda hoje a palavra *nigger* é considerada a mais grave e violenta ofensa racial que se pode dirigir aos afro-americanos. A evitação da palavra fez com que se passasse a mencioná-la apenas como "palavra-N". Sua singularidade reside no fato de que reduz toda e qualquer pessoa de pele negra à escravidão e, ao mesmo tempo, à condição de objetos e alvos de diversas formas de racismo, a despeito do caráter "mestiço", do local de nascimento ou da eventual ascendência dessas pessoas, como no caso da palavra crioulo. (*N. do R. T.*)

gente não ficava danado quando ele falava assim porque ele só queria se divertir. — O motorista estava satisfeito agora. Sabia, afinal, que Joad estava prestando atenção. Girou violentamente o caminhão em uma curva fechada, fazendo estrilar os pneus. — É como eu disse — prosseguiu. — Um camarada que guia um caminhão às vezes faz seus disparates. Tem que fazer. Se não, acaba maluco, só sentado aqui, correndo estrada afora. Tem gente que come o tempo todo. O tempo todo parando nessas espeluncas na estrada.

— É na estrada que eles vivem, ué — fez Joad.

— É, tá certo, mas não se para só pra comer. Ninguém tem tanta fome assim. O que acontece é a gente ficar cansado à beça de tanto dirigir. Essas espeluncas são o único lugar onde a gente pode saltar, e quando a gente para acaba comprando qualquer porcaria pra puxar assunto com a dona atrás do balcão. Então a gente pede um café e um pedaço de torta. Assim a gente descansa um pouco — falou e recomeçou a mascar devagar a goma e a revolvê-la com a língua.

— Deve ser duro — falou Joad, sem ênfase.

O motorista encarou-o rapidamente, para ver se o outro estava zombando.

— Pois é, essa vida não é sopa — disse, irritado. — Parece coisa fácil, é só ficar sentado aqui oito ou até dez ou doze horas. Mas a estrada estraga o sujeito. A gente tem que fazer alguma coisa. Tem gente que canta, outros assobiam. O patrão não quer rádio nos caminhões. Tem gente que vive bebendo, mas esses não duram muito. — E acrescentou, gabando-se: — Eu nunca bebo quando tô viajando.

— É?

— É, sim! A gente tem que tocar pra frente. Pois é isso. E eu tô pensando em fazer um desses cursos por correspondência. De engenheiro mecânico. É fácil. É só estudar umas lição em casa. Quero ver se tiro esse curso. Depois, não vou mais dirigir, não. Vou ensinar os outros a fazer isso.

Joad puxou um frasco de uísque do bolso lateral do paletó.

— Ocê não quer mesmo um gole? — perguntou, a voz algo provocante.

— Não, por Deus que não quero. A gente não pode beber e estudar ao mesmo tempo, como eu vou fazer.

Joad desarrolhou a garrafinha, puxou duas goladas firmes, tornou a arrolhá-la e guardou-a no bolso. O cheiro quente e picante do uísque espalhou-se pela cabine.

— Ocê tá todo animado — disse Joad. — Que é que há? Arrumou uma garota?

— É, isso também. Mas eu quero mesmo é progredir na vida. Já tô treinando minha cabeça há uma porção de tempo.

O uísque pareceu animar Joad. Ele enrolou outro cigarro e o acendeu.

— É, agora já tá perto, quase chegando — disse.

— Eu não preciso de um gole — interpôs-se o motorista com rapidez. — Eu tô é treinando a cabeça o tempo todo. Fiz um curso disso dois anos atrás. — Afagou o volante com a mão direita. — Imagina que eu passo por um sujeito numa estrada. Eu olho pra ele e depois tento lembrar tudo sobre ele; como era a roupa que ele usava, o sapato, o chapéu, como ele andava e até a altura dele, o peso, e alguma marca, uma cicatriz. Já consigo fazer isso muito bem. Já consigo fazer um retrato do homem direitinho na minha cabeça. Às vezes acho que posso até estudar pra ser um perito em impressão digital. Cê ficaria surpreso de ver como um cara pode lembrar das coisas.

Joad tomou um gole rápido do frasco. Puxou o último trago de seu cigarro e o apagou entre os dedos calejados. Amassou a guimba e atirou--a pela janela, livrando-se das cinzas em seus dedos. Os grandes pneus cantaram uma nota aguda no asfalto. Os olhos escuros e sóbrios de Joad tornaram-se risonhos enquanto se fixavam na estrada. O motorista esperou e lançou-lhe um olhar inquieto. Por fim, os lábios superiores de Joad arreganharam-se, e ele riu baixinho, sacudindo o peito.

— Mas então ocê levou uma porção de tempo pra descobrir, rapaz — disse.

— Descobrir o quê? — falou o motorista, sem se virar.

Joad repuxou os lábios, pressionando-os contra os grandes dentes por um momento, e lambeu-os duas vezes, como um cão. Sua voz tornou-se áspera:

— Ocê sabe o que eu quero dizer. Ocê me olhou de cima a baixo logo que me viu. Eu percebi.

O motorista olhou para a frente, apertando o volante com tanta força que o dorso de sua mão empalideceu. Joad continuou:

— Ocê sabe de onde eu venho, não sabe? — O motorista continuou em silêncio. — Não sabe? — insistiu Joad.

— Bom, eu sei. Quer dizer, acho que sei. Mas não tenho nada com isso. Eu cuido da minha vida. Isso não tem nada a ver comigo. — As palavras rolaram aos saltos. — Não costumo meter o nariz no que não me diz respeito. — E subitamente ficou quieto, em expectativa. Suas mãos continuavam pálidas ao volante. Um gafanhoto entrou pela janela e pousou no painel de instrumentos, onde ficou limpando as asas com as pernas angulosas e saltitantes. Joad inclinou-se para a frente e esmagou a cabeça do inseto com os dedos, lançando-o ao vento, pela janela. Riu de novo, livrando seus dedos dos fragmentos do inseto esmagado.

— Pois ocê não se enganou, companheiro — disse Joad. — Não adianta eu tentar esconder isso. Eu tava mesmo na prisão de McAlester. Tive lá quatro anos. Essa roupa aqui é a que eles me deram quando saí. Pouco me importa que todo mundo saiba disso. Vou pras terras de meu velho, então não preciso mentir pra arranjar emprego.

— Bom, isso não é da minha conta — disse o motorista. — Não sou bisbilhoteiro.

— O diabo que não é! — exclamou Joad. — Esse seu narigão velho fareja quilômetros na frente da sua cara. Ocê meteu esse narigão em mim que nem uma ovelha numa horta!

O rosto do motorista se contraiu.

— Ocê tá enganado — começou, fracamente.

Joad riu.

— Ocê é um bom sujeito. Me deu uma carona. Bom, eu cumpri a pena. E daí? Ocê quer saber por que tive lá, não é?

— Eu, não. Isso não é da minha conta.

— Nada é da sua conta a não ser dirigir essa joça aqui, e esse é o único trabalho que ocê pode fazer. Olha aqui. Tá vendo aquele caminho ali adiante?

— Hum.

— Bom, eu vou ficar ali. Sei que ocê tá seco pra saber o que foi que eu fiz. E eu não vou lhe deixar na mão. — O ronco do motor foi entorpecendo, e o canto dos pneus se tornou mais baixo. Joad puxou sua garrafinha e tomou mais um trago curto. O caminhão reduziu até parar junto a uma estrada poeirenta que se abria em ângulos retos na rodovia. Joad saltou e ficou parado à porta do caminhão. Do escapamento saíam jatos de vapor azulado. Joad olhou fixamente o motorista. — Homicídio — disse rápido. — É uma palavra e tanto, hein? Quer dizer que matei um sujeito. Sete anos. Mas saí com quatro, porque andei na linha lá dentro.

Os olhos do motorista percorreram as feições do ex-presidiário para guardá-las bem na memória.

— Eu não lhe perguntei nada disso — falou ele. — Não tenho nada com a vida dos outros.

— Pode ir contando a quem quiser, daqui até Texola — Joad sorriu. — Bom, até mais, companheiro. Ocê é um bom sujeito. Olha, quando a gente passa um tempo na prisão aprende a farejar um problema de longe. Ocê é do tipo que mostra sua tensão na primeira vez em que abre a boca.

Bateu a porta do caminhão com a palma das mãos.

— Brigado pela carona — disse. — Adeus.

Virou as costas ao motorista e foi andando pela estrada de terra.

Por um instante, o motorista ficou a olhá-lo, depois gritou:

— Boa sorte!

Joad acenou com a mão sem se voltar. O motor tornou a roncar, as engrenagens estalaram e o grande caminhão vermelho foi rodando, pesadamente, estrada afora.

3

A rodovia de concreto era margeada por um emaranhado de capim seco e quebradiço, encimado por uma barba de sementes prontas a agarrar-se ao pelo dos cães, e caudas-de-raposa à espera de patas de cavalo e de carrapicho pronto a enfurnar-se na lã dos carneiros; a natureza adormecida estava esperando que fosse alastrada e posta em movimento, cada semente aparelhada para se difundir, dardos agudos e paraquedas entregues ao vento, pequenos arpões e bolinhas minúsculas de espinho, tudo à espera dos animais e do vento, da bainha de uma calça ou de uma saia, tudo quieto, passivo, porém equipado para movimentar-se, cada semente imóvel possuída pelo desejo de movimento.

O sol brilhava sobre a relva e a aquecia, e em sua sombra os insetos se mexiam e caíam nas armadilhas dos bichos maiores, gafanhotos saltitavam no ar, agitando por um instante as asas amarelas, e besourinhos como minúsculos tatus vagueavam inquietos com seus delicados pés. À margem da estrada, uma tartaruguinha avançava, indolente, rumo ao nada, carregando o casco abobadado sobre a relva: seus grossos pés adornados por unhas amarelas açoitavam lentamente o capim e não pareciam caminhar, mas guindavam e arrastavam o peso do casco, que levou em sua passagem a barba de cevada e a quem recorreu o carrapicho em sua jornada ao solo.

A boca córnea estava parcialmente aberta e os olhos ameaçadores e ao mesmo tempo cômicos, sob pálpebras em forma de tachas, olhavam fixos para a frente. Atravessou a relva, deixando uma trilha batida atrás de si, e a colina, que nada mais era que a elevação da estrada, ergueu-se à sua frente. A pequena tartaruga parou um instante, a cabeça no alto. Piscou, olhou para cima e para baixo. Por fim, começou a escalar a colina. As pernas dianteiras estendiam-se sem conseguir alcançá-la. As traseiras escoiceavam, raspando a relva e o cascalho, tornando a colina ainda mais íngreme e obrigando a tartaruga a tanto esforço das pernas traseiras que conseguiu impulsionar o casco, projetando a cabeça córnea em seu pescoço esticado. Pouco a pouco, o casco deslocou-se pela colina até deparar-se com um meio-fio, um muro de concreto de dez centímetros de altura. Como se fossem independentes do corpo, as pernas traseiras empurraram o casco de encontro ao muro, a extensa planície de concreto. Agora as pernas dianteiras firmaram-se no topo, esticadas e suspensas, e o casco as seguiu lentamente. Parou por um momento. Uma formiga-açucareira invadiu seu casco, correndo pela pele macia, e subitamente a cabeça e as pernas retraíram-se e seu rabo encouraçado imobilizou-se de lado. A formiga foi esmagada entre o corpo e a perna da tartaruga. Um ramo de aveia-brava estava preso ao casco. Por um momento, a tartaruga permaneceu imóvel, e então o pescoço emergiu, os velhos olhos jocosos esquadrinharam ao redor e as pernas e o rabo reapareceram. As traseiras voltaram a trabalhar, retesadas como pernas de elefante, e o casco inclinou-se em um ângulo tal que as pernas dianteiras não puderam alcançar a planície de concreto. Mas as traseiras elevaram-se ainda mais, até que o equilíbrio foi estabelecido, a frente inclinou-se para baixo, as patas riscaram a estrada e ela estava de pé. O ramo de aveia-brava estava enrolado nas pernas dianteiras.

Um sedã surgiu, guiado por uma mulher de uns quarenta anos. Ela avistou a tartaruguinha e desviou rápido para a direita, saindo da estrada, os pneus cantaram. As rodas do auto tiveram forte atrito com o chão e ergueram uma nuvem de poeira. Duas rodas levantaram-se por uns segundos e tornaram a baixar. O carro derrapou na rodovia e prosseguiu, porém mais devagar. A tartaruguinha encolhera bruscamente a cabeça no casco, mas apressou-se em prosseguir a marcha, pois o calor na estrada era abrasador. Agora sua caminhada era fácil, todas as pernas trabalhavam e o casco era alçado oscilando de um lado a outro.

E então surgiu um pequeno caminhão. Ao se aproximar, o motorista viu a tartaruguinha e desviou para atropelá-la. As rodas dianteiras apanharam-lhe as bordas do casco e fizeram-na voar, como uma moeda atirada ao vento, e o animalzinho rolou para fora da estrada. O caminhão continuou a rodar, indiferente. De ventre para cima, a tartaruguinha ficou ali, imóvel, bastante tempo. Mas, enfim, suas pernas curtas agitaram-se no ar, procurando por um ponto de apoio. As patas dianteiras encontraram um pedaço de quartzo e, pouco a pouco, deram impulso ao casco, que por fim virou-se completamente. O ramo de aveia-brava tombou ao chão e três sementes aderiram ao solo. Ao rastejar para fora da estrada, a pequena tartaruga cobriu de terra as sementes. A tartaruguinha entrou então em uma estrada empoeirada e avançou, abrindo um sulco raso na poeira com o casco. Os velhos olhos jocosos fixaram-se à frente, e a boca córnea se abriu um pouco. As unhas amarelas deslizavam na poeira.

4

Quando Joad ouviu o caminhão afastar-se, engrenando marcha após marcha e fazendo vibrar o chão sob seus pneus, parou, voltou-se e ficou escutando até não perceber o mais leve ruído do motor. E, quando já nada mais ouvia, ele ainda estava ali, a olhar o horizonte e o céu muito azul e muito claro. Pensativo, puxou o frasco do bolso, desarrolhou-o e sorveu o uísque lentamente, passando a língua com prazer pelas bordas do gargalo e depois pelos lábios, como que receoso de que a mais ínfima gota pudesse perder-se. Foi falando depois: "E lá avistamos um preto..." E era tudo o que conseguia lembrar. Afinal virou-se de novo em direção à estrada de terra que cortava, reta, os campos cultivados. O sol estava quente e nenhum vento movimentava a poeira. A estrada era cortada de sulcos onde a poeira resvalava e pousava novamente nas marcas deixadas pelas rodas. Joad deu alguns passos, e a poeira fina pairou e pousou nas botinas novas, e o amarelo de seus sapatos desapareceu sob a poeira cinzenta.

Abaixou-se e afrouxou mais os cordões das botinas e tirou-as; primeiro a esquerda, depois a direita. E depositou os pés úmidos de suor, com alívio, na poeira quente e seca, que penetrou entre os dedos e grudou na planta dos pés. Tirou o paletó e envolveu com ele os sapatos, colocando o volume debaixo do braço. Finalmente, recomeçou a andar, arremessando a poeira à sua frente, formando uma nuvem que permaneceu suspensa atrás de si.

À direita da estrada, atados a estacas toscas de salgueiro, corriam fios de arame farpado. As estacas eram curvas e desordenadas. Os fios da cerca depositavam-se em forquilhas que ficassem a uma altura adequada, e onde não havia forquilha eram atados às estacas com anéis de arame farpado. Atrás da cerca de arame farpado, grãos enchiam a terra, arrancados das hastes pelo vento, pelo calor, pela seca, e as pontas ocas das hastes estavam recheadas de poeira.

Joad prosseguiu, arrastando atrás de si as nuvens de pó. Não tardou a avistar o casco abobadado da tartaruguinha a arrastar-se, devagar, na poeira, as patinhas trabalhando obstinadas e espasmódicas. Joad parou a fim de olhá-la, e sua sombra projetou-se sobre o animal. Imediatamente, cabeça e pernas se encolheram e a curta e dura cauda uniu-se lateralmente ao casco. Joad levantou-a e virou-a. O casco da tartaruguinha era marrom-acinzentado, qual a poeira, mas o ventre era cor de creme, muito limpo e liso. Joad empurrou o volume de casaco e botinas mais para cima do braço, acariciou o ventre amarelo da tartaruguinha e o pressionou com o dedo. Era bem mais mole que o casco. A cabeça velha e dura do animal surgiu e procurou enxergar o dedo que a pressionava, e as patinhas agitaram-se, aflitas. A tartaruguinha urinou na mão do homem e lutou inutilmente para se libertar. Joad fê-la voltar à posição normal e colocou-a junto de suas botinas. Sentia-a mexer-se e arranhar debaixo de seu braço. Apressou a marcha, arrastando levemente os calcanhares na poeira fina.

Pouco adiante, um salgueiro solitário debruçado sobre a estrada, um salgueiro ressequido, polvilhado de cinza, projetava uma sombra malhada, com seus ramos de folhas fendidas e ásperas qual uma galinha na muda. Joad estava já suando: a camisa azul escurecia nas costas e sob as axilas. Pegou o boné e dobrou-o pela pala de tal jeito que nunca mais ele poderia ser chamado de novo. Seus passos adquiriram, então, mais celeridade, em direção à sombra do salgueiro. Sabia que encontraria sombra ali, pelo menos a sombra projetada pelo tronco, agora que o sol estava a pino. O sol agora castigava-lhe a nuca, e sua cabeça estava zumbindo. Uma pequena depressão pantanosa ocultava a base do tronco. Joad caminhou para o lado do sol e começou a descer o declive, mas teve que reduzir o passo, cauteloso, ao perceber que alguém ocupava a sombra.

Ao chegar ao pé do salgueiro, Joad viu que um homem estava sentado ali, com as costas apoiadas no tronco da árvore. Tinha as pernas cruzadas, e um dos pés descalços erguia-se quase até a altura da cabeça. Não ouvira Joad aproximar-se, pois estava assobiando, solenemente, a melodia de "Sim, Senhor, esta é a minha pequena"[2]. O pé suspenso movia-se lento, ao compasso da música. Mas não era um compasso de dança. Parou de assobiar e começou a cantar, numa voz agradável de tenor:

"Sim, senhor, é o meu Salvador,
Je-sus é o meu Salvador,
Je-sus é o meu Salvador agora.
Na minha vida
Não tá o Diabo,
Jesus é o meu Salvador agora."

Joad penetrou na escassa sombra da árvore antes que o homem o pressentisse, parasse de cantar e erguesse a cabeça. Era uma cabeça alongada, ossuda, a pele esticada, firme, e se apoiava em um pescoço enrugado e musculoso qual um cepo. Seus olhos eram grandes e salientes, e as pálpebras vermelhas e inflamadas tentavam em vão encobri-los. Tinha o rosto queimado de sol lustroso e imberbe e os lábios grossos, alegres ou sensuais. O nariz, adunco e duro, tinha a pele tão distendida que mostrava as cartilagens brancas. A face e a testa alta e pálida não tinham uma só gota de suor. Era uma testa absurdamente alta, sulcada por delicadas veias azuis nas têmporas. Quase metade da cabeça estava por cima dos olhos. Tinha os cabelos duros, grisalhos, puxados para trás, desordenados, como se os tivesse penteado com os dedos. Usava macacão e camisa azul. O casaco, de grosseiro algodão riscado, com botões de latão, e um chapéu marrom, cheio de manchas e amarrotado, jaziam ao seu lado, no chão. Perto dele, as sandálias de lona, cobertas de poeira, revelavam, por sua posição, que o homem se livrara delas com displicência.

---

2 Segundo o Museu Nacional de História Americana, a canção foi originalmente composta por Gus Kahn e musicada por Walter Donaldson. Seu lançamento foi promovido pela companhia Irving Berlin, na cidade de Nova York, no ano de 1925. (*N. do R. T.*)

O homem lançou um olhar prolongado a Joad. Seus olhos castanhos pareciam inundados pela luz, a íris salpicada de pequenos pontos dourados. Os músculos duros do pescoço se destacavam.

Joad permaneceu na sombra, quieto, a luz lançando manchas no solo. Tirou então o boné, enxugou com ele o rosto suado e deixou-o cair no chão, juntamente com o casaco enrolado.

O homem descruzou as pernas e arranhou o chão com os dedos do pé.

Joad disse:

— Mas tá um calor dos diabos nessa estrada.

O homem o fitou, interrogativo:

— Escute, você não é o Tom Joad, filho do véio Tom?

— Sou, sim — anuiu Joad. — Vou indo pra casa.

— Aposto que você não se lembra de mim — disse o homem. Sorriu, exibindo uns dentes grandes, cavalares. — Não, não pode mesmo se lembrar. Você estava sempre ocupado em puxar as trancinhas de uma menina quando eu lhe ministrava a Sagrada Comunhão. Parecia até que queria arrancar os cabelos da menina. Talvez não se lembre mais, mas eu me lembro bem. Tanto você como a menina, por castigo, vieram juntos à presença de Jesus; foram batizados juntos nas valas de irrigação. Berravam e se debatiam feito dois gatinhos bravos.

Joad olhou-o pensativamente e desandou a rir.

— Ah, já sei. O senhor é o pregador. Sim senhor, agora me lembro. Não faz uma hora, tava até falando do senhor.

— Eu era o pregador — falou o homem, seriamente. — Reverendo Jim Casy, da Sarça Ardente,[3] para glorificar o nome de Jesus. Costumava ter a vala de irrigação tão cheia de pecadores que metade deles morria afogada. Sim, mas isso já acabou. Agora sou apenas Jim Casy... e nada mais. E cheio de ideias pecaminosas, que ainda assim me parecem bem razoáveis.

— A gente tem que ter ideias, quando se vive pensando o tempo todo — disse Joad. — Eu lembro bem do senhor. Fazia umas pregação muito boa. Eu lembro até que uma vez deu o sermão todo andando de quatro, gritando como se tivesse possuído pelo demônio. Minha mãe gostava muito do senhor. E a vó disse que o senhor era dominado pelo Espírito.

---

3 Da seita religiosa chamada Burning Bush, formada na Escócia em fins do século XVII. (*N. do T.*)

Sua mão explorou o bolso do casaco e retirou a garrafinha de uísque. A tartaruguinha moveu uma perna, mas Tom a envolveu com mais cuidado. Destampou o frasco e convidou o outro:

— Quer um trago?

Casy pegou a garrafinha e ficou a segurá-la, pensativo.

— Agora não faço mais sermões. O Espírito não mora mais na gente; pior que isso: o Espírito não mora mais em mim. É claro que às vez o Espírito me toca, e aí eu faço uma oração, ou então, quando me dão comida, eu retribuo com uma bênção. Mas meu coração não tá nisso mais. Eu só faço porque eles esperam.

Joad esfregou novamente o suor do rosto com o boné.

— Mas o senhor não é assim tão santo para recusar um trago, é? — disse.

Casy só agora pareceu enxergar a garrafa que segurava. Encostou-lhe o gargalo aos lábios e tomou três longos goles.

— É uma boa bebida — elogiou.

— Tem que ser — disse Joad. — É da fábrica. Custou um dólar.

Casy tomou outro gole antes de entregar a garrafa.

— Sim senhor! — falou. — Sim senhor!

Joad pegou a garrafa de volta e, por polidez, não limpou o gargalo com o punho antes de beber também. Pôs-se de cócoras e a guardou junto do casaco. Seus dedos encontraram uma vara fina, boa para escrever pensamentos no chão. Varreu as folhas, desenhou um quadrado e alisou a poeira. E então começou a desenhar pequenos círculos.

— Faz tempo que não vejo o senhor.

— Ninguém me viu — disse o pregador. — Tenho andado por aí sozinho, pensando. O Espírito continua forte em mim, só que já não é mais o mesmo. Não tenho mais aquela certeza sobre uma porção de coisas.

Encostou-se mais à árvore. Sua mão ossuda penetrou como um esquilo no bolso do macacão e dele tirou um pedaço de fumo preto torcido. Cuidadosamente, limpou o rolo do cisco que se lhe havia grudado, e então mordeu-lhe uma das pontas e meteu o pedaço cortado na boca. Joad agitou a varinha em sinal de negativo quando o fumo lhe foi oferecido. A tartaruguinha agitou-se no paletó enrolado. Casy olhou intrigado o paletó se mover.

— Que é que você tem aí, uma galinha? — perguntou. — Ela vai morrer sufocada aí.

— É uma tartaruga — disse. — Encontrei ela na estrada. Meu irmão pequeno gosta de tartaruga. Vou dar pra ele.

O pregador assentiu vagarosamente.

— Toda criança tem uma tartaruga por algum tempo. Mas ninguém fica com ela pra sempre. Um dia, quando menos a gente espera, a tartaruga vai embora, some. É como eu. Não me agradei com o véio Evangelho, que tava ao meu alcance. Mexi tanto nele que acabou rasgado. Às vez ainda sinto o Espírito, mas não tenho mais nada pra falar. Recebi o chamado pra guiar o povo, mas guiar pra onde?

— Guia o pessoal pra onde quiser, mergulha eles na vala de irrigação. Diga que vão todos pro inferno se não pensarem como o senhor. Pra onde diabos o senhor quer guiar eles? Guia pra qualquer lugar.

A sombra reta do tronco tornou-se mais longa. Joad acocorou-se com mais conforto e alisou novamente a terra, preparando-a para escrever seus pensamentos. Um cão pastor de espesso pelo amarelo vinha trotando pela estrada, cabeça baixa, língua pendente e gotejante. Seu rabo estava caído, embora um pouco encurvado na ponta, e arquejava profundamente. Joad assobiou-lhe, mas o cão apenas o olhou de lado e prosseguiu no trote, como que determinado a chegar a algum lugar definido.

— Vai pra um lugar qualquer — disse Joad, um pouco despeitado. — Vai pra casa, quem sabe.

O pregador voltou a filosofar.

— Vai pra um lugar qualquer — repetiu. — Isso mesmo, ele tá indo pra um lugar qualquer. Eu não sei pra onde vou. Quer saber? Eu fazia aquela gente pular e falar em línguas e glorificar até cair desmaiado. Batizava eles e... sabe o que mais? Pegava uma daquelas moça e levava pro mato e dormia com ela. Fiz isso várias vez. Depois me arrependia e rezava, mas não adiantava. Depois a gente ficava cheio do Espírito e acontecia tudo de novo. Pensei que não tinha esperança pra mim, e que eu não passava dum danado dum hipócrita. Mas era sem querer.

Joad sorriu, mostrando os lábios e os dentes alongados.

— Não tem nada como um bom sermão para a gente se esquentar com as moças. Eu também já fiz isso.

Casy prosseguiu, excitado:

— Você vê — gritou. — Eu vi que tudo não passava disso. — Agitou a mão ossuda e nodosa num movimento de vaivém. — Então comecei a pensar: "Tô aqui pregando a graça divina. E tem gente aqui que recebe tanta graça que sai gritando e pulando. Mas aí alguém vai dizer que dormir com uma mulher é coisa do diabo. O caso é que, quanto mais graça divina uma moça recebe, mais rápido ela quer ir pro mato." E eu pensava, como diabos, cê me perdoe, o espírito do mal podia dominar uma moça tão possuída pelo Espírito Santo! Justo quando o diabo não devia ter oportunidade nenhuma! E era aí que ele mais se manifestava.

Os olhos do pregador brilhavam de excitação, e ele deu uma cusparada na poeira, e o cuspe rolou, rolou, até formar uma bolinha seca e redonda. Depois estendeu a palma das mãos e ficou olhando-a como se estivesse lendo um livro.

— E eis o que eu fiz — prosseguiu com suavidade. — Eis o que eu fiz com todas aquelas alma nas minhas mão, sentindo a minha responsabilidade, e sempre deitando com uma das moças. — Olhou Joad com expressão de desânimo. Parecia que ia pedir ajuda.

Joad desenhou na poeira o corpo nu de uma mulher, com seios e quadris.

— Nunca fui um pregador — disse Joad —, mas nunca deixei uma moça escapar quando podia pegar ela. E também nunca andei pensando coisas, a não ser que ficava danado de satisfeito quando encontrava uma moça pra dormir com ela.

— Mas você nunca foi um pregador — insistiu Casy. — Uma moça era apenas uma moça pra você. Não era mais nada. Mas pra mim elas era vasos sagrados. Eu estava salvando a alma delas. E, com toda essa responsabilidade, enchia elas do Espírito Santo e depois levava elas pro mato.

— Quem sabe eu devia ser um pregador — falou Joad, e tirou fumo e papel e enrolou um cigarro. Acendeu-o e, através da fumaça, disse ao pregador: — Tô há um bocado de tempo sem ver mulher. Tenho que arranjar uma.

— Ficava tão atormentado que nem conseguia dormir — continuou Casy. — E a cada vez que ia pregar dizia: por Deus, desta vez não vou fazer isso. Mas até enquanto dizia isso eu já sabia que não ia cumprir minha promessa.

— O senhor devia ter se casado — disse Joad. — Uma vez esteve lá em casa um pregador e a sua mulher. Eram jeovitas. Dormiram no andar de cima. Faziam os sermões no celeiro. Nós, as crianças, escutávamos eles. A mulher do pregador, depois de cada sermão, apanhava que nem um bicho.

— Foi bom você me contar isso. — disse Casy. — Eu pensava que só eu era assim. No final das contas, eu estava tão aflito que só conseguia me culpar. Às vezes eu dizia pra mim mesmo: que é que está te corroendo? É um cupim? E logo respondia: não, é o pecado. E eu dizia: por que é que um homem, justamente quando devia estar abrigado contra o pecado e cheio de Jesus, por que é que justamente nessas hora um homem assim tem que desabotoar as calças? — Ele ia acompanhando suas palavras com a batida rítmica de dois dedos na palma da mão. — E eu dizia: talvez não seja o pecado. Talvez a gente seja assim mesmo. Talvez estivesse expulsando de mim o diabo sem razão. E fiquei pensando em como algumas irmãs se flagelavam com um açoite com pontas de arame quase do tamanho de um metro. E também pensei que talvez eu mesmo tenha gostado de me atormentar. Estava pensando nisso tudo deitado debaixo de uma árvore e acabei adormecendo. A noite chegou, e ainda estava escuro quando acordei. Perto, uivou um coiote. E eu dizia: ora, que vá tudo pro inferno. Não existe pecado, nem virtude. Só existe aquilo que a gente quer fazer. Tudo faz parte da mesma coisa. Algumas coisas que a gente faz são boas e outras não prestam, mas isso está na cabeça de cada um. — Interrompeu-se, erguendo os olhos da palma da mão em que havia depositado suas palavras.

Joad olhava-o, os dentes arreganhados, mas ao mesmo tempo havia interesse em seus olhos.

— O senhor já acabou com isso. Já parou de se torturar — disse.

Casy tornou a falar, e sua voz soava confusa e dolorida:

— Eu dizia: o que é afinal esse Espírito? E eu respondia: é o amor. Eu gosto tanto dessa gente, gosto a ponto de rebentar. E dizia outra vez: então você não ama Jesus? Bem, eu pensava, tornava a pensar e dizia: não, eu não conheço ninguém chamado Jesus. Conheço um monte de histórias, mas eu só amo o povo. Às vezes amo o povo a ponto de rebentar, e por isso preguei algumas coisas que eu pensei que faria eles feliz. E depois... Bem, acho que estou falando demais. Você deve estar surpreso me vendo falar palavras tão ruins. São as palavras usadas pelo povo, e não tem nada de mau nelas. De qualquer forma, vou dizer mais uma coisa que pensei: é o maior sacrilégio que um pregador pode dizer...

— Que é? — inquiriu Joad.

Casy olhou-o, acanhado.

— Se soar mal procê, não tome como ofensa, tá bom?

— Nada me ofende, a não ser um murro no nariz — disse Joad. — Que é que ocê ia dizer?

— Eu pensei qual seria o caminho que me levaria ao Espírito Santo e a Jesus. Eu dizia: por que é que a gente deve sempre depender de Deus ou de Jesus? Talvez, eu pensei, talvez seja melhor amar todos os homens e as mulheres. Talvez o Espírito Santo seja apenas o espírito humano, e nada mais. Talvez toda a humanidade seja uma só grande alma, de que todos fazem parte. Foi o que eu pensei e de repente sabia, sabia que isso era a verdade, e continuo a pensar do mesmo jeito.

Joad olhou o chão, embaraçado, incapaz de encarar a honestidade nua nos olhos do pregador.

— O senhor não pode dirigir uma igreja com essas ideias — falou. — O povo ia expulsar o senhor. O povo quer é berrar e chorar a um Deus, é disso que o povo gosta. Assim eles se sentem bem. Quando minha avó começava a falar de religião, ninguém conseguia fazer ela parar. Ela era capaz de derrubar uma parede com um soco.

Casy o fitou, pensativo.

— Tem mais uma coisa que eu quero te perguntar. É uma coisa que está me torturando faz muito tempo.

— Vá falando.

— Bem — começou o pregador vagarosamente —, está aqui você, a quem eu batizei quando estava transbordando de crença. Naquele dia, Jesus saía de mim por todos os poros. Você não pode se lembrar, porque estava puxando as tranças daquela menina...

— Me lembro, sim. Era a pequena Susy. Um ano depois, ela mordeu meu dedo.

— Bem, será que te fez bem esse batismo? Será que a sua vida melhorou?

Joad quedou, pensativo.

— Não pensei nisso.

— Então será que ocê tirou algum ruim disso? Pensa bem.

Joad apanhou a garrafinha de uísque e puxou um trago.

— Não fez bem nem mal. Só achei a coisa engraçada. — E estendeu a garrafinha ao pastor.

Casy suspirou, bebeu longamente, percebeu que o uísque estava acabando e tornou a beber.

— É bom que seja assim — disse. — Eu fico preocupado pensando se prejudiquei alguém com os meus hábitos.

Joad olhou em direção ao paletó e viu a tartaruguinha se libertar e começar a se mover, célere, de volta ao caminho de onde fora retirada. Joad a observou por um momento e apanhou-a, recolocando-a enrolada no paletó.

— É o único presente que eu pude trazer para as crianças — disse.

— É uma coisa engraçada. Eu estava pensando no véio Tom Joad quando você me apareceu. Pensava em fazer uma visita. Antes eu pensava que ele era um homem sem Deus. Como é que está o Tom?

— Não sei. Faz quatro anos que saí de casa.

— Ele não te escreveu?

Joad estava embaraçado.

— Bom, sabe, o velho não gosta de escrever. Sabia assinar o nome como qualquer pessoa, e até lambia a ponta do lápis. Mas nunca escreveu uma carta em toda a vida dele. Ele sempre disse que aquilo que a gente não pode dizer com a boca também não deve escrever num papel.

— Onde você andou? Viajando? — perguntou o pregador.

Joad olhou-o, desconfiado.

— O senhor não tem ouvido falar de mim? Meu nome saiu em todos os jornais.

— Não... não sei de nada. Por quê? — Ele cruzou as pernas e recostou-se na árvore. A tarde tinha avançado rapidamente e o sol adquirira uma tonalidade mais rica.

Tom disse, em um tom jocoso:

— Vou contar, pro senhor saber. Se ainda fosse um pregador, eu não contava, com medo de que ocê fosse rezar por mim. — Esvaziou a garrafa até a última gota e jogou fora o frasco marrom e achatado, que rolou no pó. — Eu tive em McAlester durante esses quatro anos — falou.

Casy encarou-o, e suas sobrancelhas desceram tanto que a testa parecia ainda maior.

— Desculpe — disse. — Se eu soubesse, não teria perguntado. Se fez alguma coisa de ruim, não precisa dizer.

— O que fiz sou capaz de fazer de novo — falou Joad com firmeza. — Matei um sujeito numa briga. Foi num baile; tava os dois bêbados. Ele queria me espetar com um canivete e aí eu peguei numa pá e rachei a cabeça dele.

As sobrancelhas de Casy voltaram à posição normal.

— Então você não está arrependido, né? — perguntou Casy.

— Não, não tô. Peguei sete anos por causa do canivete que ele me apontou, mas me soltaram depois de quatro porque eu andei direito lá na cadeia.

— E nesses quatro anos você não ouviu nada da sua família?

— Ouvi, sim. A velha me mandou uma carta faz dois anos e no último Natal a minha vó me mandou um cartão. Jesus, como o povo lá da cadeia deu risada! Tinha uma árvore e alguma coisa brilhante que parecia neve. E tinha um versinho assim:

"Feliz Natal, criança doce,
Jesus manso, Jesus meigo,
Debaixo da árvore
Tem um presente meu pra você."

"Acho que a minha vó não leu o versinho. Acho que comprou de algum mascate e escolheu o mais bonito. O pessoal lá na cadeia quase morreu de tanto rir. Eles me chamavam de 'Jesus Manso'. A minha vó, coitada, pensou que o cartão era como qualquer outro, nem se deu ao trabalho de ler, ela não queria fazer troça comigo. Ela perdeu os óculos justamente no ano que eu fui preso. Com certeza nunca mais achou eles."

— Como eles te trataram em McAlester?

— Oh, muito bem até. Tinha comida na hora certa, roupa limpa e eu podia tomar banho. É um lugar bem confortável. Só o que era ruim era a falta de mulher. — Joad riu baixinho. — Uma vez um sujeito saiu de lá, em liberdade condicional, e um mês depois tava voltando. Então perguntaram pra ele: escute, por que ocê voltou? E ele disse: ora, por quê. Quando cheguei na casa dos meus velhos fiquei mal como o diabo. Lá não tinha luz elétrica, nem chuveiro, nem nada. Não tinha livros pra gente ler, e a comida era braba que vou te dizer! Aqui, sim. Tinha de tudo. Então disse que voltava pra onde tinha conforto e onde podia comer. Ele se sentiu muito mal em liberdade, sem saber o que fazer. Aí roubou um carro pra poder voltar. — Joad enrolou um cigarro, acendeu-o. — O sujeito não deixa de ter razão. Inda ontem de noite fiquei atarantado, pensando onde eu ia dormir. Comecei a pensar no que meu companheiro de cela faria. Eu e meus colegas da prisão tínhamos uma banda, e das boas. Alguém até disse que a gente devia tocar no rádio. E hoje de manhã não sabia a que horas me levantar. Fiquei esperando o sino tocar.

Casy riu, cacarejante.

— Quando a gente se acostuma, até o barulho de uma serraria faz falta.

A luz amarelada e poeirenta da tarde estendia um manto de ouro sobre a paisagem. As hastes de milho pareciam douradas. Um bando de andorinhas passou, voando em busca de alguma poça de água. A tartaruguinha, no paletó de Joad, reiniciou suas tentativas de escapar. Joad pegou o boné e dobrou-lhe a pala, que agora parecia o bico de um corvo.

— Acho que eu vou indo — disse. — Não gosto de andar no sol, mas agora tá mais fresco.

Casy endireitou-se.

— Faz tempo que não vejo o véio Tom Joad! Queria conversar com ele. Eu levei Jesus pra sua casa durante tanto tempo e nunca pedi dinheiro por isso. Só algo pra se comer.

— Então vem comigo — disse Joad. — Pai vai ficar satisfeito em ver o senhor. Ele sempre disse que o senhor tem um pinto muito grande pra um pregador. — Levantou a trouxa do paletó e apertou bem a tartaruguinha junto dos sapatos.

Enquanto calçava as sandálias, Casy observou:

— Nunca fui assim confiante como você. Sempre tenho medo de pisar num arame farpado ou num caco de vidro. Não tem coisa que mais amole que um dedo do pé cortado.

Eles hesitaram um instante à beira da sombra e depois enfrentaram a luz amarelada do sol como nadadores dispostos a alcançar rapidamente a praia. Depois de alguns passos rápidos, começaram a andar com mais vagar, num ritmo mais compassado, meditativo. As hastes de milho lançavam sombras acinzentadas, e no ar pairava o cheiro acre da poeira quente. Mal acabava o campo de milho e começava o de algodão, folhas verde-escuras atrás da cortina de poeira, os casulos em formação. Era algodão sujo, malhado, denso nos lugares baixos, onde a água tinha estagnado, e falho nos lugares altos. Lutava com o sol. E o horizonte era quase invisível a distância. A estrada serpenteava na frente deles, subindo e descendo. Uma fileira de salgueiros estendia-se para oeste, e a noroeste um lençol de terra inculta começava a cobrir-se de mato. O ar era seco e a poeira queimada penetrava nas narinas, endurecendo-as, e os olhos ardiam e lacrimejavam para evitar que as pupilas secassem.

— Veja como está o milho. Não fosse a poeira, seria uma ótima colheita — observou Casy.

— Todo ano — disse Joad —, todo ano, desde que me lembro, a gente ficava esperando uma boa colheita que nunca vinha. Meu avô dizia que a terra era boa até as cinco primeiras araduras, quando ainda tinha mato nela.

A estrada subia por uma encosta e tornava a descer em direção a outra.

— A casa do véio Tom Joad não pode estar a mais que dois quilômetros daqui — disse Casy. — Ela não fica acima daquela terceira subida ali?

— Isso mesmo — respondeu Joad. — A não ser que alguém tenha roubado ela, como meu pai fez.

— Seu pai roubou a sua casa?

— Roubou, sim. Ela tava longe do lugar onde tá agora, a mais de três quilômetros. Uma família vivia nela e um dia foi embora. Meu vô, meu pai e meu irmão Noah quiseram trazer ela inteirinha lá pras nossas terras, mas só conseguiram trazer uma parte. Por isso que ela é tão engraçada numa das pontas. Cortaram ela em duas e trouxeram nas costas de doze cavalos e duas mulas. Voltaram depois pra buscar a outra metade, mas, quando chegaram, o Wink Manley já tinha vindo com os rapazes dele e roubado ela. Meu pai e meu vô ficaram muito brabos, mas depois tomaram um porre com o Wink e riram até quase rebentar. Wink disse que a casa dele era o garanhão e que a gente devia trazer a nossa casa e cruzar as duas para sair uma porção de casinhas. O Wink era um tremendo gozador quando tava bêbado. Depois disso, ele, meu pai e meu vô ficaram amigos e bebiam juntos sempre que se encontravam.

— Tom é um bom amigo mesmo — disse Casy. Tinham chegado à base de uma encosta e reduziram o passo para a subida. Casy enxugou a testa com a manga do casaco e devolveu o chapéu amarrotado à cabeça. — Sim — repetiu. — Tom é um bom amigo. Bom demais pra um sujeito sem religião. Às vezes eu via ele nos nossos cultos, quando o Espírito entrava nele um pouquinho, e vi ele dar saltos enormes. E eu lhe digo: quando o véio Tom tomava uma dose do Espírito, todos tratavam de sair do caminho, pra não ser derrubados. Pulava como um garanhão no estábulo!

Alcançaram agora o cume da outra encosta e a estrada descia em direção a um riacho meio seco, de águas sujas e barrentas, sinuoso, com as margens exibindo as cicatrizes de antigas inundações. Eles o atravessaram pisando sobre algumas pedras grandes que sobressaíam do leito.

— O senhor tá dizendo isso do meu pai — disse Joad. — O senhor talvez não conheceu o tio John quando ele foi batizado lá na casa dos Polk. Pois ele pulava e saltava que lhe digo. Uma vez saltou sobre um arbusto do tamanho dum piano. Saltou e tornou a saltar, uivando que nem cachorro em noite de lua. Bem, o pai viu ele e sempre tinha pensado que era o melhor saltador em honra de Jesus dessas redondezas. Aí meu pai resolveu procurar um arbusto duas vezes do tamanho daquele do tio John e, gritando que nem uma porca parindo sangue, tomou impulso e saltou em cima do arbusto e quebrou a perna direita. Isso foi o bastante pra tirar o Espírito do meu pai. O pregador quis curar ele com rezas, mas meu pai disse que não, o que ele queria era um médico. É claro que não tinha nenhum médico ali, mas tinha um dentista que tava de passagem e ele deu um jeito na coisa. Apesar disso, o pregador fez a reza dele.

Subiram a pequena elevação do outro lado do riacho. Agora que o sol estava se pondo, parte de sua força foi perdida e, apesar de o ar ainda estar quente, seus raios tornaram-se mais fracos. As margens da estrada ainda exibiam cercas de arame, com paus retorcidos. O campo de algodão, verde e empoeirado, tinha o mesmo aspecto em ambas as margens da estrada, seco, verde-escuro e coberto de pó.

— Aquela terra cercada é a nossa — disse Joad. — Nós não precisava de cercas, mas o meu pai tinha o arame farpado e então queria aproveitar ele pra alguma coisa. Disse que aquilo fazia ele se sentir o dono da terra. Foi o tio John que deu o arame pro meu pai. Uma noite ele apareceu com seis rolos de arame na carroça e trocou com meu pai por um porco. A gente nunca ficou sabendo onde ele arrumou tanto arame.

De novo afrouxaram o passo na subida, afundando os pés na poeira macia, sentindo seu contato. Joad estava distraído e sorria, parecendo lembrar-se de algo divertido.

— O tio John era um camarada gozado — disse, rindo. — Quando me lembro do que ele fez com aquele porco... — E soltou uma gostosa gargalhada, continuando a andar.

Jim Casy esperava, impaciente. A história ficou interrompida. Por fim, perguntou, irritado:

— Bem, que é que houve com aquele porco?

— Puxa! Tio matou o porco ali mesmo e fez minha mãe acender o forno. Cortou umas fatias e a costela dele e botou na panela pra cozinhar e depois botou as pernas dele. Comeu as fatias enquanto as costeletas assavam e comeu as costeletas enquanto a perna dourava. As crianças ficaram perto dele, e ele deu um pedaço de carne pra cada um, mas não quis dar nada pro meu pai. Comeu tanto que teve que se deitar, e aí meu pai e a gente aproveitou para acabar com a perna. Aí, quando meu tio acordou de manhã, botou no forno a outra perna. Meu pai perguntou pra ele: "John, ocê vai comer o leitão todo sozinho?" "Eu vou sim, Tom", ele falou, "porque tenho medo dele estragar antes que eu coma tudo. Agora, se ocê quiser, eu lhe dou um prato cheio em troca de dois rolos de arame." Só que meu pai não era nenhum bocó. Esperou meu tio comer até explodir, e, quando tio John foi embora com a carroça, só tinha conseguido comer metade do porco. Então meu pai disse: "Por que ocê não salga ele?" Mas tio John não queria isso: quando ele come porco, tem que comer o bicho inteiro; e, quando se farta, num quer nem ouvir falar em porco. E aí ele foi embora e meu pai salgou o resto.

— Se eu ainda fosse um pregador, teria tirado uma lição dessa história pra você. Mas não consigo mais fazer isso. Por que diabos seu tio fez isso? — perguntou Casy.

— Não sei. Ele gostava muito de porco. Quando me lembro, fico até com fome. Só comi quatro fatias de porco em quatro anos, uma fatia em cada Natal.

— Quem sabe o Tom num vai matar um bezerro gordo pro filho pródigo, como diz nas Escritura?

Joad riu, sarcástico.

— O senhor não conhece meu pai. Quando ele mata uma galinha, é ele quem grita no lugar da galinha. Está sempre guardando um porco para o dia de Natal e o porco acaba morrendo em setembro, entupido de tanta comida ou então com uma doença que faz a carne ficar imprestável pra comer. Quando o tio John queria comer porco, ele arranjava um. E comia.

Chegaram, enfim, à curva da colina e viram, aos seus pés, a casa de Joad.

Joad parou e olhou, intrigado.

— Não tem ninguém em casa — exclamou. — Olha só pra lá. Alguma coisa aconteceu.

E os dois quedaram, imóveis, olhos fixos no pequeno grupo de construções.

5

Os donos das terras chegavam às plantações ou então mandavam alguém no lugar deles. Vinham em carros fechados e pegavam pequenos torrões de terra seca para esmagá-los entre os dedos e assim conhecer-lhes a qualidade; outras vezes traziam grandes escavadeiras, que revolviam o solo para a análise. Os meeiros, às portas de suas cabanas míseras, olhavam inquietos o rodar dos carros através dos campos. Finalmente, os donos das terras paravam às portas das cabanas e permaneciam sentados em seus carros, enquanto falavam através de suas janelas. Os meeiros paravam ao lado dos carros por um momento, e depois punham-se de cócoras e esgravatavam a poeira com varinhas secas.

As mulheres dos meeiros também chegavam às portas das cabanas e, com os filhos pequenos atrás delas, crianças de cabelos cor de milho, olhos muito abertos, um pé nu sobre outro pé nu, os dedos dos pés a catar a poeira, olhavam os maridos falando com os donos das terras, e as crianças também os olhavam; mantinham-se em silêncio.

Alguns proprietários eram afáveis e detestavam o que tinham que fazer, e outros ficavam irritados e coléricos porque não gostavam de parecer cruéis, e outros ficavam impassíveis porque tinham descoberto que um homem não podia ser dono de terras sem ser impassível. E todos eles se sentiam presos a uma armadilha mais poderosa que eles próprios. Alguns detestavam os algarismos que os impeliam a assim proceder, e outros tinham medo, e ainda outros gostavam dos algarismos porque eles lhes forneciam um refúgio contra os tormentos de sua consciência. Se um banco ou uma companhia era o proprietário da terra, seu representante dizia: o banco, ou a companhia, é que assim quer, insiste, exige, como se o banco ou a companhia fosse o monstro, cheio de ideias e sentimentos, que os apanhasse em sua armadilha. Os representantes não queriam tomar a si a responsabilidade dos atos dos bancos ou das companhias, porque estas eram os patrões e, ao mesmo tempo, máquinas de calcular, e eles não passavam de homens, de pessoas escravizadas. Alguns representantes tinham orgulho de serem escravos de patrões frios e poderosos. E, sentados em seus carros, explicavam tudo isso aos arrendatários, dizendo: vocês sabem, estas terras são pobres, não dão mais nada; vocês já as revolveram bastante, e agora não dão mais nada, Deus é testemunha.

E os meeiros acocorados no chão meneavam a cabeça em sinal de assentimento e concordavam, refletiam e desenhavam figuras no solo empoeirado. Sim senhor, eles sabiam. As terras não dão mais nada. Deus sabia também. Se ao menos não fosse essa poeira que cobria tudo, decerto com algum adubo se dava um jeito. E os donos ficavam aliviados e diziam: pois é isto, as terras estão ficando cada vez mais pobres e imprestáveis. Vocês sabem o que o algodão está fazendo às terras; suga-lhes todo o sangue, toda a seiva.

Os meeiros acenavam com a cabeça. Eles sabiam, Deus sabia. Se ao menos pudessem fazer uma rotação das culturas, devolveriam o sangue à terra.

Bem, agora é tarde, não adianta. E os representantes explicavam aos meeiros como eram fortes os monstros, os bancos e as companhias, muito mais fortes que eles. Uma pessoa podia continuar com as terras enquanto elas lhe davam de comer e permitiam pagar os impostos; assim podia continuar com elas. Sim, podia continuar, até que as safras falhavam e tinha de recorrer aos bancos para pedir empréstimos.

— Mas, olhe, um banco ou uma companhia não pode viver assim, porque essas criaturas não respiram ar, nem comem carne. Elas respiram lucros e alimentam-se de juros. Se não conseguirem essas coisas, elas morrem, como vocês morreriam sem ar e sem carne. É triste, mas é assim. Simples assim.

E os meeiros, agachados, erguiam a cabeça e aventuravam com timidez: mas será que não se pode esperar mais algum tempo? Talvez o ano que vinha fosse melhor, houvesse uma boa safra. Deus talvez permitisse que houvesse muito algodão no próximo ano. E com todas essas guerras, não é, o algodão pode subir de preço. Eles não faziam explosivos com o algodão? E uniformes? Tratem de arranjar muitas guerras e o preço do algodão subirá até o teto. Quem sabe no ano que vem? Olhavam os senhorios com olhares interrogativos.

— Não, nós não podemos nos fiar nisso. O banco, esse monstro, tem que receber logo o seu dinheiro. Não pode esperar mais; senão morre. Não, os juros não param de subir. Quando o monstro para de crescer, morre. O monstro não pode ficar sempre do mesmo tamanho.

Dedos finos tamborilavam nos vidros dos carros e dedos duros e calosos esgravatavam ansiosamente a poeira. Nas soleiras das cabanas batidas de sol em que moravam os meeiros, as mulheres suspiravam e mudavam as pernas, de maneira que os pés que estavam no chão ficavam no ar e os que estavam no ar ficavam no chão e os dedos dos pés se mexiam lentos. Cães se acercavam, farejavam os carros e urinavam nos pneus um após o outro. E galinhas se acocoravam na poeira quente e sacudiam as penas para tirar o pó que se lhes descia da pele. Nos pequenos e apertados chiqueiros, os porcos grunhiam remexendo com os focinhos os restos turvos de lavagem.

Os meeiros baixavam outra vez os olhos.

— O que vamos fazer? A gente não pode se contentar com uma parte menor ainda das safras. Estamos na miséria. As crianças tão sempre com fome. Não temos roupas, só farrapos. Se toda a vizinhança também não fosse assim, a gente teria até vergonha de ir à missa.

Por fim, os donos das terras desembuchavam. O sistema de arrendamento não dava mais certo. Um só homem, guiando um trator, podia tomar o lugar de doze a catorze famílias inteiras. Pagava-se-lhes um salário e obtinha-se toda a colheita. Era o que iam fazer. Não gostavam de ter de fazê-lo, mas que remédio? Os monstros assim o exigiam. E não podiam se opor aos monstros.

— Mas os senhores vão matar a terra com todo esse algodão.

— Sim, a gente sabe disso. Mas vamos cultivar bastante algodão antes que a terra morra. Depois vendemos a terra. Muitas famílias lá do leste querem comprar um pedaço dessa terra.

Os arrendatários erguiam os olhos, alarmados:

— Mas que será de nós? O que é que nós vamos comer?

— Vocês têm que sair daqui. Os arados vão rasgar os quintais.

E agora os meeiros endireitavam-se, coléricos. O avô tomou conta destas terras e teve de lutar com indígenas e expulsá-los daqui. E o pai nasceu aqui e teve que matar as cobras e arrancar as ervas daninhas. Depois, vinha um ano ruim, e ele tinha de fazer empréstimos.

— E nós também nascemos aqui. E nossos filhos, parados ali nas portas, também nasceram aqui. E a gente também teve que pedir dinheiro emprestado. Depois o banco comprou as terras, mas a gente ficou e teve uma pequena parte da colheita.

— Oh, sim, nós sabemos disso. Mas a culpa não é nossa, é dos bancos. Um banco não é um homem. E um proprietário de vinte mil hectares também não é um homem. É um monstro.

— Tá certo — exclamaram os meeiros. — Mas esta é a nossa terra. A gente cultivou, fez ela produzir. Nascemos aqui, demos nossa vida a ela e queremos morrer aqui. Mesmo que não preste, ela é nossa. É isso que faz que a terra seja nossa: a gente nasce nela, trabalha nela, morre nela. É isto o que dá direito de propriedade, e não um monte de papéis, cheios de números.

— É uma pena, sentimos muito. Mas não temos culpa. É o monstro. O banco não é como um homem.

— É, mas os bancos são dirigidos por homens.

— Não, vocês estão enganados, completamente enganados. Um banco é mais do que um homem. Acontece que todo mundo detesta o que os bancos têm que fazer, mas os bancos fazem assim mesmo. Um banco é mais que um simples homem, é o que lhes digo. É um monstro, sim senhor. Os homens fizeram os bancos, mas não os sabem controlar.

Os meeiros clamavam:

— Nossos avós mataram indígenas, nossos pais mataram serpentes para ficar com as terras. Talvez a gente possa matar os bancos, eles são piores que os indígenas e que as serpentes. Talvez a gente possa lutar outra vez para ficar com as terras, lutar como lutaram nossos avós e nossos pais.

E aí eram os donos das terras que ficavam encolerizados.

— Vocês têm que sair daqui.

— Mas isso é nosso — gritavam os meeiros. — Nós...

— Não senhor, isso é do banco, é do monstro, do dono. Vocês tratem de ir embora.

— A gente pode pegar nas armas, como fez o avô quando vinham os indígenas. O que é que pode acontecer com a gente?

— Primeiro vem o xerife, depois vêm os soldados, tropas. Vocês serão ladrões se insistirem em ficar, serão assassinos se matarem para ficar. Agora é diferente, o monstro não é homem, mas pode arranjar muitos homens para fazer valer a sua vontade.

— Mas, se a gente sair, pra onde podemos ir? Como? A gente não tem dinheiro.

— Oh, sentimos muito — disseram os representantes. — O banco, dono de todas essas terras, vinte mil hectares de terra, não pode ser responsável. Vocês estão numa terra que não é a terra de vocês, não lhes pertence. Talvez vocês consigam trabalho lá na fronteira, no outono, durante a colheita de algodão. Talvez consigam ajuda como indigentes. Por que não vão para oeste, para a Califórnia? Lá há muito trabalho e nunca faz frio. Lá, basta estender a mão pra colher uma laranja. Lá sempre há safras para colher. Por que não vão para lá?

E os senhorios tocavam o carro e iam embora.

E os meeiros ficavam de cócoras de novo e esgravatavam a poeira, pensativos e desesperados. Era sombrio o seu rosto queimado de sol, e ardiam-lhes os olhos em cólera. As mulheres aproximavam-se cautelosamente dos homens, e as crianças arrastavam-se atrás das mulheres, medrosas, prontas para correr. Os meninos mais crescidos acompanhavam os pais, porque já se sentiam homens. E, após algum tempo, as mulheres perguntavam:

— O que é que eles queriam?

E os homens as olhavam por um instante com uma nuvem de dor nos olhos.

— Nós temos que ir embora — diziam. — Vem um trator e um capataz, que nem nas fábricas.

— Para onde nós vamos? — perguntavam as mulheres.

— Não sei. Ah, não sei.

E as mulheres voltavam lentamente para as casas, carregando as crianças consigo. Elas sabiam que um homem assim aborrecido e assim desesperado logo se tornava colérico, voltando-se contra os que amava. E deixavam os homens sozinhos, a pensar e a esgravatar a poeira.

Algum tempo depois os homens foram dar uma olhada na bomba-d'água que ali tinham colocado já fazia dez anos, uma bomba, uma manivela em pescoço de ganso, e no cepo onde tinham matado centenas de galinhas, e no arado manual que jazia no alpendre e numa grade suspensa nas vigas acima dele.

As crianças abraçavam-se às mães dentro das casas.

— O que é que vamos fazer, mãe? Aonde vamos, mãe?

As mulheres diziam:

— Não sabemos ainda. Vão brincar lá fora. Mas não fiquem perto de seu pai. Ele pode bater em vocês, se vocês o amolarem. — E as mulheres voltavam às suas tarefas, mas sem tirar os olhos de seus maridos acocorados e a desenhar arabescos na poeira, pensativos e perplexos.

Os tratores invadiram os campos, enormes répteis de ferro a moverem-se como insetos, com a extraordinária força dos insetos. Os tratores rastejavam pelas terras, cavavam sulcos, rolavam sobre eles, levantavam-nos. Eram tratores a diesel, vibrando enquanto estacionavam indolentes, trovejando quando em marcha, reduzindo depois para um zumbido monótono. Monstros de nariz chato a levantar a poeira, enfiando nela o focinho, marchando firmes pelas terras duras, arrasando cercas, portais, demolindo tudo na sua rota implacável. Não corriam pelo chão, mas por estradas que eles próprios traçavam. Ignoravam colinas e vales e cursos d'água, cercados e casas.

O homem enluvado ao assento de ferro não parecia um homem; de borracha sobre o nariz e a boca, ele era parte integrante do monstro, um robô em ação. O estrondo dos cilindros retumbava pelas terras afora, numa vibração uníssona com o ar e a terra. O homem que dirigia o monstro não podia controlá-lo enquanto devastava, efetuando retas, fazendas e mais fazendas. Um aperto num botão faria com que o trator cessasse seu avanço impiedoso, mas o homem que guiava o trator não podia fazê-lo porque o monstro que construiu o trator, o monstro que despachou o trator tinha de alguma forma se apoderado das mãos do motorista, de seu cérebro e de seus músculos; tinha-o revirado e amordaçado, revirado o espírito, amordaçado a boca, distorcido a percepção e calado seu protesto. O homem não mais via a terra como era na realidade, não podia cheirar-lhe o cheiro, seus pés não pisavam os torrões e não lhe sentiam seu calor e sua força. Ele estava sentado no seu assento de ferro e apertava com os pés os pedais de ferro. Não podia alegrar-se com a extensão de seu poder, sentir-lhe a pulsação, estimulá-lo ou amaldiçoá-lo, e por isso não podia alegrar-se, estimular ou amaldiçoar a si mesmo. Não conhecia a terra, não era seu dono, não precisava dela. Se uma semente não germinava, que importava isso ao homem? Se uma planta tenra secasse mirrada pela estiagem ou afogada numa chuva torrencial, isso pouco importava ao homem.

O homem devotava à terra a mesma indiferença que o banco nutria por ela. O homem admirava o trator, a sua estrutura mecânica, a plenitude de sua força, o barulho dos cilindros que detonavam; contudo, o trator não era dele. Atrás do trator rolava o disco reluzente, cortando a terra com lâminas aguçadas, não arando, mas cortando como um cirurgião, repuxando a terra para a direita, onde uma segunda fileira de lâminas cortava-a mais ainda e depois lançava-a à esquerda; lâminas brilhantes e agudas, polidas pela terra triturada. E depois, lançada para trás, a terra triturada era penteada pelos dentes de ferro, de maneira que os pequenos torrões eram quebrados e a terra se tornava lisa. Atrás das grades dentadas, os semeadores alongados — doze ganchos recurvos de ferro — giravam metodicamente, ligados por engrenagens, movendo-se sem paixão. O homem ficava sentado no seu assento de ferro e sentia-se orgulhoso das linhas retas que ele não traçara, do trator que não lhe pertencia e que não amava, do poder que não podia controlar. E, quando a safra progredia e a colheita terminava, nenhum homem pegava num punhado de terra quente e a deixava escorrer entre os dedos. Nenhum homem tinha tocado as sementes ou sentido alegria quando amadureciam. Os homens comiam aquilo que não tinham plantado; não tinham nenhum vínculo com o pão que comiam. A terra produzira pelo efeito do ferro, e sob os efeitos do ferro morria gradualmente; não era amada nem odiada; nem adorada nem amaldiçoada.

Ao meio-dia, o homem que dirigia o trator parava, às vezes junto à casa de um meeiro, e abria sua lancheira: sanduíches embrulhados em papel impermeável, pão branco, picles, queijo, carne de porco enlatada, um pedaço de torta marcada como se fosse uma peça de motor. Comia sem saborear a comida. E os meeiros, que ainda estavam ali, ficavam às vezes a observá-lo, olhando-o com curiosidade enquanto ele tirava os óculos e a máscara de borracha, as faces cobertas de poeira com círculos brancos ao redor do nariz e da boca. O trator bafejava fumaça, porque o diesel é tão barato que era mais prático deixar o motor ligado do que aquecê-lo novamente para uma outra tarefa.

Crianças se acercavam, curiosas, crianças maltrapilhas, que comiam uma massa de farinha frita e observavam. Observavam esfomeadas o homem desembrulhar seus sanduíches e aspiravam o cheiro da conserva e do queijo com o nariz aguçado pela fome. Não falavam com o homem do trator. Espiavam-lhe o movimento das mãos que levava a comida à boca. Não olhavam o mastigar da comida, olhavam somente as mãos que empunhavam o sanduíche. Depois de algum tempo, um meeiro, que não conseguira sair daquelas terras, agachou-se à sombra, ao lado do trator.

— Olha só, o senhor não é o filho do Joe Davis?

— Sou sim — respondia o motorista do trator.

— Então por que faz um diabo de trabalho assim, prejudicando a sua própria gente?

— Porque ganho três dólares por dia. Andei lutando como diabo para ganhar o que comer, e nada. Eu tenho mulher e filhos. Temos que comer. Três dólares por dia, todo santo dia.

— Tá certo — falava o meeiro. — Mas por causa de seus três dólares por dia, quinze ou vinte pessoas vão passar fome. Mais de cem pessoas têm que ir embora, queimar estrada. Tudo por causa de seus três dólares por dia. Isso tá certo?

E o homem do trator dizia:

— O que é que eu vou fazer? Tenho que pensar na minha família. São três dólares, que vêm todos os dias. Os tempos mudaram, não sabe disso? Não se pode mais viver da terra, a não ser que se tenha dois, cinco, dez mil hectares e um trator. A lavoura não é mais pra pobretões como a gente. Você não começa a reclamar porque não pode fabricar Fords ou porque não é a companhia telefônica. Bem, as safras agora são assim. Não há nada a fazer contra isso. A gente tem que se virar pra arrumar três dólares por dia. É o único jeito.

— É, tudo isso é muito estranho — ponderou o meeiro. — Se um homem tem um pedaço de terra, esse pedaço de terra é ele mesmo, faz parte dele, é como ele mesmo. Se é dono de uma terra assim, pode andar nela, tratar dela e ficar triste quando ela não produz e contente quando chove. Está sempre satisfeito, porque a terra é dele, é parte dele, é igual a ele. Mesmo que não seja bem-sucedido, ele vale muito, porque tem a terra. É assim.

Interrompeu-se um pouco e prosseguiu:

— Mas deixa um homem possuir uma propriedade que ele não vê nem tem tempo pra cuidar dela, nem pode sentir a terra debaixo de seus pés... bom, aí a propriedade substitui o homem. A propriedade é mais forte que o homem. E ele, em vez de grande, fica pequeno. Só a propriedade é grande, e ele é escravo da propriedade. É assim também.

O homem do trator devorou os restos da comida e disse:

— Os tempos mudaram, não sabe disso? Pensando como você pensa, não se arranja comida pra mulher e pros filhos. Vê se consegue ganhar três dólares por dia pra matar a fome dos seus filhos. Você não tem que pensar nos filhos dos outros, tem que pensar nos seus. Falando assim, você fica conhecido como rebelde e nunca vai arranjar trabalho para ganhar três dólares por dia. Os patrões não vão pagar três dólares por dia se você não se preocupar com outra coisa que não seja ganhar seus três dólares por dia.

— Tem mais de cem pessoas na estrada por causa dos seus três dólares por dia, sim senhor. Onde vamos parar?

— Por falar nisso, convém você tratar logo da mudança. Tenho que passar pelo seu cercado depois do jantar.

— Você já me estragou o poço hoje de manhã.

— Pois é. Tinha que seguir em linha reta. Mas agora tenho que passar pelo quintal da sua casa. Tenho que ficar em linha reta. E... eu digo isso porque você conhece o meu pai... Tenho ordens de chegar bem perto de uma parte onde ainda tenha uma família morando, como se fosse por acidente, sabe? E estragar um pouco a casa. Assim ganho mais uns dois dólares. Meu caçula ainda não sabe o que é um par de sapatos.

— Mas eu construí a minha casa com as minhas próprias mãos. Endireitei pregos velhos e enferrujados pra pregar as tábuas. Os caibros são amarrados com arame. É tudo meu. Eu fiz tudo sozinho. Se você se meter a derrubar a minha casa, vai me ver na janela, de rifle na mão. Chega só perto e vai ver. Meto uma bala como se mata um coelho.

— Mas eu não tenho culpa! Vou perder meu emprego se não fizer o que mandaram. E, olhe, suponha que você me mate. Eles vão enforcar você direitinho, mas antes disso já vai ter outro camarada no trator e esse outro vai derrubar a sua casa. Não adianta você me matar, não sou o homem que você procura.

— É, tá certo — disse o meeiro. — Quem deu estas ordens procê? Vou atrás dele, isto sim, vou matar é ele.

— Não, você tá enganado. Ele também não tem culpa. Recebe ordens do banco. O banco disse: dê um jeito naquela gente, mande todos embora, ou vai ser despedido.

— Bem, deve haver o presidente do banco, os diretores, os que mandam. Vou carregar meu rifle e vou procurar eles no banco.

E o homem do trator disse:

— Me falaram que o banco também recebe ordens do leste. E as ordens são: faça as terras produzirem de qualquer jeito, ou vai ter que fechar as portas.

— Mas então quem é que manda? Quem é que eu tenho que matar? Não vou morrer de fome sem primeiro matar quem quer me tirar o pão.

— Não sei. Talvez não tenha ninguém pra matar. Talvez não seja um problema de gente, de homens. Talvez a culpa seja da propriedade, como você disse. De qualquer jeito, eu tenho que cumprir as ordens.

— Tenho que pensar — disse o meeiro. — Todo mundo tem que pensar. Talvez tenha um jeito de evitar isso. Isso não é como relâmpago ou como terremoto; é só uma coisa ruim feita pelos homens; e, por Deus, podemos endireitar.

O meeiro sentou-se à porta de sua casa e o homem do trator pôs a sua máquina em movimento. O trator revolvia a terra e a terra dura e seca transformava-se em terra semeada. E o trator continuava a revolver a terra e a terra ainda não cortada tinha três metros de largura. E voltou de ré. O monstro de ferro focinhou o canto da casa, derrubou-lhe as paredes e arrancou-a de seus alicerces, e a casa caiu de lado, esmagada como um percevejo. E o homem que dirigia o trator estava de óculos e uma máscara de borracha cobrindo-lhe o nariz e a boca. O trator cortou uma linha reta na terra e o ar se encheu do som de suas vibrações. O meeiro olhou, inerte, de rifle na mão, sua mulher ao lado, e as crianças atrás de sua mãe. E todos olhavam, perplexos, os movimentos do trator.

6

O reverendo Casy e o jovem Tom estavam parados e olhavam a casa dos Joad. A pequena construção, que nunca fora pintada, estava esmagada num dos cantos e tinha sido arrancada de seus alicerces, de maneira que estava afundada em um dos ângulos, as janelas da frente apontando para algum lugar no céu acima do horizonte. As cercas se tinham ido também, e o algodão crescia no quintal, encostado à casa e em volta do celeiro. O algodão crescia livremente por todo o lugar que a casa antes ocupara. O pátio, cujo chão tinha sido endurecido pelos pés descalços das crianças, pelos cascos dos cavalos e pelas rodas dos carros, agora estava cultivado e crescia ali à vontade o algodão verde-escuro e coberto de poeira. O jovem Tom ficou longo tempo a olhar o velho salgueiro desgalhado, ao lado do bebedouro seco dos cavalos e da base de cimento em que antes se erguia a bomba-d'água.

— Jesus! — exclamou, afinal. — O inferno passou por aqui. Não ficou ninguém vivo.

E depois começou a descer a colina, e o reverendo Casy seguiu-o. Olhou o celeiro, deserto, um pouco de palha pelo chão, e olhou também a cocheira que tinha sido construída ao lado. Quando olhou para dentro, uma família de ratos brincava com os fiapos de palha.

Joad parou à porta do depósito de ferramentas, onde nada viu, exceto uma ponta quebrada de arado, um punhado de arame num canto, uma cabeça de mula roída pelos ratos, um ancinho enferrujado e desdentado, uma lata achatada com uma crosta de óleo e poeira no fundo, e macacões rasgados pendurados num prego à parede.

— Não sobrou nada — disse Joad. — A gente tinha umas ferramentas que eram uma beleza. Não sobrou nada.

— Se eu ainda fosse um pregador — disse Casy —, diria que foi o punho de Deus que bateu aqui. Mas agora não sei dizer o que teria acontecido. Eu estive longe daqui. Não sei de nada, não me disseram nada.

Os dois foram andando até o poço, atravessando plantações de algodão; os casulos estavam formando-se nos algodoeiros, e a terra toda estava cultivada.

— A gente nunca plantou aqui — disse Joad. — Isto aqui sempre ficava limpo; a gente não pode ter um cavalo com tudo isto cheio de pés de algodão.

Eles estacaram junto ao poço seco, e as ervas que costumam crescer em sua margem não existiam ali e a velha e densa vegetação estava seca e mutilada. Na boca do poço, os parafusos que antes mantinham presa a bomba estavam soltos, enferrujados. Joad olhou para o fundo do poço, cuspiu e apurou o ouvido. Atirou um torrão para dentro do poço e escutou.

— Era um bom poço — disse, por fim. — Mas agora acho que não tem mais água, não ouvi o barulho.

Pareceu relutar à ideia de entrar na casa. Ficou jogando pedrinhas atrás de pedrinhas no fundo do poço.

— Talvez esteja todo mundo morto — disse. — Mas, se fosse assim, alguém teria me avisado. Alguém teria me contado.

— Quem sabe eles deixaram alguma carta dentro de casa? Eles sabiam que você vinha?

— Não sei — disse Joad. — Não, acho que não sabiam. Eu mesmo não sabia até uma semana antes de ser solto.

— Vamos ver lá dentro, então. Puxa, arrancaram os alicerces. Parece obra do diabo — disse Casy.

Andaram vagarosos em direção a casa. Dois dos suportes do telhado da varanda estavam arrancados, de maneira que o telhado pendia para um lado. O canto da casa fora enfiado para dentro. Via-se o quarto do canto através de um emaranhado de madeira esfrangalhada. A porta da casa estava tombada para dentro, e seus batentes pendiam para fora, presos por uma dobradiça de couro.

Joad parou em um degrau.

— Os degraus da porta ainda estão aqui. Eles foram mesmo, ou então a mãe morreu — falou e apontou para o batente da cancela. — Se minha mãe estivesse aqui, essa porta estaria fechada e com cadeado. Minha mãe sempre fechava essa porta com cadeado, desde que o porco fugiu daí e correu até a casa dos Jacobs e comeu o bebê — seus olhos estavam vermelhos. — A Milly Jacobs estava no celeiro naquela hora, e quando voltou viu o porco ainda comendo a criança. A Milly tava grávida de novo, e quando viu aquilo perdeu o juízo. Nunca mais ficou boa. Mas isso foi uma lição pra mãe. Ela nunca mais deixou aquela porta aberta quando tinha que sair. Nunca mais ela esqueceu. Por isso eu digo: ou foi todo mundo embora ou todo mundo morreu.

Deu uma olhada na cozinha. As janelas estavam quebradas e o chão estava cheio de pedras. As paredes e o piso se soltaram da porta e uma poeira fina cobria as tábuas. Joad apontou para os cacos de vidro e para as pedras:

— Crianças — disse. — Elas andam trinta quilômetros pra poder quebrar uma janela. Eu mesmo já fiz isso. Elas sabem quando uma casa tá vazia, sabem muito bem. É o que as crianças sempre fazem quando alguém se muda de uma casa.

A cozinha não tinha mobiliário nenhum, o fogão fora retirado e no teto o buraco da chaminé deixava entrar a luz. Na bancada da pia jaziam um velho e enferrujado abridor de garrafas de cerveja e um garfo partido sem cabo. Joad arrastou-se devagar ao quarto, e o piso rangeu sob o peso de seu corpo. Um velho exemplar do Diário da Cidade de Filadélfia estava caído ao chão, encostado na parede, com as páginas amareladas e dobradas. Joad olhou no quarto de dormir; não havia ali camas, nem cadeiras, nada. A parede ainda sustentava uma gravura em cores de uma moça indiana, com o título: "Asa vermelha." Parte de uma cama estava encostada na parede. Num dos cantos, via-se uma bota de mulher, com botões de cima a baixo, com a frente retorcida e rachada na altura do peito do pé.

— Me lembro deste sapato — falou Joad. — Era da minha mãe. Agora não presta mais, mas a velha gostava muito dele. Usou durante anos. Agora tô certo, eles foram embora e levaram tudo.

O sol baixara até lançar seus raios pálidos através das janelas, refletindo-se nos cacos de vidro. Joad virou-se, por fim, e cruzou a varanda. Sentou-se à entrada e repousou os pés descalços no degrau. A luz amarelada da tarde lavava os campos, e os pés de algodão lançavam sombras alongadas no chão, o que também acontecia com o velho salgueiro desgalhado.

Casy sentou-se ao lado de Joad.

— Eles nunca te escreveram? — perguntou.

— Não, eu já disse que eles não gostavam de escrever. Meu pai sabia escrever, mas não escrevia. Não gostava mesmo. Ficava tremendo quando tinha que escrever uma coisa. Sabia encomendar um catálogo como qualquer pessoa, mas não escrevia carta de jeito nenhum.

Os dois ficaram sentados, lado a lado, olhando a distância. Joad colocou o paletó na varanda, junto a si. Enrolou um cigarro, levou-o aos lábios, depois acendeu-o e inalou profundamente a fumaça e soltou-a pelo nariz.

— Aconteceu alguma coisa séria — continuou Joad. — Mas num consigo pensar no que foi. Parece uma catástrofe. A casa toda destruída e meu pessoal sumiu!

— Veja — disse Casy —, ali adiante era a vala onde eu fazia os batizados. Você não era um mau menino, mas era muito teimoso. Agarrou as tranças daquela menina que nem um buldogue. Batizei vocês dois, em nome do Espírito Santo, e você ainda continuava agarrado nos cabelos dela. O véio Tom Joad disse: "Mergulha ele na água." Então eu peguei sua cabeça e empurrei ela até começar a fazer bolhas na água, e só assim você largou as tranças da menina. Você não era mau, era um menino teimoso. Às vezes, um menino teimoso cresce com uma grande dose do Espírito dentro de si.

Um gato magro e cinzento saiu do celeiro e arrastou-se através dos algodoeiros até a porta da casa. Saltou em silêncio para cima e arrastou-se para perto dos dois homens. Parou atrás deles e sentou-se, o rabo estendido, batendo ritmadamente no chão. Pôs-se a olhar para o vazio que os homens também fitavam...

Joad examinou-o.

— Por Deus! — exclamou. — Olha só. Pelo menos alguém ficou aqui. — Estendeu a mão para pegar o gato, mas o bichano fugiu, sentando-se fora de seu alcance para lamber a pata erguida. Joad olhou-o, pensativo.

— Já sei o que houve — gritou. — Esse gato acaba de me contar o que aconteceu.

— Me parece que aconteceu uma tragédia — disse Casy.

— Sim, porque não tem mais ninguém morando por aqui. Por que o gato não foi procurar algum vizinho? Como os Rance, por exemplo? Como é que ninguém veio buscar estes trastes que ainda ficaram aqui? É que não tem mais ninguém por estas bandas, garanto que não tem. E já é coisa de uns três ou quatro meses. É, ninguém roubou nada. Aqui tem uma porção de coisas que ainda se aproveita, até a madeira da casa já deviam ter roubado. Mas ninguém levou nada. Isso está muito esquisito. É isso que está me intrigando.

— Bem, mas o que é que pode ter acontecido? — perguntou Casy, tirando os sapatos e esfregando comodamente os dedos dos pés no degrau.

— Não sei. Parece que não tem vizinho nenhum. Se tivesse, como é que tudo isto continuaria aqui, como é que ninguém roubou nada? Por quê, meu Jesus Cristo? Uma vez o Albert Rance levou a família toda pra passar o Natal em Oklahoma City. Foram visitar um primo dele. Bem, os vizinhos não sabiam que o Albert só tinha ido fazer uma visita, pensaram que ele tinha ido embora de vez. Pensaram que ele tava com dívidas ou com alguma perna de saia. Quando o Albert voltou, uma semana depois, não tinha sobrado mais nada da casa dele. O fogão, as camas, até os parapeitos das janelas eles levaram, e até arrancaram as tábuas de uma parede. Eles voltavam justamente quando o Muley Graves estava saindo da casa deles com as portas e a bomba do poço. O Albert levou duas semanas percorrendo a vizinhança pra reaver tudo que tinham roubado dele.

Casy coçou a planta dos pés luxuriosamente.

— Ninguém tirou o corpo fora? Devolveram tudo?

— É claro. Não tinham roubado nada. Pensaram que ele tinha ido embora e abandonado tudo. Recebeu tudo de volta, tudo menos uma almofada de sofá, de veludo, que tinha em cima uma cara de bugre.[4] O Albert disse que com certeza era o vô que tinha ficado com a almofada, porque o avô, disse, tinha sangue de bugre. Pois, olha, o avô tinha mesmo

4 No original, consta *injun*, termo de conotação depreciativa e discriminatória, derivado de índio (*indian*). Sem equivalente na língua portuguesa, ainda que seu sentido original seja próximo ao de bugre. (*N. do R. T.*)

ficado com a almofada, mas só porque ele tinha gostado dela. Carregava ela sempre, fosse aonde fosse, pra se sentar nela. Disse: "Se o Albert quer tanto essa almofada, que venha buscar ela. Mas que venha logo de rifle na mão porque senão rebento aquela cabeça fedorenta dele por querer tirar a minha almofada." No fim, o Albert teve que desistir. Mas a almofada deu uma ideia ao vô. Disse que queria uma cama toda de plumas. E começou a guardar tudo que era pena de galinha. Mas nunca conseguiu arrumar uma cama assim. Um dia, meu pai ficou maluco com um gambá que andava debaixo da cama. O pai matou o bicho de pancada e minha mãe teve que queimar todas as penas que o vô tinha juntado, que era pra casa ficar livre daquele cheiro danado. — Riu-se. — Meu vô é um véio teimoso que só. Sempre que sentava na almofada, dizia: "Quero ver o Albert me tirar daqui. Pego aquele seu pescoço e torço que nem um par de ceroulas."

O gato aproximou-se de novo dos dois homens e meteu-se no meio deles, o rabo estendido e os bigodes eriçados. O sol descambava no horizonte e o ar impregnado de poeira era vermelho e dourado. O gato estendeu uma pata curiosa e tocou o paletó de Joad, que por sua vez olhou em volta.

— Puxa, ia me esquecendo da minha tartaruguinha! Não vou carregar ela a vida toda! — disse.

Desenrolou o paletó e soltou o animal para dentro da casa. Ao perceber que estava livre, a tartaruguinha saiu andando na direção sudoeste, como fez desde o princípio. O gato vigiou-a e atirou-se na cabecinha dura e deu uma cutilada nos seus pés curtos, que se agitaram. A cabecinha velha, dura e engraçada encolheu-se rápida e se encolheu o rabinho curto para baixo do casco, e, quando o gato, cansado de esperar, foi embora, a tartaruguinha retomou a caminhada rumo ao sudoeste.

O jovem Tom Joad e o reverendo Casy olharam a tartaruguinha afastar-se, ondulando sobre as pernas, arrastando o casco pesado vagarosamente. O gato a seguiu, arrastando-se por algum tempo, mas logo arqueou as costas, bocejou e voltou furtivamente para junto dos dois homens sentados.

— Aonde diabo será que ela vai? — perguntou Joad.

— Eu já vi muitas tartarugas na minha vida. Elas sempre vão pra algum lugar. Parece que estão sempre com pressa.

O gato cinzento sentou-se entre os dois homens e pestanejou devagar. A pele sobre as suas costas enrugou-se um pouco ao sentir a picada de uma pulga e depois alisou-se novamente. O gato levantou uma pata, ins pecionou-a, expôs as garras e lambeu os bigodes com a língua rosada. O sol vermelho tocava o horizonte e espalhava-se como uma medusa; o céu parecia mais brilhante e mais vívido que antes. Joad pegou suas botinas e, antes de calçá-las, limpou os pés empoeirados com as mãos.

O pregador, olhando ao longo dos campos, disse:

— Acho que vem vindo alguém. Olhe! Ali embaixo, no meio do algodoal.

Joad olhou na direção apontada por Casy.

— Vem a pé — disse. — Não posso ver ele por causa da poeira. Quem diabo será?

Observaram a figura aproximando-se, e a poeira que ela erguia refletia a luz do crepúsculo.

— É um homem — disse Joad. — Olhe só, eu conheço ele — acrescentou quando o homem se aproximou mais um pouco, ultrapassando o celeiro. — O senhor também conhece ele, é o Muley Graves. — E Joad gritou: — Ei, Muley, como é que vai?

O homem estacou sobressaltado ao ouvir o grito e a seguir apertou o passo. Era um homem magro e não muito alto. Seus movimentos eram rápidos, quase saltitantes. Carregava um saco vazio. As calças azuis estavam puídas nos joelhos e no traseiro, e o casaco preto, velho, sujo e manchado tinha as mangas quase arrancadas dos ombros e grandes buracos nos cotovelos. Seu chapéu preto estava tão sujo quanto o casaco, e a fita, solta de um lado, balançava livremente ao vento. As faces de Muley eram lisas e sem rugas, mas seu olhar era agressivo como o de um menino mau, a pequena boca cerrada, os olhos severos e petulantes.

— O senhor se lembra do Muley, não lembra? — dirigiu-se Joad novamente ao pregador, em voz baixa.

— Quem está aí? — gritou o homem que ia chegando.

Joad não disse nada. Muley acercara-se deles, já muito perto, antes de conseguir reconhecê-los.

— Quero ser um mico se este não é o Tommy Joad! — exclamou Muley. — Quando é que ocê saiu, Tommy?

— Faz dois dias — disse Joad. — Não demorei muito pra chegar em casa. Consegui pegar umas caronas. Ocê tá vendo? Não tem ninguém em casa e tá tudo abandonado. Cadê o meu pessoal, Muley? Por que derrubaram a casa e plantaram algodão no pátio?

— Por Deus, foi bom eu ter vindo — falou Muley. — Porque o véio Tom tava muito preocupado com ocê. Eu tava justinho aqui, sentado na cozinha, quando eles se mudaram. Então eu disse: "Eu é que não saio daqui, Tom." E ele disse: "Me preocupa é o Tommy. Imagina ele chegando em casa e não encontrando ninguém. Que é que ele vai pensar?" E eu perguntei: "Por que não escreve pra ele?" E ele me disse: "Acho que eu vou, sim, talvez eu escreva. Vou pensar nisso. Mas, se não escrever, eu queria que ocê avisasse o Tommy, se ocê ainda ficar por aqui." Então eu disse: "Eu vou ficar aqui. Vou ficar aqui até o inferno congelar. Ainda não encontrei ninguém bastante homem pra expulsar um Graves dessa terra." E ninguém conseguiu fazer isso.

Impaciente, Joad interrompeu-lhe:

— Onde tá o meu pessoal? Ocê disse que teve com eles até o fim. Onde é que eles tão?

— Bem, eles foram embora quando o banco mandou os tratores arrasar todas estas terras. Teu avô saiu pra rua com um rifle na mão e deu um tiro bem no farol do trator, mas o bicho veio avançando da mesma maneira. Teu avô não quis matar o homem que guiava o trator. Ocê sabe quem era? Era o Willy Feeley, e o Willy sabia disso e não parou e avançou pra cima da sua casa e virou ela de papo pro ar. É o que ocê tá vendo aqui. Foi um golpe duro no véio Tom; nunca mais ele foi o mesmo.

— Mas onde eles tão? — perguntou Joad, nervoso.

— Pois é o que tava querendo dizer procê. Eles levaram tudo em três viagens, na carroça do tio John. Botaram tudo na carroça, o fogão, a bomba-d'água, as camas, tudo. Ocê devia ter visto, as crianças sentadas em cima das camas, seu vô e sua vó também encostados no espaldar e o Noah também ali, cuspindo no lado da carroça e fumando um cigarro... — Joad abriu a boca para falar, e Muley continuou, rápido: — Tão todos na casa de seu tio John.

— O quê?! Com o tio John? Que é que eles tão fazendo ali, hein, Muley? Espera só mais um pouquinho, que eu já deixo ocê ir embora. O que eles foram fazer com o tio John?

— Bem, eu acho que eles tavam colhendo algodão. Todos eles, até as crianças, e seu vô também. Tão tratando de arrumar uns cobres pra poderem ir pro oeste. Vão comprar um carro e vão pro oeste, onde a vida é mais fácil. Por aqui não se faz nada. Cinquenta centavos por meio hectare de algodoeiro, e o povo inda chora pra arranjar um serviço assim.

— Será que ainda não foram pro oeste?

— Não — afirmou Muley. — Eu acho que não. Faz quatro dias, encontrei o seu irmão Noah, tava caçando coelhos, e ele me disse que tavam querendo ir em duas semanas. Tio John também foi mandado embora. Ocê só tem que andar uns dez quilômetros pra chegar na casa do John. Seu pessoal tá tudo lá, amontoado que nem esquilo no inverno.

— Tá bem — disse Joad. — Agora ocê pode ir descansado, Muley. Ocê não mudou nada, hein? Se a gente quer saber o que aconteceu no noroeste, ocê aponta seu nariz pro sudoeste.

— Ocê também não mudou muito, Joad — disse Muley. — Era muito atrevido quando menino e continua o mesmo. Não vai agora querer ensinar o padre a rezar a missa, né?

Joad arreganhou os dentes.

— É claro que não. Se ocê cismar de meter a cabeça num monte de caco de vidro, ninguém vai te fazer mudar de ideia. Ocê conhece o reverendo Casy, num conhece, Muley?

— Conheço, sim, se conheço. É que não tinha reparado nele. Mas me lembro muito bem; como vai, reverendo? — Casy se ergueu, e os dois homens apertaram as mãos. — Faz tempo não vejo o senhor. Onde tem andado? — acrescentou.

— Por aí, vendo o mundo — foi a resposta do pregador. — Mas o que foi que aconteceu por aqui, afinal? Por que é que estão expulsando o povo das terras?

Muley cerrou a boca com tanta força que um bico de papagaio se formou entre os seus lábios. E vociferou:

— São uns filhos da puta — disse. — São uns filhos da puta bem ordinários! É o que eu digo, rapaz. Eu vou é ficar aqui mesmo. Ninguém me enxota daqui. Esses filhos da puta pensam que podem mandar todo mundo embora daqui, mas comigo o negócio é diferente. Se eles me expulsarem à força, eu volto, e, se eles se meterem a besta, aí podem me matar, mas uns três deles, pelo menos, vêm comigo pro inferno — explodiu. Bateu em um volume no bolso do casaco. — Meu pai veio pra cá faz cinquenta anos. Eu não vou embora daqui de jeito nenhum. Não vou, e acabou-se!

— Mas por que tão mandando a gente embora? — perguntou Joad.

— Ah, eles disseram muita coisa. Ocê sabe que época dos infernos a gente teve aqui, não sabe? Aquela poeira desgraçada veio e acabou com tudo, a gente não fazia safra bastante pra encher um cesto. E todo mundo fez dívida no armazém. Ocê sabe como é isso. Bem, os dono das terra disseram: nós não podemos continuar com os meeiros. E disseram: o que os meeiros levam é justamente o lucro que a gente não pode perder. E disseram ainda: nem juntando todas as terra a gente tira lucro. Então mandaram os trator, que expulsaram todo mundo e arrasaram todas as casa. Expulsaram todo mundo, menos eu. Eu é que não vou sair daqui, não senhor! Tommy, ocê me conhece, ocê me conhece bem, sabe como eu sou.

— Conheço, sim — tranquilizou-o Joad.

— Então ocê sabe que eu num sou nenhum bestalhão. Eu sei que essas terras não são boas mesmo. Nunca foram, a não ser pra pastagem. Nunca produziu direito. E agora tão matando ela de tanto algodão. Se eles não quisessem se meter a besta, a esta hora eu com certeza já tava na Califórnia, comendo uva e descascando laranja. Mas esses filhos da puta me mandaram embora e, por Deus, eu não sou desses que se expulsam assim, sem mais nem menos.

— É isso mesmo, ocê tem razão — concordou Joad. — Eu me admiro é de ver que meu pai foi embora assim tão fácil. E que meu vô não rebentou ninguém com uma bala. Nunca ninguém mandou no meu vô. E mesmo minha mãe não é de brincadeira. Uma vez pegou uma galinha viva pelas pernas e deu com ela na cara dum mascate que tava se metendo a besta, só porque ele gritou com ela. Tinha também uma machadinha na outra mão, pronta pra abrir a cabeça dele. É que tinha esquecido qual era a mão que tava com a machadinha. Deu tanto com a galinha no homem que só sobraram as penas, e aí ninguém pôde comer. Meu vô riu, quase morreu de rir. Como é que o meu pessoal ficou mole assim de repente?

— Bom, foi aquele camarada do trator, ele falava mansinho que nem uma torta: "Ocês sabem" — disse —, "ocês têm que sair. Eu não tenho culpa. É ordem." "Então é culpa de quem, que eu quero pegar esse sujeito?", disse eu. "Não adianta", falou o camarada. "É a Companhia, a Companhia Shawnee de Gado." "Quem é essa companhia?", eu perguntei. "Não é ninguém, é uma companhia." O diabo do homem botava a gente maluco. Companhia. A gente não tinha de quem se vingar. O povo ficou cansado de procurar alguém que fosse culpado pra sentar a mão nele. Mas eu não, eu fiquei. Quero pegar esse desgraçado.

Uma faixa larga, de vermelho vivo, apareceu no horizonte e foi se estreitando e estreitando, até sumir de todo, e o céu ficou brilhando um pouco por sobre o horizonte, e uma nuvem, esfarrapada como um trapo ensanguentado, ficou pairando onde o sol desaparecera. E o crepúsculo tomou aos poucos o céu, vindo do leste, e a escuridão se apoderava da terra, vinda do Oriente. Surgiu a estrela vésper e ficou brilhando no crepúsculo. O gato cinzento esgueirou-se até a porta aberta do galpão e penetrou nela como uma sombra.

— Bom, eu acho que a gente não pode andar esses dez quilômetros até a casa do tio John ainda hoje. Meus pés tão ardendo. Que tal a gente ficar essa noite na sua casa, Muley? É só um quilômetro daqui — falou Joad.

— Tá um pouco difícil — disse Muley, embaraçado. — Minha mulher, os filhos e meu cunhado foram todos pra Califórnia. Não tinha nada pra se comer. Eles não são malucos que nem eu, e então eles foram. O que é que iam fazer? Morrer de fome?

O pregador mexeu-se, nervoso.

— Você não devia deixar a família se dividir assim — disse. — Devia ir com eles.

— Mas eu não podia — falou Muley Graves. — Tinha uma coisa que me prendia aqui.

— Bom, por Deus que tô com fome — falou Joad. — Passei quatro anos a fio comendo na hora certa. Tô com tanta fome que acho que comeria um homem. O que que ocê vai comer, Muley? Como é que ocê se vira pra jantar?

Muley mostrou-se envergonhado.

— Algum tempo eu comi rãs e esquilos e cachorro-do-mato. O que é que eu ia fazer? Mas ponho umas armadilhas de arame no mato ali do riacho seco, e às vezes pego um coelho e até galinha selvagem. Zorrilhos e quatis eu também consegui pegar.

Abaixou-se, abriu o saco que trouxera e esvaziou seu conteúdo na varanda. Dois coelhos e um esquilo caíram do saco e rolaram, macios e felpudos pelo chão.

— Deus do céu! — exclamou Joad. — Faz mais de quatro anos que eu não como carne fresca assim.

Casy apanhou um dos coelhos e segurou-o na mão.

— Vamos dividir isso, hein, Muley? — disse.

Muley lutou com o embaraço que o dominava.

— Não tem jeito, né? — balbuciou. Inquietou-se com o tom pouco cortês de suas palavras e acrescentou, rápido: — Não foi isso que eu quis dizer. Não foi isso — gaguejou. — Quando um homem encontra outro com fome, não tem jeito. Imagina se eu apanho meus coelhos e sumo daqui. Ocê entende, né?

— Eu entendo — disse Casy. — Entendo muito bem. O Muley pensou alguma coisa. Um pensamento muito pesado para ele, e até para mim...

Joad esfregou as mãos.

— Ocê tem uma faca aí, Muley? — perguntou. — Vamos aos coelhos.

Muley meteu a mão no bolso do casaco e tirou um longo canivete de cabo de chifre. Joad tomou-o, abriu a lâmina e cheirou-a. Enterrou-a várias vezes no chão e cheirou-a. Afinal, esfregou-a na calça e passou o polegar sobre o fio.

Muley tirou uma garrafa de água do bolso traseiro da calça, colocando-a na varanda.

— A gente tem que tomar cuidado com a água — disse. — Só tem este pouco aqui. O poço está entupido.

Tom Joad pegou um coelho.

— Algum de ocês vai buscar arame no celeiro — disse. — Vamo fazer fogo com essa madeira aí, da casa. — Ele olhou para o coelho morto. — A gente prepara depressa um coelho, é fácil mesmo.

Levantou a pele das costas do coelho, golpeou-a com o canivete, meteu os dedos no buraco e rasgou-a. A pele escorregava do corpo como uma meia. Joad esfolou o corpo e as pernas até o pescoço e as patas.

Tornou a pegar o canivete, cortando a cabeça e as patas. Deixou a pele de lado, golpeou as costelas do coelho, arrancou os intestinos, atirou-os sobre a pele e lançou tudo nos algodoeiros. O pequeno corpo, com seus músculos nus, estava pronto. Joad cortou as pernas e a carne das costas em duas partes. Quando estava pegando o segundo coelho, Casy voltou com o arame na mão.

— Agora vamo acender o fogo e pregar umas estacas no chão — disse Joad. — Tô com uma fome danada!

Limpou e cortou os outros coelhos e enfiou a carne no arame. Muley e Casy começaram a acender o fogo com umas tábuas do canto arruinado da casa. Pregaram estacas no chão, uma de cada lado, para sustentar o arame.

Muley virou-se para Joad:

— Presta atenção pra ver se esses coelhos têm algum tumor. Não gosto de coelho assim, de carne estragada.

Tirou um saquinho de pano e o colocou na varanda.

— Estragada nada — disse Joad. — A carne tá limpinha. Ocê também trouxe sal? Será que não tem aí no bolso uns pratos e uma barraca de campanha?

Tirou um pouco de sal e espargiu-o sobre os pedaços de coelho esticados no arame. As chamas projetavam sombras vermelhas sobre as paredes da casa e a madeira seca estalava, crepitando. O céu estava bem escuro e as estrelas brilhavam com limpidez. O gato cinzento saiu do galpão e trotou, miando, até a fogueira, mas, uma vez ali, voltou-se e correu para um dos montinhos de entranhas, que estavam por todo o chão. Mastigava e engolia as vísceras que lhe pendiam da boca.

Casy sentou-se no chão, ao lado da fogueira, alimentando-a com gravetos, empurrando para dentro as tábuas grandes à medida que o fogo consumia os ramos. Morcegos atiravam-se para a luz da fogueira, afastando-se depressa. O gato chegou-se para perto do fogo e deixou-se ficar ali a lamber os beiços e a lavar os bigodes e o focinho. Joad também se sentou junto ao fogo. Estirou entre as duas mãos o arame de que pendiam os pedaços de coelho.

— Segura essa ponta, Muley. Enrola ela na estaca. Assim, tá bom. Estica mais um pouco. Pronto. A gente devia esperar mais um pouco, até só ter as brasa, mas eu não aguento, tô com uma fome danada. — Joad acabou de prender à estaca a ponta de arame que estava nas mãos dele. Pegou uma vareta depois e empurrou para o centro, bem acima da fogueira, a carne de coelho. As chamas começaram a lamber a carne e endureciam-na e envernizavam-lhe a crosta. Joad sentou-se bem junto ao fogo, e foi virando a carne, com auxílio da vareta, para que ela não ficasse grudada ao arame.

— Isso é um banquete! Esse Muley é formidável. Trouxe tudo, até sal e água — disse ele. — Só falta ter trazido a sobremesa!

Muley falou, através da fogueira:

— Ocês com certeza pensam que eu sou louco, da maneira que vivo, não pensam?

— Pensamos nada. Se você é louco, então todo mundo tá maluco.

Muley continuou:

— Pois não deixa de ser uma loucura o que tô fazendo. Alguma coisa me deixou louco quando eles disseram pra eu ir embora daqui. Primeiro, andei com vontade de acabar com alguns desses bandidos. Depois, a minha família foi pro oeste e fiquei a andar por aqui, sozinho. Por aqui mesmo, sem destino. Nunca me afastei muito daqui. Dormia onde podia. Hoje, ia dormir aqui mesmo. Fiquei pensando com os meus botões: "Vou ficar por aqui porque quando o pessoal voltar vai encontrar tudo em ordem." Mas agora eu sei que ninguém volta, que não será mais como era. E continuo a andar por aqui que nem uma alma penada.

— Quando a gente se acostuma com um lugar, é difícil deixar. Eu não sou mais pregador, mas volta e meia faço uns sermão, e nem percebo o que tô fazendo.

Joad virou os coelhos sobre o fogo. A gordura estava gotejando e cada gota que caía sobre as brasas levantava uma ponta de flama. A superfície lisa da carne adquiria uma cor bronzeada agora.

— Cheira só — disse Joad. — Jesus, cheira só! Que cheiro bom!

Muley prosseguiu:

— Pois é isso. Ando por aqui que nem uma alma penada. Andei rodando pelos lugares onde as coisas aconteceram. Depois da nossa casa tem um matagal num barranco. Foi ali que eu me deitei pela primeira vez com uma moça. Eu tinha catorze anos, pulava, corria e me estabanava que nem um alce e espirrava como um bode. Por isso eu deitei ali, no chão, e vi tudo como tinha acontecido. Também fui no lugar perto do celeiro onde meu pai morreu com as chifradas de um touro. O sangue dele ainda mancha aquele chão. Ninguém lavou. Eu pus a mão naquele chão. — Interrompeu-se, inquieto. — Ocês devem tá pensando que eu fiquei maluco.

Joad virou o rosto e ficou pensativo. Casy não tirava os olhos do fogo. A cinco metros de distância dos homens, o gato estava também sentado, satisfeito, a cauda longa e cinzenta sobre as patas dianteiras. Uma coruja passou por sobre a fogueira, voando baixo, e as chamas iluminaram o seu ventre branco e as asas em leque.

— Não — disse Casy. — Ocê não é louco. É um solitário, mas não tá louco.

A face pequena de Muley estava rígida.

— Andei botando a mão na terra ensopada do sangue de meu pai. Andei vendo meu pai de novo, com um buraco no peito, e vi outra vez ele estremecer contra o meu corpo, exatamente como estremeceu, e vi ele cair, agitando as mãos e os pés. E vi de novo como seus olhos ficaram turvos pela dor e então ele ficou duro, e seus olhos ficaram claros outra vez, e ele olhava para cima... E eu, um menino, fiquei sentado, não chorava nem nada. Fiquei só sentado. — Balançou a cabeça bruscamente. Joad virava e revirava a carne sobre o fogo. Muley prosseguiu: — Depois entrei no quarto em que nasceu o meu Joe. Não tinha mais cama, mas o quarto era o mesmo. E eu vi todas as coisas, no lugar onde aconteceram. O Joe nasceu ali. Ele deu um grande suspiro, depois soltou um grito que podia se ouvir a um quilômetro. A vó tava perto e disse: "Mas que bebê bonito, mas que menino bonito!" E ela ficou tão satisfeita, tão orgulhosa que quebrou três xícaras naquela noite.

Joad pigarreou.

— Acho que já podemos comer — disse.

— Não, deixa ela ficar bem assada até ficar quase preta — disse Muley, algo irritado. — Quero falar ainda. Faz tempo que não falo com ninguém. Se tô louco, tô louco mesmo, e pronto. Que nem uma alma penada, eu andava de noite aí pelas casas da vizinhança. Tive na do Peter, do Jacob, do Rance, do Joad, e todas as casas tavam escuras que nem toca de rato. Antes a gente ia ali, havia boas reuniões, e até dançava. E às vezes nós rezava e cantava coisas sagradas. Muitas vezes tinha até casamento, em todas as casas. E aí eu tive vontade de ir à cidade e matar uma porção de gente. O que é que eles vão ganhar, tocando a gente daqui com o trator? Por causa do dinheiro, pra ganhar mais dinheiro, eles acabaram com tudo que tinha aqui. Me tocaram pra fora do chão onde meu pai morreu, onde Joe soltou o primeiro grito e onde eu quicava que nem um bode. O que é que eles ganham com isso? Deus sabe que essa terra não presta. Faz muito tempo que ninguém consegue uma colheita que seja. Mas esses filhos da puta, ordinários, miseráveis só querem é o dinheiro, o resto que se dane. Cortam a gente ao meio. A terra em que a gente nasce e vive é a terra da gente mesmo, isso é que é família. Agora tá todo mundo na estrada, num carro apinhado de gente, as pessoas já não são mais elas mesmas. Não estão mais vivas. Esses filhos da puta mataram elas... — Muley silenciou por um instante, os lábios finos movendo-se, trêmulos, o peito arfando violentamente. Sentou-se e ficou olhando as mãos, cabeça baixa, inundado da luz vermelha do fogo. — Eu... eu não falo com ninguém faz muito tempo — justificou-se com brandura. — Andei me arrastando por aqui que nem uma alma penada.

Casy empurrou mais para dentro do fogo as tábuas grandes, e as chamas ergueram-se vivas, lambendo a carne suavemente. A casa soltou um rangido alto quando a madeira contraiu com o ar frio da noite.

— Eu tenho que ver essa gente que anda por aí pelas estradas — disse o pregador. — Eu sinto que tenho que ver esse pessoal; eles precisam de ajuda. Mas que é que eu poderia fazer, o que é que um pregador pode dar pra eles? Fé e esperança no céu, com a vida que vêm levando na terra? O Espírito Santo, se o espírito deles está vencido e triste? Mas eles precisam de ajuda. Têm que viver, antes que tenham o direito de morrer.

Joad cortou-lhe a reflexão.

— Por Deus, vamos comer a carne, antes que ela enrugue e fique menor que um rato! Vê como ela tá. Cheira ela. — Levantou-se a seguir e deslizou os pedaços de carne no arame, afastando-os do fogo. Pegou a faca de Muley e cortou um pedaço. — É pro reverendo — disse.

— Eu já disse que não sou mais reverendo — protestou Casy.

— Bem, então é pro homem mesmo. — Joad cortou outro pedaço. — Isso é procê, Muley — estendeu a carne assada. — Se é que não está nervoso demais pra comer. Isso é carne de coelho. É mais dura que carne de vaca. — Tornou a sentar-se e ferrou os dentes na carne, arrancou um grande pedaço e começou a mastigá-lo. — Tá bom que tá danado! — falou e deu outra mordida com sofreguidão.

Muley continuou sentado, olhando o pedaço de carne que lhe foi dado.

— Talvez eu não devia ter dito o que disse — falou. — Devia ter guardado essas coisas pra mim.

Casy ergueu a cabeça, a boca cheia de coelho. Mastigava-o, e os músculos de seu pescoço ondulavam à medida que ia engolindo a carne.

— Foi bom ocê ter dito — opinou o pregador. — Às vezes, um sujeito triste perde a tristeza falando. Às vezes um homem, que está a ponto de matar, se livra dessa gana falando, o assassino é expulso pela boca e não mata mais. Cê fez muito bem. É melhor não matar ninguém, se der pra evitar. — Estacou e deu logo outra mordida no pedaço de coelho assado. Joad jogou os ossos na fogueira, levantou-se e tirou mais um pedaço de carne do arame. Muley agora estava comendo lentamente, e seus olhos, pequenos e nervosos, miravam um e outro companheiro. Joad comia, carrancudo como um animal, e um anel de gordura formou-se ao redor de sua boca.

Durante longo tempo, Muley ficou a olhá-lo, algo tímido. Depois baixou a mão que segurava a carne.

— Tommy! — disse.

Joad encarou-o, sem parar de mastigar a carne.

— Hein? — falou, de boca cheia.

— Tommy, ocê não tá aborrecido comigo porque falei em matar gente, está?

— Não — disse Tom Joad. — Não tô aborrecido. É uma coisa que acontece.

— Todo mundo sabe que a culpa não foi sua — falou Muley. — O véio Turnbull disse que ia te esperar quando ocê saísse da cadeia. Disse que ninguém pode matar um filho dele assim, sem mais nem menos. Mas o povo todo disse que ocê não teve culpa.

— Nós tava bêbado — disse Joad com brandura. — Tomamos um porre no baile. Não sei nem como começou a coisa. Só vi aquela faca vindo pra cima de mim, e então a bebedeira passou. O Herb queria me enterrar a faca no peito, e então eu vi aquela pá encostada na parede, garrei ela, e já sabe. Bati direitinho na cabeça dele. Nunca tive nada contra o Herb, era até um bom sujeito. Gostava dele. Brincava com a minha irmã Rosasharn quando era criança. Eu gostava do Herb.

— Pois foi o que todo mundo disse pro pai dele. O velho depois esfriou a cabeça. Dizem que ele tem sangue de Hartfield, pelo lado materno. E que por isso ele tem que sofrer as consequências. Eu num sei de nada disso. Agora não tão mais aqui; foram pra Califórnia faz mais de seis meses.

Joad tirou o último pedaço de coelho do fogo e o distribuiu entre os três. Sentou-se de novo e continuou a comer, mais vagaroso agora, mastigando mais ritmadamente a carne, e limpou a gordura que lhe orlava a boca com a manga do paletó. Seus olhos, escuros e semicerrados, fixaram-se na fogueira que se ia extinguindo.

— Foram todos pro oeste — falou. — E eu não posso ir. Me soltaram com liberdade condicional. Tenho que ficar dentro do estado.

— Liberdade condicional? — disse Muley. — Já ouvi falar nisso. Como é que funciona, mesmo?

— Bem, eu saí antes de cumprir a pena; saí três anos antes do tempo. Agora tenho que obedecer a um regulamento, senão eles me prendem outra vez. E tenho que me apresentar na prisão de vez em quando.

— Como é que eles tratam o pessoal lá em McAlester? Um primo da minha mulher teve lá e disse que é um inferno.

— Não é tão ruim assim — disse Joad. — É como qualquer outro lugar. Um inferno, se o sujeito provoca o inferno. O sujeito tem que se comportar, senão os guardas partem pra cima dele. Aí é que vem o inferno. Eu me comportei direitinho, não tinha nada com a vida dos outros. Até aprendi a escrever, bem como diabo. Aprendi também a desenhar pássaros. Meu velho vai ficar maluco quando me ver desenhar um pássaro só com uma linha. Vai ficar doido. Ele não gosta dessas coisas, nem de escrever palavras. Acho que tem medo delas. Toda vez que o pai via alguém escrevendo, ficava doido pra dar na cabeça do sujeito com a primeira coisa que caía na sua mão.

— Eles nunca te deram pancada, não maltrataram ocê?

— Não, nunca. Eu ia fazendo o meu serviço direito. É claro que a gente fica enjoado de fazer a mesma coisa todo dia, sempre o mesmo trabalho, durante quatro anos. Se a gente faz alguma coisa ruim, a gente fica arrependido, ao menos pode passar o tempo pensando. Mas, eu juro, se eu visse agora o Herb Turnbull avançar pra cima de mim com uma faca, pegava outra vez na pá e rachava a cabeça dele.

— Qualquer um fazia isso — disse Muley. O pregador estava olhando fixo para o fogo, e sua testa alta destacava-se na escuridão. O vermelho das pequenas chamas refletia-se no pescoço, realçando-lhe os músculos. As mãos, enlaçadas no joelho, estavam ocupadas puxando os nós dos dedos.

Joad arremessou os ossos restantes ao fogo, lambeu os dedos e esfregou-os na calça. Ergueu-se da varanda e apanhou do chão a garrafa de água, tomou um gole curto e passou a garrafa antes de tornar a sentar-se.

— A coisa que mais me atormentava era a que não tinha nem pé nem cabeça. Quando um raio mata uma vaca ou quando vem uma enchente, ninguém fica pensando porque aconteceu — disse. — A gente sabe que é assim mesmo. Mas quando um bando de homens agarra a gente e tranca numa prisão durante quatro anos, ah, deve ter algum significado nisso. Dizem que os homens medem sempre as coisas que fazem. Ficaram me dando casa e comida por quatro anos. Isso ou deve fazer com que eu não mate de novo, ou deve ser um castigo, pra eu ter medo de voltar pra prisão. Só sei de uma coisa, e repito: se o Herb me ameaçasse com uma faca outra vez, eu matava ele de novo. Matava no duro, antes mesmo de poder pensar. Principalmente se tivesse bêbado. O que me chateia é essa falta de lógica.

— O juiz falou que ocê só pegou sete anos porque a culpa não era toda sua — disse Muley.

E Joad continuou:

— Tem um sujeito lá em McAlester, condenado a prisão perpétua, que só vive estudando. Estuda o tempo todo. É secretário do diretor, escreve as cartas dele e outras coisas que tem que escrever. Bem, ele é um sujeito danado de inteligente, estudou Direito e coisas assim. Então, um dia, eu falei pra esse sujeito sobre o meu caso, já que ele leu tantos livros. Ele disse que os livros não servem pra nada. Disse que tinha lido tudo sobre prisão e penitenciária e que agora fazia menos sentido que antes, quando começou a estudar. Que a lei era uma coisa que mandava a gente pro inferno, depois tirava a gente de lá, e ninguém tinha força bastante para enfrentar, nem juízo bastante para modificar as leis. Ele me avisou: pelo amor de Deus, não se meta a ler, que você acaba maluco. Acaba perdendo o respeito por todo mundo, principalmente esse pessoal que tá no governo.

— Pois eu já não tenho mais respeito por eles agora — disse Muley. — Só tem um tipo de governo: é o que esmaga a gente por causa do lucro. Quer ver uma coisa me provocar? É esse diabo do Willy Feeley guiando o trator, expulsando a sua própria gente da terra onde nasceu. Isso me deixa louco de raiva. Eu podia entender se fosse um sujeito de fora, mas o Willy não, ele não devia fazer isso, ele é daqui mesmo. Fiquei tão indignado que perguntei pra ele por que é que fazia aquilo. Eu tenho mulher e duas criancinhas, ele falou. E também a minha sogra vive comigo. Eles têm que comer... E ele ficou mais danado ainda: primeiro tenho que pensar na minha família. Os outros que se arranjem, ele falou. Parecia envergonhado e por isso se encrespou todo.

Jim Casy olhava fixamente para o fogo quase extinto, e seus olhos se dilataram e os músculos de seu pescoço pareciam mais inchados. De repente, exclamou:

— Ah, ele está aqui! Se algum dia um homem se sentiu inspirado pelo Espírito Santo, esse homem fui eu! — Ergueu-se num pulo e ficou passeando para lá e para cá. — Eu já tive o meu templo. Tinha mais de quinhentos fiéis; eles iam para lá todas as noites. Isso foi ainda antes que vocês me conhecessem... — Estacou e encarou-os: — Todo mundo sabe que eu nunca passei o chapéu quando pregava, seja no celeiro, seja sob o céu aberto.

— Por Deus que não, o senhor nunca coletou dinheiro — disse Muley. — O pessoal daqui tava tão acostumado a não dar dinheiro pro senhor que, quando vinha outro reverendo e estendia o chapéu, ficava até com raiva. Sim senhor!

— É, eu só aceitava coisas pra comer — disse Casy. — Aceitava umas calça, quando as minhas não prestavam mais, e um par de sapato usado, quando já estava andando descalço. Quando tive templo, recebia dinheiro também, dez e até vinte dólares, mas eu não me sentia feliz com aquilo e então deixei a coisa, e durante algum tempo eu fui feliz. Agora, acho que encontrei o que precisava. Não sei se devo dizer. Mas acho melhor dizer, sim. Quem sabe eles precisam lá de um pregador? Quem sabe eu posso ser um pregador de novo? O povo anda aí desolado pelas estradas, sem terra, sem lar. Eles precisam de um lar. Quem sabe?... — E parou diante do fogo. Os músculos de seu pescoço apareceram em alto-relevo e a luz das chamas penetrava em seus olhos, tingindo-os de vermelho. Casy ficou ali, parado, olhando a fogueira, o rosto tenso como se estivesse à escuta de algo, e as mãos, antes tão ativas, antes gesticulando, agitando ideias, pendiam quietas, e de repente desapareceram dentro dos bolsos. Os morcegos esvoaçavam em torno do fogo que se extinguia, e dos campos ouvia-se o pio de uma coruja, suave como água escorrendo.

Tom Joad mergulhou a mão silenciosamente no bolso e tirou-a com a bolsa de fumo, enrolando um cigarro, devagarinho, a olhar as brasas. Quase não ouvira as palavras do pregador, tomara-as como um monólogo que só interessasse à pessoa que o pronunciava.

— Todas as noites — pôs-se a falar — eu pensava, deitado no meu catre, em como ia ser quando chegasse em casa. Fiquei pensando que meu vô e minha vó podiam estar mortos e que podiam ter nascido novas crianças. Talvez meu pai não fosse mais tão forte. E minha mãe talvez estivesse mais fraca e tivesse mandado minha irmã Rosasharn fazer o serviço dela. Eu sabia que não ia ser como era antes... Bem, acho melhor a gente dormir aqui mesmo. De manhã cedo, vamos até a casa do tio John. Eu pelo menos tenho que ir. O senhor não vem comigo, Casy?

O pregador demorou-se a olhar o fogo, antes de responder. Afinal, falou, arrastado:

— Sim... eu vou com você. E quando o seu pessoal sair para a estrada, eu irei com eles. E onde houver gente na estrada, eu estarei lá.

— Será bem-vindo — disse Joad. — Minha mãe sempre gostou do senhor. Disse que a gente podia acreditar no que o senhor dizia. A Rosasharn inda era pequena. — Voltou a cabeça e dirigiu-se ao outro: — Ocê vem com a gente também, Muley? — Muley estava olhando para a estrada por onde tinham chegado à casa de Joad. — Ocê vem, Muley? — repetiu.

— Hum? Não, eu não vou pra lugar nenhum. Escuta, cê tá vendo aquela luzinha ali diante? Tá ali, dançando. Acho que é o superintendente da plantação que vem vindo. Talvez viu a fogueira que a gente fez.

Tom olhou na direção apontada. A luz estava se aproximando pelo vale.

— O que é que tem? — disse. — Nós não tá fazendo nada de mais. Não se pode ficar sentado aqui?

Muley riu, um riso cacarejante.

— Ah, é? Essa é boa. É só estar aqui, que a gente já está fazendo alguma coisa. Estamos desobedecendo às ordens deles. Não podemos ficar. Faz dois meses que tão querendo me pegar. Olha aqui. Se aquilo que vem vindo é um automóvel, a gente vai lá pro meio dos algodoeiros e deita lá, bem deitado. Não precisa ir muito longe. Deixa que eles procurem a gente, que tentem procurar. Pra encontrar, só examinando palmo por palmo. Mas é preciso ter a cabeça bem abaixada.

— O que é que ocê tem, Muley? — estranhou Joad. — Ocê nunca foi homem de se esconder. Sempre foi corajoso.

Muley ficou olhando a luz que se aproximava.

— É — disse. — Eu era valente que nem um lobo. Agora sou que nem uma doninha. Quando a gente caça, a gente é um caçador e é forte, disposto. Ninguém se mete com um caçador. Quando a gente é caçado, aí é diferente. A gente fica mudado. Não é mais forte, pode ser feroz, corajoso, mas não é mais forte. Tô sendo caçado há muito tempo. Não sou mais caçador. Talvez tivesse coragem pra atirar num sujeito na escuridão, mas não tenho mais coragem pra voar pra cima dele com um pedaço de pau. Não posso enganar ninguém. Agora é assim.

— Bom, então ocê se esconde — disse Joad. — Deixa que eu e Casy falamos com esses filhos da puta.

A luz estava mais perto agora e projetava-se no céu. Desaparecia por um instante e tornava logo a aparecer. Os três homens observavam.

— Tem outra coisa a respeito da gente ser caçado. A gente pensa em tudo que é perigo. Se é a gente que tá caçando, então não precisa pensar em nada disso e não sente medo. É como aquela história que ocê contou: se fizer alguma besteira, mandam ocê de volta pra McAlester — falou Muley.

— Isso é verdade — disse Joad. — Lá eles me disseram isso, mas a gente ficar sentado aqui pra descansar e dormir no chão não é fazer besteira. Não é crime. A gente não tá bebendo, nem brigando, nem nada.

Muley riu.

— Ocê vai ver — disse. — Fica aí até chegar o carro. Talvez seja o Willy Feeley e o Willy agora é ajudante do xerife. O que é que ocê tá fazendo aqui? Aqui é proibido, o Willy vai falar. Bem, ocê sabe, o Willy foi sempre um sujeito metido a besta. Ocê diz: que é que ocê tem com isso? Aí o Willy fica danado e diz: sai daí, senão eu te prendo. Ocê não vai deixar que nenhum Willy grite com ocê, porque ele lá tá nervoso e com medo. Aí começa a gritar, porque tem que fazer o trabalho dele. Pronto: ocê já arrumou uma encrenca. Ó, o melhor mesmo é a gente se esconder aí no meio do algodoal e deixar ele procurar a gente. É até engraçado, eles ficam que nem barata, sem poder fazer nada. A gente fica só rindo deles, bem escondido. Vá se meter com o Willy ou outro tipo assim e já sabe: volta na McAlester por mais três anos.

— Ocê tem razão — disse Joad. — Tem toda razão. Mas eu tenho um ódio de gente metida a besta que vou te falar! Prefiro dar um murro no Willy.

— Ele tem uma arma — disse Muley. — E vai usar ela, porque agora é autoridade. E então ou ele mata ocê, ou então ocê toma a arma e mata ele.

É isso. Vem comigo, Tommy, deixa de besteira. É melhor ocê ficar rindo dele, escondido no algodoeiro. O que tem valor é aquilo que ocê só diz procê mesmo. — A faixa branca agora varria o céu com um brilho vivo, e se ouvia o ronco uniforme do motor. — Vamo, Tommy — insistiu Muley. — Não precisamo ir pra longe, só umas quatorze ou quinze fileiras daqui. Dali a gente pode ver tudo.

Tom ergueu-se.

— Por Deus, ocê tem razão — concordou. — Não ganho e nem perco nada com isso.

— Então vem, por aqui — apressou-o Muley, contornando a casa, onde penetrou no algodoal. A uns cinquenta metros de distância, ele parou. — Aqui tá bom — disse. — Agora, ocê se deita. Se a luz dos farol vier pra cá, ocê baixa bem a cabeça. Fica até engraçado, ocê vai ver.

Os três homens estenderam-se ao comprido, apoiando-se nos cotovelos. Muley pôs-se de pé em um salto e saiu correndo em direção a casa, regressando instantes depois com uma trouxa de casacos e botinas.

— Se a gente deixasse lá, eles carregava tudo, só pra se vingar — disse, à guisa de explicação.

A luz havia agora atingido o morro e projetava-se sobre as paredes da casa.

— Será que eles não entram no algodoal pra procurar a gente? Era bom se tivesse um pedaço de pau aqui — disse Joad.

Muley sufocou uma risada.

— Não. Eles não vêm pra cá. Não te disse que agora eu era valente que nem uma doninha? Uma noite o Willy fez isso, e eu ataquei ele por trás com uma estaca. Dei uma paulada na cabeça que ele ficou zonzo. Depois ele foi dizer que cinco sujeitos pegaram ele de surpresa.

O automóvel aproximou-se da casa, que foi varrida pela luz dos faróis.

— Se abaixa — disse Muley.

A luz branca passou por sobre a cabeça dos três homens, cruzando o algodoal. Os homens, escondidos, nada podiam ver, mas ouviam o bater de uma porta do carro e vozes confusas.

— Apagaram a luz — sussurrou Muley. — Uma vez eu quebrei o farol com uma pedrada. Agora eles têm mais cuidado. Acho que o Willy trouxe alguém com ele esta noite. — Os três homens ouviram passadas e depois viram brilhar uma lanterna.

— Que tal eu jogar uma pedra lá pra dentro, hein? — murmurou Muley. — Eles não têm como saber de onde veio. Vai ser engraçado.

— Boa ideia — aprovou Joad.

— Não, não faz isso não — sussurrou Casy. — Não vai ajudar em nada. Será perda de tempo. É melhor pensar numa coisa mais útil.

Um som crepitante soou de perto da casa.

— Tão apagando o fogo — sussurrou Muley. — Tão jogando terra sobre ele.

As portas do carro bateram com força, a luz dos faróis acendeu-se de novo, voltando a enfrentar a estrada.

— Mergulha! — falou Muley.

Os três homens baixaram a cabeça, e a faixa branca passou sobre eles com rapidez. Cruzou e recruzou o campo de algodão, e depois o carro partiu, subiu o morro e desapareceu.

Muley levantou-se.

— O Willy sempre faz esse truque do farol. Fez isso tantas vezes que eu já sei quando ele vai fazer. E ainda pensa que é muito sabido!

— Quem sabe deixaram alguém dentro de casa? — disse Casy. — Quando a gente aparecer, eles nos agarram.

— É mesmo — concordou Muley. — É melhor ocês esperar aqui. Eu já conheço o jogo deles. — Saiu na ponta dos pés; suas passadas faziam um ruído quase imperceptível. Os outros dois tentaram ouvir seus movimentos, mas ele já se tinha ido. Pouco tempo depois, estava lhes falando de dentro da casa: — Não tem ninguém aqui. Podem vir.

Casy e Joad ergueram-se também e aproximaram-se da massa negra da casa. Muley esperava-os junto à pilha fumegante que restara da fogueira.

— Logo vi que eles não iam deixar ninguém — disse, orgulhoso. — Depois que dei aquela pancada no Willy e quebrei os faróis a pedradas, ele tá tomando mais cuidado. Eles não sabem quem foi, e eu não deixo eles me pegarem. Não durmo nunca perto das casas. Se ocês quiser, vou mostrar um bom lugar pra se dormir, um lugar onde ninguém incomoda a gente.

— Então vamos — disse Joad. — Puxa, nunca pensei que eu tivesse que andar como um ladrão na terra do meu pai.

Muley penetrou no campo, com Joad à frente e Casy atrás. Tropeçavam no algodoeiro à medida que iam avançando.

— Ocê ainda vai ter que se esconder de muita coisa.

Marchavam em fila, não tardando a chegar a um barranco, e foram deslizando até o fundo.

— Por Deus, já sei! — gritou Joad. — Tem uma caverna aí na margem, não tem?

— Tem, sim. Como é que ocê sabe?

— Pois fui eu que cavei ela, eu e o meu irmão Noah. A gente tava brincando de procurar ouro. Tem que ser aí perto do poço.

As paredes do barranco ficavam acima deles.

— Deve estar muito perto — disse Joad. — Eu me lembro que era bem perto daqui.

— Pois é aqui mesmo — disse Muley. — Eu tapei a entrada dela com mato. Ninguém é capaz de achar.

O fundo do barranco se tornou mais plano e o chão era de areia. Joad sentou-se na areia limpa.

— Não vou dormir num buraco desses — disse ele. — Vou dormir é aqui mesmo. — Enrolou o paletó e colocou-o debaixo da cabeça.

Muley puxou o mato para fora e penetrou na cavidade.

— Pois eu gosto daqui — falou. — Aqui ninguém pode me achar, sempre pensei assim.

Jim Casy sentou-se na areia, ao lado de Joad.

— Vamos dormir — disse Joad. — Temos que sair bem cedo pra casa do tio John.

— Eu não estou com sono — disse o pregador. — Tenho muito no que pensar.

Encolheu as pernas e ficou a segurá-las com as mãos. Tombou a cabeça pra trás e olhou as estrelas reluzentes. Joad bocejou e pôs uma das mãos debaixo da cabeça. Ficaram todos em silêncio, e gradualmente a vida oculta da terra recomeçou, das tocas e do mato; os esquilos agitavam-se no prado e os coelhos puseram-se a roer brotos verdes; os ratos pulavam sobre os torrões de terra e os predadores alados voavam silenciosamente no ar.

7

Nas cidades, nos subúrbios das cidades, nos campos, nos terrenos baldios, nos depósitos de ferro-velho e de carros usados, nas oficinas, ostentam-se os cartazes: "Automóveis usados, quase novos. Transporte barato. Três *trailers* Ford 1927 em perfeito estado. Carros com garantia, carros reformados. Rádios de graça. Autos com cem litros de gasolina grátis. Agradecemos a visita. Carros usados. Sem despesas suplementares."

Um pequeno espaço de terra e uma casinha suficientemente grande para conter uma secretária, uma cadeira e um livro de capa azul. Um maço de contratos, de papéis dobrados e amarrotados nas pontas, preso por um grampo de aço, e uma pilha de formulários para contratos, ainda em branco. Caneta tinteiro — a caneta deve ser conservada sempre cheia, sempre pronta para trabalhar. Já perdemos negócios por causa de uma caneta sem tinta.

Esses filhos da puta ali não compram, com certeza. Todo mundo conhece eles. Não fazem mais que olhar. Passam a vida toda olhando. Não comprarão carros; nem se pense nisso. O que eles querem é desperdiçar o tempo dos outros. Ali, aqueles dois... não, os que estão com as crianças. Ponha eles num carro. Comece pedindo duzentos e vá baixando depois. Eles têm cara de quem paga 125. Insista com eles. Dê umas voltas. Obrigue-os a comprar. Só estão aqui pra desperdiçar o nosso tempo.

Os donos, com as mangas arregaçadas. Vendedores bem-arrumados, de olhos implacáveis, fixos, esperando um momento de fraqueza do comprador. Olha só a cara da mulher. Se ela gostar, o velhote compra. Mostre-lhe esse Cadillac. Depois poderá levá-los nesse Buick 1926. Se começar com um Buick, eles vão querer um Ford. Arregace as mangas, e vamos ao trabalho. Isso não vai levar muito tempo. Mostre-lhes esse Nash enquanto eu vou tapar o rombo daquele Dodge 1925. Quando estiver pronto, eu vou te dar um sinal.

O que o senhor quer é um carro pra viajar, né? Pois não, não precisa ser um carro de luxo. Sim, o estofamento está um pouco surrado, mas não são as poltronas que fazem o carro rodar.

Carros enfileirados, com os focinhos apontados para a frente, focinhos enferrujados, pneus encolhidos, gastos. Em filas bem unidas.

Quer ver este? Pois não. Vamos tirá-lo da fila.

Faça-o compreender que está tomando seu tempo. Faça com que ele se sinta na obrigação moral de comprar. As pessoas, em geral, têm sentimentos. Não gostam de prejudicar ninguém. Faça com que elas sintam que estão lhe dando prejuízo, tomando o seu tempo. Depois, enfie um calhambeque pela goela deles.

Carros enfileirados. Modelo T, alto e quadrado, rodas que chiam, motores gastos. Buicks, Nashes, De Sotos.

Sim senhor, é um Dodge 22. É o melhor tipo de carro que a Dodge já produziu. Dura toda a vida. Compressão baixa. Compressão alta dá grande velocidade a princípio, mas depois o motor não aguenta mais. Plymouths, Rocknes, Stars.

Jesus, de onde veio esse Apperson, essa arca? E um Chalmers e um Chandler? Faz anos que não aparecem. Não se consegue vender esses carros... São sucata. Diabo, eu tenho que ter calhambeques. Só quero coisas que não me custem mais que vinte, trinta dólares. Posso vender por cinquenta, setenta e cinco. É um bom lucro. Carros novos pra quê? Eu preciso é de calhambeques. Vendem-se num piscar de olhos. Não quero nada que custe mais de 250. Jim, agarre aquele velho ali, é capaz de querer comprar o Apperson. Escute, onde está mesmo esse Apperson? Vendido? Convém a gente arranjar outros calhambeques desse tipo, senão acabaremos por não ter o que vender.

Flâmulas, vermelhas e brancas, brancas e azuis, todas enfeitando os radiadores. Carros usados. Bons carros usados.

Somente hoje! Excelente oportunidade, ali no estrado. Nunca venda aquele carro. É chamariz de cliente. Se vendêssemos aquele carro pelo preço que está marcado, não colocaríamos um centavo no bolso. Diz que já está vendido. Tire essa bateria daí, antes que o cliente veja. Ponha essa outra. Mas o que querem eles por uma ninharia, meu Deus? Arregace as mangas e pegue esses caras, ande! Ufa! Até que enfim! Se eu tivesse um bom número de calhambeques, em seis meses poderia me aposentar.

Olhe, Jim, estou ouvindo aquele Chevrolet lá do fim. Parece que está triturando cacos de vidro. Despeja uns dois litros de óleo nele. Coloque óleo também na engrenagem. Temos que despachar essa porcaria por 35 dólares. O cretino me enganou com aquilo. Ofereci dez, ele insistiu até conseguir quinze, e no final das contas o filho da puta me levou as ferramentas. Meu Deus! Ah, se eu tivesse cem calhambeques! Ah, não vai levar, né? Não gostou dos pneus? Diga pra ele que rodou dez mil quilômetros e dê um descontinho, anda!

Pilhas de ruínas enferrujadas atrás da cerca, fileiras de restos lamentáveis, peças de motor, para-choques, peças sujas de óleo, blocos pelo chão, ervas daninhas entre os cilindros. Rodas quebradas, canos de descarga enrolados como serpentes. Graxa. Gasolina.

Veja se encontra aí uma vela em bom estado. Ai, Cristo, se eu tivesse uns cinquenta *trailers*, estava feito. Que diabo quer esse sujeito? Claro que a gente vende, mas não entrega em casa. Que fique bem claro! Não entregamos em domicílio. Eu, hein! Vai escrever para a *Revista do automóvel*, aposto. Ele ainda está em dúvida? Bote ele pra correr. Temos mais o que fazer do que perder tempo com essa gente que não sabe o que quer. Tire o pneu direito da frente desse Graham. Vire o lado remendado pra dentro. O resto está tinindo. Tem tudo o que é necessário.

Sim, só tem cinquenta mil quilômetros de corrida. Está bem bom ainda. Bote bastante óleo, que vai ser uma beleza. Bom, até logo. Boa sorte!

Procurando um carro? O que você tinha em mente? Tá vendo alguma coisa que lhe agrade? Mas olhe, estou com a garganta seca. Que tal um traguinho? Vamos até o boteco enquanto a sua senhora está examinando esse La Salle. O amigo decerto não quer nenhum La Salle. É um carro meio feio. Além disso, gasta muito combustível. Adquira um Lincoln

1924, que o senhor vai ver. Esse, sim, esse é um automóvel dos bons. Corre como o diabo. Tem a força de um caminhão.

O sol quente bate nos metais enferrujados. Óleo se esparrama pelo chão. Gente andando por ali, confusa, procurando por um carro.

Olhe, sujou os pés de óleo. Não encoste nesse carro; está muito sujo. Como é que quer comprar um carro? Quanto vai custar? Olhe, tome cuidado com as crianças. Quanto será que custa esse aqui? Vamos perguntar. Perguntar é de graça. Acho que perguntar não ofende ninguém. Não podemos pagar nem um centavo além de 75 dólares, senão não teremos dinheiro para chegar à Califórnia.

Meu Deus! Quem me dera ter uns cem calhambeques! Nem me importava que andassem ou não!

Pneus, pneus gastos e furados, enfiados em grandes cilindros; câmaras de ar vermelhas, cor de cinza, penduradas como salsichas.

Remendos para pneus? Limpadores de radiador? Aditivo de combustível? Pingue isso aqui no seu tanque de gasolina e conseguirá quinze quilômetros extras por cada galão. Não quer pintar o carro? Fica como novo. Limpadores? Correias do ventilador? Válvulas?

Talvez seja a válvula. Leve uma nova.

Muito bem, Joe. Mande o pessoal para cá, que eu ajeito eles. Ou eles compram, ou vão passar mal.

Sim senhor. Pode entrar. O amigo vai ter um carro que é uma beleza. E sabe por quanto? Por 80 dólares apenas. Sim senhor.

Não, só posso pagar até cinquenta. Aquele homem lá fora disse que por cinquenta a gente tem um carro bom.

Cinquenta? Cinquenta? Ele está maluco. Setenta e oito e meio, foi quanto eu paguei por ele. Joe, você ficou louco, como é que você foi dizer que era cinquenta? Quer me ver falir? Tenho que tomar cuidado com esse sujeito. Ainda se fosse setenta, vá lá. Agora, senhor, escute aqui, eu sou negociante, não quero perder tempo. Tem alguma coisa pra dar em troca?

Tenho uma parelha de burros que dá pra trocar...

O quê?! Trouxe uma parelha de burros para trocar? Burros! Ei, Joe, você está ouvindo isso? Esse sujeito quer negociar com burros! Burros, na época da máquina! Hoje em dia, só se aproveita dos burros a pele.

São animais bem bonitos. Cinco e sete anos cada um. É melhor a gente dar uma olhada.

Dar uma olhada?! O senhor vem aqui tomar o meu tempo tão precioso! Joe, você não sabia que estava lidando com um chove não molha?

Mas eu não vim atrapalhar, senhor. Vim comprar um carro. Nós queremos ir pra Califórnia. Eu tenho que arranjar um carro.

Bem, eu sou um trouxa. Pelo menos é o que o Joe vive dizendo. Ele acha que só vou ter juízo quando perder a camisa ou morrer. Sabe de uma coisa? Talvez me deem cinco dólares por cada um desses burros; vão aproveitar-lhe a carne para dar de comer aos cachorros.

Eu não gostaria que eles servissem de comida de cachorros.

Bem, talvez me deem dez ou sete dólares por cada um. Então, como é que vai ser? Bem, vou lhe dar vinte pelos dois burros. A carroça vem junto, não vem? O senhor junta mais cinquenta, e terá um carro que é uma beleza. Pelo resto, o senhor vai assinar um contrato, comprometendo-se a pagar dez dólares por mês, até liquidar a dívida.

Mas o senhor disse que era oitenta.

O senhor nunca ouviu falar em riscos e seguro e outras taxas? Pois é. Tudo isso aumenta um pouco o preço. Em cinco meses terá pagado tudo. Assine o nome aqui, nesta linha. O resto nós arranjamos.

Eu... eu não sei se...

Olhe aqui, senhor. Já fiz esse preço camarada, sem ganhar quase nada. Podia ter feito pelo menos três negócios durante o tempo que perdi com o senhor. Francamente, já estou ficando aborrecido. Sim senhor, assine aí mesmo. Muito bem. Ô Joe, encha o tanque para esse senhor. A gasolina é de graça.

Puxa, Joe, esse foi duro de roer. Quanto a gente deu mesmo por essa geringonça? Trinta, não, trinta e cinco, não foi? E ele me deu a parelha de burros, que dá pelo menos uns setenta e cinco dólares; se não der isso, eu não sou negociante. E arranquei mais cinquenta à vista e um contrato de quatro prestações mensais de dez dólares cada. Sim senhor! Sei que nem todos são honestos, mas é espantoso como muitos deles pagam a dívida até o fim. Um sujeito, uma vez, veio me pagar cem dólares dois anos depois de eu ter feito uma cobrança por escrito. Aposto como esse sujeito vai pagar direitinho. Caramba, a gente precisava de uns quinhentos calhambeques desses! Vamos, Joe, arregace as mangas. Vá lá pra fora e me mande os trouxas. Já arranjou vinte neste último negócio. Não está indo nada mal, Joe.

A pechincha do dia: bandeiras pendendo preguiçosas ao sol da tarde. Ford 929, em bom estado, corre que é uma beleza.

O que é que o amigo espera comprar por cinquenta dólares: Um Zephyr?

Crina dura furando o acolchoado dos assentos, remendos grandes, carroceria amassada e consertada a pancadas de martelo, para-choques deslocados, pendentes. Um Ford Roadster, com luzes coloridas dos lados, no radiador e três atrás. Uma moça bonita, chamada Cora, pintada numa embalagem de pneu. Os raios solares, já bem fracos e avermelhados, batendo no para-brisa coberto de poeira.

Deus, agora me lembro que nem comi nada. Joe, mande o menino trazer um sanduíche.

Ruído intermitente de velhas máquinas.

Lá está um caipira olhando aquele Chrysler. Veja se tem algum no bolso. Às vezes, esses camaradas andam com dinheiro. Vá sondá-lo, Joe, e mande-o para cá. Você já está trabalhando bem.

Mas é claro que vendemos pro senhor. Nós damos garantias, sim. Garantias de que vendíamos um automóvel. Não dissemos que trataríamos dele como se fosse um bebezinho. Escute aqui, o senhor comprou foi um carro, ouviu? Não venha reclamar à toa. Não quer pagar as prestações que restam? Pouco me incomoda. O seu contrato não está mais nas minhas mãos; está na financeira. Se não quiser pagar, isso é lá com eles. Seus papéis estão lá, ouviu? Não se meta a valente, senão vou chamar a polícia. Não senhor, não trocamos os seus pneus. Bote-o pra fora daqui, Joe. Esse sujeito comprou um carro e agora disse que não está satisfeito com ele. É o mesmo que eu comprar um bife, comer a metade e devolver a outra, querendo o dinheiro de volta. Isto aqui é uma loja, não uma instituição de caridade. Veja só que sujeito, Joe. Ei, olhe aí... lá vem um comprador. Vê se empurra pra ele aquele Pontiac 36.

Capôs quadrados, capôs arredondados, enferrujados, em forma de pá, com longas curvas aerodinâmicas e superfícies achatadas, anteriores às linhas aerodinâmicas. Velhos monstros, com o estofamento afundado, dá pra transformá-los facilmente em caminhões. *Trailers* de duas rodas, os eixos enferrujados à luz da tarde. Carros usados. Bons carros usados. Limpos. Correm bem. Não despejam óleo.

Santo Deus, olhe só aquilo! Aquilo que é carro bem-tratado!? Cadillacs, La Salles, Buicks, Plymouths, Packards, Chevrolets, Fords, Pontiacs, em filas atrás de filas, faróis brilhando à luz do sol. Bons carros usados.

Vá segurando os fregueses, Joe! Puxa, só queria ter mais uns mil desses calhambeques! Prepare-os para fechar negócio e depois mande-os para mim.

Vai pra Califórnia? Então é deste de que o amigo precisa. Parece muito gasto, mas ainda pode correr facilmente alguns milhares de quilômetros.

Lado a lado, filas atrás de filas. Bons carros usados. Pechinchas. Carros limpos, que correm bem.

8

O céu estava ficando cinzento por entre as estrelas e o quarto crescente, pálido, distante, diluía-se no espaço. Tom Joad e o reverendo Casy andavam rapidamente pela estrada sulcada de rodas de caminhão e de trator, através de um algodoal. Somente o céu, de uma luz indefinível, um céu que não formava horizonte a oeste e traçava uma linha apagada a leste, denunciava a chegada da aurora. Os dois homens caminhavam em silêncio, aspirando a poeira que seus pés levantavam do chão.

— Espero que você conheça muito bem o caminho — disse Jim Casy. — Seria o diabo a gente andar perdido ao nascer do sol.

No algodoal a vida despertava, fervilhando: pássaros alvoroçados precipitando-se ao chão e coelhos sobressaltados, esgueirando-se por cima dos torrões. Os passos suaves dos caminhantes na poeira, o estalido de torrões secos sob os pés, sobrepujavam os ruídos secretos do alvorecer.

— Eu, até de olhos fechados, podia andar por estas bandas — disse Joad. — Só erraria o caminho se ficasse pensando o tempo todo. Mas, se não pensar, vou direitinho. Diabo, pois se eu nasci aqui! Ali adiante deve ter uma árvore, ali, olhe, tá vendo? Bem, uma vez o meu pai pendurou um coiote morto naquela árvore. O bicho ficou pendurado até cair de podre;

que coisa gozada ver a carne apodrecer. Puxa, por falar nisso, espero que a minha mãe tenha alguma coisa pra comer. Tô com uma fome de rachar!

— Eu também — falou o pregador. — Gosta de mascar um fumo? Faz a gente esquecer a fome. Seria melhor se a gente não tivesse partido tão cedo. Devíamos ter deixado clarear o dia. — Estacou para enfiar um pedaço de fumo torcido na boca. — Estou com um sono danado.

— Foi aquele maluco do Muley — disse Joad. — Ele me deu uma sacudida. Me acordou e disse: "Bem, Tom, adeus, eu vou indo. Tenho que ir num lugar." E disse depois: "É melhor ocê ir também, pra estar o mais longe daqui quando for dia claro." Ele tá ficando medroso que nem um coelho com essa vida que tá levando. Parece que é perseguido por um bando de bugres. O senhor não acha que ele tá perdendo o juízo?

— Bem, para falar a verdade, não sei. Você não viu aquele carro que chegou logo que a gente acendeu a fogueira? Não viu como a casa estava escangalhada? As coisas estão parecendo bem feias. O Muley está coberto de razão em bancar o maluco. Correndo de medo que nem um coelho; tudo aquilo faz a gente perder o juízo mesmo. Não demora, ele vai matar alguém e vão soltar cachorros no rastro dele. Estou vendo isso acontecer. Ele está indo de mal a pior. Não quis vir com a gente, quis?

— Não — disse Joad. — Acho que tá com medo de ver gente. Tô até admirado de como esteve conosco... Vamos chegar daqui a pouquinho à casa do tio John, antes do sol nascer.

Caminharam algum tempo em silêncio. As corujas retardatárias sobrevoavam os campos em direção às árvores escavadas, aos celeiros, aos vãos dos telhados, fugindo da luz do dia. A leste, o sol ia clareando e já era possível ver os algodoeiros e a cor pardacenta da terra.

— Sei lá eu como eles tão dormindo tudo junto na casa do tio John. Lá só tem um quarto, uma cozinha imunda e um celeiro pequeno. Deve ser uma balbúrdia danada.

— Não me lembro se o John é casado. Ele é solteiro, não é? — perguntou Casy. — Não me lembro muito bem dele.

— É o sujeito mais solitário do mundo! — disse Joad. — É um maluco, é o que ele é; que nem o Muley, mas muito pior em algumas coisas. Às vezes vai a Shawnee tomar um trago, ou então visita uma viúva que mora trinta quilômetros distante. Quando não, fica trabalhando na casa dele, à luz de uma lanterna. É maluco. Todo mundo pensou que ele não ia viver muito. Um sujeito assim, sozinho, não vive muito tempo. Mas o tio John já tá mais velho que meu pai. E tá ficando cada vez mais forte e mais esperto. Muito mais que meu vô.

— Olhe, o sol está nascendo — disse o pregador. — Até parece prata. O John nunca teve família?

— Bem, ele tinha, e isso mostra que qualidade de sujeito ele é e o modo como leva a vida. Meu pai contou uma vez. O tio John tinha mulher, bem moça. Eram casados fazia quatro meses. Ela ficou prenhe e então, uma noite, teve uma dor de barriga e disse pro meu tio: olha, John, é bom ocê chamar o médico. E o tio John nem se mexeu. Ele disse: isso não é nada, passa logo. É uma dorzinha de estômago. Ocê comeu muito. Toma um comprimido. Encheu tanto a barriga que agora tá doendo. Pois na manhã seguinte não é que ela piorou e acabou morrendo às quatro da tarde?

— Morreu de quê? — perguntou Casy. — Envenenou-se com alguma coisa que comeu?

— Não, por qualquer coisa que arrebentou. Ap... apendricique ou qualquer coisa assim. Bem, o tio John, que era do tipo que não se importava com nada, ficou muito abalado com aquilo. Achou que tinha cometido um pecado. Por muito tempo ele não falou com ninguém. Só vivia andando pra cima e pra baixo e às vez parecia que rezava. Levou dois anos pra se recuperar, e até hoje não tá muito bom de tudo. Ficou que nem um selvagem, difícil de aturar. Cada vez que uma das crianças lá em casa tinha lombriga ou dor de barriga, o tio John corria pra buscar o médico. Meu pai teve que dizer pra ele parar com isso. As crianças sempre têm dor de barriga. O tio John acha que teve a culpa da morte da mulher. É engraçado, ele. Tá sempre querendo ajudar os outros, dá doces pras criança e deixa sacos de comida na porta de gente mais necessitada. Dá quase tudo o que tem, mas parece que não vive nada feliz. Fica andando sozinho de noite, às vezes. Mas é um bom lavrador; sabe cuidar da terra.

— Coitado! — disse o pregador. — Coitado, tão sozinho! Ele foi à igreja mais vezes quando a mulher dele morreu?

— Não foi, não senhor. Nunca quis se meter no meio de gente. Queria estar sozinho. Mas as criança, isso sim, nunca vi uma criança que não gostasse dele. Às vezes, ele vinha lá em casa, de noite, e quando vinha a gente sabia que ia encontrar ao pé da cama um pacote de bala. As criança pensava que era Jesus em pessoa.

O pregador foi caminhando de cabeça baixa. Não disse mais nada. E a luz da madrugada iluminava-lhe a testa larga, e suas mãos, balançando ao ritmo de seus passos, surgiam à luz tão rapidamente como saíam dela.

Tom estava silencioso também, com o jeito de quem está arrependido de ter revelado alguma coisa íntima. Apressou os passos, e o pregador imitou-o. Já podiam vislumbrar o caminho. Uma cobra deslizou lentamente, vinda do algodoal, à beira da estrada. Tom parou perto dela.

— Não é venenosa, vamo deixar ela em paz — falou.

Passaram ao lado da cobra e continuaram o caminho. A leste, um fraco colorido surgiu e, quase repentinamente, a luz solitária do amanhecer espalhou-se pelo campo. Os algodoeiros reapareceram na sua plena roupagem verde e a terra surgiu em seu tom castanho cinzento. As faces dos homens perderam a cor pardacenta. O rosto de Joad parecia escurecer à medida que o dia clareava.

— Essa é uma boa hora — disse Joad. — Quando eu era criança, gostava de levantar cedo e andar aqui pelos campo. O que é aquilo ali adiante?

Um comitê de cachorros rodeava uma cadela na estrada, prestando-lhe homenagens. Cinco machos, mestiços de pastor e galgo, cujas raças se misturaram e se confundiram graças à liberdade de que desfrutavam. Cada um deles farejava com delicadeza e depois, de pernas rígidas, andava em direção a um pé de algodão e molhava-o, levantando cerimoniosamente uma das pernas traseiras. Depois voltava, para cheirá-lo. Joad e o pregador pararam para observar a cena, e de repente Joad pôs-se a rir.

— Puxa, que farra! — disse.

Os cães, agora, reuniam-se, os dentes arreganhados. Rosnavam, rígidos, prontos para o combate. Um dos cães finalmente montou na cadela e, com o fato consumando-se, os outros se limitaram a ficar olhando, fixos, línguas pendentes, gotejando. Os dois homens seguiram o caminho.

— Puxa! — exclamava Joad. — Que farra formidável! Sabe, eu acho que aquele cachorro que apanhou a cadela é o nosso Flash. Pensei que já tinha morrido. Vem, Flash! — E riu gostosamente. — Tá certo. Se alguém me chamasse nessa hora, também não ia. Isso me faz lembrar de uma coisa que aconteceu com o Willy Feeley, quando ele era um rapazinho ainda. O Willy era muito tímido. Bem, um dia ele pegou uma novilha para o touro dos Graves. Não tinha ninguém na casa dos Graves, só a Elsie, a filha dele, o senhor sabe? E a Elsie não é nada tímida, não tem nem um pouco de vergonha aquela criatura. Willy ficou ali como um palerma, vermelho como um pimentão e sem coragem para falar. Aí a Elsie disse: eu sei por que ocê veio pra cá. O touro tá lá atrás do celeiro. Bem, eles pegaram a novilha e deixaram ela perto do touro e sentaram no moirão da cerca pra ficar olhando. Não demorou, o Willy tava ficando daquele jeito. Elsie olhou pra ele e disse como se não fosse nada de mais: Que foi, Willy? O Willy tava que não conseguia ficar quieto. Meu Deus, disse ele, até eu tô com vontade de fazer isso. E a Elsie disse: então faz, Willy. A novilha é tua.

O pregador riu brandamente.

— Sabe, é uma boa coisa a gente não ser mais um pregador. Quando eu ainda era o reverendo Casy, ninguém contava histórias assim na minha presença ou, quando alguém contava, eu não podia rir, não ficava bem. E também não podia praguejar. Agora praguejo quando quiser; isso me faz um bem danado.

Um clarão vermelho cresceu, vindo do Oriente, e os passarinhos cantavam e chilreavam alegremente.

— Olha — disse Joad. — Ali adiante, tá vendo? É o poço da casa do tio John. Ainda não posso ver o moinho de vento, mas aquele ali é o poço dele, na certa. — Ele acelerou o passo. — Será que estão todos lá? — Podia-se ver a borda do poço no topo de uma elevação. Quase correndo, Joad levantou uma nuvem de poeira à altura dos joelhos. — Será que a minha mãe... — Eles viam, agora, a cegonha do poço tosco, e a casa, uma pequena construção, parecida com um caixote, sem pintura, e o celeiro de teto baixo, armado rudemente. Fumaça escapava da estreita chaminé da casa. No terreiro havia uma confusão de objetos: peças de mobiliário amontoadas, as hélices e o motor de um moinho de vento, estrados de camas, mesas, cadeiras. — Deus do céu, eles tão pra ir embora! — exclamou Joad.

Um caminhão estacionava também em frente da casa, um caminhão de bordas altas, porém muito estranho, porque a frente era de um sedã, cuja carroceria fora substituída por uma de caminhão. E, assim que se aproximavam mais, os dois homens podiam ouvir marteladas vindas do terreiro, e quando o sol surgiu deslumbrante no horizonte, iluminando o caminhão, puderam ver um homem e um martelo que baixava e levantava em suas mãos. E o sol ofuscante batia agora nas janelas da casa, refletindo-se nos batentes. Duas galinhas ciscavam o chão, e suas penas vermelhas refletiam os raios solares.

— Num grite — disse Joad. — Vamos nos arrastar até lá.

E foi andando tão depressa que levantava poeira até a altura de sua cintura. Assim chegou à extremidade do algodoal. Encontravam-se agora à beira do terreiro, de chão duro, batido e brilhante, com alguns tocos de grama cobertos de pó. Joad afrouxou o passo, como se tivesse medo de avançar. O pregador, notando sua atitude, acertou o passo com ele. Joad continuou lentamente e contornou o caminhão. Era um Hudson Super Six, sedã, cujo topo fora cortado ao meio. O velho Tom Joad estava na carroceria do caminhão, batendo pregos do lado do veículo. Seu rosto coberto de barba grisalha estava debruçado sobre o trabalho e seus dentes apertavam um punhado de pregos. Tirou, agora, um prego da boca, fazendo o martelo trovejar sobre ele. Da casa vinha o som do bater da tampa do fogão e o choro de uma criança. Joad encostou-se no caminhão. E seu pai olhou-o e não o viu. Pegou outro prego e bateu-o na madeira. Um bando de pombos ergueu voo da borda do poço, esvoaçou e voltou a pousar no poço; pombos brancos, azuis e cinzentos, com asas da cor do arco-íris.

Joad segurou a borda do caminhão com os dedos convulsos; olhou o homem grisalho, envelhecido, instalado na carroceria do caminhão. Passando a língua nos lábios ressequidos, balbuciou:

— Pai.

— O que é que ocê quer? — grunhiu o velho Tom Joad, por entre os dentes que seguravam os pregos. Usava um chapéu preto, sujo e amarrotado e uma camisa azul de trabalho, sem colarinho, sobre a qual ostentava um colete de botões ausentes; sua calça de algodão era sustentada por um largo cinto de couro, com uma enorme fivela de metal, tudo polido por longos anos de uso; e suas botinas estavam rachadas, de solas inchadas e deformadas por anos de sol, de umidade e de poeira. As mangas da camisa, ele as tinha arregaçadas até os antebraços, mantinham-se presas pelos músculos salientes e poderosos. O ventre e as nádegas do velho eram magros, e as pernas curtas, grossas, fortes. Suas faces, emolduradas por uma barba pintada de preto e branco, angulavam-se em um queixo voluntarioso, um queixo proeminente, acentuado pela barba hirsuta, menos grisalha ali. Sobre os salientes ossos das faces, a pele queimada do sol e coberta de vincos profundos ao redor dos olhos, de tanto que estes piscaram. Tinha os olhos castanhos, cor de café, e ele impelia a cabeça para a frente a cada vez que tinha que examinar bem alguma coisa, porquanto aqueles olhos escuros e brilhantes estavam enfraquecendo. Seus lábios, que mantinham seguros os pregos, eram delgados e vermelhos.

O velho levantou o martelo, pronto para outra pancada, e deu uma olhadela a Tom, por cima do caminhão, uma olhadela aborrecida por ter sido interrompido. E depois seu queixo deslocou-se para a frente e seus olhos encararam o rosto de Tom e então, gradualmente, seu cérebro foi compreendendo aquilo que os olhos viam. O martelo pousou devagar e os dedos da mão esquerda tiraram todos os pregos da boca. E o velho falou, admirado, hesitante, como se ainda não compreendesse tudo:

— Mas é o Tommy... — E logo, como que querendo assegurar uma coisa a si próprio: — O Tommy voltou!

A boca se lhe abriu novamente e um lampejo de temor surgiu em seus olhos.

— Tommy — disse com suavidade —, ocê não fugiu, não foi? Não tem que se esconder? — E ficou à espera da resposta ansiosamente.

— Não — disse Tom. — Eu fui perdoado. Liberdade condicional. Tô com papéis, tudo em ordem. — Agarrou a borda do caminhão e olhou para cima.

O velho Tom Joad depositou o martelo sobre o piso da carroceria e meteu os pregos no bolso. Passou as pernas pela borda do caminhão e deixou-se cair com agilidade no chão, mas, tão logo se viu ao lado do filho, ficou embaraçado. Tom seguiu-o.

— Tommy — disse o velho —, nós vamo pra Califórnia. Mas a gente ia te escrever uma carta antes. — E falou, ainda incrédulo: — Ocê voltou, Tommy. Então ocê pode ir com a gente. Ocê pode vir!

O estampido de uma tampa de cafeteira surgiu da casa. O velho olhou por cima dos ombros.

— Vamo fazer uma surpresa pra eles — disse, e seus olhos brilharam de excitação. — Sua mãe teve um pressentimento, ela disse que não ia te ver mais. Ficou com aquele olhar parado dos mortos. Não quis ir pra Califórnia, porque disse que aí não ia ver ocê nunca mais. — Uma tampa de cafeteira fez outro estrondo na casa. — Ela vai ter uma surpresa! — falou o velho. — Vamo entrar como se ocê nunca tivesse ido embora daqui. Vamo ver o que sua mãe vai dizer. — Finalmente tocou no ombro do filho, com timidez, retirando a mão em seguida. Olhou para Jim Casy.

— O senhor se lembra do reverendo, não se lembra, pai? Ele veio comigo — disse Tom.

— Teve na cadeia também?

— Não. Encontrei ele na estrada. Tava andando sozinho por aí.

O velho apertou gravemente as mãos do pregador.

— Seja bem-vindo, reverendo — disse.

— Gostei muito de vir aqui — falou Casy. — É bom a gente ver quando um filho retorna a casa. É uma coisa boa.

— A casa... — falou o velho.

— Sim, isso é, junto à família — emendou o pregador rapidamente. — A gente esteve na outra casa na noite passada.

O queixo do velho avançou, e ele olhou estrada afora por um instante. Depois virou-se para Tom.

— Como é que a gente vai fazer? — começou, animado... — Talvez seja melhor eu entrar primeiro e dizer assim: olha, aqui tem uns camaradas; pediram qualquer coisa pra comer. Ou então cê entra e fica lá até ela reconhecer ocê. Como é que vai ser melhor, hein? — E suas faces refletiam intensa emoção.

— É melhor a gente evitar um choque — disse Tom. — Ela pode ficar mal.

Dois cães pastores, muito parecidos, chegaram, trotando alegres, até que farejaram os estranhos; estacaram, cautelosos, rondando-os a distância, a cauda movendo-se lentamente, mas os olhos e o focinho prontos para o ataque ou para o perigo. Um dos animais, esticando o pescoço, avançou, pernas tesas prontas para fugir, aproximando-se aos poucos das pernas de Tom, e farejou ruidosamente. Depois voltou para trás e ficou olhando o velho, como que à espera de um sinal. O outro cachorro era menos audaz. Foi procurar algo que o pudesse divertir e encontrou-o na forma de uma galinha de penas vermelhas, atrás da qual começou a correr, latindo. Ouviu-se, em seguida, o cacarejar estridente de uma galinha ameaçada; penas vermelhas giravam no ar, e a galinha conseguiu escapar a muito custo, batendo as asas diminutas num esforço de velocidade. O cachorro, satisfeito com a brincadeira, olhou aflito para os dois homens e deitou-se na poeira, batendo, contente, a cauda no chão.

— Vamo entrar — disse o velho. — Ela tem que ver ocê de qualquer forma, então vamo entrar logo duma vez. Quero ver a cara dela quando enxergar ocê. Vamo. A comida deve estar pronta, com certeza. Já tem um tempinho que vi sua mãe às voltas com um porco salgado na frigideira. — E foi andando, atravessando o terreiro poeirento. Não havia varanda nessa casa; apenas um degrau e uma porta e, ao lado dela, um cepo desgastado, de superfície amassada e polida por anos e anos de uso. Viam-se nitidamente os veios da madeira, pois a poeira arruinava a parte mais macia. Um aroma de folhas de salgueiro queimadas pairava no ar e, assim que os três homens chegaram à porta, a esse aroma se misturava o cheiro de carne frita, e de pão de centeio fresco e de café, que acaba de ser fervido. O velho subiu o degrau e bloqueou a porta de entrada com o corpo troncudo, cheio. E ele disse: — Ô, velhinha, tão aqui uns camaradas que chegaram pela estrada e perguntam se não tem alguma sobra pra eles.

Tom ouviu a voz de sua mãe, a tão lembrada voz calma, arrastada, amigável e humilde.

— Que entrem — disse ela. — Tem comida bastante. Diz pra eles lavar as mãos. O pão já tá pronto. Estou cuidando da carne. — E o chiado da banha quente na frigideira seguiu-se às suas palavras.

O velho penetrou na casa, entreabrindo a porta, e Tom pôde ver sua mãe. Ela estava tirando da frigideira as fatias de porco fritas, meio enroladas. A porta do forno estava aberta, à espera de um grande tabuleiro de pães escuros. A velha deu uma olhada à porta, mas o sol estava atrás de Tom, e ela só pôde ver uma figura escura que se recortava na luz solar de um amarelo brilhante. E ela fez um sinal amistoso e disse:

— Vão entrando, moçada. Foi sorte eu ter feito bastante pão essa manhã.

Tom quedou, olhando-a. A velha era corpulenta, mas não gorda; engrossara por causa dos muitos filhos e do muito trabalho que teve na vida. Trajava um vestido cinzento em que outrora havia flores estampadas, flores já desbotadas, de modo que agora as flores eram cinzentas. O vestido ia até seus tornozelos, e os pés fortes, largos, descalços moviam-se rápida e vivamente no chão. Os cabelos ralos, cor de aço, estavam amarrados à altura do pescoço, formando um nó largo e bojudo. Os braços grossos, sardentos, estavam nus até os cotovelos, e as mãos eram polpudas, mas delicadas, como as das meninazinhas gorduchas. Ela olhou para fora, de encontro à luz do sol. Seu rosto cheio não era flácido, e sim firme, conquanto brando. Os olhos cor de avelã sugeriam os muitos dramas que devem ter presenciado e pareciam ter atingido a dor e o sofrimento, escalando, degrau após degrau, até alcançarem uma serenidade e uma compreensão sobre-humanas. Ela parecia cônscia do papel importante de baluarte da família que desempenhava, parecia saber da importância da posição que ocupava e que ninguém lhe poderia jamais disputar. E, visto que o velho Tom e as crianças não conheciam doença ou medo desde que a mãe não os sentisse, ela acabava por não conhecer qualquer hesitação. E quando algo de alegre, prazenteiro, lhes acontecia, eles primeiro olhavam para ela, a fim de ver se ela estava alegre; a mãe estava acostumada a tirar alegria mesmo das coisas menos alegres. Melhor que a alegria era a calma que ela demonstrava. Sabia permanecer imperturbável. E dessa sua posição ao mesmo tempo grande e humilde ela extraíra serenidade e uma calma superior. De sua posição de médica de almas, hauriu segurança, tranquilidade e domínio de gestos; de sua posição de árbitro, tornou-se distante e fria como uma deusa. Parecia saber que dependia dela o edifício de sua família; que, se ela se mostrasse perturbada ou tomada pelo desespero, todo esse edifício desmoronaria ao menor sopro de ventos adversos.

A velha olhou outra vez para fora, para a figura obscura do homem. O velho estava próximo, tremendo de excitação.

— Entrem! — gritou o velho. — Vão entrando.

E Tom, algo envergonhado, atravessou a soleira.

A velha ergueu a cabeça, com um ar gentil, de sobre a frigideira. E aí suas mãos desceram lentamente e o garfo que segurava caiu ruidosamente no chão. Seus olhos abriram-se desmedidamente e as pupilas se dilataram. Respirava ofegante, pela boca aberta. Depois fechou os olhos.

— Graças a Deus! — disse. — Oh, graças a Deus! — E logo seu rosto tomou um ar preocupado. — Tommy, ocê fugiu, Tommy? Ocê não fugiu, né?

— Não, mãe. Fui perdoado. Tenho aqui os papéis. — Ele bateu no peito.

A velha aproximou-se do filho rapidamente, sem fazer barulho com os pés descalços, e a sua fisionomia refletia encantamento. A mão pequena procurou o braço do filho e tocou-lhe os músculos rígidos. Então seus dedos procuraram, tateando, o rosto, como se fossem os dedos de um cego. E a sua alegria parecia aproximar-se da mágoa. Tom mordeu o lábio inferior. Os olhos da velha seguiram, interrogativos, o gesto do filho, e ela viu o pequeno filete de sangue que lhe tingiu os dentes e descia pelo canto dos lábios. Então ela soube, voltou-lhe o controle e sua mão baixou. Respirou ofegante e disse num suspiro:

— Bem! Quase a gente vai embora sem ocê. E ficava admirada até se ocê achasse a gente algum dia. — Apanhou o garfo do chão e enfiou-o na banha que fervia na frigideira, tirando-o com um pedaço de carne de porco espetado na ponta. E puxou a cafeteira, prestes a cair, para a beira do fogão.

O velho Tom Joad deu risada.

— Então nós enganamo ocê, hein, mãe? A gente queria enganar ocê e enganou mesmo. Ocê ficou aí parada que nem uma ovelha que leva uma paulada. Só queria que o vô visse. Parecia que ocê levou uma paulada entre os dois olhos. O vô daria tanta pancada nas coxa que até desconjuntava as cadeira... que nem ele fez quando viu o Al dando tiros naquele avião do exército que passou por aqui, lembra? Pois foi assim, Tommy. Um dia ele passou sobre nós a uns quinhentos metros de altura, o Al meteu uns tiros nele. O vô gritou: não atira no filhote, Al, espera até que passe um já adulto! E aí ele deu uma palmada nas coxa que desconjuntou as cadeira.

A mãe riu e tirou uma pilha de pratos de estanho da prateleira.

— Onde tá o vô, aquele velho diabo? — perguntou Tom.

A mãe dispôs os pratos sobre a mesa de cozinha e colocou copos ao lado de cada um. E disse confidencialmente:

— Oh, ele e a vó dormem no celeiro! Tinham que ir lá fora muitas vezes, de noite, e viviam tropeçando nas crianças.

O pai intrometeu-se:

— Hum, todas as noites, o vô ficava bravo. Tombava sobre o Winfield, e se o Winfield berrava o vô ficava danado e molhava as ceroulas e aí ficava mais danado ainda e daí a pouco acordava todo mundo em casa aos berros. Ele berrava e a gente caía na gargalhada. Oh, a gente teve umas hora gozada! Uma noite, quando todo mundo andava gritando em casa, o seu irmão Al, que agora é um rapagão crescido, disse: que diabo, vô, por que o senhor não experimenta ser um pirata? Bem, isso fez o vô ficar danado de raiva e ele quis até pegar na espingarda. O Al, naquela noite, teve que dormir no campo. E agora o vô e a vó dormem no celeiro.

— Ali eles podem dormir e acordar quando quiser — disse a mãe. — Ô pai — dirigiu-se ao marido —, vai lá e diz que o Tommy tá aqui. O vô sempre gostou mais do Tommy que dos outros netos.

— Vou, sim — disse o pai. — Já devia até ter ido. — E ele saiu porta afora, atravessando o terreiro, agitando largamente os braços.

Tom olhou-o afastar-se e depois a voz de sua mãe chamou-lhe a atenção. Ela estava entornando café nas xícaras e não olhava o filho.

— Tommy — disse, hesitante e tímida.

— Sim? — A timidez da mãe contagiou-o, deixando-o embaraçado. Ambos sabiam daquela timidez mútua, o que a tornava ainda maior.

— Tommy — falou ela —, eu tenho que te perguntar: ocê não tá com ódio, está?

— Com ódio de quê, mãe?

— Ocê não ficou um revoltado? Não fizeram nada com ocê lá na prisão, procê ficar com ódio das pessoas?

Tom olhou-a de esguelha, estudou-lhe as feições por um instante, e seus olhos pareciam perguntar onde ela aprendera coisas assim.

— Nãããão — disse. — Tive lá só pouco tempo. E eu não sou orgulhoso que nem certos camaradas. Deixo as coisas passar. Mas o que foi, mãe?

Agora ela estava olhando o filho, boquiaberta, como que para ouvir melhor, seus olhos cavando fundo para melhor saber. Esperava descobrir a resposta que a língua sempre oculta. Falou, confusa:

— Eu conheci aquele rapaz, o Floyd. Conheci também a mãe dele. Eram boa gente. Naturalmente o rapaz era levado, como todos são.

Ela fez uma pausa e depois suas palavras escoaram com mais fluência:

— Não sei bem como aconteceu tudo, mas foi mais ou menos assim: o rapaz fez uma ruindade qualquer, e então eles deram nele e botaram ele na cadeia; bateram tanto nele que ficou louco de raiva e nesse estado de espírito ele fez outra coisa ruim e aí deram nele outra vez. Não demorou, tava que ninguém podia com ele. Atiraram nele que nem um cachorro e ele também atirou. Então, caçaram ele como se caça um coiote e ele mordia e rosnava como um lobo. Ficou doido. Não era mais um homem, era um animal perigoso. Mas os que conheciam ele não lhe faziam mal nenhum. Pra eles, o rapaz não era mau. Afinal, ele foi pego e mataram ele. Os jornais disseram que ele não prestava, e foi assim que as coisas aconteceram. — Ela parou de falar e molhou com a língua os lábios secos e todo o seu rosto era um doloroso ponto de interrogação. — Eu tenho que saber, Tommy — disse. — Eles deram no cê também? Ocê também ficou mau?

Tom apertou os lábios e olhou para baixo, para as mãos enormes e calosas.

— Não — disse. — Eu não sou assim. — Ele estacou e ficou olhando as unhas curtas e partidas. — O tempo que tive na cadeia andei sempre direito. Eu não tenho raiva de ninguém.

— Graças a Deus! — suspirou, aliviada.

Tom ergueu a cabeça rapidamente.

— Mãe — disse —, eu vi o que eles fizeram com a nossa casa...

Ela se aproximou do filho e disse com inflexão apaixonada:

— Tommy, não vai lutar contra eles sozinho. Eles vão caçar ocê que nem um coelho. O que eu tenho pensado e ruminado! Me disseram que são mais de cem mil pessoas que eles expulsaram desta terra. Tommy, se todo mundo tivesse lutado junto, eles não iam expulsar ninguém. Mas sozinho não adianta...

Tommy, olhando-a, foi gradualmente baixando as pálpebras até que apenas um lampejo era visível entre elas.

— Muita gente pensa assim? — perguntou.

— Não sei. Eles tão tudo atordoado. Andam por aí como se tivessem meio dormindo.

De fora, aproximando-se pelo terreiro, vinha uma voz chiante, aguda, de anciã:

— Com Deus, pela vitória!... Com Deus, pela vitória!

Tom voltou a cabeça em direção à voz e fez um trejeito.

— Eles souberam afinal que tô em casa. Mãe — disse —, ocê não era assim antes.

O rosto da velha endureceu e seus olhos tornaram-se gélidos.

— É porque ninguém antes tentou derrubar a minha casa. É porque a minha gente nunca foi posta na estrada desse jeito. Nunca tive que vender nada o que era meu, nosso... Aí vêm eles. — Então foi até o fogão e colocou o grande tabuleiro de pão em dois pratos de estanho. Entornou depois farinha na frigideira cheia de gordura fervente, e suas mãos ficaram brancas da farinha. Por um instante, Tom ficou a olhá-la e logo foi à porta.

Quatro pessoas vinham pelo terreiro. O avô de Tom à frente. Era um velho magro, vivaz, esfarrapado, de andar apressado, a arrastar a perna direita, do lado que estava deslocado. À medida que vinha chegando, ocupava-se em abotoar a calça, e suas mãos enrugadas e trêmulas tinham dificuldade em realizar a tarefa, porquanto ele enfiara o botão de cima na casa de baixo, e assim o último botão não tinha lugar onde ser enfiado. Trajava calça escura muito surrada e camisa azul aberta de cima a baixo, deixando à mostra uma camisa de pijama muito comprida e também desabotoada. O peito magro e branco, no qual se embarafustavam fios de cabelo branco, estava visível através da abertura central da camisa do pijama. Por fim, ele deixou de incomodar-se com os botões da calça, tratando de fechar a camisa, mas também logo abandonou essa tarefa e foi puxando o suspensório marrom. Seu rosto magro era facilmente excitável, e os olhinhos eram vivos e maldosos como os de uma criança buliçosa. Era um rosto desagradável, maligno, escarnecedor e rabugento, um rosto que narrava histórias feias. Tinha traços de luxúria, viciosidade, crueldade e impaciência, e acima de tudo satisfação. Era um velho que, quando podia, bebia até cair, comia o mais que podia, quando podia, e falava sempre, sem cessar.

Atrás dele coxeava a avó, uma mulher que sobrevivera apenas porque era tão má quanto o marido. Mantinha-se numa religiosidade aguda, feroz, que era tão viciosa e selvagem quanto o próprio marido. Certa vez, depois do culto, ainda em êxtase, agarrou a espingarda do marido e fez fogo contra ele, com ambos os canos, raspando-lhe as nádegas, e daí em diante ele a respeitou e não tentou torturá-la como as crianças torturam os bichinhos. Coxeando atrás do marido, ela segurava a saia comprida de encontro às pernas e soltava, em tom agudo, o grito de guerra: Com Deus, pela vitória!...

Os dois velhinhos esforçavam-se cada qual por chegar mais depressa à porta da casa. Disputavam por qualquer motivo; sentiam o prazer e a necessidade da disputa.

Atrás deles, movendo-se com passos iguais e vagarosos, vinham o velho Tom Joad e seu filho Noah, o primogênito, alto, tranquilo e extravagante, que andava sempre com um aspecto de pasmo nas faces, calmo e perplexo. Nunca esteve irritado, colérico, na vida. Olhava admirado as pessoas encolerizadas, como uma pessoa normal olha um louco. Noah movia-se devagar, raramente falava, e quando o fazia era com tal lentidão que os que não o conheciam bem julgavam-no um idiota. Era pouco orgulhoso, e não tinha problemas sexuais. Trabalhava e dormia seguindo um ritmo curioso que, não obstante, o satisfazia. Gostava imensamente de sua gente, mas jamais lhe demonstrava o seu amor. Embora o observador não pudesse dizer por quê, Noah dava a impressão de que era um aleijado; desfigurado do corpo, da cabeça, das pernas ou apenas do espírito, a verdade é que ninguém poderia lhe apontar um membro deformado. O velho Tom Joad pensava que sabia por que Noah era assim, mas o velho Tom Joad tinha vergonha de dizê-lo, e jamais o disse. Na noite em que Noah nasceu, seu pai, apavorado com a distensão das coxas da mulher, sozinho em casa, horrorizado com os gritos agudos do sofrimento dela, ficou louco de apreensão. Usando suas próprias mãos, seus dedos fortes como fórceps, puxou e deu uma torção na criança. A parteira, chegando tarde demais, foi encontrar a cabeça do menino fora da posição normal, o pescoço distendido, o corpo torcido; e então ela recolocou-a no lugar e moldou com as mãos o corpinho frágil. O velho Tom Joad sempre se lembrava dessa cena e sentia vergonha ao recordá-la. E ele era mais carinhoso com Noah que com os outros filhos. No rosto largo, olhos muito apartados um do outro, queixo alongado e frágil, o velho pensava ver ainda a figurinha arqueada e retorcida do recém-nascido. Noah poderia fazer o que quisesse, sabia ler e escrever, trabalhar ou ficar cismando o que quisesse, mas ele jamais parecia dar importância a essas coisas; não se importava com coisa nenhuma, não o atraía nada do que as outras pessoas precisavam e queriam. Ele vivia enclausurado numa torre de silêncio, de onde olhava para fora com olhos calmos. Era um estranho para todos, mas não podia ser considerado um solitário.

Os quatro vinham chegando pelo terreiro, e o avô perguntava:

— Onde tá ele? Diabo, onde é que ele tá?

E seus dedos exploravam os botões da calça e esqueciam-nos para remexerem nos bolsos. Depois ele viu seu neto, Tom, parado à porta. Estacou e fez com que os outros, que vinham atrás dele, também estacassem. Seus olhos pequenos brilhavam, maliciosos.

— Vejam só — disse. — Um que teve engaiolado. Fazia tempo que um Joad não ia na cadeia. — Seus pensamentos deram uma reviravolta. — Prenderam ele injustamente. Fez o que eu também fazia. Esses filho da puta não tinha razão de prender ele. — Seus pensamentos deram novo salto. — E o véio Turnbull, esse zorrilho fedorento, pensando como ia matar ocê quando ocê saísse da prisão! Disse que tinha sangue dos Hatfield. Bem, eu também não deixei ele sem resposta. Disse assim pra ele: olhe, não se meta com os Joad, ouviu? Eu tenho é sangue dos MacCoy, tá ouvindo? Meta-se com o Tommy e ocê vai se arrepender. Pego no rifle e te dou é um tiro no rabo. E aí ele ficou com medo.

A avó, sem prestar atenção às palavras do avô, continuou a berrar: Com Deus, pela vitória!

O avô chegou-se a Tom e deu-lhe um tapinha no peito, seus olhos contemplando-o com afeto e orgulho.

— Como vai, Tommy?

— Tô muito bem — disse Tom. — E o senhor?

— Cheio de mijo e de vinagre — disse o avô. Seu pensamento voou outra vez. — É como eu disse, eles não iam ter o Tommy engaiolado por muito tempo. Sempre falei: o Tommy vai dar o fora daquela cadeia, vocês vão ver, vai sair que nem um touro derrubando uma cerca. E ocê fez mesmo isso. Bem, sai daí que eu tô com fome. — Foi entrando, sentou-se à mesa, encheu o prato com carne de porco, pegou duas grossas fatias de pão e botou-as também no prato e espargiu sobre tudo isso o molho gorduroso. E, antes que os outros começassem a comer, ele já estava de boca cheia.

Tom fez-lhe um trejeito afetuoso.

— Esse velho não vale nada mesmo — disse ele. O avô estava com a boca tão cheia que nem sequer gaguejar ele podia, mas seus olhos maus sorriram e ele meneou a cabeça violentamente.

A avó disse orgulhosa:

— Nunca existiu homem mais perverso que o seu vô, Tom. Ele vai direitinho pro inferno, que Deus seja louvado. Agora até automóvel ele quer guiar, mas isso eu não deixo — falou com desdém.

O avô engasgou-se, deixou cair uma boa porção de comida mastigada nas pernas e tossiu fracamente.

A avó sorriu para Tom.

— É um trapalhão, né? — observou, com inflexão satisfeita.

Noah estava parado no patamar e olhava Tom, e seus olhos apartados pareciam não o ver. Suas feições eram inexpressivas. Tom disse:

— Como é que ocê vai, Noah?

— Bem — falou Noah. — E ocê, como vai? — Não era grande coisa, mas era algo confortante.

A mãe enxotou as moscas de sobre o prato de molho de carne.

— Não tem lugar pra todo mundo sentar — disse. — É melhor cada um encher o prato e sentar onde puder. No quintal ou em outro lugar qualquer.

De repente, Tom exclamou:

— Ei, onde tá o reverendo? Ele tava aqui agorinha mesmo. Aonde é que ele foi?

— Eu vi ele — disse o pai. — Mas agora não sei onde tá.

E a avó falou em voz aguda:

— Reverendo? Ocê trouxe um pregador? Traz ele pra cá. Ele pode dizer uma reza. — E ela apontou para o marido. — Pra ele não adianta mais, já comeu. Traz pra cá o reverendo.

Tom foi à porta.

— Ei, Jim! — gritou. — Jim Casy! — E saiu pelo terreiro, clamando: — Ô, Casy!

O pregador emergiu de trás da cisterna, endireitou-se e foi andando em direção a casa.

— Que é que o senhor tava fazendo aí? — perguntou-lhe Tom.

— Bem, não estava fazendo nada. Mas um homem não deve meter o nariz numa reunião íntima de família. Eu tava só sentado e pensando.

— Vamo entrar e comer — convidou-o Tom. — A minha avó quer uma reza.

— Mas eu não sou mais pregador — protestou Casy.

— Ora, deixa disso. O que é que custa rezar uma prece? Pro senhor não tem importância e pra ela faz bem. — Os dois entraram na cozinha.

— Seja bem-vindo — cumprimentou-o a mãe.

E o pai disse:

— O senhor é bem-vindo. Vamo comer qualquer coisa.

— Primeiro vamo rezar — clamou a avó. — Primeiro a reza.

O avô focalizou com ferocidade o pastor com os olhos até reconhecê-lo.

— Ah, eu conheço esse pregador — disse. — Ele é dos bons. Sempre gostei dele... desde que o vi. — E pestanejou tão libidinosamente que sua mulher pensou que ele tivesse dito qualquer coisa e replicou:

— Cala a boca, seu bode véio!

Casy passou, nervoso, os dedos pelos cabelos.

— É preciso que ocês saibam, eu não sou mais um pregador. Se é só para dizer algumas palavras de gratidão, por me encontrar aqui no meio de gente boa, generosa, está certo... mas... está bem, vou fazer do meu agradecimento uma prece. Mas, repito, não sou mais nenhum pregador.

— Então diz — falou a avó. — E diz umas palavra sobre a nossa viagem pra Califórnia.

O pregador baixou a cabeça, e todos os outros o imitaram. A mãe cruzou os braços sobre o ventre e baixou a cabeça. A avó baixou-a tanto que quase tocou o prato gorduroso com o nariz. Tom, encostado à parede, o prato na mão, baixou-a bruscamente, e o avô inclinou-a de lado, de maneira que pudesse observar o reverendo com os olhos maliciosos. E nas faces do pregador havia traços não de quem reza, mas de quem está cismando, pensativo; e no tom de sua voz não havia súplica, mas apenas reflexão.

— Estive pensando — disse o reverendo. — Eu tava nas colinas, cismando, tal qual Jesus deve ter cismado quando se meteu deserto adentro para encontrar uma solução pras suas aflição.

— Com Deus, pela vitória! — disse a avó, e o pregador olhou-a, surpreso.

— Jesus estava todo enredado por aflições e Ele não via como sair delas; então Ele ficou cismando em para que diabo, afinal, valia a pena lutar e pensar. Ficou fatigado, então, e Seu espírito se esgotou. Foi aí que Ele chegou à conclusão de que não valia a pena se atormentar. E meteu-se no deserto.

— A... mém. — A avó falou, numa espécie de balido. Tinha a mania de meter-se sempre nas pausas. Assim vinha fazendo através dos anos, compreendendo ou não o que ouvia.

— Não quero dizer que eu seja como Jesus — continuou o pregador. — Mas eu também fiquei fatigado como Ele, e estava aturdido como Ele, e me meti nos ermos como Ele, sem nada para me abrigar. À noite, eu ficava deitado de costas e olhava as estrela; pelas madrugada, ficava sentado à espera de que o sol nascesse; pelo meio-dia, contemplava do alto de uma colina a extensão das vastas terra seca; pela tarde, acompanhava com os olho o pôr do sol. Às vezes rezava, como fazia antigamente. Só não sabia o que rezava e por quê. Ali estavam os outeiro e ali estava eu, e não havia separação entre nós. Era uma só coisa. E essa coisa unida era uma coisa sagrada.

— Aleluia — disse a avó e balançou a cabeça para a frente e para trás, tentando assumir uma posição de êxtase.

— E eu fiquei pensando, só que não era bem pensando, era mais profundo do que só pensar. Fiquei cismando em como é que nós era sagrado quando era uma só coisa, e o gênero humano era sagrado quando era uma só coisa. E só deixava de ser sagrado quando um mísero camarada cerrava os dentes e seguia o seu caminho, batendo os pé, aos arranco, lutando. Camaradas assim perturbam a santidade. Mas quando eles agem em conjunto, não um para o outro, mas um camarada só para toda a comunidade, aí sim, aí está tudo certo, é sagrado. E depois eu fiquei pensando que afinal nem sei o que quero dizer com o termo sagrado. — Ele estacou, mas as cabeças continuaram baixas, porquanto elas estavam treinadas, qual cães, a erguerem-se apenas ao sinal de "amém". — Eu não sei orar como antigamente. Estou feliz com a santidade desta refeição. Dou graças por encontrar amor neste lugar. É só. — As cabeças continuaram baixas. O pregador olhou em torno. — Fiz com que esfriasse a comida — disse, e depois lembrou-se. — Amém — concluiu, e as cabeças ergueram-se todas.

— A... mém — disse a avó e caiu sobre a comida, mordendo o pão com as gengivas desdentadas.

Tom comia depressa, e o pai empanturrou-se. Ninguém falou, até acabar a comida, e todos tomarem o café; somente era audível o mastigar da comida e o borbulhar do café a descer pelas gargantas. A mãe observava o pregador a comer, com olhos interrogadores e compreensivos. Ela o observava como se o reverendo se tivesse transformado de repente num espírito, não mais fosse um ser humano, mas uma voz vinda das profundezas.

Os homens acabaram de comer, depositaram seus pratos sobre a mesa e entornaram pela garganta o último gole de café; depois saíram, o pai e Tom, e o reverendo e Noah e o avô, e foram andando em direção ao caminhão, evitando o monte de móveis, as armações de madeira das camas, a maquinaria do moinho de vento, o velho arado. Pararam ao lado do caminhão e tocaram as bordas de pinho, novas, do veículo.

Tom abriu o capô e espiou para o grande motor, besuntado de óleo. O pai aproximou-se e disse:

— O seu irmão Al examinou antes da gente comprar e disse que era bom.

— O que é que ele sabe disso? — fez Tom. — Ele é um menino ainda.

— Ele trabalhou para uma companhia. Guiou caminhões no ano passado. Já sabe um bocado do ofício. É um rapaz esperto, sabe até ajustar um motor, Al sabe.

— Onde é que ele tá agora? — perguntou Tom.

— Bem — disse o pai —, ele tá rodando por aí. Já está um rapagão com seus dezesseis anos, só pensa em moças e máquinas. Um moleque dos bons. Já faz uma semana que não vem em casa.

O avô, apalpando o tórax, conseguiu enfiar os botões da camisa azul nos buracos da camisa do pijama. Seus dedos sentiram que algo não estava certo, mas não se preocupou muito com isso. E continuou a explorar o labirinto das roupas.

— Eu era pior. Era muito pior, um demônio que ocê nem imagina — disse ele, radiante. — Então, tinha uma reunião campestre em Sallisaw quando eu tinha a idade do Al, um pouco mais do que ele. Ele é um menino ainda, não entende de nada, mas eu era um pouco mais velho. Tinha umas quinhentas pessoa nessa reunião e uma porção de moça.

— O senhor continua sendo um demônio, vô — disse Tom.

— Bom, na verdade sou, mas não sou mais o que era, nem sombra. Queria estar na Califórnia, onde posso apanhar laranja quando quiser. Ou então uva. São coisas que eu nunca tive bastante. Vou pegar um grande cacho de uva e esfregar ele na cara e deixar que o suco escorra pela barba abaixo.

— Onde está o tio John? Onde está a Rosasharn? E a Ruthie e o Winfield? Ninguém falou deles ainda — inquiriu Tom.

— É porque ninguém perguntou — falou o pai. — John foi até Sallisaw com um carregamento de mercadoria pra vender: uma bomba, ferramentas, galinhas, tudo que a gente trouxe lá da nossa casa. Levou a Ruth e o Winfield com ele. Saiu de madrugada.

— Engraçado como eu não encontrei ele — disse Tom.

— Bom, foi porque ocê veio pela estrada, não foi? Ele tomou outro caminho, em Cowlington. E a Rosasharn tá morando com o pessoal do

Connie. É mesmo, ocê nem sabe que a Rosasharn casou com o Connie Rivers. Lembra do Connie? É um sujeito direito. E a Rosasharn tá pra ter criança, daqui uns três, quatro ou cinco meses. Já tá bem inchada. Ela tá muito bem.

— Jesus! — exclamou Tom. — Rosasharn era uma criancinha. E agora vai ter um bebê! Quanta coisa aconteceu nesses quatro anos que estive fora! Quando é que o senhor pensa em partir pro oeste, meu pai?

— Bom, a gente tem que vender as coisa primeiro. Se o Al voltar logo, eu acho que a gente pode carregar o caminhão e partir amanhã ou depois. Não temos bastante dinheiro ainda, e o pessoal diz que é perto de três mil quilômetro daqui até a Califórnia. Quanto mais cedo a gente partir, mais certo chega lá. O dinheiro escorre das mãos que nem água. Cê trouxe algum dinheiro?

— Pouca coisa. Como foi que o senhor conseguiu dinheiro?

— Bom — disse o pai —, a gente vendeu as coisa toda lá de casa e todo mundo andou apanhando algodão na safra, até o vô.

— Foi memo! — disse o avô.

— A gente juntou uns duzentos dólares. O caminhão custou setenta e cinco, e eu e o Al serramos ele pra fazer uma carroceria maior. O Al ia ajeitar as válvula, mas como andou farreando por aí ainda não pôde fazer. Acho que temo uns cento e cinquenta dólar pra sair daqui. O diabo são esses pneu velho; não sei se vão aguentar a viagem toda. A gente tem dois estepe que não valem nada. Vamos ter problema nessa viagem, eu tenho certeza.

O sol, quase a pino, queimava como fogo. As sombras da carroceria do caminhão formavam barras negras no solo, e o caminhão tresandava a óleo quente e a panos sujos e engordurados. As poucas galinhas que ciscavam o chão deixaram o terreiro e procuraram abrigo contra o sol no alpendre das ferramentas. No chiqueiro, os porcos jaziam arquejantes, encostados à cerca, que projetava uma sombra estreita, e de vez em quando grunhiam em um lamento agudo. Os dois cães estavam estirados na poeira vermelha, debaixo do caminhão, a língua gotejante coberta de pó. O pai puxou o chapéu sobre os olhos e acocorou-se no chão. E, como se esta fosse a sua posição natural de observação e pensamento, encarou Tom com ares de crítica, examinando-lhe o boné novo, mas já meio surrado, o terno, os calçados novos.

— Ocê gastou dinheiro nessas roupas? — perguntou. — São boas demais procê.

— Não, eles me deram — disse Tom. — Quando saí, me deram as roupas e a botina. — Pegou o boné e olhou-o com alguma admiração, depois limpou com ele a fronte suada e colocou-o descuidadamente, puxando-o pela pala.

O pai observou:

— São bonita essas botina que eles te deram.

— São — concordou Tom. — São muito bonitas, mas não prestam pra se andar num dia quente como hoje. — E acocorou-se ao lado do pai.

Noah entrou na conversa, falando de forma arrastada:

— Quem sabe era melhor a gente botar logo todas as coisas no caminhão... Assim, quando o Al chegar, já...

— Eu posso guiar ele, se é isso que vocês querem — disse Tom. — Guiei caminhões em McAlester.

— Bom — disse o pai, e seus olhos fixaram-se na estrada. — Se não me engano, aí vem vindo esse moleque pra casa. Olhem só, parece que tá bem cansado.

Tom e o pregador olharam para a estrada. E Al, o farrista, vendo que já tinha sido notado, ergueu os ombros e veio entrando no terreiro todo empertigado, jactancioso, qual galo de briga, pronto para cantar. Teso, ele se aproximou até reconhecer Tom; aí, mudou a sua expressão de gabola, fanfarrão, a admiração e o respeito surgiram em seus olhos. Toda a fanfarronice caiu por terra. A calça de algodão bem lisa, e um pouco levantada, para exibir as botas com salto, o cinturão de sete centímetros com incrustações de cobre, e mesmo as braçadeiras vermelhas sobre a camisa azul e a inclinação boêmia do chapéu não o podiam elevar à envergadura de seu irmão; pois que o seu irmão matara um homem, e ninguém jamais se esqueceria disto. Al sabia que tinha inspirado alguma admiração aos rapazes de sua idade pelo fato de seu irmão ter assassinado um homem. Ele vira em Sallisaw olharem-no e apontarem-lhe o dedo, dizendo: tá vendo, aquele é o Al; o irmão dele matou um sujeito com uma pá.

E agora Al via, ao aproximar-se humildemente, que seu irmão não era o valentão, o fanfarrão que ele supunha que fosse. Al via os olhos sombrios e pensativos de seu irmão, a calma fria, o rosto duro e inexpressivo, treinado para nada indicar aos guardas da prisão, nem resistência nem submissão. E instantaneamente Al mudou. Inconscientemente imitou o irmão, e seu rosto bonito tomou uma expressão meditativa; e seus ombros relaxaram. Ele não se lembrava de como Tom era.

— Alô — disse Tom. — Puxa, Al, ocê tá alto que nem uma árvore. Quase não te reconheço.

Al, com a mão pronta para estendê-la a fim de que o irmão a apertasse, quedou, sugerindo um gesto de homem compenetrado. Tom estendeu a mão, e a mão de Al também se estendeu para recebê-la. E isso era uma prova de amor fraternal entre os dois.

— Me disseram que ocê era um bicho pra guiar um caminhão — disse Tom.

E Al, sentindo que seu irmão não era um fanfarrão, quis imitá-lo:

— Nada disso, não sei muita coisa não — falou.

— Ocê farreou um bocado, Al — disse o pai. — Deve estar bem cansado. Bom, ocê tem que levar ainda umas coisas pra vender em Sallisaw.

Al olhou para o irmão.

— Ocê vem comigo? — perguntou, esforçando-se por emprestar um tom de naturalidade à voz.

— Não, eu não posso — disse Tom. — Tenho que ajudar aqui. Mas vamos viajar juntos.

Al fingiu dar pouca importância à pergunta:

— Ocê... ocê deu o fora da cadeia, hein, Tom?

— Não — disse Tom. — Fui perdoado.

— Ah! — E Al ficou um pouco desapontado.

9

Nas casinhas em que moravam, os meeiros examinavam o que lhes pertencia e o que pertencera a seus pais e a seus avós. Preparavam-se para a grande viagem rumo ao oeste. Os homens estavam impassíveis porque o passado fora destruído, mas as mulheres sabiam que o passado clamaria por elas nos dias vindouros. Os homens iam aos celeiros e aos alpendres.

Aquele arado, aquela grade, lembram-se? Na guerra, a gente plantou mostarda. Cê lembra daquele camarada que queria convencer a gente a plantar aquela planta de borracha que ele chamava de guaiule?[5] Fique rico, compre aquelas ferramentas. Gaste alguns dólares e verá. Oitenta dólares pelo arado, fora despesas de transporte, são da Sears-Roebuck.[6]

5 Segundo o Dicionário Terminológico Bilíngue de Plantas, da Escola Superior de Agricultura Luiz de Queiroz da Universidade de São Paulo, o guaiule é um arbusto da família *Compositae*, da espécie *Parthenium argentatum Gray.* Trata-se de um arbusto proveniente dos planaltos secos que se estendem do norte do México ao sudoeste do Texas (EUA), tendo sido introduzido no Nordeste brasileiro justamente por se adequar ao cultivo no semiárido. O guaiule pode alcançar de sessenta a cem centímetros de altura, perene, com vida ao natural superior a trinta anos e de notável resistência à seca. Ele é grande produtor de borracha natural, sintetizada e acumulada no interior das células do parênquima. (*N. do R. T.*)

6 Sears & Roebuck é uma rede de lojas de departamentos, fundada em 1893, que também recebia encomendas e despachava produtos por correio. (*N. do R. T.*)

Carroças, armações, semeadoras, enxadas empilhadas. Tragam tudo. Juntem tudo. Ponham tudo no caminhão. Levem tudo para a cidade. Vendam tudo por quanto puderem. Vendam a parelha de animais e a carroça também. Não precisamos deles para mais nada.

Cinquenta centavos não é bastante por um arado. Essa semeadora aí custou trinta e oito dólares. Dois dólares é muito pouco. Não posso levar ela comigo... bem, fique com ela, que o diabo o leve. Fique com essa bomba também, e com os arreios. Fique com os cabrestos, coleiras, cangalhas e rédeas.

Os objetos usados empilhavam-se no pátio.

Não posso vender mais arados manuais, ninguém os compra. Cinquenta centavos pelo peso do metal. Tratores, é só o que se usa agora.

Bom, leve tudo, todos esses troços, me dê cinco dólares por tudo, está bem? O senhor não está comprando só velharias, está comprando vidas arruinadas. Mais, o senhor está comprando amargura. Comprando um arado para esmagar os seus próprios filhos, comprando aquilo que poderia salvar-lhe a alma. Cinco dólares, não, quatro. Não posso levar tudo. Bem, aceito os quatro dólares mesmo. Mas eu estou te prevenindo: o senhor está comprando o que ainda vai esmagar seus próprios filhos. O amigo não vê isso, não quer ver isso. Bem, leve tudo por quatro dólares. E agora, quanto o senhor me dá pela carroça e pela parelha de animais? Esses baios são bons como o diabo, iguaizinhos que eles são, iguais na cor, iguais no trote! Puxam que é uma beleza, esticando as pernas e o lombo, rápidos que dá gosto! Pela manhã, quando lhes dava na telha, eles ficavam atrás da cerca, de orelha em pé pra ouvir a gente. E as crinas, as crinas pretas! Eu tenho uma filhinha. Ela gostava daquilo! E agora tudo acabou. Eu poderia contar ao senhor uma história engraçada sobre essa minha filhinha e aquele cavalo baio. O amigo ia rir à beça. Está vendo? Aquele ali tem oito anos. O outro tem dez, mas até parecem gêmeos, de tão parecidos. Olha só os dentes deles. Todos bons. E os pulmões, então, nem se fala! Pulmões fortes! As pernas também são um bocado fortes, saudáveis e musculosas. Quanto? Dez dólares? Pelos dois? E pela carroça?... Oh, Jesus Cristo! Prefiro matá-los pra dar a carne pra cachorro comer. Ah, vá lá, fique com eles pelos dez dólares. Leve eles depressa, senhor. Você está comprando uma meninazinha entrançando a crina deles, tirando a fita dos cabelos dela para amarrar na crina dos cavalos, uma meninazinha de cabecinha encostada no pescoço dos animais, de cabeça erguida, roçando-lhes o focinho no rosto dela. O senhor está comprando anos de árduo labor, lides de sol a sol; está comprando uma mágoa que não se pode expressar. Mas, olhe, senhor: há uma coisa que vai junto com esse montão de troços que comprou, junto com esses baios tão lindos — é uma carga de amargura que crescerá na sua casa e ali florescerá um dia. Nós poderíamos salvar o senhor, mas o senhor nos desprezou, esmagou-nos, e cedo também será esmagado e então nenhum de nós estará aqui para salvá-lo.

E os meeiros iam embora, mãos nos bolsos, chapéus puxados sobre os olhos. Alguns compravam aguardente e sorviam-na com sofreguidão, para resistir com ânimo ao golpe. E eles não riam, não se alegravam. Não cantavam, nem tocavam viola. Eles vinham voltando aos seus sítios, mãos nos bolsos, cabeça baixa, botinas rangendo raivosamente na poeira das estradas.

Quem sabe a gente pode começar de novo, lá naquela terra tão rica, na Califórnia, onde brotam frutos saborosos? Sim, vamos recomeçar.

Mas o senhor não pode recomeçar! Somente uma criança pode iniciar uma tarefa assim. O senhor e eu, bem, nós somos o passado. A irritação de um momento, as mil visões — eis o que nós somos. Esta terra, esta terra vermelha, é o que nós somos; e os anos de chuva e os anos de seca, é o que nós somos. Não podemos começar de novo. A amargura que vendemos com os nossos troços alguém a comprou, mas também nós a temos ainda. Somos apenas a raiva que sentimos quando os donos das terras nos expulsaram, quando o trator derrubou nossa casa. E assim seremos até morrer. Para a Califórnia ou outro lugar qualquer — cada um de nós aqui é um tambor a bater nossa amargura, caminhando com a nossa desgraça. E algum dia os exércitos da amargura irão pelo mesmo caminho. E eles todos caminharão juntos, e haverá, então, um terror de morte.

Os meeiros arrastavam-se até os seus sítios através da poeira avermelhada.

Quando tudo que podia ser vendido estava vendido, fogões e camas, cadeiras e mesas, pequenos armários, canos e tanques, ainda havia pilhas de troços, e as mulheres sentavam-se ao redor delas, remexendo-as e olhando-as, as fotografias, espelhos quadrados e — ah, olhe ali, um vaso!

Bem, vocês sabem o que a gente pode levar e o que não pode levar. Nós vamos acampar sempre ao ar livre — algumas panelas para se cozinhar, colchões e outras comodidades, uma lanterna, baldes e uma peça de lona. É pra fazer a tenda. Esta lata de querosene vai. Sabe o que é isso aqui? É o fogão. E roupas... levem todas as roupas. E... o rifle? Não vamos sair sem o rifle. Quando tudo se for, sapatos e roupas e comida — até a esperança —, teremos ainda o rifle. Quando o avô veio pra cá — eu já te falei? —, ele só trouxe sal, pimenta e um rifle. Mais nada. Isso aqui vai. É uma garrafa com água. Basta isso para satisfazer a gente. Dê um jeito nesse caminhão; as crianças e a avó vão no colchão. Ferramentas, uma enxada e uma serra, uma chave de fenda e alicate. E uma machadinha também. Temos esta machadinha faz mais de quarenta anos. Olhe como ela tá gasta. O resto? Deixe o resto, ou pode queimar tudo.

E vinham as crianças.

Se a Mary levar aquela boneca, aquela boneca velha e suja, eu vou levar o meu arco de bugre. Vou, sim. E esse bordão aí, grande, quase do meu tamanho. Posso precisar dele. Tenho ele faz tanto tempo, faz um mês ou talvez um ano. Tenho que levar sim. Como é que vai ser lá na Califórnia?

As mulheres sentavam-se junto aos restos desprezados, junto aos objetos que não poderiam levar, olhavam-nos e reviravam-nos. Esse livro. Meu pai já o tinha. Ele gostava tanto dos livros! *A marcha do peregrino.*[7] Gostava muito de ler. Escreveu o nome dele na capa, por dentro. E esse cachimbo, ainda cheirando a fumo forte! E esse quadro... um anjo. Eu olhava pra ele quando tive os primeiros três partos... mas não adiantou muito. Acha que poderíamos levar este cachorrinho de porcelana? A tia Sadie trouxe ele da Feira de St. Louis. Está vendo? Consegue ver o que ela escreveu nele? Não, acho que não. Aqui está uma carta que meu irmão escreveu um dia antes de ele morrer. E aqui um chapéu bem velho. E estas penas... nunca usamos. Não, não temos lugar.

Como poderemos viver sem tudo isso que representa a nossa vida? Como vamos continuar sendo os mesmos sem o nosso passado? Não, deixe tudo. Queime tudo.

---

7 Segundo a Encyclopedia Britannica, *The Pilgrim's Progress* é uma alegoria religiosa de autoria do escritor inglês John Bunyan (1628-1688), originalmente publicada em duas partes, entre 1678 e 1684. A obra é uma visão simbólica da peregrinação dos homens de bem através da vida. Seu sucesso é tamanho que é considerada a mais influente alegoria cristã já publicada, sendo superada apenas pela Bíblia. (*N. do R. T.*)

Elas ficavam sentadas, olhavam todos esses restos e os gravavam na memória. Como saber que coisas as aguardavam lá longe? Como será quando acordarem pela manhã sabendo que o velho salgueiro não mais está no pátio? Pode-se viver sem o salgueiro? Não, não se pode. Aquela mancha ali — a prova de uma dor —, ali no colchão, aquela dor terrível, aquela mancha é uma parte de mim mesma.

E as crianças... se o Sam levar o seu arco de bugre e o seu bastão comprido, eu também vou levar duas coisas. Eu escolho aquela almofada. É minha.

Subitamente, ficaram nervosos. Tinham que ir embora rápido. Não se pode demorar mais. Nós não podemos ficar mais tempo aqui. E amontoaram os restos no terreiro e puseram fogo em tudo. E puseram a olhá-los queimando, e depois, freneticamente, correram a tomar os veículos e saíram para as estradas poeirentas. A poeira pendia no ar muito tempo depois da passagem dos carros apinhados.

10

Quando o caminhão se foi, carregado de utensílios, cheios de ferramentas pesadas, de camas e de colchões que pudessem ser vendidos, Tom deu uma volta pela casa. Vagou pelo celeiro, pelas cocheiras vazias; entrou no alpendre das ferramentas, chutou o monte de restos inúteis e empurrou com o pé o dente quebrado de uma ceifadeira. Visitou os lugares de que se recordava — a encosta vermelha onde as andorinhas faziam seus ninhos, o pé de salgueiro atrás do chiqueiro. Dois leitões grunhiram e roncaram para ele através da cerca, como que o cumprimentando, dois leitões de pelo preto, a receber, confortavelmente estirados, as carícias do sol.

Logo depois, terminou a peregrinação e se sentou nos degraus da porta, envolto numa sombra fresca. Atrás dele, sua mãe movia-se na cozinha, a lavar as roupas dos filhos num tanque, e de seus braços fortes e cobertos de sardas escorria água com sabão até os cotovelos. Ela parou de trabalhar quando o filho sentou-se à porta. Olhou-o por longo tempo, olhou-lhe a nuca quando o rapaz ficou a cismar, de costas para ela, fixo na luz brilhante do dia. Depois voltou ao trabalho.

— Tom — disse ela, afinal —, eu espero que as coisas lá na Califórnia sejam boas.

Tom voltou-se e encarou-a.

— Por que a senhora acha que não seriam? — inquiriu.

— Bom, por nada. É que parece tudo bom demais. Eu vi no folheto. Lá tem muito trabalho e bons salários e tudo o mais. Li no jornal que procuram gente para colher laranja e pêssego. Isso seria um belo trabalho, Tom, apanhar pêssego. Mesmo que eles não deixem a gente comer nenhum, sempre dá pra pegar um que já esteja machucado. E seria bom ficar debaixo das árvores, trabalhando na sombra. Mas tudo isso é bonito demais Tom. Tenho medo. Não tenho fé nisso. Acho que é muita sorte junta.

— Não force a fé até a altura do voo dos pássaros e não rastejará como os vermes — disse Tom.

— Sim, eu sei que é assim. Tá na Escritura, né?

— Acho que sim — falou Tom. — Sempre confundo as Escrituras com um livro chamado *A vitória de Bárbara Worth*.[8]

A mãe riu suavemente e foi esfregando a roupa de encontro às bordas do tanque. E torceu camisas e macacões e os músculos de seus antebraços retesavam-se.

— O pai de teu pai vivia sempre às voltas com as Escrituras, fazendo citações. Ele fazia cada confusão que te digo! Misturava sempre as frases das Escrituras com coisas do *Almanaque do Dr. Miles*.[9] Costumava ler alto tudo que tinha no *Almanaque*: cartas de pessoas que não podiam dormir ou tinham aleijões. Depois tirava pedaços dessas carta e dizia: isso tá nas Escritura. Teu pai e o tio John riam à beça, e ele ficava danado. — Ela empilhou a roupa, torcida como corda, sobre a mesa. — Diss'que são uns três

---

8 O livro *The Winning of Barbara Worth* é considerado uma das principais obras da literatura estadunidense no século XX. Escrito por Harold Bell Wright (1872-1944) e originalmente publicado no ano de 1911, o romance vendeu cerca de três milhões de cópias. A trama envolve empresários, vaqueiros, fazendeiros ricos e, em um ponto culminante, uma enorme inundação que arrasa casas e cidades inteiras. A história é fictícia, mas a enchente realmente aconteceu, em 1905, em decorrência dos esforços para irrigar o Vale Imperial seco a leste de El Centro, na Califórnia. (*N. do R. T.*)

9 *Dr. Miles New Weather Almanac and Hand Book of Valuable Information* eram almanaques publicados anualmente, entre meados dos séculos XIX e XX, por companhias estadunidenses e algumas canadenses, como a Dr. Miles Medical Company, para promover a venda de produtos medicinais. Além dos anúncios, esses almanaques também traziam calendários, horóscopos e artigos sobre diferentes enfermidades, sintomas e seus respectivos tratamentos. Alguns exemplares digitalizados podem ser encontrados on-line, na página do projeto Internet Archive. (*N. do R. T.*)

mil quilômetros daqui ao lugar pra onde nós vamos. Cê acha que isso é verdade, Tom? Eu vi a Califórnia no mapa; tinha montanhas alta que nem num cartão-postal que eu vi, e a gente tem que passar por essas montanhas toda. Quanto tempo ocê acha que a gente vai viajar, hein, Tommy?

— Não sei — disse o filho. — Duas semanas, talvez dez dias, se a gente tiver sorte. Olha, mãe, a senhora não se preocupe, ouviu? Faça como eu, que nem todos que tão na cadeia. A gente não deve pensar em quando vai ser solto. Acabava maluco. A gente pensa no dia de hoje, depois no dia de amanhã, depois no jogo de futebol de sábado, e assim por diante. É o que a senhora deve fazer. Os veteranos fazem assim. Só os novatos encostam a cabeça nas grades da cela e ficam cismando, pensando quanto tempo ainda vai durar aquele inferno. A senhora faça como os veteranos, só pense no dia de hoje.

— É um bom meio, esse — falou a mãe, e encheu o tanque com a água que estivera esquentando sobre o fogão, e enfiou no tanque mais roupa suja e começou a esfregá-la na espuma. — Sim, esse é um bom meio. Mas eu gosto de pensar que talvez vai ser bom pra gente lá na Califórnia. Nunca faz frio. E tem tantas fruta, em toda a parte, e as pessoa moram em casas bonita, em casas branca pequena no meio de laranjeira. Eu acho que, se nós tudo arranjasse trabalho e todo mundo trabalhasse, a gente talvez podia comprar uma casinha assim. E as criança bastava pôr o pé pra fora de casa e podia apanhar quantas laranja quisesse; ia ser demais pra elas. Iam passar a vida toda gritando por causa disso.

Tom olhou sua mãe trabalhar e seus olhos sorriam.

— Faz bem a senhora pensar assim. Eu conheci um sujeito que era lá da Califórnia. Ele não falava que nem a gente. Bastava ouvir ele falar e a gente já sabia que ele não era daqui, que era de longe. E então ele disse que tem muita gente procurando trabalho lá na terra dele. E diss'que o pessoal que trabalha nas safra de frutas vive em lugares imundos e nem tem o que comer direito. Os salário são muito baixo, e assim mesmo é bem difícil arranjar trabalho.

Uma sombra perpassou pelo rosto dela.

— Ah, não, não é assim — disse. — Seu pai recebeu um impresso, em papel amarelo, dizendo que procuravam gente pra trabalhar. Eles não ia escrever isso se não tivesse bastante trabalho. Custa muito dinheiro mandar fazer esses impresso. Pra que eles ia mentir e gastar dinheiro com mentira?

Tom sacudiu a cabeça.

— Não sei, mãe. A gente não pode saber por que eles fazem isso. Quem sabe?... — Ele olhou para fora, onde o sol quente torrava a terra vermelha.

— Quem sabe o quê?

— Quem sabe é mesmo bom aquilo lá, como a senhora diz. Aonde foi o vô, hein? E o reverendo?

A mãe estava saindo da casa, os braços cheios de roupa. Tom afastou-se para o lado, a fim de deixá-la passar.

— O reverendo diss'que ia dar uma volta. O vô tá dormindo aí dentro. Ele costuma vir aqui durante o dia e se deitar pra tirar uma soneca. — Ela caminhou até um fio estendido no terreiro e pendurou nele as calças de algodão e as camisas azuis.

Tom ouviu uma passada cautelosa atrás de si e virou-se para ver quem vinha. Era o avô, que estava emergindo do quarto de dormir e, como de manhã, mostrava-se atrapalhado com os botões das calças.

— Ouvi vocês falando — disse. — Não deixam um velho dormir, seus filhos da puta. Quando vocês também ficarem velhos vão aprender a deixar os outros dormir. Seus dedos furiosos procuraram desabotoar os dois únicos botões da braguilha que ainda estavam abotoados. E suas mãos esqueceram-se do que estavam querendo fazer, e penetraram no vão das calças para coçarem, satisfeitas, os testículos. A mãe voltou à casa com as mãos úmidas, as palmas enrugadas e inchadas pela ação da água quente e do sabão.

— Pensei que o senhor tava dormindo. Pera aí, deixa que eu abotoe a sua calça. — E, embora o velho relutasse, ela o segurou firme e abotoou-lhe as calças, a camisa e o colete. — Ocê sempre tá uma figura de dar dó... — disse, e soltou-o.

E o velho resmungou, colérico:

— Bonito... bonito quando a gente já tem que ser abotoado pelos outros. Eu não quero que ninguém me abotoe as calças, ouviu?

— Eles não deixam ninguém andar assim lá na Califórnia — falou ela, troçando.

— Não, hein? Pois eu vou mostrar pra eles. Pensam que podem mandar na gente, mas tão enganados. Se me der na telha ando até com a coisa de fora, e ninguém tem nada com isso.

— A linguagem dele tá ficando cada vez pior — observou a mãe.

O velho projetou o queixo áspero e encarou-a com os olhinhos astutos, brilhantes.

— Bom — falou —, daqui a pouco a gente vai viajando mesmo. E, Deus do céu, as uva ali chegam a se debruçar nas estradas. Tem cada cacho! Sabe o que é que eu vou fazer? Vou encher um balde de uva e vou me sentar no balde e me esfregar, até o suco escorrer pelas calça.

Tom riu.

— O avô é assim mesmo — disse. — Ninguém endireita ele. Então, vô, tá mesmo decidido a vir com a gente, né?

O velho puxou de um caixote e deixou-se cair sobre ele pesadamente.

— Sim senhor — disse. — E, quanto mais depressa, melhor. Meu irmão também foi pra lá, faz mais de quarenta ano. Nunca mais ouvi falar dele. Além disso, levou um bom Colt que eu tinha. Mas se eu encontrar ele agora, ou os filho dele, se ele tiver, a primeira coisa que vou fazer é perguntar pelo meu Colt. Mas, como eu conheço ele, se ele fez algum filho, entregou pros outro criar. De qualquer maneira, tô satisfeito por sair daqui. Acho que vou até ficar diferente saindo daqui. Vou tratar logo de apanhar fruta.

A mãe anuiu.

— Ele tá disposto, sim. Aqui também, ele trabalhou até há uns três meses, quando deslocou as cadeiras e teve que parar.

— Foi, sim — disse o avô.

Tom lançou um olhar aos degraus da porta.

— Aí vem o reverendo — disse. — Aí, atrás do celeiro.

A mãe disse:

— Foi a reza mais engraçada que já ouvi, essa que ele disse hoje de manhã. Na verdade, nem foi uma reza. Foi só uma falação, mas parecia uma reza.

— Ele é um camarada muito engraçado — disse Tom. — Diz coisas engraçadas sempre. E muitas vezes até fala sozinho. Mas não quer voltar a ser pregador.

— Repara só no olhar dele — disse a mãe. — Parece que foi purificado. Tem um olhar que, como se diz, atravessa tudo. Sim, sim, ele é na certa purificado. E anda sempre de cabeça baixa, de olhar parado no chão. É um homem com toda a certeza purificado. — E ela calou-se, porque Casy se tinha aproximado da porta.

— O senhor vai apanhar uma insolação andando assim, com a cabeça descoberta — disse-lhe Tom.

Casy disse:

— Sim, é possível. — E, de repente, dirigiu-se a todos: — Eu tenho que ir pro oeste. Tenho que ir. Eu pensei em ir com vocês, se consentissem. — Estacou, embaraçado com a veemência de suas palavras.

A mãe olhou para Tom, esperando que ele dissesse qualquer coisa, porque Tom já era um homem feito. Dera-lhe esta oportunidade, que afinal era o seu direito, depois do que, falou ela mesma:

— É claro que a gente ficava muito honrada com a sua companhia. Mas agora ainda não posso dizer nada de seguro. O pai diss'que os homens vão se reunir hoje de noite para combinar o dia da viagem. Acho que é melhor a gente não dizer nada enquanto todos eles não voltarem. John e o pai, o Noah, o Tom, o avô, o Al e o Connie vão tudo tratar disso, logo que chegarem. Mas eu acho que, se tiver lugar, o senhor poderá vir conosco, teremos muito prazer.

O pregador suspirou.

— Eu vou, de qualquer maneira — disse. — Alguma coisa vai acontecer. Eu subi naquele alto e fiquei olhando, as casas estão todas vazias e os campos estão vazios e a terra toda está vazia. Não posso continuar mais por aqui. Tenho que ir para onde toda a gente vai. Vou trabalhar a terra e talvez seja feliz.

— E não vai mais fazer sermão? — inquiriu Tom.

— Não, não quero saber mais disso.

— E não vai batizar mais ninguém? — perguntou a mãe.

— Não, também não vou batizar mais. Vou trabalhar no campo, nos campos verde, e ficar mais perto de toda a gente. E não vou ensinar mais nada a ninguém. Eu é que vou tratar de aprender. Vou aprender por que os homens andam pelos campos, vou ouvi eles falar e cantar. Vou olhar as criança comerem mingau e os homem e mulher sacudirem os colchão das camas de noite. Vou comer com eles e aprender com eles. — Seus olhos tornaram-se úmidos e brilhavam. — Vou me deitar na grama, aberta e honestamente, com quem me queira. Vou gritar e praguejar à vontade e vou ouvir as canções popular. É isto que é sagrado, é isto tudo que eu não pude até agora entender. Isto é o que é o verdadeiro, o bom.

A mãe disse:

— A... mém.

O pregador sentou-se humildemente no cepo, ao lado da porta.

— Que é que um homem sozinho pode fazer?

Tom tossiu com delicadeza.

— Para um homem que não prega mais... — começou.

— Ah, eu sou mesmo um sujeito muito falador — disse Casy. — É meu jeito e já não posso mudar. Mas não quero saber mais de pregar para o povo. Pregar é contar coisas. Mas eu não conto nada, eu faço perguntas. Isto não é pregar, é?

— Não sei — disse Tom. — Pregar é ter um tom especial na voz, é um modo diferente de ver as coisas. Pregar é fazer bem ao povo, apesar de que o povo às vezes tem vontade de matar quem faz o sermão. Na última noite de Natal, o Exército da Salvação foi a McAlester pra distrair a gente. Teve música durante mais de três horas e a gente ficou sentado ali, ouvindo. Eles foram muito gentis com a gente. Mas se um só dos nossos tentasse sair da sala, todo mundo saía junto. É isso que se chama pregar. Fazer bem pra alguém que tá mal e que não pode evitar que o façam. Não, o senhor não é pregador. O senhor não tá aqui forçando ninguém a ouvir música de igreja.

A mãe enfiou lenha no fogão.

— Vou fazer comida pra você, mas não vai ser muita.

O avô levou o caixote para fora, sentou-se sobre ele e recostou-se à parede, e também Casy e Tom recostaram-se à parede. E a sombra da tarde abandonou a casa.

A tarde já estava avançada quando o caminhão retornou, roncando, bufando, através do pó, e havia um lençol de poeira cobrindo a carroceria e o capô; a luz dos faróis estava obscurecida por um véu de poeira encarnada. Punha-se o sol quando o caminhão chegou, e a terra parecia sangrenta sob o efeito de seus raios. Al vinha sentado ao volante, sério e diligente, e o pai e o tio John, numa atitude digna de chefes de clã, ocupavam o lugar de honra, ao lado do motorista. De pé na carroceria, segurando-se firmemente às bordas do caminhão, vinham os outros, a pequena Ruthie, de doze anos; Winfield, de dez, selvagem, de cara suja; ambos de olhar fatigado, mas cheios de entusiasmo, dedos e cantos da boca negros e pegajosos por efeito das balas de alcaçuz que tinham ganhado do pai na cidade. Ruthie, com um belo vestido de musselina rosada, que lhe ia abaixo dos joelhos, parecia uma mocinha, muito compenetrada. Mas Winfield não deixou de ser aquele menino malandro que aproveitava qualquer oportunidade para esconder-se atrás dos outros e fumar um toco de cigarro. Enquanto Ruthie sentia a força da responsabilidade que lhe davam os pequeninos seios em rebento, Winfield mostrava-se malcriado e sonso. Ao lado deles estava Rosa de Sharon, apoiando-se de leve nas grades, balouçando-se nos calcanhares e aparando nos joelhos e nas coxas os solavancos do veículo. Porque Rosa de Sharon estava grávida e mostrava-se prudente. Seus cabelos, trançados e enrolados ao redor da cabeça, pareciam uma coroa loura. Seu rosto redondo e suave, que até poucos meses antes tinha sido voluptuoso e convidativo, trazia as marcas da gravidez, o sorriso dos que se julgam importantes, o olhar de quem se considera perfeito, e seu corpo arredondado — os seios rijos e o ventre baixo, as ancas e nádegas duras que ela havia meneado tão deliberada e provocadoramente, como que convidando para palmadas ou carícias —, todo o seu corpo adquirira um ar de reserva, de seriedade. Até seus pensamentos convergiam totalmente para a criança que estava para nascer. Ela se balouçava nos dedos dos pés agora, para dar mais conforto ao bebê. E o mundo inteiro, para ela, estava grávido — pois ela só pensava em gravidez, nas funções da reprodução da espécie e na maternidade. Connie, seu marido de dezenove anos, que se casara com uma menina traquinas, gorducha e cheia de vitalidade, ainda se mostrava algo assustado e confuso com a mudança que nela se operara; pois que agora não mais havia aquelas lutas bravias na cama, não havia mordidas e arranhões, entre risos abafados terminados em lágrimas. Havia, isso sim, uma criatura de gestos cuidadosos, de atitudes discretas, que lhe sorria meiga, mas firmemente. Connie sentia orgulho de Rosa de Sharon e, ao mesmo tempo, medo dela. Cada vez que podia, depositava suas mãos nos ombros da mulher ou postava-se ao lado dela, bem junto, de maneira que seus ombros e coxas se tocassem, e sentia que assim se estabelecia uma ligação que, de outra forma, poderia ser rompida. Era um rapaz magro, de rosto afilado, originário do Texas, e seus olhos azuis e pálidos eram às vezes inquietantes, outras vezes mansos ou assustados. Era um bom trabalhador e devia dar um bom marido. Bebia bastante, mas não demais: brigava quando não o podia evitar e jamais provocava alguém. Numa reunião qualquer, mantinha-se calado, e, conquanto não desse mostras de sua presença, fazia-se notar de modo indubitável.

Se o tio John não tivesse cinquenta anos, e por isso não fosse considerado um dos chefes naturais da família, preferiria não se sentar no lugar de honra, ao lado do motorista. Por vontade dele, seria Rosa de Sharon quem ali estaria. Isto era impossível, porque ela era muito jovem, e além disso uma mulher. Mas o tio John não se sentia à vontade; seus olhos, que se poderia dizer tomados pela solidão, não achavam paz e seu corpo magro não relaxava. Quase sempre, o espírito solitário de tio John mantinha-o afastado dos homens e dos apetites. Ele comia pouco, bebia, e aferrava-se ao celibato. Mas, sob essa crosta de aparências, os apetites martirizavam-no tanto que acabavam por se expandir. Ali então ele comeria algo de indigesto, até cair doente, ou então beberia aguardente e uísque até tornar-se um pobre paralítico de pernas trêmulas e olhos lacrimosos e vermelhos; ou então correria a Sallisaw e satisfaria a carne numa meretriz qualquer. Contava-se que uma vez ele fora a Shawnee e se deitara com três mulheres ao mesmo tempo, ficando uma hora inteira, a resfolegar e gemer, às voltas com os corpos insensíveis das meretrizes. Mas quando um de seus apetites era satisfeito, ele se quedava novamente triste, solitário e cheio de vergonha. Escondia-se dos homens e procurava conquistar-lhes a amizade enviando-lhes presentes. Então, entrava nas casas e colocava gomas de mascar sob os travesseiros das crianças; depois cortava lenha e não deixava que lhe pagassem pelo trabalho. E então desfazia-se de tudo que possuía: sela, cavalo, um par de botinas novas. Não se lhe podia falar nessas ocasiões, pois que ele fugia de todos ou, quando era possível, retraía-se para dentro de si mesmo, mostrando apenas seus olhos inquietos. A morte da mulher, seguida de meses de isolamento, marcou-o com o sentimento de culpa e de vergonha, transformando-o num solitário irremediável.

Mas havia coisas de que não podia escapar. Sendo um dos chefes da família, tinha que orientar, governar; agora mesmo, via-se forçado a ocupar o lugar de honra, ao lado do motorista.

Os três homens no assento da frente estavam de mau humor, enquanto o caminhão os levava para casa, através da estrada poeirenta. Al, debruçado sobre o volante, ora olhava o caminho, ora o painel, vigiando o amperímetro, cuja agulha oscilava suspeitosamente, o mostrador de óleo e o termômetro. E seu cérebro registrava todos os aspectos fracos do veículo. Ele escutava os queixumes do motor, resultantes provavelmente do estado ressequido do diferencial, e ouvia com atenção o vaivém dos pistões. Pôs a mão sobre a alavanca de câmbio e sentia assim o girar da engrenagem. Às vezes, cuidadosamente, verificava se a embreagem estava normal e se o freio não travava. De vez em quando podia levar uma vida de vagabundo, mas agora tratava-se de algo que se prendia à sua responsabilidade: o caminhão, seu funcionamento e sua manutenção. Se a viagem não corresse bem, a culpa seria dele, e, conquanto ninguém jamais o culpasse, todos, e mesmo ele, Al, sentiriam que a culpa era realmente dele. E assim se mostrava cuidadoso e atencioso. Suas faces estavam tensas de tanta preocupação. E todos o respeitavam e respeitavam a sua responsabilidade. Até o pai, o chefe, sujeitar-se-ia a receber suas ordens, pegando em uma chave inglesa.

Estavam todos fatigados no caminhão. Ruthie e Winfield estavam cansados de ver tanto movimento, tantas caras, de tanto brigarem por causa das balas de alcaçuz e da goma que o tio John secretamente lhes enfiara nos bolsos.

Os homens no assento da frente estavam cansados, aborrecidos e coléricos por terem recebido apenas dezoito dólares por todos os objetos que tinham levado de casa para vender: os cavalos, a carroça, as ferramentas, os móveis. Dezoito dólares! Eles tentaram obter mais, procuraram convencer o comprador; mas capitularam quando este declarou que não lhes comprava coisa alguma, por preço algum. Desistiram e fecharam o negócio, vendendo tudo por dois dólares a menos que o preço previamente oferecido. E agora estavam cansados e atônitos, porque se tinham voltado contra um sistema cujo mecanismo não conheciam e que os vencera. Sabiam que a carroça e a parelha de animais valiam mais, muito mais. Sabiam que o comprador iria ganhar muito dinheiro revendendo os objetos que lhes comprara, mas não sabiam como deveriam ter agido para obter preço melhor. Negociar era um segredo para eles.

Al, os olhares correndo da estrada ao painel, disse:

— Aquele sujeito não é daqui. Não falava como o pessoal do lugar. E também usava roupas diferentes da nossa gente.

E o pai explicou:

— Quando eu tava na loja de ferragem, falei com uns sujeitos que conheço. Eles diss'que esses homens só vêm pra cá pra comprar as coisas que a gente tem que vender. Diss'que eles fazem bons negócios. Mas que é que a gente pode fazer? Talvez fosse bom que o Tommy viesse conosco. Ele talvez conseguisse mais.

John disse:

— Mas aquele sujeito talvez não comprasse nada, mesmo. A gente não podia trazer aquilo tudo de volta.

— As pessoas com quem eu falei disseram que eles sempre faz assim — esclareceu o pai. — Eles assustam a gente, que fica sem saber o que fazer. A mãe vai ficar decepcionada. Vai ficar aborrecida e decepcionada.

— Quando podemos viajar, pai? — perguntou Al.

— Não sei. Vamo falar sobre isso hoje à noite, combinar tudo. Tô satisfeito que o Tom regressou. Isso me fez bem. Tom é um bom rapaz.

Al disse:

— Pai, alguns sujeitos falaram sobre o Tom e disseram que ele tava em liberdade condicional. E disseram que ele não pode sair do estado, que se sair vai preso outra vez e pega mais três anos de cadeia.

O pai teve uma expressão de inquietude.

— Eles disseram isso? Cê acha que eles têm razão? Ou tavam só brincando?

— Não sei — disse Al. — Eles disseram isso e eu não disse que era irmão do Tom. Tava só ali perto, escutando.

— Deus do céu! — disse o pai —, espero que isso não seja verdade. Nós precisamos do Tom. Vou perguntar pra ele. A gente já tem bastante encrenca mesmo sem isso. Espero que não seja verdade. A gente tem que resolver isso hoje à noite.

Tio John disse:

— O Tom deve saber disso.

Recaíram no silêncio, enquanto o caminhão rodava pela estrada. O motor fazia muito barulho, de momento a momento ouviam-se pequenos estouros e o freio emitia sons de pancadas. Sentia-se as rodas rangendo feito madeira e um jato de vapor escapou pela abertura do radiador. O caminhão levantou uma coluna de poeira atrás de si. Galgavam a última elevação quando o sol já estava semioculto no horizonte, e, ao chegar à frente da casa, o sol havia desaparecido. Os freios chiaram quando o veículo estacou, e o som que emitiram gravou-se no cérebro de Al — a lona dos freios estava gasta.

Ruthie e Winfield treparam nas bordas do caminhão e saltaram ao chão.

— Onde ele tá? Onde está o Tom? — gritaram. Depois viram-no parado perto da porta e quedaram embaraçados; caminharam lentamente em sua direção, olhando-o timidamente.

— Alô, crianças! Como vão?

Responderam em voz baixa:

— Oi! Bem.

E ficaram parados, um pouco afastados, olhando-o disfarçadamente, olhando o irmão mais velho que matara um homem e que esteve na prisão. E lembravam-se de como brincaram de cadeia lá no galinheiro e de como brigaram para ser o preso.

Connie Rivers baixou um dos lados da carroceria, desceu e ajudou sua mulher a descer. Ela aceitou o auxílio demonstrando muita dignidade, erguendo os cantos da boca com afetação num sorriso compenetrado e satisfeito.

Tom falou:

— Vejam só, não é mesmo a Rosasharn? Não sabia que ocê vinha também.

— A gente vinha andando a pé e o caminhão nos alcançou na estrada — disse ela. E acrescentou, com um ar pomposo: — Este é o Connie, meu marido.

Os dois apertaram as mãos, examinando-se mutuamente, olhando fundo um nos olhos do outro; e num instante ambos ficaram satisfeitos com o exame, e Tom disse:

— Bom, vejo que vocês não perderam tempo.

Ela olhou para o chão.

— Mas ainda não se vê. Não se vê nada.

— A mãe me disse. Quando é que vai ser?

— Ah, ainda vai demorar. Só lá pro inverno.

Tom riu.

— Então ele vai nascer mesmo nos laranjal, né? Numa dessas casinha branca, cercada de pé de laranja.

Rosa de Sharon apalpou o ventre com ambas as mãos.

— Tá vendo, não se vê nada. — E deu um risinho complacente e correu para dentro da casa.

A tarde estava quente e, a leste, o horizonte ainda lançava um facho de luz. Sem aviso algum, reuniram-se todos em torno do caminhão, e o congresso, a reunião do conselho da família, teve início.

A luz do crepúsculo fazia brilhar a terra vermelha, de maneira que suas dimensões aprofundaram-se. Uma pedra, um tronco, uma construção tinham maior profundidade e mais solidez agora que à luz do dia; e todos esses objetos eram ainda mais singulares: um tronco era mais essencialmente um tronco, elevava-se com mais firmeza da terra e destacava-se mais do campo de milho que lhe servia de cenário. E as plantas tinham mais individualidade, não eram apenas um conjunto de cereais; e o salgueiro esfarrapado era mais ele próprio, bem diferente dos outros salgueiros. A terra também contribuiu com uma luz para a tarde. O frontispício da casa parda, sem pintura, dando para oeste, brilhava palidamente com uma luz semelhante à da lua. O caminhão cinzento, poeirento, parado no terreiro, destacava-se magicamente àquela luz, na perspectiva exagerada de um estereoscópio.

Os homens também mostravam-se mudados ao anoitecer. Tornaram-se mais quietos e pareciam fazer parte de uma organização do inconsciente. Obedeciam a impulsos que mal se delineavam em seus cérebros. Tinham o olhar dirigido para dentro de si mesmos, e seus olhos brilhavam à luz do entardecer, brilhavam nos rostos cobertos de poeira.

A família se reunira no local mais importante, junto ao caminhão. A casa estava morta, e os campos estavam mortos; mas esse caminhão era algo de positivo, de ativo, como um princípio vital. O velho Hudson, de radiador amassado e arranhado, com glóbulos de graxa e de pó em cada canto gasto do mecanismo, com calotas de poeira substituindo as de metal, esse velho caminhão era o coração, agora, o centro de vida da família; meio automóvel, meio caminhão, tosco e desengonçado.

O pai contornava o veículo, olhando-o e tornando a olhá-lo, e depois sentou-se no chão, na poeira, e procurou um graveto para desenhar garatujas. Tinha um dos pés firme no chão e o outro descansava sobre o calcanhar, de maneira que um dos joelhos ficava mais alto que o outro. O antebraço esquerdo repousava no joelho esquerdo, que ficava mais baixo; o antebraço direito estava apoiado no joelho direito, mais alto, e no punho direito apoiava o queixo. Assim permaneceu, olhando para o caminhão. E o tio John aproximou-se dele devagarinho e acocorou-se ao seu lado. Os olhos de ambos estavam pensativos. O avô saiu da casa e viu ambos ali acocorados; dirigiu-se mancando ao caminhão e sentou-se no estribo, defronte deles. Estava formada a sessão. Tom, Connie e Noah vieram juntos e também se acocoraram, formando todos um semicírculo, em cuja abertura estava o avô sentado. Depois, a mãe também veio de dentro da casa, e a avó estava com ela, e atrás vinha Rosa de Sharon, andando com passinhos curtos, cuidadosos. Tomaram lugar atrás dos homens acocorados; ficaram de pé, com as mãos nas cadeiras. E as crianças, Ruthie e Winfield, apoiavam-se num e noutro pé diante delas; mergulhavam os dedos dos pés na poeira vermelha, mas não emitiam som algum. Somente o pregador não se encontrava presente. Ele ficara nos fundos da casa, sentado no chão, por delicadeza. Era um bom pregador, e conhecia a sua gente.

Tornara-se mais branda a luz da tarde, e por alguns instantes a família esteve calada. Depois, o pai, sem se dirigir a ninguém em especial, mas ao grupo todo, fez o seu relatório.

— A gente foi danadamente embrulhado com a venda desses troços. Aquele bandido sabia que a gente tinha que vender, que não podia esperar. Arranjamo dezoito dólar por tudo.

A mãe esboçou um gesto de indignação, mas manteve-se calada.

Noah, o filho mais velho, perguntou:

— Quanto dinheiro a gente tem, tudo reunido?

O pai desenhou garatujas na poeira e murmurou para si mesmo algo ininteligível.

— Cento e cinquenta e quatro — disse. — Mas o Al diss'que a gente tem que comprar pneus melhores. Ele acha que esses aqui não aguentam muito tempo.

Essa era a primeira conferência em que Al tomava parte. Antes, ele ficava sempre atrás, junto com as mulheres. E assim a sua informação se revestiu de solenidade:

— Essa geringonça que a gente tem é velha e bem ordinária — disse com gravidade. — Examinei ela antes da gente comprar. Nem prestei atenção ao sujeito que dizia que era um veículo bom, perfeito. Meti o dedo no diferencial e não tinha limalha nele. Também não tinha limalha na engrenagem. Experimentei o engate e girei as rodas. Também me meti por baixo e verifiquei bem o caminhão, e o cárter tava em ordem. Na bateria tinha uma pilha partida, mas obriguei o sujeito a substituir por outra. Os pneus não prestam, é claro, mas são de bom tamanho. A gente pode encontrar estepe em qualquer parte. Vai balançar que nem um barco, mas não gasta óleo à toa. Comprei ele porque era um caminhão bom pra bater nessas estradas. Os cemitérios de automóvel tão cheios de Hudson Super Sixes, e a gente pode comprar peças baratas. Pelo dinheiro, a gente podia comprar um carro maior e mais bonito, mas depois as peças seriam mais difícil de arranjar e mais caras. Por isso, eu pensei: o melhor é a gente comprar esse mesmo. — Esta última observação era a sua submissão à autoridade da família. Ficou calado, à espera da opinião dos mais velhos.

O avô ainda era o cabeça da família, mas não tinha mais voz ativa. Era uma posição honorária, mais uma forma de obedecer à tradição. Porém, ele tinha o hábito de manifestar-se primeiro, por mais caduco que já estivesse. E os homens acocorados e as mulheres de pé estavam à espera de que ele falasse.

— Cê disse bem, Al — falou o avô. — Eu também já fui um menino farrista e brincalhão como ocê, mas, quando se tratava de alguma coisa séria, eu sabia ser sério. Ocê agora tá um homem, mesmo, Al. Muito bem. — E o velho encerrou num tom de quem abençoava, e Al corou de satisfação.

O pai disse:

— Também me parece que foi bem resolvida essa história do carro. Se a conversa fosse sobre cavalo, a gente não precisava ouvir o Al, mas de automóvel e caminhão só ele entende.

Tom disse:

— Eu também entendo um pouco. Trabalhei com carros em McAlester. O Al tem razão. Arranjou um bom caminhão. — Al agora estava todo vermelho de prazer. Tom continuou: — Eu queria dizer ainda... bem, o reverendo... ele quer vir com a gente. — Ficou calado. Suas palavras caíram no meio dos homens e das mulheres, e todo o grupo permaneceu calado. — Ele é um bom sujeito — acrescentou Tom. — A gente conhece ele faz tempo já. Às vezes fala um pouco demais, mas fala com sensatez. — E com isso estava apresentada a proposta à família.

A luz do crepúsculo foi desaparecendo aos poucos. A mãe deixou o grupo e entrou na casa, de onde os homens não tardaram a ouvir o bater das tampas de ferro do fogão. Um instante depois, ela estava de volta à reunião em que todos pareciam meditar.

O avô disse:

— A coisa tem dois lados pra se ver. Antigamente, o pessoal dizia que um pregador dá azar.

Tom falou:

— Mas ele diz que não é mais um pregador.

O avô agitou as mãos:

— Quem uma vez foi pregador será sempre pregador. Disso ocês podem ficar certos. Mas, também, muita gente dizia antigamente que era bom ter um pregador sempre na companhia. Quando alguém morre, ele pode servir bem no enterro. Quando alguém casa, lá está o pregador. Quando nasce uma criança, é o pregador que batiza ela. Eu sempre disse que tem pregador e pregador. É só a gente saber escolher o que presta. E este aqui, até eu gosto dele. Não é nada burro.

O pai enfiou o graveto que tinha na mão debaixo de um montículo de poeira e ficou a girá-lo entre os dedos, abrindo um pequeno túnel.

— Mas não é só o caso de falar se ele traz sorte ou azar — disse lentamente. — A gente precisa fazer os cálculo. É o diabo quando a gente precisa fazer cálculo assim apertado. Mas vamo ver. Estão aí a vó e o vô, são duas pessoa. E eu, o John e a mãe... são cinco. E Noah e Tommy e Al são oito. E Rosa e Connie são dez. E Ruthie e Winfield são doze. E também a gente tem que carregar os cachorro, senão que é que a gente vai fazer com eles? Não se pode dar um tiro num bom cachorro, e por aqui não tem ninguém pra dar eles. Então, são catorze ao todo.

— Não contando com as galinha e os dois porco — disse Noah.

O pai disse:

— Acho melhor a gente salgar os dois porco na viagem. Vamo precisar de carne. E assim a gente só tem que levar as barrica de carne salgada. Mas a questão é saber se nós todos cabemo no caminhão, nós e o pregador também. E se podemo dar comida pra mais uma pessoa. — Sem virar a cabeça, perguntou: — Será que podemo, mãe?

A mãe aspirou profundamente:

— A questão não é saber se podemo; a questão é saber se queremo — disse com firmeza. — Quanto a *poder*, acho que não podemo nem ir pra Califórnia ou pra outro lugar qualquer; mas, quanto a *querer*, a gente querendo faz o que pode. Por falar nisso, a gente viveu aqui muitos ano e nunca ninguém disse que um Joad ou um Hazlett recusou comida, teto ou transporte para alguém que tava necessitado. Tinha alguns maus mesmo, mas tão maus assim, não.

O pai interrompeu-a:

— Mas se não tiver lugar pra ele? — Virara a cabeça para encará-la, e estava envergonhado com o tom usado pela mulher. — Se a gente não caber, tudo, no caminhão?

— Nem agora tem lugar bastante, com ele ou sem ele — replicou ela. — O caminhão só dá bem pra seis pessoa, e são doze, pelo meno, que têm de viajar de qualquer maneira. Uma pessoa a mais não faz diferença, e um homem forte e saudável nunca é demais. De qualquer maneira, a gente, com dois porco e mais de cem dólar, ficar pensando se pode sustentar mais uma pessoa... — Ela interrompeu-se e o pai sentou-se, abatido com aquela lição. Tinha sido vencido.

A avó disse:

— É uma boa coisa a gente ter um pregador na companhia. Ele disse uma bonita prece pra gente, hoje de manhã.

O pai olhou o rosto de cada um dos presentes, à espera de novos protestos, e depois falou:

— Traz ele pra cá, Tommy. Se ele vai com a gente, é bom que teja aqui.

Tom levantou-se e foi andando em direção à casa.

— Casy! Ô, Casy! — gritou.

Uma voz abafada respondeu, vinda dos fundos da casa. Tom foi até o canto da construção e viu o pregador sentado, encostado à parede, mirando as estrelas que brilhavam no céu sem nuvens.

— Me chamou? — perguntou Casy.

— Sim. Já que o senhor vem com a gente, é melhor ficar junto de nós, ajudar a combinar a viagem.

Casy ergueu-se. Ele conhecia os regulamentos de família e sabia que tinha sido admitido nesta, e com uma posição elevada, pois que tio John estava se afastando para o lado, a fim de dar-lhe lugar no conselho, entre a sua pessoa e a do pai de Tom. Casy também se acocorou com os outros, de frente para o avô, que estava entronizado no estribo do caminhão.

A mãe tornou a entrar na casa. Ouviu-se o riscar de um fósforo e logo a luz amarela, fraca, de uma lamparina iluminou a cozinha escura. Quando ela ergueu a tampa do panelão, o odor estimulante de carne cozida com legumes infiltrou-se no grupo, através da porta aberta. Eles esperaram até que a mãe regressasse ao quintal cada vez mais escuro, pois a mãe tinha posição de destaque na reunião.

O pai continuou:

— Precisamos combinar o dia da partida. Quanto mais cedo, melhor. O que a gente tem que fazer antes é matar e salgar os porco e embrulhar as nossas coisa. E precisamos andar depressa.

Noah interveio:

— Se a gente se apressar, pode terminar tudo amanhã mesmo e partir depois de amanhã.

Tio John discordou:

— Não dá pra se esfriar a carne em um dia. Agora não é época de matança. E a carne vai estragar, se não esfriar direito.

— Bom, então vamo matar os porco esta noite mesmo. Vamo ter mais tempo para a carne esfriar. Vamo comer e começar logo. Tem sal bastante?

— Tem, sim. E também tem duas boa barrica.

— Bem, então é só começar — disse Tom.

O avô procurou se agarrar a qualquer coisa que o ajudasse a descer do estribo.

— Tá ficando escuro — disse. — E eu tô com fome. Quando a gente chegar na Califórnia, vou ter o tempo todo cacho de uva nas mão, pra comer quando quiser, sim senhor. — Levantou-se, afinal, e os homens o imitaram. Ruthie e Winfield, como dois endiabrados, saltitavam alegres na poeira. Ruthie sussurrou numa voz rouca:

— Matar porco e viajar pra Califórnia. Matar porco e viajar pra Califórnia...

E Winfield estava louco de alegria. Enfiou os dedos na boca, fez uma careta terrível, e saiu a pular e a gritar:

— Eu sou um porco véio. Olha. Eu sou um porco véio. Olha o sangue, Ruthie! — E cambaleou e caiu ao chão, agitando braços e pernas.

Mas Ruthie era mais velha e sabia da seriedade da situação.

— E ir pra Califórnia — disse ela outra vez. E sabia que esse era o momento mais importante de sua vida.

Os adultos foram andando em direção à cozinha iluminada, na escuridão cada vez maior do crepúsculo, e a mãe serviu-lhes carne e verduras em pratos de estanho. Mas antes que ela mesma comesse, colocou sobre o fogão a grande bacia de água, para esquentá-la. Carregou baldes e mais baldes de água, até encher a bacia, e colocou baldes cheios de água em volta dela. E meteu mais lenha no fogão, para dar vida às chamas. A cozinha não tardou a ficar quente e cheia de vapor de água, e a família toda comeu com pressa. Depois saiu para o terreiro, onde ficou esperando que a água fervesse. Olhavam todos a escuridão, e no meio do quadrilátero de luz que a cozinha iluminada projetava para fora via-se a sombra da figura recurvada do avô. Noah limpava os dentes com uma palha. A mãe e Rosa de Sharon lavavam os pratos e empilhavam-nos sobre a mesa.

De repente, lançaram-se todos à atividade. O pai trouxe e acendeu outra lamparina. Noah, de um caixote que estava na cozinha, apanhou a faca curva e aguçada usada para as matanças, começando a afiá-la numa pedra de amolar gasta e pequena. E colocou a raspadeira sobre o cepo e pôs a faca ao seu lado. O pai trouxe duas estacas grossas, cada uma das quais com mais de um metro de comprimento, afiou-lhes as extremidades com a machadinha e amarrou-os uns aos outros, pelo centro, com cordas resistentes.

Começou a resmungar:

— A gente não devia ter vendido todas as estaca do varal.

A água na panela estava fervendo e borbulhando.

Noah perguntou:

— Vamo trazer os porco pra cá, ou levamo a água pra lá?

— Trazer os porco pra cá — disse o pai. — Aqui a gente pode escaldar eles melhor. A água tá pronta?

— Tá no ponto — disse a mãe.

— Bom, Noah, ocê e o Tom vêm comigo. O Al também. Eu levo a lamparina. Vamos matar eles lá e trazer depois pra cá.

Noah pegou a faca e Al pegou a machadinha, e os quatro homens caminharam em direção ao chiqueiro; a lamparina iluminava-lhes fracamente as pernas. Ruthie e Winfield corriam e saltavam por perto. À porta do chiqueiro, o pai debruçou-se sobre a cerca segurando a lamparina. Os porcos sonolentos ergueram-se com esforço e grunhiram desconfiados. Tio John e o reverendo Casy também vinham chegando, dispostos a ajudar.

— Bem, vamo lá — disse o pai. — A gente mata eles aqui e deixa escorrer o sangue e depois leva eles pra escaldar em casa.

Noah e Tom saltaram a cerca. Fizeram o serviço com rapidez e eficiência. Tom desferiu dois golpes com o gume rombudo da machadinha e Noah, debruçando-se sobre os animais atordoados, sangrou-os, rasgando-lhes a veia com a faca curva e deixando que o sangue escorresse em liberdade. Depois arrastaram os dois porcos, que guinchavam assustadoramente, para fora, erguendo-os sobre a cerca. O pregador e tio John puxaram um dos porcos pelas pernas traseiras e Tom e Noah puxaram o outro da mesma maneira. O pai iluminava o caminho com a lanterna, e o sangue negro traçou duas grossas linhas na poeira.

Em casa, Noah enfiou sua faca entre o tendão e os ossos das pernas traseiras; as varas afiadas serviram para mantê-las bem afastadas uma da outra, e pouco depois os porcos estavam dependurados nos caibros, do lado de fora da casa. Depois os homens trouxeram da cozinha a panela de água fervente e despejaram-na sobre os corpos enegrecidos. Noah lhes abriu as barrigas de ponta a ponta e tirou as entranhas, deixando-as cair no chão. O pai apontou mais duas varas para manter os corpos bem abertos, enquanto Tom, com a raspadeira, e a mãe, com uma faca sem ponta, raspavam-lhe os pelos. Al trouxe um balde e juntou nele as entranhas dos dois porcos e jogou-as fora no mato, longe da casa. Dois gatos seguiram-no miando, e os cães também o seguiram, mas seu rosnado era inaudível por causa dos gatos.

O pai, sentado nos degraus da porta, olhava os porcos dependurados no terreiro, à luz da lamparina. A raspagem já tinha terminado, e apenas algumas gotas de sangue continuavam a cair das carcaças na poça negra que se formara no chão. O pai ergueu-se, foi até os porcos e pôs neles suas mãos, para ver como estavam; tornou logo a sentar-se no mesmo lugar. O avô e a avó foram ao celeiro dormir, e o avô carregava uma vela na mão. Os restantes quedaram-se em silêncio ao redor da porta, Connie, Al e Tom no chão, encostando-se à parede da casa, tio John sentado num caixote e o pai no limiar da porta. Somente a mãe e Rosa de Sharon ainda andavam atarefadas. Ruthie e Winfield lutavam contra o sono. Noah e o reverendo acocoraram-se lado a lado, em frente à casa. O pai coçava-se nervosamente; tirou o chapéu e correu os dedos pelos cabelos.

— Amanhã bem cedo vamo tratar de salgar a carne de porco, e depois vamo carregar o caminhão, só deixamo de fora as cama, e depois de amanhã partimos, hein? Com um dia de trabalho se faz tudo — disse excitado.

Tom interveio:

— Vamo ficar então o dia todo sem fazer nada... — O grupo todo agitava-se inquieto. — A gente podia terminar tudo até de madrugada e ir logo andando — acrescentou Tom. O pai esfregou o joelho com a mão. A inquietude envolveu-os a todos.

Noah disse:

— Talvez a carne não estrague se a gente salgar ela logo duma vez. É só cortar ela pra esfriar mais depressa.

Afinal, foi tio John, incapaz de se conter, quem aproveitou a oportunidade:

— Que é que nós queremo, afinal, aqui? Vam'bora duma vez acabar com isso! A gente tem que ir mesmo, não tem? Então vamo mais depressa possível!

E os outros aceitaram a proposta revolucionária.

— É, por que não vamos? Dormir, a gente dorme no caminho. — E um sentimento de pressa dominou-os.

O pai disse:

— O pessoal diz que são três mil quilômetro. É uma caminhada longa como o diabo. É, a gente tem que ir. Noah, ocê e eu podemo cortar a carne, e depois botamo os troço no caminhão.

A mãe enfiou a cabeça porta afora:

— E se a gente esquecer alguma coisa? Não se vê nada nessa escuridão.

— Quando amanhecer a gente pode verificar tudo — disse Noah.

Então ficaram todos silenciosos, pensando nisso. Mas num instante Noah ergueu-se e começou a amolar a faca curva na pedra gasta.

— Mãe — falou ele —, limpa a mesa.

E foi a um dos porcos, rasgou-lhe as costas, junto da espinha, de ponta a ponta, e separou a carne das costelas.

O pai levantou-se excitado:

— Temos que arrumar as coisa — falou. — Vamo, pessoal.

Agora que estavam decididos a partir, a pressa dominou-os todos. Noah carregou os pedaços de carne até a cozinha e cortou-os para salgá-los. A mãe untou-os de sal e colocou-os, lado a lado, nas barricas, tomando cuidado para que os pedaços não se tocassem. Dispô-los como tijolos e encheu os espaços que os separavam de sal. E então Noah cortou a carne dos lados e as pernas. A mãe alimentou o fogo do fogão e, à medida que Noah ia tirando as carnes das costelas e os ossos das pernas o máximo que podia, ela ia colocando esses ossos para assar, para que roessem os pedaços de carne que ainda estavam presos.

No terreiro e no celeiro moviam-se os círculos luminosos das lanternas, os homens juntavam todos os objetos que levariam na viagem e os empilhavam ao lado do caminhão. Rosa de Sharon trouxera para fora todas as roupas que a família possuía: os macacões, as botinas de solado grosso, as botas de borracha, os melhores ternos, os suéteres e os casacos de pele de carneiro. E ela meteu todas essas coisas num caixote e entrou no caixote também, pisando tudo muito bem para arranjar mais espaço. Depois trouxe os vestidos de chita, os xales, as meias pretas de algodão e as roupinhas das crianças — pequenos macacões e vestidinhos de chita —, botou tudo no caixote e pisou tudo muito bem, outra vez.

Tom foi ao depósito e apanhou todas as ferramentas que valia a pena levar — um serrote, um jogo de chaves de fenda, um martelo, um sortimento de pregos de diversos tamanhos, dois alicates, uma lima plana e duas curvas.

Rosa de Sharon trouxe para fora um grande rolo de encerado e desenrolou-o no chão, atrás do caminhão. Lutou para atravessar a porta com os colchões, três colchões de casal e um de solteiro. Empilhou-os sobre o encerado e trouxe depois velhos cobertores dobrados e colocou-os também um por cima dos outros.

A mãe e Noah trabalhavam rapidamente no preparo da carne de porco, e o cheiro da carne grudada aos ossos se apoderava da cozinha. As crianças já haviam adormecido, agora que a noite avançava. Winfield dormia enrolado, na poeira defronte à porta, e Ruthie, que se tinha sentado sobre um caixote na cozinha, de onde viu esquartejarem o porco, deixou-se cair de encontro à parede. Respirava tranquilamente e tinha os lábios ligeiramente entreabertos.

Tom terminou de arrumar as ferramentas e entrou na cozinha com a lanterna na mão; o reverendo Casy seguia-o.

— Deus do céu! — exclamou ele. — Que cheiro formidável! Ouve só como estala!

A mãe ainda estava ocupada em colocar os pedaços de carne salgada nas barricas e espargia sal nos espaços entre cada um deles, untava-lhes com bastante sal as superfícies e apertava-as bem contra o fundo da barrica. Ela levantou a vista para Tom e sorriu-lhe um pouco, mas seus olhos estavam cansados e sérios.

— É bom a gente ter ossos de porco para o almoço — ela disse.

O pregador chegou-se a ela.

— Deixa que eu salgo a carne — falou. — Eu sei fazer isso. E a senhora tem outras ocupação.

Ela interrompeu o seu trabalho e lançou um olhar singular ao pregador, como se este tivesse sugerido algo de extraordinário. Suas mãos estavam untadas de sal molhado e avermelhadas pelo sangue da carne fresca.

— Não, isso é trabalho de mulher — disse, afinal.

— É trabalho — replicou o pregador. — E temos muito o que fazer para firmar diferença entre trabalho de homem e de mulher. A senhora tem muitas outras coisa pra resolver. Deixa que eu salgo a carne.

Durante mais alguns segundos, ela o encarou e depois entornou um balde de água numa tina e lavou nela as mãos. O pregador foi pegando os tijolinhos de carne de porco e os foi untando com sal. Depois foi colocando-os na barrica, como a mãe fizera antes. Somente depois que ele terminou uma camada inteira e a cobriu cuidadosamente com sal foi que ela ficou tranquilizada. Então, enxugou as mãos ásperas e vermelhas.

Tom disse:

— Mãe, que é que a gente vai levar daqui da cozinha?

Ela olhou rapidamente em torno.

— O balde — falou. — Tudo o que vamo precisar pra comer: os prato e copo, as colher, garfo e faca. Bota tudo na gaveta e leva a gaveta pro caminhão. E também aquela frigideira, a chaleira e a cafeteira. Quando a grelha esfriar, tira ela do fogão. Sempre a gente pode precisar dela, quando fizer carne assada. Por mim, também levava a tina, mas acho que não tem tanto lugar assim. Vou ter que lavar a roupa no balde. As outra coisinha nem vale a pena a gente carregar. Dá pra cozinhar coisas pequena em vasilha grande, mas não se pode cozinhar coisa grande em vasilha pequena. O que convém é levar todas as fôrma de pão. Elas entram uma na outra. — Ficou parada a olhar demoradamente a cozinha. — Bom, Tom, pega as coisa que te disse. Eu vou ver o resto, a lata grande de pimenta, o sal, a noz-moscada e o ralador. — Pegou uma lamparina e dirigiu-se pesadamente para o quarto de dormir, e seus pés nus não produziam som algum ao pisar no chão.

— Ela parece que está cansada — disse o pregador.

— As mulheres sempre se cansam — aduziu Tom. — Elas são assim mesmo. Só não ficam cansadas quando estão no culto.

— Sim, mas ela tá cansada demais. Como se tivesse doente até.

A mãe ainda não tinha fechado a porta atrás de si e ouvira estas palavras. Lentamente, o relaxamento dos músculos de suas faces sumiu-se, para dar lugar à antiga expressão de energia. Seus olhos brilharam e os ombros se endireitaram. Lançou um olhar ao quarto desnudo. Nada havia ali dentro, a não ser trastes sem o menor valor. Os colchões, que tinham sido postos no chão, foram levados para fora. As mesas tinham sido vendidas. Um pente quebrado estava jogado ao chão, tendo ao lado uma caixa de talco vazia e um montículo de fezes de rato. Ela colocou a lamparina no chão. Pôs a mão atrás de um caixote que servira de cadeira e tirou de lá uma caixa de papel de carta, já bastante velha, suja e quebrada nos cantos. Sentou-se e abriu a caixa, onde havia cartas, recortes, fotografias, um par de brincos, um anel de sinete muito pequeno, de ouro, uma corrente de cabelos trançados e entremeados por fios de ouro. Ela tocou as cartas com os dedos, tocou-as de leve, e alisou um recorte de jornal que tratava do julgamento de Tom. Longo tempo ficou a segurar a caixa, olhando-a; depois seus dedos espalharam o maço de cartas e tornaram a ordená-lo. Mordeu o lábio inferior, pensativa, recordando coisas. Afinal tomou uma decisão. Tirou da caixa o anel, a corrente, os brincos, meteu a mão por baixo do maço de cartas e achou o elo de uma pulseira de ouro. Tirou uma carta de um envelope e pôs nele todos esses pequenos objetos. Fechou o envelope e guardou-o no bolso do vestido. Depois, delicada, cuidadosamente, tornou a pôr a tampa na caixa e acariciou-a com dedos carinhosos. Seus lábios entreabriram-se. A seguir, levantou-se, pegou a lamparina e voltou à cozinha. Ergueu uma das tampas de ferro do fogão e enfiou, devagar, a caixa para dentro do braseiro. Depressa o calor chamuscou a caixa de papelão. Tornou a fechar o fogão, e instantaneamente a caixa foi consumida pelas chamas.

Fora, no terreiro escuro, trabalhando à luz de uma lanterna, o pai e Al carregavam o caminhão. As ferramentas por baixo de tudo, mas bem à mão para o caso de o motor enguiçar. Depois as caixas com as roupas e os utensílios de cozinha num saco de juta; a seguir, a caixa com os pratos e talheres. O balde foi amarrado atrás. Tentavam formar uma base tão nivelada quanto possível, e encheram os interstícios entre as caixas com cobertores enrolados. Depois, cobriram tudo com os colchões e assim ficou cheio o fundo do caminhão. Finalmente, estenderam a lona sobre tudo isso e Al furou buracos nas suas extremidades, a meio metro um do outro, enfiou pequenas cordas neles e ligou-as às barras laterais do veículo.

— Agora, se chover — disse ele — a gente pode amarrar a lona nas barra de cima e o pessoal pode ficar embaixo à vontade. Na frente, a gente vai ficar bem abrigado.

E o pai aplaudiu:

— É uma boa ideia, Al.

— Isso não é tudo — falou Al. — Assim que puder, vou comprar duas estaca e prender elas no centro do caminhão e estender sobre elas o encerado. Assim, o pessoal também não vai apanhar sol.

E o pai tornou a dizer:

— É uma boa ideia. Mas por que ocê não comprou logo as estaca?

— Não tive tempo — disse Al.

— Não teve tempo? Mas pra andar por aí farreando, cê teve tempo! Deus sabe por onde ocê andou essas duas semanas.

— A gente tem que tratar de muita coisa quando se despede de sua terra — disse Al. Depois perdeu um pouco de sua firmeza. — Pai — perguntou —, o senhor tá satisfeito que a gente vá embora?

— Hein? Sim... é claro. Quer dizer, acho que sim. A gente não passou nada bem nessa terra. E lá na Califórnia vai ser tudo diferente... tem muito serviço pra gente ganhar dinheiro, e tudo lá é verde e bonito e as casas são bem branquinhas e cercadas de pés de laranjeira.

— É verdade que tem laranja por toda a parte?

— Bem, talvez não seja em toda a parte, mas em quase todos os lugar, ah, isso tem na certa.

O primeiro véu cinzento da madrugada surgiu e espalhou-se pelo céu. E o trabalho todo estava feito: a carne estava salgada e os galinheiros também estavam prontos para serem içados ao caminhão. A mãe abriu o forno e tirou os ossos de porco, que tinham bastante carne, e carne bem assada e apetitosa. Ruthie estava meio acordada, depois escorregou do caixote e caiu no sono novamente. Mas os adultos estacionavam ao redor da porta, algo trêmulos de frio, e roíam os ossos de porco tostados.

— Acho que devemos acordar o vô e a vó — disse Tom. — Vamos partir logo, logo.

A mãe disse:

— É melhor a gente esperar até o último minuto. Eles precisa descansar. E também a Ruthie e o Winfield não dormiram direito.

— Bem, eles podem dormir no caminhão, depois — disse o pai. — Aquilo ali tá muito bem preparado.

De repente, os cães ergueram-se da poeira e ficaram à escuta, orelhas esticadas. Depois, latindo raivosamente, atiraram-se na escuridão.

— Que diabo é isso agora? — perguntou o pai. Um instante depois, ouviram uma voz que procurava apaziguar os cachorros, e os latidos enfraqueceram. Soaram passos, então, e um homem apareceu diante deles. Era Muley Graves, com o chapéu muito puxado sobre os olhos.

Aproximou-se timidamente:

— Bom dia — disse.

— Mas é o Muley! — exclamou o pai, fazendo um gesto de saudação com a mão que ainda segurava o osso. — Entre, Muley, e coma qualquer coisa com a gente.

— Não, obrigado — disse Muley. — Não tô mesmo com fome.

— Ora, deixa disso, Muley. Toma lá! — e o pai entrou na casa e trouxe de lá a mão cheia de costeletas.

— Eu não queria tirar a comida do cês — disse ele. — Tava só passando por aqui, então lembrei de ver como tava todo mundo e me despedir.

— Daqui a pouco vamo partir — disse o pai. — Se ocê tivesse vindo daqui a uma hora, já não encontrava mais a gente. Tá tudo pronto pra viagem, tá vendo?

— Tudo pronto. — Muley olhou o caminhão carregado. — Às vez, eu também tenho vontade de ir procurar a minha gente.

A mãe perguntou:

— Cê não teve notícias deles, lá da Califórnia?

— Não — disse Muley. — Não tenho notícia nenhuma. Mas talvez seja porque nem fui no correio saber se tinha alguma coisa. Qualquer dia tenho que ir até lá.

O pai disse:

— Al, vai acordar o vô e a vó. Diz pra eles vir comer. Daqui a pouquinho vamo partir. — E quando Al já se ia em direção ao celeiro, o pai virou-se para o recém-chegado: — Muley, se ocê quiser, pode vir com a gente. A gente arranja mais um lugarzinho.

Muley deu uma mordida numa das costeletas e ficou mascando a carne.

— Às vez, tenho vontade de ir. Mas sei que não vou nunca — disse. — Na última hora, desapareço que nem um fantasma.

Noah disse:

— Aqui no campo ocê acaba esticando as canela qualquer dia, Muley.

— Eu sei. Já pensei nisso também. Às vez, me sinto sozinho que nem um danado aqui, mas isso não é nada, eu até gosto. Não faz diferença. Mas se ocês falarem com a minha gente lá na Califórnia, diz que eu tô bem. Não conta como eu vivo aqui. E que vou pra lá assim que arrumar algum dinheiro.

A mãe perguntou:

— E ocê vai mesmo, Muley?

— Não — disse Muley brandamente. — Não quero, nem posso sair daqui. Tenho que ficar por aqui mesmo. Faz pouco tempo, inda podia ir. Mas agora não. Quando a gente fica sozinho começa a pensar e acaba sabendo o que quer. Nunca que eu vou pra Califórnia.

A luz da alvorada já era mais viva, empalidecendo a das lamparinas. Al vinha de volta e, ao lado dele, agitado e mancando, vinha o avô.

— Ele não tava dormindo — disse Al. — Estava sentado no chão, atrás do celeiro. Acho que alguma coisa aconteceu com ele.

Os olhos do avô estavam embotados e não mais refletiam aquela antiga maldade que lhe era peculiar.

— Não tem nada comigo — falou. — Só que não quero mais ir com ocês.

— Não vem com a gente? — perguntou o pai. — Que é que o senhor tá dizendo? Mas a gente já embrulhou tudo. Agora não podemos mais ficar aqui. Não temos mais onde ficar.

— Eu não disse procês também ficar. Vocês podem ir à vontade. Mas eu... eu fico. Tive pensando a noite toda nisso. Aqui é a minha terra. Eu sou daqui. E não me importa que lá na Califórnia as uva até caia na cama das pessoa. Não vou e pronto. Isso aqui não presta, mas é a minha terra. Vão ocês. Sou daqui e fico é aqui mesmo.

Os outros todos se reuniram em torno do avô e o pai disse:

— Mas não pode ser, vô. Os tratores vão ocupar essas terra. Quem é que vai cozinhar pro senhor? Como é que o senhor vai viver? Não pode ficar aqui desse jeito, sem ter ninguém que tome conta do senhor. Vai morrer de fome.

O avô gritou:

— Que diabo, eu sou um véio, mas ainda sei tomar conta de mim! O Muley, como é que ajeita? Posso muito bem fazer a mesma coisa. Já disse: não vou com cês. Façam o que quiserem. Podem levar a vó, se quiserem, mas ninguém me tira daqui. E acabou-se!

— Mas escuta, vô — disse o pai sem jeito. — Escuta só um instantinho.

— Não quero escutar nada. Já disse o que vou fazer.

Tom tocou o ombro de seu pai:

— Ô pai, vamo lá dentro. Quero dizer uma coisa pro senhor. — E quando iam andando em direção à casa, chamou: — Mãe, vem cá um momentinho, vem?

Uma lamparina iluminava a cozinha e o prato de costeletas estava bastante cheio ainda. Tom disse:

— Olhe, eu sei que o vô tem o direito de dizer que não quer mais viajar com a gente, mas é que ele não pode ficar de jeito nenhum. Isso todo mundo sabe.

— Claro que ele não pode ficar — disse o pai.

— Então, eu pensei o seguinte: se a gente agarrar e amarrar ele à força, pode machucar ele, ou ele mesmo pode se machucar. Isso não convém. Também não adianta discutir com ele agora. Mas se ele ficar bêbado, pode mudar de ideia. O senhor tem uísque, pai?

— Não — disse o pai. — Nem uma gota. O John também não tem. Quando não bebe, ele não guarda nada de uísque.

A mãe disse:

— Tom, eu tenho meio vidro daquele remédio que o Winfield usava pra dormir quando tinha aquela dor de ouvido. Cê acha que serve? O Winfield dormia logo que tomava ele, mesmo quando tava cheio de dor.

— Quem sabe? — disse Tom. — Traz ele, mãe. Não custa nada a gente experimentar.

— Já botei o vidro no lixo — disse a mãe. Pegou a lamparina e saiu; um momento depois voltou com o vidro de remédio, cheio até a metade de um líquido escuro.

Tom tomou-o das mãos dela, desarrolhou-o e bebeu um gole.

— Não tem gosto ruim — disse. — Faz pra ele uma xícara de café forte. Deixa ver... aí diz pra usar uma colher de chá. Mas é melhor a gente botar mais, pelo menos duas colheres de sopa.

A mãe tirou a tampa do fogão, colocou uma chaleira na abertura, bem sobre as brasas, e entornou nela pó de café e água.

— Ele vai ter que tomar o café numa lata vazia — falou. — As xícara já tão tudo embrulhada.

Tom e o pai tornaram a deixar a cozinha.

— A gente tem o direito de dizer o que deseja. Ei, quem foi que teve comendo costeleta? — soou a voz do avô.

— Nós — disse Tom. — A mãe tá fazendo uma xicra de café pro senhor e tem também carne de porco.

O avô entrou na casa e bebeu o seu café e comeu a carne de porco. O grupo, lá fora, na claridade crescente, ficou a vigiar-lhe os movimentos através da porta aberta. Viu-o bocejar e cambalear um pouco, estender os braços sobre a mesa, inclinar a cabeça e adormecer profundamente.

— Ele tava cansado, de qualquer maneira — disse Tom. — Deixa ele.

Agora estava tudo pronto. A avó, um tanto atordoada, perguntou:

— Que é isso, afinal de conta? Que é que ocês tudo estão fazendo por aqui tão cedo? — Mas ela estava vestida e com boa aparência. Ruthie e Winfield estavam também acordados, mas ainda permaneciam sob os efeitos do cansaço, semiadormecidos. A claridade espalhou-se agora rapidamente sobre os campos. E cessaram as atividades da família. Quedaram no mesmo lugar e ninguém tinha coragem para ser o primeiro a mover-se. Agora que chegara a hora, estavam todos com medo... sentiam o mesmo medo que tomara o avô. Eles viram o alpendre tomar forma contra a luz, e viram as lamparinas empalidecerem, a ponto do foco amarelo que projetavam desfazer-se finalmente. As estrelas sumiam-se pouco a pouco pelos lados do Ocidente. E a família continuava no mesmo lugar, qual um grupo de sonâmbulos, os olhos mergulhados no vácuo sem nada verem em detalhes, mas agarrados ao aspecto geral da madrugada, agarrados à terra, ao panorama daquela região.

Somente Muley Graves caminhava inquieto, olhando para o interior do caminhão através das frestas laterais, batendo nos pneus sobressalentes presos à traseira do veículo. Afinal, Muley aproximou-se de Tom:

— Cê vai passar pela divisa do estado? Vai quebrar a liberdade condicional.

Tom sacudiu-se do torpor. Disse apenas:

— Jesus, já é quase dia claro! Precisamo ir. — Os outros também saíram do torpor que os acometera e foram andando em direção ao caminhão.

— Venham — disse Tom. — Vamo buscar o vô. — O pai, tio John, Tom e Al entraram na cozinha, onde o avô dormia, a cabeça repousando nos braços. Na mesa corria um fio de café. Seguraram-no pelas axilas e puseram-no em posição vertical, e ele resmungou qualquer coisa com a voz áspera e pesada de um bêbado. Arrastaram-no para fora e, quando chegaram perto do caminhão, Tom e Al subiram no veículo. Passando-lhe as mãos por debaixo dos braços, puxaram-no cuidadosamente para cima, depositando-o sobre a carga. Al afrouxou o toldo de lona e deslizaram-no para baixo, colocando um caixote ao lado para que a lona pesada não lhe caísse sobre o rosto e lhe impedisse a respiração.

— É pena que a gente não tenha aqueles paus pra colocar aí nos lados do caminhão — disse Al. — Mas eu vou fazer eles hoje de noite, quando a gente parar pra descansar.

O avô grunhiu qualquer coisa, mas, assim que se ajeitou na sua posição costumeira, tornou a adormecer pesadamente.

O pai disse:

— Mãe, ocê e a vó vão sentar um pouco com o Al, no assento da frente. A gente vai trocando de lugar depois; assim fica mais fácil viajar. — Elas pisaram no estribo e subiram no assento do motorista. Os outros treparam na carroceria: Connie e Rosa de Sharon, o pai, e tio John, Ruthie e Winfield, Tom e o pregador. Noah ficou embaixo, a olhar o grupo no alto do caminhão.

Al deu uma volta ao redor do veículo, examinando as molas.

— Deus do céu! — exclamou. — Essas molas tão frouxas que tão danadas! Foi sorte eu deixar elas bem suspensa.

Noah disse:

— E como é que vai ser com os cachorro, pai?

— Puxa, ia até me esquecendo deles! — falou o pai. Deu um assobio agudo e um cão veio correndo. Noah pegou-o e o jogou para cima, e o animal deixou-se ficar no mesmo lugar, rígido e trêmulo, com medo da altura. — Os outros dois, então, vão ficar aqui mesmo — disse o pai. — Muley, cê quer olhar por eles? Senão eles morrem de fome.

— Pois não — disse Muley. — Fico até satisfeito de ter dois cachorro comigo. Pode ficar descansado que eu vou tomar conta deles.

— Fica também com as galinha — falou o pai.

Al tomou seu lugar no assento do motorista. Girou a ignição, o motor roncou, parou e tornou a roncar. Depois houve o matraquear rítmico dos seis cilindros e um golpe de fumaça azul escapou pelo cano de descarga.

— Adeus, Muley — disse Al.

E toda a família disse:

— Até à vista, Muley!

Al engrenou a primeira e soltou o freio de mão. O caminhão estremeceu e começou a rodar pesadamente através do terreiro. Al engrenou a segunda. Estavam galgando a pequena colina e a poeira vermelha elevou-se atrás deles.

— Ô pai, que carregamento pesado! — disse Al. — Desse jeito não vamo andar muito depressa, não.

A mãe procurou olhar para trás, mas a altura da carroceria impedia a visão. Assim, ela endireitou a cabeça e ficou olhando, olhos fixos, a estrada que se estendia à sua frente. E seu olhar deixava transparecer um enorme cansaço.

Os outros, que estavam na carroceria, puderam olhar para trás. E eles viram a casa e o celeiro, e um tênue fio de fumaça que escapava da chaminé. Viram as janelas tingirem-se de vermelho sob a ação dos primeiros raios do sol. Viram Muley, com uma expressão de abandono, de pé junto à porta, a acompanhá-los com o olhar. Depois a colina intrometeu-se entre eles e nada mais viram. Os campos de algodão margeavam a estrada. E o caminhão rodava vagarosamente, através da poeira, rumo ao oeste.

11

As casas nos campos foram abandonadas, e os campos, consequentemente, também foram abandonados. Somente na garagem dos tratores, cujas chapas onduladas brilhavam como prata polida, havia vida; e esta vida era alimentada com metal, gasolina e óleo, e os discos dos arados brilhavam ao sol. Os tratores tinham luzes brilhantes, pois que para um trator não existe noite ou dia, e os seus discos de arar revolviam a terra na escuridão e luziam à claridade do dia. E quando um cavalo deixa de trabalhar e se recolhe à cocheira ainda há vida nele, há respiração e calor, e suas patas pisam a palha caída, suas mandíbulas trituram o feno e as orelhas e os olhos continuam a se mover. Um calor vital reina na cocheira, o calor e o cheiro da vida. Mas quando para o motor de um trator, tudo para e tudo se torna morto feito o metal de que o trator é feito. O calor abandona-o como abandona o cadáver. E então as chapas onduladas são fechadas e o motorista do trator vai para a cidade de onde veio, talvez a uma distância de trinta quilômetros, e não precisa regressar por semanas ou meses, pois que o trator está morto. E isso é simples e cômodo. Tão simples que a satisfação que o trabalho proporciona desaparece, tão eficiente que o deslumbramento também desaparece dos campos, e com ele também some a profunda compreensão e ligação do homem com a terra, bem como sua ligação a ela. E no motorista do trator cresce, vai aumentando o desprezo, que só domina um estranho que não tem amor, não sente ligação à terra. Pois que a terra não é só nitrato, e também não é só fosfato; e nem o tamanho da fibra de algodão. O homem não é apenas carvão, nem sal, nem água, nem cálcio. Ele é tudo isto, e também é muito mais que o simples resultado de sua análise. O homem, que é mais que a sua composição química, caminhando na terra, desviando o arado de uma pedra, abaixando a rabiça de seu arado para poupar um rebento, calcando os joelhos na terra para comer sua singela refeição — esse homem, que é mais que os elementos que o compõem, sabe também que a terra é mais que o simples resultado de sua análise química. Mas o homem da máquina, fazendo rodar um trator morto através das terras que ele não ama e nem conhece, entende somente de química; desdenha a terra e desdenha a si próprio. Quando as portas de chapa ondulada são fechadas, ele vai para casa, e sua casa nada tem a ver com a terra.

As portas das casas vazias pendem abertas; vêm e vão ao sabor do vento. Bandos de meninos vêm das cidades para quebrar as vidraças das janelas e procurar tesouros ocultos nas ruínas. Aqui está uma faca de lâmina partida. É uma boa coisa. E... olhe, está cheirando a rato morto aqui. Vejam o que o Whitey escreveu na parede. Ele escreveu a mesma coisa no banheiro da escola e o professor o fez limpar tudo.

Na noite que se seguiu à partida daquela gente, os gatos que estiveram caçando nos campos regressaram e ficaram miando às portas. E como ninguém atendia, os gatos entraram nas casas vazias e percorreram miando os quartos vazios. Depois, voltaram aos campos e desde então transformaram-se em gatos selvagens e caçavam quatis e ratazanas e dormiam de dia nas cavidades do solo. Quando a noite chegava, os morcegos, que se haviam ocultado nos vãos das paredes com medo da luz do dia, batiam suas asas longas nos quartos vazios e algum tempo mais tarde tornavam a ocultar-se nos cantos escuros e ali ficavam durante o dia todo, asas fechadas, pendendo de cabeça para baixo entre o vigamento, e o cheiro de sua urina enchia as casas desabitadas.

Os ratos entravam e acumulavam provisões nos cantos, nas caixas, nas gavetas e nas cozinhas. E as doninhas entravam e caçavam os ratos, corujas pardas esvoaçavam gritando e tão depressa entravam como saíam.

Veio então um forte aguaceiro. O joio brotou diante dos degraus das portas, onde jamais brotara, e a grama crescia entre as varandas e as portas. As casas estavam abandonadas, e casas abandonadas ruem rapidamente. Rachaduras formavam-se pelos revestimentos de madeira, a partir de buracos de pregos enferrujados. Grossas camadas de poeira assentavam nos pavimentos e a sua lisura era apenas perturbada pelas pegadas dos ratos, doninhas e gatos.

Certa noite, o vento arrancou uma telha e lançou-a no chão. O próximo golpe de vento penetrou na abertura deixada pela telha, e tirou mais três, e depois mais doze. O sol do meio-dia brilhou e lançou uma mancha dourada no pavimento através do grande buraco do teto. Os gatos selvagens regressavam à noite dos campos, mas não mais miavam nos degraus. Moviam-se qual sombras de nuvens ao luar e se esgueiravam para os quartos. E nas noites de ventania as portas batiam com estrondo nos umbrais, e cortinados rotos flutuavam agitados de encontro às vidraças partidas.

12

A Rota 66 é a estrada principal das populações em êxodo. 66 — a longa faixa de concreto armado que corta as terras, ondulando suavemente, para cima e para baixo, no mapa, do Mississippi a Bakersfield — atravessa as terras vermelhas e as terras pardas, galgando as elevações, cruzando as Montanhas Rochosas e penetrando no luminoso e terrível deserto e, cruzando o deserto, torna a entrar nas regiões montanhosas até alcançar os férteis vales da Califórnia.

A 66 é o caminho de um povo em fuga, a estrada dos refugiados das terras da poeira e do pavor, do trovejar dos tratores, dos proprietários assustados com a invasão lenta do deserto pelo lado do norte e com os ventos ululantes que vêm em rajadas do Texas, com as inundações que não traziam benefícios às terras e ainda acabavam com o pouco de bom que nelas restava. De tudo isso, os homens fugiam e encontravam-se na Rota 66, vindos das estradas vicinais, dos caminhos esburacados e lamacentos que cortavam todo o interior. A 66 é a estrada-mãe, a estrada do êxodo.

Clarksville e Ozark e Van Buren e Fort Smith na 64, e aí finda o Arkansas. E todos os caminhos vão a Oklahoma City, Rota 66, que desce de Tulsa, a 270 que vem de McAlester, a 81, de Wichita Falls ao sul, de Enid ao norte. Edmond, McLoud, Purcell. A 66, na saída de Oklahoma City; El

Reno e Clinton dão, a oeste, na 66. Hydro, Elk City e Texola; e aí finda Oklahoma. A 66, através do "Cabo de Frigideira" do Texas. Shamrock e McLean, Conway e Amarillo. Wildorado e Vega e Boise, e aí termina o Texas. Tucumcari e Santa Rosa e depois, pelas montanhas do Novo México, a Albuquerque, onde a estrada vem de Santa Fé. Daí para baixo, até o desfiladeiro do rio Grande e até Las Lunas, e novamente para oeste, pela 66, até as fronteiras do Novo México.

E então vêm as montanhas altas. Holbrook e Winslow e Flagstaff entre os cumes elevados do Arizona. Depois o grande platô, que se eleva como uma enorme intumescência. Ashfork e Kingman e montes pedregosos de novo, onde a água vem de muito longe e tem de ser comprada. Depois pelas montanhas batidas de sol do Arizona até o Colorado, margeada por canaviais verdejantes, e então termina o Arizona. A Califórnia fica logo junto ao rio e tem uma cidadezinha por marco: Needles, à margem do rio. Mas o rio é um estranho nessas paragens. Sobe-se de Needles, através duma cordilheira, e aí está o deserto. E a 66 corta o terrível deserto, onde o ar tremula na distância infindável e as sombrias montanhas pairam no horizonte insuportável. Finalmente vem Barstow, e depois mais deserto, até que se entra de novo nas montanhas, nas boas montanhas, que são atravessadas pela 66. Depois, de repente, um passo, e começa o vale maravilhoso, com seus pomares e vinhedos e casinhas e, a distância, uma cidade. E, ah, meu Deus!, chegamos.

Os homens em êxodo surgiam na 66; às vezes um carro solitário, outras vezes uma pequena caravana. O dia todo eles rodavam vagarosamente pela estrada e à noite procuravam refúgio junto a um lugar em que houvesse água. De dia, velhos radiadores expeliam colunas de vapor, e frouxas bielas martelavam e matraqueavam. Os homens que guiavam os caminhões e os carros apinhados escutavam, apreensivos. Quanto falta para chegarmos à cidade próxima? Os trechos entre uma cidade e a outra são os mais assustadores. Se alguma coisa se quebra... bem, neste caso temos que acampar por aqui mesmo, enquanto o Jim vai a pé até a cidade, compra a peça que falta e torna a voltar... Quanta comida ainda temos?

Escuta o motor. Escuta as rodas. Examina com os teus ouvidos, e com os teus olhos e com as tuas mãos a roda do volante, observa com as palmas de tuas mãos as palpitações da caixa de câmbio e apreende com os pés o tremor do pavimento. Escutando com todos os sentidos concentrados o velho calhambeque barulhento; escuta, por que uma mudança de tonalidade ou de ritmo — tudo isso pode significar talvez mais de uma semana de atraso na viagem. Esse matraquear? — São as válvulas. Não tem importância. As válvulas podem fazer bulha até o dia em que Jesus torne à terra, e isso não terá importância. Mas essas batidas, que a gente ouve quando o carro está andando — não ouviu? —, isto sim. Talvez o óleo não alcance todas as peças. Talvez uma das molas esteja gasta. Meu Deus, se for uma mola, que é que a gente vai fazer? O dinheiro vai embora tão depressa!

E por que diabo o motor está esquentando tanto hoje? A gente nem está subindo. Deixe ver. Deus todo-poderoso, rebentou a correia do ventilador! Tome, faça uma correia desse pedaço de corda. Deixe ver que tamanho é preciso. Eu ligo as pontas. Bem, agora vamos bem devagarinho, pra ver se chegamos a alguma cidade. Essa corda não vai aguentar muito. Ah, se a gente chegasse na Califórnia, onde as laranjas nascem, antes que esta geringonça batesse pino! Se a gente conseguisse chegar!

E os pneus — duas camadas já estão gastas, e só temos quatro ao todo. Talvez a gente ainda ande cento e cinquenta quilômetros com eles, se antes não der em alguma pedra. Que é que vamos fazer? Viajar essa distância assim mesmo e arriscarmo-nos a furar as câmaras de ar? Será? Bem, vocês é que sabem. A gente tem sempre um jeito de tapar os furos na borracha. Talvez o buraco seja pequeno e então a gente possa aguentar mais uns setecentos quilômetros. Vamos andando até rebentar!

Temos que arrumar um pneu novo mas, Deus do céu!, eles querem tanto dinheiro por um pneu usado! Eles olham a gente e sabem que a gente precisa viajar de qualquer maneira, que não se pode perder tempo. Então, aumentam o preço.

É pegar ou largar! Pensa que eu estou aqui no negócio pra me divertir? Estou aqui pra vender pneus. Não posso dar de presente. Não sou culpado do que aconteceu com vocês. Eu também tenho meus problemas.

A que distância fica a próxima cidade?

Ontem passaram por aqui quarenta e dois carros, cheios de gente como vocês. De onde eles vêm? E aonde vão?

Bem, a Califórnia é um estado muito grande.

Mas também não é tão grande assim. Os Estados Unidos juntos não são tão grandes assim. Não há lugar bastante para você e para mim, para a sua e para a minha gente, para ricos e pobres, todos num só país, ladrões e gente honesta. Para os famintos e para os saciados. Por que não voltam para o lugar de onde vieram?

Isto aqui é um país livre. A gente vai para onde quiser.

É o que você pensa! Já ouviu alguma vez falar das patrulhas de polícia na divisa da Califórnia? É a polícia de Los Angeles — prende vocês e manda de volta. Eles dizem: se vocês não vêm aqui pra comprar terras, nós não queremos vocês aqui. E dizem: você tem carteira de motorista? Deixe ver. Então eles rasgam a carteira e dizem: sem carteira de motorista, você não pode entrar no estado com esse caminhão.

Mas estamos num país livre!

Bom, vai confiando nisso! Alguém já disse: a liberdade depende de quanto a gente pode pagar por ela.

Mas na Califórnia, eles pagam salários altos. Eu tenho até um impresso que diz isso.

Pagam o diabo! Vi gente que regressava de lá. Vocês foram enganados. Afinal, quer levar esse pneu ou não quer?

Tenho que querer, mas, por Deus, isso tomaria todo o resto do nosso dinheiro.

Bem, isto aqui não é uma casa de caridade. Ou leva ou não.

É, acho que tenho que levar. Deixa eu primeiro dar uma olhada nele. É melhor abrir um pouco. Quero ver como está o forro. Ah, seu filho da puta, você não diss'que o forro estava perfeito? Olha aqui, está quase furado!

Diabo, você tem razão! Como foi que eu não vi isto?

Você viu, sim, seu filho da puta. E quer nos arrancar quatro dólares por um pneu quase furado. Tenho vontade de esfregar tudo na tua cara!

Ora, deixe de bancar o valente. Já disse que não vi. Sabe de uma coisa? Pode levar o pneu por três dólares e cinquenta.

Levo o diabo! Vou é chegar até a próxima cidade de qualquer jeito.

Você acha que o pneu aguenta até lá?

Tem que aguentar. Prefiro gastar o pneu inteiro a dar um centavo pra esse bandido.

Que é que você pensa, afinal, que seja um negociante? Ele já diss'que não estava aí pra se divertir. É isto que é negócio: um tratar de enganar o outro. Um negociante tem que mentir e enganar. Olha: tá vendo aquela tabuleta na beira da estrada? "Service Club." Almoço às terças-feiras. Hotel

Colmado. Bem-vindo. É um restaurante. Me faz lembrar uma história que um sujeito me contou. Ele tinha ido a uma reunião e contou a história a todos aqueles homens de negócios que estavam lá. Quando eu era moleque, ele disse, meu pai me mandou levar uma vitela e me disse: "Leva ela lá embaixo pra se servirem dela." E foi o que eu fiz. E agora, quando um negociante se põe a falar de serviço, fico me perguntando quem é que ele quer enrolar com aquela ladainha. Todo negociante tem que mentir e enganar. Diz que é uma coisa e vai ver é outra. É isso que importa. Se você roubasse o pneu seria considerado um ladrão e ia preso; ele tentou roubar quatro dólares da gente em troca de um pneu furado: isto se chama negócio.

Danny, no assento traseiro, quer um copo com água.

Ele tem que esperar. Por aqui não há água.

Escute só aquele barulho na traseira do carro. Parece alguém batendo num telégrafo. Ih, lá se vai o remendo! Mas temos que continuar. Escute só como assobia. Quando encontrarmos um bom lugar, vamos parar e vou reparar tudo isso. Mas, meu Deus, a comida tá acabando e o dinheiro também já está quase no fim. Como vai ser quando a gente nem gasolina puder comprar mais?

Danny, no assento traseiro, quer um pouco d'água. O garoto está com sede.

Escute só esse assobio. O remendo parece que não foi bem-feito.

Ssss... pronto, lá se foi tudo! Pneu, câmara de ar, tudo! A gente precisa consertar. Vamos aproveitar isso aqui e fazer um pneu à prova de pregos. A gente corta e mete por dentro, repousando a parte que está mais fraca.

Carros estacionando na estrada, motores desmontados, pneus remendados. Carros estropiados, arrastando-se ao longo da 66, como animais feridos, arquejantes, debatendo-se, mas ainda lutando. Motores superaquecidos, de juntas frouxas, mancais frouxos, carrocerias barulhentas.

O Danny quer um gole de água.

Rota 66, homens em êxodo. O espelho de cimento armado reflete os raios solares e a distância a estrada parece repleta de poças de água.

O Danny quer um copo de água.

Ele tem que esperar, coitadinho. Está morrendo de calor. No primeiro posto de gasolina. Posto de *Serviço*, como disse aquele sujeito.

Duzentos e cinquenta mil homens sobre a estrada. Cinquenta mil carros velhos — fumegantes, feridos. Carcaças de automóveis abandonadas à margem da estrada. Que lhes teria acontecido? E que teria acontecido aos donos daqueles carros? Seguiram viagem a pé? Onde estão eles? De onde vem essa coragem? De onde vem essa fé tão profunda?

Eis uma história em que mal se pode acreditar e a qual, no entanto, é verdadeira, é engraçada e linda: Era uma vez uma família composta de doze pessoas que foi forçada a deixar a sua terra. A família não possuía nenhum veículo. Construíram então um *trailer* com material de ferro--velho e carregaram-no com todos os objetos que lhes pertenciam. Arrastaram-se, depois, à margem da Rota 66 e ficaram à espera. Não tardou, e veio uma possante limusine. E a limusine levou toda a família. Cinco foram no automóvel e sete ficaram no *trailer*, que seguiu como reboque. Sete pessoas e mais um cachorro no reboque. O homem que os levou, o dono da limusine, até de comer deu a eles. E esta história é verdadeira. Mas de onde vêm essa coragem e essa fé na solidariedade humana? Bem poucos são os exemplos de tamanha fé.

Os homens em êxodo, fugindo do terror que campeava atrás deles, sofreram coisas estranhas, algumas de uma crueldade amargurante, mas outras tão belas que a fé os estimulou para sempre.

13

O velho e sobrecarregado Hudson arrastou-se gemendo até chegar à estrada principal em Sallisaw e voltou-se para oeste, e o sol cegava. Mas sobre a faixa de concreto armado Al calcou o acelerador, porque as molas apertadas demais não ofereciam mais perigo. De Sallisaw a Gore são trinta e três quilômetros, e o Hudson fazia sessenta quilômetros por hora. De Gore a Warner, vinte quilômetros; de Warner a Checotah, vinte e dois quilômetros; de Checotah vem um trecho longo até Henrietta — cinquenta e cinco quilômetros —, mas ao fim encontra-se uma cidade de verdade. De Henrietta a Castle, trinta quilômetros, e o sol ainda brilhava alto e sobre os campos vermelhos, esquentados pelos raios de fogo, vibrava o ar.

Al, ao volante, rosto concentrado, o corpo todo escutando as vozes do caminhão, os olhos incansáveis fixando ora a estrada, ora o painel. Al formava um só corpo com o seu motor, todos os nervos vigiando-lhe as fraquezas, as batidas, os guinchos, os chiados, que pudessem denunciar uma falha qualquer, pudessem determinar uma pane. Tornara-se ele a alma do veículo.

A avó, sentada ao lado dele, estava meio adormecida e gemia fracamente em sonho. Às vezes, abria os olhos, olhava para a frente e tornava a fechá-los. E a mãe estava sentada ao lado da avó, um dos cotovelos fora da janela do caminhão, deixando que o sol implacável lhe avermelhasse a pele. A mãe também olhava a estrada, mas seus olhos inexpressivos pareciam nada ver, nem o caminho, nem os campos, nem os postos de gasolina, nem os restaurantes de beira de estrada. Nem sequer erguera os olhos quando o Hudson passara por tudo isso.

Al ajeitou o corpo na poltrona rangente e trocou a mão que controlava o volante. E suspirou:

— Faz um barulho dos diabos, mas acho que vai bem. Mas Deus nos livre de ter que subir uma montanha com toda esta carga. Por falar nisso, mãe, a gente vai encontrar montanhas no caminho?

A mãe voltou-lhe a cabeça lentamente e seus olhos tornaram à vida.

— Eu acho que sim — falou. — Mas não tô certa. Acho que tem umas colina e até umas montanha bem grande, antes de chegar à Califórnia.

A avó emitiu um longo suspiro queixoso em seu sono.

— O caminhão vai até pegar fogo se tiver que subir uma montanha. Só se a gente jogar fora alguma coisa desta carga. Talvez fosse melhor não trazer o reverendo — disse Al.

— Que nada! A gente ainda vai dar graças por ter trazido ele — disse a mãe. — Ele vai nos ajudar bastante. — E olhou para a frente de novo, fixando a estrada fulgurante.

Al ficou dirigindo com uma das mãos e botou a outra na vibrante alavanca de câmbio. Sentia dificuldades para falar. Sua boca formava silenciosamente as palavras antes de pronunciá-las em voz alta:

— Mãe... — Ela o encarou devagar, e sua cabeça tremia um pouco por causa da trepidação do veículo. — Mãe... a senhora tá com medo dessa viagem, não está? Tá com medo desse lugar novo...

Os olhos dela tornaram-se pensativos e brandos.

— Um pouquinho, sim — disse. — Mas não tanto quanto ocê pensa. Tô só esperando. Se vier alguma coisa que possa fazer, eu faço.

— E a senhora não pensa em como vai ser quando a gente já estiver lá? Não tem medo de que não seja bom como a gente imaginou?

— Não — falou ela rapidamente. — Não tenho medo. Não quero nem pensar nisso. Seria viver muitas vida ao mesmo tempo. A gente podia viver mil vida, mas no final só pode escolher uma. É demais eu pensar com antecedência em tudo isso. Cê pode viver no futuro, porque é muito jovem ainda, mas para mim o futuro se resume na estrada que corre aos nossos pé. E que daqui a pouquinho chega a hora de se comer umas costeleta de porco. — Suas feições tornaram-se duras. — Mais que isso não posso fazer. Tudo desanda se eu fizer mais que isso. Eles dependem do que eu fizer nesse sentido.

A avó bocejou sonoramente e abriu os olhos. Lançou em volta um olhar esgazeado.

— Tenho que ir lá fora. Meu Deus, tenho que ir lá fora! — disse.

— Um momento. Deixe a gente chegar numas moitas — falou Al. — Ali adiante.

— Moitas ou não, não quero saber disso. Tenho que ir lá fora... tô te dizendo... tenho que ir lá fora. — E começou a guinchar: — Quero sair! Eu quero sair!

Al diminuiu a marcha e travou o caminhão quando chegavam em frente a umas touceiras. A mãe abriu a porta e arrastou a velha, que praguejava, até as touceiras. E a mãe segurava-a, enquanto ela se acocorava, para que não caísse.

No alto da carroceria, os outros começaram a remexer-se. Suas faces brilhavam com raios do sol, de cuja ação não podiam escapar. Tom, Casy, Noah e o tio John deixaram-se estender, fatigados. Ruthie e Winfield desceram pelas bordas do caminhão e sumiram-se entre as moitas. Connie ajudou a cautelosa descida de Rosa de Sharon. Debaixo do encerado, o avô estava acordando e metia a cabeça para fora, mas seus olhos ainda estavam inanimados e aquosos, ainda sob o efeito do calmante, não mostravam compreensão. Olhava os outros, mas não parecia reconhecê-los.

— Quer descer, vô? — perguntou Tom.

Os velhos olhos cansados volveram inexpressivos em sua direção.

— Não — disse o avô. Por um instante, a antiga malícia pareceu iluminá-los. — Já disse que não vou com cês. Vou ficar aqui, que nem o Muley. — Depois tornou a perder qualquer interesse. A mãe regressou ao veículo, ajudando a avó a subir no caminhão.

— Tom — disse ela —, vais buscar a panela que tem as costeleta. Está embaixo da lona, logo atrás. A gente precisa comer qualquer coisa. — Tom trouxe a panela e fê-la circular em volta e a família quedou à margem da estrada a mastigar as aparas de carne de porco arrancadas dos ossos.

— Que bom a gente ter trazido isso — disse o pai. — Fiquei tão duro ali em cima que quase não posso andar. Onde está a água?

— Não está aí em cima, com ocês? — perguntou a mãe. — Eu deixei aí o cantil.

O pai levantou as pontas da lona e olhou embaixo.

— Aqui não está — disse. — Vai ver que a gente esqueceu.

Num instante, a sede começou a dominar a todos. Winfield choramingou:

— Quero beber água. Quero beber água! — Os homens passaram a língua pelos lábios, conscientes de que estavam com sede. Irrompeu um pequeno pânico.

Al sentiu que o temor começava a envolvê-lo.

— Vamo arranjar água no próximo posto. Temos que comprar gasolina também. — A família rapidamente tornou a arrumar-se no veículo. A mãe ajudou a avó a entrar e sentou-se ao lado dela. Al pôs o motor em movimento e começaram a rodar de novo.

Quarenta quilômetros de Castle a Paden, e o sol passara o zênite, começando a descer. A tampa do radiador começou a oscilar e o vapor escapou entre as frestas dela. Próximo a Paden havia uma construção à margem da estrada e duas bombas de gasolina defronte dela; e ao lado, diante de uma cerca, uma bica de água e uma mangueira. Al dirigiu o Hudson de maneira que o radiador do caminhão ficasse bem junto da bica. Assim que parou, um homem corpulento, de rosto e braços vermelhos, ergueu-se de uma cadeira colocada atrás das bombas de gasolina e veio ao seu encontro. Vestia calças de lona marrom, suspensórios e uma camiseta de malha; e tinha sobre os olhos uma viseira de cor prata. O suor gotejava de seu nariz e de sob os olhos, formando pequenos fios nos vincos do pescoço. Aproximou-se lentamente do caminhão, a cara fechada, truculenta.

— Querem comprar alguma coisa? Gasolina, ou quê? — perguntou.

Al já tinha saltado e estava desatarraxando a tampa do radiador que estava envolta em vapor, utilizando-se da ponta dos dedos para que o vapor quente não lhe queimasse a mão quando brotasse em jato forte.

— Preciso de gasolina, senhor.

— Tem dinheiro?

— É claro. Pensa que estamos mendigando?

A expressão truculenta abandonou as faces do homem.

— Bom, então tá certo. Pode se servir da água. — E tratou de explicar: — A estrada tá cheia de gente e todo mundo quer água e suja a privada e, que diabos, rouba o que pode e não compra coisa nenhuma. Não têm dinheiro pra comprar nada. Mendigam um galão de gasolina e vão-se adiante.

Tom pulou colérico do caminhão e postou-se em frente ao homem da bomba de gasolina.

— Nós é que pagamos nossa viagem, tá certo? — disse exaltado. — Você não tem o direito de interrogar a gente, nem de falar desse jeito, ouviu? Meta-se com a sua vida!

— Não tô me metendo com ninguém — escusou-se o homem, depressa. Sua camiseta já estava ensopada de suor. — Podem tirar água à vontade. E servir-se do banheiro, se quiserem.

Winfield já tinha achado o bico da mangueira e agora encostava-o à boca, e deixava que a pressão da água lhe lavasse a cabeça e o rosto. Depois deixou a água escorrer.

— Tá quente — disse.

— Não sei onde vamos parar — disse o homem da bomba de gasolina, com um jeito de quem não tinha a intenção de atingir os Joad. — Cinquenta a sessenta carros cheios de gente passam por aqui todos os dias, para o oeste, carregando filhos e troços à beça. Onde é que eles vão desse jeito? O que é que eles vão fazer?

— Vão fazer o mesmo que a gente — disse Tom. — Procurar um lugar pra viver. É só isso, nada mais.

— Bem, eu não sei onde isso vai parar assim. Não sei, mesmo. Olha eu, por exemplo. Também tô aqui tentando cuidar da minha vida. O senhor pensa que algum dos carros grandes e novos que passam por essa estrada para na minha bomba? Para coisa nenhuma! Vai direitinho à cidade, onde tem aqueles postos pintados de amarelo da companhia de gasolina. Eles não param num lugar que nem esse. Aqueles que param, é pra pedir coisas, nada de comprar.

Al tinha afrouxado a tampa do radiador, que, impelida por um forte jato de vapor, voou bem alto. Um som cavo, murmurante, subiu pelo tubo. No alto da carroceria, o cachorro, sofredor, foi se esgueirando para a traseira do caminhão, gania timidamente e olhava para baixo, em direção à água. Tio John subiu e carregou-o para baixo, segurando-o firmemente pela pele do pescoço. Por um instante, o animal ficou estacado, pernas retesadas, depois correu à poça de água que se formara junto ao bico da mangueira. Pela estrada deslizavam os carros, cintilando ao calor, e o vento quente que levantavam na corrida atingia o posto de gasolina. Al enchia o radiador de água.

— Não é que eu queira me aproveitar da gente rica — continuou o homem do posto. — Mas preciso manter o meu negócio. E aqueles que param aqui só vivem esmolando gasolina ou então querem fazer troca. Posso mostrar, estão aí naquele quarto dos fundos, aquela porção de troço que tenho recebido em paga de gasolina e óleo: cama, berço, panela e frigideira. Uma família trocou até a boneca de uma filha por um galão de gasolina. Que é que eu vou fazer com esses troço tudo? Abrir uma loja de quinquilharia? Um sujeito queria me dar até os sapato em troca de um galão de gasolina. E se eu não fosse um camarada direito, até as... — Ele olhou para a mãe e não continuou a frase.

Jim Casy jogara água sobre a cabeça e as gotas lhe caíam ainda pela testa ampla; seu pescoço musculoso e sua camisa estavam molhados. Dirigiu-se para o lado de Tom:

— É assim mesmo, eles não têm culpa — disse. — Você gostaria de vender até a cama onde dorme por um pouco de gasolina?

— Eu sei que a culpa não é deles. Todos com quem conversei têm razões mais do que boas pra se meterem na estrada. Mas onde é que o país vai parar desse jeito? É o que eu queria saber. Onde é que tudo isso vai parar? Um homem já não pode ganhar a vida decentemente. Nem as terra a gente pode cultivar mais. Eu te pergunto: como é que isso vai acabar? Não faço a menor ideia. E ninguém, dos que interroguei a respeito, soube me dizer nada. Um sujeito aí quis vender até os sapatos pra poder ir mais uns cem quilômetros adiante. Francamente, não sei, não entendo nada.

Tirou a viseira prateada da fronte, limpando a testa com ela.

E Tom também tirou o boné e enxugou o suor com ele. Foi até a mangueira, molhou o boné, torceu-o e colocou-o novamente na cabeça. Mãe tirou um copo de folha de flandres de entre a carga do caminhão, encheu-o de água e levou-o ao avô e à avó, que ainda estavam sentados no veículo. Encostou-se às barras laterais do caminhão, ofereceu o copo ao avô, que molhou os lábios e sacudiu a cabeça dizendo que não queria mais. Seus olhos alquebrados miraram a mãe, doloridos e desvairados, até que um instante depois o brilho da inteligência tornou a sumir-se deles.

Al pôs o motor em movimento e foi em marcha a ré até a bomba de gasolina.

— Bom, enche o tanque — disse. — Deve caber uns sete, mas quero só seis pra que não entorne gasolina.

O homem da bomba dirigiu a mangueira para o orifício do tanque.

— Francamente — foi falando — não sei como é que este país vai acabar. Mesmo com o seguro-desemprego e tudo.

Casy disse:

— Eu já percorri este país. E todo mundo me fez esta pergunta. Onde vamos parar? Acho que não vamos parar em lugar nenhum. Estamos sempre a caminho. Sempre indo. Por que é que ninguém pensa nisso? É um movimento que não acaba nunca. O pessoal anda, anda sempre. Nós sabemos por quê, e sabemos como. Caminhamos porque somos obrigado a caminhar. É o único motivo por que todo mundo caminha. Porque querem alguma coisa melhor do que têm. E caminhar é a única oportunidade pra obter essa melhoria. Se querem e precisam, têm que ir buscar. A fome tira o lobo da toca. Eu já percorri o país todo e ouvi muita gente falar igual você fala.

O homem do posto encheu o tanque. O ponteiro do medidor marcou a quantidade do combustível pedido.

— Sim, mas onde isso tudo vai parar? É isso o que eu quero saber.

Tom interrompeu-o, irritado:

— Você é que nunca vai saber disso. O reverendo já te explicou, e você continua a repetir suas pergunta besta. Conheço muita gente como você. Não querem saber de nada, mas vivem repetindo a mesma ladainha: onde vamos parar? Ocê não quer saber. O pessoal sai de sua terra, vai pra cá e pra lá. Talvez você também morra de uma hora para outra, mas nem quer pensar nas coisas. Conheço muita gente assim. Não querem saber de nada. Só vivem cantando a mesma cantiga: onde vamo parar?

Ele olhou a bomba de gasolina, que era velha e enferrujada, e o barraco construído atrás, de madeira velha, em que se viam ainda os buracos dos pregos usados nela pela primeira vez salientando-se na pintura amarela já desbotada, que pretendia imitar a dos grandes postos da cidade. Mas a pintura não conseguia ocultar os buracos dos pregos antigos, nem as velhas rachaduras na madeira, e a pintura não podia ser renovada. A imitação não passava de uma grosseira tentativa e o dono sabia disso muito bem. No interior do barraco, de porta aberta, Tom viu as latas de óleo, havia só duas, e sobre um balcão havia bombons velhos e barras de alcaçuz que o tempo tornara escuras e cigarros. Viu a cadeira quebrada e a tela de proteção contra moscas, com um buraco enferrujado ao centro. E o quintal desarranjado, que devia ser coberto de cascalho e, atrás, um campo de cereais, secando e morrendo sob os raios do sol inclemente. Ao lado da casa, o pequeno sortimento de pneus usados e de pneus recauchutados. E, pela primeira vez, notou as calças ordinárias e mal lavadas do dono da barraca, o homem gordo da bomba de gasolina, a sua camiseta barata e a viseira de papel sobre os olhos.

— Eu não queria ofender o senhor — disse. — É o calor, sabe? O senhor também não tem nada. Daqui a pouco até o senhor vai embora. Para o senhor, não são os trator, para o senhor são os grande e novos posto de serviço das cidade. O senhor vai acabar indo embora também.

O homem do posto foi diminuindo a ginástica com que acionava a alavanca da bomba e parou de vez, enquanto Tom falava. Encarou-o, preocupado:

— Afinal de contas, como é que ocê sabe que nós também estamos preparando para ir pro oeste?

Casy foi quem lhe deu a resposta:

— É porque todo mundo tá indo para lá. Veja eu, por exemplo; antes lutava com todas as minhas força contra o demônio, porque pensava que o demônio era o inimigo. Mas agora é outra coisa muito pior que o demônio o que tá dominando o país, uma coisa que não vai acabar enquanto a gente não acabar com ela. Você já viu como se agarra um monstro-de-gila?[10] Aquele lagarto grande e venenoso do Novo México, sabe? Ele cerra os dente com uma força extraordinária e ocê pode cortar ele em dois, que a cabeça ainda fica agarrada. Corta o pescoço, e a cabeça ainda fica presa.

10 Segundo o Instituto Butantan, o monstro-de-gila é nativo de desertos e semidesertos entre as regiões noroeste do México e sudoeste dos Estados Unidos. Esse lagarto vive em ambientes de clima árido e semiárido e fica a maior parte do tempo em tocas subterrâneas e em pedregulhos, protegendo-se do sol nos meses de verão e hibernando durante o inverno. Com uma média de cinquenta centímetros de comprimento e pesando seiscentos gramas, o monstro-de-gila pertence a um dos dois grupos de lagartos venenosos existentes no mundo: o grupo *Helodermatidae*. O outro grupo se chama *Varanidae*, do qual faz parte o lagarto dragão-de-komodo (*Varanus komodoensis*). (*N. do R. T.*)

A gente tem que enfiar a ponta de uma chave de fenda na cabeça dele para que as presa abra e solte a carne, mas mesmo assim o veneno vai gotejando no buraco aberto pelos dente dele. — Ele estacou e olhou Tom de lado.

O gordo fixou desanimado os olhos no chão. Sua mão recomeçou a movimentar a alavanca da bomba.

— Não sei mesmo onde vamo parar — disse com brandura.

Adiante, junto à mangueira, Connie e Rosa de Sharon palestravam em voz baixa. Connie lavou o copo de folha e deixou a água escorrer entre os dedos, antes de enchê-lo. Rosa de Sharon observava a passagem dos veículos pela estrada. Connie empunhou o copo e ofereceu à mulher:

— A água não está muito fresca, mas é água — falou, sorrindo.

Ela o olhou e deu um risinho misterioso. Era toda segredinhos, agora que se sentia grávida, segredinhos e pequenos silêncios que pareciam ter muita significação. Estava satisfeita consigo mesma e queixava-se de coisas que, na verdade, não tinham importância alguma. E exigia que Connie a ajudasse nas coisas mais insignificantes, que ambos sabiam que eram ridículas. Connie também estava satisfeito com ela, e sentia-se maravilhado por ela estar grávida. Gostava de fazer parte dos segredinhos. Quando ela ria dissimulada, ele também ria dissimulado, e os dois trocavam confidências, sussurrando. O mundo se estreitara ao redor deles, e eles figuravam no centro desse mundo, ou melhor, Rosa de Sharon é que figurava ao centro e Connie volteava ao redor dela como um satélite. Tudo o que diziam parecia constituir um segredo.

Ela desviou o olhar da estrada.

— Eu nem tenho muita sede — disse afetadamente. — Mas talvez eu *devesse* beber um pouco de água.

E ele concordou, pois sabia bem o que ela queria dizer. Ela pegou o copo, tomou um gole e cuspiu-o e depois bebeu um copo cheio de água tépida.

— Quer mais? — perguntou ele.

— É. Me dá mais meio copo. — E então ele encheu o copo até a metade e deu-lhe. Um Lincoln-Zephyr, prateado e baixo, deslizou pela estrada. Ela voltou-se para ver onde estavam os outros da família e viu-os reunidos ao lado do caminhão. Tranquilizada, falou: — Que tal seria a gente viajar num automóvel desses, hem?

Connie suspirou:

— Quem sabe, algum dia. — Ambos sabiam o que ele queria dizer. — Se a gente encontrar bastante serviço na Califórnia, já sabe: vamos ter o nosso carro. Mas um desses — e apontou para o Zephyr que sumia ao longe — custa quase tanto quanto uma casa, e eu, nesse caso, preferia comprar uma casa.

— E eu queria uma casa e um automóvel — disse ela. — Mas naturalmente a casa está em primeiro lugar, porque... — E ambos sabiam o que ela queria dizer. Estavam terrivelmente excitados com a história da gravidez.

— Cê tá se sentindo bem? — perguntou ele.

— Tô cansada. Cansada de tanto viajar, e com todo esse sol.

— É o único jeito. Senão, a gente nunca vai chegar à Califórnia.

— Eu sei — disse ela.

O cão correu fungando, passou pelo caminhão, foi até a mangueira e começou a lamber a água suja. Depois saiu trotando, focinho quase roçando o chão, orelhas caídas. Farejou ao longo da margem da estrada, na vegetação seca e poeirenta. Ergueu a cabeça, lançou um olhar para a frente, e começou a atravessar. Rosa de Sharon deu um grito agudo. Um carro enorme e veloz aproximava-se, e os pneus rangiam fortemente. O cão estacou hesitante e atordoado, e acabou se metendo por baixo das rodas, com um uivo que não chegou a terminar. O grande veículo diminuiu a marcha por um instante, rostos olharam para trás, e então aumentou a velocidade e desapareceu do local.

Os olhos de Rosa de Sharon estavam desmedidamente abertos. O cão, num monte de sangue e carne, os intestinos expostos, ainda se mexia.

— Cê acha que o susto vai me fazer mal? — perguntou ela, trêmula. — Será que vai me fazer muito mal?

Connie passou-lhe o braço em volta dos ombros.

— Vem, senta um pouco — disse. — Não será nada.

— Mas eu sei que vai me fazer mal. Eu senti um choque logo que dei aquele grito.

— Vamo, vem sentar. Não vai ser nada, já disse. Não tem importância. — Conduziu-a até o caminhão, rodeando o veículo para que ela não visse o cão agonizante, e ajudou-a a sentar no estribo. Tom e tio John aproximaram-se do monte de carne sangrenta. O cão teve seu último estertor. Tom segurou-o pelas pernas e arrastou-o até a beira da estrada. Tio John olhou embaraçado e abatido, como se a culpa fosse dele.

— Devia ter amarrado ele — falou.

O pai lançou um olhar ao corpo do cão e se afastou.

— Vam'bora daqui — disse. — Talvez até foi bom. Eu não sabia onde a gente ia arranjar comida pra ele também.

O homem do posto surgiu de trás do caminhão.

— Sinto muito — foi falando. — Numa estrada assim movimentada não fica cachorro vivo por muito tempo. Eu mesmo perdi três cachorros num só ano. Agora não quero mais saber deles por aqui. Não se aborreçam com isso. Eu vou dar um jeito de enterrar ele aí no campo.

A mãe foi até Rosa de Sharon, que continuava sentada no estribo. Ela ainda tremia em consequência da emoção sofrida.

— Que é que há, Rosasharn? — perguntou-lhe. — Cê tá te sentindo mal?

— Eu vi tudo aquilo e então senti um grande choque!

— Sim, ouvi quando ocê gritou — disse a mãe. — Mas fique sossegada, já passou.

— A senhora acha que pode fazer mal... à criança?

— Não — falou ela. — Mas se ocê começar com esses cuidados exagerados, então tudo vai te fazer mal. Convém andar. Vamo, levanta e vem me ajudar a preparar o lugar da vó. Esquece a criança um pouco. Ela se cuida sozinha.

— Onde tá a avó? — perguntou Rosa de Sharon.

— Não sei. Deve tá andando por aí. Talvez teja na casinha.

A jovem foi até o toalete e voltou um instante depois conduzindo a avó pelo braço.

— Ela dormiu lá dentro — contou Rosa de Sharon.

A avó riu.

— É tão bonito lá dentro — disse. — Tem uma caixa lá em cima cheia de água e quando a gente puxa uma correntinha a água vem pra baixo. Achei muito bonito — falou, risonha. — Tirava uma boa soneca se vocês não me acordasse.

— Mas aí não é lugar pra se dormir — disse Rosa de Sharon, e ajudou a avó a entrar no caminhão. A velhinha tinha um ar prazenteiro.

— Talvez não seja lugar pra dormir, mas é muito bonito — disse.

Tom falou:

— Bom, vamo indo. Ainda tem um bocado de caminho pela frente.

O pai deu um assobio agudo.

— Onde estão as criança? — E tornou a assobiar, com dois dedos na boca.

Num instante, as crianças surgiram correndo, vindas da plantação de milho. Ruthie vinha na frente e Winfield atrás.

— Ovo! — gritou Ruthie. — Achei ovo! — Já estava bem próxima, com Winfield colado aos seus calcanhares. — Olha! — Em suas mãozinhas sujas havia uma dúzia de ovos, ovos lisos e de uma cor branca acinzentada. E ao estender as mãos seus olhos caíram sobre o corpo do cachorro, que jazia à beira da estrada. — Ai! — exclamou ela. E, acompanhada de Winfield, encaminhou-se lentamente para o animal morto.

O pai chamou-os:

— Venham correndo, senão ocês ficam aqui mesmo.

As duas crianças voltaram-se lentamente e foram andando em direção ao caminhão. Ruthie olhou mais uma vez os pequenos ovos de cobra em suas mãos e jogou-os fora. Treparam no caminhão por um dos lados.

— Inda tava de olhos abertos — Ruthie falou baixinho.

Mas Winfield ficou muito impressionado.

— As tripas dele rebentaram e tavam espalhadas... rebentaram... — Silenciou por um instante. — ... rebentaram e ficaram espalhadas... — E logo virou-se rapidamente e vomitou, pendurado na borda do caminhão. Quando acabou, seus olhos estavam úmidos e corria-lhe abundante muco pelo nariz. — Não é a mesma coisa que uma matança de porco — disse, à guisa de explicação.

Al ergueu a tampa do motor do Hudson e verificou o nível de óleo. Trouxe depois do assento da frente uma lata cujo conteúdo, um óleo negro e bem barato, ele entornou um pouco no tubo e verificou de novo o nível do lubrificante.

Tom surgiu atrás dele.

— Cê não quer que eu guie um pouco? — perguntou.

— Não, não tô cansado ainda — disse Al.

— Mas ocê não dormiu nada essa noite. Eu pelo menos cochilei um pouco agora de manhã. Vamo, sobe. Vou guiar um pouquinho.

— Bom — disse Al com relutância. — Mas fica sempre cuidando do óleo. E convém não ir muito depressa. É preciso um cuidado danado pra se evitar um curto-circuito. Fica de olho no ponteiro. Se chegar no fim, é curto-circuito na certa. E não se pode correr porque o caminhão tá muito carregado.

Tom riu.

— Eu vou tomar cuidado. Cê pode ficar descansado.

A família ajeitou-se de novo no veículo. A mãe sentou-se na frente, ao lado da avó. Tom tomou o lugar do motorista e o caminhão pôs-se em movimento.

— Faz um barulhão dos diabos esta joça — observou, ao engrenar.

O caminhão ia girando pela estrada.

O motor roncou e assumiu logo um som rítmico, e o sol, diante do veículo, descia lentamente em direção ao poente. A avó cochilava tranquilamente e mesmo a mãe sentia a cabeça pesada e a deixava pender para a frente. Tom puxou o boné sobre os olhos, para protegê-los do sol fulgurante.

De Paden a Meeker são vinte quilômetros; de Meeker a Harrah são vinte e dois quilômetros; depois vem Oklahoma City — a grande cidade. Tom atravessou-a sem parar. A mãe despertou da modorra por um instante e lançou um olhar rápido às ruas. E a família, apertada na carroceria, olhava as casas comerciais, as grandes lojas e as repartições públicas. Depois os prédios e os armazéns foram diminuindo de tamanho. Depósitos de lixo, bares onde se vendia cachorro-quente, cabarés do tipo que se encontra nas periferias urbanas.

Ruthie e Winfield viam tudo isso, e tudo isso os embaraçava com a sua grandeza e a sua estranheza, estavam assustados vendo tanta gente bem-vestida. Não falavam, um ao outro, a respeito. Mais tarde... sim, mais tarde iriam falar, mas nessa hora não. Viam os tanques de óleo da cidade, e os dos subúrbios da cidade; tanques de óleo negro, e sentiam o cheiro de óleo e de gasolina pairando no ar. Mas não tinham vontade de dizer nada. Tudo isso era tão grandioso que os assustava.

Rosa de Sharon viu na rua um homem trajando um bonito terno claro. Trazia sapatos brancos e chapéu de palha. Cutucou Connie e apontou o homem com um olhar, e depois Rosa de Sharon e Connie ficaram rindo baixinho, e acabaram sem conseguir se conter. Tapavam a boca. E se sentiram tão contentes que começaram a procurar outras pessoas de quem pudessem rir. Ruthie e Winfield notaram esses risinhos e era tão engraçado como eles riam que procuraram imitá-los, mas não conseguiram. Não havia jeito de rirem. E Rosa de Sharon e Connie já perdiam o fôlego e estavam vermelhos de tanto rir, não conseguiam parar; e cada vez que olhavam um para o outro caíam na gargalhada.

Os subúrbios espraiavam-se. Tom guiou mais vagarosamente e com mais cuidado no meio do tráfego movimentado e depois alcançaram a Rota 66, o grande caminho para o oeste. O sol estava submergindo no horizonte. O para-brisa estava coberto de poeira. Tom empurrou o boné mais ainda sobre os olhos, empurrou-o tanto que somente podia enxergar à sua frente erguendo a cabeça. A avó estava pesadamente adormecida, o sol batendo em suas pálpebras, as rugas de suas faces estavam coloridas de cor de vinho, e as manchas escuras de seu rosto tornaram-se mais escuras ainda.

Tom disse:

— Agora a gente não sai dessa estrada, até chegar lá.

A mãe esteve em silêncio o tempo todo.

— É bom a gente procurar um lugar pra acampar, antes que anoiteça — disse ela agora. — Tenho que cozinhar um pouco de carne de porco e fazer pão. Isso leva bastante tempo.

— É isso mesmo — concordou Tom. — Não se pode fazer esta viagem numa só estirada. A gente tem que arranjar um lugar pra descansar.

De Oklahoma City a Bethany são vinte e dois quilômetros.

— Acho bom a gente parar aqui mesmo, antes que o sol desapareça — disse Tom. — O Al tem que preparar aquele teto sobre a carroceria sem falta. O sol queima como o diabo. Não se pode viajar assim.

A mãe, que tornara a cair no sono, ergueu-se de novo, num movimento rápido.

— Tenho que cozinhar o jantar — disse. E acrescentou: — Tom, teu pai diz que ocê não deve passar a divisa.

Tom demorou a responder:

— É... E depois, mãe?

— Bem... Sabe, eu tô mesmo com medo. É como se ocê tivesse fugido da prisão. E se te pegarem?

Tom espalmou a mão sobre os olhos, para protegê-los do sol cada vez mais baixo.

— Não se preocupe, mãe — disse. — Eu já pensei nisso. Tem uma porção de gente assim como eu, em liberdade condicional, andando pelo país todo. Cada vez mais. Se eu for preso por fazer alguma coisa lá na Califórnia, aí sim, eles têm as minhas impressões digitais e a minha fotografia em Washington. Aí, sim, eles me mandam de volta pra prisão. Mas se eu andar direito, não tem perigo. Ninguém se incomoda comigo.

— Bom, mas eu estou com medo mesmo assim. Às vezes a gente faz uma coisa e nem sabe que é um crime que está cometendo. Talvez tenha leis lá na Califórnia que a gente nem conheça, cê sabe. Cê pode fazer uma coisa e pensar que não tem nada demais e, no entanto, ser considerado um crime lá na Califórnia.

— Aí, tanto fazia eu estar em liberdade condicional ou não — disse ele. — Só se eles me agarrar é que vai ser pior que pros outros. Mas a senhora não se preocupe. A gente já tem preocupação demais.

— Não quero pensar, mas sou obrigada. No momento que ocê passa a divisa, tá cometendo um crime.

— É sempre melhor que perambular em Sallisaw e acabar morrendo de fome — disse ele. — Bem, vamos tratar de arranjar um lugar pra acampar.

Estavam atravessando Bethany e continuaram campo afora. Numa vala, onde um canal passava por baixo da estrada, havia um velho carro de passeio, e ao lado dele uma tenda armada, e fumaça escapava de um tubo de fogão. Tom apontou para ela.

— Tem gente acampada aí. Parece que não vamos encontrar um lugar melhor pra descanso. — Diminuiu a marcha do veículo e encostou à margem da estrada.

O capô do velho carro de passeio estava aberto e um homem de meia-idade debruçava-se sobre o motor. Tinha na cabeça um sombreiro de palha barato, vestia camisa azul e um colete preto muito manchado, e suas calças exibiam o brilho e a rigidez típicos da sujeira. Seu rosto era magro, as rugas profundas abriam nele verdadeiros sulcos, de maneira que as faces ficavam salientes em excesso. Ele ergueu a cabeça e lançou um olhar para o caminhão dos Joad, e em seus olhos havia irritação e perplexidade.

Tom debruçou-se pela janela do caminhão.

— Escute, amigo, é permitido a gente pernoitar nesse lugar? — perguntou.

O homem, até então, só tinha reparado no veículo. Seus olhos agora focalizavam Tom.

— Não sei — disse. — Parei aqui porque não pude continuar a viagem.

— Não tem água por aqui, tem?

O homem apontou para um posto, que podia estar a uns quinhentos metros do local.

— Ali tem água bastante; eles dão até um balde cheio pra gente, é só pedir.

Tom hesitou.

— Então o senhor acha que não tem nada demais a gente pernoitar aqui, né?

O homem magro teve uma expressão de embaraço:

— Eu não sou o dono daqui — falou. — Nós só paramo aqui porque essa lata velha resolveu não ir mais adiante.

— De qualquer maneira — insistiu Tom —, quem chegou primeiro aqui foi o senhor. Tem o direito de dizer se aceita a gente como vizinho ou não.

Esse apelo à hospitalidade surtiu efeito imediato. Um sorriso perpassou pelo rosto magro.

— Mas claro, terei muito prazer. — E chamou: — Sairy, tem um pessoal aqui que vai ficar com a gente. Venha cá e diga boa tarde. Sairy não se sente bem — explicou.

A lona da tenda abriu-se e deu passagem a uma senhora de aspecto cansado, um rosto vincado de rugas como folha seca e com olhos negros que pareciam arder, uns olhos que pareciam ter visto um mundo de horrores. Ela era de pequena estatura e tremia. Apoiava-se na lona da tenda e a mão que a segurava parecia a de um esqueleto coberto de pergaminho. Sua voz era de um timbre agradável, grave e modulada, com uma tonalidade límpida.

— Diga a eles que são bem-vindos. Diga que temos muito prazer em ter eles com a gente.

Tom dirigiu o caminhão para fora da estrada de concreto, alinhando-o no campo com o carro de passeio. E todos desceram. Ruthie e Winfield muito depressa, a ponto de as pernas baterem ao chão com um baque. Gritaram, porque sentiam as pernas formigarem. A mãe entregou-se logo à sua tarefa. Tirou do caminhão o balde de três galões e foi com ele até as crianças, que ainda estavam gritando.

— Bem, agora ocês vão correndo buscar água ali, estão vendo? — disse. — Mas sejam educado. Fala assim: o senhor me dá licença de tirar um balde d'água? E depois diz: muito obrigado. E peguem os dois o balde e tomem cuidado pra não entornar a água. E se achar lenha no caminho, é bom trazer também, que é pra gente fazer fogo, ouviram? — As crianças obedeceram e foram ao posto batendo com os pés.

Junto à tenda iniciou-se uma conversa acanhada. Foi como se as relações sociais tivessem sido rompidas antes mesmo de terem começado. O pai disse:

— Ocês são de Oklahoma?

E Al, que parara junto ao caminhão, olhou para a placa do automóvel.

— Kansas — disse.

O homem magro falou:

— Somos de Galena, aliás, de perto de Galena; meu nome é Wilson, Ivy Wilson.

— Nós somos os Joad — disse o pai. — Viemo de perto de Sallisaw.

— Bom, muito prazer em conhecer ocês — disse Ivy Wilson. — Sairy, estes são os Joad.

— Logo vi que não eram de Oklahoma. Têm um sotaque engraçado... quer dizer, diferente, né?

— É. Todo mundo fala de uma maneira diferente — disse Ivy. — O povo de Arkansas fala de um modo e o de Oklahoma de outro. Nós conhecemo uma senhora de Massachusetts e a fala dela, então, era bem diferente mesmo. Quase que a gente não podia entender o que ela dizia.

Noah, tio John e o pregador começaram a descarregar o caminhão. Ajudaram primeiro o avô a descer e fizeram-no sentar-se no chão, e ele quedou apático, olhando à frente.

— O senhor tá doente? — perguntou-lhe Noah.

— Tô me sentindo mal como o diabo — falou o avô, a voz fraca.

Sairy Wilson dirigiu-se a ele vagarosamente e com prudência.

— O senhor não quer entrar na nossa tenda? — perguntou. — Podia se deitar um pouco no nosso colchão e descansar.

Ele a encarou, animado pela voz suave da mulher.

— Venha, não faça cerimônia — disse ela. — O senhor precisa descansar. Eu o ajudo até lá.

Inopinadamente, o avô desatou em choro. Seu queixo tremia, assim como os velhos lábios contraídos, soluçando. A mãe foi a ele e enlaçou-o com os braços. Depois ajudou-o a erguer-se, retesando as costas largas com o espaço, e quase suspendeu-o no ar.

Tio John disse:

— Deve estar mesmo muito doente. Nunca fez isso antes. Nunca vi ele chorando em toda a minha vida. — Subiu à carroceria e jogou um colchão para baixo.

A mãe deixou a tenda e foi falar com o pregador:

— Sr. Casy — disse —, o senhor já tratou de doente, e o vô tá bem mal. O senhor não quer ver o que ele tem?

Casy foi rapidamente até a tenda e entrou. Um colchão de casal estava estendido no chão, sob lençóis bem esticados; ao lado havia um pequeno fogareiro de estanho com pés de ferro em que o fogo ardia fracamente. Havia ainda na tenda um balde cheio de água, um caixote com alimentos e outro caixote que servia de mesa, e era tudo. Os raios do sol poente coavam-se avermelhados através das paredes de lona da tenda. Sairy Wilson estava ajoelhada junto ao colchão, onde o avô estava deitado de costas. Tinha as faces rubras, os olhos abertos e mirava o teto. Respirava com dificuldade.

Casy pegou o velho pulso esquelético entre os dedos.

— Cansado, avô? — perguntou.

Os olhos fixos voltaram-se em direção à voz, mas nada pareciam ver. E os lábios finos formulavam palavras, mas nada diziam. Casy escutou a pulsação e passou depois a palma da mão na testa do avô. O corpo do ancião começou a debater-se, suas pernas moviam-se convulsivas e as mãos agitavam-se. Emitiu sons confusos, inarticulados, o rosto mantinha-se rubro sob as costeletas brancas e ásperas.

Sairy Wilson dirigiu-se suavemente a Casy:

— O senhor sabe do que se trata?

Ele olhou para as faces enrugadas e os olhos ardentes:

— A senhora sabe?

— Acho que sim.

— O que é? — perguntou Casy.

— Acho que não devia dizer, eu posso estar enganada.

Casy tornou a olhar as faces rubras e retesadas do velho.

— A senhora ia dizer que ele tá tendo um ataque?

— Sim — disse Sairy. — Já vi isso antes, três vezes.

De fora vinha o barulho dos que armavam o acampamento: cortava-se lenha e panelas chocavam-se ruidosas. A mãe enfiou a cabeça pela entrada da tenda.

— A vó quer entrar — disse. — Será que ela pode?

— Acho que sim. Proibindo seria pior — respondeu o pregador.

— Ele está melhor? — perguntou a mãe.

Casy sacudiu a cabeça vagarosamente. A mãe baixou rapidamente os olhos e fitou o velho rosto crispado. Voltou a cabeça para fora da tenda e ouvia-se sua voz dizendo:

— Não é nada grave, vó. Ele só precisa descansar um pouco.

E a avó respondeu, zangada:

— Mas eu quero ver ele. Ele é um diabo trapaceiro. A gente nunca sabe direito o que ele tem. — Entrou intempestivamente na tenda, pôs-se diante do colchão e mirou o marido: — Que é que ocê tem? — perguntou.

E novamente os olhos do avô se dirigiram à origem da voz e seus lábios contraíram-se.

— Tá fingindo — disse a avó. — Eu não diss'que ele é sabido? Hoje de manhã fez a mesma coisa pra não precisar embarcar com a gente. De repente, começaram a doer as cadeira — falou, quase com desprezo. — Ele tá é fingindo. Já conheço a manha; é pra não precisar falar com ninguém.

Casy disse brandamente:

— Ele não tá fingindo, vó. Está doente mesmo.

— Ah! — Ela olhou novamente para o marido. — Mas... tá muito doente?

— Sim, bastante doente, vó.

Por um instante, ela hesitou.

— Bom — disse depois com rapidez —, então por que é que o senhor não tá rezando? Não é um pregador?

Os dedos fortes de Casy fecharam-se novamente em torno do pulso do avô.

— Eu já disse à senhora que não sou mais nenhum pregador.

— Mas reza, reza de qualquer maneira — ordenou ela. — O senhor sabe todas as reza de cor.

— Não sei, não — disse Casy. — Não sei o quê, e nem para quem rezar.

O olhar da avó desgrudou de Casy e estacou em Sairy.

— Ele não quer rezar — falou. — Já contei à senhora como a Ruthie rezava quando era bem pequenina? Ela dizia: "Vou deitar nessa cama, pra meu corpo descansar. E quando ele chegou, o armário estava vazio e o coitado do cachorro não encontrou mais nada. Amém." Era assim que ela rezava.

A sombra de alguém que passava entre o sol poente e a tenda projetou-se na lona.

O avô parecia estar numa luta tremenda; todos os seus músculos se contraíram. E de repente estremeceu, como se tivesse sido atingido por uma forte pancada. Jazia imóvel agora, e a respiração se lhe interrompera. Casy debruçou-se sobre a face do ancião e viu que escurecia. Sairy tocou o ombro de Casy. Ela sussurrou:

— A língua dele, a língua, olha a língua dele.

Casy concordou.

— Fique na frente da avó, para que ela não veja nada — disse. A seguir, entreabriu as mandíbulas fortemente comprimidas do ancião e meteu a mão na boca, à procura da língua. E quando a ia puxando para fora, um ronco emergiu do peito paralisado, acompanhado de uma inspiração, como um soluço. Casy achou um pauzinho no chão e com ele comprimiu para baixo a língua do velho, e a respiração recomeçou, desordenada e ruidosa.

A avó saltitava como uma galinha.

— Reza — disse ela. — Reza, já disse! Reza! — Sairy tentou contê-la.

— Reza logo, seu danado duma figa! — gritou a avó.

Casy lançou-lhe um olhar prolongado. A respiração difícil tornava-se mais aguda e desigual.

— Pai Nosso que estais no céu, santificado seja o Vosso nome...

— Aleluia! — clamou a avó.

— ... Venha a nós o Vosso reino, seja feita a Vossa vontade, assim na terra como no céu.

— Amém.

Um suspiro estridente deixou a boca entreaberta, seguido de um ronco sibilante.

— O pão nosso de cada dia... nos dai hoje... e perdoai...

A respiração cessou subitamente. Casy examinou os olhos do avô e esses eram claros, profundos e penetrantes, e havia neles um reflexo de serenidade e inteligência.

— Aleluia! — disse a avó. — Continue.

— Amém! — concluiu Casy.

Então a avó sossegou. E fora da tenda, todas as vozes emudeceram. Um carro deslizou na estrada. Casy continuou ajoelhado diante do colchão. Os outros, lá fora, estavam quietos, à escuta, atentos aos sons da morte. Sairy pegou a avó pelo braço e conduziu-a para fora da tenda, e a avó caminhava com dignidade e com a cabeça bem erguida. Foi ao encontro da família e diante dela manteve a cabeça erguida. Sairy levou-a até um colchão estendido sobre a relva e sentou-a. A avó quedou-se a olhar fixamente diante de si, inundada de orgulho, pois que agora ela era alvo de atenção de todos. Na tenda tudo era silêncio, e Casy por fim abriu caminho por entre as abas da tenda e a deixou também.

O pai perguntou com brandura:

— Como foi?

— Ataque, disse Casy. Um ataque fulminante.

A vida recomeçou. O sol, desaparecendo no horizonte, perdia o relevo. E sobre a estrada passava uma longa fila de caminhões, cujas laterais estavam pintadas de vermelho. Vinham com estrondo, produzindo um pequeno terremoto e soltando pelos tubos de escapamento a fumaça azul do óleo diesel. Um homem estava ao volante de cada caminhão, e os respectivos ajudantes estavam deitados em beliches, empoleirados na cabine. Os caminhões não paravam; passavam monótonos, dia e noite, incessantemente, estremecendo o chão com seu caminhar pesado.

A família reuniu-se como que por instinto. O pai acocorou-se no chão e tio John acocorou-se ao lado dele. O pai era agora o chefe da família. A mãe ficou de pé, atrás dele. Noah, Tom e Al acocoraram-se e o pregador sentou-se, depois se reclinou sobre os cotovelos. Connie e Rosa de Sharon passeavam um pouco adiante. Chegavam agora Ruthie e Winfield falando alto, trazendo o balde de água seguro pelas mãos; notaram que alguma coisa havia mudado. Baixaram a voz, depositaram o balde no chão e foram vagarosamente postar-se ao lado da mãe.

A avó estava sentada, com um ar solene e orgulhoso, enquanto o grupo se formava e ninguém mais a olhava. Aí ela deitou-se e cobriu o rosto com os braços. O sol descera completamente, mergulhando os campos em um crepúsculo brilhante, de maneira que os rostos reluziam à luz do poente e os olhos refletiam a cor do firmamento. O entardecer juntava toda a luz que conseguia encontrar.

— Foi na tenda do Sr. Wilson — disse o pai.

Tio John anuiu:

— Ele nos emprestou a tenda.

— É uma gente muito boa, muito amiga — disse o pai em voz baixa.

Wilson estava junto ao seu carro desmantelado e Sairy foi para junto da avó, sentando-se ao lado dela, no colchão, evitando, porém, tocá-la.

— Sr. Wilson! — O pai chamou. O homem aproximou-se e também se acocorou no grupo. Sairy levantou-se do colchão e colocou-se ao lado dele. — Agradecemos muito a sua ajuda.

— Temos muito prazer em ajudar — disse Wilson.

— A gente é grato ao senhor — disse o pai.

— Nem fale em gratidão quando alguém morre — disse Wilson.

— E Sairy seguiu-o: nunca, nenhuma obrigação.

Al falou:

— Nós vamo endireitar o seu carro... eu e o Tom. — E Al sentia-se orgulhoso por poder pagar um pouco da dívida da família.

— É, isso não seria mau — disse Wilson, aceitando a retribuição pelo favor.

— Agora temos que pensar no que vamo fazer — disse o pai. — Existe lei, não existe? Quando alguém morre, tem que dar parte às autoridade. E quando se faz isso, eles ou querem quarenta dólar pros funeral ou fazem o enterro de graça, como indigente.

— Na nossa família ninguém ainda foi enterrado como indigente — interveio tio John.

— Sempre tem uma primeira vez. Também nunca a nossa família foi expulsa da nossa terra — replicou Tom.

— A gente sempre procedeu direito — disse o pai. — Nunca ninguém pôde falar mal de um Joad. Sempre pagamos as coisa que compramos; não aceitamos caridade. Quando houve aquela história com o Tom, também pudemos ter a cabeça levantada. O que ele fez, qualquer homem tinha feito.

— Bem, mas o que vamos fazer? — perguntou tio John.

— Se a gente fizer como manda a lei, eles vêm aqui buscar o corpo. A gente só tem cento e cinquenta dólar. Eles nos toma quarenta pra enterrar o vô, e então a gente nunca chegará até a Califórnia, ou então enterram a avô como indigente.

Os homens sentiam-se inquietos, e miravam o chão, cada vez mais escuro, diante de seus joelhos.

O pai disse, baixando a voz:

— O vô enterrou o pai dele com as próprias mãos, fez isso com dignidade, usando a sua própria enxada. Naquele tempo ainda existia o direito de um pai ser enterrado pelo próprio filho, e de um filho ser enterrado pelo próprio pai.

— Sim, mas a lei já não é mais assim — disse o tio John.

— Mas às vez a lei não pode ser respeitada — disse o pai. — Pelo menos não com decência. Há uma porção de caso em que não pode ser respeitada. Quando o Floyd escapuliu e ficou perigoso, eles queriam que a gente pegasse e entregasse ele, mas ninguém quis fazer isso. Às vez uma pessoa não pode obedecer à lei. Eu digo que tenho o direito de enterrar o meu próprio pai. Tem alguém que acha que não?

O pregador alçou-se de sobre os cotovelos.

— As leis mudam — disse —, mas, quando é preciso fazer alguma coisa, uma pessoa tem o direito de fazer o que é necessário. Eu acho isso certo.

O pai virou-se para tio John:

— E ocê, John, que que cê acha? Também tem o direito de falar. Ocê concorda?

— Eu acho que tá bem — disse tio John. — É que, enterrando assim, de noite, parece que a gente tá escondendo ele. E isso não tem nada a ver com o vô, que enfrentava qualquer coisa a tiro!

O pai disse, envergonhado:

— Nós não podemo fazer como o vô faria. Nós temos que chegar na Califórnia enquanto tem dinheiro.

Tom interveio:

— Às vezes um trabalhador qualquer desenterra um corpo e então isso dá um bode danado; eles pensa que o camarada foi assassinado. O governo se interessa mais por um morto que por um vivo. Eles quer saber de tudo: quem é o morto, de onde veio, de que morreu. Eu acho bom a gente botar um papel numa garrafa, do lado do vô, explicando tudo, como ele morreu, quem ele era e por que a gente enterrou ele assim.

O pai meneou a cabeça, concordando:

— É bom, sim. Então ocê escreve tudo num papel, mas escreve direito. Assim ele também não vai ficar tão sozinho, sabendo que o nome dele tá junto, que não é um velho solitário debaixo da terra. Tem mais alguma coisa pra dizer? — A família manteve-se silenciosa.

O pai virou-se para a mãe:

— Cê quer vestir ele?

— Quero, sim — disse a mãe. — Mas quem vai cozinhar a janta?

Sairy Wilson disse:

— Não se incomodem. Eu preparo o jantar. Vão cuidar da vida. Eu faço o jantar com aquela sua filha grande ali.

— A senhora é muito boa — disse a mãe. — Noah, vai buscar um pouco de carne salgada lá das barrica, ouviu? Acho que o sal ainda não entrou bem, mas a carne deve estar boa assim mesmo.

— Nós temos meio saco de batata — disse Sairy Wilson.

— Me dá dois meio dólar — disse a mãe.

O pai meteu a mão no bolso, explorou-o e deu à mãe duas moedas de prata. Ela foi buscar uma bacia, encheu-a de água e levou-a à tenda. Já estava bastante escuro. Sairy também entrou, acendeu uma vela, colocou-a sobre um caixote e tornou a sair. A mãe olhou o ancião morto. Depois, piedosa, rasgou uma tira do avental e amarrou-lhe o queixo. Endireitou-lhe a seguir as pernas e cruzou-lhe os braços sobre o peito. Baixou-lhe depois as pálpebras e colocou uma moeda de prata sobre cada uma delas. Abotoou-lhe a camisa e lavou-lhe o rosto.

— Posso ajudar a senhora em alguma coisa? — perguntou Sairy, olhando para o interior da tenda.

A mãe olhou para cima:

— Entra — disse. — Queria pedir uma coisa pra senhora.

— A senhora tem uma filha muito boazinha — disse Sairy. — Agora mesmo ela está descascando batatas. Que posso fazer pra senhora?

— Eu queria lavar todo o corpo do avô — disse a mãe —, mas ele não tem outra roupa pra vestir. E o seu lençol ficou estragado, é claro. O cheiro da morte nunca mais sai das roupas. Eu já vi um cachorro rosnar e rasgar um colchão sobre o qual minha mãe tinha morrido dois anos antes. Mas não vai ser de graça; nós damos outro lençol em troca.

— A senhora não deve falar assim — disse Sairy. — Sabe que a gente tem prazer em ajudar. Faz muito tempo que eu não me sinto assim... assim em paz. Uma pessoa deve ajudar quem precisa.

A mãe anuiu:

— Tá certo — disse ela. — É isso mesmo. — Olhou longamente a velha face barbuda de queixo amarrado e os olhos de prata que brilhavam à luz da vela. — Não parece natural. Vamo enrolar ele no lençol, então.

— Aquela senhora de idade, a esposa dele, nem pareceu sentir muito.

— Ah, coitada, é tão velha — disse a mãe. — Talvez nem sabe direito o que aconteceu. Talvez nem vai saber por uma porção de tempo ainda. Além disso, nós, os Joad, nem mostramos essas coisa. — Fez uma pausa e continuou: — Meu pai costumava dizer: chorar é fácil; mas um homem tem que aguentar firme. E a gente procura sempre não dar demonstração de que sente. — Envolveu cuidadosamente com o lençol as pernas e os ombros do avô, puxando-o depois, como um capuz, sobre a cabeça, fazendo-o cair sobre o rosto. Sairy entregou-lhe meia dúzia de alfinetes de segurança e ela os utilizou para fechar bem o lençol em torno do corpo. Por fim, levantou-se. — Não vai ser um enterro tão ruim assim — falou. — Veio um pregador com a gente; ele pode dizer qualquer coisa, e também toda a família tá aqui reunida.

Repentinamente cambaleou, e Sairy chegou-se a ela para consolá-la.

— É o cansaço — disse a mãe envergonhada. — Eu tô bem. Sabe, a gente trabalhou a noite toda pra ficar tudo pronto.

— Vamos sair um pouco pro ar livre — disse Sairy.

— Sim, vamo. Já tá tudo pronto mesmo.

E Sairy apagou a vela e as duas deixaram a tenda.

Uma fogueira ardia no fundo da vala, à margem da estrada. Tom tinha feito, com estacas e arame, uma armação de onde pendiam duas panelas em que a água borbulhava furiosamente. De sob as tampas das panelas escapavam rolos de vapor branco. Rosa de Sharon estava ajoelhada no chão, um pouco afastada do calor intenso da fogueira, e tinha uma colher na mão. Ela viu a mãe saindo da tenda, ergueu-se e foi ao encontro dela.

— Mãe — disse —, preciso perguntar uma coisa à senhora.

— Cê já tá com medo outra vez? — inquiriu a mãe. — Queria passar todos os nove mês sem ter um aborrecimento?

— Mas... isso não vai fazer mal à criança?

A mãe disse:

— Tem um dito assim: "Uma criança que nasce no pesar não terá do que se lamentar." Não é mesmo, senhora Wilson?

— Sim, também já ouvi dizer isso — disse Sairy. — E tem outra frase assim: "Quem com muita alegria nascer, em muita dor vai viver."

— Mas eu tô tremendo tanto por dentro! — disse Rosa de Sharon.

— Todo mundo tá — disse a mãe. — Bem, agora vai tomar conta das panela.

À margem do anel de luz que rodeava a fogueira, os homens se agruparam. Por ferramenta, tinham apenas uma pá e uma picareta. O pai demarcou o lugar — dois metros e meio de comprimento e um de largura. Revezavam-se no trabalho. O pai rasgava a terra com a picareta e tio John jogava-a de lado com a pá. Depois Al pegava na picareta e Tom na pá, e depois vinham Noah e Connie, e assim sucessivamente. E a cova ia ficando mais e mais funda, pois que eles trabalhavam incessante e vigorosamente. A terra voava da cova em uma chuva de torrões. Quando já estava numa cova retangular que lhe vinha até a altura dos ombros, Tom disse:

— Mais fundo ainda, pai?

— Tem que ser bastante funda. Só um pouco mais. Sai daí agora, Tom. Vai escrever aquele papel que falamos.

Tom içou-se da cova e Noah tomou o lugar dele. Tom foi para junto da mãe, que estava avivando o fogo.

— A senhora tem papel branco e caneta, mãe?

A mãe sacudiu vagarosamente a cabeça:

— Não. Logo isso a gente não trouxe... — Lançou um olhar para Sairy. E a pequena senhora foi depressa à tenda e voltou com uma Bíblia e metade de um lápis.

– Tome — falou. — Pode tirar a primeira página da Bíblia, que tá em branco. — E entregou o livro e o lápis a Tom.

Tom sentou junto ao fogo. Apertou os olhos num gesto de concentração mental e logo começou a escrever, vagarosa e cuidadosamente, desenhando letras bem graúdas. — "Esse que aqui jaz é William James Joad que morreu de ataque, já muito velho, e a família dele enterrou ele aqui purque não tinha dinheiro pro funeral. Ninguém matô ele, só que ele teve um ataque e morreu."

— Mãe, escuta. — E leu vagarosamente o que tinha escrito.

— Está bem, até que não soa mal — disse ela. — Mas cê não podia escrever aí alguma coisa das Escritura? Pois assim fica sendo um funeral religioso. Procura um pedaço bonito da Bíblia e escreve no papel também.

— Sim, mas não pode ser uma coisa comprida, porque não dá. O papel é muito pequeno.

Sairy disse:

— Que tal isto: "Que Deus guarde a sua alma"?

— Não — disse Tom. — Isso soa como se ele tivesse sido enforcado. Deixe que eu vou ver se copio um pedaço qualquer da Escritura. — Foi virando as páginas, leu, movimentando os lábios, murmurando baixinho. — Aqui tem um pedaço bonito e bem curto — falou, afinal. — "E Ló disse-lhe: Oh, não é assim, Senhor."

— Mas isso não quer dizer coisa nenhuma — disse a mãe. — Já que ocê tá escrevendo, escreve qualquer coisa que tenha sentido.

Sairy disse:

— Olha nos Salmo, mais adiante. Nos Salmo sempre tem alguma coisa.

Tom foi folheando e lendo os versículos.

— Aqui tem um — disse. — É bonito e bem religioso: "Bem-aventurados aquele cujas iniquidade é perdoada e cujos pecados é esquecido." Que tal?

— Este, sim. É bonito mesmo — disse a mãe. — Pode escrever.

Tom copiou o trecho cuidadosamente. A mãe enxaguou e limpou um pote de conserva; Tom botou nele o papel e atarraxou firmemente a tampa.

— Quem sabe o reverendo devia ter escrito isso? — disse.

— Não, o reverendo não é parente nosso — opinou a mãe. Ela pegou o pote e entrou com ele na tenda escura. Abriu um dos pontos em que o lençol estava seguro pelos alfinetes, meteu o pote entre as mãos frias do morto e tornou a fechar o lençol. Depois voltou para junto da fogueira.

Os homens estavam regressando da cova e suas faces brilhavam de suor.

— Pronto — disse o pai. Foi com John, Noah e Al à tenda e voltaram, carregando o comprido embrulho até a beira da cova. O pai pulou para dentro, pegou o embrulho nos braços e depositou-o cuidadosamente no fundo. Tio John estendeu as mãos e ajudou o pai a subir novamente. O pai perguntou:

— Como é que vai ser com a vó?

— Vou ver ela — disse a mãe. Foi até o colchão e olhou a anciã por um instante. Depois voltou à cova. — Ela tá dormindo — disse. — Talvez se aborreça comigo depois, mas não posso acordar ela. Tá muito cansada.

— Onde tá o pregador? Ele tem que rezar uma coisa qualquer — disse o pai.

Tom respondeu:

— Eu vi ele andando aí pela estrada. Mas ele não gosta mais de rezar.

— Não gosta de rezar?

— Não — disse Tom. — Ele não é mais um pregador, disse. E diss'que não é direito enganar o povo, fazer o papel de pregador, já que ele não é mais. Aposto que fugiu pra que a gente não pudesse pedir que ele rezasse.

Casy vinha se aproximando em silêncio e ouvira as últimas palavras de Tom.

— Não fugi, não — disse. — Quero ajudar ocês, mas não quero tapear ninguém.

O pai disse:

— Mas o senhor não podia dizer umas palavra pelo menos? Ainda ninguém da nossa família foi enterrado sem que alguém dissesse algumas palavra.

— Bem, então eu vou dizer — falou o pregador.

Connie conduziu Rosa de Sharon até a cova. Ela o seguiu com relutância.

— Cê tem que vir — disse Connie. — Não fica direito. E termina logo.

A luz da fogueira caía sobre o grupo, destacando-lhes as faces e os olhos e refletindo-se fracamente nas suas vestes escuras. Todos tiraram os chapéus. A luz bailava, saltitante, sobre o grupo.

Casy disse:

— Não vou demorar muito tempo. — Baixou a cabeça e os outros seguiram-lhe o exemplo. Casy disse com solenidade:

— Este ancião aqui viveu longa vida, ao fim da qual morreu. Não sei se era bondoso ou mau, e isso não importa. Ele viveu, e isto é o principal. E agora tá morto, e acabou-se. Uma vez ouvi alguém recitar um poema que dizia assim: "Tudo que vive é sagrado." Basta pensar um pouco nessas palavra para descobrir que significam muito mais do que aparenta. Não quero rezar por um homem que tá morto. Ele cumpriu o destino. Está como deve estar. Tem uma tarefa a cumprir, uma tarefa só dele e só há uma maneira dele conseguir. E nós, nós também temo uma missão a cumprir, mas não sabemo exatamente o que fazer, porque são muitos os caminho que se abrem diante de nós. E já que tenho que rezar, vou rezar pelas pessoa que não sabem qual o caminho que devem escolher. O avô, aqui, já tem seu caminho. Portanto, cubram-no e deixem que ele cumpra a sua missão. — E Casy ergueu a cabeça.

O pai disse "Amém". E todos os outros murmuraram: "Amém." Depois, o pai pegou a pá, encheu-a de terra e deixou-a cair lentamente na cova. Entregou a pá ao tio John, e também ele jogou um pouco de terra na cova. A pá passou de mão em mão, até que todos os homens cumpriram a sua obrigação. Cumprida esta tarefa, o pai tomou de novo a pá e foi lançando rapidamente a terra, cobrindo a cova. As mulheres voltaram para junto da fogueira, a fim de tratarem de preparar a comida. Ruthie e Winfield olhavam tudo, absortos.

Ruthie disse solenemente:

— O avô agora tá aí embaixo.

E Winfield olhou-a com olhos horrorizados. Depois correu até a fogueira, sentou-se no chão e ficou soluçando.

O pai tinha enchido a cova somente até a metade. Parou, ofegante de cansaço, e tio John se encarregou de terminar a tarefa. John estava modelando a saliência sobre o túmulo quando Tom interrompeu-o:

— Escute, tio John — disse —, se a gente mostrar que isso aqui é um túmulo, vão querer logo abrir ele. É melhor aplainar a terra em cima e espalhar capim sobre ela. É o único jeito.

O pai disse:

— Nem pensei nisso. Mas uma cova que nem tem forma de cova não fica direito.

— Paciência. É o único jeito — disse Tom. — Senão, eles vão logo desenterrar o vô e então a gente vai passar um mau pedaço por não ter cumprido a lei. E o senhor sabe o que vai acontecer então comigo, não sabe?

— É, eu me esqueci disso. — Tirou a pá da mão de tio John e foi aplainando a superfície da cova. — No inverno vai afundar — comentou.

— Que é que se vai fazer? — disse Tom. — No inverno a gente já está bem longe. Vamos pisar bem e jogar capim por cima.

Quando a carne de porco e as batatas estavam prontas, as famílias sentaram-se ao redor da comida, no chão, e começaram a comer. Estavam silenciosos e olhavam para o fogo. Wilson, que acabava de arrancar uma fatia de carne com os dentes, suspirou de satisfação.

— É bom a gente comer carne de porco — disse.

— A gente tinha dois porco — esclareceu o pai —, e achamos que era melhor a gente comer eles duma vez. Vender não adiantava; dava muito pouco dinheiro. Depois que a gente se acostumar com a viagem e a mãe puder fazer pão, bem, então vai ser bom mesmo; vamo poder admirar a paisagem sabendo que tem duas barrica de carne na bagagem. Faz quanto tempo que o senhor e sua mulher estão viajando?

Wilson limpou os dentes com a língua e palitou os resíduos.

— Nós não tivemos sorte — falou. — Já faz três semana que a gente tá fora de casa.

— Meu Deus, e nós queremos estar na Califórnia dentro de dez dias!

Al interrompeu-o:

— Não sei, pai. Com esse carregamento pesado não vai ser fácil assim, talvez a gente nunca possa chegar até lá. Principalmente se tiver montanha pela frente.

Silenciaram todos em volta da fogueira. Tinham a cabeça pendida para a frente e seus cabelos e suas testas brilhavam à luz vermelha. Em cima daquela pequena cúpula, cintilavam fracamente as estrelas do céu de verão. Sobre o colchão, afastada do fogo, a avó choramingava como um cachorrinho. Todos os olhares convergiram para ela.

A mãe disse:

— Rosasharn, seja boazinha e vai deitar com a vó. Ela precisa de alguém. Agora ela já sabe.

Rosa de Sharon levantou-se e foi para junto da avó. Deitou-se ao lado dela, no colchão, e o murmúrio abafado de ambas chegou até o grupo que rodeava a fogueira. Rosa de Sharon e a avó cochichavam.

Noah disse:

— É engraçado, o vô morreu e eu sinto a mesma coisa que antes. Não tou triste, nem nada.

— É a mesma coisa — disse Casy. — O vô e as terra do cês eram a mesma coisa.

Al disse:

— É uma pena! Ele sempre dizia o que ia fazer quando pudesse ter tanta uva que desse pra amassar os cacho e escorrer o suco pela cara, e coisas assim.

Casy disse:

— Dizia isso de gozação, mas sem a intenção de fazer. O vô não morreu esta noite; já estava morto quando nós tiramo ele de casa.

— O senhor tem certeza disto? — perguntou o pai.

— Uai, não. Ele tava respirando — esclareceu Casy. — O que quero dizer é que ele já estava praticamente morto. Ele e as terra formava um só e ele sabia disso.

— E o senhor sabia que ele ia morrer? — perguntou tio John.

— Sim — disse Casy —, eu sabia.

John encarou-o fixamente e o horror se lhe estampou nas faces.

— E o senhor não disse nada a ninguém?

— Para quê? — fez Casy.

— A gente... podia fazer alguma coisa.

— Fazer o quê?

— Não sei, mas...

— Não — disse Casy —, não se podia fazer nada. O caminho do cês já estava traçado, e o avô não podia participar dele. Mas ele não sofreu nada. Só hoje de manhã, quando começou a movimentação toda. Ele ficou aqui, na terra que era a terra dele. Não teve força para deixar ela.

Tio John suspirou profundamente.

Wilson disse:

— Nós tivemo que abandonar meu irmão Will. — As cabeças de todos voltaram-se para ele. — A gente tinha dezesseis hectare. Ele é mais velho que eu. Nenhum de nós sabia dirigir bem. Bom, nós resolvemo ir embora e vender tudo que possuía. Will comprou um carro e o vendedor apresentou a um rapaz que ia ensinar ele a dirigir. Então, na tarde em que a gente ia partir, algum tempo antes da nossa saída, Will e tia Minnie ficaram praticando um pouco de direção. Will chegou numa curva e gritou: "Anda, moreno!", como se fosse pra um cavalo, recuou contra uma cerca e gritou de novo: "Aiô!" Pisou fundo no acelerador e despencou no fundo de um barranco. E aí, acabou-se. Ele não tinha mais nada para vender e ficou sem carro. Mas isso foi culpa dele mesmo. Ficou tão danado que nem quis vir com a gente. Ficou lá xingando Deus e o mundo.

— E o que é que ele vai fazer agora?

— Nem sei. Ele ficou tão aborrecido que nem pôde pensar no que ia fazer. E nós não pudemo esperar. Só tinha oitenta e cinco dólar. Nós não podia ficar e dividir o dinheiro; aliás já se foi o dinheiro quase todo na viagem. Só tínhamos viajado cento e cinquenta quilômetro quando quebrou uma coisa no diferencial e tivemo que pagar trinta dólar pelo conserto. Depois precisamo comprar um pneu e logo depois estourou uma vela de ignição, e a Sairy ficou doente. Tudo isto reteve nós por mais de dez dia. E agora esse calhambeque aí quebrou de novo e o dinheiro está nas última. Nem sei se vamos chegar algum dia à Califórnia. Se ao menos eu entendesse de automóvel e pudesse consertar o carro!

Al perguntou com ar de importância:

— Que é que o carro tem, afinal?

— Bem, resolveu não andar mais. O motor pega e para logo em seguida. Depois pega outra vez e torna a parar depois de rodar um pedacinho à toa.

— Então ele pega só um minuto, mais ou menos?

— Sim, senhor. E não quer andar mais, posso botar quanta gasolina quiser no tanque. Está cada vez pior, e agora não anda nem pra trás nem pra frente.

Al se tornou compenetrado e senhor de si:

— Deve ser entupimento dos tubos de condução de gasolina. Vou ver se faço uma limpeza neles.

E também o pai estava muito orgulhoso dos conhecimentos de Al.

— Ele entende um bocado de automóvel — disse, satisfeito.

— Pois eu ficaria muito agradecido — disse Wilson. — A gente tem a impressão de que é uma verdadeira criança por não saber lidar com este troço. Quando chegar à Califórnia, vou tratar logo de comprar um bom carro. Talvez esse não estrague tão depressa.

— Sim, se a gente conseguir chegar na Califórnia. Chegar até lá é que é a dificuldade — disse o pai.

— É, mas o esforço vale a pena — disse Wilson. — Eu vi impresso que dizia que lá precisavam de muita gente para trabalhar nas colheitas de fruta, e que se pagava ótimos ordenado. Imagine só a gente embaixo das sombra de árvore colhendo fruta e abocanhando uma de vez em quando! Diabo, para eles não tem importância que a gente coma algumas fruta, é tanta fartura! E com os bons ordenado dá até pra economizar e comprar um pedacinho de terra qualquer. É isso! Dentro de pouco tempo, um ano ou dois, a gente pode ter um bonito sitiozinho.

— Nós vimo também esses impresso — disse pai. — Até tenho um deles aqui. — Puxou a carteirinha de couro do bolso e dela tirou um papel dobrado, uma cor de laranja. Em tipos negros estava escrito: "Precisa-se de gente para a colheita de ervilhas na Califórnia. Bons salários durante a safra. Procuram-se 800 homens."

Wilson olhou o impresso com curiosidade.

— É igual ao que eu vi. Foi esse mesmo. O senhor acha... quem sabe se eles já conseguiram os oitocento homem?

— Bom, mas aí é só uma pequena parte da Califórnia, que é o segundo estado em tamanho dos Estados Unido. Vamo imaginar que eles já tenha conseguido os oitocentos homem; isso não quer dizer nada, pois tem muitas outras fazenda no estado. Eu gostava de verdade de apanhar fruta. Como diz o senhor: debaixo da sombra das árvore. Puxa! Até uma criança gosta de um trabalho assim!

Al levantou-se subitamente e foi até o carro dos Wilson. Examinou-o por um instante e tornou a voltar ao seu lugar.

— Acho que hoje o senhor não poderá fazer nada — disse Wilson.

— Eu sei. Vou endireitar ele amanhã bem cedo.

Tom observou, pensativo, o irmão mais moço.

— Eu tive pensando uma coisa assim, também — disse.

— Afinal, de que é que ocês tão falando? — perguntou Noah.

Tom e Al conservaram-se calados, pois um esperava que o outro respondesse.

— Diz ocê pra ele — murmurou Al.

— Bem, talvez não seja certo, talvez até não seja bem o que Al quer, mas vou dizer de qualquer jeito. Nós tamo sobrecarregado, mas os Wilson tão com o carro quase vazio. Se algum dos nossos pudesse viajar com eles, a gente podia botar no caminhão, em troca, alguma coisa mais leve que tá no carro deles, e assim a gente podia subir as montanhas sem quebrar as mola do caminhão. Eu e o Al entendemo alguma coisa de automóvel e vamo dar um jeito pro carro andar. No caminho podemo ficar sempre junto e assim fica bem pra todo mundo.

Wilson ergueu-se num pulo:

— Sim senhor. Vamos ter muito prazer. Eu tô de pleno acordo. Sairy, que é que ocê diz disso?

— Uma boa ideia, sim — disse Sairy. — Mas não vamo ficar pesado pros senhores?

— Não, por Deus que não! — disse o pai. — Pelo contrário, vai ser até um auxílio.

Wilson sentou-se desanimado:

— Bem, não sei, não — disse.

— Qual o problema? Ocê não quer?

— Bom, sabe... só temos trinta dólar e não queremo ser um peso pra ninguém.

A mãe disse:

— O senhor e sua senhora não vão pesar em nada. Um ajuda o outro, e assim vamos tudo chegar na Califórnia. A dona Sairy ajudou até no enterro do vô — concluiu. A amizade estava firmada.

Al gritou:

— No carro vão seis pessoa folgado. Por exemplo: eu posso guiar, e podem vir comigo Rosa de Sharon, Connie e a vó. E a bagagem leve, que tá no carro, a gente transfere pro caminhão. Depois, a gente pode sempre trocar de lugar. — Ele falava em voz alta, excitada, pois que se livrava de uma grande preocupação

Os outros sorriam acanhados e olhavam o chão. O pai esgravatou a terra poeirenta com os dedos, e disse:

— A mãe quer uma casinha branca rodeada de pé de laranjeira. Ela viu um quadro assim numa folhinha.

Sairy disse:

— Se eu ficar doente outra vez, vocês não espera por mim. Não quero ser peso pra ninguém.

A mãe olhou-a com atenção e pela primeira vez nos olhos marejados de sofrimento, no rosto de quem é perseguido, crispado de dor. E falou:

— As coisas vão se arranjar. Não foi a senhora mesma quem disse que se deve ajudar a quem está em dificuldade?

Sairy examinava as mãos enrugadas à luz da fogueira.

— Bem, temos que ir dormir; está na hora — disse, e levantou-se.

— O vô... até parece que já faz um ano que tá morto — disse a mãe.

As duas famílias preparavam-se vagarosamente para dormir, bocejando. A mãe ainda foi cuidar dos pratos de estanho, limpando-lhes a gordura com um velho saco de farinha. A fogueira extinguia-se e as estrelas iam descendo no horizonte. Pela estrada quase não mais passavam carros de passeio, mas os pesados caminhões estremeciam a faixa de concreto de quando em quando, provocando pequenos terremotos. Os dois veículos estacionados na vala mal eram visíveis à luz das estrelas. Um cão uivava lugubremente, amarrado no pátio do posto de gasolina próximo ao local. Ambas as famílias já dormiam pesadamente, e os ratos silvestres se encorajaram a deslizar por entre os colchões. Apenas Sairy Wilson estava acordada. Ela contemplava o céu e retesava o corpo numa muda resistência à dor.

14

Inquietavam-se as terras do oeste sob os efeitos da metamorfose incipiente. Os estados ocidentais estavam intranquilos como cavalos antes de temporal. Os grandes proprietários inquietavam-se, pressentindo a metamorfose e sem atinar com a sua natureza. Os grandes proprietários atacavam o que lhes ficava mais próximo: o governo de poder crescente, a unidade trabalhista cada vez mais firme; atacavam os novos impostos e os novos planos, ignorando que tudo isto era efeito, e não causa. As causas escondiam-se bem no fundo e eram simples — as causas eram a fome, a barriga vazia, multiplicada por milhões; fome na alma, fome de um pouco de prazer e de um pouco de tranquilidade, multiplicada por milhões; músculos e cérebros que queriam crescer, trabalhar, criar, multiplicados por milhões. A última função clara e definida do homem — músculos que querem trabalhar, cérebros que querem criar algo além da mera necessidade — isto é o homem. Construir um muro, construir uma casa, um dique, e pôr nesse muro, nessa casa, nesse dique algo do próprio homem, é retirar para o homem algo desse muro, dessa casa, desse dique; obter músculos fortes à força de movê-los, obter linhas e formas elegantes pela concepção. Porque o homem, ao contrário de qualquer coisa orgânica ou inorgânica do universo, cresce para além de seu trabalho, galga os degraus de suas próprias ideias, emerge acima de suas próprias realizações. É isto o que se pode dizer a respeito do homem. Quando teorias mudam e caem por terra, quando escolas filosóficas, quando caminhos estreitos e obscuros das concepções nacionais, religiosas, econômicas alargam-se e se desintegram, o homem se arrasta para diante, sempre para a frente, muitas vezes cheio de dores, muitas vezes pelo caminho errado. Tendo dado um passo à frente, pode voltar atrás, mas não mais que meio passo, nunca o passo todo que já deu. Isto se pode dizer do homem, dizer-se e saber-se. Isto se constata quando as bombas caem dos aviões negros sobre a praça do mercado, quando prisioneiros são tratados como porcos imundos, e os corpos esmagados se consomem imundos na poeira. Pode ser constatado desta forma. Não tivesse sido dado esse passo, não estivesse vivo no pensamento o desejo de avançar sempre, essas bombas jamais cairiam e nenhum pescoço seria jamais cortado. Tenha-se medo de quando as bombas não mais caem, enquanto os bombardeiros ainda existam, pois que cada bomba é uma demonstração de que o espírito não morreu ainda. E tenha-se medo de quando as greves cessam, enquanto os grandes proprietários estão vivos, pois cada greve vencida é uma prova de que um passo está sendo dado. E isto se pode saber — tenha-se medo da hora em que o homem não mais queira sofrer e morrer por um ideal, pois que esta é a qualidade básica da humanidade, é a que a distingue entre tudo no universo.

Os estados ocidentais inquietavam-se sob os efeitos da metamorfose incipiente. Texas e Oklahoma, Kansas e Arkansas, Novo México, Arizona. Califórnia. Uma família isolada mudava-se de suas terras. O pai pedira dinheiro emprestado ao banco e agora o banco queria as terras. A companhia das terras — que é o banco, quando ocupa essas terras — quer tratores, em vez de pequenas famílias, nas terras. Um trator é mau? A força que produz os profundos sulcos na terra não presta? Se esse trator fosse nosso, não meu, nosso, prestaria. Se esse trator produzisse os sulcos em nossa própria terra, prestaria na certa. Não nas minhas terras, nas nossas. Então, sim, a gente gostaria do trator, gostaria dele como gostava das terras quando ainda eram nossas. Mas esse trator faz duas coisas diferentes: traça sulcos nas terras e expulsa-nos delas. Há pouca diferença entre esse trator e um tanque. Ambos expulsam os homens que lhes barram o caminho, intimidando-os, ferindo-os. Há que pensar sobre isto.

Um homem, uma família, expulsos de suas terras, esse veículo enferrujado arrastando-se e rangendo pela estrada rumo ao oeste. Perdi as minhas terras; um trator, um só, arrebatou-as. Estou sozinho e apavorado. E uma família pernoita numa vala e outra família chega e as tendas surgem. Os dois homens acocoram-se no chão e as mulheres e as crianças escutam em silêncio. Aqui está o nó, ó tu que odeias as mudanças e temes as revoluções. Mantém esses dois homens apartados; faze com que eles se odeiem, receiem-se, desconfiem um do outro. Porque aí começa aquilo que tu temes. Aí é que está o germe do que te apavora. É o zigoto. Porque aí transforma-se o "Eu perdi minhas terras"; uma célula se rompe e dessa célula rompida brota aquilo que tu tanto odeias, o "Nós perdemos nossas terras". Aí é que está o perigo, pois que dois homens nunca se sentem tão sozinhos e abatidos como um só. E desse primeiro "nós" nasce algo muito mais perigoso: "Eu tenho um pouco de comida" mais "Eu não tenho nenhuma". Quando a solução desta soma é "Nós temos um pouco de comida", aí a coisa toma um rumo, o movimento passa a ter um objetivo. Apenas uma pequena multiplicação, e esse trator, essas terras são nossos. Os dois homens acocorados numa vala, a pequena fogueira, a carne que se cozinha numa frigideira comum, as mulheres caladas, de olhos vidrados; atrás delas as crianças, escutando com o coração palavras que seu cérebro não abrange. A noite desce. A criança sente frio. Aqui, tome esse cobertor. É de lã. Pertenceu à minha mãe — tome, fique com ele para a criança. Sim, é aí que tu deves lançar a tua bomba. É este o começo da passagem do "Eu" para o "Nós".

Se tu, que tens tudo que os outros precisam ter, puderes compreender isto, saberás também defender-te. Se tu souberes separar causas de efeitos, se tu souberes que Paine, Marx, Jefferson, Lenin foram efeitos e não causas, sobreviverás. Mas tu não poderás compreender. Pois que a qualidade da posse se cristalizou para sempre na fórmula do "Eu" e sempre te isolarás do "Nós".

Os estados ocidentais inquietam-se sob os efeitos da metamorfose incipiente. A necessidade é um estimulante do ideal, o ideal, o estímulo para a ação. Meio milhão de homens caminha pelas estradas; um milhão mais prepara-se para a caminhada; dez milhões mais sentem as primeiras inquietudes.

E tratores abrem sulcos múltiplos nas terras abandonadas.

15

Ao longo da Rota 66 proliferam as hamburguerias: Al & Susy's Place — Carl's Lunch — Joe & Minnie — Will's Eats. Barracos desajeitados de madeira. Duas bombas de gasolina em frente, uma porta de tela, um longo balcão, tamboretes altos e um tubo de ponta a ponta, embaixo, para descanso dos pés. Próximo à porta três caça-níqueis, cujos mostradores sugerem a porção de moedas que alguém poderá ganhar. E ao lado deles a vitrola automática com discos empilhados como grandes bolachas, prontos a executarem músicas de dança: "Ti-pi-ti-pi-tin", "Thanks for the Memory", Bing Crosby, Benny Goodman. Numa das extremidades do balcão uma redoma de vidro: pastilhas para tosse, sulfato de cafeína para afastar o sono, bombons diversos, cigarros, lâminas de barbear, aspirina, "Bromo-Seltzer, Alka-Seltzer". As paredes decoradas com cartazes coloridos, louras de seios grandes, ancas estreitas e faces de cera em trajes brancos de banho e mãos segurando garrafinhas de Coca-Cola e sorrindo: "Está vendo o que se consegue com uma Coca-Cola?" Balcão comprido, saleiros, pimenteiros, potes de mostarda e guardanapos de papel. Atrás do balcão, barris de cerveja e ao fundo máquinas de fazer café de metal brilhante e tampo fumegante, e tubos de vidro que indicam a quantidade de café nelas ainda existente. E doces em caixas cobertas de tela e laranjas em pirâmides de quatro. E pequenas pilhas de torradas, e latas de flocos de milho, dispostas em desenhos variados.

E frases assim, sobre cartazes brancos: "Comida caseira", "Comprar fiado cria inimizades. Seja nosso amigo", "Poupe o trabalho à sua esposa, e coma conosco", "As senhoras podem fumar, mas cuidado com as pontas de cigarro".

Noutra extremidade, nas chapas, os artigos de cozinha: panelas, frigideiras com carne assada, batatas, rosbife, pernil de porco à espera de serem cortados em fatias.

Minnie ou Susy ou Mae, geralmente uma mulher de meia-idade, atrás do balcão, cabelos ondulados, ruge e pó de arroz no rosto suado, atende aos pedidos, falando em voz branda e baixa e transmite-os à cozinha com a voz estridente do pavão. Limpa o balcão com movimentos circulares, polindo com cuidado as brilhantes máquinas de café. O cozinheiro chama-se Joe ou Carl ou Al, usa casaco e avental brancos, e sob o boné também branco cai-lhe o suor em bagas sobre a fronte. Ele é ranzinza, pouco conversador, e lança um olhar rápido à porta cada vez que entra um novo freguês. Raspa a frigideira, mete nela outro hambúrguer, confirma em voz baixa os pedidos transmitidos por Mae, torna a raspar a frigideira, limpa-a com um pano enegrecido. Ranzinza e silencioso.

Mae está diante dos fregueses, sorridente, irritada, a ponto de explodir; sorrindo, sobretudo quando seus olhos, retornando do passado, veem motoristas de caminhão. Onde os caminhões param, é onde chegam os fregueses. Não se pode tratar mal um motorista de caminhão, eles o sabem. Os caminhões trazem os fregueses. Eles o sabem. Dá-lhes uma xícara desse café mais ordinário e eles nunca mais voltam. Trate-os bem, e eles voltarão. Mae sorri com o seu mais irresistível sorriso para os motoristas. Empertiga-se um pouco, endireita os cabelos pretos na nuca, de maneira que com o movimento dos braços seus seios soergam-se, fala-lhes sobre o tempo, conta-lhes coisas interessantes que pareçam jocosas e boas piadas. Al jamais fala. Ele não existe para o público. Às vezes ele sorri ligeiramente, ao ouvir alguma boa piada, mas jamais ri alto. Às vezes ele ergue a cabeça ao ouvir a tonalidade viva da voz de Mae, e depois raspa a frigideira com uma espátula, raspa a gordura que cerca a frigideira nas bordas e a deposita em uma vasilha de ferro. Espreme o hambúrguer de encontro à frigideira, que assobia na banha. Coloca o pão cortado em dois sobre a chapa, para esquentá-lo e torrá-lo. Pega as fatias de cebola, empilha-as sobre a carne e as empurra com a espátula. Põe metade do pão sobre a carne, unta a outra metade com manteiga derretida e tiras finas de picles. Segurando com uma das mãos o pão que tinha posto sobre a carne, mete a espátula por baixo, vira-a e coloca por cima a metade do pão amanteigado e joga o hambúrguer pronto sobre um pires. Junta-lhes um pedaço de picles e duas azeitonas pretas. Atira o pires pelo balcão com displicência. E continua a raspar mal-humorado a frigideira.

Carros deslizam pela Rota 66. Placas de licença: "Mass", "Tenn.", "R. L.", "Ohio". Todos indo para o oeste. Bons carros. Vão a cem por hora.

Aí vai um desses Cords. Parecem caixão de defunto sobre rodas.

Mas, Jesus, como essa gente viaja!

Está vendo esse La Salle? É o que eu gostaria de ter. Não sou muito exigente. Me contentaria com um La Salle.

Se tá sonhando grande, por que não um Cadillac? É mais rápido.

Eu preferia um Zephyr pra mim. Você não tá passeando na fortuna, mas ocê tem classe e corre um bocado. Sim, é isso, quero um Zephyr.

Agora você vai rir: eu ficaria satisfeito até com um Buick-Puick. Pra mim seria o bastante.

Mas, que diacho! Esse custa tanto quanto um Zephyr e não é tão resistente.

Não me interessa. Não quero ter negócio com Henry Ford. Não gosto desse camarada, jamais gostei dele. Um irmão meu trabalhou na fábrica dele. Queria que ocê ouvisse o que ele me contou.

Sim, mas um Zephyr não é nada mau.

Os grandes carros correm na estrada. Senhoras bronzeadas, lânguidas, pequenos sóis à volta dos quais gravitam milhares de acessórios: cremes, pomadas para se engordurarem, tintas em vidrinhos: preta, cor-de-rosa, vermelha, branca, verde, de prata, para a pintura dos cabelos, dos olhos, dos lábios, das unhas, dos cílios, das pálpebras, das sobrancelhas. Óleos, sementes e comprimidos para constipação. Uma maleta cheia de vidrinhos, seringas, pílulas, pós, líquidos e gelatinas para tornar seguras, inodoras e estéreis as funções sexuais. E tudo isso além da infinidade de vestidos. Deus, quanta porcaria!

Linhas de fadiga em torno dos olhos, linhas de descontentamento em torno dos lábios, seios pesando nos pequenos *soutiens*, ventre e quadris apertados em cintas de borracha. E bocas ofegantes e olhos imprecando contra sol, vento e a poeira, queixando-se da comida e do cansaço, odiando o tempo que raramente as torna mais belas e sempre as envelhece.

Ao lado delas homenzinhos de ventre arredondado, trajando roupas claras e chapéus-panamá; muito limpos, rosados, com olhos inquietos, cheios de preocupação e de embaraço. De preocupação porque seus cálculos não dão certo, sequiosos de segurança e, ao mesmo tempo, sentindo que segurança é coisa que, vagarosamente, vai desaparecendo da face da Terra. Nos carros, as placas e adesivos de hotéis e postos de serviço, lugares para onde eles vão, a fim de verem outros homenzinhos preocupados, e se certificarem de que o comércio é uma coisa nobre e não aquela ladroeira comicamente ritualizada que eles, no fundo, reconhecem; e que os comerciantes são homens inteligentes, malgrado seus recordes de estupidez; e que eles são bondosos e caridosos, contra os princípios do são comércio; e que suas vidas são muito interessantes, e não a reprodução daquela rotina tediosa que eles bem conhecem, e que chegará o tempo em que não mais precisarão ter medo.

E esses dois vão à Califórnia; vão para lá a fim de se sentarem no *hall* do Beverly-Wilshire Hotel e olhar os que passam e que eles invejam, olhar as montanhas — montanhas, está vendo, e árvores copadas e altas! — ele com olhos cheios de preocupação e ela pensando em como o sol vai ressecar-lhe a cútis. Vão ver o Oceano Pacífico, e eu aposto cem mil dólares contra nada em como ela dirá: "Olha, não é tão grande como eu pensava!" E ela terá inveja dos corpos jovens e frescos que se revolvem na areia das praias. Eles vão à Califórnia para poderem regressar da Califórnia, e para poderem dizer: "Fulano e Sicrano estiveram sentados bem ao lado da nossa mesa, no Trocadero. Ela não presta, mas se veste admiravelmente." E ele: "Encontrei uns negociantes graúdos. Eles dizem que as coisas só melhorarão quando a gente se livrar daquele sujeito que ainda está na Casa Branca." E: "Alguém me disse, alguém bem-informado, que ela tem sífilis, sabe? Aquela que fez aquele filme da Warner. E disse que ela conseguiu fazer sucesso no cinema graças aos homens que teve. Bem, ela teve o que merecia." Mas os olhos preocupados jamais têm paz, e a boca zangada jamais se abre num sorriso. O carro enorme e luxuoso passa a cem por hora.

Quero beber alguma coisa gelada.

Está bem. Lá na frente tem um bar. Quer que eu pare?

Você acha que é um lugar limpo e decente?

Acho que sim; pelo menos o mais limpo que se pode encontrar nessas paragens que até Deus esqueceu.

Bem, o refrigerante vem engarrafado; deve ser suportável.

Os freios rangem e o carro estaca. O homenzinho gordo e de olhos preocupados ajuda a mulher a descer.

Mae os vê entrar e desvia os olhos. Al lança-lhes um olhar fugidio de entre as suas frigideiras e torna a baixar a cabeça. Mae já sabe. Eles vão pedir um refrigerante que custa cinco *cents* e reclamar que não está bem gelado. A mulher vai estragar seis guardanapos de papel e jogá-los no chão. O homem vai se engasgar e responsabilizar Mae por isto. A mulher vai torcer o nariz como se sentisse cheiro de carne podre, e depois vão os dois embora e contam para todo mundo como aquela gente do Oeste é mal-educada. E Mae, quando está sozinha com o Al, tem um apelido para gente assim: são uns borra-bota.

Motoristas de caminhão. Esses sim!

Aí vem um grande caminhão. Espero que eles pare aqui, pra tirar o cheiro daqueles borra-botas. Quando eu trabalhava naquele hotel em Albuquerque, Al, queria que ocê visse o jeito que eles rouba qualquer coisa! E quanto maior e mais potente é o carro que eles têm, mais eles rouba: toalha, talher, saboneteira. Nem consigo imaginar!

E Al, com aspereza: Onde ocê pensa que eles arruma esses carro grande assim? Nasceram com eles? Você é que nunca vai ter nada.

O pessoal do caminhão: um motorista e o ajudante.

Que tal a gente parar pra tomar um cafezinho? Eu conheço essa birosca.

E o nosso horário?

Uai, a gente está adiantado.

Bom, então vamos saltar. Lá tem uma dona que ainda é bem boa. E o café deles é do barulho.

O caminhão para. Dois homens de calças cáqui, botas, casacos de couro e bonés militares de pala brilhante. A porta de tela bate com estrondo.

Alô, Mae!

Olhem só, é Bill, o Ratazana! Quando voltou, Bill?

Faz uma semana.

O outro homem mete um níquel na vitrola, fica olhando o disco escorregar sobre o prato do instrumento, que começa a girar. A voz de ouro de Bing Crosby. "Thanks for the Memory": "Obrigado pela lembrança de um banho de sol na praia..." E o motorista canta em voz alta, para que Mae possa ouvi-lo "You might have been a haddock but you never was a whore",[11] parodiando a letra da conhecida canção, que é "You might have been a headache, but you never were a bore".

Mae ri.

Quem é esse teu amigo, Bill? Ele é novo nessas paragem, né?

O outro enfia uma moeda no caça-níqueis, ganha quatro fichas e mete-as todas na máquina outra vez. Vai ao balcão.

Então, que é que vai ser?

Cafezinho. Que tipo de bolo ocê tem aí?

Creme de banana, creme de abacaxi, creme de chocolate... e maçã.

Maçã, tá bom. Espera... Que é esse troço inchado, aí?

Mae levanta o bolo e cheira.

Creme de banana.

Corta um pedaço, mas um pedaço bem grande.

O outro, junto ao caça-níqueis, diz: dois.

Dois, então. Alguma piada nova, Bill?

Tenho, sim. Escuta só.

Cuidado, cê tá falando com uma senhora, Bill.

Não tem perigo. Essa é até bem inocente. Um guri chega atrasado na escola. O professor pergunta: "Por que chegou tão tarde?" O guri responde: "Tive que buscar uma vaca... pra cruzar." O professor diz: "Teu pai não podia fazer isto?" Diz o guri: "Podia, sim, mas não tão bem como o touro."

Mae está quase estourando de rir, num riso agudo e estridente, e Al, que com ar preocupado corta cebolas sobre uma tábua, ergue a cabeça, sorri e torna a baixar a cabeça sobre as cebolas. Motoristas de caminhão, esses sim! São bons de verdade. Largam pelo menos um quarto de dólar cada um. Quinze centavos pelo café e bolo e dez centavos para Mae. E não exigem nada dela.

---

11 "Podes ter sido um problema, mas nunca enfadonha", diz a canção. O motorista fez a seguinte paródia: "Podes ter sido um hadoque, mas nunca uma puta." (*N. do T.*)

Sentados bem juntos nos altos tamboretes, as compridas colheres mergulham no café. Estão passando tempo. E Al, que raspa sua frigideira, escuta tudo, mas não faz comentários. A voz de Bing Crosby não se ouve mais. O prato da vitrola para de girar e o disco escorrega automaticamente para o seu lugar. A luz vermelha apaga-se. O níquel, que pôs em movimento todo aquele mecanismo, que fez com que se ouvisse a voz de Bing Crosby acompanhada de orquestra, passa entre os dois pontos de contato e pinga na caixa, onde o lucro é arrecadado. Esse níquel, ao contrário dos outros dinheiros, provocou uma atividade, tornou-se fisicamente responsável por uma reação.

Jatos de vapor irrompem da válvula da máquina de café. O compressor da geladeira zune por algum tempo e depois emudece. O ventilador elétrico, num canto, abana a cabeça lentamente de um lado para o outro e distribui um vento morno pelo salão. Pela estrada, a Rota 66, deslizam carros e mais carros.

— Parou na porta um carro de Massachusetts, faz pouco — diz Mae.

Bill, o Ratazana, pega a xícara pela parte de cima, de maneira que a colher fica entre os seus dedos polegar e indicador. Sopra o café, bem de perto, para esfriá-lo um pouco.

— Queria que cê visse, aí na estrada. É carro que não acaba mais. De todos os estados. E vão todos pro oeste. Nunca vi tanto carro na minha vida. Devem estar levando umas garotas boas à beça.

— A gente viu um desastre hoje de manhã — disse o seu companheiro. — Foi com um carro alinhado, um Cadillac. Uma carroceria que te digo: baixinha, cor de creme, coisa especial. Deu uma trombada num caminhão. O radiador foi parar no motorista. O volante entrou bem na barriga do homem e ele ficou esperneando que nem uma rã espetada num anzol. Ia pelo menos a cento e cinquenta por hora. Um carro que era uma beleza. Agora não vale mais nem um amendoim. O sujeito tava sozinho no carro.

Al levantou a cabeça:

— E o caminhão; que é que aconteceu com ele?

— Puxa! Aquele nem era bem um caminhão, era uma dessas geringonça feita pra viajar. Um carro velho, cheio de gente, transformado num caminhão de carga. Tava cheio de panela e colchão, criança e galinha. Indo pro oeste, ocê sabe. Bom, o sujeito vinha a cento e cinquenta por hora, quis ultrapassar a gente; aí viu o outro carro se aproximando, e ele girou o volante e deu de cara com ele. O sujeito que guiava o carro parecia que tava bêbado. Deus do céu, foi um tal de voar galinha pra todo lado, e colchão arrebentando e criança gritando. Uma das criança morreu logo. Nunca vi um inferno assim. A gente parou. O véio que tava guiando o caminhão ficou só parado, olhando a criança morta. Não se podia arrancar nem uma palavra dele. Ficou que nem surdo-mudo. Pois é isso. A estrada tá toda cheia de família assim. Vão tudo pro oeste. A coisa tá mesmo ficando cada vez pior. Só quero saber de onde vem essa gente toda.

— Eu também queria saber isso — diz Mae. — Às vez, param aqui por causa da gasolina, mas não compram mais nada. O pessoal diz que eles gostam de roubar. Mas a gente não deixa nada à mão, por isso que daqui eles nunca roubaram nada.

Bill, mastigando seu pedaço de bolo, lançou um olhar à estrada através da porta de tela.

— É melhor ocê se preparar, acho que vem gente aí.

Um sedã Nash 1926 aproximava-se vagarosamente, parando à margem da estrada. O assento traseiro estava atulhado quase até o teto de sacos, panelas, frigideiras, e sobre a pilha confusa estavam sentados dois meninos. Sobre o teto do carro havia um colchão e uma lona de tenda enrolada; os paus da barraca vinham fortemente amarrados aos estribos. O carro parou junto às bombas de gasolina. Um homem de cabelos escuros, rosto agudamente talhado, saltou com negligência. E os dois meninos escorregaram da pilha e também saltaram do carro.

Mae contornou o balcão e foi até a porta. O homem trajava calças cinzentas de lã e uma camisa azul que, sob as axilas e nas costas, estava escura de suor. Os meninos vestiam macacões e nada mais, macacões remendados, esfarrapados. Tinham cabelos louros eriçados no cocuruto, porque ao redor tinham sido raspados. Seus rostos estavam cobertos de poeira. Correram direto à poça de água suja sob a bica e enterraram os pés na lama.

O homem perguntou:

— Podemo tirar um pouco d'água, dona?

Uma sombra de aborrecimento passou pelas faces de Mae:

— Pois não, pode tirar. — E, por cima dos ombros, sussurrou para trás: — Eu fico olhando.

Ficou vigiando os movimentos do homem que, vagarosamente, desaparafusou a tampa do radiador e enfiou nele a ponta da mangueira.

Uma mulher, dentro do carro, uma mulher de cabelos cor de linho, disse:

— Vê se ocê consegue arranjar aquilo!

O homem fechou a bica, retirou a ponta da mangueira do radiador e enroscou de novo a tampa. Os dois meninos pegaram a mangueira, tornaram a abrir a bica e beberam água com sofreguidão. O homem tirou seu chapéu escuro, manchado, e postou-se humilde em frente à porta:

— A senhora podia nos vender um pouco de pão, dona? — perguntou.

— Isso aqui não é padaria — disse Mae. — A gente precisa do pão pra fazer sanduíche.

— Eu sei, dona. — Sua humildade tornou-se insistente. — Mas a gente precisa comer e por aqui não se encontra pão em lugar nenhum.

— Se a gente vender pão, vai fazer falta. — Mae estava ficando vacilante.

— Temos fome, dona — disse o homem.

— Por que não compra um sanduíche? Temo uns bom sanduíche, hamburgues.

— Seria bom se a gente pudesse, dona, mas só temo dez centavos pra matar a fome de nós tudo. — E acrescentou embaraçado: — Tamo bem mal de dinheiro.

— Mas por dez centavos o senhor não pode nem comprar pão aqui. Nós só temo pão de quinze centavos.

Atrás dela, Al grunhiu:

— Pelo amor de Deus, Mae, deixa disso, dá logo o pão pra eles.

— Mas aí nós vamo ficar sem nada, até que chegue o carro de pão.

— Que fiquemo, ora essa! — E ele tornou a baixar a cabeça sobre a salada de batatas que estava preparando.

Mae deu de ombros e lançou um olhar aos homens do caminhão para mostrar que era contra esse gesto.

Ela abriu a porta e o homem entrou, trazendo consigo um cheiro de suor. Os meninos seguiram-lhe os calcanhares e trataram logo de correr ao armário de vidro em que estavam os doces e ficaram a olhá-lo — não com olhares de desejo, ou mesmo esperança, mas apenas de admiração de que coisas assim existissem. Um deles coçou o tornozelo sujo com as unhas dos dedos do outro pé. O outro murmurava-lhe qualquer coisa ao ouvido e ambos distenderam os braços, de maneira que os punhos fechados se tornaram distintos através do leve tecido azul dos bolsos do macacão.

Mae abriu uma gaveta e tirou um pão comprido embrulhado em papel de cera.

— Custa quinze centavos, esse pão.

O homem pôs o chapéu na cabeça. Sua voz tinha o mesmo inalterável tom de humildade:

— A senhora... a senhora não podia cortar um pedaço que só custasse dez centavos?

Al disse com um rosnado:

— Que diabo, Mae, já não disse procê dar esse pão logo de uma vez?

O homem virou-se para Al:

— Não, moço, nós queremo comprar, mas é só dez centavos de pão, né... Senão, o dinheiro acaba antes da gente chegar na Califórnia.

Mae disse, resignada:

— Tome, leve o pão pelos dez centavos mesmo.

— Não, isso seria roubar a senhora, dona.

— Deixa disso... pode levar o pão, o Al mandou. — Ela empurrou o pão sobre o balcão. O homem puxou uma bolsa de couro de seu bolso traseiro, desatou os cordões e abriu-a. Estava cheia de moedas de prata e de notas ensebadas.

— Pode parecer engraçado que a gente tenha que fazer contas tão apertadas — desculpou-se —, mas é que a viagem é muito longa e a gente nem sabe se assim mesmo o dinheiro vai dar até o fim. — Meteu dois dedos na bolsa e pescou uma moeda de dez centavos. Ao depositá-la sobre o balcão, notou que junto à moeda vinha colada uma outra, de um *penny*. Estava para repor o *penny* na bolsa quando seus olhos caíram sobre os dois meninos estáticos que ainda se mantinham na contemplação dos doces. Dirigiu-se lentamente a eles. Apontou para umas barras de hortelã.

— Um *penny* dá pra comprar uma bala dessas, dona? — perguntou.

Mae aproximou-se.

— Qual delas?

— Essas aí, essas pintadinha.

Os meninos levantaram os olhos para ela e a fixaram com a respiração em suspenso. Tinham os lábios entreabertos e o corpo tenso.

— Ah, essas? Essas são duas por um *penny*.

— É? Então me dá duas, dona. — Ele colocou o *penny* de cobre cuidadosamente sobre o balcão. Os meninos respiraram fundo. Mae tirou duas das barrinhas pintadas.

— Tomem — disse o homem.

Eles pegaram com timidez as balas, cada um tirou uma, e ficou a segurá-la com a mão baixada e unida fortemente às calças, sem se atrever a olhá-la. Mas entreolharam-se e os cantos de seus lábios sugeriam um sorriso rígido e embaraçado.

— Muito obrigado, dona. — O homem apanhou o pão e saiu, e os meninos foram atrás dele, em passos firmes, sempre apertando as barrinhas pintadas de encontro às calças. Como esquilos, galgaram o cume da pilha, por cima do assento da frente, e como esquilos ocultaram-se no meio das quinquilharias.

O homem sentou-se ao volante e pôs o motor em movimento, e o velho Nash deixou uma réstia de fumaça azulada de óleo atrás de si, rodando em direção ao oeste.

O motorista do caminhão, Mae e Al acompanharam-nos com o olhar através das janelas do restaurante.

Bill virou-se.

— Essas bala não custam duas por um *penny* — disse.

— Que é que você tem com isso? — falou Mae, furiosa.

— Custam cinco centavos cada — disse Bill.

— Bem, tá na hora da gente ir embora — falou o outro homem. — Já é tarde. — Meteram as mãos nos bolsos. Bill colocou uma moeda sobre o balcão e seu companheiro lançou-lhe um olhar; tornou a pôr a mão no bolso e juntou-lhe outra moeda. Deram as costas ao balcão, dirigindo-se à porta.

— Até qualquer dia — disse Bill.

Mae chamou-os:

— Ei, espere aí. Tem troco.

— Vá pro inferno — disse Bill e bateu a porta com estrondo.

Mae viu-os entrar no caminhão, viu-os pôr o veículo em primeira, ouviu o roncar do motor e a mudança para a segunda marcha.

— Al — falou ela baixinho.

Ele ergueu a cabeça.

— Que foi? — perguntou.

— Olha só, aqui. — Ela apontou para as moedas deixadas ao lado das xícaras. Duas moedas de meio dólar. Al acercou-se e olhou e voltou ao seu trabalho.

— Motoristas de caminhão — disse Mae reverentemente. — Que diferença, depois desse bando de borra-bota!

Moscas zuniam de encontro à tela e tornavam a afastar-se. O compressor sussurrou e tornou a calar-se. Na 66, o tráfego continuava intenso; caminhões, belos automóveis aerodinâmicos e calhambeques de todo tipo; e todos rodaram pelo concreto com um troar fatídico. Mae tirou os pratos do balcão e jogou as migalhas de doces que neles restavam dentro de um balde. Pegou um pano úmido e foi limpando o balcão com movimentos circulares. E seus olhos vigiavam a estrada, onde a vida deslizava.

Al enxugava as mãos no avental. Olhou para um papel pregado na parede. No papel havia três colunas escritas a lápis. Al contou as cifras registradas na última coluna. Dirigiu-se depois à caixa registradora e apertou o botão "Troco" e tirou um punhado de moedas.

— Que é que ocê tá fazendo? — perguntou Mae.

— O número três tá no ponto — disse Al. Foi até o terceiro caça-níqueis, enfiou as moedas e virou a manivela. Na quinta volta as três barras apareceram e todo o dinheiro jorrou. Al juntou todas as moedas e tornou ao balcão. Meteu-as na gaveta da caixa registradora, fechando-a em seguida com uma pancada seca. Depois voltou ao seu lugar, riscando, antes, a última linha de algarismos traçada no papel.

— Eles jogam mais é no número três, já reparou? — disse. — Acho que tenho que dar um jeito nele. — Ergueu uma tampa e mexeu cuidadosamente o guisado que fumegava.

— Só queria saber que diabo eles tudo vão fazer na Califórnia — disse Mae.

— Eles, quem?

— Ora, quem havia de ser? Essa gente toda, esses aí, por exemplo, que inda agora estiveram aqui.

— Só Deus sabe — falou Al.

— Cê acha que vão arranjar trabalho?

— Como é que eu posso saber disso?

Ela olhou a estrada.

— Aí vêm dois caminhão. Talvez parem, quem sabe. — E quando os dois pesados veículos encostaram à porta do estabelecimento, Mae pegou o pano úmido e pôs-se a limpar todo o balcão. E também passou o pano na brilhante máquina de café e acendeu-lhe os bicos de gás. Al pegou uma porção de pequenos nabos e começou a descascá-los. O rosto de Mae alegrou-se, ao abrir-se a porta e entrarem dois motoristas uniformizados.

— Alô, irmã!

— Não sou irmã de ninguém, ouviu? — disse Mae. Eles riram e Mae riu também. — Que é que vai ser, rapazes?

— Cafezinho. Que tipo de bolo que tem aí?

— Creme de abacaxi, creme de banana, creme de chocolate e de maçã.

— De maçã. Não, peraí. De que é esse grande? Esse aqui...

— Creme de abacaxi — disse.

— Bom, corta um pedaço.

E pela Rota 66 os veículos rodavam com um troar fatídico.

16

Os Joad e os Wilson arrastavam-se juntos, rumo ao oeste; El Reno e Bridgeport, Clinton, Elk City, Sayre e Texola. Aí veio a fronteira, e Oklahoma ficou para trás. Nesse dia os carros se arrastavam mais e mais para a frente, através do enclave do Texas. Shamrock e Alanreed, Groom e Yarnell. Depois passaram, à tarde, por Amarillo, e só pararam quando já era noite escura. Estavam exaustos, cobertos de poeira e cheios de calor. A avó tivera convulsões ocasionadas pelo calor e sentia-se muito fraca ao acamparem.

Naquela noite, Al furtou uma estaca de cerca e armou uma proteção contra o sol para os que viajavam na carroceria do caminhão. Naquela noite comeram apenas panquecas frias e duras que tinham sobrado da refeição da manhã. Deixaram-se cair sobre os colchões e adormeceram vestidos como estavam. Os Wilson nem sequer armaram a sua tenda.

Os Joad e os Wilson atravessaram desabaladamente o enclave do Texas, a terra ondulada, pardacenta, sulcada e esburacada, cheia de cicatrizes de antigas enchentes. Fugiam do Oklahoma através do Texas. As tartarugas arrastavam-se pela poeira e o sol crestava a terra. À noite, o calor deixava o céu e da terra partiam baforadas de calor.

Dois dias correram as famílias assim desabaladamente, mas no terceiro a terra lhes pareceu muita, demasiada em sua imensidão e tiveram de recorrer a uma nova maneira de viver; a estrada passou a ser o seu lar e o movimento o seu meio de expressão. Pouco a pouco, habituavam-se à nova vida. Primeiro Ruthie e Winfield, depois Al, depois Connie e Rosa de Sharon e, finalmente, os mais velhos. A terra estendia-se ondulante diante deles. Wildorado e Vega e Boise e Glenrio. Aí é o fim do Texas. Novo México e as montanhas. Muito distante, sinuosa e elevando-se para o céu, a linha das serras. As rodas dos veículos rangiam, e os motores estavam quentes, e vapor escapava das tampas dos radiadores. Arrastaram-se até o rio Pecos e alcançaram Santa Rosa. E ainda viajaram mais trinta quilômetros.

Al Joad guiava o carro dos Wilson, sua mãe sentava-se ao lado dele, e Rosa de Sharon ao lado dela. Diante deles o caminhão avançava com dificuldade. O calor espalhava-se em nuvens sobre a terra, e as montanhas tremiam no ar transparente. Al guiava despreocupadamente, recostado ao assento, a mão frouxa no volante; seu chapéu cinza, amarrotado, estava puxado de uma forma inacreditavelmente pretensiosa; e de vez em quando ele punha a cabeça para fora e dava compridas cusparadas.

A mãe, ao lado dele, tinha as mãos enlaçadas no colo, numa muda luta contra a fadiga. Ela se entregava ao abandono, deixando que os solavancos do carro lhe sacudissem livremente a cabeça e o tronco. Piscava os olhos, numa tentativa de distinguir as montanhas distantes. Rosa de Sharon opôs o corpo aos movimentos do carro, o cotovelo direito encostado à porta. Seu rosto redondo endurecia-se com os solavancos e a cabeça agitava-se espasmódica, pois os músculos de seu pescoço estavam retesados. Ela procurava, mantendo o corpo assim convulsivamente teso, transformar-se num recipiente rígido que preservasse o fruto de seu amor. Virou a cabeça para a mãe, agora.

— Mãe — disse ela. — E os olhos da mãe abriram-se e encararam Rosa de Sharon, olharam-lhe o rosto redondo, contraído e exausto, e seus lábios sorriram. — Mãe — disse a moça —, quando a gente chegar lá, vamos todos colher fruta e viver outra vez no campo, né?

A mãe esboçou um sorriso um tanto irônico.

— Inda não chegamos lá — disse. — Nem sabemos direito como é a coisa na Califórnia. A gente tem que ver primeiro.

— Eu e o Connie não queremos viver mais no campo — disse a moça. — Nós já resolvemo o que vamos fazer.

Uma nuvem de preocupação deslizou pelas faces da mãe:

— Então ocês não vão querer ficar com a gente, com a família? — perguntou ela.

— Bem, a senhora sabe, nós já combinamo tudo, eu e o Connie. Mãe, nós vamo viver numa cidade. — Ela continuou excitadamente. — O Connie vai procurar trabalho numa loja ou talvez numa fábrica. E vai estudar em casa, talvez rádio, pra ser um técnico e pode ser que mais tarde a gente até tenha uma loja própria. Assim, a gente até pode ir no cinema de vez em quando. E o Connie diss'que quando eu tiver a criança vai *médico* lá em casa; e ele diss'que, conforme as coisa, até posso ir pra um hospital. Depois a gente vai ter um carro, um carro pequeno, né? E de noite ele fica estudando em casa e... puxa!, vai ser tão bom! Ele arrancou uma página do livro *Histórias de amor do oeste* e vai mandar ela pra receber o livro que o curso por correspondência manda pra de graça pra todo mundo. Tá escrito na página que ele arrancou, eu também vi. Depois... ah, sim, lá onde vai tirar o curso o pessoal até arruma emprego pros aluno. O rádio, sabe... é um serviço limpo, bonito e tem grande futuro. E a gente vai poder viver numa cidade e ir de vez em quando no cinema e... ah, sim, eu vou ter um ferro elétrico e a criança só vai ter roupinha nova. O Connie diss'que ela vai ter tudo comprado novo, sabe? Tudo branquinho. A senhora viu no catálogo, não viu? Tinha tudo que uma criança precisa. Talvez no princípio seja um pouco difícil, quando o Connie ainda tiver estudando em casa... mas quando a criança vier talvez ele já tenha terminado com os estudo e a gente tenha a nossa casa. Uma casinha simples, é claro. A gente não quer uma casa grande, tem que ser bem bonitinha, por causa da criança, né?... — Seu rosto ardia de entusiasmo. — E eu pensei até... pensei até que nós tudo podia ficar na cidade, e quando o Connie tiver uma loja o Al poderá trabalhar com ele.

Os olhos da mãe não se afastaram nem por um instante do rosto corado de Rosa de Sharon. Escutou com toda a atenção a descrição de seus planos.

— Mas a gente não quer que ocê vai pra longe de nós — disse ela. — Não é bom que uma família fique separada.

Al rosnou:

— Eu, trabalhar pro Connie? Que tal o Connie trabalhar pra mim? Ele pensa que é o único bestalhão que pode estudar de noite?

Para a mãe tudo isso pareceu um sonho, de repente. Ela tornou a olhar para a frente e seu corpo relaxou-se, mas o sorriso leve ficou a brilhar em seus olhos.

— Só queria saber como a avó tá passando hoje — disse ela.

Al endireitou-se de repente ao volante. O motor emitia pequenos ruídos. Ele acelerou e o ruído tornou-se mais audível. Diminuiu a marcha e escutou, tornou a acelerá-la por um instante e prestou atenção. O ruído passou a ser um crepitar metálico. Al buzinou e encostou o carro à margem da estrada. O caminhão que ia à frente parou e retrocedeu, devagar, em marcha a ré. Três carros passaram na direção oeste, e todos eles buzinaram e o motorista do último carro debruçou-se para fora e berrou:

— Ô barbeiro, aqui é lugar de parar?!

Tom encostou o caminhão bem à beira da estrada, saltou e foi até onde estava o automóvel do Sr. Wilson. Da carroceria do caminhão cabeças curiosas emergiram. Al retardou a ignição e escutou o ronco do motor. Tom inquiriu:

— O que é que foi, Al?

Al fez o motor funcionar.

— Escuta só. — O crepitar estava mais forte ainda.

Tom escutou.

— Deixa no afogador — disse. — Levantou a tampa do motor e meteu a cabeça embaixo. — Bom, agora acelera! — Ficou escutando um instante e depois fechou a tampa. — É, acho que ocê tem razão, Al — falou.

— O mancal de biela, não é?

— Pelo menos é o que parece — disse Tom.

— Mas eu nunca descuidei do óleo nele — lastimou-se Al.

— Bem, então o óleo não chegou até lá. Tá seco que nem um esqueleto. Não se pode fazer nada. Vamos desmontar o troço. Olha, eu vou ver se encontro um bom lugar pra gente estacionar. Cê vem atrás, bem devagarinho.

Wilson perguntou:

— É sério?

— É, sim — disse Tom, e retornou ao caminhão, rodando vagarosamente para a frente.

Al explicou:

— Nem sei como foi. Sempre botei bastante óleo nele. — Al sabia que a culpa era dele. Sentia que tinha cometido um erro.

A mãe disse:

— Cê não tem culpa, Al. Fez o que pôde. — E depois perguntou, algo tímida. — Tamo muito mal, mesmo?

— Bom, dá pra remediar, mas a gente tem que arranjar uma biela nova ou então consertar o mancal. — Respirou profundamente. — É bom o Tom estar aqui. Eu nunca ajustei um mancal. Espero que ele saiba fazer o serviço.

Um grande cartaz de cor vermelha erguia-se à beira da estrada e lançava nela sua sombra alongada. Tom dirigiu-se para a vala e parou à sombra. Saiu do caminhão, esperando que Al o alcançasse.

— Agora, cuidado! — gritou ele. — Encosta devagar, senão ainda por cima vai quebrar as molas.

O rosto de Al ficou vermelho de raiva. Diminuiu a marcha do motor.

— Diabo! — gritou. — Já diss'que não tenho culpa do mancal ter ficado seco. Que que ocê quer dizer com esse *e ainda por cima?*

Tom zombou:

— Calma, rapaz. Eu não quis dizer coisa nenhuma. Só disse procê andar com cuidado nessa vala.

Al resmungou ao desviar cuidadosamente o carro do Sr. Wilson da faixa da estrada para o campo que a marginava. Parou ao lado do caminhão.

— Agora não vai sair por aí dizendo pros outro que eu deixei secar o motor, ouviu? — O motor batia agora fortemente e Al fê-lo parar.

Tom abriu a tampa do capô e prendeu-a em cima.

— Só podemo começar quando tiver frio — disse. As famílias saltaram dos veículos e rodearam o carro.

O pai perguntou:

— Que tal? — E acocorou-se no chão.

Tom virou-se para Al:

— Cê já ajustou algum?

— Não — disse Al. — Ainda não. Mas já desmontei cárter, é claro.

Tom disse:

— Bom, vamo desmontar o cárter e retirar a biela. Aí temo que arrumar uma peça de reposição e limar ela e encaixar. É trabalho pra um dia, pelo menos. A gente tem que ir a Santa Rosa. Albuquerque fica a uns cento e vinte quilômetros pra frente... Puxa! Amanhã é domingo! Não se pode comprar nada, vai tá tudo fechado.

A família ouvia a conversa em silêncio. Ruthie se aproximou do motor, na vã esperança de ver a peça quebrada. Tom continuou, em voz baixa:

— Pois é, amanhã é domingo. Segunda-feira a gente arranja a peça e só na terça é que vai acabar de endireitar o carro. Nem ferramenta a gente tem direito. Vai ser um trabalho dos diabo.

A sombra de um gavião projetou-se sobre a terra e todos ergueram a cabeça para ver a ave negra que evoluía no alto.

O pai disse:

— Só tenho medo é de acabar o dinheiro da gente antes de chegar na Califórnia. Afinal, tem que se comer sempre e comprar gasolina e óleo. Se acabar o dinheiro, não sei como vai ser, não...

Wilson disse:

— Acho que a culpa é minha. Desde o princípio que esse calhambeque vinha dando trabalho. Vocês todos têm sido muito bons para nós. Mas agora é melhor arrumar suas coisa e continuar a viagem. Não vão empatar seu tempo mais por nossa causa. Eu e a Sairy vamos ficar, a gente se arranja de qualquer jeito. A gente não quer incomodar mais.

O pai disse vagarosamente:

— Nós não vamos fazer uma coisa dessa. Agora somos quase uma só família. O vô morreu na sua tenda.

Sairy disse, fatigada:

— Nós só temo sido um estorvo.

Tom enrolou um cigarro devagar, examinou-o e o acendeu. Tirou o boné maltratado e enxugou com ele a fronte.

— Tenho uma ideia — disse. — Talvez ocês não goste, mas vou dizer de qualquer jeito. Quanto mais depressa a gente chegar na Califórnia, mais depressa vai ganhar dinheiro. Este carro aqui corre duas vezes mais que o nosso caminhão. Por isso, eu pensei que ocês podiam tirar qualquer coisa do caminhão e levar mais gente. Podiam caber todos, menos eu e o pregador. Nós dois ficamos aqui, consertando o carro e depois ia alcançar ocês mais adiante, nem que tivesse de viajar dia e noite. Se a gente não se encontrar na estrada, pelo menos ocês já vão estar trabalhando. E se o caminhão encrencar, então ocês acampam e ficam esperando a gente. Procês tanto faz, não perdem nada. E podem chegar direitinho e até começar a trabalhar, e então tudo será mais fácil. O Casy vai me ajudar a endireitar este carro e nós vamos logo atrás do cês, tá bem?

A família estava considerando a ideia. Tio John acocorou-se ao lado do pai.

— Quer dizer que eu não vou te ajudar a endireitar a biela? — perguntou Al.

— Pois se ocê mesmo me disse que não sabia fazer esse trabalho!

— Tá bem — disse Al. — Mas ocê precisa de alguém forte. E se o pregador não quiser ficar com cê? — disse.

— Pra mim, tanto faz. Pode ficar quem quiser — disse Tom.

O pai esgravatava a terra seca com o dedo indicador.

— Acho que o Tom tem razão — falou. — Não adianta nós tudo ficar aqui. Antes de anoitecer, a gente ainda podia fazer uns oitenta, cem quilômetro.

A mãe disse, preocupada:

— Como é que ocê vai encontrar a gente depois?

— A gente vai ter que viajar pela mesma estrada — disse Tom. — Sempre na 66, o tempo todo, até chegar a uma cidade de nome Bakersfield. Vi no mapa. Ocês só têm que seguir sempre pela mesma estrada.

— É, mas e quando a gente chegar na Califórnia e encontrar cruzamento?

— Não se preocupe, mãe — tranquilizou-a Tom. — A gente se encontra com certeza. A Califórnia não é o mundo todo.

— No mapa parece tão grande! — disse a mãe.

O pai apelou para outras opiniões:

— John, que é que ocê acha? Fica bem assim?

— Acho que fica — disse John.

— Sr. Wilson, o carro é seu. Que é que diz o senhor?

— Eu acho que é uma boa ideia — disse Wilson. — Ocês já fizeram tanto por nós que não vejo por que não ajudar o seu filho.

— Vocês podem ficar trabalhando e ganhando dinheiro até a gente se encontrar outra vez — disse Tom. — Imaginem só se a gente ficasse aqui, todo mundo sem fazer nada! Nem água tem neste lugar e o carro não pode andar deste jeito. Mas imaginem ocês tudo, lá na Califórnia, trabalhando. Arrumam dinheiro e vão ter até a sua própria casa, talvez. Que é que acha, Casy? Quer ficar comigo, pra me ajudar?

— Faço procês o que quiserem — disse Casy. — Ocês me trouxeram e eu faço tudo que me pedirem, seja o que for.

— É, mas o senhor vai ter que ficar de barriga pra cima e ter a cara cheia de óleo, se ficar aqui me ajudando — disse Tom.

— Tanto faz.

O pai disse:

— Bom, se já tá decidido, então é melhor a gente ir saindo logo. Quem sabe, podemos fazer até uns cento e cinquenta quilômetro inda hoje?

— Eu não vou — disse a mãe, postando-se à frente dele.

— Como não vem? Que história é essa, agora? Cê tem que vir! A gente precisa do cê. Quem vai olhar pela família? — o pai estava se zangando.

A mãe aproximou-se do carro e procurou alguma coisa embaixo do banco traseiro. Pegou o macaco e ficou a brandi-lo rapidamente.

— Não vou — repetiu.

— E eu digo que ocê vem! Isso já está decidido.

Os lábios da mãe apertaram-se. Ela disse em voz surda:

— Só saio daqui arrastada. — E brandiu o macaco. — E isso não te convém, ouviu? Eu não permito que ninguém me toque, e também não vou chorar nem rogar nada a ninguém. Parto pra cima do cês, entendeu? E eu não acho que ocê vai bater em mim. Se me tocar com um só dedo, eu juro que espero até ocê sentar ou deitar pra te arrumar com um balde na cabeça. Juro por tudo que é sagrado!

O pai olhou, desconcertado, o grupo.

— Ela tá maluca — falou. — Nunca vi ela assim.

Ruthie soltou um riso agudo.

O macaco girou firmemente nas mãos da mãe.

— Vem, procê ver — disse ela. — Cê já decidiu, já? Então experimenta me bater. Experimenta só! Eu diss'que não vou, e, se ocê me obrigar a ir, nunca vai dormir sossegado, te garanto! Vou esperar, esperar até que ocê feche os olho e aí te racho a cabeça!

— Mas que mulher danada! — murmurou o pai. — E nem é tão moça assim. Imagina se fosse!

O grupo todo acompanhou interessado a revolta. Olhavam o pai, esperando a sua explosão de cólera. Olhavam-lhe as mãos frouxas, à espera de que elas se erguessem em fúria. E o pai não se encolerizava e suas mãos continuavam frouxas. Num instante o grupo soube que a mãe tinha vencido. E a mãe também o sabia.

— Mãe, mas o que que é isso? — Tom perguntou. — A senhora agora tá contra nós?

Abrandou-se o rosto da mãe, mas seus olhos ainda relampejavam.

— Ocê está agindo sem pensar — falou. — Que é que resta pra nós na vida? Nada, a não ser a nossa família. Mal a gente deixou a nossa terra, e o vô morreu. E agora... agora ocê quer que a gente se separe também.

Tom gritou:

— Mãe, a gente não ia se separar, não. Vamo alcançar logo a senhora.

A mãe brandiu o macaco.

— Imagina que a gente esteja acampada em algum lugar e ocês não veja e passem de largo? Imagina mesmo que a gente chegue lá na Califórnia, como é ocês vão encontrar nós? Como é que nós vamos poder deixar recado procês, dizendo onde a gente tá? Temos uma caminhada bem dura ainda. A vó tá doente. Ela tá deitada lá no caminhão; pode ser que não dure muito tempo mais, também. Se morrer, aí temos que enterrar ela, que nem o vô. Ela não aguenta mais, tá no fim. A caminhada é muito dura ainda.

Tio John disse:

— Mas a gente podia já começar a ganhar dinheiro. Podia até economizar alguma coisa, até que os outros chegasse.

Os olhares do grupo todo convergiram para a mãe. Ela era a força. Estava com o controle da situação.

— Dinheiro que a gente ganhasse desse jeito não prestava pra nada — disse ela. — Tudo que resta é a nossa família, é a nossa união. A gente é que nem uma manada de boi, que se une quando aparece os lobos. Não tenho medo de nada, enquanto estiver todo mundo junto. Não quero que a gente se separe. Os Wilson estão com nós, e também o reverendo. Se eles quiserem ir embora, eu não posso fazer nada. Mas com a minha família é diferente: se a minha família quiser se separar, então vai ver o que é uma besta enfurecida com isso aqui nas mão! — Sua voz era fria e decisiva.

Tom disse em tom apaziguador:

— Mãe, a gente não pode acampar aqui. Não tem água. Nem tem sombra direito, e a vó precisa de um lugar que tenha bastante sombra.

— Bom — disse a mãe —, então vamo continuar a viagem e parar no primeiro lugar que tiver água e sombra. Depois o caminhão volta pra levar ocês na cidade, onde pode comprar a peça que falta, e então a gente continua a viagem. A pé, cê não vai poder andar nesse sol brabo, e também não quero que ocê fique aqui sozinho. Se te acontecer alguma coisa, não vai ter ninguém pra tomar conta do cê.

Tom repuxou os lábios e tornou a baixá-los sobre os dentes. Abriu as mãos desconsoladamente e deixou-as cair junto ao corpo.

— Pai — disse —, se o senhor se jogar sobre ela de um lado e eu de outro e os outros por trás, e se a vó se pendurar no pescoço dela, talvez aí a gente domine a mãe, sem que ela derrube uns dois ou três com o macaco. Mas se o senhor não quiser ficar com a cabeça rachada, é melhor fazer como a mãe quer. Deus do céu, uma pessoa que sabe o que quer pode dominar uma porção de gente. A senhora ganhou, mãe. E agora bota de lado esse macaco, antes que machuque alguém.

A mãe olhou atônita o pedaço de ferro. Suas mãos tremiam. Deixou que a arma caísse ao chão, e Tom levantou-a com o maior cuidado e depositou-a no carro, e disse:

— Pai, é melhor o senhor voltar pro seu lugar. Al, cê leva o pessoal no caminhão até um bom lugar, depois volta pra cá e eu e o pregador, durante esse tempo, vamos desmontar o mancal. Aí, se for possível, a gente vai até Santa Rosa pra ver se pode arranjar um mancal novo. Talvez a gente tenha sorte, porque é noite de sábado. Trata de andar depressa. Deixa aqui a chave inglesa e a torquês do caminhão. — Ele meteu a mão debaixo do carro e apalpou o cárter cheio de graxa. — E olha aqui, deixa também esse balde véio aí, que é pra botar o óleo. Não podemos perder esse óleo todo.

Al entregou-lhe o balde e Tom colocou-o sob o carro e abriu a tampa do tanque de óleo com a ajuda da torquês. O óleo negro escorreu-lhe pelo braço, enquanto desatarraxava a tampa com os dedos, e depois o jorro negro foi atingindo silenciosamente o fundo do balde. Al reuniu a família no caminhão em menos tempo que o necessário para que o balde ficasse cheio até a metade. Tom, rosto sujo de óleo, olhou por entre as rodas.

— Volta depressa! — disse. E estava soltando os parafusos do cárter quando o caminhão começou a afastar-se lentamente e atingia a faixa, após alguns solavancos no terreno acidentado da margem da estrada, e desaparecia. Tom foi afrouxando os parafusos com suavidade.

O pregador estava ajoelhado junto às rodas.

— O que eu posso fazer? — perguntou.

— Agora, nada. Mas logo que todo o óleo passar pro balde e eu soltar os parafuso, vamo tirar o cárter pra fora. Aí eu vou precisar do senhor.

Tornou a meter-se debaixo do carro, trabalhou com a chave de parafuso e depois foi girando os parafusos com os dedos, afrouxando-os de todo. Mas não retirou os das duas extremidades para evitar que o cárter caísse de repente.

— O chão ainda está muito quente — disse. E acrescentou: — Escuta, Casy, o senhor tem andado muito quieto esses últimos dia. Por quê, hein? Quando a gente se encontrou pela primeira vez, o senhor me fez um discurso a cada meia hora. E agora leva dois dias sem dizer palavra. Que é que há? Ocê tá farto disso tudo?

Casy deitou-se de costas e espiou para baixo do carro. O queixo áspero com sua barba rala estava apoiado nas costas da mão. Seu chapéu, tombado para trás, cobria totalmente a nuca.

— Já falei bastante quando era um pregador — disse.

— É, mas depois disso o senhor também falava sempre alguma coisa.

— Tenho andado preocupado, muito preocupado — disse Casy. — Enquanto ainda era um pregador, não sabia naturalmente, mas o fato é que tenho perdido muito tempo por aí. Já que não sou mais pregador, acho que agora devo me casar. Sinto o desejo da carne, sabe, Tommy?

— Eu também — disse Tom. — No dia em que saí de McAlester tava completamente alucinado. Aí arrumei uma mulher, uma mulher da vida, como se ela fosse um coelho. Nem queira saber o que aconteceu; tenho até vergonha de dizer.

Casy riu.

— Eu sei o que aconteceu. Uma vez me meti no mato e estive muito tempo por lá. Quando voltei aconteceu a mesma coisa.

— É mesmo? — perguntou Tom. — Bom, eu sei que economizei o meu dinheiro e ela não se queixou. Ela pensou que eu era louco. Eu sei que tinha que dar alguma coisa pra ela, mas só tinha cinco dólares. De mais a mais, ela nem quis dinheiro... Bom, agora o senhor pode ajudar. Vai aí pra baixo e se agarra a qualquer coisa. Aí o senhor tira esse parafuso e eu tiro o outro, assim fica mais fácil. Cuidado com o mancal! Precisamo fazer ele sair inteirinho. Esses Dodges véio só têm quatro cilindros. Uma vez eu já desmontei um carro assim. Agora... cuidado, bem devagar... segure firme. Abra as junta em cima, lá onde ainda estão presa... Atenção!... Isso, muito bem. — O tanque de óleo estava no chão, entre os dois, e ainda havia um pouco de óleo no fundo. Tom meteu a mão num dos vãos e tirou dele alguns pedaços de metal. — Olha eles aí — disse, e ficou-os girando entre os dedos. — O eixo está solto. Arraste-se um pouco pra trás, até achar a manivela e vai girando ela até eu dizer pra parar.

Casy levantou-se, achou a manivela e a segurou.

— Pronto?

— Sim... devagar, agora... mais um pouco... mais um pouquinho... aí!

Casy ajoelhou-se e tornou a olhar por baixo do carro. Tom fez a biela ressoar de encontro ao eixo.

— É aqui que está quebrado — disse.

— Que é que você acha? Qual é a causa?

— O diabo é que sabe! Esse calhambeque já rodou mais de treze anos. Tá com noventa e cinco mil quilômetros marcando, o que quer dizer que correu pelo menos duzentos mil. Deus sabe quantas vezes eles já desmarcaram o hodômetro. Esquenta muito depressa, também. Acho que deixaram o nível de óleo muito baixo. E aí, adeus... — Puxou para fora as cavilhas e assestou a chave de fenda no mancal da biela. Começou a girá-lo e a chave escapou da fenda. Um longo corte surgiu nas costas de sua mão esquerda. Tom examinou-o. O sangue brotava abundantemente do ferimento, misturava-se com o óleo e pingava no balde.

— Está ruim, isso — disse Casy. — É melhor eu continuar, enquanto você amarra a mão.

— De jeito nenhum! Eu nunca fiz reparos num automóvel sem me cortar. Já aconteceu, nem ligo mais pra isso. — Tornou a assestar a chave de fenda. — Se ao menos tivesse uma chave curva! — disse, e bateu com o punho contra o cabo da chave, até que os parafusos afrouxaram. Tirou-os todos e depositou-os junto com as cavilhas no tanque de óleo. Depois tirou os pistões para fora e colocou-os com a biela no cárter. — Graças a Deus! — Ele saiu de baixo do carro e arrastou consigo o tanque de óleo. Limpou as mãos num pedaço de pano de aniagem e examinou o corte novamente. — Sangra igual um fio duma égua! — disse. — Mas vai parar rapidinho; quer ver? — Urinou no chão, apanhou um punhado da terra embebida de urina e untou com ela o ferimento. Por um instante, o sangue ainda correu; depois parou. — É o que há de melhor pra estancar o sangue — disse Tom.

— Um pouco de teia de aranha faz o mesmo efeito — disse Casy.

— Eu sei, mas aqui não tem teia de aranha. E mijar a gente sempre pode. — Tom sentou-se no estribo e examinou o mancal quebrado. — Se a gente encontrasse agora um Dodge 25 e pudesse comprar uma biela usada e algumas chapinha, dava um jeito no carro agora mesmo. O Al deve estar longe como o diabo.

A sombra do grande cartaz de beira de estrada tinha já um comprimento de dois metros. A tarde ia esmorecendo. Casy sentou-se no estribo e olhou na direção oeste.

— Estamos quase chegando às montanha alta — disse ele, e ficou em silêncio por alguns momentos. Depois continuou: — Tom!

— Sim?

— Tom, eu tenho olhado os carro que a gente encontrou aí pela estrada, aqueles que a gente ultrapassou e os que passaram a gente. E tenho pensado...

— No quê?

— Tom, são centenas de família como a nossa que vão pro oeste. Eu reparei. Tá entendendo? Nenhuma delas para leste; todas para oeste! Não notou isso?

— Notei, sim...

— Bem, isso... isso parece até como quando se foge de soldado inimigo. É como se um povo inteiro tivesse fugindo diante de uma invasão.

— Sim — disse Tom. — É um povo inteiro que tá fugindo. Nós também tamo fugindo.

— Pois é. Então, veja só. Suponha que toda essa gente não encontre trabalho lá.

— Que leve tudo o diabo! Como é que eu posso saber? — gritou Tom. — Não faço outra coisa senão botar um pé diante do outro. Já fiz o mesmo durante quatro ano em McAlester, entrar e sair da cela, entrar e sair do refeitório. Meu Deus, e eu que pensei que agora ia ser diferente!

Que quando saísse, a coisa mudava! Lá dentro, o sujeito não pode pensar de outra maneira, senão acaba louco varrido. E também agora convém não pensar em coisa nenhuma! — Aproximou-se de Casy. — Tá vendo? Esse mancal aí quebrou. A gente não sabia que ia quebrar e por isso não teve preocupação. Agora que tá quebrado, vamo tratar de consertar ele. É assim com todas as outras coisa no mundo. Eu é que não quero me preocupar com coisa nenhuma. Não quero e nem posso. Esse pedacinho de ferro aqui, tá vendo? Pois esse pedacinho de ferro é a única coisa que no momento me preocupa. Só queria saber por que diabo o Al tá demorando tanto.

Casy disse:

— Escuta aqui, Tom... Mas, que inferno! Coisa mais difícil, a gente querer explicar uma coisa e não conseguir.

Tom removeu a camada de terra suja que lhe cobria a mão e deixou-a cair no chão. O ferimento surgiu desenhado com a lama. Ele lançou um olhar ao pregador.

— O senhor tá preparando um discurso, não tá? Pois vá lá. Eu gosto de ouvir discurso. O nosso carcereiro também gostava de discursar. Pra nós tanto fazia, e ele ficava convencido de que era muito importante.

Casy coçou os dedos nodosos.

— Alguma coisa vai acontecer, e o pessoal tá com história. Essa gente, essa que bota um pé diante do outro, como você diz, não pensa no que tá fazendo. Tá certo. Mas eles tudo estica os pé na mesma direção. E se ocê prestar atenção, ouve eles movendo, rastejando, sussurrando, desassossegado. Tem coisa que acontece sem que toda essa gente em movimento possa perceber, pelo menos por enquanto. Vai acontecer alguma coisa, alguma coisa que vai mudar tudo.

— E, apesar disso, eu continuo a botar minhas pata na frente uma da outra — disse Tom.

— Sim, mas, quando ocê encontrar uma cerca pela frente, tem que pular.

— Pois é o que eu faço quando encontro uma cerca pela frente.

Casy suspirou.

— Esse é o melhor jeito. Tenho que concordar com cê. Mas existe cerca diferente. Existe gente, que nem eu, que trepa em cerca que ainda nem tão barrando o seu caminho. Não depende mais de mim.

— Não é o Al que vem vindo aí? — perguntou Tom.

— Parece que é ele, sim.

Tom levantou-se e enrolou a biela e as duas metades do mancal num pedaço de pano de aniagem.

— A gente tem que tomar cuidado pra arranjar uma peça bem igual.

O caminhão parou à margem da estrada e Al debruçou-se sobre a janela.

— Cê demorou como o diabo. Até onde foram?

Al suspirou:

— Tirou a biela?

— Tirei. — Tom ergueu o embrulho de aniagem. — Tá toda despedaçada.

— Bem, mas não foi culpa minha — disse Al.

— Não. Pra onde ocê levou o pessoal?

— A gente teve uma encrenca — disse Al. — A vó começou a berrar e, quando Rosasharn ouviu, também começou a berrar. Ela meteu a cabeça debaixo dum colchão e chorou à beça. A vó então nem se fala: deitou no chão e uivou que nem cachorro em noite de lua. Até pensei que ela tinha ficado maluca. Agora parece uma criança. Não fala com ninguém; nem parece reconhecer a gente. Fala sozinha, como se tivesse falando com o vô.

— Onde eles tão? — perguntou Tom novamente.

— Bem, a gente chegou até um acampamento. Tinha muita sombra e água encanada. Custa meio dólar por dia pra ficar lá. Mas tava todo mundo tão cansado e sem coragem, tão sem moral, que resolveram ficar. A mãe diss'que era preciso por causa da vó. A gente montou a tenda dos Wilson e armou a nossa lona. Eu acho que a vó ficou louca.

Tom olhou o sol que desaparecia no horizonte.

— Casy — disse —, alguém tem que ficar aqui com esse carro, senão vão roubar ele. O senhor quer ficar?

— Pois não. Eu fico.

Al trouxe um embrulho de papel do assento do caminhão.

— Aqui tem um pouco de carne e pão — disse. — A mãe mandou procês. Eu também trouxe uma jarra com água.

— Ela não se esquece de nada — disse Casy.

Tom entrou no caminhão, ao lado de Al.

— Escute — disse —, a gente volta o mais depressa possível. Mas não posso dizer com certeza quanto tempo vamo demorar.

— Eu espero.

— Bom. E não faça discurso pro senhor mesmo. Vamos, Al. — E o caminhão começou a rodar, crepúsculo adentro. — É um sujeito gozado — disse Tom. — Pensa em coisas esquisita o tempo todo.

— Se ocê fosse um pregador fazia a mesma coisa. O pai tá danado porque teve que pagar cinquenta centavos só pra poder ficar na sombra duma árvore. Essa ele não engoliu. E ficou sentado o tempo todo xingando. Disse que não demora e é preciso pagar até pelo ar que a gente respira. Mas a mãe diss'que é preciso a gente parar num lugar assim, que tenha sombra e água, por causa da vó. — O caminhão ribombava estrada afora, e, agora que estava sem a carga, todas as suas partes crepitavam e matraqueavam. Toda a carroceria rangia como se fosse desmontar. Entretanto, rodava com rapidez e leveza. O motor fazia uma balbúrdia ensurdecedora; uma fumaça azulada, de óleo queimado, ia se infiltrando na cabine através das tábuas do piso.

— Mais devagar — disse Tom. — Senão, acabamos com os cubo da roda. Que é que há afinal com a vó?

— Não sei. Nos último dia ela parecia que nem tava viva; não falava com ninguém, né? É por isso que ela agora resolveu falar e gritar, pra descontar o tempo perdido. Mas quando fala, não é com ninguém. Quer dizer: parece que tá falando com o vô. Grita, chamando ele. Também parece que anda com medo. Até a gente parece que tá vendo o vô ali sentado, fazendo careta como fazia, se coçando e ajeitando a roupa. Ela também parece que tá vendo ele ali sentado. E então fica dando bronca nele. Ah, peraí: o pai mandou te entregar vinte dólar, que diss'que não sabe de quanto ocê vai precisar. Cê já viu a mãe ir contra ele algum dia como hoje?

— Não, não vi, não. Mas, te digo, escolhi uma boa hora pra minha liberdade condicional! Eu pensava chegar em casa e não fazer nada por uma porção de tempo. Só dormir e comer. E às vez ir dançar e dormir com boas garota. E aqui tô eu, sem tempo pra nada disso!

Al disse:

— Já ia esquecendo. A mãe mandou te fazer uma porção de recomendação. Disse procê não beber, não discutir e não brigar. Ela diss'que tem medo que ocê volte pra prisão.

— Ela já tem muita preocupação. Eu é que não vou causar mais nenhuma — prometeu Tom.

— Bem, mas um copo de cerveja a gente pode tomar, não pode? Eu tô morrendo de vontade de tomar uns copo.

— Não sei — disse Tom. — O pai vai ficar danado se a gente gastar dinheiro em cerveja.

— Escuta, Tom, eu tenho seis dólar. A gente podia beber alguma coisa com esse dinheiro e se divertir. Ninguém sabe que tenho esse dinheiro. Puxa, a gente se divertia um bocado.

— Guarda o teu dinheiro. Quando a gente chegar lá embaixo, na costa, a gente pode se divertir. Talvez quando a gente arrumar trabalho... — Endireitou-se no assento. — Não sabia que ocê perdia a cabeça assim tão fácil. Pensei que ocê tivesse mais responsável.

— Que que ocê quer? Eu não conheço ninguém aqui... Se andar muito tempo ainda por aí, acabo me casando. Mas antes quero me divertir à beça lá na Califórnia.

— Sim, se a gente chegar na Califórnia — disse Tom.

— Cê acha que a gente pode não chegar?

— Não existe nada certo nesse mundo.

— Quando ocê matou aquele camarada, cê... cê... sonhou com ele mais tarde, ou qualquer coisa assim? Cê pensava naquilo? Pensava muito?

— Não.

— Não é possível. Cê se lembrava.

— Tá certo. Me lembrava às vez. Ficava aborrecido porque ele tinha morrido.

— E... e cê não tava arrependido? Não tá arrependido ainda?

— Não. Eu cumpri a pena. Acho que é o bastante.

— Era muito ruim lá?

— Vou te dizer uma coisa. Já cumpri a minha pena e agora acabou-se. Não quero ficar falando sempre desse negócio. Aí tá o rio. É só atravessar e tamo na cidade. Vamo achar uma boa biela e o resto que se dane.

— A mãe gosta do cê de mais da conta! — disse Al. — Quando ocê tava preso ela vivia numa tristeza danada. Mas não dizia nada pra ninguém; era como se chorasse só por dentro. Mas todo mundo sabia que ela tava sofrendo.

Tom puxou o boné sobre os olhos.

— Escuta aqui, Al. Quem sabe a gente podia mudar de conversa agora?

— Tô só te contando o que a mãe fazia.

— Eu sei, eu sei. Mas não quero falar nisso agora. Prefiro... prefiro pôr um pé na frente do outro e seguir adiante.

Al recolheu-se a um silêncio ofendido.

— Só queria te contar... — repetiu daí a um minuto.

Tom olhou-o, e Al fixou os olhos para a frente. O caminhão ribombava com monotonia. Os lábios compridos de Tom esticaram-se sobre seus dentes, e ele riu com brandura.

— Eu sei, Al — disse. — Talvez eu ainda teja debaixo da influência da prisão. Um dia, eu vou te falar sobre isso. É natural que ocê teja interessado. Mas eu... é engraçado... eu acho que é melhor eu tratar de esquecer isso por algum tempo, sabe? Mais tarde, talvez vá ser diferente. Mas agora, quando penso nisso, tudo me gira na cabeça. Quero te dizer uma coisa, Al... a prisão é uma coisa que foi feita pra deixar a gente louco aos poucos. Tá entendendo? E a pessoa fica louca mesmo. Às vez, à noite, os que ficaram louco começa a gritar, e a gente pensa que é a gente mesmo que tá gritando, e às vez é isso mesmo.

Al disse:

— Ah, eu não quero mais falar disso não, Tom.

— Trinta dia ainda passa — disse Tom. — Cento e oitenta dia, ainda vá lá. Mas mais que um ano... não sei, não. É pior que qualquer outra coisa do mundo. É uma coisa enlouquecedora, completamente enlouquecedora, essa de fechar alguém numa cadeia. Ora, que vá pro diabo! Não quero mais falar nisso. Olha aí, ali adiante, o sol batendo nas janelas das casa.

O caminhão estava chegando à área dos postos de gasolina e, à direita da rua, havia um "cemitério de automóveis", um pequeno terreno baldio cercado de arame farpado, com um galpão coberto de zinco ondulado em frente do qual amontoavam-se pneus usados ostentando etiquetas com os respectivos preços. Atrás, erguia-se um barraco pequeno, armado de madeira velha e chapas de folhas de flandres. As janelas compunham-se todas de para-brisas emolduradas nas paredes. No terreno salpicado de capim havia velhos carros de todo tipo, com todos os defeitos, para-lamas entortados, radiadores amassados, carros avariados, deitados de lado sem rodas. Motores enferrujados jaziam encostados no galpão. Um grande monte de ferro-velho, grades de radiador, partes laterais de caminhões, rodas e eixos; sobre tudo isto pairava o espírito da decadência, do mofo e da ferrugem. Ferros retorcidos, peças de motor, um monte de destroços.

Al parou o caminhão no terreno oleoso em frente ao "cemitério". Tom saltou e lançou o olhar à entrada escura do galpão.

— Não vejo ninguém — disse. E gritou: — Ei, não tem ninguém aí?!... Deus queira que eles tenham um Dodge 25.

Nos fundos do galpão, ouviu-se o bater de uma porta. O espectro de um homem surgiu na penumbra. Magro, sujo, pele oleosa sobre músculos retesados. Só tinha um olho, e na órbita avermelhada e aberta palpitavam os músculos quando ele mexia o olho perfeito. Suas calças e a camisa estavam endurecidas e brilhantes de óleo acumulado por muito tempo, cheias de rugas, rachaduras e cortes. Seu lábio inferior, grosso, pendia mal-humorado.

Tom perguntou:

— Você é o dono disso?

O único olho teve um brilho rápido.

— Não, eu só trabalho aqui — disse o homem com hostilidade. — Que é que o senhor quer?

— Tem aí algum Dodge 25 quebrado? Preciso duma biela.

— Não sei se tem. Se o patrão tivesse aqui, eu podia dizer; mas ele não tá. Já foi pra casa.

— A gente pode dar uma olhada?

O homem assoou o nariz com as mãos e as enxugou nas calças.

— O senhor é daqui?

— Não. Somos do leste... e estamos indo pro oeste.

— Por mim podem olhar. Podem até botar fogo nessa droga toda. Estou me lixando pra isso.

— Ocê parece que não gosta muito do seu patrão.

O homem aproximou-se mais, arrastando os pés. Seu único olho lançava chispas:

— Eu tenho ódio dele — disse baixinho. — Tenho ódio daquele filho da puta. Foi pra casa dele. — Suas palavras caíam borbulhantes. — Ele tem uma maneira de aporrinhar a gente, esse... esse filho da puta! Tem uma filha de dezenove anos, uma garota boa à beça! E diz pra mim assim:

cê gostaria de casar com ela, né? Pra mim, ele diz isso! E à noite, diz: olha, hoje de noite tem um baile... cê não quer ir? Diz isso pra mim, esse bandido! — Lágrimas brotaram-lhe com violência e pingavam-lhe dos cantos da órbita avermelhada. — Um dia, por Deus, ele vai ver! Um dia que eu tiver com uma chave inglesa no bolso... Quando ele diz essas coisas, tá sempre olhando bem no meu olho. E eu, um dia... então eu lhe racho a cabeça, esfrangalho a cabeça dele todinha com essa chave aqui. — Ofegou de raiva. — Faço ela em frangalho, aos pouquinho.

O sol sumira por trás das montanhas. Al passeava entre os ferros retorcidos do pátio e olhava os carros usados.

— Olha aí, Tom! Aquele parece um Dodge, só não sei se é 25 ou 26.

Tom virou-se para o caolho.

— Posso olhar esse carro, amigo?

— Pode olhar à vontade. Pode até carregar essa merda toda.

Caminharam entre carcaças de automóveis até chegarem a um sedã enferrujado apoiado em pneus vazios.

— É de 25 mesmo! — gritou Al. — Olha'qui. Podemos desmontar o cárter?

Tom ajoelhou-se e olhou por baixo do carro.

— Já foi desmontado e falta uma biela. Pelo menos parece. — Escorregou para baixo do carro. — Traz uma manivela e gira ela, Al. — Ele mexeu na biela. — Tá cheia de óleo seco — disse.

Al girou a manivela devagar.

— Cuidado — avisou Tom. Apanhou uma lasca de madeira do chão e foi raspando o óleo que encobria a peça, bem como os parafusos.

— Como é que tá? — perguntou Al.

— Um pouco frouxa, mas acho que serve.

— Frouxa?

— É. Mas dá pra apertar. Tem ainda uma porção de chapinhas. Serve bem. Vira com cuidado. Pra baixo, aí! Cuidado! Me traz as ferramenta que tão no carro.

O caolho disse:

— Eu tenho ferramenta aqui. Espera um pouco. — Sumiu-se por entre os ferros consumidos pela ferrugem e não tardou a reaparecer carregando uma caixa de metal cheia de ferramentas. Tom retirou dela uma chave de fenda e entregou-a a Al.

— Cê pode desmontar ela. Mas cuidado pra não perder nenhuma das chapinha. E presta atenção no lugar onde põe os parafuso e os pino. Já está ficando escuro à beça.

Al enfiou-se debaixo do carro.

— A gente devia arranjar um jogo de chave de fenda. A chave inglesa não serve pra nada — disse.

— Se quiser que te ajude, dá um grito me chamando, ouviu? — disse Tom.

O caolho ficou parado, inútil, no local.

— Se ocês quiserem, posso ajudar — disse. — Sabe o que fez aquele filho da puta? Passou por aqui de calça branca. E diss'assim: Vem, vamos até o meu iate. Puxa! Um dia eu rebento ele direitinho! — Respirou com dificuldade. — Eu ainda não saí com uma mulher desde que perdi esse olho. E ele me diz coisas assim. — E grossas lágrimas abriram sulcos na sujeira que lhe cobria as faces.

Tom disse com impaciência:

— Por que ocê não dá um jeito de melhorar de vida? Cê num tá casado com esse ferro-velho, ou tá?

— Sim, isso é fácil de dizer. Mas quem é que quer dar trabalho pra um homem que só tem um olho?

— Escute aqui, companheiro — virou-se Tom para ele. — Ocê tem esse olho bem aberto. E ocê tá fedendo de sujeira. É isso mesmo que ocê quer, ocê gosta de andar assim. Se não gostasse, não andava assim. Claro que ocê não arranja uma mulher com esse buraco na cara. Lave a cara, bota um troço em cima desse buraco do olho. Não vai precisar quebrar a cabeça de ninguém.

— É o que ocê pensa. É porque ocê não sabe o que é ter um olho só — disse o homem. — A gente não enxerga que nem os outros. Não sabe a distância que as coisa tão. Fica tudo assim como se fosse achatado.

— Você tá dizendo besteira — falou Tom. — Eu conheci uma mulher da vida que só tinha uma perna. Pensa que ela tava se incomodando? Que nada! Até ganhava meio dólar, extra. Ela dizia assim: cê já dormiu com uma mulher que só tivesse uma perna? Não, né? Pois então, já que ocê tá tendo uma especialidade, tem que pagar mais, vai te custar mais meio dólar. E todo mundo tinha que gemer com mais cinquenta centavos, no duro. E ninguém achava ruim; pelo contrário, ficavam muito satisfeitos...

Ela dizia que dava sorte... E também conheci um corcunda, num lugar onde tive. Ele ganhava a vida deixando que os outros passassem a mão na corcunda. Pois então, e ocê, só porque só tem um olho, acha que tá tudo perdido.

O homem disse, perturbado:

— É, tá certo, mas, se ocê visse como todo mundo se afasta de mim, ocê também pensava como eu.

— Pois, pelo amor de Deus, tapa esse buraco feio aí! Ocê mete isso na cara dos outros, como uma vaca mostra o rabo. Ocê gosta é de sentir pena de ocê mesmo, é o que é, fica sabendo. Isso de nada vale. Compre umas calças branca. Aposto que ocê anda bebendo feito gambá e fica chorando na cama, de noite. Ô Al, cê quer que te ajude?

— Não — disse Al. — O mancal já está solto. Tô tentando agora afrouxar o pistão.

— Cuidado pra não se machucar — disse Tom.

O caolho falou, hesitante.

— Cê acha então... que alguém pode se interessar por mim?

— Claro — disse Tom.

— Pra onde ocês vão?

— Pra Califórnia. Vai a família toda. Procurar trabalho.

— Ocê acha que um sujeito que nem eu pode encontrar trabalho também? Ocê acha? Com um pano preto no olho?

— E por que não? Ocê não é nenhum aleijado.

— Será que eu podia pegar uma carona com ocês?

— Ah, isso agora que não. A gente já tá tão sobrecarregado que quase não pode se mexer. Cê encontra outro jeito de sair daqui. Arma uma carcaça dessas e dá o fora sozinho.

— Quem sabe, vou mesmo! — disse o caolho.

Ouviu-se forte som metálico.

— Pronto — disse Al.

— Bom, então traz ela aqui, deixa ver — disse Tom.

Al entregou-lhe o pistão, a biela e a parte inferior do mancal.

Tom limpou a superfície metálica e examinou-a de lado.

— Parece que vai servir — disse. — Se a gente tivesse mais luz, podia montar ela essa noite.

— Olha, Tom — disse Al. — Eu pensei uma coisa. A gente não tem gancho de anel. Vai ser um trabalho danado encaixar os anel, principalmente na parte de baixo.

Tom disse:

— Alguém me contou que dá pra enrolar um fio de bronze bem fininho em volta do anel que é pra segurar a coisa.

— É, mas depois como é que vai tirar o fio de bronze outra vez?

— Não precisa tirar. Ele derrete e não atrapalha nada.

— Então fio de cobre é melhor ainda.

— É, mas o cobre não é bastante resistente — disse Tom. E virou-se para o caolho: — Vocês aí não têm um pouco de fio de bronze, tem?

— Não sei. Vou ver. Acho que tem um rolo por aí. Escute, onde é que ocê acha que a gente pode arrumar um pano preto desse pra botar no olho?

— Eu não sei — disse Tom. — Vamo ver se ocê acha esse rolo de fio de bronze?

Revolveram o galpão, virando alguns caixotes, até que encontraram. Tom enfiou a biela num tornilho e girou devagar o fio em torno dos anéis do pistão, forçando-o a ficar bem apertado, e onde o fio estava torcido batia com um martelo para achatá-lo. Depois virou o pistão e, à medida que o ia virando, batia com o martelo para achatá-lo em toda a circunferência, até conseguir libertar a parede do pistão. Passou-lhe o dedo em volta para verificar se o anel e o fio achatado estavam no mesmo nível. Estava já bem escuro no galpão. O caolho trouxe uma lanterna e iluminou o local do trabalho.

— Pronto — disse Tom. — Olha aqui, quanto cê quer nessa lanterna?

— Ora, isso não vale quase nada. Tem uma bateria de quinze centavos. Posso vender pro vocês por uns trinta e cinco centavos.

— Puxa! E quanto é essa biela e o pistão?

O caolho passou o nó de um dedo na testa, tirando uma placa de sujeira.

— Eu nem sei quanto é isso — disse. — Se o patrão tivesse aqui, podia ver no catálogo das peça quanto custa uma peça nova, e, enquanto ocê tava trabalhando, já tinha calculado o preço de custo pra nós, e quem ocê era e quanto podia pagar, e aí dizia, por exemplo, que o preço que tava no catálogo era de oito dólar e que ocê podia levar ela por cinco. E se você pechinchasse, ele te deixava por três. Ocê pensa, tudo aqui depende de mim, mas não sabe que bom filho da puta que ele é. Adivinhava logo que ocê tá atrapalhado com a falta dessa peça e então tratava de explorar ocê logo. Eu vi uma vez ele levar mais por uma embreagem do que pagou pelo carro inteiro.

— Bom, mas quanto é que ocê quer, afinal?

— Paga um dólar e está muito bem pago.

— Tá certo. Então vou te dar mais um quarto de dólar por esse par de chaves de fenda, tá? O trabalho fica duas vez mais fácil. — Entregou o dinheiro ao caolho. — Muito obrigado. E trata de tapar esse olho aí, ouviu?

Tom e Al entraram no caminhão. Já estava completamente escuro. Al ligou o motor e acendeu os faróis.

— Até logo — disse Tom. — Talvez a gente se encontre na Califórnia. — Voltaram à estrada e retomaram seu caminho.

O caolho olhou-os até sumirem e depois atravessou o galpão em direção ao barraco nos fundos. Dirigiu-se, tateando, para o colchão estirado no chão, deitou-se de barriga e chorou de mágoa; da estrada vinham os sons dos carros que passavam, zunindo, aumentando ainda mais sua solidão.

— Se ocê me dissesse que a gente arranjava essa peça e montava ela ainda esta noite, eu dizia que ocê tava era maluco — disse Tom.

— Claro que a gente vai poder montar ela — disse Al. — Mas ocê é que vai fazer isso. Eu teria medo de que a coisa tivesse apertada demais e que se gaste ou então afrouxe e escape do lugar.

— Bem, eu vou fazer isso — disse Tom. — Se escangalhar, que seja. Não tenho nada a perdê.

Al olhou para a noite escura. Os faróis não projetavam luz muito forte; mas, adiante, refletiram-se nos olhos verdes de um gato, pronto para caçar.

— Cê esculhambou direitinho esse camarada, hem, Tom? — disse Al.

— Era o que ele precisava! Fica todo cheio de pena dele mesmo porque só tem um olho, e quer botar a culpa toda nisso. É um sujeito preguiçoso e um porcalhão, é o que ele é. Mas quem sabe? Podia se endireitar se tivesse alguém para dar conselho.

— Tom, eu não tive culpa que o mancal queimou.

Tom silenciou por um instante. E depois:

— Olha, Al, já tô ficando aborrecido contigo. Por que é que ocê tem medo que alguém te bote a culpa? Eu sei o que ocê tem. É um garoto com mania de grandeza, pensa que é muita coisa. Mas, escuta aqui. Pra que é que ocê se defende sempre, se ninguém te ataca?

Al nada respondeu. Olhava para a frente. O caminhão ribombava estrada afora. Um gato atravessou-a correndo e Al procurou atropelá-lo, mas as rodas nem o roçaram, e o gato sumiu no mato.

— Quase que peguei ele — disse Al. — Escuta, Tom, cê ouviu o Connie falar que queria estudar de noite? Eu pensei também em fazer isso. Podia estudar rádio ou televisão ou motor a diesel. A gente pode ir longe, sabendo essas coisa.

— Pode, sim, talvez. Mas primeiro cê tem que saber quanto eles cobra pra ensinar isso. E é bom cê pensar bastante nisso. Tinha gente em McAlester que estudava nesses curso por correspondência, sabe? Mas até hoje não vi ninguém que aprendesse desse jeito. O pessoal se cansa logo e desiste.

— Deus, a gente se esqueceu de comer alguma coisa!

— Pra quê? Mãe mandou bastante comida pra nós. O reverendo não vai comer tudo aquilo sozinho. Com certeza deixou alguma coisa pra nós também. Só queria saber quanto falta ainda pra gente chegar na Califórnia.

— Não sei, não. Só vendo.

Recaíram no silêncio e a escuridão chegou, e as estrelas cintilavam, finas e brancas.

Casy saiu do assento traseiro do Dodge e avançou até a estrada quando viu o caminhão.

— Não esperava que ocês voltasse tão depressa — disse.

Tom enrolou as peças no pano de aniagem que estava no chão.

— A gente teve sorte — disse. — Até uma lanterna nós arranjamo. Vamo começar logo o trabalho.

— Cês esqueceram o jantar — disse Casy.

— Vamo jantar depois, quando terminar com isso. Al, convém ocê encostar o caminhão bem junto ao meio-fio e me ajudar um pouco, segurando a lanterna.

Foi direto ao Dodge e meteu-se debaixo dele. Al deitou-se de barriga para baixo e assestou a luz da lanterna sob o motor.

— Tá me batendo nos olho. Levanta um pouco mais alto essa luz. — Tom foi enfiando o pistão no cilindro, girando-o e empurrando-o devagar. O revestimento de fio de bronze roçava de leve as paredes do cilindro. Com um empurrão brusco, colocou-o no lugar. — Que sorte não estar muito apertado, se não fazia uma pressão dos diabo. Acho que vai dar bem certo, sim.

— Espero que o fio não vá embaraçar os anel — disse Al.

— Pois foi por isso que eu bati ele com o martelo até ficar bem achatado. Acho que vai ficar bem firme, ou derreter um pouco ou espalhar como se fosse um revestimento de chapa.

— E se arranhar as parede?

Tom riu.

— Não tem importância, essas parede aguentam um arranhãozinho. O calhambeque já gasta óleo à beça. Um pouco mais, não tem importância. — Colocou a articulação da biela embaixo no eixo e experimentou a metade inferior. — Vamo precisar de mais algumas chapinha — disse. E chamou: — Casy!

— Hem?

— Vou montar o mancal agora. Sente aí ao volante e vai rodando ele devagarinho até eu dizer para. — Apertou os parafusos. — Agora! Devagar! — E quando o eixo girou, sacudiu o mancal para experimentar-lhe a firmeza. — Chapinha demais — disse Tom. — Para, Casy. — Retirou os pinos, removeu as chapinhas de cada lado e tornou a colocar os pinos. — Experimenta outra vez, Casy — disse. E Casy tornou a girar o volante. — Está um pouco frouxo ainda. Se eu tirar mais chapinha, vai ficar talvez bem assentado. Vou experimentar. — Novamente retirou os pinos e outro par de chapinhas. — Roda agora, Casy — disse.

— Parece que agora tá bom — disse Al.

Tom perguntou:

— Tá girando com dificuldade, Casy?

— Não, acho que tá bom.

— Bom, então acho que tá feito o serviço. Deus queira que teja bom. Porque se fosse preciso limar alguma coisa, a gente nem ferramenta pra isso tinha. Essas chave de fenda ajudaram um bocado, né?

— O dono daquele ferro-velho vai ficar danado da vida quando procurar as chave de fenda e não encontrar — disse Al.

— Isso é com ele — replicou Tom. — Nós não roubamo nada. — Enfiou as cavilhas, bateu-as e virou-lhes as pontas. — Agora sim, acho que tá bom. Escute aqui, Casy. Fica segurando a lanterna agora, e o Al e eu vamo levantar o cárter.

Casy ajoelhou-se e tomou a lanterna. Dirigiu o foco de luz sobre as mãos que, cuidadosamente, ajeitavam o cárter no lugar e faziam coincidir os buracos com as cavilhas. Os dois homens comprimiram todos os músculos com o peso do cárter, assentaram os parafusos nos orifícios e apertaram as porcas; e quando elas estavam em sua posição, Tom continuou a apertá-las pouco a pouco, até que o cárter ficou bem no lugar.

— Bom, acho que a coisa tá feita — disse Tom. Colocou o parafuso de fecho novamente no tanque de óleo, examinou tudo com atenção; depois tomou a lanterna e iluminou também o chão. — Pronto — disse. — Agora vamo encher o tanque de novo.

Saíram de baixo do carro e entornaram de novo no tanque o óleo negro que estava no balde. Tom tornou a iluminar o cárter, para verificar se o óleo estava vazando ou não.

— Pronto, Al, podemos ir — disse.

Al entrou no carro e acionou o motor, que emitiu um ronco forte. Um jato de fumaça azul saiu do tubo de escapamento.

— Para e deixa o motor ligado! — gritou Tom. — Deixa queimar óleo até que o fio derreta. Já tá ficando mais fino. — Prestou atenção ao motor. — Tá bom, Al — disse. — Desliga. Acho que tá perfeito. E agora podemo comer qualquer coisa.

— Cê é um mecânico dos bom, hein? — disse Al.

— Então! Não foi à toa que trabalhei mais de um ano numa oficina. Agora, os primeiro trezentos quilômetro a gente tem que andar devagar, que é pra não forçar o troço logo de saída.

Limparam as mãos sujas de óleo em punhados de capim e depois esfregaram-nas nas calças. Caíram esfomeados sobre a carne de porco assada e sorveram a água da garrafa em longos tragos.

— Tava quase morrendo de fome — disse Al. — Que é que vamo fazer agora? Vamo pro acampamento?

— Não sei — disse Tom. — São capaz de querer tomar meio dólar da gente também. Mas é bom a gente ir até lá e avisar a família. Se for preciso pagar, a gente dá o fora. Mas o pessoal tem que saber que a gente já fez o trabalho no carro. Puxa, tô um bocado satisfeito que a mãe impediu a gente essa tarde. Olha aqui, Al, acende a lanterna e vê se a gente não esqueceu nada. Traz essas chave de fenda, a gente pode precisar delas outra vez.

Al examinou o chão.

— Não tem nada — disse.

— Muito bem. Eu é que vou guiar agora. Cê traz o caminhão, Al. — Tom acionou o motor. O pregador entrou no carro também. Tom engrenou a primeira e saiu vagarosamente, para poupar o motor, e Al seguiu-o com o caminhão. Atravessou o barranco também devagar. Tom disse:

— Um Dodge desse pode arrastar até uma casa em primeira. E está em ponto morto. É bom isso, porque aí não tem perigo do mancal quebrar outra vez.

O carro rodava devagar estrada afora. Os faróis de doze volts lançavam uma fraca luz amarelada sobre o cimento.

Casy virou-se para Tom:

— É engraçado como ocês puderam consertar logo o carro. Foi só mexer nele um pouquinho e pronto. Eu nunca poderia fazer uma coisa assim. Nem mesmo agora, que vi ocês fazerem o trabalho.

— Precisa aprender desde criança — disse Tom. — É só aprender. Não é nenhum bicho de sete cabeça. Hoje em dia até uma criança pode desmontar um carro.

Um coelho surgiu à luz dos faróis, e fugiu na frente do carro. De vez em quando procurava se esconder, com grandes saltos que faziam tremer suas orelhas, mas o muro de escuridão lançou-o novamente para o meio. Ao longe, uma forte luz de faróis o alcançou. O coelho hesitou, voltou-se e correu de encontro à luz mais fraca do Dodge. Houve um levíssimo choque, o coelho se meteu debaixo das rodas. O carro que se aproximava ultrapassou-os veloz.

— Acho que atropelamo o bicho — disse Casy.

— Acho que sim — confirmou Tom. — Tem motorista que até faz questão de atropelar animal. Eu tremo por dentro cada vez que isso acontece... O carro tá andando que é uma beleza. Quase não sai mais fumaça.

— Foi um bonito serviço, o seu — disse Casy.

Uma casinha de madeira dominava o acampamento, e na varanda uma lamparina de gasolina assobiava e projetava sua luz branca em um grande círculo. Havia meia dúzia de tendas armadas ao redor e os carros estacionavam perto das tendas. O preparo da refeição da noite já terminara, mas as brasas das fogueiras luziam ainda, no chão, onde as pessoas haviam acampado. Um grupo de homens estava reunido na varanda, ao redor da lamparina, e suas faces recortavam-se firmes e musculosas na luz crua e clara. Seus chapéus lançavam sombras negras sobre as frontes e os olhos e os queixos adquiriram um relevo exagerado. Alguns homens estavam sentados sobre os degraus; outros, no chão, recostavam-se sobre os cotovelos no piso da varanda. O dono, um sujeito de rosto magro e rabugento, ocupava uma cadeira na varanda, encostando-se à parede e tamborilando com os dedos nos joelhos. Dentro da casa ardia uma lamparina de querosene, cuja luz amarela era neutralizada pelo intenso clarão branco e silvante da lamparina de gasolina. O grupo rodeava a cadeira do dono.

Tom guiou o Dodge para a beira da estrada e parou. Al entrou pelo portão com o pesado caminhão.

— Eu vou deixar o carro aqui do lado de fora — disse Tom. Saltou e foi andando em direção à luz da lamparina.

O dono deixou os pés dianteiros da cadeira pousarem no chão e inclinou-se para a frente.

— Vão acampar aqui? — perguntou.

— Não — disse Tom. — A nossa família tá aqui. Oi, pai!

O pai, que estava sentado no primeiro degrau da escada, falou:

— Pensei que ocês iam ficar fora pelo menos uma semana. Tudo pronto?

— A gente teve uma sorte danada — disse Tom. — Arranjamo a peça antes que anoitecesse. Podemo continuar a viagem amanhã de manhã.

— É bom, mesmo — disse o pai. — A mãe anda preocupada. Tua vó não vai indo nada bem.

— O Al já me contou. Não melhorou ainda?

— Que nada! Mas pelo menos consegue dormir.

O dono disse:

— Se ocês quiserem pernoitar aqui vão ter que gastar um pouquinho. Mas aqui tem bastante lugar e água e lenha pra fazer fogo. E ninguém incomoda.

— Que nada! — disse Tom. — Nós vamo dormir mas é lá fora mesmo, no barranco. Lá não se gasta nem um níquel.

O dono tamborilou com os dedos nos joelhos.

— O xerife costuma passar por aqui todas as noite. Pode querer encrencar com cês. Tem uma lei que proíbe dormir na estrada. O nosso estado tem uma lei contra a vagabundagem.

— Quer dizer que se eu pagar meio dólar pra dormir aqui não sou um vagabundo, né?

— É isso mesmo.

Os olhos de Tom brilhavam de cólera:

— Será que esse xerife não é algum cunhado seu?

O dono debruçou-se mais ainda para a frente.

— Não, ele não é meu cunhado. E ainda não chegamo ao ponto de ouvir desaforo de mendigo da tua espécie, ouviu?

— Quando é pra arrancar nosso dinheiro, não somo mendigo, né? E se a gente fosse mendigo, o que é que ocê ia ter com isso? Ninguém te pediu nada! Então nós somos mendigo, né? Ninguém tá pedindo dinheiro pra ter o direito de dormir no chão.

Os homens assistiam, rígidos e em silêncio frio. Toda a expressão desaparecera de suas faces, e seus olhos, sob a sombra projetada pelos chapéus, moviam-se cautelosos em direção ao rosto do dono do acampamento.

O pai resmungou:

— Venha, deixa ele, Tom.

— Já vou, sim.

O círculo de homens manteve-se em silêncio. Seus olhos reluziam sob a luminosidade crua da lamparina de gasolina. Os traços do rosto endureceram, e eles permaneceram imóveis. Somente seus olhares passavam de interlocutor a interlocutor, sem que as faces perdessem sua rigidez inexpressiva. Uma bruxa bateu de encontro à chama da lamparina e queimou-se, caindo na escuridão.

Numa das tendas uma criança chorava e uma voz branda de mulher procurava aquietá-la, e cantou depois baixinho: "Jesus te ama à noite. Dorme, dorme bem. Jesus vela por ti à noite. Dorme, dorme."

A lamparina da varanda ciciava. O dono coçava o triângulo da abertura de sua camisa, por onde lhe aparecia o peito coberto de pelos brancos e emaranhados. Ele se mostrava atento e receoso. Olhava os homens que o cercavam, olhava à espera de alguma manifestação, mas os homens se mantinham absolutamente estáticos.

Tom ficou em silêncio por longo tempo. Seus olhos escuros dirigiram-se lentamente ao dono.

— Não quero barulho — foi dizendo. — Mas é duro alguém ser chamado de mendigo. Fica sabendo que não sou nenhum medroso. Se quisesse, voava pra cima do cê e do seu xerife com esses punho que Deus me deu — disse baixinho. — Mas não vale a pena.

Os homens começaram a movimentar-se, mudavam de posição e de lugar, e seus olhos brilhantes fitaram os lábios do dono do acampamento e aguardavam que eles se movessem. O homem tranquilizou-se. Sentiu que tinha vencido, mas não o bastante para desfechar novo ataque.

— Será que ocê não tem meio dólar? — perguntou.

— É claro que tenho, sim. Mas vou precisar do dinheiro. Não posso desperdiçá só por causa de uma dormida.

— Todo mundo tem que ganhar a vida.

— Tá certo — disse Tom. — Mas sem tirar nada dos outro.

Os homens tornaram a agitar-se. E o pai disse:

— Vamo sair daqui amanhã bem cedo. Olha, senhor. A gente já pagou por toda a família. Esse rapaz é parte dela. Ele não pode ficar? A gente já pagou.

— É meio dólar cada carro — disse o dono.

— Então! Ele não tem nenhum carro. O carro ficou lá na estrada.

— Mas ele veio de carro — disse o dono. — Se fosse assim, todo o mundo podia deixar o carro lá fora pra não pagar nada.

Tom disse:

— Eu vou levar o carro um pouco mais pra lá, e de manhã venho buscar o senhor e os outros. O Al pode ficar, e tio John pode vir com a gente... — Virou-se para o dono. — Tem alguma coisa contra isto também?

O dono deu um balanço rápido na situação e resolveu fazer uma concessão:

— Desde que fiquem tantos quantos vieram e pagaram, não tenho nada com isso.

Tom puxou de seu pacote de fumo esfarrapado e desbotado, e que tinha no fundo apenas um pouco de pó. Ele fez um cigarro fininho e jogou fora o pacote vazio.

— Nós vamo indo — disse.

O pai virou-se para o círculo de homens:

— É duro quando alguém tem que fazer como nós. Nós tinha a nossa fazendinha própria. Não andava por aí com uma mão na frente e outra atrás. Esses diabo desses trator acabaram com tudo.

Um jovem alto e magro, de sobrancelhas amarelecidas pela ação do sol, ergueu vagarosamente a cabeça.

— Cês eram meeiros? — perguntou.

— É. Antes, a terra era só da gente.

O jovem tornou a olhar em frente.

— Que nem nós — disse.

— Felizmente já não vai durar muito — disse o pai. — A gente vai pro oeste. Lá tem muito trabalho e, quem sabe, podemo até arrumar um pedacinho de terra outra vez, com água e tudo.

Num canto da varanda se encontrava um homem esfarrapado. De seu casaco preto pendiam as tiras do pano rasgado, e os joelhos de suas calças estavam completamente gastos. Tinha o rosto negro da sujeira e sulcado por onde o suor correra. Espichou a cabeça em direção ao pai.

— Então ocês devem ter economizado um bocado.

— Não, a gente não conseguiu economizar dinheiro nenhum — disse o pai. — Mas a nossa família é grande e todos pode trabalhar. E lá no oeste eles pagam bom salário. A gente economiza e então compra um pedaço de terra outra vez.

O homem esfarrapado encarou o pai e depois riu, e seu riso atingiu a tonalidade de um relincho prolongado. O círculo de faces virou-se para o homem que ria. O relincho degenerou num acesso de tosse. Os olhos do homem estavam vermelhos e lacrimejavam quando, afinal, ele controlou seus espasmos.

— Cês vão... cês vão pro oeste? Ó Deus do céu! — Começou a rir novamente. — Vão pro oeste... bom salário, hein?... Deus do céu! — Parou e acrescentou em tom irônico: — Colher laranja, né? E pêssego, né?

O pai falou cheio de dignidade:

— A gente pega o serviço que tiver. E lá tem serviço à beça...

O homem esfarrapado relinchou com mais discrição.

Tom irritou-se:

— Que é que ocê tá achando de tão engraçado nisso?

O homem esfarrapado calou a boca e olhou carrancudo para as tábuas do piso da varanda:

— Aposto que ocês tudo vão pra Califórnia — disse, por fim.

— Pois eu já lhe disse isso alguma vez? — falou o pai.

O esfarrapado disse lentamente:

— Eu... eu tô justamente voltando de lá. Eu tive lá.

Todos os rostos dirigiram-se a ele. Os homens não se mexiam. O cicio da lamparina degenerou num suspiro, e o dono do acampamento deixou pousar os pés dianteiros de sua cadeira no chão, ergueu-se e bombeou a lamparina, até que o cicio tornou a se fortalecer, vibrando de novo, agudo. Sentou-se de novo, mas não a recostou mais à parede. O esfarrapado tornou a falar:

— Voltei para morrer de fome. Prefiro morrer de fome o mais rápido possível.

— Mas que diabo ocê tá dizendo, afinal de contas? — disse o Pai. — Eu tenho um papel que diz que eles pagam bom salário e li no jornal que eles tão precisando de gente pra fazer a colheita.

— Ocês não têm mais a casa, se quisesse voltar?

— Não — disse o pai. — O trator derrubou tudo. Expulsaram a gente.

— Então ocês não voltava de jeito nenhum pra casa?

— É claro que não.

— Então não adianta eu desencorajar ocês.

— Nem vai conseguir. Pois se eu vi esse papel que dizia assim que eles precisava de gente pras colheita. Se eles não precisasse, pra que gastar tanto dinheiro com os impresso? Não iam nem espalhar essa papelada por aí se não precisasse de gente.

— Bom, não adianta eu dizer nada.

O pai disse, colérico:

— Agora que já começou a falar besteira, não vai se calar, não. Eu vi, eu mesmo vi esse papel impresso, ouviu? Tava lá direitinho: "Precisa-se de gente." E ocê aí rindo e dizendo que é mentira. Quem é que tá mentindo, afinal de conta?

O esfarrapado olhou bem nos olhos irritados do pai. Parecia triste.

— O papel disse a verdade — falou. — Eles precisa mesmo de gente.

— Então por que é que ocê anda rindo tanto?

— É porque ocês não sabe que espécie de gente eles precisa.

— Como, que espécie de gente?

O esfarrapado tomou uma decisão:

— Escuta aqui — disse. — Quanta gente o papel diz que eles precisa?

— Oitocentos, e num lugar só.

— É um papel cor de laranja, né?

— É, por quê?

— Tem o nome do camarada... fulano de tal... empreiteiro?

O pai meteu a mão no bolso e retirou o impresso dobrado.

— Isso mesmo — disse. — Como é que você sabia?

— Olha aqui — falou o esfarrapado. — Esse homem diz que precisa de oitocentas pessoa. Ele manda imprimir cinco mil desse papelzinho, e umas vinte mil pessoa leem. Aí vão pra lá pelo menos umas duas, três mil pessoa, por causa desse papel. Pessoa que já nem sabe onde têm a cabeça de tanta preocupação.

— Isso não tem sentido! — clamou o pai.

— Vai fazer sentido quando falar com o sujeito que mandou distribuir esses papel. Ocês vão ver ele, e também os outro que trabalha pra ele. Cês vão pernoitar nas vala das estrada, junto com outra cinquenta família mais. E ele vai procurar descobrir se ocês têm ainda alguma comida. E quando ocês não tiver mais nada pra comer, ele vai perguntar: querem trabalhar? E ocês responde: queremo, sim senhor. Que bom se o senhor arrumasse trabalho pra gente! E ele diz: acho que posso arranjar alguma coisa procês. E ocês pergunta: quando podemo começar? E ele vai dizer pra onde cês deve ir, e quando, e depois ele vai embora. Precisa talvez de umas duzentas pessoa, mas fala com quinhentas, pelo menos, que passa a notícia adiante, e quando você chegar no lugar marcado já encontra ali mais de mil pessoa. Aí esse sujeito que falou com ocê diz: eu pago vinte centavos a hora. E aí pelo menos metade das pessoa vai embora. Mas ainda ficam outros quinhentos que tão morrendo de fome e que querem trabalhar nem que seja pra poder comprar pão. E esse sujeito tem um contrato com o dono da fazenda que diz que essa gente toda vai trabalhar na colheita de pêssego ou nos algodoal. Tá entendendo agora? Quanto mais gente esfomeada ele arranja, menos precisa pagar de salário. E ele prefere gente que tem filho, porque aí... ora, não quero aumentar a desilusão do cês. — O círculo de faces encarou-o com frieza. Os olhos mediam suas palavras. O esfarrapado ficou constrangido. — Eu diss'que não valia a pena dizer essas coisa e acabei dizendo. Ocês têm que continuar a viagem, tá certo. Não podem voltar mais. — O silêncio pendia sobre a varanda. A lamparina ciciava e uma nuvem de mosquitos dançava incessantemente em torno da luz. O esfarrapado continuava nervoso. — Vou dizer procês o que devem fazer quando aquele sujeito vier e disser que tem trabalho. Pergunta pra ele quanto paga. Diz pra ele dar por escrito quanto vai pagar. Diz isso pra ele. Se não fizer isso, vão ser levados pelo papo-furado dele.

O dono inclinou-se na sua cadeira para ver melhor o esfarrapado coberto de sujeira. Coçou a pele entre os cabelos grisalhos do peito e disse com frieza:

— Escuta, cê não é um desses agitador que anda por aí, né? Um desses que arranja encrenca pros trabalhador?

E o esfarrapado clamou:

— Eu? Cê tá maluco!

— É porque anda muito desses por aqui — disse o dono. — Só vivem provocando ódio. Faz o pessoal ficar maluco. Vivem metendo o bedelho no que não foi chamado. Um dia vão ser tudo enforcado, esses derrotista. Ou então vamo expulsar eles do país, é isso! Se um homem quiser trabalhar... bem. Se não quiser, que vá pro inferno. Mas não venha provocar encrenca.

O esfarrapado empertigou-se:

— Bom, eu só queria avisar a ocês, pessoal. Agora já sabem como é — disse. — Pra mim custou um ano inteiro saber disso tudo. Custou a vida da mulher e de dois filho. Mas ocês não quer acreditar. Não devia dizer nada, é o que é. Eu também não quis acreditar quando alguém me disse isso. Não, não, ocês não pode acreditar! Quando as criança tava deitada na tenda de barriga inchada, só pele e osso, e tremia e chorava que nem cachorrinho, eu saí feito louco pra arrumar trabalho, nem que fosse pra ganhar uma miséria. Não queria salário, não queria dinheiro! — gritou. — Queria era só um pouquinho de leite, um punhado de farinha, uma colherada de banha! Meu Deus!... Depois veio o médico-legista. As crianças morreram do coração, ele disse. Escreveu isso num papel que trouxe. Tremiam, isso sim, e tinham a barriga inchada que nem bexiga de porco.

Os homens em volta estavam silenciosos, bocas entreabertas. E sua respiração saía premida. Escutavam.

O esfarrapado olhou em volta, depois virou as costas ao grupo e caminhou rapidamente até sumir na escuridão. A escuridão tragou-o, mas seus passos arrastados por muito tempo ainda eram audíveis sobre o concreto da estrada, onde um carro o tornou visível por um instante à luz de seus faróis, a arrastar-se pela faixa, cabeça pendente sobre o peito e mãos nos bolsos do casaco preto.

Os homens sentiam-se inquietos. Alguém disse:

— Bom... já tá ficando tarde. Eu vou é dormir.

O dono disse:

— Deve ser um sujeito desses amalucado. Tem muitos assim agora, andando pelas estrada. — Depois ficou calado. Tornou a encostar a sua cadeira à parede e pôs-se a coçar o pescoço com os dedos.

Tom disse:

— Acho que ainda vou falar um pouco com a mãe. Depois vamo embora. — E os dois Joad saíram de perto da varanda.

— Imagina se esse camarada falou a verdade... — disse o pai.

O pregador respondeu:

— Decerto falou a verdade. A verdade do que aconteceu com ele. Não inventou nada.

— E com a gente, como é que vai ser? — perguntou Tom. — Será que vai ser a mesma coisa?

— Não sei — disse Casy.

— Também não sei — disse o Pai.

Foram andando até a tenda — o pedaço de lona estirado sobre quatro estacas. Escuridão e silêncio reinavam no interior. Quando iam chegando perto, uma forma cinzenta agitou-se próximo à entrada, tomando proporções humanas. Era a mãe que vinha ao encontro deles.

— Tão tudo dormindo — disse ela. — A avó também, graças a Deus. — Depois ela viu que era Tom quem vinha. — Como é que ocê veio para cá? — perguntou ansiosa. — Houve alguma coisa?

— Não, senhora, que nada! A gente fez o conserto — disse Tom. — Podemo continuar a viagem quando tiver tudo pronto.

— Graças a Deus — disse a mãe. — Precisamo andar depressa. Já quase não aguento mais. Quero ver um pouco de verde, e quero ver fartura! Quanto mais depressa, melhor.

O pai pigarreou.

— Agora mesmo um camarada teve dizendo...

Tom pegou-o pelo braço e sacudiu-o ligeiramente.

— Engraçado, o que ele teve dizendo... — falou. — Diss'que tem gente à beça indo pra lá, como se nós não soubesse disso.

A mãe lançou-lhes um olhar através da escuridão. Dentro da tenda, Ruthie tossia e ressonava alto.

— Lavei as criança — disse a mãe. — Foi a primeira vez que eles deram bastante água. Deixei o balde lá fora, que é procês também se lavar. A gente se suja muito nessas viagem.

— Tão tudo lá dentro? — perguntou o pai.

— Tudo, menos o Connie e a Rosasharn. Eles querem dormir lá fora. Diss'que aí na tenda é muito quente.

O pai observou, em tom ranzinza:

— Essa Rosasharn tá ficando muito cheia de dedo, toda não me toque.

— É porque é a primeira vez — disse a mãe. — Ela e o Connie só vivem falando nisso. Cê também era a mesma coisa.

— Bom, precisamo ir agora — disse Tom. — Vamo parar um pouco adiante, aí na estrada. Presta atenção, se a gente não enxergar ocês. Vamo ficar do lado direito.

— E o Al? Fica aqui?

— Fica. Por isso é que tio John vem com a gente. Boa noite, mãe.

Atravessaram o acampamento adormecido. Diante de uma das tendas ardia uma fogueira fraca e vacilante, ao pé da qual uma mulher estava acocorada preparando a refeição da manhã seguinte. O cheiro de feijão que ela cozinhava era forte e apetitoso.

— Que bom um prato de feijão agora — disse Tom polidamente, ao passar pela mulher.

A mulher riu baixinho.

— Tá às ordens... quando tiver pronto. É só vir até aqui, ao nascer do sol.

— Muito brigado, dona — disse Tom.

Ele, tio John e Casy passaram pela varanda. O dono ainda ali estava, sentado na cadeira, e a lamparina ciciava e flamejava. Voltou a cabeça para os três homens que iam passando.

— Precisa botar gasolina nessa lamparina — disse-lhe Tom.

— Pra quê? Tá na hora de fechar.

— Agora não entra mais nenhum meio dólar rolando pela estrada, hein? — disse Tom.

Os pés da cadeira pousaram no chão.

— Mas que camarada metido a besta! Eu te conheço, rapaz. Cê é também desses encrenqueiro que anda por aí.

— Pois sou, mesmo — disse Tom. — Sou um bolchevista.[12]

— É isso. Tem muitos da tua espécie.

Tom riu quando iam saindo pelo portão em direção ao Dodge. Abaixou-se para apanhar um torrão de terra e jogou-o com força contra a luz que ardia na varanda. Eles ouviram o projétil bater de encontro à casa e viram o dono do acampamento erguer-se num pulo e esticar a cabeça para a frente, sondando a escuridão. Tom acionou o motor do automóvel, que retomou a estrada. Escutou com atenção o barulho do motor, receando ouvir pancadas estranhas. A estrada deslizava na penumbra, sob a luz fraca dos faróis.

---

12 Segundo o Dicionário de Política de Norberto Bobbio et al. (1998, p. 115), o termo (do russo bolscinstvó, maioria) indica a linha política e organizativa imposta por Vladimir Ilyich Ulyanov, mais conhecido como Lenin (1870-1924), ao Partido Operário Social-Democrata da Rússia, no congresso de 1903. Por essa razão, como lembra o sociólogo britânico Tom Bottomore (1988, p. 63), "a palavra bolchevismo é, com frequência, usada como sinônimo de leninismo. [...] A posição bolchevique fundamentava-se numa estratégia política que demandava o primado do engajamento ativo na prática política, com o partido político marxista como a 'vanguarda' ou direção da classe operária. [...] O partido tinha a tarefa de dar direção à luta revolucionária contra a burguesia." (*N. do R. T.*)

17

Os carros que conduziam os migrantes arrastavam-se pela estrada principal, vindos dos caminhos que a cruzavam, e despejavam populações para o Oeste. À luz do dia, marchavam como percevejos nesse rumo; quando a escuridão baixava, agrupavam-se como percevejos nos abrigos ou onde quer que houvesse água. E isso porque todos que fugiam se sentiam solitários e perplexos, porque tinham vindo de terras em que reinava a tristeza e a preocupação, porque iam para uma terra nova e misteriosa. Eles se agrupavam estreitamente, falavam uns com os outros, sobre as esperanças que depositavam na nova terra, dividiam entre si a comida, a própria vida. Assim podia acontecer que uma família acampava próximo a uma nascente de água e vinha outra e também acampava no mesmo lugar, por causa da nascente e da companhia, e ainda outra por causa das duas famílias que já ali se encontravam e por acharem bom o lugar. E quando o sol descambava no horizonte havia lá vinte famílias e vinte carros.

E à noite acontecia uma coisa estranha: as vinte famílias tornavam-se uma só família, os filhos de uma eram filhos de todas. A perda de um lar tornava-se uma perda coletiva, e o sonho dourado do Oeste, um sonho coletivo. E podia acontecer que uma criança enferma enchesse de pena os corações de vinte famílias, de cem pessoas; que um parto numa tenda mantivesse cem pessoas em silêncio e em expectativa durante uma noite, e que a manhã seguinte encontrasse cem pessoas felizes com o êxito do parto de uma estranha. Uma família que, uma noite antes errara apavorada na estrada, procurava então, talvez, entre os seus parcos tesouros, algo que pudesse ser dado de presente ao recém-nascido. À noite, sentados ao redor da fogueira, os vinte eram um só. Um violão surgia então de sob um cobertor e soava tristemente, e canções eram entoadas, canções populares. Os homens cantavam a letra e as mulheres cantarolavam a melodia.

Todas as noites um mundo surgia: amizades se faziam, inimizades se estabeleciam; um mundo completo, com gabolas e covardes, com gente tranquila, com gente silenciosa, com gente humilde, com gente bondosa. Todas as noites relações eram firmadas, relações que modelavam um mundo; e todas as manhãs esses mundos se desfaziam como circos ambulantes.

A princípio, as famílias titubeavam nas montagens e desmontagens desses mundos; mas gradualmente a técnica da construção de mundos tornava-se a sua técnica. Os líderes surgiam, faziam-se leis e códigos. E, à medida que os mundos se deslocavam para o oeste, mais e mais completos e bem equipados se tornavam, porque seus construtores já tinham adquirido mais e mais experiência.

As famílias aprendiam quais as leis que deviam observar — as leis da vida privada nas tendas, as leis do encerramento do passado no coração, as leis de ouvir e calar, as leis de aceitar ou recusar auxílio, de oferecer auxílio ou recusá-lo; as leis de um filho fazer a corte a uma moça e as de uma filha aceitar a corte de um rapaz; as leis que permitiam dar de comer a um faminto; as leis das mulheres grávidas e dos enfermos, que sobrepujavam todas as outras.

E as famílias aprendiam, conquanto ninguém lhes tivesse ensinado, quais as leis que eram injustas, monstruosas e precisavam ser destruídas; o direito de se penetrar na vida particular, o direito de falar alto quando no acampamento todos dormiam, o direito da sedução e do estupro, o direito do adultério, do roubo e do assassinato. Esses direitos eram rechaçados, porquanto os pequenos mundos não poderiam passar uma só noite sequer com a sua existência.

E, à medida que esses pequenos mundos se moviam rumo ao oeste, regulamentos tornavam-se leis, embora ninguém notificasse as famílias. É contra a lei sujar o local, é contra a lei poluir de qualquer maneira a água coletiva, é contra a lei comer coisas boas, suculentas, perto de uma pessoa esfaimada, sem lhe oferecer um pouco de comida.

E com as leis surgiram as medidas punitivas, que eram somente duas: uma luta rápida, de morte, ou então o exílio; e o exílio era o pior. Porque, quando alguém quebrava as leis e ia embora, seu nome e sua fisionomia espalhavam-se depressa e ele não encontrava mais abrigo em nenhum dos pequenos mundos, onde quer que esses mundos fossem construídos.

Nos mundos, a conduta social tornou-se rígida e fixa, de maneira que um homem tinha de dizer "bom dia" quando o cumprimento lhe era exigido; um homem podia viver com uma pequena e, se quisesse ficar com ela, teria de protegê-la e proteger-lhe os filhos. Mas um homem não podia ter uma mulher numa noite e outra na noite seguinte, pois que tal coisa viria pôr os mundos em risco.

As famílias moviam-se rumo ao oeste, e a técnica da construção desses mundos melhorava, de maneira que os homens se sentiam em segurança; e tudo era edificado de maneira que uma família que observava as leis sabia que as leis a protegiam.

Governos eram formados, governos com líderes e anciãos. Um homem inteligente descobria logo que sua inteligência era de utilidade nos acampamentos; um homem ignorante não conseguia impor sua ignorância ao mundo. E uma espécie de seguro desenvolvia-se nessas noites. Um homem que tinha o que comer alimentava outro que nada tinha, e dessa maneira assegurava comida para si próprio para quando suas reservas se esgotassem. E quando uma criança morria, uma pequena pilha de moedas juntava-se à porta da tenda dos pais, pois que uma criança tem que ter um enterro condigno, já que nada obteve da vida. Um adulto podia ser sepultado em vala comum; uma criança, nunca.

Certos requisitos naturais eram indispensáveis para a construção de um mundo: água, a margem de um rio, uma correnteza, uma fonte ou mesmo um encanamento sem vigilância. Era indispensável certa quantidade de terra plana, onde as tendas pudessem ser armadas, um pouco de galhos secos ou lenha para fazer fogueiras. Se existisse perto do local um depósito de lixo, tanto melhor, pois que nesses lugares sempre se podem achar coisas úteis: panelas furadas, uma grade de chaminé para proteger o fogo e latas de conserva que poderiam servir de panelas e pratos.

E os mundos eram construídos à noite. Os homens, vindos da estrada, construíam-nos com as suas tendas, seus corações e seu cérebro.

Pela manhã, as tendas eram desarmadas, as lonas dobradas, as estacas amarradas umas às outras nos estribos dos carros; as camas e os utensílios de cozinha arrumados nos veículos. E, à medida que as famílias se moviam rumo ao oeste, a técnica da construção de um lar à noite e sua destruição pela manhã tornava-se fixa; assim, a tenda enrolada tinha o seu lugar certo, os utensílios de cozinha eram contados antes de serem guardados em suas caixas. E, à medida que os veículos se moviam rumo ao oeste, cada membro da família sabia qual era o seu lugar, quais os seus deveres, de maneira que cada membro da família, velhos e moços, tinha o seu lugar determinado nos veículos; de maneira que nas noites extenuantes e quentes, quando os veículos chegavam aos acampamentos, cada membro de família sabia o que tinha a fazer e fazia-o sem esperar instruções: as crianças juntavam lenha ou carregavam água, os homens armavam as tendas e descarregavam as camas dos veículos, as mulheres preparavam a comida e cuidavam de tudo enquanto a família comia. E isso era feito sem palavras de comando. As famílias, cujas fronteiras eram um sítio de dia e uma casa de noite, mudaram suas fronteiras. Sob a prolongada e quente luz do sol, mantinham-se em silêncio nos veículos que as levavam para o oeste; mas, quando o sol desaparecia, uniam-se ao primeiro agrupamento que encontravam.

Assim elas modificavam a sua vida social — modificavam como só o homem, em todo o Universo, sabia modificar. Não mais havia sitiantes, fazendeiros; havia homens que emigravam. E os pensamentos, os planos, os prolongados silêncios que, até então, recaíam sobre o campo, mudavam-se agora para as estradas, para a distância, para o Oeste. O homem que antes pensava em hectares, pensava agora em quilômetros. E seus pensamentos e suas preocupações não mais se limitavam à chuva, ao vento, à poeira e à sua fé no resultado das colheitas... Seus olhos vigiavam os pneus, seus ouvidos escutavam o ronco do motor e suas preocupações concentravam-se em torno do óleo, da gasolina, da fina película de borracha que se ia gastando entre as rodas e o chão. Pois que uma roda de engrenagem partida resultava em tragédia. A água à noite e a comida no fogo eram as únicas aspirações. A saúde era indispensável para o prosseguimento da viagem, era a força necessária, o espírito necessário para prosseguir. A vontade antecipava-lhes os passos, e o medo, que antes só era provocado pelas secas e inundações, era despertado agora por tudo que pudesse opor barreira ao avanço para o oeste.

A hora de acampar tornou-se uma só: acampavam ao fim de cada dia de viagem.

E nas estradas o pânico dominava algumas famílias, e essas famílias viajavam noite e dia; quando paravam era para dormir nos próprios veículos e continuar depressa a viagem para o Oeste. Seu desejo de se fixar era tão grande que eles viravam as faces para o Oeste e viajavam e viajavam sem cessar, forçando os motores superaquecidos.

Mas a maioria das famílias aceitava a mudança e se adaptava rapidamente à nova maneira de viver. E quando o sol tombava no horizonte...

É hora de se arranjar um lugar pra acampar.

É. Ali adiante já tem umas tendas.

O veículo encostava à beira da estrada e parava e, porque os outros chegaram antes, era preciso usar-se de certa cortesia. E o homem, o chefe da família, debruçava-se do carro:

A gente pode pernoitar aqui, hein?

Pois não. Muito prazer. De que estado são?

Do Arkansas.

Do Arkansas? Pois olha, ali adiante, na quarta tenda daqui para lá, mora gente do Arkansas.

É mesmo?

E a pergunta mais importante: Que tal a água?

Bom, não é lá grande coisa, tá meio suja, mas tem bastante.

Bom, muito obrigado, hein?

Não tem de quê.

Mas a cortesia é necessária, indispensável. O veículo anda aos solavancos até a última tenda e para. Aí todos descem, fatigados, a espreguiçar os músculos rígidos da viagem. Depois, a nova tenda é armada, as crianças mais novas vão buscar água e as mais velhas tratam de juntar ramos secos e gravetos para o fogo. O fogo é aceso e a comida é posta para cozinhar ou fritar. Os que tinham chegado antes acercam-se dos novos, interrogam-nos sobre de que estado são, e muitas vezes amigos e outras vezes até parentes se descobrem.

É de Oklahoma? De que cidade?

Cherokee.

Puxa, pois eu tenho parentes lá! Conhece os Allen? Em Cherokee tem Allen à beça. Conhece os Willy?

Se conheço!

E uma nova unidade estava formada. O crepúsculo avançava, mas antes que as trevas chegassem a nova família já era integrante do acampamento. Já haviam sido trocadas palavras com todas as outras famílias. Era gente conhecida, gente boa.

Conheci os Allen em toda minha vida. Simon Allen, o velho Simon, vivia encrencando com a primeira mulher dele. Ela era de Cherokee. Uma beleza, bonita!... que nem um potro negro.

Se era! E o filho dele, aquele que casou com uma Rudolph, lembra? Pois, é como eu disse: tão se dando muito bem. Parece que moram em Enid, agora.

É o único dos Allen que tá bem de vida. Tem uma oficina.

Quando a água já tinha sido trazida e a lenha cortada, as crianças caminhavam acanhadas, cautelosas, entre as tendas. E recorriam a uma complicada mímica para travarem conhecimento. Um menino parava perto de outro e apanhava uma pedra, examinava-a bem, cuspia-lhe em cima e limpava-a, ficando a olhá-la tanto tempo que o outro não podia aguentar sem perguntar:

Que é que cê tem aí?

Nada. Uma pedra. Era a resposta, como que casual.

Então porque é que cê tá olhando tanto pra ela?

Acho que tem ouro dentro.

Como é que ocê sabe? O ouro dentro de uma pedra não brilha, é preto.

Ora, todo o mundo sabe disso.

Aposto que não é ouro e ocê pensou que era.

Que nada. Eu conheço ouro. Meu pai já achou ouro à beça e me disse como é que a gente podia encontrar.

Seria bom descobrir um pedaço de ouro.

Puuuxa! Ia era comprar um puxa-puxa grande como o diabo!

Meu pai não deixa eu dizer os nomes feios, mas eu digo assim mesmo.

Eu também. Vamo até o riacho.

E as meninas faziam o mesmo e exibiam pudicamente seus encantos nascentes. As mulheres trabalhavam junto ao fogo e apressavam-se por saciar a fome dos estômagos vazios da família — carne de porco, quando havia dinheiro bastante, batatas e cebola. Panqueca ou pão de centeio, com bastante molho em cima. Filés, bifes e uma xícara de chá preto, amargo. Sonhos fritos na banha, quando o dinheiro era curto, sonhos tostados e crocantes, regados com molho.

As famílias muito ricas ou muito tolas com o seu dinheiro comiam feijão e pêssego em conserva, pães e bolos de confeitaria, mas comiam escondidas em suas tendas, pois parecia de mau gosto servirem-se de tanta coisa boa diante de todos. E, apesar disso, as crianças que comiam sonhos fritos sentiam no ar o aroma das refeições e adivinhavam-nas e sentiam-se infelizes.

Terminada a refeição, caía a noite e, então, reuniam-se os homens para conversar.

E eles falavam das terras que tinham deixado atrás de si. Não sei como vai ser, diziam eles. Este país tá por conta do diabo.

Vai endireitar outra vez, mas aí a gente já não estará vivo pra ver.

Um sujeito que trabalhava pro capataz me disse: vocês deixaram a terra cheia de barranco. Se tivessem arado a terra em círculos não teriam feito barranco. Nunca tive chance de tentar fazer isso. O trator não dá a volta no terreno, faz sempre um sulco reto de seis quilômetro sem parar, e, se for pra fazer em círculo, só Jesus Cristo em pessoa!

Quem sabe, pensavam eles, a gente pecou e não sabia.

E eles falavam com brandura de seus lares antigos: havia uma cisterna debaixo da roda do moinho. A gente sempre botava o leite lá dentro, que era pra fazer nata, e também as melancia pra gelar. Quando fazia um calor de rachar, lá na cisterna era um fresco bom como quê. Ali a gente abria uma melancia e quase não podia comer ela de tão fria que tava.

E cada um contava as tragédias que o haviam afligido: tinha um irmão, o Charley, louro que nem uma espiga de milho e grandalhão. Sabia tocar harmônica que era uma beleza. Um dia tava limpando os sulco do arado. Bom, de repente uma cascavel deu o bote bem junto dele, e os cavalo levaram um susto e as grade do arado espetaram a barriga dele e arrebentaram a cara dele toda. Foi uma coisa horrível.

Falavam sobre o futuro: só queria saber como é a vida lá no oeste.

Bom, pelas figuras que a gente viu até parece bem bonito aquilo lá. Eu vi uma linda, que parecia fazer calor e tinha umas nogueira e uns pés de groselha... e no fundo tinha montanha alta que tinha neve nos pico. Era uma figura bem bonita.

Basta a gente arrumar trabalho. Nunca faz frio, nem mesmo no inverno. As criança pode ir sem roupa quente na escola. Agora vou cuidar pra que meus filho não perca nenhuma aula. Eu sei ler, mas não sei tão bem pra encontrar prazer na leitura como aqueles que sempre ia na escola.

E talvez um homem puxasse seu violão e sentasse sobre um caixote, em frente a uma tenda e tocasse. Todos no acampamento se juntavam ao redor dele, atraídos pela música. Muita gente sabe tocar violão, mas talvez esse homem fosse um artista de verdade. E aí tudo se torna diferente: os tons baixos ressoam, enquanto a melodia corre a passinhos miúdos pelas cordas. Dedos pesados e dedos que martelam o braço do violão. O homem tocava e os outros iam se reunindo à volta dele até que o círculo ficava fechado, e depois ele cantava "Ten-Cent Cotton and Forty-Cent Meat". E o círculo de homens fazia-lhe coro, em tom baixo. E ele cantava "Why Do You Cut Your Hair, Girls?" E a roda cantava. Lançava-se depois a uma canção saudosa: "I'm Leaving Old Texas", a lúgubre canção que era entoada antes da chegada dos espanhóis, só que então a letra era em dialeto indígena.

E agora o grupo já formava uma unidade, uma coisa coesa, de maneira que na escuridão olhavam para dentro de si mesmos os olhos daquela gente toda, e seu pensamento esvoaçava para outras épocas e sua melancolia era reconfortante como o descanso ou o sono. Ele cantava o "McAlester Blues" e depois, para agradar aos velhos, entoava "Jesus Calls Me to His Side". As crianças sentiam sono com a música e iam para as tendas e adormeciam e as canções as acompanhavam em seus sonhos.

E pouco depois o homem do violão deixava de tocar e bocejava. Boa noite, pessoal, dizia ele.

E eles murmuravam: boa noite.

E todos eles sentiam o desejo de saber tocar violão, porque isso lhes parecia maravilhoso. E aí eles iam para a cama, e o acampamento mergulhava no silêncio. E as corujas esvoaçavam por entre as tendas, ao longe os coiotes uivavam e gambás caminhavam pelo acampamento à procura de algo que pudessem comer: gambás bamboleantes, sem-vergonha que de nada tinham medo.

A noite passou, e aos primeiros raios da alvorada as mulheres deixaram as tendas, acenderam o fogo e puseram água do café a ferver. E os homens acordaram também e conversavam em voz baixa na penumbra.

Quando se cruza o rio Colorado chega-se ao deserto, dizem eles. Toma cuidado que é pra não ter um enguiço no deserto. Leva bastante água, que é pra ficar garantido se acontecer alguma coisa.

Nós vamo viajar de noite.

Nós também. Senão a gente acaba até com a alma ressequida.

As famílias comiam depressa, e os pratos eram enxaguados e limpos com um pano. Depois as tendas eram desarmadas. Todos tinham pressa. E quando o sol surgia o acampamento já estava vazio, e somente restavam seus vestígios. E o lugar estava pronto pra receber um novo mundo, numa nova noite.

Mas ao longo da estrada os veículos dos emigrantes avançavam como percevejos, e a estreita faixa de concreto estendia-se por quilômetros à sua frente.

18

A família Joad deslocava-se lentamente em direção ao oeste; acima, pelas montanhas do Novo México, passando os pináculos e pirâmides do planalto. Galgou a região montanhosa do Arizona e avistou, através de uma fenda na montanha, aos seus pés o deserto. Uma guarda de fronteira os fez parar.

— Aonde vão?

— Pra Califórnia — disse Tom.

— Quanto tempo pretendem ficar no Arizona?

— Só o tempo que se leva pra passar.

— Trouxeram alguma planta?

— Não. Nenhuma.

— Precisamo passar as suas coisa em revista.

— Mas eu já diss'que a gente não trouxe planta.

Um guarda pregou-lhes um papelzinho no para-brisa.

— OK. Podem passar, mas andem depressa.

— Tá certo. É o que a gente vai fazer.

A família subiu pela encosta, e arbustos entrelaçados a cobriam. Halbrook, Joseph City, Winslow. E aí começavam as árvores altas, e os carros cuspiam vapor e engasgavam penosamente na subida. Chegou Flagstaff, e aí era o topo. De Flagstaff para baixo, através dos grandes platôs, a estrada estendia-se reta a distância. A água escasseava, e era comprada a cinco, dez, quinze centavos o galão. O sol torrava as terras rochosas já áridas, e diante da família estendia-se a serra caótica, de dentes quebrados: a muralha ocidental do Arizona. E agora ela fugia ao sol e à seca. Viajara a noite toda, e à noite chegara às montanhas. Trepara na muralha rasgada pelos despenhadeiros, e a fraca luz de seus faróis errara nas pedras pálidas que orlavam a estrada. Passou o pico ao anoitecer e desceu vagarosamente através das ruínas de pedra de Oatman; e ao chegar a madrugada viu, embaixo, o rio Colorado. A viagem continuou até Topock e a família teve de estacionar na ponte, enquanto um guarda de fronteira raspava o papelzinho que tinha sido pregado no para-brisa. Depois atravessou a ponte e penetrou no deserto selvagem e rochoso. E conquanto estivesse mortalmente cansada e o calor da manhã estivesse aumentando, resolveu parar.

O pai disse:

— Chegamos... Tamo na Califórnia! — Olharam todos os blocos de pedra que resplandeciam ao sol, e olharam através do rio a terrível muralha do Arizona.

— Ainda precisamos atravessar o deserto — disse Tom. — Precisamos de água e descanso.

A estrada corria paralela ao rio, e o dia já tinha avançado bastante quando os veículos escaldantes chegavam a Needles, onde o rio corria veloz entre os juncos.

Os Joad e os Wilson estacaram junto ao rio, e ficaram sentados nos veículos a olhar o maravilhoso espetáculo da correnteza que fazia inclinar ligeiramente as hastes dos juncos. À margem do rio havia um pequeno acampamento, onze tendas rentes à água, junto da relva encharcada. E Tom debruçou-se pela janela do caminhão.

— Cês se importa se a gente parar aqui um pouco?

Uma mulher obesa, que esfregava roupa num balde, ergueu o olhar.

— Nós não semo dono disso, moço. Pode ficá, se quisé. Mas não demora e vem aí um polícia pra olhá as suas coisa, ouviu? — E tornou a esfregar a roupa ao sol.

Ambos os veículos estacionaram numa clareira que havia no meio da relva. As tendas foram retiradas; a tenda dos Wilson foi armada e a lona dos Joad estendida sobre as estacas ligadas por cordas.

Winfield e Ruthie caminharam lentamente através dos salgueiros, até os juncos. Ruthie disse, com excitação abafada:

— Califórnia. A gente tá na Califórnia!

Winfield arrancou uma haste e desfolhou-a, e botou a polpa branca na boca e mastigou-a. Os dois entraram um pouco na água e ficaram parados, quietinhos, com a água pelas pernas.

— A gente inda tem que passar o deserto — disse Ruthie.

— Como é o deserto?

— Não sei. Eu vi uma vez uma figura com o deserto. Tinha osso por todos os lados.

— Osso de gente?

— Acho que sim. Mas a maioria era osso de boi.

— A gente vai ver esses osso?

— Talvez. Eu não sei. Nós vamo viajar de noite, o Tom disse. Diss'que até a alma da gente vai secar se viajar de dia.

— É bem fresco aqui, né? — disse Winfield, e enfiou os dedos dos pés na areia do fundo do rio.

Eles ouviram a mãe chamar:

— Ruthie! Winfield! Voltem depressa. — Atenderam ao chamado e foram voltando devagar, através das hastes de juncos e dos salgueiros.

Havia silêncio nas outras tendas. Por um instante, quando os dois veículos tinham chegado, várias cabeças emergiram de entre as cortinas de lona, para logo se retirarem. As tendas das duas novas famílias estavam armadas e os homens estavam reunidos.

Tom disse:

— Bom, eu vou tomar um banho. Isso mesmo, é o que vou fazer... antes de ir dormir. Como tá a vó desde que a gente pôs ela na tenda?

— Não sei — disse o Pai. — Não consegui acordar ela. — Virou a cabeça em direção à tenda e ficou à escuta por um instante. Uma voz chorosa e balbuciante veio de sob a tenda. A mãe foi depressa ver o que era.

— Ela acordou — disse Noah. — A noite toda eu achei que ela ia morrer no carro. Parece que tá ficando louca.

Tom disse:

— Diacho! Ela tá é muito cansada, demais. Precisa é descansar. Se não descansar já, não vai durar muito. Quem vem comigo? Vou me lavar e depois vou dormir o dia todo. — Foi andando e os outros seguiram-no. Na beira do rio, tiraram a roupa entre os salgueiros e depois entraram na água e sentaram-se. Por muito tempo ficaram sentados assim, os calcanhares enterrados na areia, e somente as cabeças lhes apareciam à superfície.

— Puxa! Bem que eu tava precisando desse banho — disse Al. Pegou um punhado de areia e começou a esfregar-se com ele. Sentados na água, eles iam olhando os picos agudos que se chamam Agulhas e as brancas montanhas rochosas do Arizona.

— E a gente passou essa bruta montanha — disse o pai cheio de admiração.

Tio John mergulhou a cabeça na água.

— Bom, aqui estamos. Aqui já é a Califórnia, e nem parece ter tanta fartura assim.

— Precisamos atravessar o deserto ainda — disse Tom. — E ouvi dizer que isso não era nada sopa.

Noah perguntou:

— Vai ser hoje de noite?

— Que é que o senhor acha, pai? — perguntou Tom.

— Bem, não sei, não. Um pequeno descanso não seria nada mau pra todos, principalmente pra vó. Mas também tô com uma vontade danada de chegar logo e começar a trabalhar. A gente só tem quarenta dólar, agora. E é preciso trabalhar, que é pra entrar algum dinheiro.

Sentados na água, eles sentiam a força da correnteza. O pregador deixou que seus braços e suas mãos flutuassem à superfície. Os corpos eram brancos até o pescoço e os pulsos, mas quase castanhos nas mãos e no rosto, com triângulos morenos entre as clavículas. Esfregavam-se todos agora, com areia.

E Noah disse, espreguiçando-se:

— Se pudesse, ficava era aqui mesmo, dentro d'água. Nunca ter fome, nem aborrecimentos. Sentado na água, a vida toda, preguiçoso que nem porco na lama.

E Tom, que deixara seu olhar errar através do rio até os picos agudos das montanhas e até as Agulhas, disse:

— Nunca vi montanha assim. Esta aqui é uma terra de morte. As montanha são os osso da terra. Só queria saber se algum dia vamo encontrá um lugar onde se pode ganhar a vida, sem se precisá arrastar por rochedo e pedras enorme. Vi umas fotografia dum lugar onde a terra era plana e verde, e tinha casinha branca, daquelas que a mãe fala. A mãe dava a vida dela por uma casinha dessa. A gente pensa que uma terra assim nem existe. Mas eu vi as fotografia.

— Espera só até chegar na Califórnia — disse o pai. — Aí ocê vai ver o que é uma terra bonita.

— Mas, pai! Isso aqui *é* a Califórnia!

Dois homens, vestindo calças de algodão e camisas azuis suadas, surgiram de entre os salgueiros e viram os homens nus.

— Que tal o banho? Dá pra nadar? — perguntaram.

— Não sei — disse Tom. — A gente não experimentou. Mas pra ficar sentado, é do outro mundo.

— Podemo ir também?

— Ora, o rio não é nosso. Podemo ceder um pedacinho procês.

Os homens tiraram as calças e as camisas e foram andando rio adentro. Poeira cobria-lhes as pernas até os joelhos; seus pés eram pálidos e amolecidos pelo suor. Sentaram-se preguiçosamente na água e começaram a lavar as coxas. Queimados de sol, ambos, pai e filho, grunhiam e rugiam na água.

O pai perguntou com polidez:

— Vão pro oeste também?

— Não. A gente vem de lá. Vamo é pra casa. Não se pode ganhar a vida naquele lugar.

— Onde é que é a casa do cês? — perguntou Tom.

— No "Cabo de Frigideira", perto de Pampa.

Pai perguntou:

— E lá vocês podem ganhar a vida?

— Não. Mas é melhor passar fome em casa, perto de gente conhecida. Nada de morrer de fome no meio duma gente que odeia nós.

O pai disse:

— Sabe, ocê é o segundo que diz isso. Por que é que eles têm raiva de gente de fora?

— Sei lá — disse o homem. Encheu as mãos de água e esfregou o rosto, fungando e gargarejando. A água suja escorreu de seus cabelos e rolou pelo seu pescoço.

— Eu queria ouvir mais alguma coisa sobre isso — disse o pai.

— Eu também — disse Tom. — Por que é que esse pessoal do oeste tem ódio da gente?

O homem encarou Tom firmemente.

— Vocês vão pro oeste?

— É, tamo indo pra lá.

— Nunca foram na Califórnia?

— Não, nunca.

— Bom, então não se incomodem com o que eu disse. Tratem de ver tudo pessoalmente.

— Tá — disse Tom —, mas sempre a gente gosta de saber como é a vida num lugar pra onde a gente tá indo.

— Bom, se vocês querem saber mesmo... eu sou um desses que perguntou muito a respeito disso e pensou muito também. A Califórnia é uma terra bonita. Mas ela foi roubada, faz uma porção de tempo. Quando ocês passar o deserto, vão chegar nas cercania de Bakersfield. Garanto que nunca viram uma terra tão bonita. Vinhedo e pomar por toda parte... uma beleza, mesmo. E cês vão passar por uma terra plana e rica, com água a um metro no fundo. E esses campo tão abandonado. Mas ocês não terão nada deles. Pertence tudo à companhia que negocia com as terra e o gado. E quando ela não quer cultivar a terra, deixa ela simplesmente abandonada. Mas tenta só ir pra lá e querer plantar qualquer coisa procês mesmo! Vão é direitinho pra cadeia.

— Terras boa, ocê diz? E ninguém planta nelas?

— Sim senhor. É isso mesmo. E quando ocês ver isso, vão ficar danado, e ainda não viram nada. Aquela gente tem um olhar que faz o sangue da gente ferver nas veia. E eles olha procês e diz: não gosto do cê, seu filho da puta. Depois vem o pessoal do xerife e ocês são perseguido. Ocês acampa em qualquer lugar na beira da estrada, e eles manda ocês embora. Basta olhar na cara deles, e se vê a raiva que eles têm da gente. E... vou dizer uma coisa: eles têm raiva do cês porque têm medo. Sabem que quando alguém tá com fome arranja comida de qualquer jeito, mesmo que tenha que roubar. Sabem que deixar as terra abandonada é um pecado, e que alguém vai logo tratar de tomar elas. Diabos! Ninguém ainda chamou ocês de Okies?

— Okie? Que quer dizer isso? — perguntou Tom.

— Bom, Okie era antigamente aquele que vinha de Oklahoma. Agora é a mesma coisa que chamar alguém de filho da puta. Okie quer dizer que o sujeito é um merda. A palavra mesmo não quer dizer nada; o que dá raiva é a maneira como eles diz ela. Mas não vale a pena falar. Ocês precisa ver isso pessoalmente. Têm que ir pra lá. Ouvi dizer que agora tem lá umas trezentas mil pessoa, da nossa região, gente que vive que nem porco, porque tudo na Califórnia tem dono. Não sobra mais coisa nenhuma. E os dono disso tudo se agarra às coisa deles que nem louco! São capaz até de matar. Eles têm medo, é por isto. Ocês vão ver, vão ouvir o que eles diz por lá. Uma terra bonita como o diabo, mas o povo de lá é danado de ruim. Tem tanto medo que desconfia até da sua própria gente.

Tom olhou a água e enterrou os calcanhares na areia.

— Mas se alguém trabalha e faz economia pode comprar um pedacinho de terra, não pode?

O homem mais idoso riu e olhou para o filho, e seu filho, calado, arreganhou os dentes com uma expressão quase triunfal. E o homem idoso disse:

— Ocês não vão arranjar nenhum trabalho certo. Vão ter que arrumar dia a dia o dinheiro pra comida. E vão precisar trabalhar pra uma gente mesquinha como o diabo. Se apanhar algodão, pode tá certo de que a balança vai tá viciada. Pode ser que nem sempre aconteça, mas em geral é assim. E ocês vão tá crente de que todas as balança rouba e vão ficar sempre desconfiado. E não vão poder fazer nada, mas nada mesmo.

O pai perguntou em voz baixa:

— Então... então não é nada bom aquilo lá?

— É bom, muito bonito tudo aquilo, mas a gente não consegue nada. Tem, por exemplo, um pomar cheio de laranja madura... e um sujeito armado de revólver que dá um tiro no primeiro que mexer nelas. E tem um sujeito, dono de um jornal, lá perto da costa, que tem meio milhão de hectare de terra...

Casy ergueu a cabeça bruscamente.

— Meio milhão de hectare?! Que diabo um homem faz com tanta terra assim?

— Sei lá. Sei que ele é dono daquilo tudo, e pronto. Tá criando algum gado e tem guarda armado por toda parte, que é pra ninguém entrar nas terra dele. E anda num carro à prova de bala. Já vi retrato dele. Um sujeito mole e gordo, com olhinho pequeno e uma boca que parece o olho do cu. Tem um medo de morrer que se pela. Meio milhão de hectare, e com medo da morte!

— Mas que diabo ele faz com tanta terra? Pra que é que ele quer meio milhão de hectare? — perguntou Casy.

O homem tirou as mãos embranquecidas e murchas da água e esticou-as, e depois repuxou o lábio inferior e deitou a cabeça sobre um dos ombros.

— Num sei — disse. — Talvez seja maluco. Tem que ser um maluco. Eu vi o retrato dele, é do tipo maluco. Maluco e ordinário.

— Você diz que ele tem medo de morrer? — perguntou Casy.

— É, é o que o povo conta.

— Tem medo de que Deus venha buscar ele?

— Num sei. Só sei que ele tem medo.

— Mas por quê? — perguntou o pai. — Viver assim não tem graça nenhuma...

— O vô não tinha medo — disse Tom. — Ele achava mais graça justamente quando tava mais perto da morte. Por exemplo, quando o vô e um outro sujeito caíram em cima de um bando de índio Navajo, numa noite. Foi quando eles mais se divertiram na vida, e ninguém dava um níquel pela vida deles.

— Sim, assim é que deve ser — disse Casy. — Quando alguém acha graça nas coisas, nem pensa na morte; mas quando alguém se sente sozinho, véio e desconsolado... aí tem medo de morrer.

— Mas por que é que ele ia ficar desconsolado, tendo meio milhão de hectare? — perguntou pai.

O pregador sorriu e fez uma expressão de perplexidade. Afastou com as mãos um inseto que flutuava na correnteza.

— Se ele precisa de meio milhão de hectare pra se sentir rico é porque ele se sente interiormente danado de pobre, e, se ele se sente pobre por dentro, não é meio milhão de hectare que vai fazer ele se sentir rico, e talvez é por isto que ele tá desconsolado: não pode fazer nada para se sentir rico, como a senhora Wilson se sentiu quando cedeu a tenda onde o vô morreu. Eu não quero fazer sermão, mas nunca vi alguém que passasse a vida inteira a juntar e juntar que não se sentisse, no fundo, desconsolado e desapontado. — Ele riu. — Soa como um sermão, mesmo, né?

O sol lançava agora raios ardentes. O pai disse:

— Acho melhor a gente se meter mais debaixo da água. Esse sol pode derreter a alma da gente. — E ele se reclinou e deixou satisfeito que a correnteza suave lhe afagasse o pescoço. — Mas quando se quer trabalhar de verdade, a gente arruma trabalho, né?

O homem eriçou o busto e encarou-o:

— Escuta aqui, senhor. Eu também não posso saber de tudo. Talvez ocê chegue e encontre logo um serviço permanente, e aí eu passava por mentiroso. Talvez não encontre nada, e aí fui eu quem não avisou nada. Só posso te dizer o seguinte: a maioria das pessoa que tá lá passa mal como o diabo. — Ajeitou-se novamente na água. — Ninguém é obrigado a saber de tudo — repetiu.

O pai virou a cabeça e olhou para tio John.

— Cê foi sempre um camarada pouco falador — disse o pai. — Mas o diabo me leve se ocê já disse mais que duas palavras desde que saímo de casa. Que é que ocê pensa disso tudo, afinal?

Tio John teve uma expressão sombria.

— Não penso nada sobre isso. Nós vamo pra lá, não vamo? Não adianta dizer nada, porque nós vamo, mesmo. Quando chegar, chegou. Se a gente arranjar trabalho, trabalha; se não, ficamo sentado no rabo. Toda essa falação não adianta nada.

Tom reclinou-se, deixou que a água lhe enchesse a boca, soprou-a para o ar e riu.

— Tio John não fala muito, mas o que diz é uma verdade. Sim senhor! Fala que nem um livro. Vamo continuar essa noite mesmo, pai?

— Acho que sim. Melhor é acabar com isso duma vez.

— Bom, então agora eu vou deitar um pouco.

Tom ergueu-se e foi até a margem arenosa. Vestiu a roupa sobre o corpo molhado e fez uma careta, pois que o sol esquentara muito suas vestes. Os outros seguiram-no.

O homem e seu filho continuaram sentados na água, vendo os Joad se afastarem. E o filho disse:

— Só quero ver eles daqui a seis meses. Meu Deus do céu!

O homem limpou os cantos dos olhos com o indicador.

— Eu não devia ter feito isso — disse. — Mas a gente tá sempre com vontade de mostrar esperteza, e fica avisando as pessoa!

— Mas Jesus, pai!... Eles que perguntaram.

— É, eu sei. Mas o homem não diss'que iam de qualquer jeito? Não adiantou nada contar a verdade. Assim foi pior, pois eles vão se sentir mais abatido ainda.

Tom caminhou por entre os salgueiros, procurou um lugar sombreado e deitou-se. E Noah foi atrás dele.

— Vou dormir — disse Tom.

— Tom!

— Hã?

— Tom, eu não quero mais ir com ocês.

Tom sentou-se.

— Que é que ocê tá dizendo?

— Tom, eu não vou deixar esse rio aqui. Vou descer pelas margem dele.

— Cê tá maluco! — disse Tom.

— Vou arranjar linha e anzol e vou pescando. Perto de um rio ninguém morre de fome.

— E a família? E a mãe? — Tom quis saber.

— Tá além das minha força. Não posso deixar esse rio. — Os olhos grandes de Noah estavam semicerrados. — Cê sabe como é, Tom. Cê sabe que todo mundo me trata muito bem. Mas a verdade é que ninguém se importa comigo.

— Ih, cê tá é maluco, mesmo.

— Não, Tom. Eu sei como eu sou. Sei que eles vão ficar triste, talvez. Mas... bom, eu não vou. Cê diz à mãe, tá bem, Tom?

— Olha aqui — começou Tom.

— Não adianta falar. Me meti nesse rio e não vou sair daqui. Vou descer o rio, Tom. Posso pegar peixe. Não vou deixar o rio. Não posso! — Foi se afastando lentamente. — Cê diz à mãe, Tom. — E afastou-se.

Tom seguiu-o até a beira do rio.

— Escuta, seu idiota mardito...

— Não vale a pena — disse Noah. — É difícil pra mim fazer isso, mas tem que ser assim. Preciso ir, e acabou-se. — Voltou-se abruptamente e seguiu rio abaixo, pela praia. Tom quis segui-lo ainda, depois resolveu desistir. Viu Noah desaparecer entre os arbustos e depois tornar a surgir, seguindo a margem do rio. E viu Noah diminuindo de tamanho pouco a pouco, até sumir-se de vez entre os salgueiros. Tom tirou o boné e coçou a cabeça. Voltou ao lugar que tinha escolhido e deitou-se para dormir.

Sob o teto de lona, a avó jazia num colchão, e a mãe estava sentada ao lado dela. O ar quente sufocava, e sob a sombra da lona moscas zuniam. A avó estava nua, coberta por um comprido cortinado cor-de-rosa. Sacudia a cabeça enrugada de um lado para outro, e murmurava e estertorava. A mãe sentara-se no chão ao lado dela, e com o auxílio de um pedaço de papelão mantinha as moscas afastadas e impelia ondas de ar quente sobre o velho rosto rígido. Rosa de Sharon estava sentada do outro lado e observava a mãe.

A avó chamou imperiosamente:

— Will! Will! Vem cá, Will! — E seus olhos abriram-se num olhar que errou com ferocidade ao redor. — Eu disse prele vir aqui — disse. — Deixa que eu pego ele. Arranco os cabelo dele. — Tornou a cerrar os olhos, rolou a cabeça para trás e para a frente e murmurava palavras incompreensíveis. A mãe agitava o leque de papelão, numa tentativa de afugentar as moscas.

Rosa de Sharon olhou desanimada a anciã. E disse baixinho:

— Ela tá muito doente.

A mãe levantou os olhos para o rosto da moça. Os olhos da mãe eram pacientes, mas rugas de preocupação estavam na sua fronte. A mãe abanava incessantemente e enxotava as moscas com o leque de papelão.

— Quando a gente é moça, Rosasharn, tudo que acontece só interessa à pessoa com quem a coisa acontece. Eu sei, Rosasharn, me lembro bem disso. — Seus lábios deleitaram-se em fazer soar o nome da filha. — Cê vai ter um bebê, Rosasharn, e é só o que te preocupa. Isso vai doer, e só ocê é que vai sentir as dor. E essa tenda é a única no mundo, Rosasharn. — Fez um gesto largo com a mão que segurava o abano para afastar uma mosca impertinente, e o inseto volumoso, enorme, sempre zumbindo, voou duas vezes dentro da tenda e escapuliu para o ar livre, perdendo-se no brilho ofuscante do sol. E a mãe continuou: — Virá o tempo em que ocê vai ver as coisa de outro modo, quando a morte será parte da morte geral e em que cada gravidez fará parte da gravidez geral. A morte e a gravidez são no fim de tudo parte de uma mesma coisa. E aí não vai ter mais coisa pessoal. E aí uma dor não vai mais doer tanto, porque não vai ser só mais uma dor pessoal, Rosasharn. Só queria poder explicar melhor isso procê, mas não posso. — E sua voz era tão branda, tão prenhe de amor, que Rosa de Sharon sentiu que lágrimas lhe brotavam dos olhos, e inundaram-nos a ponto de turvarem-lhe a visão.

— Toma, continua abanando — disse a mãe e entregou a Rosa de Sharon a folha de papelão. — É bom a gente abanar. Só queria poder explicar melhor o que eu penso.

A avó, cujas sobrancelhas se contraíam sobre os olhos fechados, gritou:

— Will! Ocê tá sujo! Cê nunca foi limpo em toda tua vida! — Levantou os dedos curtos e enrugados e coçou a face. Uma formiga vermelha correu pela coberta e enfiou-se por entre os sulcos da garganta da anciã. Depressa, a mãe apanhou-a entre o polegar e o indicador; esmagou-a e limpou os dedos no vestido.

Rosa de Sharon abanava com o papelão. Olhou agora para a mãe.

— Ela?... — E a frase morreu-lhe na garganta.

— Limpa os pés, Will... seu porco sujo! — gritou a avó.

A mãe disse:

— Não sei. Talvez se a gente pudesse levar ela pra um lugar mais fresco, mas não sei. Não se preocupa, Rosasharn. Cê precisa de tranquilidade.

Uma mulher volumosa, de vestido preto todo rasgado, olhou para dentro da tenda. Seus olhos eram inchados e seu olhar indefinido, e, no pescoço, a pele pendia frouxa. Seus lábios eram abertos e moles, de maneira que o lábio superior formava como que uma cortina de carne sobre os dentes, e o lábio inferior, devido ao seu peso, pendia solto e deixava à mostra as gengivas.

— Bom dia, dona — disse ela. — Bom dia, e Deus seja louvado.

A mãe encarou-a.

— Bom dia — disse.

A mulher entrou na tenda e debruçou-se sobre a avó.

— Me disseram que aqui tem uma alma quase indo pro céu — falou. — Louvado seja Deus!

As feições da mãe endureceram e seus olhos expressavam desagrado.

— Ela não tem nada; tá é cansada — disse. — Cansaço da viagem e do calor. Só isso. Daqui a pouco está boa outra vez.

A mulher debruçou-se sobre as faces da avó e fungou, parecendo que a estava a cheirar. Depois virou-se para a mãe e anuiu rapidamente; e seus lábios e a pele do pescoço tremiam.

— Uma boa alma para Nosso Senhor Jesus Cristo — disse ela.

A mãe gritou:

— Isso não é verdade!

A mulher tornou a anuir, desta vez mais vagarosamente, e pôs uma mão gorducha na testa da avó. A mãe fez um gesto, como que querendo afastar a mão da mulher, mas desistiu a meio caminho.

— É isso mesmo, irmã — disse a mulher. — Tem seis crente na nossa tenda. Vou buscar eles e a gente vai orar. Tudo Jeovita. São seis, comigo. Vou buscar eles.

A mãe entesou-se.

— Não... não precisa — disse. — Ela tá muito cansada. Não vai aguentar isso.

A mulher disse:

— Não aguenta uma prece? Não aguenta o doce hálito de Nosso Senhor? Que é que tá dizendo, irmã?

— Não, aqui não. Ela tá muito cansada — disse a mãe.

A mulher encarou a mãe com olhos reprovadores:

— A senhora não é crente, não, dona?

— Nós sempre fomos crente, sim. Mas a vó tá muito cansada agora; a gente viajou a noite toda. Não queremo incomodar ninguém.

— Não é incômodo, e, se fosse, a gente fazia da mesma maneira quando se trata de mandar uma alma pra Nosso Senhor Jesus Cristo.

A mãe levantou-se.

— Muito obrigada — disse com frieza. — Não queremo culto nenhum aqui na tenda.

A mulher olhou-a longamente.

— Bom, mas a gente não vai deixar uma irmã ir embora sem um pouco de prece. Vamo celebrar o culto na nossa tenda mesmo. E perdoamo a dureza do teu coração.

A mãe tornou a sentar-se no chão e virou o rosto para a avó, suas feições ainda estavam endurecidas.

— Ela tá muito cansada — disse. — Cansada e mais nada. — A avó mexia a cabeça para um lado e outro e murmurava coisas ininteligíveis.

A mulher, rija qual uma estaca, deixou a tenda. A mãe continuou a olhar o rosto enrugado da anciã.

Rosa de Sharon recomeçou a abanar o rosto da avó, provocando uma rajada de ar quente. Ela disse:

— Mãe!

— Que é?

— Por que foi que a senhora não queria que eles viesse rezar aqui?

— Não sei — disse a mãe. — Os jeovita são boa gente. Dão grandes grito e salto. Não sei, não. Me deu uma coisa aqui dentro. Pensei que não podia aguentar; ia desabar toda.

De um local próximo chegavam os sons do culto que se iniciava, a melodia arrastada de uma exortação. Não se percebia a letra, mas apenas a melodia, que crescia e diminuía de intensidade, mas subia de tom em cada ciclo, invariavelmente. Agora ela estacou e uma voz isolada respondeu ao cântico, e a exortação subia, triunfal e poderosa. A melodia crescia e parava e, desta vez, a resposta veio num rugido. Agora gradualmente as frases de exortação encurtavam-se, tornavam-se duras como vozes de comando; e as respostas soavam feito queixumes. O ritmo tornou-se mais acelerado. Vozes masculinas e femininas fundiram-se num só tom, mas depois, no meio de uma resposta, ergueu-se uma voz feminina cada vez mais forte, feroz, como o grito de um animal ferido; e uma voz feminina mais profunda seguiu-a, uma voz feito latido, e uma voz masculina subiu, como o uivar de um lobo. A exortação parou finalmente, e somente se ouviam os queixumes animalescos da mistura com batidas de pés no chão. A mãe tremia. Rosa de Sharon respirava com dificuldade e rapidez, e o coro uivante prolongou-se até um ponto em que parecia que os pulmões iam arrebentar.

A mãe disse:

— Isso me deixa maluca. Não sei o que tenho.

A voz uivante degenerou agora em gritos histéricos, gritos de hiena, e as batidas de pés cresceram de intensidade. Vozes esganiçavam-se e estacavam, então o coro todo decaiu num soluçar estertorante a meia voz, e ouviu-se o barulho de pés e de mãos batendo nas coxas; os estertores descambavam em ganidos, parecidos com os de cachorrinhos que lutam para alcançar um prato de comida.

Rosa de Sharon chorava nervosamente, baixinho. A avó sacudiu o cobertor expondo com isso as pernas semelhantes a galhos nodosos cinzentos. Gemia com os gemidos que vinham de longe. A mãe tornou a cobrir-lhe as pernas. A avó suspirou então profundamente, sua respiração tornou-se firme e fácil, e suas pálpebras caídas não mais se contraíam. Mergulhara num sono calmo e ressonava, a boca entreaberta. Os gemidos e uivos ao longe tornavam-se mais e mais brandos, até se desvanecerem de todo.

Rosa de Sharon olhou para a mãe, os olhos inundados de lágrimas.

— Fez bem a ela — disse Rosa de Sharon. — Fez bem. A vó tá dormindo.

A mãe tinha a cabeça baixa e estava envergonhada.

— Acho que fui injusta com aquela gente. A vó adormeceu.

— Por que a senhora não pergunta pro nosso pregador se a senhora cometeu algum pecado? — perguntou a moça.

— Vou perguntar, sim... mas ele é um sujeito esquisito. Quem sabe foi por causa dele que eu disse aos jeovita para não rezar aqui na nossa tenda? Esse pregador... ele acha que tudo que os homem faz é direito. — A mãe olhou para as mãos e disse: — Rosasharn, a gente precisa dormir um pouco. Se a gente quiser viajar hoje de noite, é preciso descansar um pouco. — E estirou-se no chão, ao lado do colchão.

— E quem vai abanar a vó?

— Ela tá dormindo, não precisa. Deita um pouco e descansa.

— Só queria saber onde anda o Connie — disse a moça. — Faz tempo que não vejo ele.

A mãe disse:

— Shh! Dorme.

— Mãe, o Connie quer estudar de noite pra ser alguma coisa na vida.

— Sim, sim, cê já me disse isso. Agora dorme.

A moça deitou-se de um lado do colchão.

— Connie tá com plano na cabeça. Ele vive pensando. Quando acabar de estudar eletricidade, diss'que vai ter uma loja própria. Imagine a senhora que bom vai ser! Vamo ter tanta coisa!

— O quê?

— Gelo... gelo à beça. Vou ter uma geladeira. Cheia de coisa. As coisa não estraga quando tão na geladeira.

— Connie vive pensando coisa — riu a mãe. — Mas agora trata de dormir.

Rosa de Sharon cerrou os olhos. A mãe deitou-se de costas e cruzou as mãos sob a cabeça. Ficou atenta à respiração da avó e à respiração da filha. Tirou uma mão de sob a cabeça para espantar uma mosca que pousara em sua fronte. O acampamento estava em silêncio no calor ardente, e os ruídos na relva quente, o canto dos grilos e o zum-zum das moscas eram ruídos que caíam bem no silêncio. A mãe suspirou profundamente e fechou os olhos. Semiadormecida, ela ouviu passos que se aproximavam, mas somente acordou totalmente quando uma voz masculina soou alta:

— Quem é que taí?

A mãe sentou-se rapidamente. Um homem de rosto moreno surgiu à porta da tenda e olhou para dentro. Calçava botas, culotes e camisa cáqui com dragonas. Do cinto de couro largo pendia um revólver no coldre, e ostentava uma grande estrela de prata no lado esquerdo do peito. Trazia um boné militar tombado para trás. Tamborilava com os dedos no pano da tenda e a lona ondeava e vibrava como um tambor.

— Quem tá aí dentro? — tornou a perguntar.

— Que é que o senhor deseja? — a mãe perguntou.

— Que é que a senhora acha que eu posso desejar? Quero saber quem tá aí dentro.

— Ora, só nós três. Eu, minha filha e a vó.

— E onde tão os homem?

— Eles foram se lavar aí no rio. A gente andou viajando a noite toda.

— Vêm de onde?

— De perto de Sallisaw, estado de Oklahoma.

— Bem, não podem ficar aqui.

— Nós queremo sair daqui de noite, pra atravessar o deserto.

— É o melhor que têm a fazer. Se amanhã de manhã ainda estiverem aqui irão tudo pra cadeia, ouviu? Não queremo ocês aqui.

A mãe corou de raiva. Devagar, ela se pôs em pé e pegou uma frigideira de ferro.

— Escuta, moço — disse ela. — O senhor tem uma estrela no peito e um revólver, mas isso pra mim não serve de nada. Lá, de onde eu venho, gente assim costuma falar delicado, ouviu? — Ela avançou, empunhando a frigideira. Ele afrouxou a arma no coldre. — Vá saindo — disse a mãe. — Sim senhor! Assustando mulher. Inda bem que os homens não tão aqui. Você ia ver! Na minha terra gente como você tem muito cuidado com a língua.

O homem deu dois passos para trás.

— Mas agora ocê não tá na tua terra, tá entendendo? Tá é na Califórnia, e nós aqui não queremo esses Okies danado que nem ocê.

A mãe estacou, hirta:

— Okies? — disse ela baixinho. — Okies?

— É, Okies! E se amanhã ocês ainda tiver aqui, vão passar mal. Boto ocês tudo na gaiola. — Virou as costas, saiu e foi até a próxima tenda e bateu na lona com a mão aberta. — Quem taí dentro? — falou.

A mãe foi voltando com vagar. Recolocou a frigideira no caixote. Tornou a sentar-se, lentamente. Rosa de Sharon observava-a disfarçadamente. E quando viu seus traços alterados, cerrou os olhos, fingindo adormecer.

O sol já tinha se aproximado bastante do horizonte, mas o calor não diminuía. Tom acordou de seu sono à sombra dos salgueiros e sentia a boca ressequida, o corpo malhado de suor e a cabeça pesada. Levantou-se cambaleante e foi assim até o rio. Tirou a roupa e foi entrando na água. E mal sentiu a água banhar-lhe o corpo, passou-lhe a sede. Deitou-se de costas num ponto mais profundo, deixando o corpo flutuar. Manteve-se equilibrado fincando os cotovelos na areia, e ficou olhando os dedos dos pés que emergiam à superfície.

Um menino magro, pálido, surgiu, arrastando-se através do juncal como um bichinho, despojando-se de suas roupas. O menino mergulhou no rio feito um rato-almiscarado, e somente se lhe viam os olhos e o nariz à superfície. Depois, de repente, descobriu Tom, e notou que Tom o observava. Parou com a distração, sentando-se na água.

Tom disse:

— Alô.

— Alô!

— Tava brincando de rato-almiscarado, é?

— É... — O menino foi recuando aos poucos para a margem, como quem foge, de repente, pulou para fora da água, apanhou suas roupas e saiu correndo, sumindo-se entre os salgueiros.

Tom riu. Depois ouviu chamarem seu nome em altos gritos: Tom, ô Tooom! Sentou-se e emitiu um silvo entre os dentes. Os salgueiros agitaram-se em leque e apareceu a figurinha de Ruthie.

— A mãe tá te chamando — disse ela. — Procê vir depressa.

— Sim, já vou. — Ergueu-se e correu pela água até a margem. Ruthie observava com espanto e curiosidade o corpo nu do irmão.

Tom, que notara o interesse da menina, ordenou:

— Vai embora, anda! — E Ruthie foi embora correndo. Tom ouviu-a chamando excitadamente por Winfield. Vestiu a roupa quente sobre a pele fresca e foi andando, através dos salgueiros, em direção à tenda.

A mãe tinha feito uma fogueira com ramos secos de salgueiros e posto água para ferver. Mostrou-se visivelmente aliviada ao vê-lo.

— Que é que há, mãe? — perguntou Tom.

— Nada, eu tava com medo — disse ela. — Veio um polícia aqui, que diss'que a gente não pode ficar nesse lugar. Eu tava com medo que também tivesse falado com ocê e que ocê fizesse qualquer coisa pra ele.

— Que é que eu ia fazer pra ele? Por quê?

A mãe sorriu.

— Bom... ele era um bruto... Até eu tive vontade de dar na cara dele.

Tom pegou nos braços dela e sacudiu-a levemente, risonho. Sentou-se depois, ainda rindo, satisfeito no chão.

— Puxa, mãe! Eu nunca me lembro de ter visto a senhora assim braba. Que foi que aconteceu?

Ela o olhou com seriedade.

— Não sei, não, Tom.

— Primeiro, a senhora quer quebrar a cabeça do pai; agora quer avançar contra um polícia. Que foi que houve? — Ele riu com brandura, estendeu as mãos e acariciou carinhosamente os pés nus da mãe. — Gata véia dos inferno — disse.

— Tom!

— Hã?

Ela hesitou bastante.

— Tom, esse polícia... ele chamou a gente de Okie. Diss'assim: "Nós não queremo aqui esses Okie danado que nem ocê!"

Tom encarou-a pensativo, e com a mão ainda acariciando os pés nus da mãe.

— Um camarada já me falou disso. Eles dizem isso pra xingar os que vêm pra cá — Calou-se por um instante. — Mãe, a senhora acha que eu não presto? Acha que eu devia estar na cadeia?

— Não — disse ela. — Cê fez um engano... e já pagou. Por quê?

— Sei lá. Acho que eu ia era quebrar a cara desse polícia.

A mãe sorriu satisfeita.

— Então eu também devia perguntar uma coisa assim, porque eu também tive vontade de quebrar a cara dele com uma frigidera.

— Mãe, por que será que ele disse que a gente não pode ficar aqui?

— Ele só disse que não quer nenhum desses danado de Okie por aqui. Diss'que vai botar a gente na cadeia se amanhã de manhã a gente ainda tiver aqui.

— Mas a gente não tá acostumado a ser maltratado pela polícia.

— Foi o que eu falei pra ele. Ele diss'que a gente não tá em casa agora. Tá é na Califórnia, e aqui eles faz o que quer.

Tom disse, assustado:

— Mãe, preciso contar uma coisa pra senhora. O Noah... ele foi embora. Desceu rio abaixo. Diss'que não queria vir com a gente.

Levou um bom minuto para a mãe compreender.

— Por quê? — perguntou ela, afinal, baixinho.

— Não sei. Ele diss'que tinha que ser. Que não podia sair desse rio. Me pediu pra dizer à senhora.

— E o que é que ele vai comer? — perguntou ela.

— Não sei. Ele falou que vai pescar.

A mãe silenciou por algum tempo.

— A família tá se desfazendo, aos pouco. Não sei. Já nem posso pensar. Não posso pensar mais nada. É demais!

Tom disse, inseguro, para tentar tranquilizá-la:

— Não vai acontecer nada com ele, mãe. Ele sabe se arranjar.

A mãe voltou seus olhos aturdidos para o rio.

— Não posso pensar mais coisa nenhuma.

Tom olhou para a fileira de tendas e viu Ruthie e Winfield diante de uma tenda em conversação cerimoniosa com alguém que devia estar lá dentro. Ruthie torcia a saia com as mãos, enquanto Winfield fazia um buraco no chão com o dedo do pé. Tom chamou:

— Ruthie, vem cá! — Ela olhou para cima, enxergou-o e veio correndo, e Winfield também veio correndo atrás dela. Quando a menina chegou, disse Tom:

— Vai buscar o pessoal, Ruthie. Eles tão todos dormindo lá nos salgueiro. E, Winfield, cê diz ao seu Wilson pra se preparar, que a gente vai embora daqui já-já. — As crianças saíram correndo.

Tom disse:

— Mãe, e a vó? Ela já tá melhor?

— Bom, ela tá dormindo, o que já não é pouco. Pode ser que teja melhor. Deve estar dormindo ainda.

— Isso é bom. Quanta carne ainda temo?

— Não tem muita, não. Um quarto de porco, talvez.

— Bom, então precisamo encher o outro barril de água. Convém a gente levar bastante água. — Eles ouviram os gritos agudos de Ruthie, chamando os homens entre os salgueiros.

A mãe botou ramos de salgueiro na fogueira e fez as chamas lamberem a panela enegrecida:

— Só peço a Deus pra dar logo descanso à gente. Peço a Deus Nosso Senhor pra encontrar um lugar onde a gente possa ficar em paz — falou.

O sol caía atrás das colinas dentadas, quebradas no ocidente. O conteúdo da panela fervia penosamente sobre a fogueira. A mãe entrou na tenda e voltou com o avental cheio de batatas, deixando-as cair na água fervente.

— Peço a Deus pra poder lavar logo um pouquinho de roupa. A gente nunca andou tão sujo como agora. Nem as batata a gente lava mais antes de cozinhar. Por que será? Até parece que nós tudo perdemo a coragem.

Os homens vinham chegando, os olhos cheios de sono, e tinham o rosto vermelho e inchado, já que não estavam acostumados a dormir de dia.

— Que foi que houve? — perguntou o pai.

— Vamo embora — disse Tom. — O polícia diss'pra gente sair daqui. É bom até, só assim a gente acaba logo com essa viagem. Quanto mais cedo sai, mais cedo chega. Só falta uns quinhentos quilômetro.

— Eu pensei que a gente ia descansar um pouco — disse o pai.

— É, mas não pode ser. A gente tem que ir já, pai — disse Tom. — O Noah não vem. Ele foi embora, rio abaixo.

— Não vem? Que diabo ele tem? — E depois estacou bruscamente. — A culpa é minha — disse abatido. — Aquele rapaz... É culpa minha.

— Que nada!

— Não quero mais falar sobre isso — disse o pai. — Não posso falar, a culpa é minha.

— Bem, a gente tem que ir de qualquer jeito.

Wilson interveio agora.

— Nós não podemo ir, pessoal — disse. — A Sairy não pode mais; ela tá esgotada. Precisa descansar. Se tiver que atravessar o deserto nesse estado, ela morre.

Silenciaram todos. Depois Tom disse:

— Um polícia teve aqui e diss'que bota a gente na cadeia se a gente tiver aqui amanhã ainda.

Wilson sacudiu a cabeça. Seus olhos estavam vidrados de preocupação, seu rosto empalideceu sob a tez queimada de sol.

— Então, ele que nos bote na cadeia. A Sairy não pode viajar desse jeito. Ela tem que descansar pra ganhar força.

— É melhor todo mundo ficar e esperar — disse o pai.

— Não — disse Wilson. — Ocês tudo têm sido muito bom com a gente; não posso permitir que fiquem. Ocês têm que continuar a viagem, tratar de arrumar trabalho. Não posso permitir que fiquem.

— Mas ocês já não têm mais nada! — disse o pai com excitação.

Wilson sorriu:

— Antes também nós não tinha nada, quando ocês nos encontraram. Ocês é que não deve se incomodar com isso. Continua a viagem, senão eu perco as estribeira e brigo já-já com ocês.

A mãe arrastou o pai até o interior da tenda, e falou baixinho com ele.

Wilson voltou-se para Casy:

— A Sairy pediu pro senhor ir ver ela.

— Pois não — disse o pregador.

Foi até a pequena tenda cinza que pertencia aos Wilson, afastou os lados e entrou. Estava escuro e quente ali dentro. O colchão estava estendido na terra, e ao redor dele espalhavam-se os pertences do casal, tal como haviam sido descarregados pela manhã. Sairy estava deitada no colchão, os olhos muito abertos e brilhantes. Casy parou e olhou-a, a grande cabeça curvada e os músculos tesos do pescoço avultando-se dos lados. Tirou o chapéu e ficou a segurá-lo na mão.

— Meu marido já disse que a gente não podia continuar a viagem?

— Já, sim senhora.

— Eu queria que a gente pudesse ir também. Sabia que não iria viver o bastante para chegar até onde a gente pretendia, mas queria que pelo menos ele chegasse. Mas ele não quer. Ele não sabe; pensa que eu vou ficar boa. É que ele não sabe.

— O sr. Wilson disse que não quer ir.

— Sim, ele é teimoso. Pedi pro senhor vir aqui pra rezar por mim.

— Mas eu não sou mais um pregador — disse ele em voz baixa. — Minhas prece não adianta.

Ela umedeceu os lábios.

— Eu vi o senhor fazer uma prece quando o vô morreu.

— Mas aquilo não era uma prece.

— Era, sim. Eu ouvi.

— Não era prece de um pregador.

— Mas foi uma bonita prece. Queria que o senhor dissesse uma assim pra mim.

— Não sei o que dizer.

Ela cerrou os olhos por um instante e logo tornou a abri-los.

— Então diga procê mesmo. Não precisa dizer alto. Serve assim mesmo.

— Eu não tenho mais Deus.

— Tem, sim, eu sei que tem. Não importa o senhor saber ou não o que Ele é, mas tem sim.

O pregador curvou a cabeça. Ela o olhou com apreensão. E quando ele tornou a erguer a cabeça, ela parecia aliviada.

— Isso foi bom — disse ela. — Era o que eu queria. Alguém perto de mim, rezando.

Ele sacudiu a cabeça, como se quisesse despertar de um sonho.

— Não entendo... não entendo isso tudo — disse.

E ela replicou:

— Sim, o senhor sabe. Né verdade?

— Sei, eu sei mas não entendo. Eu... bem, daqui a uns dias a senhora com certeza estará boa e poderá continuar a viagem.

Ela moveu a cabeça vagarosamente.

— Eu não passo de um monte de sofrimento, coberto de pele. Sei o que é, mas não quero dizer pro meu marido. Ele ia ficar muito triste. Não adiantava mesmo dizer. Que é que ia fazer? Talvez de noite, quando ele estiver dormindo... quando acordar, talvez não seja tão ruim assim.

— A senhora quer que eu fique aqui com a senhora?

— Não — disse ela. — Não. Quando eu era criança, gostava muito de cantar. O povo dizia que eu cantava tão bem como Jenny Lind.[13] E todo mundo vinha me ouvir cantar. E quando me ouviam, ficavam bem junto de mim. E eu me sentia mais próxima deles do que nunca. E me sentia muito grata. Não acontece muitas vez de a gente ser tão feliz, sentir os outros tão próximo da gente... como daquela vez que eles tudo me cercavam. Pensava até em cantar um dia num palco, mas nunca fiz. Assim, nada se meteu entre mim e eles. Queria sentir mais uma vez que tinha alguém perto de mim. Cantar ou rezar, é a mesma coisa. Só queria que o senhor pudesse me ouvir cantar.

Ele a olhou bem nos olhos.

— Bom, até logo — disse.

Novamente, ela sacudiu com vagar a cabeça, apertando os lábios. E o pregador deixou a tenda obscura e viu-se de novo sob a luz ofuscante.

Os homens estavam carregando o caminhão. Tio John estava na carroceria, e os outros lhe passavam as coisas. Ele as pegava com cuidado, prestando atenção para que a superfície do carregamento ficasse no mesmo nível. A mãe punha a carne de porco restante num panelão, e Tom e Al levaram ambas as barricas ao rio e lavaram-nas bem. Amarraram-nas depois no estribo, trouxeram água nos baldes e encheram-nas. Depois as cobriram com pano de lona, para que a água não entornasse. Só faltava agora carregar a tenda e o colchão da avó.

Tom disse:

— Com essa carga toda que a gente leva, esse calhambeque vai ferver como o diabo. É bom a gente levar bastante água.

---

13 Jenny Lind (1820-1887), cujo nome original era Johanna Maria Lind, foi uma soprano e cantora de ópera, admirada e reconhecida pelo seu talento e controle vocal. Ao longo de sua carreira, apresentou-se em diversos recitais na Europa e excursionou pelos Estados Unidos da América na segunda metade do século XIX. Nos últimos anos de sua vida, Jenny Lind lecionou no Royal College of Music, em Londres, Inglaterra. (*N. do R. T.*)

A mãe tirou as batatas da panela, trouxe o saco meio vazio da tenda. A família comeu em pé, jogando a batata de uma mão para a outra até esfriar.

A mãe foi à tenda dos Wilson, ficou lá uns dez minutos e voltou silenciosa.

— Tá na hora da gente ir — disse.

Os homens entraram na tenda dos Joad. A avó dormia ainda, de boca aberta. Eles pegaram-na, com colchão e tudo, e depuseram-na devagarinho sobre a carroceria, em cima da carga. A avó encolheu as pernas e fez uma careta, mas não acordou.

Tio John e o pai estenderam a lona sobre as varetas laterais do caminhão, de maneira que ela parecia formar uma tenda. As pontas, eles amarraram nas bordas do veículo. Agora estava tudo pronto. O pai tirou a bolsa de dinheiro e puxou duas notas amarrotadas. Foi até Wilson e estendeu-as.

— A gente queria que o senhor ficasse com isso, e... — ele apontou para as batatas e a carne de porco — com isso também.

Wilson sacudiu energicamente a cabeça.

— Não senhor — disse. — Nada disso. Ocês não têm bastante nem procês mesmo.

— O que tem dá, até a gente chegar — disse o pai. — Não vai fazer falta. E se arruma trabalho logo.

— Não senhor — disse Wilson. — Fico aborrecido se ocês não levar isso.

A mãe tomou as duas notas das mãos do pai. Alisou-as bem e colocou-as no chão e pôs-lhes em cima o panelão com a carne de porco.

— Fica aqui — disse ela. — Se o senhor não quiser, um outro qualquer fica. — Wilson, cabeça baixa, voltou-se e foi para a sua tenda; e a lona fechou-se atrás dele.

Por alguns instantes, a família esperou.

— Bom, vamo indo — disse Tom. — Acho que são quase quatro hora.

A família trepou no caminhão, a mãe no alto da carga, ao lado da avó. Tom, Al e o pai no assento, e Winfield no colo do pai. Connie e Rosa de Sharon fizeram um ninho num canto da carroceria, junto à cabine do motorista. O pregador, Tio John e Ruthie iam amontoados sobre a carga.

O pai gritou:

— Adeus, senhor Wilson; adeus, senhora Wilson!

Da tenda não veio resposta alguma. Tom acionou o motor e o caminhão arrancou. Quando estavam galgando a pequena estrada que conduzia a Needles e à estrada principal, a mãe olhou para trás. Wilson estava parado diante de sua tenda, acompanhando-os com os olhos. O sol projetava-se em cheio em seu rosto. A mãe agitou a mão para cumprimentá-lo, mas ele não respondeu ao gesto.

Tom atravessou a pequena estrada em segunda, para proteger as molas. Em Needles, parou diante de um posto e verificou a pressão de ar dos pneus, mandando encher o tanque de gasolina. Comprou duas latas de gasolina, de cinco galões cada uma, e uma lata de óleo, de dois galões. Encheu o radiador, pediu um mapa emprestado e estudou-o.

O empregado do posto, em seu uniforme branco, pareceu estar inquieto, enquanto a conta não era paga.

— Vocês são corajoso — observou ele depois.

Tom ergueu os olhos de sobre o mapa.

— Por que ocê diz isso? — perguntou.

— Ora, fazer a travessia num calhambeque desse.

— Cê já fez essa travessia?

— Já, muitas vez. Mas não numa carcaça assim.

— Quer dizer que se quebrar um troço qualquer ninguém vai poder tirar a gente da encrenca?

— Bem, talvez sim. Mas é que geralmente ninguém gosta de parar de noite. Eles têm medo. Aliás, eu também não sou melhor. É preciso muita coragem pra fazer isso.

Tom riu.

— Não é preciso muita coragem quando não se pode fazer outra coisa. Bom, muito obrigado. Nós vamo indo. — Subiu no caminhão e foi rodando.

O empregado de branco entrou no escritório do posto, onde um colega trabalhava num livro-caixa.

— Puxa, um caminhão cheio de troço como nunca vi!

— Que? O calhambeque desses Okie? Eles são tudo assim.

— Deus do céu, eu é que não viajava desse jeito, nunca!

— Bem, a gente não é besta. Mas esses danado desses Okie anda completamente maluco, não têm mais nem sentimento, não são humano. Um homem não pode viver assim. Nenhum homem aguenta viver sujo e na miséria. Valem pouco mais que uns gorila.

— Nem num Hudson Super Six eu ia querer fazer a travessia do deserto. Esses carro faz um barulho de metralhadora.

O outro debruçou-se de novo sobre o seu livro-caixa. E grossa baga de suor caiu em seu dedo, parando sobre o maço de faturas cor-de-rosa.

— Cê sabe, eles não se incomoda muito. São tão estúpido que nem nota o perigo. Não veem um palmo adiante do nariz, Jesus Cristo! E então por que é que ocê se incomoda tanto com eles?

— Eu não me incomodo. Só disse que eu é que não ia fazer uma coisa dessa.

— Normal, é porque ocê sabe o que significa uma viagem assim. Mas eles não sabe. — E limpou o suor, que caíra sobre as faturas, com a manga.

O caminhão alcançou a estrada principal e agora rodava para o alto das colinas, através de fileiras de rochedos quebrados e apodrecidos. O motor não tardou a esquentar e Tom diminuiu a marcha para não fatigá-lo em excesso. A estrada serpenteava, sempre subindo, por terras mortas, tostadas, brancas e cinzentas; terras que não apresentavam o menor sinal de vida. Tom parou por alguns minutos para esfriar um pouco a máquina; e logo prosseguiu. Chegaram ao alto da montanha quando o sol ainda estava alto, e olharam o deserto aos seus pés — montes de cinza enegrecida ao longe, e o sol dourado refletindo-se no areal cinzento. Alguns arbustos ressequidos, salvas e sempre-vivas, lançavam fortes sombras sobre a areia que margeava as rochas. Tinham o sol diante de si, e Tom improvisou uma viseira com a mão para poder enxergar. Passaram o cume e na descida pararam o motor para deixá-lo esfriar. Desceram rápido pelo declive e alcançaram a planura do deserto. O ventilador girava e esfriava a água no radiador. No assento dianteiro, Tom, Al e o pai, Winfield nos joelhos do pai, olhavam o sol que descia no horizonte; seus olhos estavam fixos e suas faces tostadas, cobertas de suor. A terra ardente e os montes de cinza enegrecidos cortavam a uniformidade da passagem, dando-lhe um aspecto assustador à luz do poente.

— Meu Deus, que lugar! Como será passar por aqui a pé? — disse Al.

— Ora, muita gente já fez isso — disse Tom. — Muita gente, e se eles fizeram isso, então nós também podia fazer.

— É, mas garanto que muitos bateram as bota — disse Al.

— Bom, nós também ainda não chegamo ao fim.

Al calou-se por instantes, e o deserto vermelho deslizava ao lado do caminhão.

— Cê acha que a gente ainda vai ver os Wilson? — perguntou.

Tom deitou um olhar ao marcador de óleo.

— Acho que a senhora Wilson é que ninguém mais vai ver por muito tempo. É a impressão que eu tenho.

Winfield disse:

— Pai, eu quero ir lá fora.

Tom olhou-o.

— Acho que todo mundo devia fazer isso antes que a noite caísse. — Diminuiu a marcha e parou o veículo. Winfield saltou e urinou na beira da estrada. Tom debruçou-se para fora do assento.

— Alguém mais?

— A gente aguenta — disse tio John.

— Winfield, agora ocê passa lá pra trás — disse o pai. — Tô com as pernas dormentes de tanto levar ocê nos joelho. — O menino abotoou o macacão e trepou, obediente, sobre a carga arrumada na carroceria, e arrastando-se por cima do colchão da avó foi encolher-se junto a Ruthie.

O caminhão retomou seu caminho. O sol tocou o horizonte selvagem e tingiu o deserto de vermelho.

— Eles não te queriam lá embaixo, né? Perguntou Ruthie.

— Eu é que não quis ficar mais. Não é tão bom como aqui. Não podia nem me deitar.

— Bom, vou te avisando: não me amola com conversa porque quero dormir, ouviu? — disse Ruthie. — Vou dormir, e quando acordar a gente já vai estar na Califórnia, como o Tom disse. Vai ser divertido ver uma terra tão bonita!

O sol desapareceu, deixando amplo halo no céu. Sob o teto de lona do caminhão reinava completa escuridão; era um buraco escuro com faixas de luz nas extremidades — um triângulo de linhas de luz.

Connie e Rosa de Sharon encostaram-se contra o assento da frente, e o vento quente que se imiscuía na tenda batia-lhes de encontro à base do crânio e fazia ondular e martelar o pano de lona. Falavam baixinho um com o outro e a tonalidade de sua voz era abafada pelo sussurro da lona sacudida pelo vento, e assim ninguém mais podia ouvir o que eles diziam. Quando Connie falava, virava a cabeça e aproximava-se dos ouvidos dela, e ela fazia o mesmo com ele. Ela disse:

— Parece que a gente não fez outra coisa na vida senão viajar. Já tô farta disso tudo.

Ele encostou a boca no ouvido dela.

— Quem sabe amanhã de manhã a gente já vai tá lá? Que tal a gente sozinho agora? — na escuridão, estendeu a mão e acariciou-lhe os quadris.

— Não! Cê me deixa muito arretada. Não faz isso. — E virou a cabeça para ouvir-lhe a resposta.

— Bom, então quando todo mundo dormir...

— Talvez — disse ela. — Mas então espera que todo mundo durma. Cê me deixa arretada, e depois pode ser que ninguém durma.

— Mas não posso me aguentar — disse ele.

— Sei. Eu também. Vamo falar sobre a Califórnia. E vê se chega um pouco mais pra lá, antes que eu me dane.

Ele se afastou um pouco.

— Pois é isso, vou tratar é de estudar de noite, logo que chegar — disse. Ela suspirou profundamente. — Vou comprar um livro que tenha todas essas coisa e mandar o cupom.

— Quanto cê acha que vai demorar?

— Demorar o quê?

— Demorar até que cê ganhe dinheiro e a gente possa ter gelo em casa.

— Ah, isso não sei — disse com ar importante. — É uma coisa que a gente não pode dizer assim. Mas até o Natal eu acho que termino com os estudo.

— E assim que cê acabar de estudar, a gente já pode ter o gelo e tudo, né?

Ele deu um risinho:

— Acho que é o calor — disse. — Pra que é que ocê vai querer gelo no Natal, com aquele frio?

— É isso mesmo. Me esqueci — ela riu. — Mas eu vou gostar sempre de ter gelo em casa. Não, agora não! Fica quieto. Cê me deixa arretada.

A penumbra transformara-se em noite escura e as estrelas do deserto surgiram claras, perfurantes e cristalinas, pequenos pontos e raios no céu de veludo. E o calor transformara-se. Enquanto o sol ainda permanecia iluminando, era um calor martelante, implacável; mas agora era um calor que vinha de baixo, da própria terra, e era pesado, sufocante. As luzes do caminhão acenderam-se e se espraiaram por um pequeno quadrilátero diante do veículo e formavam estreitas faixas dos dois lados da estrada, onde se estendia o deserto. E às vezes olhos brilhavam à luz dos faróis, mas nenhum animal surgia à vista. Sob o toldo, a escuridão era agora completa. Tio John e o pregador estavam deitados, encolhidos, no meio da carroceria, olhando para o triângulo luminoso. Podiam ver duas silhuetas recortando-se mais nítidas — a mãe e a avó. Podiam ver a mãe mexer-se às vezes, e seu braço escuro mover-se para fora.

Tio John conversava com o pregador.

— Casy — disse ele —, ocê é um camarada que devia saber o que convém.

— Saber o quê?

— Não sei.

— Ora, assim fica fácil pra mim — ironizou Casy.

— Bom, cê foi um pregador...

— Escute, John, vamo deixar disso. Todo mundo pensa que eu sou mais que os outros só porque já fui um pregador. Um pregador é um homem como outro qualquer.

— É, mas... é diferente, senão não ia ser um pregador. Eu queria perguntar procê... Cê acha que uma pessoa pode dar azar pros outro?

— Não sei — disse Casy. — Não sei.

— Bom, quer ver? Eu fui casado, com uma moça boa, bonita. E uma noite ela teve umas dor na barriga. E ela disse: é melhor ocê chamar um médico. E eu disse: que nada, pra que médico? Cê comeu foi demais. — Tio John colocou a mão sobre o joelho de Casy e olhou-o ansiosamente procurando distinguir-lhe as feições na escuridão. — Ela só fez foi me olhar de um jeito... E depois sofreu a noite toda e na tarde seguinte morreu. — O pregador murmurou qualquer coisa. — Já vê — prosseguiu John —, eu matei ela. E daí pra cá fiz tudo pra pagar meu pecado, principalmente com as criança. Fiz tudo pra ser bom, mas acho que não dou pra isso. Tomo um porre e desando a fazer besteira.

— Ora, isso acontece com qualquer um. Todo mundo bebe. Eu também — disse Casy.

— É, mas ocê não cometeu um pecado, como eu.

Casy disse, gentilmente:

— Mas eu também cometi pecado. Todo mundo cometeu pecados. O pecado é uma coisa de que a gente nunca pode estar livre. Essa gente que diz que é santa, que nunca fez nada de ruim... bem, esses são uns filho da puta mentiroso, e se eu fosse Deus metia o pé na bunda deles e fazia eles voar do céu pra fora.

— Eu acho que dei azar pra minha gente. Acho que eu devia era ir embora daqui, deixar eles sozinho. Não tô nada satisfeito com o que tá acontecendo — disse tio John.

— Eu conheço isso... — falou Casy rapidamente. — Um homem deve fazer aquilo que acha que é direito. Não sei, palavra que não sei. Acho que esse negócio de sorte e azar é coisa que não existe. Só sei de uma coisa: ninguém tem o direito de se meter na vida dos outro. Deixa que cada um faça o que achar direito. Ajudar alguém, isso sim, talvez, mas nunca dizer o que ele deve fazer.

— Então você também não sabe? — disse tio John, desapontado.

— Não sei.

— Cê acha que foi um pecado eu deixar morrer minha mulher daquele jeito?

— Bem — disse Casy —, pra qualquer outra pessoa, foi um descuido, mas se ocê pensa que foi pecado, então é porque foi pecado. Pecado é coisa que a gente mesmo cria.

— Bom, tenho que resolver esse assunto — disse tio John, deitando-se de costas, com os joelhos erguidos.

O caminhão rodava sobre a terra quente, as horas passavam. Ruthie e Winfield tinham adormecido. Connie puxou um cobertor, lançou-o sobre si e Rosa de Sharon, e apesar do calor eles se uniram apertados, retendo a respiração. Um pouco depois, Connie jogou de lado o cobertor, e o vento quente que peneirava pela fresta da lona armada acariciava-lhe os corpos molhados de suor.

Atrás, na ponta da carroceria, estava a mãe, deitada ao lado da avó. Ela nada podia enxergar, mas podia sentir o corpo se debater e o coração a lutar; a respiração arquejante chegava-lhe aos ouvidos. E a mãe dizia e repetia:

— Vai ficar tudo bem; tudo se resolverá. — E continuava em voz rouca: — A gente tem que continuar, a gente tem que chegar.

Tio John perguntou:

— Tudo bem?

Demorou um pouco a resposta dela:

— Tudo bem. Acho que sim. Tava começando a dormir. — Pouco depois a avó ficou imóvel e a mãe jazia hirta ao lado dela.

As horas noturnas passavam e reinava completa escuridão no caminhão. Às vezes, carros passavam por eles, indo para o oeste, e logo sumindo; outras vezes pesados caminhões vinham do oeste e ribombavam rumo ao leste. As estrelas desciam em lento cortejo para o ocidente. Era cerca de meia-noite quando chegaram às proximidades de Daggett, onde fica o posto de inspeção. A estrada estava fartamente iluminada naquele ponto, e havia uma grande tabuleta luminosa com os dizeres: "CONSERVE-SE À SUA DIREITA E PARE." Os funcionários estavam no interior da casinha do posto quando chegou o caminhão dos Joad, e logo saíram para o comprido alpendre. Um deles anotou o número da placa de licença do caminhão e abriu o capô do motor.

— Que é isso aqui? — perguntou Tom.

— Fiscalização de Agricultura. Temos que dar uma busca nas suas coisa. Têm algum vegetal ou semente?

— Não — disse Tom.

— Bom, temos que examinar a carga. Desçam todos!

A mãe, agora, saltou do caminhão. Seu rosto estava inchado e seus olhos com uma expressão endurecida.

— Escute, senhor — começou. — A gente tá com uma senhora de idade muito doente aqui no caminhão. Ela tem que ir logo a um médico. Não podemo perder tempo assim. — Ela parecia lutar contra um ataque de histeria. — O senhor não tem o direito de fazer a gente perder tempo.

— Ah, é? Pois tenha paciência, a busca tem que ser dada.

— Juro que não temo nada disso! — exclamou a mãe. — Juro!... E a vó está muito doente.

— A senhora também não parece que esteja muito bem — disse o funcionário.

A mãe trepou na carroceria e endireitou-se com grande esforço.

— Aqui, olhe aqui! — disse ela.

O funcionário lançou um facho de luz de lanterna sobre o rosto rígido da anciã.

— Meu Deus! — disse. — A senhora jura que não levam vegetais nem sementes, ou frutas, milho ou laranjas?

— Não, não. Juro!

— Bom, então vão indo. Em Barstow tem um médico. Fica daqui a uns dez quilômetro. Podem ir.

Tom subiu na cabine e o caminhão continuou a viagem.

O funcionário virou-se para os colegas.

— Eu não podia segurar eles.

— Quem sabe foi tapeação?... — Disse o outro.

— Não, garanto que não era. Queria só que ocê visse a cara da véia. Aquilo não era fingimento.

Tom aumentou a velocidade, e ao chegarem a Barstow parou, saltou e deu a volta no veículo. A mãe debruçou-se.

— Tá tudo bem — disse ela. — Não precisa parar aqui. Eu só disse aquilo pra eles deixar a gente passar.

— Tá certo... Mas como é que tá a vó?

— Bem. Vai tocando pra frente. Vê se a gente chega logo. — Tom meneou a cabeça e voltou ao seu lugar.

— Al — disse ele —, agora vamo encher o tanque e ocê vai guiar um pouco. — Estacionou junto a um posto de gasolina, mandou encher o tanque e o radiador, e também o tanque de óleo. Depois Al sentou-se ao volante e Tom tomou lugar junto à outra janela, deixando o pai no meio dos dois. O caminhão foi rodando, escuridão adentro, e as pequenas colinas das cercanias de Barstow foram ficando para trás.

Tom disse:

— Não sei o que é que a mãe tem. Ela vive braba que nem cachorro com mosca na orelha. Não ia demorar tanto tempo assim para eles revistarem nossas coisa. E primeiro ela disse que a avó tava muito mal, agora diss'que tá boa. Não sei o que ela tem, acho que não se sente muito bem. Imagina se ela ficasse louca na viagem!

— A mãe tá ficando que nem quando era mocinha — disse o pai. — Era braba que te digo! Não tinha medo de nada. Pensei que depois que tivesse filho e com o trabalho todo a coisa passasse. Mas que nada! Quando ela tava com aquele ferro na mão, eu é que não ia tirar ele.

— Não sei o que ela tem — disse Tom. — Talvez seja só o cansaço.

— Eu não posso pensar nisso. Tenho que pensar no carro — falou Al.

— Foi uma boa compra que ocê fez — aduziu Tom. — Esse calhambeque quase não deu trabalho pra gente.

A noite toda eles foram atravessando as trevas quentes; às vezes surgiam coelhos do mato à luz dos faróis e procuravam fugir em grandes saltos. A manhã cinzenta começava a nascer, atrás deles, quando à sua frente apareceram as luzes de Mojave. E o alvorecer alastrava-se deixando à mostra grandes montanhas a oeste. Em Mojave encheram o tanque de óleo e puseram água no radiador. Quando galgaram as montanhas, o alvorecer já os cobria de luz clara.

Tom disse:

— Graças a Deus, passamo o deserto! Pai, Al, em nome de Deus! Atravessamo o deserto!

— Para mim tanto faz; tô é cansado como o diabo — replicou Al.

— Cê quer que eu dirija?

— Não, pera um pouco.

Aos primeiros raios do sol que surgia, eles iam atravessando Tehachapi, e o sol crescia atrás deles... depois, de repente, viram diante de si o grande vale. Al pisou no freio e parou no meio da estrada.

— Meu Deus, olha! — disse. — Os vinhedo, os pomar, o grande vale verde, fileiras de árvore, as casinha branca!

— Grande Deus! — disse o pai.

As cidades ao longe, as aldeias entre os pomares e o sol matinal que dourava o vale. Um carro buzinou atrás deles. Al encostou o caminhão à beira da estrada.

— Preciso olhar bem isso.

Os campos de trigo, cor de ouro, as fileiras de salgueiros, os pés de eucalipto, altos e retos.

O pai suspirou.

— Eu não imaginava que tivesse uma coisa assim, tão bonita...

Os pessegueiros, os grupos de nogueira e as copas baixas, verde-escuras, das laranjeiras. E telhados vermelhos entre as árvores, e celeiros... celeiros cheios. Al saltou e estirou as pernas.

— Mãe, chegamo! — gritou.

Ruthie e Winfield escorregaram de cima do caminhão até o chão e agora ali quedavam, silenciosos e assombrados, embaraçados diante do espetáculo do grande vale. Ao longe flutuava fina cerração, e as terras iam adquirindo contornos suaves ao longe. A roda de um moinho brilhou ao sol, e suas pás em movimento pareciam um pequeno heliógrafo. Ruthie e Winfield olhavam-no, e Ruthie sussurrou:

— É a Califórnia.

Winfield moveu os lábios em silêncio, como se estivesse soletrando, e disse em voz alta:

— E tem fruta à beça.

Casy e tio John, Connie e Rosa de Sharon desceram do caminhão. E todos postaram-se em silêncio. Rosa de Sharon procurava pentear os cabelos para trás, mas, quando seus olhos pousaram sobre o vale, suas mãos caíram lentamente.

— Onde tá a mãe? Quero que ela veja isso. Mãe, vem cá! — gritou Tom.

A mãe descia vagarosa, tesa, pela traseira do caminhão. Tom olhou-a.

— Meu Deus, a senhora tá doente? — O rosto dela estava rígido como o de uma estátua; os olhos vermelhos pareciam ter mergulhado profundamente nas órbitas, revelando um enorme cansaço. Seus pés tocaram o chão, e ela precisou apoiar-se bem na borda do veículo.

Sua voz estava rouca.

— Que é que ocês disseram? A gente já chegou?

Tom apontou para o grande vale.

— Olhe!

Ela voltou a cabeça, e seus lábios entreabriram-se. Os dedos tatearam a garganta, apertando de leve a pele.

— Graças a Deus! — disse. — A família chegou. — Seus joelhos vergaram e ela sentou-se no estribo do caminhão.

— Mãe, a senhora tá doente?

— Não, só cansada.

— Mas a senhora não dormiu?

— Não.

— A vó passou mal?

A mãe olhou as mãos, que jaziam em seu colo como amantes fatigados.

— Só queria não precisar dizer nada procês; só queria poder dizer coisas boa.

— Então a vó tá mal? — perguntou o pai.

A mãe ergueu a cabeça e lançou seu olhar sobre o vale.

— A vó morreu.

Eles a olhavam.

— Quando foi? — redarguiu o pai.

— De noite, antes deles querer revistar o caminhão.

— Então foi por isso que ocê não queria...

— Tinha medo que eles não ia deixar a gente passar. Eu disse pr'avó que não se podia fazer nada. A família tinha que passar. Disse pra ela quando ela tava morrendo. Pois que a gente não podia parar no deserto! Tinha as criança... e o bebê de Rosasharn. Eu disse pra ela. — A mãe ergueu as mãos e cobriu as faces por um instante. — Agora ela pode ser enterrada num lugar bonito, todo verde. — E falou baixinho: — Uma terra linda, cheia de árvore. Ela tinha que descansar na Califórnia.

A família olhou a mãe com um ligeiro temor de sua coragem.

— Meu Deus! A senhora ficou a noite toda ao lado dela! — disse Tom.

— A família tinha que passar — replicou a mãe acabrunhada.

Tom chegou-se a ela e depositou-lhe a mão no ombro.

— Não me toca — disse ela. — Senão, não aguento mais.

O pai disse:

— Bom, vamo indo, vamo indo logo lá pra baixo.

A mãe olhou-o:

— Eu... eu posso sentar na frente agora? Não quero ficar mais lá atrás. Tô cansada, muito cansada.

Subiram todos no caminhão, evitando olhar o corpo rígido, coberto e bem embrulhado numa manta. Tomaram os respectivos lugares e tentaram desviar os olhos do macabro volume, em uma das extremidades, aquela pequena saliência devia ser o nariz, e aquela mais aguda, mais embaixo, o queixo. Tentaram desviar os olhos, mas não puderam. Ruthie e Winfield, que se tinham encolhido no canto mais afastado, o mais afastado possível do corpo, olhavam-na como que magnetizados.

— É a vovó... ela tá morta — sussurrou Ruthie.

Winfield concordou solenemente:

— Ela nem respira mais. Tá bem morta, mesmo.

Rosa de Sharon disse baixinho a Connie:

— Ela tava morrendo justamente quando nós...

— A gente não podia adivinhar — tranquilizou-a o marido.

Al subiu na carroceria deixando o seu lugar para a mãe. E Al assumiu um ar fanfarrão, pois que se sentia triste. Deixou-se cair entre Casy e tio John.

— Ora, ela já tava muito véia. Chegou a hora dela — disse. — Um dia todo mundo vai morrer. — Casy e tio John olharam-no sem expressão nos olhos, como se ele fosse um fantoche. — Uai, ou não vão? — perguntou. E os olhos continuaram inexpressivos, deixando Al carrancudo e agitado.

Casy disse, admirado:

— A noite toda, e ela tava sozinha. — E acrescentou: — John, ela é uma mulher tão cheia de amor... ela me assusta. Palavra que ela me mete medo. Eu me sinto pequeno perto dela.

John perguntou:

— Será que foi um pecado? Será uma das coisa que ocê chamava de pecado?

Casy virou-se para ele, atônito:

— Pecado? Não senhor. Nada disso.

— Eu nunca fiz uma coisa que não tivesse um pouco de pecado — disse John, e olhou para o comprido vulto embrulhado.

Tom, a mãe e o pai subiram na cabine do motorista. Tom soltou o veículo e depois ligou o motor. O pesado caminhão descia a montanha saltando, sacolejando e matraqueando. O sol estava atrás dele, e o vale dourado e verdejante espalhava-se à frente. A mãe sacudiu vagarosamente a cabeça, admirada:

— Mas que beleza! Só queria que eles pudesse ver também.

— É verdade — disse o pai.

Tom deu palmadinhas leves no volante.

— Eles já eram muito velho. Nem iam dar valor direito a isso tudo. O vô ia pensar que vinham uns bugre pelos campo, que nem quando ele era moço. E a vó ia pensar na primeira casa que ela viveu. Já eram muito velho, demais. Quem vê isso tudo direito é a Ruthie e o Winfield.

— Esse Tommy tá falando que nem um homem feito, até parece um pregador — comentou o pai.

E a mãe esboçou um sorriso triste.

— Ele é um homem feito, mesmo. Cresceu tanto que às vez nem consigo acreditar.

Iam descendo a montanha, aos pulos e sacudidelas, perdendo algumas vezes o vale e tornando a achá-lo. E o hálito quente do vale subia até eles, exalações quentes de vegetações resinosas, de verduras e tomilho. Os grilos cantavam ao longo da estrada. Uma cascavel atravessou, rastejando. Tom atropelou-a e ela ali ficou, contorcendo-se.

Tom disse:

— Acho que antes de mais nada a gente tem que procurar a polícia pra dar parte da morte da vó. Depois a gente faz um enterro decente. Quanto dinheiro ainda sobrou, pai?

— Uns quarenta dólar — respondeu o pai.

Tom riu.

— Puxa, vamo começar a vida aqui muito bem! A gente veio mesmo de mão abanando! — Riu ainda por um instante, depois suas feições tornaram-se sérias. Puxou a viseira do boné bem sobre os olhos. E o caminhão ia descendo a montanha, rumo ao grande vale.

19

A Califórnia já pertenceu ao México, e suas terras aos mexicanos; então uma horda de americanos esfarrapados e loucos inundou-a. E tal era a sua fome de terra que eles tomaram, roubaram as terras dos Guerrero, dos Sutter, roubaram e destruíram os respectivos documentos de posse e brigaram entre eles sobre a presa, esses homens esfomeados, raivosos; e guardaram de armas na mão as terras que tinham roubado. Construíram casas e celeiros, revolveram as terras e semearam-nas. E isso era apropriação, e apropriação era propriedade.

Os mexicanos eram fracos e esquivos. Não puderam resistir, porque não desejavam nada no mundo com o mesmo frenesi com que os americanos desejavam aquelas terras.

Depois, com o tempo, os invasores não mais eram invasores, mas sim donos; e seus filhos cresceram e por sua vez tiveram filhos. E a fome não mais existia entre eles, essa fome animalesca, essa fome corroedora, lacerante pela terra, por água e um céu azul sobre elas, pela verde relva exuberante, pelas raízes tumescentes. Tinham tudo isto, tinham tanto disso tudo que nada mais desejavam. Não mais ambicionavam um hectare produtivo e um arado brilhante para abrir-lhe sulcos, sementes e um moinho a girar as pás ao sol. Não mais acordavam nas madrugadas escuras para ouvir o chilrear sonolento dos primeiros pássaros, ou o vento matinal soprar em torno da casa enquanto aguardavam os primeiros clarões à luz dos quais deveriam rumar para os campos amados. Tudo isso tinha sido esquecido, e as colheitas eram calculadas em dólares, e as terras eram avaliadas em capital mais juros, e as colheitas eram compradas e vendidas antes mesmo que tivessem sido plantadas. Então as colheitas fracassavam, secas e inundações não mais significavam pequenas mortes em meio à vida, mas apenas perda de dinheiro. E todos os seus amores eram medidos a dinheiro, e toda a sua impetuosidade se diluía à medida que seu poder crescia, até que finalmente nem mais eram fazendeiros os meeiros, apenas homens de negócios, pequenos industriais, que tinham de vender antes de ter produzido qualquer coisa. E os fazendeiros que não eram bons negociantes perdiam suas terras para os que eram bons negociantes. Não importava quão trabalhador e diligente um homem era, e o quanto amava a terra e tudo que nela crescia, desde que não fosse também um bom negociante. E com o tempo os bons negociantes apropriavam-se de todas as terras, e as fazendas foram aumentando de tamanho, ao mesmo tempo que diminuíam em quantidade.

Já aí a agricultura era uma indústria, e os donos das terras seguiam o sistema da Roma antiga, conquanto não o soubessem. Importavam escravos, embora não os chamassem assim: chineses, japoneses, mexicanos, filipinos. Eles vivem de arroz e feijão, diziam os negociantes. Não precisam de muita coisa para viver. Nem saberiam o que fazer com bons salários. Ora, veja como eles vivem. E se eles se tornarem exigentes, a gente os expulsa do país.

E as propriedades cresciam cada vez mais e os proprietários iam simultaneamente diminuindo. E havia poucos fazendeiros pobres nas terras. E os servos importados passavam fome, eram maltratados e se sentiam apavorados, e alguns regressavam aos lugares de onde tinham vindo, e outros rebelavam-se e eram assassinados ou deportados. E as propriedades cresciam e diminuía a quantidade de proprietários.

E as colheitas tornavam-se diferentes. Árvores frutíferas tomavam o lugar das plantações de grãos, e legumes destinados a alimentar o mundo espraiavam-se pelo chão: alface, couve-flor, alcachofra, batatas — trabalho duro, cultivo fatigante. Um homem pode ficar de pé quando trabalha com a foice, o arado, o forcado; mas tem que rastejar por entre os canteiros de alface, tem que curvar-se e arrastar o enorme balaio por entre os algodoeiros, e tem que vergar os joelhos como um penitente para tratar da couve-flor.

E chegou a hora em que os proprietários não mais trabalhavam em suas propriedades. Trabalhavam no papel; esqueciam as terras, o cheiro da terra e a satisfação de cultivá-la; lembravam-se apenas de que elas lhes pertenciam quando estavam calculando o quanto ganhavam ou perdiam nelas. E algumas das propriedades cresciam a ponto de um só homem nem mais poder imaginar o seu tamanho; eram tão grandes que reque riam batalhões de guarda-livros para o cálculo dos lucros ou perdas que proporcionavam; químicos para analisar a qualidade das terras e torná-las mais produtivas; capatazes cuja missão consistia em fazer com que os homens que trabalhavam nas terras o fizessem até o último resquício de sua força física. Então, esses proprietários assim transformavam-se em autênticos donos de armazéns. Pagavam aos homens e vendiam-lhes gêneros alimentícios e assim recuperavam o dinheiro que lhes pagavam. E após algum tempo deixavam absolutamente de pagar aos homens e economizavam a escrituração, os guarda-livros. Os proprietários vendiam alimentos a crédito aos trabalhadores. Um homem podia desse jeito trabalhar e comer; e, quando terminava o trabalho verificava simplesmente que ainda devia ao proprietário. E os proprietários não só não trabalhavam nas propriedades, como havia muitos que jamais o tinham feito.

E então os despossuídos foram atraídos para o oeste — vinham de Kansas, Oklahoma, Texas, Novo México; de Nevada e Arkansas, famílias e tribos expulsas pela poeira, expulsas pelos tratores. Carros cheios, caravanas de gente sem lar e de esfomeados; vinte mil, cinquenta mil, cem mil, duzentos mil despencavam das montanhas, famintos e inquietos — inquietos como formigas, famintos de trabalho, de poder suspender, carregar, puxar, arrancar, cortar, colher, fazer de tudo, dar todo o seu esforço por um pouco de comida. Nossos filhos têm fome. Não temos casa para morar. Inquietos como formigas, atrás de trabalho, de comida e, antes de mais nada, de terra.

A gente não é estrangeiro. Sete gerações de americanos, e antes disso irlandeses, escoceses, ingleses, alemães nós temos em nosso passado. Um avô nosso fez a revolução, e muitos outros parentes tiveram na Guerra Civil... de ambos os lados. Eram americanos.

Vinham famintos e ferozes, tinham a esperança de encontrar um lar, e só encontraram ódio. Okies... os proprietários odiavam-nos porque sabiam que eram covardes e os Okies corajosos, e que eram bem nutridos e que os Okies passavam fome. E talvez os proprietários tivessem ouvido seus avós contarem como era fácil a alguém roubar terras de um homem fraco quando esse alguém era feroz e faminto e estava armado. Os proprietários odiavam-nos. E os donos das casas comerciais das cidades odiavam-nos também, pois que eles não tinham dinheiro para gastar. Não há caminho mais curto para se obter o desprezo de um negociante. Os homens das cidades, pequenos banqueiros, odiavam os Okies porque eles nada lhes deixavam ganhar. Eles nada possuíam. E os trabalhadores odiavam os Okies porque um homem esfomeado tem que trabalhar, e, quando precisa trabalhar e não tem onde trabalhar, automaticamente trabalha por um salário menor, e aí todos têm que trabalhar por salários menores.

E os espoliados, os imigrantes inundavam a Califórnia, duzentos e cinquenta mil, trezentos mil. Atrás deles, novos tratores marchavam pelas terras, os meeiros que ainda tinham ficado eram também expulsos. Novas ondas estavam a caminho, novas ondas de espoliados e expulsos, de coração endurecido, vorazes e perigosos.

E, enquanto os californianos desejavam muitas coisas, acumular riquezas, sucesso social, diversões, luxo e uma curiosa segurança bancária, os novos bárbaros só desejavam duas coisas: terra e comida; para eles as duas coisas se fundiam numa só. E, enquanto os desejos dos californianos eram nebulosos, indefinidos, os desejos dos Okies jaziam nos caminhos, eram visíveis e palpáveis: bons campos em que se podia perfurar a terra e achar água, boas terras verdejantes, terras que se podia esmigalhar entre as mãos ao experimentá-las, relva que se podia cheirar, hastes de aveia que se podiam mascar até sentir-lhes o gosto agridoce na garganta. Um homem podia olhar para um campo em pousio e saber logo, sentir logo que suas costas curvadas e seus braços diligentes fariam frutificá-lo, produzir nele a couve, o milho dourado, os rabanetes, as cenouras.

Um homem sem lar e esfomeado, que com a mulher ao lado e os filhos magros no assento traseiro viaja pelas estradas, poderia olhar para os campos em pousio, capazes de produzir para comer, mas não para dar lucros financeiros, e esse homem saberia que um campo em pousio era um pecado, e que a terra não cultivada era um crime, um crime cometido contra seus filhos magros. E um homem assim viajava pela estrada e sentia cobiça por essas terras e sentia a tentação de apoderar-se de terras assim e fazê-las produzir com exuberância para os seus filhos, fazê-las dar um pouco de conforto para a mulher. A tentação o dominava sempre; estava permanentemente diante dele. As terras atraíam-no, e a boa água da Companhia ajudava a incitar-lhe a tentação.

Ao sul ele via as laranjas douradas penderem dos ramos, as pequenas laranjas cor de ouro no verde-escuro das ramagens; e guardas com armas de fogo que patrulhavam o lugar, de maneira a evitar que alguém se apoderasse de uma laranja sequer para o filho magro; laranjas que estavam destinadas a apodrecer ali mesmo se os preços fossem muito baixos.

Ele guiou o velho carro até a cidade. Revolveu as fazendas em busca de trabalho. Onde vamos dormir hoje?

Bem, vão dormir mesmo é em Hooverville, na beira do rio. Lá já tem um bando de Okies.

Ele guiou o velho carro até Hooverville. E não precisou perguntar nada, porque nos arredores de todas as cidades havia uma Hooverville.

A cidade dos maltrapilhos estendia-se perto da água; as casas eram tendas e choças cobertas de erva daninha, casas de papel, um monte de coisas imprestáveis. O homem chegava aí com a família e tornava-se um cidadão de Hooverville... sempre esses lugares se chamavam Hooverville. O homem armava sua tenda, o mais perto possível da água; ou quando não tinha lona para fazer uma tenda ele ia ao depósito de lixo da cidade e apanhava folhas de papelão e construía uma casa. Quando a chuva vinha, a casa desmoronava e era levada pela enxurrada. Ele tomava lugar em Hooverville e dali saía à cata de trabalho, o pouco dinheiro que lhe restava gastava-o em gasolina, na busca de trabalho. À noite, os homens se reuniam e palestravam uns com os outros. Acocorados em roda, falavam da terra que acabavam de conhecer.

Tem uma fazenda de doze mil hectare ali adiante, mais pro oeste. Tá lá abandonada. Meu Deus, o que eu ia fazer só com dois hectare daquilo! Dava pra a gente comer o que quisesse.

Cê já reparou numa coisa? Nessas fazenda não tem nem horta, nem galinha, nem porco. Eles só faz uma coisa: plantar algodão, ou então só pêssego, ou só alface. Ou então só faz é criar galinha. E eles compram as coisa que podia ter de graça se plantasse ali mesmo, atrás da casa da fazenda.

Deus, quanta coisa eu podia fazer com um casal de porco!

Bom, não vale a pena falar; isso não é seu, nem nunca será.

Mas o que é que a gente vai fazer, afinal? As criança não pode ser criada desse jeito.

Nos acampamentos o aviso vinha em sussurro; em Shafter tem serviço. E aí, de noite, os carros eram carregados, as estradas enchiam-se; uma corrida do ouro pelo trabalho. As pessoas chegavam em penca a Shafter, cinco vezes mais do que era preciso. Era como a corrida do ouro. Eles eram uma massa frenética em busca de trabalho. E ao longo das estradas estendia-se a tentação, as terras que garantiam a comida.

Já tem dono. Não são nossa.

Mas quem sabe? A gente podia arrumar nem que fosse um pedacinho bem pequeno. Olha, aquele pedaço ali. Tá abandonado, só dá mato. E quanta batata eu podia colher ali! Puxa, dava bem pra toda a família encher a barriga!

É, mas isso não é nosso. Tem que ficar assim mesmo, cheio de mato.

De vez em quando alguém tentava; rastejava pela terra, arrancava o mato e tentava, como um ladrão, roubar à terra um pouco de sua riqueza. Hortas clandestinas, no meio do mato. Um punhado de sementes de cenouras, um pouco de nabos e de batatas. Furtivamente, ele saía à noite e preparava o pedaço de terra roubada.

Deixa o mato crescer ao redor, que assim ninguém vê ocê. Também no meio convém deixar um pouco daquele capim comprido.

Jardinagem secreta à noite, e água carregada em latas enferrujadas.

Então um dia vem a polícia:

Ei, que negócio é esse que você tá fazendo aí?

Não faço nada demais.

Ando de olho em você. Essa terra não é sua. Você está infringindo a lei.

Mas a terra tá abandonada. Não tô fazendo mal nenhum. Não prejudico ninguém.

Seus malditos posseiros! Não demora e você tá dizendo que é dono dessas terras. Fica aí querendo mandar. Bom, vá dando o fora.

E os brotos de cenoura são arrancados e os nabos esmagados com os pés. Então o mato tornava a crescer ali. Mas o policial estava com a razão. Bastava mais um pouco... e a terra ficava pertencendo ao intruso. Cuidada, plantada a terra, comida a primeira cenoura... um homem estaria disposto a lutar por ela. Convém botá-lo logo para fora. Senão, acaba pensando que é mesmo dele. Senão, é capaz de morrer até pelo pedacinho de horta oculto entre as ervas daninhas.

Você viu a cara dele, quando a gente pisou naqueles nabos? Tinha um olhar capaz de matar. Se a gente deixar, esse pessoal acaba tomando conta de tudo. Sim senhor, toma conta de tudo, no duro!

Forasteiros, estrangeiros.

Sim, eles falam a mesma língua que nós, mas não é a mesma coisa. Olha como eles vivem. Você acha que a gente seria capaz de viver assim? Não, garanto que não!

À noite, eles se acocoravam em roda e conversavam. E um homem excitado dizia:

Por que é que a gente não se reúne, junta uns vinte de nós e toma um pedaço de terra? Arma, a gente tem. Toma ela e diz: Tirem nós daqui, se puderem. Por que não fazemo isso?

Eles matava a gente que nem bicho.

Que é que tem? É melhor morrer que apodrecer aqui. Debaixo da terra ou numa casa de saco de batata? Cê quer que seus filho morra agora ou daqui a dois ano? Daqui a dois ano, de inanição — que é como eles dizem. Cê sabe o que foi que a gente comeu a semana toda? Pão de panela e urtiga. Cê sabe onde a gente arrumou a farinha no pão? Ajuntou do piso de um caminhão de farinha.

Assim se falava nos acampamentos, e os policiais, homens gordos, bem-nutridos, com coldres de revólver nas ancas gordas, giravam pelos acampamentos. É pra eles não se esquecerem. A gente tem que ter as rédeas, senão... senão Deus sabe o que são capazes de fazer. São piores que os pretos no sul. Se se ajuntarem, ninguém vai poder com eles.

Notícia: em Lawrenceville, um xerife expulsou um desses posseiros. O homem resistiu, fazendo com que o policial usasse da força. Um filho dele, de apenas onze anos, deu um tiro no xerife, matando-o. A arma usada foi um rifle, calibre 22.

Cascavéis! Não convém facilitar com eles. É atirar primeiro. Se uma criança é capaz de matar um policial, que fará um adulto? A única coisa que se pode fazer é ser mais durão do que eles; é maltratar essa gente, meter medo.

Se eles não se deixarem assustar? Se eles fizerem frente e quiserem atirar? Esses homens usam armas desde crianças. Uma arma é uma extensão deles mesmos. Que fazer se eles não se assustarem? Se algum dia eles formarem verdadeiros regimentos e marcharem pela terra como fizeram os lombardos na Itália, e os alemães na Gália, e os turcos em Bizâncio? Também eles tinham fome de terra, também eles formavam bandos mal-armados e as legiões não os conseguiram deter. Morte e terror não os detinham. Como é que se pode incutir medo num homem que não sente fome apenas em seu estômago, mas também na barriga torturada dos filhos? Não se pode assustar um homem assim... ele já conheceu um medo além de qualquer outro.

Em Hooverville os homens conversavam:

Meu vô tomou a terra dos bugre.

Não, isso não tá direito. A gente só está aqui de conversa. Fazer o que ocê diz é o mesmo que roubar. Eu não sou nenhum ladrão.

Não? Quem foi que roubou uma garrafa de leite da porta de uma casa, inda anteontem de noite? E quem foi que roubou aquele fio de cobre pra vender ele por um pedacinho de carne?

Bom, mas isso foi porque as crianças tava passando fome.

Mas não deixa de ser um roubo.

Cê sabe como apareceu a fazenda Fairfield? Vou te dizer. As terra pertencia ao governo e podia ser cultivada. Bom, um dia o véio Fairfield foi a San Francisco, andou pelos café e bar e ajuntou trezentos bêbado que andava por ali vagabundeando. E esses bêbado ocuparam as terra. O Fairfield deu pra eles comida e uísque, e, quando eles tinha tomado conta das terra, o velho tomou tudo pra ele sozinho. O velho sempre dizia que cada hectare de terra da fazenda dele não custou mais que uma garrafa de bebida. Que é que ocê acha, isso não foi roubo?

Não foi direito, isso não foi mesmo, mas ele não pegou cadeia por causa do que fez?

Não, e nem vai pegar nunca. E também aquele sujeito que botou uma canoa no carro e fez o seu relatório como se tudo tivesse alagado pela água, pois que ele ia de canoa — esse também não pegou cadeia. E também aqueles camarada que ajeitaram os deputado e senador também não pegaram cadeia.

Por todo o estado, em todas as Hoovervilles, impera a tagarelice.

Depois, as batidas policiais — grupos de agentes uniformizados invadindo os acampamentos:

Vão caindo fora! Ordem da Saúde Pública. O acampamento é perigoso para a saúde coletiva.

Mas aonde nós vamo?

Nós é que não temos nada com isso. Recebemos ordens de evacuar o acampamento. Dentro de meia hora vamos botar fogo em tudo que tiver aqui. Tem tifo ali embaixo. Vocês querem provocar uma epidemia?

Temos ordem pra limpar o acampamento. Bom, vão saindo. Daqui a pouco tá tudo que nem uma fogueira.

Em meia hora, a fumaça das casas de papelão serpeava rumo ao céu, e o pessoal expulso, nos respectivos calhambeques, inundava as estradas, à cata de outra Hooverville.

Em Kansas e no Arkansas, no Texas e no Novo México, os tratores vinham e expulsavam os meeiros das terras.

Trezentos mil na Califórnia, e mais por vir. Na Califórnia, as estradas estão cheias de gente alucinada que corre como formiga à procura de algo para puxar, para suspender, para cortar, para trabalhar, enfim. Para cada carga a ser erguida, cinco braços se estendiam; para receber cada punhado de comida, cinco bocas famintas se escancaravam.

Os grandes proprietários, que têm que perder suas terras na primeira rebelião, os grandes proprietários que têm acesso à história, têm olhos para ler a história, deviam saber do grande fato: a propriedade, quando acumulada em muito poucas mãos, está destinada a ser espoliada. E do fato complementar também: quando uma maioria passa fome e frio, tomará à força aquilo de que necessita. E também o fato gritante, que ecoa por toda a história: a repressão só conduz ao fortalecimento e à união dos oprimidos. Os grandes proprietários ignoraram os três grandes gritos da história. A terra acumulou-se em poucas mãos, o número dos espoliados cresceu, e todos os esforços dos grandes proprietários orientavam-se no sentido da repressão. O dinheiro era gasto em armas e gases para proteção das grandes propriedades; espiões eram enviados com a missão de descobrir insurreições latentes, que precisavam ser abafadas antes que nascessem. A transformação econômica era ignorada, planos para a transformação não eram tomados em consideração; apenas os meios de destruir as revoltas eram levados em conta, enquanto as causas das revoltas permaneciam.

Os tratores que expulsavam os lavradores de seu trabalho, as esteiras rolantes que transportavam as cargas, as máquinas que produziam — tudo isso foi melhorado, e um número cada vez maior de famílias perambulava pelas estradas, à procura de migalhas que caíssem das grandes propriedades, cobiçando as terras que se estendiam às margens das estradas. Os grandes proprietários formavam associações de proteção e se reuniam para discutir o meio de intimidar, de matar com gases... E se sentiam diante de um pavor permanente: trezentos mil... se um dia esses trezentos mil tiverem um chefe, será o fim. Trezentos mil, famintos e miseráveis, se algum dia eles descobrirem a sua própria força, nesse dia as terras lhes pertencerão, e não haverá gás, não haverá quantidade suficiente de armas para detê-los. E os grandes proprietários, que através de suas empresas tornavam-se ao mesmo tempo mais e menos que seres humanos, corriam para a sua destruição, e usavam todas as armas que concorriam para a sua própria destruição. Todos os pequenos meios, toda a violência, todas as investidas policiais às Hoovervilles, todos os agentes da polícia que, de ventre saliente, vagueavam por entre os acampamentos dos esfarrapados, adiavam um pouco a chegada do dia da destruição e contribuíam para a infalibilidade da chegada desse dia.

Os homens acocoravam-se no chão, homens de faces angulosas, magros de fome e endurecidos pela resistência que a ela opunham, olhos sombrios e maxilares fortes. E as terras ricas rodeavam-nos.

Cê já ouviu falar daquela criança lá na quarta tenda, embaixo?

Não. Cheguei agora mesmo.

Pois essa criança chorou em sonho e se mexeu muito e o pessoal pensou que tinha verme. Então deram um purgante pra ela, e a coitada morreu. Mas o que a criança tinha mesmo era aquilo que se chama de febre maligna. Apanha-se quando não se tem nada bom pra se comer.

Coitadinha!

Pois é, e os pais dela não puderam nem fazer o enterro. Vai ter que ser enterrada em vala comum.

Puxa, que inferno!

Mãos mergulhavam nos bolsos e puxavam pequenas moedas. Diante da tenda crescia a pilhazinha de níqueis. E a família ali a encontrava, agradecida.

Nossa gente é boa gente; nossa gente é uma gente de coração. Deus queira que algum dia a gente boa não seja toda ela gente pobre. Deus queira que algum dia uma criança tenha o que comer.

E as associações de proprietários sabiam que algum dia cessariam as preces.

Então seria o fim.

20

Estavam sentados no topo da carroceria, os corpos rígidos e cheios de cãibras, as crianças, Connie, Rosa de Sharon e o pregador. Tinham esperado diante da casa do médico-legista de Bakersfield enquanto o pai, a mãe e tio John estiveram lá dentro. Depois um cesto foi trazido para fora, e baixaram da carroceria o volume alongado. Esperaram ao sol enquanto o cadáver era examinado, enquanto era constatada a causa da morte e escrita a certidão de óbito.

Al e Tom vadiavam pela rua, olhando as vitrines e as pessoas estranhas nas calçadas.

Finalmente o pai, a mãe e tio John saíram novamente. Estavam deprimidos, silenciosos. Tio John trepou na carroceria, o pai e a mãe subiram à cabine. Tom e Al regressaram devagar, e Tom sentou-se ao volante. Ficou ali, calado, esperando uma ordem. O pai fixou o olhar para a frente, com o chapéu escuro puxado sobre os olhos. A mãe esfregou as comissuras dos lábios com os dedos. Seu olhar estava perdido ao longe, esquecido e morto de cansaço.

O pai deu um suspiro profundo.

— Não tinha outro jeito — disse.

— Sei bem — disse a mãe. — Mas ela sempre desejou um enterro bonito. Sempre.

Tom olhou-a de revés.

— Vala comum? — perguntou ele.

— É. — O pai sacudiu a cabeça, como se fizesse força para voltar à realidade. — Não tivemo o bastante. Não era possível. — Dirigiu-se à mãe. — Cê não deve levar isso tão a sério. Não podia ser, por mais que a gente quisesse. Faltou o dinheiro. embalsamar, caixão, pregador e o túmulo no cemitério teria custado dez vez mais do que a gente tem. Nós fez o que pôde.

— Eu sei — disse a mãe. — Só que nao quer sair da minha cabeça o tanto que ela quis um enterro bonito. Mas, não tem remédio — suspirou profundamente, esfregando os lábios. — Aquele homem lá dentro era bem simpático: um rapaz mandão, mas simpático.

— É — disse o pai. — Ele passou um sabão em nós, direitinho.

A mãe alisou o cabelo para trás. Os músculos das suas faces tornaram a se contrair.

— Temo que continuar — disse. — A gente tem que achar um lugar onde parar, tem que achar trabalho, e tem que se instalar. Não se deve deixar as criança passar fome. Também a avó não ia gostar disso. Na casa dela sempre tinha boa ceia de velório.

— Vamo pra onde? — perguntou Tom.

O pai tirou o chapéu, coçando a cabeça.

— Pra um acampamento — disse. — A pouca coisa que a gente ainda tem, nós não pode gastar. Primeiro, a gente tem que achar trabalho. Toca adiante, vamo embora da cidade!

Tom pôs o motor em movimento e atravessaram as ruas em direção ao campo. Perto de uma ponte viram uma aglomeração de tendas e barracas. Tom disse:

— Podemo parar aqui. De qualquer jeito, a gente tem que ver primeiro o que há por aqui, onde tem trabalho.

Desceu por um atalho curto e íngreme, parando ao lado do acampamento.

Não havia ordem nesse acampamento. Estavam misturadas de qualquer maneira as pequenas tendas cinzentas, barracas e carros. A primeira casa era simplesmente indescritível. A parede do lado sul consistia em três chapas de folha de flandres onduladas e enferrujadas, a do leste era um velho tapete bolorento, estendido entre duas estacas; a do norte uma tira de papelão e outra de lona esfarrapada; e a parede do oeste era feita de seis pedaços de aniagem costurados. O telhado era feito de ramos de salgueiro, sobre os quais havia hastes verdes, não igualmente distribuídas, acumuladas em forma de pirâmide. Diante da entrada, ao lado da parede de aniagem, havia uma confusão de objetos. Uma grande lata de querosene servia de fogão. Pendia para um lado, havendo incrustado nela um pedaço de chaminé de fogão enferrujado. Uma cuba estava em pé, virada para a parede; boa quantidade de caixotes estava dispersa ao redor, caixotes que serviam de mesa e de cadeira. Um sedã Ford, modelo T, e um trailer de duas rodas estacionavam ao lado da barraca. Sobre tudo isso pairava uma atmosfera de desordem e desespero.

Próximo à barraca havia uma pequena tenda de lona desbotada, mas armada ordenadamente. Os caixotes, diante dela, estavam apertados contra a parede. Um tubo de fogão dirigia-se para o alto através da entrada da tenda, e o chão diante dela estava varrido e regado. Num dos caixotes havia um balde cheio de roupa molhada. Ali, o acampamento dava uma impressão de asseio. Ao lado da tenda via-se um Roadster modelo A, e um pequeno *trailer* construído em casa.

Seguia-se uma tenda enorme, esfarrapada e com os buracos remendados a arame. A entrada estava aberta, e dentro, no chão, havia quatro colchões de casal. Fora, havia ainda, estirado, um varal, no qual estavam suspensos vestidos de algodão cor-de-rosa e vários macacões. Havia ali ao todo quarenta tendas e barracas, e ao lado de cada habitação estacionava sempre alguma espécie de automóvel. Mais para trás, agrupavam-se algumas crianças, olhando o carro que acabava de chegar. Algumas corriam ao seu encontro. Eram meninos, vestidos de macacões, descalços e com os cabelos cinzentos de poeira.

Tom parou o carro, olhando o pai.

— Não é muito bonito, isso. O senhor quer ir pra outro lugar?

— Não podemo ir pra nenhum outro lugar antes que a gente saiba como vão as coisa. Tem que se perguntar pelo trabalho — disse o pai.

Tom abriu a porta e saiu. A família desceu da carroceria, olhando curiosamente ao redor de si. Ruthie e Winfield, de acordo com o hábito adquirido na estrada, tomaram o balde e correram em direção aos salgueiros, onde, provavelmente, haveria água. E a fileira formada pelas crianças abriu-se para deixá-los passar, fechando-se novamente em seguida.

A entrada da primeira barraca abriu-se, dando passagem a uma mulher. Seus cabelos, encanecidos, estavam entrançados. Usava uma bata suja, floreada. Seu rosto era rugoso e de aparência estúpida. Sob os olhos inexpressivos, salientavam-se fundos papos cinzentos, e sua boca era lassa.

O pai perguntou:

— Será que a gente pode se instalar aqui?

A cabeça tornou a desaparecer na tenda. Por um instante, reinou silêncio, depois entreabriu-se novamente o pano de aniagem e saiu da tenda um homem barbudo, em mangas de camisa. A mulher, atrás dele, deixou a cabeça para fora, por entre os sacos, mas não saiu da barraca.

O barbudo disse:

— Bom dia, pessoal — e seus olhos sombrios e agitados pousavam de um membro da família para outro, estacionando depois no caminhão e sua carga.

O pai disse:

— Acabo de perguntar à sua senhora se a gente pode se instalar aqui.

O barbudo olhou o pai com seriedade, como se este tivesse dito alguma coisa muito profunda e que exigia certa meditação.

— Instalar-se aqui, no acampamento? — perguntou.

— É. O acampamento pertence a alguém a quem a gente deve pedir licença?

O barbudo piscou o olho esquerdo, examinando o pai.

— Então querem acampar aqui?

Cresceu a irritação do pai. A mulher de cabeça encanecida espreitou de novo entre a aniagem.

— Ora, o que ocê acha que eu tô falando? — disse o pai.

— Bem, se querem acampar aqui, por que não acampam? Eu não tenho nada com isso.

Tom riu:

— Ele entendeu.

O pai resignou-se.

— Só quis saber se o acampamento era de alguém. Será que a gente tem que pagar?

O barbudo projetou o queixo para diante.

— Se pertence a alguém? — perguntou.

O pai virou-lhe as costas.

— Ora, vá pro diabo que o carregue!

A mulher encolheu de novo a cabeça.

O barbudo avançou, ameaçador.

— Se pertence a alguém? — perguntou. — Quem vai nos enxotar daqui? Diga!

Tom colocou-se entre ele e o pai.

— É melhor você ir dormir um pouco — disse. O barbudo abriu a boca, passando o dedo sujo pelas gengivas do maxilar inferior. Olhou Tom pensativamente, depois girou nos calcanhares e entrou rapidamente na barraca, atrás da mulher de cabeça encanecida.

Tom dirigiu-se ao pai.

— Que diabo foi isso? — perguntou.

O pai encolheu os ombros. Deixou seu olhar vaguear pelo acampamento. À frente de uma das tendas estacionava um velho Buick, com o capô desmontado. Um rapaz esmerilhava as válvulas, e, enquanto passava a fita de polir para trás e para a frente, lançou um olhar ao caminhão dos Joad. Podia-se ver que ele ria em silêncio. Quando o barbudo foi embora, o rapaz, deixando o trabalho, aproximou-se lentamente.

— Bom dia — disse, e seus olhos azuis brilhavam, divertidos. — Vi como ocês falavam com o "Prefeito".

— Quem diabo é esse sujeito? — perguntou Tom.

O rapaz deu uma gargalhada.

— É um maluco, como ocê e eu. Talvez um pouco mais do que eu, não sei.

— Só perguntei pra ele se nós podia acampar aqui — disse o pai.

O rapaz limpou as mãos cheias de óleo nas calças.

— Claro, uai. Vocês acabaram de chegar, né?

— É — disse Tom —, chegamo hoje de manhã.

— Então nunca antes tiveram em Hooverville?

— Onde é Hooverville?

— É aqui.

— Ah — disse Tom. — Não sabia. A gente acabou de chegar...

Winfield e Ruthie voltaram, trazendo o balde cheio d'água.

— Vamo armar a tenda. Tô exausta. Pode ser que a gente fique algum tempo aqui — disse a mãe.

O pai e tio John subiram na carroceria para descarregar a lona e as camas.

Tom acompanhou o rapaz até o carro em que este estava trabalhando. A fita de polir estendia-se sobre o motor desmontado, e no tanque de gasolina vazio havia uma pequena lata amarela, com massa de polir. Tom perguntou:

— Que diabo tem esse véio barbudo?

O rapaz apanhou a fita de polir, recomeçando a trabalhar. Esfregava-a para diante e para trás, polindo as válvulas.

— O Prefeito? Sei lá. Acho que ele tá é com medo da polícia.

— Medo da polícia? Por quê?

— Acho que a polícia perseguiu ele até deixar ele maluco assim.

Tom perguntou:

— Mas por que eles perseguem um camarada desse?

O rapaz interrompeu sua tarefa, olhando bem nos olhos de Tom.

— Sei lá — disse. — Ocê acabou de chegar. Pode ser que ocê descubra o motivo. Alguns fala isso, outros diz aquilo. Mas fica algum tempo acampado num só lugar, e cê vai ver a rapidez que o xerife te bota para fora. — Retirou uma válvula, untando a haste com um pouco de massa.

— Mas por quê?

— Sei lá! Alguns diz que não querem que a gente vote. Mantêm a gente sempre em movimento, pra nós não ter direito de voto. E outros diz que fazem isso para nós não receber o seguro-desemprego. E outros diz que eles têm medo que a gente se organize, o que acontece se ficar no mesmo lugar. Não sei por quê. Só sei que sempre eles enxota a gente. Espera um pouco, e cê vai ver.

— Mas nós não somo vagabundo — insistiu Tom. — Tamo procurando trabalho. E aceitamo qualquer trabalho.

O rapaz cessou de esfregar a fita na haste da válvula. Olhou Tom com surpresa.

— Procurando trabalho? Então cês anda procurando trabalho? E nós tudo, que é que tamo procurando por aqui? Diamante? Por que ocê pensa que a gente tá se maltratando nessas velha carcaça? — Voltou a esfregar a fita.

Tom olhou em torno de si; viu as tendas imundas, os pertences em desordem, os velhos carros, os colchões esfarrapados, estendidos ao sol, as latas negras sobre as pedras enegrecidas pelo fogo. Perguntou baixinho:

— Não tem trabalho?

— Não sei. Deve ter. Agora mesmo não tem colheita por aqui. A uva e o algodão ficam maduro mais tarde. Tocamo pra frente assim que eu terminar com as válvula. Eu e minha mulher e as criança. Ouvimo dizer que lá pro norte tem trabalho. Perto de Salinas.

Tom viu como o pai, tio John e o pregador estendiam a lona sobre as estacas e viu a mãe de joelhos lá dentro, sacudindo os colchões. Uma roda de crianças mantinha-se a alguma distância, observando em silêncio como se arranjava a nova família, crianças taciturnas, descalças e de cara suja. Tom disse:

— Pela nossa terra passou uns camarada distribuindo folheto, desses cor de laranja. Dizia que precisava aqui de muita gente pros trabalhos da colheita.

O rapaz riu.

— Aqui tem umas trezentas mil pessoa, e aposto que todas ela viram esses maldito folheto.

— Pois então? Se não precisam de gente, por que o trabalho de imprimir essas coisa?

— Use a cabeça.

— Era o que eu queria saber.

— Olha — disse o rapaz. — Imagina que ocê precisa de gente pra um serviço qualquer, e que só um homem quer aceitar esse serviço. Então ocê tem de pagar o que o homem exige. Mas imagina que vêm cem homem. — Abandonou a ferramenta. Seu olhar tornou-se duro e sua voz aguda. — Imagina que vêm cem homem que quer aceitar o trabalho. Imagina que essa gente tem filho e que seus filho têm fome. Imagina que por um níquel à toa eles pode comprar um mingau de milho pros filho. Imagina que por uns níquel pode comer bastante. E ocê tem cem homem. Você oferece pra eles só um níquel, e, vai ver, eles se mata na luta por esse níquel. Sabe quanto me pagavam no último serviço que tive? Quinze centavos a hora. Dez hora por um dólar e meio, e a gente não pode pernoitar na fazenda. Tem ainda que gastar gasolina pra ir e voltar. — Estava ofegando de raiva, e o ódio brilhava em seus olhos. — Foi por isso que distribuíram esses folheto. Você pode imprimir folheto como o diabo com o dinheiro que economiza pagando só quinze centavos a hora de trabalho no campo.

— Mas que sujeira! — disse Tom.

O rapaz riu com aspereza.

— Fica aqui algum tempo, e se achar uma árvore de dinheiro me conta.

— Mas o serviço existe, não existe? — disse Tom. — Meu Deus, com tanta coisa que dá por aqui. Fruta, uva e legume — eu vi. Eles têm que precisar de gente!

Uma criança chorava na tenda próxima ao carro. O rapaz entrou, e sua voz soou abafada através da lona. Tom tomou a fita de polir, colocou-a no encaixe da válvula e continuou o trabalho, esfregando para diante e para trás. A criança cessou de chorar. O rapaz voltou e observou:

— Ocê leva jeito pra coisa — disse. — É bom assim. Vai precisar disso.

— Mas, como ia dizendo... — Tom voltou ao tema anterior. — Eu vi quanta coisa dá por aqui.

O rapaz acocorou-se sobre os calcanhares.

— Vou te explicar uma coisa — disse tranquilamente. — Tem aqui uma fazenda de pêssego grande como o diabo, onde tenho trabalhado. Precisa de nove homem só, durante todo o ano. — Fez uma pausa, para impressionar. — Mas precisa de três mil homem durante duas semana, quando os pêssego ficam maduro. Precisa arranjar tantos homem assim, senão os pêssego apodrece. Então, que eles faz? Distribui impresso por toda parte, até no inferno. E aí, precisa de três mil homem e vêm seis mil. E eles têm os homem pelo ordenado que eles quer pagar. Se ocê não quiser aceitar o que eles paga, que vá pro diabo, tem três mil outro que espera pelo trabalho. Então, cê vai colhendo e colhendo, e acabou-se. Em toda aquela zona só tem pêssego. E tudo amadurece ao mesmo tempo. Quando cê acabar a colheita, não tem mais nada pra fazer em toda a região. E então os proprietário não quer mais que ocês fique. Ocês, os três mil. O trabalho tá feito. É possível que ocês queira roubar, é possível que cês queira beber, é possível que faça baderna. E além disso, cês não são nada bonito, mora numas barraca miserável, e a região é linda, e ocês estraga ela com a sua presença. Eles não quer mais ocês no lugar. Por isso, trata de enxotar ocês. É assim que é a coisa.

Tom lançou um olhar à tenda da família. Viu como sua mãe, pesada e lenta pelo cansaço, armou e acendeu uma pequena fogueira, colocando sobre ela as panelas. Aproximara-se à roda de crianças, e os olhos silenciosos e esbugalhados das crianças vigiavam cada movimento que a mãe fazia. Um ancião, com as costas curvas, saindo de uma das tendas feito um texugo, avançava com passos arrastados, farejando o ar. Cruzou as mãos atrás das costas, e fez companhia às crianças. Ruthie e Winfield estavam perto dela, encarando os estranhos com olhares hostis.

Tom disse, colérico:

— Os pêssego deve ser colhido imediatamente, né? Assim que amadurece?

— É sim.

— Bem, imagina que a gente se junta e diz: pois então, que estrague! Não levaria muito tempo, e os ordenado ia aumentar com certeza.

O rapaz ergueu os olhos de sobre as válvulas, lançando a Tom um olhar sarcástico.

— Puxa, cê descobriu a pólvora, hein? E ocê sozinho inventou tudo isso?

— Tô cansado — disse Tom. — Dirigi a noite toda. Não quero discutir agora. Mas tô tão danado da vida que pra brigar não custa nada. Por favor, não vem bancar o sabido. Só tô perguntando o que ocê pensa disso.

O moço sorriu.

— Não foi de propósito. Não me lembrei que ocê nunca teve aqui. Mas é que outros também já pensaram nisso. E o pessoal das fazenda de pêssego já pensou nisso também. Olha, pra gente se organizar, é preciso um chefe, um camarada que fale pela gente. Bom, a primeira vez que esse camarada abrir a boca, agarram ele e metem ele no xadrez. E se vem outro chefe, vai pro xadrez também.

— Bem, mas no xadrez, pelo menos, a gente tem o que comer — disse Tom.

— Mas os filho não têm. E cê gostaria de estar no xadrez e teus filho, lá fora, morrendo de fome?

— Aí é que está — disse Tom lentamente. — Aí é que está...

— E mais uma coisa. Cê já ouviu falar da lista negra?

— O que é isso?

— Basta ocê abrir o bico, dizer que o nosso pessoal deve se organizar, e cê vai ver. Tiram teu retrato e mandam ele pra toda parte. E aí ocê não acha mais trabalho em lugar nenhum. E se ocê tiver filho...

Tom tirou o boné, girando-o entre as mãos.

— Então temo que aceitar o que eles dão pra nós, ou morremo de fome. E se achamo ruim, morremo de fome também.

O rapaz fez um vasto círculo com a sua mão, e esse gesto incluiu as tendas esfarrapadas e os carros enferrujados.

Tom olhou novamente para a mãe, que estava sentada, descascando batatas. E as crianças tinham-se aproximado dela ainda mais. Tom disse:

— Eu não vou aguentar isso. Que diabo, eu e minha gente não somo ovelha! Vou reagir, seja contra quem for.

— Tipo um policial?

— Tipo quem for.

— Tá maluco — disse o rapaz. — Eles não vai fazer cerimônia. Cê não tem nome, nem dinheiro. Vão te encontrar num fosso da estrada, com o sangue já seco na boca e no nariz. Aí aparece uma linha só no jornal; sabe o que diz? "Vagabundo encontrado morto." É só. Cê pode ler isso muitas vez no jornal. "Vagabundo encontrado morto."

Tom disse:

— Pelo menos, eles vão encontrar mais outro morto ao lado desse vagabundo.

— Tá maluco — disse o rapaz. — Que adianta isso?

— Bem, e ocê, que é que faz? — Olhou-lhe a cara manchada de óleo. Um véu baixou sobre os olhos do rapaz.

— Nada. De onde ocês vêm?

— Nós? De perto de Sallisaw, Oklahoma.

— E acabam de chegar?

— Sim, hoje mesmo.

— Querem ficar aqui muito tempo?

— Não sei. Queremo ficar onde tiver trabalho. Por quê?

— Ah, nada. — E o véu voltou a baixar.

— Temo de descansar bastante — disse Tom. — Amanhã vamo sair, procurar trabalho.

— Podem experimentar.

Tom voltou-lhe as costas e foi à tenda dos Joad.

O rapaz tomou a lata da massa de polir, metendo o dedo nela.

— Ei! — gritou.

Tom voltou-se novamente.

— Que é que há?

— Vou te dizer uma coisa. — Sacolejou o dedo em que se grudava ainda um pouco de massa. — Vou te dizer uma coisa só. Procura não provocar encrenca. Lembra da cara daquele camarada com mania de perseguição?

— Aquele velho da primeira barraca?

— É. Aquele, com cara de bobo, que parecia mudo.

— Que é que tem ele?

— Bom, quando vem a polícia, e eles chega a qualquer instante, é assim que a gente deve ser. Bobo, que não entende nada. É assim que os polícia quer a gente. Não pense em bater neles. É puro suicídio. É melhor se fazer de otário.

— Então eu devo deixar que esses polícia me prenda, e não fazer nada?

— É. Escuta. Vou te procurar hoje de noite. Talvez eu esteja enganado. Tem espião em toda parte. Eu tô me arriscando, e tenho um filho, ocê sabe. Mas vou te buscar. E quando cê vê um polícia, não será mais que um Okie bobo, já sabe, né?

— Feito. Só quero que a gente faça alguma coisa.

— Claro que a gente faz. Mas sem barulho. Uma criança morre de fome muito depressa. Leva dois ou três dia, não mais que isso. — Voltou para seu trabalho, untando com massa o encaixe da válvula. Sua mão movia a fita rapidamente para a frente e para trás, e seu rosto se mostrava sombrio e retraído.

Tom foi devagar até a tenda.

— Me fazer de otário! — murmurou entre dentes.

O pai e tio John voltaram, carregados de ramos secos de salgueiro. Deixaram-nos cair no fogo, acocorando-se no chão.

— Foi duro pra colher isso — disse o pai. — A gente teve que caminhar à beça pra arrumar essa lenha. — Levantou os olhos para a roda de crianças pasmadas que os cercava.

— Grande Deus — gritou —, de onde saíram ocês tudo? — As crianças, acanhadas, olharam os pés.

— Acho que sentiram o cheiro da comida — disse a mãe. — Ô Winfield, sai daí. — Ela lhe deu um puxão. — Estou com vontade de preparar um guisadinho — disse. — Não comemo nada bem cozinhado desde que saímo de casa. Pai, dá um pulo na venda e traz carne pra cozinhar. Vou fazer um bom guisadinho. — O pai levantou-se, para afastar-se lentamente.

Al abriu o capô e examinou as peças lubrificadas. Ergueu a cabeça quando Tom se aproximou.

— Cê parece satisfeito que nem um urubu — disse Al.

— Tô alegre que nem sapo na chuva — respondeu Tom.

— Olha o motor. Tá bom, não tá?

Tom olhou.

— Parece perfeito.

— Perfeito? Tá é formidável. Não vazou óleo nem nada. — Desaparafusou uma vela, metendo o indicador no buraco. — Um pouquinho agarrado, mas bem seco.

— Cê fez um bom negócio, quando comprou esse carro. Era o que ocê queria ouvir, né?

— Bom, o fato é que na viagem toda suei frio, pensando que a coisa não aguentasse, e que então a culpa ia ser minha.

— Não senhor! Cê fez tudo bem. Mas é melhor examinar ele agora, que amanhã vamo sair pra procurar trabalho.

— Ele vai andar direitinho — disse Al. — Não se preocupa. — Tirou um canivete do bolso, raspando os resíduos das velas.

Tom contornou a tenda e viu Casy sentado no chão, olhando pensativo o pé descalço. Sentou-se pesadamente ao lado dele.

— Acha que ainda servem?

— O quê? — perguntou Casy.

— Os dedo do pé.

— Ah, sim, me sentei pra pensar um pouquinho.

— Você sempre tem tempo pra isso — disse Tom.

Casy, com um sorriso tranquilo, espichou para cima o dedão do pé e baixou o segundo dedo.

— É bastante duro o sujeito pensar bem direitinho, sem embaralhar os pensamento.

— Não ouvi nem um pio do cê, já faz dia — disse Tom. — Teve pensando todo esse tempo?

— Sim, tive pensando o tempo todo.

Tom tirou o boné que agora estava sujo e amassado, e cuja viseira assemelhava-se a um bico de ave. Virou o couro, retirando uma tira comprida de papel de jornal dobrado que o forrava.

— Suei tanto que encolheu — disse, olhando o movimento dos dedos do pé de Casy. — Você não pode deixar de pensar e me escutar um momentinho?

Casy virou a cabeça no pescoço robusto como um caule.

— Tô escutando sempre. É por isso que vivo pensando. Escuto o pessoal falar, e procuro entender o que tão sentindo. Passo assim o tempo todo. Ouço e entendo eles; e eles vivem batendo as asa como pássaro. E quebram as asa numa janela cheia de pó por onde querem escapar.

Tom observou-o, os olhos arregalados, olhando depois para uma tenda cinzenta, armada a uma distância de cinquenta metros. Nas cordas da tenda havia penduradas calças, camisas e um vestido, lavados. Disse depois em voz baixa.

— Foi sobre isso que quis falar com ocê. Mas parece que cê já entendeu.

— Já — confirmou Casy. — Há um exército inteiro de gente como nós, um exército sem couraça. — Baixou a cabeça, passando lentamente a palma da mão sobre a testa e pelos cabelos. — Vi isso por toda parte — disse —, por toda parte onde a gente andou. A gente sente fome de carne, e, quando alcança, não dá. E, quando eles fica com tanta fome que não aguenta mais, vêm me pedir pra rezar por eles. E às vezes eu rezo. — Cingiu os joelhos com ambas as mãos, contraindo as pernas. — E pensei que isso podia curar eles — disse. — Fiz uma oração e meti as preocupação toda na oração, que nem mosca num mata-mosca, e a oração ia voando e levando as preocupação. Mas não adianta mais.

— Uma reza nunca deu carne a ninguém. Pra isso é preciso um porco. – Tom falou.

— Sim — disse Casy —, e o bom Deus nunca aumentou os ordenado. Esse pessoal aqui só quer viver decentemente, criar os filho decentemente. E, quando estão velho, eles quer é sentar à porta de casa e olhar o pôr do sol. Quando são moço, quer é cantar e dançar e dormir com alguém. Querem comer, embriagar e trabalhar. Só isso — só querem utilizar os músculo até ficar cansado. Céus! Que é que estou dizendo?!

— Não sei — disse Tom —, mas não soa mal. Cê acha que pode trabalhar e deixar de pensar por algum tempo? Temo que procurar trabalho. O dinheiro já tá no final. O pai pagou cinco dólar por umas tábua pintada que enfiaram na terra onde enterraram a avó. Agora não sobra mais quase nada.

Um cachorro magro, de cor parda, passou, farejando ao lado da tenda. Parecia tenso, pronto para fugir. Farejou o chão durante alguns instantes, até reparar nos dois homens. Erguendo os olhos, viu-o, deu um pulo para o lado e saiu correndo, com as orelhas postas para trás e o rabo metido entre as pernas. Casy seguiu-os com os olhos, até desaparecer, esgueirando-se por trás de uma tenda. Casy suspirou.

— Não sirvo pra nada — disse —, nem para mim nem para ninguém. Já pensei até em ir embora, sozinho. Só sirvo pra comer a comida do cês e tomar o lugar do cês. E não posso dar nada em troca. Quem sabe encontro um trabalho qualquer pra pagar procês alguma coisa do que ocês gastaram comigo?

Tom abriu a boca, projetou o maxilar inferior e bateu nos dentes de baixo com uma haste de mostarda seca. Seus olhos giraram pelo acampamento, por sobre as tendas cinza e as barracas de lata, palha e papel.

— Queria ter um saquinho de Durham — disse —, faz tanto tempo que não tenho nada pra fumar. Em McAlester, sempre davam fumo pra gente. Quase que preferia ter ficado lá. — Bateu novamente nos dentes, voltando-se subitamente para o pregador. — Ocê já teve alguma vez na cadeia?

— Não — disse Casy —, nunca.

— Não vá embora já — disse Tom. — Ainda não.

— Quanto mais cedo procuro trabalho, mais cedo vou achar.

Tom examinou-o, olhos semicerrados, pondo o boné novamente.

— Escuta — disse. — Isso aqui não é a terra prometida, como dizem os pregador. Aqui, a coisa é feia. A gente daqui tem medo do pessoal que vem pra cá, e por isso mandam a polícia pra assustar a gente.

— Sim — disse Casy —, eu sei. Mas por que quer saber se já estive na cadeia.

Tom respondeu lentamente.

— Quando a gente tá na cadeia, só pode é adivinhar as coisa. Ali não deixam ninguém conversar, dois pode ser, mas não um grupo. E assim a gente acaba tendo que adivinhar. Quando há qualquer coisa, quando por exemplo um camarada tem um ataque e dá num guarda com um cabo de vassoura, a gente já sabe da coisa antes. Quando vai ter barulho, um motim, ninguém precisa avisar a gente. A gente se torna sensível, sabe logo da coisa.

— É?

— Fique aqui — disse Tom. — Fique aqui até amanhã de qualquer jeito. Tô pressentindo qualquer coisa. Falei com um rapaz lá em cima. E ele tá tão misterioso e sabido como um coiote; quer dizer: sabido demais. Que nem um coiote que só se interessa pela sua vida, e tão doce, tão inocente, acha graça em tudo; bom, tô cheirando qualquer coisa no ar.

Casy encarou-o atentamente. Fez menção de perguntar algo, mas preferiu cerrar firmemente os lábios. Tamborilou devagar com os dedos do pé, e separando os joelhos estendeu as pernas, até poder enxergar os pés.

— Bem — disse —, então não vou embora já-já.

Tom disse:

— Quando um grupo de camarada, gente boa e calma, de repente não sabe de nada, é porque alguma coisa tá se preparando.

— Vou ficar — disse Casy.

— E amanhã vamo sair de carro pra procurar trabalho.

— Tá certo — disse Casy, e mexeu os dedos do pé para cima e para baixo, observando-os com seriedade. Tom apoiou-se num cotovelo, fechando os olhos. De dentro da tenda soavam as vozes de Rosa de Sharon e de Connie.

A lona lançava uma sombra escura. A luz, que lhe batia de ambos os lados em forma de cunha, era crua e penetrante. Rosa de Sharon estava deitada num colchão, e Connie acocorado ao seu lado.

— Eu devia ajudar a mãe — disse Rosa de Sharon. — Já tentei, mas toda vez que me levanto tenho que vomitar.

Os olhos de Connie estavam sombrios.

— Se soubesse que a coisa era assim, não viajava com ocês. Ia era estudar de noite, em casa, aprender a dirigir trator, e aceitava um emprego de três dólar. Um camarada pode viver perfeitamente com três dólar por dia, até no cinema pode ir, todas as noite se quiser.

Rosa de Sharon parecia apreensiva.

— Mas, cê não disse que queria estudar de noite, sobre rádio? — Ele hesitou. — Não disse? — insistiu ela.

— É, tá certo. Mas só quando tiver bem de dinheiro. Preciso primeiro arranjar uns cobre.

Ela virou-se, apoiando-se no cotovelo.

— Mas cê não vai deixar tudo isso de lado, né?

— Não, não, claro que não. Mas... eu não sabia que a gente ia viver assim, num lugar como esse.

Os olhos da moça tornaram-se duros.

— Cê deve — disse calmamente.

— É, tá bem. Eu sei. Devo ficar bem de dinheiro. Ganhar uns cobre. Teria sido melhor ficar em casa, estudando trator. Aquele pessoal ganha três dólar por dia, e às vez ainda tem gratificação. — Os olhos de Rosa de Sharon iam tirando conclusões. Olhando-a, ele viu como ela o media com os olhos, perscrutando-lhe os pensamentos. — Mas eu vou estudar — disse ele. — Assim que tiver dinheiro.

Ela disse impetuosamente:

— Temos que arranjar uma casa pra quando vem a criança. Não quero dar à luz numa tenda.

— Claro — disse ele. — Assim que eu tiver dinheiro. — Saiu da tenda e lançou um olhar para a mãe, que estava agachada junto à fogueira. Rosa de Sharon deitou-se de costas, fixando os olhos no teto da tenda. Colocando o polegar na boca para sufocar os soluços, ficou chorando em silêncio.

A mãe, curvada sobre a fogueira, quebrava ramos de salgueiro para atiçar as chamas sob a panela. O fogo chamejou e tornou a morrer. As crianças, quinze ao todo, mantinham-se quietas, a observá-la, e suas narinas se dilatavam ligeiramente quando recebiam o aroma do guisadinho. A luz do sol refletia-se cintilante em seus cabelos cobertos de poeira. As crianças mostravam-se embaraçadas, mas não iam embora. A mãe falava em voz baixa a uma menininha que estava postada no meio do círculo ávido. Tinha um pé erguido, com cuja planta ia esfregando a barriga da outra perna. Tinha as mãos enlaçadas às costas. Observava a mãe com seus olhinhos muito calmos, cinzentos.

— Se a senhora quiser, posso buscar mais lenha — propôs ela.

A mãe ergueu os olhos.

— O que ocê quer é que a gente peça procê pra jantar com a gente, né?

— Sim, senhora — disse a menina com voz firme.

A mãe pôs mais lenha para dentro do fogo, e as chamas entraram a crepitar.

— Cê não almoçou?

— Não, senhora. Meu pai não encontra trabalho. Ele foi à cidade vender uns troço que é pra comprar gasolina e continuar a viagem.

A mãe ergueu os olhos.

— Será que nenhuma dessas criança almoçou?

As crianças mexiam-se acanhadas, desviando os olhos da panela em que fervia o guisadinho. Um menino disse, em voz jactanciosa:

— Eu almocei sim... e meu irmão almoçou também. E aqueles dois ali também que eu vi. A gente comeu bem. E hoje de noite vamo embora pro sul.

A mãe sorriu:

— Então ocê não tá com fome, né? Inda bem, porque a comida não dá pra todo mundo.

O menino esticou o lábio, fazendo beiço:

— É, a gente comeu bastante — disse. Virou as costas e saiu correndo, sumindo-se à entrada de uma tenda. A mãe seguiu-o com os olhos, por tanto tempo que a menina aparentemente mais velha do grupo teve de chamar-lhe a atenção:

— O fogo tá apagando, dona. Mas se a senhora quiser, posso atiçar ele.

Ruthie e Winfield estavam no meio do grupo, comportando-se com frieza e dignidade. Pareciam distantes e ao mesmo tempo dominadores. Ruthie lançava olhares frios e indignados à menina. Acocorando-se, começou a preparar a lenha para pôr no fogo.

A mãe ergueu a tampa da panela mexendo com um pau seu conteúdo.

— Fico bastante contente em saber que nem todos océs tão com fome. Pelo menos aquele menino ali parece que não tá.

A menina torceu o nariz.

— Ora, aquele ali! Aquilo é pura farolagem. Sabe o que ele costuma fazer quando não tem nada pra comer? Ele faz assim: ontem de noite chegou perto de mim e disse: olha, nós vamo comer frango hoje. Pois eu passei mais tarde pelo lugar em que eles tava comendo e sabe o que eu vi? Eles comia era um pirão brabo, que nem os outro.

— Imagine! — E a mãe olhou novamente à tenda por onde o menino desaparecera. Depois encarou a menina: — Escuta, faz quanto tempo que ocê tá na Califórnia? — perguntou.

— Eu? Já faz uns seis mês. Durante algum tempo a gente morou num acampamento do governo. Depois a gente foi pro norte, e quando voltou o acampamento já tava cheio. Sabe, esse acampamento é bem bonito!

— É? — disse a mãe. Pegou a lenha que estava nas mãos de Ruthie e enfiou-as no fogo. Ruthie lançou um olhar de ódio à menina.

— Pois é. Fica perto de Weedpatch. Ali tem banheiro de verdade, onde a gente pode lavar roupa, e tem água à beça, água boa pra beber; e de noite o pessoal sempre toca música bonita, e nas noite de sábado sempre tem baile. Puxa! A senhora nunca viu coisa igual. E tem uma praça pras crianças brincar. E nas privada tem um papel fininho. E a gente só puxa uma correntinha e lá vem água. E não tem nenhum polícia pra meter o nariz nas tenda da gente, o homem que manda no campo é um sujeito muito educado, que sempre visita a gente e fala direito com a gente; não tem a mania de querer bancar o chefe. Só queria que a gente pudesse viver lá de novo.

— Nunca ouvi falar desse acampamento — disse a mãe. — Deve ser bem bom. Queria muito ter bastante água.

A menina disse com excitação:

— Meu Deus, eles têm até água quente nos cano, quando a gente se mete debaixo dum chuveiro sai água quente. Aposto que a senhora nunca viu um lugar assim.

— Agora aquilo lá deve tá tudo cheio — disse a mãe.

— Deve tá mesmo. Da outra vez já tava.

— E deve custar um dinheiro — disse a mãe.

— Bom, custa mesmo, mas, quando a gente não tem dinheiro, pode trabalhar pra pagar as despesa. Trabalha algumas hora por semana, limpando a cozinha e despejando o lixo... E de noite sempre tem música, e o pessoal senta tudo junto e conversa. E tem mesmo, de verdade, água quente nos cano. A senhora nunca viu uma coisa tão bonita.

— Eu ia gostar mesmo de ir pra lá — disse a mãe.

Ruthie controlara-se até aí o mais que podia; agora, porém, explodia com violência:

— A vó morreu em cima do caminhão — a menina olhou-a com ar interrogativo. — Foi sim — disse Ruthie. — E o delegado veio buscar ela. — Cerrou os lábios com firmeza e pôs-se a partir um pequeno feixe de ramos secos.

Winfield deixou-se arrebatar pela audácia do ataque.

— Em cima do caminhão — ecoou. — E o delegado meteu ela dentro de um cesto grande.

— Cês cala a boca — disse a mãe —, ou mando ocês embora. — E deitou mais lenha no fogo.

Mais para trás, Al, que andava por ali, aproximou-se do rapaz que esmerilhava as válvulas.

— Parece que tá quase pronto — disse.

— Faltam duas, ainda.

— Tem garota boa aqui no acampamento?

— Sou casado — disse o rapaz. — Não tenho tempo pra garota.

— Eu sempre tenho tempo pra elas — disse Al. — Não tenho tempo pra mais nada.

— Quando cê tiver com fome, vai ser diferente.

Al riu.

— Pode ser. Mas até agora não mudei de opinião a esse respeito.

— Aquele rapaz com quem falei agora mesmo é do grupo do cês, né?

— É meu irmão, Tom. É melhor não mexer com ele. Já matou um cara.

— Matou? Por quê?

— Briga. O sujeito avançou nele com uma faca. E Tom rachou a cabeça dele com uma pá.

— Não diga! E a polícia fez o quê?

— Soltaram ele, porque diss'que foi uma briga — acrescentou Al.

— Não tem cara de valentão.

— Ele não é nenhum valentão. Mas não aguenta desaforo de ninguém. — A voz de Al estava prenhe de orgulho. — Tom não fala muito. Mas, te digo, cuidado com ele.

— Bom, eu conversei com ele. Não me pareceu ruim assim.

— Mas ele não é ruim. É manso que nem uma ovelha. Mas quando se zanga... aí, cuidado com ele. — O rapaz limava a última válvula. — Quer que te ajude a encaixar as válvula?

— Quero, se ocê não tem outra coisa pra fazer.

— Devia dormir um pouquinho — disse Al —, mas quando vejo um motor desmontado, meu Deus! Tenho que meter a mão nele. Não resisto.

— Bom, fico muito satisfeito com a ajuda — disse o rapaz. — Meu nome é Floyd Knowles.

— Eu me chamo Al Joad.

— Prazer.

— Também — disse Al. — Cê vai usar a mesma junta?

— Preciso usar — disse Floyd.

Al tirou o canivete do bolso e raspou o bloco.

— Sabe — disse —, não tem nada que eu goste mais do que um motor.

— E as garota?

— Bom, também não desprezo elas, não. O que eu não daria pra desmontar um Rolls e tornar a montar ele. Uma vez, olhei pra dentro do capô de um Cadillac 16; Deus do céu! Garanto que ocê nunca viu coisa tão bonita na vida. Foi em Sallisaw, e aquele Cadillac estava parado na porta de um restaurante. Eu cheguei perto e sem perguntar nada a ninguém fui levantando o capô. Foi quando veio um sujeito saindo do restaurante me dizendo: que diabo é que ocê tá fazendo aí? Eu disse: Tô só olhando. É formidável, né? E o sujeito se colocou do meu lado. Acho que ele nunca tinha visto um motor de automóvel. E ficou só olhando sem dizer nada. Parecia um rapaz rico, com chapéu de palha, camisa listrada e óculos. Não dizia nada e eu também não falava. Ficamo só olhando. De repente ele disse: ocê quer guiar?

— Puxa! — disse Floyd.

— Sim senhor. Ele disse: ocê quer guiar ele? Bem, mas eu tava de macacão e tava muito sujo e disse: mas vou sujar o carro. Ora, não se incomode, disse ele. Podemo dar uma volta pela quadra. Pois é isso. Me sentei no carro e fizemo oito volta pela quadra!

— Gostou? — disse Floyd.

— Deus do céu — exclamou Al —, dava qualquer coisa pra poder desmontar um troço daquele.

Floyd parou com o trabalho de limar. Retirou a última válvula do encaixe, examinando-a.

— É melhor ocê se acostumar com um desses nossos calhambeque — disse. — Cê nunca vai poder guiar um Cadillac. — Colocou a fita de polir sobre o estribo e pegou um formão para raspar a crosta do cilindro. Duas mulheres robustas, descalças e sem chapéus passaram por ele, carregando um balde cheio de uma água leitosa que ambas seguravam. Manquejavam ao peso do balde e tinham os olhos fixos ao chão. O sol já alcançara a metade de seu trajeto.

Al disse:

— Você não parece que tá muito contente.

— Tô aqui já faz seis mês — disse. — Andei me enrascando pelo estado todo à procura de trabalho, fazendo uma força danada pra ganhar o bastante pra carne e batata que eu, minha mulher e as criança pudesse comer. Andei correndo feito coelho, e tudo à toa: nunca pude ganhar o suficiente para comer. Não tinha jeito. Já ando danado com isso tudo, não sei mais o que fazer.

— Será que não se encontra um trabalho direito por aqui? — perguntou Al.

— Deus é quem sabe. — Destacou com o formão a crosta do cilindro, passando um pano embebido em óleo no metal baço do bloco.

Um carro enferrujado veio entrando no acampamento. Havia nele quatro homens, homens de feições duras e morenas. O carro atravessou lentamente o acampamento. Floyd gritou atrás dele:

— Tiveram sorte?

O carro parou. O homem que estava ao volante disse:

— Que nada. Reviramo tudo por aqui, mas não adianta. Não se encontra trabalho nessa terra maldita. Vamo embora.

— Vão para onde? — gritou Al.

— Sei lá. Só sei que não adianta mais ficar aqui. — Pôs o motor em marcha, prosseguindo em seu lento trajeto pelo acampamento.

Al seguiu-o com os olhos.

— Não seria melhor eles andar sozinho? Um homem sozinho encontra trabalho com mais facilidade.

Floyd pôs o formão de lado, sorrindo com azedume.

— Você é muito ingênuo — disse. — Pra se andar por aí é preciso muita gasolina. E a gasolina custa quinze centavos o galão. Ora, se eles fosse sozinho tinha que ir em quatro automóvel. Assim, não. Cada um contribui com dez centavos para comprar a gasolina. Já vi que cê tem muito o que aprender ainda.

— Ah!

Al enxergou Winfield atrás dele, com um ar de importância.

— Al — disse Winfield —, vem que a mãe já tá servindo guisadinho. Mandou dizer procê vir.

Al limpou as mãos nas calças.

— A gente ainda não comeu hoje — disse a Floyd. — Quando acabar de comer eu volto.

— Pode vir se tiver com vontade.

— Tô, sim. — E acompanhou Winfield em direção à tenda da família Joad.

Havia muita gente aglomerada em frente à tenda. A criançada comprimia-se ao redor da panela, de maneira que a mãe, no decorrer de sua tarefa, empurrava-as de vez em quando com o cotovelo. Tom e tio John também ali se encontravam.

A mãe disse, desanimada:

— Não sei o que fazer. Tenho que dar de comer à família. E como vai ser com essa criançada toda?

As crianças mantinham-se imóveis, olhando-a; suas feições eram vazias e rígidas, e seus olhos passeavam mecanicamente da panela para o prato de estanho que a mãe segurava. Seus olhos acompanhavam a concha no roteiro da panela para o prato, e, quando a mãe entregou a tio John o prato fumegante, os olhares das crianças seguiram também esse gesto. Tio John mergulhou sua colher no prato de guisado, e os olhos fixos da criançada acompanhavam o movimento da colher. Uma batata desapareceu na boca de tio John e os olhares das crianças pousaram no seu rosto, observando a maneira como iria reagir. Será que gostou da batata? Será que gostou?

Foi nesse instante que tio John pareceu pela primeira vez perceber as crianças. Mastigou vagarosamente.

— Venha cá, tome — disse a Tom. — Eu não tô com fome.

— Mas o senhor não comeu nada hoje.

— Eu sei, mas é que tô com dor de barriga. Não sinto fome.

— É melhor o senhor pegar o seu prato e ir comer lá na tenda — disse Tom em voz baixa.

— Mas não sinto fome mesmo — obstinou-se tio John. — E lá da tenda eu vou ver as criança da mesma maneira.

Tom voltou-se para as crianças:

— Bom, vão dando o fora. Vamos, andem, não ouviram? — Os olhares da criançada deixaram o guisado e pousaram no rosto de Tom, cheios de surpresa. — Vão saindo, tô dizendo. Ocês aqui são demais. Não tão vendo que a comida não dá pra todo mundo?

A mãe botou guisadinho em todos os pratos de estanho, muito pouco em cada um, depositando-os no chão.

— Não tenho coragem de mandar essas criança embora — disse. — Palavra, não sei o que fazer. É melhor ocês pegar os pratos e ir pra dentro da tenda. O que sobrar eu vou distribuir pras criança. Espere aí, leva esse na Rosasharn. — Olhou para as crianças: — Escuta, arranjem um pedacinho de tábua cada um de ocês, que eu dou pra vocês o pouquinho que sobrar. Mas não quero briga. — O grupo dissolveu-se rapidamente em meio do maior silêncio, à procura de tábuas. Algumas correram para as tendas para apanhar colheres. Antes que a mãe tivesse tido tempo para encher os pratos de estanho, elas já estavam de volta, silenciosas e ávidas como lobos. A mãe sacudiu a cabeça. — Não sei o que fazer. Não posso prejudicar a família. Antes tenho que dar de comer pra todo mundo. Ruthie, Winfield, Al! — gritou ela. — Peguem logo esses prato e vão pra dentro da tenda. Ligeiro! — Olhou as crianças como que pedindo desculpa. — A comida é muito pouca — disse encabulada. — Deixo a panela aqui, procês; só pra provar, que a comida não dá para todo mundo — gaguejou. — Que é que eu vou fazer? — Tirou a panela do fogo e colocou-a no chão. — É melhor esperar um pouquinho, a comida tá muito quente — disse. E refugiou-se na tenda, para não ver mais nada.

A família toda estava sentada no chão, cada qual com um prato. Ouviram as crianças, lá fora, raspando o fundo da panela com as tábuas, as colheres e pedacinhos de metal enferrujado. A panela estava invisível, oculta por uma muralha viva de crianças. Elas não falavam, não discutiam nem brigavam, mas todas eram movidas por uma ferocidade muda. Mãe virou as costas para não ver a cena.

— Da outra vez, a gente tem que evitar isso — disse. — A gente tem que comer sozinho. — Ouviu-se ainda, por um momento, o raspar da panela; desfez-se a muralha, e as crianças se dispersaram, deixando a panela completamente limpa no chão. A mãe olhou para os pratos vazios. — Nenhum do cês teve o suficiente — comentou.

O pai ergueu-se e deixou a tenda sem lhe dar resposta. O pregador sorriu e deitou-se de costas, usando as mãos enlaçadas como recosto à cabeça. Al pôs-se de pé.

— Tenho que ajudar um rapaz aí fora — disse.

A mãe juntou os pratos e foi lavá-los.

— Ruthie, Winfield! Vão já buscar um balde d'água. — Entregou-lhes um balde vazio e os dois saíram indolentes em direção ao rio.

Uma mulher forte e robusta surgiu. Tinha o vestido manchado de lama e salpicado de óleo de automóvel. Seu queixo erguia-se, altivo. Deteve-se a pequena distância, olhando para a mãe com hostilidade. Acabou por aproximar-se.

— Tarde — disse com frieza.

— Tarde — respondeu a mãe, erguendo-se e oferecendo um caixote à visitante. — A senhora quer se sentar?

A mulher aproximou-se mais.

— Não, não quero sentar.

A mãe encarou-a interrogativamente:

— Posso fazer alguma coisa pra senhora?

A mulher pôs as mãos à cintura.

— Pode, sim, metendo-se com os seus filho e deixando os meu em paz.

A mãe arregalou os olhos.

— Mas eu não fiz nada... — começou.

A mulher olhou-a com ar carrancudo.

— O meu menino chegou em casa com cheiro de guisadinho. E foi a senhora que deu pra ele. O guri me contou. A senhora quer saber de uma coisa? Não adianta se gabar com esse seu guisado. Não adianta, e me evita uma porção de encrenca. O guri chega em casa e começa logo perguntando: Mãe, por que a senhora nunca faz guisadinho? — Sua voz tremia de raiva.

A mãe aproximou-se da visitante.

— É melhor a senhora sentar um pouquinho. Sente-se, sente-se e vamo conversar um pouquinho.

— Não, não vou me sentar coisa nenhuma. Trabalho como o diabo pra dar de comer à minha gente e lá vem a senhora estragar tudo com esse guisado.

— Sente-se, dona! — disse a mãe. — Este foi o nosso último guisado, pelo menos enquanto a gente não encontrar trabalho. Imagine que a senhora tá fazendo comida e lá vem uma porção de criança rodear a senhora com cada olho grande que nem a lua. Que é que a senhora ia fazer? A gente não tinha comida bastante nem pra matar a nossa própria fome, mas quando vi as criança olhar desse jeito não pude deixar de dar um pouquinho pra eles também.

As mãos da mulher deixaram a cintura. Por um instante, encarou a mãe com um olhar incrédulo. Voltou-se depois e foi embora, quase correndo. Entrou em sua tenda, um pouco adiante, e a porta de lona cerrou-se atrás dela. A mãe seguiu-a com os olhos e pôs-se de joelhos junto à pilha de pratos de estanho.

Al chegou correndo.

— Tom — gritou. — Mãe, o Tom tá aí dentro?

A cabeça de Tom apareceu à porta da tenda.

— Que é que ocê quer?

— Vem comigo, Tom — disse Al, excitado. — Quero te mostrar uma coisa.

Tom acompanhou-o.

— Que foi?

— Espera um pouco e ocê vai ver. — Conduziu Tom até o carro desmontado. — Esse aqui é o Floyd Knowles — apresentou o rapaz.

— Eu já conheço ele. Como tá indo aí, Floyd?

— Bem — disse Floyd. — Tô afinando ele.

Tom passou um dedo sobre o cilindro.

— Então, Al, que bicho te mordeu? — perguntou.

— Olha, Tom, o Floyd me disse uma coisa. Conta pra ele, Floyd.

Floyd disse:

— Pode ser besteira isso que eu tô querendo fazer, mas vou te contar. Passou por aqui um camarada que disse que vai trabalhar lá praquelas bandas do norte.

— No norte?

— É. Num lugar chamado Santa Clara Valley, bem pro norte, longe como o diabo.

— Que é que ele vai fazer lá?

— Colher ameixa, pera e trabalhar numa fábrica de fruta em calda. Ele disse que já tá chegando a época das fruta amadurecer.

— Qual é a distância daqui até lá? — perguntou Tom.

— Só Deus sabe. Mas acho que deve ser a uns trezentos quilômetro.

— Puxa! Longe como o diabo — disse Tom. — Até a gente chegar lá, já acabou o trabalho.

— Pode ser. Mas aqui a gente tá na mão. E esse camarada que foi pro norte disse que recebeu uma carta do irmão dizendo que também já tava a caminho. E disse pra eu não contar nada pra ninguém, que era pra evitar que muita gente vá pra lá. Vamo sair daqui quando for de noite. É preciso a gente chegar até lá e afinal achar um trabalho que preste.

Tom olhou-o intrigado:

— Mas por que sair de noite? Por que sair às escondida?

— Ora, rapaz! Então ocê não percebe? Se todo mundo for pra lá, não sobra trabalho pra ninguém.

— Mas é longe que é uma barbaridade — disse Tom.

Floyd mostrou-se ofendido.

— Bom, eu dei a dica. Cês aceitam se quiser. Esse teu irmão me ajudou, foi por isso que eu contei a coisa procês.

— Mas é certo mesmo que não existe trabalho nessas redondeza?

— Olha, eu passei três semana andando pra lá e pra cá feito doido e não achei coisa nenhuma pra fazer. Se ocês também quiser tentar, que fique, mas garanto que é gastar gasolina à toa. Pra mim, é até melhor que cês não venha. Quanto menos gente, mais chance pra mim.

— Eu acho que ocê tem razão — disse Tom. — Só que esse lugar fica longe demais. E a gente tinha tanta certeza de achar trabalho por aqui mesmo, e alugar uma casinha pra gente morar.

Floyd respondeu pacientemente:

— Eu sei, cês ainda são novo aqui. Têm que aprender muita coisa ainda. Por isso, tô te dando alguns conselho; é pra evitar desgosto procês. Se não quiser me ouvir, vão ter que aprender por conta própria. Não dá pra ficar aqui, é perda de tempo. Procurar trabalho nessa zona é besteira. E quando chegar a fome é que ocês vão ver de verdade.

— Tinha vontade de dar uma olhada por aqui primeiro — disse Tom, indeciso.

Um sedã atravessou o acampamento, parando ao lado da tenda vizinha. Um homem, vestido de macacão e camisa azul, saltou do carro. Floyd gritou para ele:

— Então? Teve sorte?

— Não tem trabalho nenhum nessa terra maldita. Nenhum, antes da safra do algodão. — E entrou na tenda esfarrapada.

— Tá vendo? — disse Floyd.

— É, eu tô vendo. Mas trezentos quilômetro, meu Deus!

— Bom, mas cê não pode ficar num lugar onde não tem trabalho. É melhor resolver isso duma vez.

— É melhor a gente ir — disse Al.

Tom perguntou:

— Quando é que se começa a trabalhar por aqui?

— Bom, o algodão acho que começa daqui a um mês. Se ocê tem dinheiro, pode esperar pelo algodão.

— A mãe não vai querer sair daqui. Ainda tá que não se aguenta por causa da viagem.

Floyd encolheu os ombros.

— Bom, eu não vou insistir. Cês é que deve resolver. Eu só disse o que ouvi. — Retirou do estribo a junta lubrificada, encaixando-a cuidadosamente no cilindro e apertando-a. — Agora — disse a Al —, se ocê quiser, pode me ajudar um pouquinho mais.

Tom observou como os dois depositaram com cautela o bloco pesado nos parafusos da base e o largavam, sincronizando os movimentos.

— Temo que conversar mais a respeito desse negócio — disse.

— Não quero que ninguém, a não ser ocês, saiba disso. Eu não ia dizer nada, se o Al não tivesse me ajudado.

— Bom, de qualquer jeito, muito obrigado pela dica — disse Tom. — Vamo pensar nisso. Pode ser que a gente resolva ir.

— Eu acho que vou — disse Al. — Mesmo que ocês não venha. Vou pegar uma carona.

— E vai deixar a família? — perguntou Tom.

— Que é que tem? E volto com os bolso cheio da nota. Por que não?

— A mãe não vai querer isso — disse Tom. — E o pai também não vai aprovar.

Floyd colocou as porcas, aparafusando-as com os dedos até onde podia.

— Eu e minha mulher chegamo aqui com a família — disse. — E lá em casa a gente nunca pensou em separar. Nem pensava nisso. Mas um dia nós tava tudo no norte e eu vim descendo pra cá e eles se mudaram.

Só Deus sabe onde tão agora. A gente tem perguntado por eles o tempo todo. — Ajustou a chave inglesa nas porcas do bloco e apertou-as de maneira uniforme: uma volta de cada vez, para cada uma das porcas.

Tom acocorou-se ao lado do carro e ficou olhando o conjunto de tendas com os olhos semicerrados. Havia ainda algum capim pisado entre elas.

— Não senhor — disse. — A mãe não vai deixar ocê ir embora.

— Eu acho que um sujeito sozinho tem muito mais chance de encontrar serviço do que acompanhado.

— Pode ser que ocê tenha razão. Mas não adianta nem falar; a mãe não vai querer.

Dois carros cheios de homens, cujas feições refletiam desgosto, viraram da estrada para o acampamento. Floyd ergueu os olhos, mas não mais lhes perguntou se tinham tido sorte. Os rostos destes homens estavam poeirentos, abatidos e carrancudos. O sol poente dardejava uma luz amarelada sobre Hooverville e sobre os salgueiros que se alinhavam atrás da cidade dos refugiados. Crianças saíam das tendas, entrando a correr campo afora. As mulheres saíam, armando pequenas fogueiras. E os homens formavam grupos e, acocorados, conversavam.

Um cupê Chevrolet, novo ainda, desviou-se da estrada e penetrou no acampamento. Parou bem no meio do aglomerado de tendas. Tom perguntou:

— Quem será? Acho que não é nenhum dos nosso.

— Não sei. Talvez seja a polícia — disse Floyd.

A porta do carro abriu-se. Um homem saltou, postando-se ao lado do carro. Seu companheiro permaneceu sentado. Os homens acocorados examinavam agora os recém-chegados. As bocas emudeceram. As mulheres que preparavam as fogueiras contemplavam secretamente o automóvel novo e brilhante. As crianças aproximavam-se do carro cautelosamente, dando passadas vagarosas e descrevendo rodeios.

Floyd pôs de lado a chave inglesa. Tom ergueu-se. Al limpou as mãos nas calças. E os três foram indo vagarosamente até o automóvel. O homem que tinha saltado vestia calças cáqui e camisa de flanela. Tinha na cabeça um chapéu Stetson, de aba lisa. Do bolso de sua camisa surgia um maço de papéis atado ao pano por prendedores de caneta e de lápis amarelo. No bolso de trás da calça, trazia um caderno de notas de capa metálica. Dirigia-se agora a um grupo de homens acocorados, e os homens olhavam-no com desconfiança e sem pronunciar palavra alguma. Tom, Al e Floyd aproximaram-se como que por casualidade.

O homem perguntou:

— Vocês querem trabalhar? — E os homens continuavam a olhá-lo mudos e desconfiados. E outros homens vinham-se aproximando de todos os pontos do acampamento.

Finalmente, um dos homens acocorados respondeu:

— Claro que queremo trabalho. Onde é que tem?

— No condado de Tulare. As frutas tão amadurecendo. Precisa de muito apanhador.

Floyd interveio na conversa:

— Ocê que tá contratando?

— Não. Eu tenho um contrato com a fazenda.

Havia agora um grupo compacto de homens a cercá-los. Um deles tirou o chapéu preto e penteou para trás, com os dedos, o cabelo preto e comprido:

— Quanto é que o senhor paga? — perguntou.

— Bem, ainda não posso dizer com segurança. Acho que trinta centavos, mais ou menos.

— Como não pode dizer com segurança? O senhor tem um contrato, não tem?

— Tenho, sim — disse o homem de calça cáqui. — Mas a questão dos salários não está certa ainda. Pode ser que a gente consiga pagar até mais; também pode ser que tenha que pagar um pouco menos.

Floyd deu alguns passos à frente e disse com calma:

— Eu vou, senhor. O senhor é o empreiteiro, e o senhor tem uma licença pra contratar gente. Então é só ocê mostrar a licença e dar ordem para começar o serviço, e dizer onde é e quando é que começa e quanto vai pagar; assina esse papel e a gente começa a trabalhar.

O empreiteiro voltou-se para ele com as feições carrancudas:

— Você tá querendo dizer como é que eu devo fazer meus negócios?

— O negócio é nosso também — disse Floyd —, já que a gente vai trabalhar pro senhor.

— Olha, rapaz, não venha querer me dizer o que devo fazer. Já disse o que estou querendo. Preciso de homens para a safra de frutas.

Floyd respondeu irritado:

— É, mas o senhor não disse de quantos homem precisa, nem quanto vai pagar.

— Que diabo, mas se eu não sei ainda!

— Se o senhor não sabe, não tem o direito de querer contratar ninguém.

— Faço meus negócios como eu quiser. Se vocês não querem trabalhar, melhor. Já disse que preciso de alguns homens no condado de Tulare, preciso mesmo de bastante gente.

Floyd voltou-se para a roda que os cercava. Todos estavam de pé agora, encarando, imóveis, os dois que discutiam. Floyd disse:

— Já duas vez me deixei tapear dessa maneira. Pode ser que ele precise de uns mil homem. Mas tá fazendo força pra arranjar uns cinco mil, e aí o que ele vai pagar é no máximo quinze centavos a hora. E ocês, pobre-diabo, vão ter que aceitar tudo, porque estão passando fome. Se ele quiser empregar gente, que faça isso por escrito, dizendo quanto vai pagar. Peçam a ele pra mostrar a licença. Ele não tem o direito de contratar ninguém sem ter licença pra isso.

O empreiteiro virou-se em direção ao Chevrolet e deu um grito:

— Joe!

Seu companheiro botou a cabeça para fora do veículo, abriu rapidamente a porta do carro e saltou. Usava calções de montaria e botas de laço. Tinha à cintura uma cartucheira da qual pendia um pesado revólver. Na camisa parda ostentava uma estrela de xerife. Foi-se aproximando do grupo a passos pesados. Ostentava um sorriso pálido.

— Que é que há? — O revólver deslizava para a frente e para trás na anca ao compasso de seu andar.

— Cê já viu esse camarada aqui, Joe?

— Qual deles?

— Esse aqui. — O empreiteiro indicou Floyd.

— Que foi que ele fez? — O xerife olhou para Floyd, sorrindo.

— Tá fazendo discurso vermelho. Agitando o pessoal.

— Humm. — O xerife rodeou Floyd lentamente, examinando-o. O sangue subiu à cabeça de Floyd.

— Tão vendo? — gritou Floyd. — Se esse camarada é sério, por que traz um polícia com ele?

— Cê já viu ele alguma vez? — insistiu o empreiteiro.

— Humm, parece que vi ele, sim. Foi na semana passada, quando roubaram aquela revenda de carro usado. Acho que esse camarada tá metido na história. Sim senhor! Sou capaz de jurar que é ele mesmo. — Subitamente, o sorriso se lhe apagou no rosto. — Entra no carro — disse, afrouxando o coldre.

Tom disse:

— Cês não pode provar nada contra ele.

O xerife encarou-o.

— Se ocê quiser ir também, é só tornar a abrir o bico. Foram dois sujeitos que eu vi naquela revenda.

— Na semana passada eu nem tava nesse estado ainda — disse Tom.

— Bem, quem sabe não te procuraram em outra parte? Cala a boca, tô te dizendo.

O empreiteiro tornou a dirigir-se aos homens:

— Vocês não devem dar atenção a esses danados desses vermelhos. São uns causadores de problema. Só procuram é barulho. Repito, posso dar trabalho pra vocês todos no condado de Tulare.

Os homens nada responderam.

O xerife virou-se para eles:

— Pode ser uma boa ideia ocês ir — disse, e o sorriso pálido tornou a iluminar-lhe as feições. — O Conselho de Saúde deu ordem pra gente limpar esse acampamento. E, se for sabido que aqui tem vermelhos, bem... alguém pode se dar mal. Acho melhor ocês tudo ir para Tulare. Cês não têm nada pra fazer aqui. Tô falando de um jeito amigável. Deve vir pra cá uma porção de gente com picareta e derrubar isso tudo. É melhor ocês saírem antes.

O empreiteiro falou:

— Já falei que preciso de gente. Agora, se vocês não querem trabalhar, aí é problema de vocês.

O xerife sorriu.

— Nessa terra só tem lugar pra quem trabalha. Os vagabundo a gente bota pra fora.

Floyd mantinha-se ereto ao lado do xerife, com os polegares enganchados no cinto. Tom lançou-lhe um olhar furtivo e depois fixou o chão.

— Pois é isso — disse o empreiteiro —, preciso de muita gente lá em Tulare, tem trabalho pra todos.

Tom olhou lentamente as mãos de Floyd, notando como se crispavam seus tendões nos pulsos. Ele também ergueu as mãos e enganchou os polegares no cinto.

— Pois é só isso. E amanhã de manhã não quero ver ninguém mais aqui.

O empreiteiro entrou no Chevrolet.

O xerife virou-se para Floyd:

— Vamo, entra no carro! — Estendeu a larga mão, agarrando o braço esquerdo de Floyd. Com um único movimento, Floyd deu uma volta e sua mão vibrou o golpe. Seu punho atingiu em cheio o rosto largo do delegado e, no mesmo instante, saiu correndo, esquivando-se por trás das tendas. O xerife cambaleou, e Tom lhe passou uma rasteira. O xerife caiu pesadamente ao chão, rolando sobre si mesmo. Depois apanhou o revólver. De instante a instante, a figura de Floyd aparecia nos espaços entre as tendas. Deitado no chão, o xerife disparou a arma. Em frente de uma das tendas, uma mulher deu um grito, olhando a mão que não tinha mais articulações. Seus dedos pendiam apenas seguros nos tendões, e a carne dilacerada era branca, exangue. Ao longe, Floyd tornou a aparecer, procurando embarafustar-se no salgueiral. O xerife, ainda no chão, tornou a levantar a arma, e, nesse momento, Casy saltou para fora do grupo de homens. Deu um pontapé na nuca do xerife, afastando-se depois que o homem tombara sem sentidos.

O motor do Chevrolet roncou forte, o carro saiu rápido, levantando uma nuvem de poeira. Galgou a estrada e desapareceu. A mulher, diante da tenda, ainda contemplava a mão dilacerada. Gotas pequenas de sangue começaram a fluir do ferimento. E um riso histérico deixou os lábios da mulher, um riso como um uivo que subia de tonalidade a cada arfar do peito.

O xerife estava caído de lado, a boca aberta em contato com a poeira.

Tom apanhou o revólver, retirando-lhe o tambor, que arremessou para o meio dos arbustos. Tirou o projétil que estava no cano.

— Um sujeito como esse não devia ter o direito de usar arma — disse, e jogou a arma ao chão.

Um grupo se reunia ao redor da mulher de mão ferida. Crescia de intensidade o seu riso histérico, transformando-se em verdadeiros gritos.

Casy aproximou-se de Tom.

— Ocê tem que fugir — disse ele. — Te mete naquele salgueiral e espera. Ele não viu quando eu lhe dei aquele pontapé, mas viu ocê passar a rasteira nele.

— Eu não vou fugir coisa nenhuma — disse Tom.

Casy aproximou a cabeça da dele e cochichou:

— Eles vão tomar as suas impressão digital. Ocê quebrou sua liberdade condicional. Eles te mandam de volta pra cadeia.

Tom aspirou num silvo.

— Deus do céu! Até me esqueci disso.

— Então vai depressa — disse Casy —, antes que o homem recupere os sentidos.

— Vou ficar com esse revólver — disse Tom.

— Não, deixa ele. Quando as coisas se acalmar, ocê volta. Eu te aviso, dando quatro assobio.

Tom foi-se afastando vagarosamente, para não despertar suspeitas. Mas ao se encontrar longe do grupo foi acelerando o passo, sumindo-se no salgueiral da beira do rio.

Al botou um pé sobre o corpo do xerife.

— Puxa! Este teve o que mereceu — disse satisfeito.

Os homens em roda continuavam a olhar o xerife sem sentidos. Nesse instante, a uma grande distância, uivou uma sirene, em escala crescente, e calou-se; uivou novamente, desta vez mais de perto. Os homens começaram a mostrar-se nervosos. Agitavam os pés. E debandaram, indo cada um para a sua tenda. Somente Al e o pregador permaneceram no local.

Casy voltou-se para Al:

— Vamo dá o fora também. Vai para a sua tenda. Ocê não sabe de nada.

— E o senhor?

Casy sorriu.

— Alguém tem que levar a culpa. Eu não tenho filho. O pior que pode acontecer é eles me botar na cadeia. Talvez lá seja até melhor do que aqui fora.

Al disse:

— Mas eles não têm razão de fazer isso.

— Dá o fora — replicou Casy com violência. — Não se meta nisso.

Al resistiu:

— Eu não recebo ordens sua.

Casy respondeu com suavidade:

— Olha, rapaz, se ocê se meter nessa história, não é só ocê que vai sofrer; vai encrencar a família toda. Procê não tem importância, mas quem vai sofrer é seu pai e sua mãe. E também pode ser que o Tom seja mandado de volta a McAlester.

Al hesitou:

— Tá bom — disse afinal —, mas não posso deixar de dizer que o senhor não passa dum louco varrido.

— E por que não? — perguntou Casy.

A sirene uivou e tornou a uivar, aproximando-se cada vez mais. Casy pôs-se de joelhos e virou o corpo do xerife. O homem gemia e mexia as pálpebras, procurando abrir os olhos. Casy limpou a poeira que lhe cobria os lábios. As famílias estavam agora dentro das suas respectivas tendas, com as entradas bem fechadas. O poente tingia de vermelho a atmosfera e emprestava um tom de bronze à lona das tendas.

Pneus chiaram na estrada, e um carro aberto penetrou rapidamente no acampamento. Quatro homens, armados de carabina, saltaram do carro. Casy ergueu-se e foi ao encontro deles.

— Que diabo aconteceu aqui?

Casy disse:

— Nada, tive que derrubar esse camarada aqui.

Um dos recém-chegados postou-se ao lado do xerife, que já voltara a si e tentava, com dificuldade, sentar-se.

— Como foi isso?

— Nada — disse Casy. — O homem meteu-se a besta e tive que dar nele. Aí ele deu um tiro e feriu uma mulher, que estava lá embaixo. Aí eu dei nele outra vez.

— Então foi você quem começou?

— Eu reagi.

— Vamos, entre no carro.

— Pois não — disse Casy, entrando no carro e tomando lugar no assento traseiro.

Dois dos homens ajudavam o xerife a pôr-se de pé. O homem apalpava a nuca cautelosamente. Casy disse:

— Ali embaixo tem uma mulher que é capaz de morrer de hemorragia. Ela levou um tiro na mão.

— Bom, mais tarde nós vamos ver isso. Joe, foi este cara que bateu em você?

Cambaleante ainda, o xerife olhou para Casy com as feições crispadas.

— Não, não parece com ele não.

— Fui eu, sim, garanto que fui eu — disse Casy. — Esse sabichão enganou-se comigo. Ocê mexeu com a pessoa errada.

Joe sacudiu vagarosamente a cabeça.

— Não, você não parece com o cara certo. Puxa, tô passando mal.

— Estou pronto pra ir com cês — disse Casy. — Não quero criar confusão. O que eu acho é que ocês deve ir ver essa mulher que foi ferida.

— Onde ela tá?

— Ali, naquela tenda adiante.

Um dos policiais dirigiu-se para a tenda indicada, carabina na mão. Gritou qualquer coisa através da lona e entrou. Um momento depois tornou a sair e voltou para junto dos companheiros. E disse com certo orgulho na voz:

— Meu Deus, quanta encrenca é capaz de fazer uma bala de 45. Já fizeram um torniquete na mulher. Depois a gente manda o médico pra cá.

Dois policiais sentaram-se ao lado de Casy. O motorista ligou a sirene. No acampamento não houve a menor manifestação de vida. As tendas todas estavam fechadas e todos permaneciam em seu interior. O motorista acionou o motor, o carro começou a rodar e fez uma curva, deixando o acampamento. Entre os guardas, Casy sentava-se orgulhoso. Tinha a cabeça erguida e os músculos do pescoço salientes. Em seus lábios bailava um leve sorriso, e em seu rosto havia uma curiosa expressão de triunfo.

Quando os policiais se retiraram, as pessoas começaram a deixar suas tendas. O sol já declinara por completo e uma branda luz azul de crepúsculo ainda pairava sobre o acampamento. As montanhas, a leste, estavam ainda amarelecidas pelos últimos raios solares. As mulheres tornaram a acocorar-se junto às fogueiras, que já se tinham apagado. E os homens tornaram a formar grupos e, acocorados, palestravam em voz baixa.

Quase se arrastando para fora da tenda dos Joad, Al dirigiu-se até o salgueiral e assobiou, chamando por Tom. A mãe saiu e começou a juntar galhos secos para fazer uma pequena fogueira.

— Pai — disse ela —, a comida não vai ser muita. Vamos comer tão tarde!

O pai e tio John deixaram-se ficar na tenda, olhando a mãe descascar batatas, cortá-las e deitá-las, cruas, numa frigideira cheia de banha. O pai disse:

— Por que esse pregador do diabo foi fazer aquilo?

Ruthie e Winfield aproximaram-se agachados para ouvir a conversação.

Tio John traçava sulcos profundos na terra com um prego comprido e enferrujado.

— Ele conhecia muito a respeito de pecado. Um dia perguntei a ele e ele me explicou. Mas não sei se ele tem razão. Me disse que um sujeito só peca quando pensa que está pecando. — Os olhos do tio John mostravam cansaço e tristeza. — Eu fui toda a minha vida um homem cheio de segredo — disse —, fiz coisa que nunca falei.

A mãe, ao pé da fogueira, voltou-se para ele:

— Não conta nada pra gente, John — disse ela —, conta tudo ao bom Deus. Não sobrecarregue os outro com os teu pecado. Isso não convém.

— Mas esses pecado estão me comendo vivo — disse John.

— Acredito, mas não conta nada pra gente. Vai até o rio, bota a cabeça na água e conta pra água os teus pecado.

O pai, enquanto a mãe falava, balouçava a cabeça lentamente.

— Ela tem razão — disse. — É um alívio poder falar quando alguém tem que dizer alguma coisa, mas pros outro não convém, porque aí a gente fica espalhando os nosso pecado.

Tio John olhava as montanhas douradas pelo sol, e o dourado das montanhas refletia-se em seus olhos.

— Quero me livrar disso — falou. — Mas não posso. E isso vive me roendo por dentro.

Atrás dele, Rosa de Sharon surgiu cambaleando à porta da tenda.

— Onde está o Connie? — perguntou, em tom irritado. — Faz tempo que não vejo o Connie. Onde foi que ele se meteu?

— Eu não vi ele — disse a mãe. — Se eu encontrar ele, vou dizer pra falar com ocê.

— Não me sinto bem — disse Rosa de Sharon. — O Connie não devia me deixar sozinha.

A mãe olhou o rosto túrgido da moça.

— Cê andou chorando, não foi? — disse.

Lágrimas brotaram novamente dos olhos de Rosa de Sharon.

A mãe prosseguiu em voz firme.

— Cê tem que se conter. Nós tudo tamo contigo. Vem cá e me ajuda a descascar algumas batata. Cê só se preocupa com ocê.

A moça quis voltar para a tenda, esforçando-se para fugir aos olhares severos da mãe, mas estes obrigaram-na a dirigir-se lentamente para junto da fogueira.

— Ele não devia me deixar — disse, mas suas lágrimas não mais corriam.

— Ocê deve é trabalhar — disse a mãe. — Ficando o tempo todo na tenda, cê só vive pensando em ocê mesma. Eu nunca pude tomar conta do cê. Vou fazer isso agora. Pega nessa faca e trata de descascar essas batata.

A moça pôs-se de joelhos, obediente.

— Deixa ele voltar — disse furiosa — e ele vai ver uma coisa.

A mãe sorriu calmamente.

— Qualquer dia ele é capaz até de te dar uma surra. E aí a culpa vai ser tua. Só vive chorando e se lamentando. Eu até agradeceria a ele se te desse umas bordoada. — Os olhos da moça luziam de indignação, mas ela se manteve calada.

Tio John enfiou o prego no chão, comprimindo-o com o largo polegar.

— Preciso contar uma coisa — falou.

O pai disse:

— Então conta duma vez, que diabo! Quem foi que ocê matou?

Tio John enfiou o polegar na algibeira, retirando uma nota de banco muito suja e amarrotada.

— Cinco dólar — falou, exibindo a nota.

— Ocê roubou? — perguntou o pai.

— Não, tenho esse dinheiro há muito tempo. Fiquei guardando ele.

— É seu?

— É meu, sim, mas eu não tinha o direito de guardar ele pra mim.

— Que é que tem isso? — disse a mãe. — Não vejo pecado nenhum nisso; o dinheiro é seu.

Tio John disse lentamente:

— É pecado, sim, porque eu guardei ele só pra mim. Guardei ele pra tomar um porre. Sabia que não ia demorar o dia em que eu ia tomar outro porre. Quando começo a me amolar, já sabe: tenho que tomar uma bebedeira na certa. Pensei que esse dia ainda estava longe, mas agora... Foi o pregador que provocou. Pra que diabo ele foi se entregar pra polícia pra salvar o Tom?

O pai concordou, pondo a mão aberta atrás das orelhas para ouvir melhor. Ruthie avançou feito um cachorrinho, arrastando-se nos cotovelos, e Winfield seguiu-a. Rosa de Sharon tirou com a ponta da faca um grande olho da batata. A noite aprofundava-se, tornando-se de um azul mais carregado.

A mãe disse num tom decidido:

— Não vejo o motivo de ocê precisar se embebedar só porque o pregador salvou o Tom.

John respondeu tristemente:

— Não sei bem o motivo. Mas tô muito acabrunhado. Ele fez isso com tanta franqueza. Disse aos guarda: "Fui eu." E os guarda levaram ele. E agora eu tenho que tomar um porre.

O pai continuava meneando a cabeça.

— Mas por que é que ocê vem contar isso pra gente? Eu, se fosse você, ia tomar o meu porre e não dizia nada a ninguém.

— Tinha chegado o momento de eu poder fazer uma coisa formidável pra me livrar do grande pecado da minha alma — disse tio John com tristeza. — E eu, o que fiz? Tratei foi de me safar, de escapulir. E lá se foi a minha oportunidade. Escuta — disse —, você tá com dinheiro. Me dá dois dólar.

O pai, relutante, meteu a mão no bolso e tirou sua carteira de couro.

— Mas ocê não precisa de sete dólar pra se embebedar. Cê não vai tomar champanha, vai?

Tio John estendeu-lhe a nota de cinco dólares.

— Fica com isso, e me dá os dois dólar. Posso tomar o meu porre perfeitamente com dois dólar. Não quero ter também o pecado de gastar muito dinheiro. Só vou gastar aquilo que tiver no bolso. Sempre fui assim.

O pai pegou a nota suja e deu a tio John dois dólares em moedas de prata.

— Pega — disse —, a gente sempre faz o que acha que deve fazer. Ninguém tem o direito de te dar conselho.

Tio John pegou as moedas.

— Mas ocê não vai ficar com raiva de mim, vai?

— Não, nada disso — disse o pai. — Cê sabe o que faz.

— Não posso passar essa noite de outra maneira — disse ele. Dirigiu-se à mãe: — E ocê? Vai me querer mal por conta disso?

A mãe não levantou os olhos.

— Não — disse ela com suavidade —, acho que ocê deve ir.

Tio John ergueu-se e foi andando com um ar de desamparo pela noite adentro. Alcançou a estrada e atravessou-a em direção à venda. À entrada da venda tirou o chapéu, jogou-o na poeira e pisou-o com o calcanhar, como que castigando-se a si próprio. E seu chapéu preto ali ficou abandonado, sujo e lacerado. Tio John entrou na venda e dirigiu-se às prateleiras onde estavam as garrafas de uísque, abrigadas por uma tela de arame.

O pai, a mãe e as crianças tinham observado tio John afastar-se. Rosa de Sharon cravou os olhos nas batatas com ressentimento.

— Coitado do John — disse a mãe. — Será que adiantava alguma coisa se eu... não, acho que não adiantava. Nunca vi um homem tão atormentado.

Ruthie deitou-se de lado no meio da poeira. Aproximou a cabeça da de Winfield e puxou a orelha dele para junto de sua boca.

— Tenho que tomar um porre — cochichou. Winfield sacudiu-se de riso, apertando os lábios. As duas crianças afastaram-se, engatinhando. Retiveram a respiração e seus rostos avermelharam-se com o esforço de conter o riso. Foram-se arrastando, contornando a tenda. Ergueram-se num pulo e saíram correndo, a gritar. Enfiaram-se no salgueiral, e uma vez ali dentro estouraram em gargalhadas incontidas. Ruthie revirou os olhos e cambaleou, braços e pernas soltos tropeçando comicamente, língua pendente da boca. — Tô de porre — disse.

— Olha — gritou Winfield. — Olha só pra mim! Eu... eu sou o tio John. — Deixou tombar os braços e começou a tropeçar e a bufar, girando até ficar tonto.

— Não — disse Ruthie —, não é assim. É assim, quer ver? Eu sou o tio John e tô bêbada como o diabo.

Al e Tom caminhavam calmamente no salgueiral, encontrando-se com as crianças que cambaleavam como doidas. A escuridão tornava-se agora mais densa. Tom estacou, fazendo um esforço para enxergar.

— Será que é a Ruthie e o Winfield? Que será que tão fazendo? — Foram-se aproximando. — Cês tão maluco? — perguntou Tom.

As crianças imobilizaram-se, embaraçadas.

— Nós... nós só tamo brincando — disse Ruthie.

— Mas que brincadeira idiota! — disse Al.

Foi arrogante a resposta de Ruthie:

— É tão idiota como qualquer outra.

Al continuou a andar, dizendo a Tom:

— A Ruthie está pedindo pra apanhar. Faz tempo que ela tá querendo apanhar. Acho que agora tá na hora.

Ruthie, atrás dele, fez uma careta, escancarando a boca com o auxílio dos dedos indicadores; esticou a língua, insultando-o de todos os modos ao seu alcance. Mas Al não se voltou para olhá-la. Ruthie tornou a Winfield para recomeçarem a brincadeira, mas aí a brincadeira já perdera a graça. Ambos sentiam isso.

— Vamo até o rio, dar um mergulho — sugeriu Winfield.

Os dois foram caminhando no salgueiral, irritados com o irmão.

Al e Tom dirigiram-se lentamente para a tenda. Tom disse:

— O Casy não devia ter feito isso. Eu devia ter adivinhado o que ele ia fazer. Já outro dia se queixou de não poder fazer nada pela gente. O Casy é um sujeito muito engraçado, Al, vive o tempo todo cismando.

— Ele é um pregador — disse Al. — Os pregadores vivem com coisa na cabeça.

— Aonde será que foi o Connie?

— Acho que foi dar uma cagada.

— Puxa! Mas então ele foi cagar bem longe, porque tá demorando como o diabo.

Chegaram ao aglomerado de tendas, mantendo-se colados às paredes de lona. Junto à tenda de Floyd, um chamado em voz baixa os fez parar. Aproximaram-se da entrada da tenda e acocoraram-se. Floyd ergueu um pouco a lona.

— Cês vão embora daqui?

Tom disse:

— Não sei. Cê acha bom que a gente vá?

Floyd riu com amargura:

— Não ouviu o que o polícia disse? Se a gente não for, eles botam fogo no acampamento todo. Se ocê pensa que esse xerife leva uma rasteira assim, sem mais nem menos, e não vai tratar de se vingar, cê tá é muito enganado. Garanto que essa gente volta hoje mesmo, de noite, pra queimar tudo por aqui.

— Então é melhor a gente tratar de dar o fora — disse Tom. — Onde é que ocê pretende ir?

— Eu vou pro norte, já te disse.

— Escuta aqui, um sujeito me disse que aqui perto tem um acampamento do governo — disse Al. — Cê sabe onde isso fica?

— Ora, aquilo já deve tá completamente cheio.

— Tá bom, mas onde é que fica?

— Ocê desce pela 99 uns vinte quilômetro pro sul, e depois vira pro leste, em direção a Weedpatch. Fica bem perto daqui. Mas acho que não adianta ir lá, aquilo deve tá completamente cheio.

— O sujeito me disse que aquilo lá é bonito como o diabo — disse Al.

— Claro que é mesmo. Ali a pessoa é tratada como gente, e não que nem cachorro. E a polícia não dá as cara por lá. Mas o que é que adianta? Tá cheio.

Tom disse:

— Não posso entender por que aquele xerife se meteu a besta. Parece que queria arrumar encrenca de todo o jeito. Queria mesmo era briga.

— Não sei como é a coisa por aqui — disse Floyd —, mas no norte eu conheci um polícia que era um bom sujeito. Ele me contou que na zona dele os polícia têm que catar gente pra botar no xadrez. O xerife ganha setenta e cinco por dia por cada preso que ele tiver na cadeia, e só gasta uns vinte e cinco pra dar de comer a eles. Sem ninguém preso, ele deixa de ganhar dinheiro. Aquele polícia me disse que passou uma semana sem prender ninguém, e então o xerife disse a ele que tratasse de arrumar uns preso ou então desse o fora. Também esse xerife que teve aqui parecia que queria agarrar a gente de qualquer maneira.

— Bom, então é melhor a gente ir embora daqui — disse Tom. — Até logo, Floyd.

— Até logo, Tom. Acho que a gente ainda se encontra. Pelo menos eu torço por isso.

— Bom, adeus — disse Al.

Atravessaram o acampamento mergulhado nas trevas e foram andando em direção à tenda dos Joad.

A banha crepitava e espirrava na frigideira cheia de batatas. A mãe mexia com uma colher as grossas rodelas de batata. O pai estava sentado ao lado dela, cingindo os joelhos. Rosa de Sharon estava no interior da tenda.

— É o Tom — gritou a mãe. — Graças a Deus!

— A gente tem que ir embora daqui — disse Tom.

— O que é agora?

— O Floyd disse que os polícia vão queimar o acampamento hoje mesmo, de noite.

— Mas, por quê? Por que, meu Deus? — perguntou o pai. — A gente não fez nada!

— É, a gente não fez nada. Só fez foi quase matar um polícia.

— Mas a culpa não é de todo mundo.

— Mas a polícia disse que vai botar nós tudo pra fora daqui.

Rosa de Sharon perguntou:

— Cê viu o Connie?

— Vi, sim — disse Al. — Ia subindo o rio, pros lados do sul.

— Ele... ele tava indo embora?

— Não sei.

A mãe dirigiu-se à moça:

— Rosasharn, cê tá muito esquisita. Que foi que o Connie te disse?

— Ele diss'que era melhor se tivesse ficado em casa estudando sobre trator.

Todos quedaram calados. Rosa de Sharon olhava para a fogueira e seus olhos cintilavam à luz das chamas. As batatas assobiavam na frigideira. A moça fungava agora, passando as costas da mão sob o nariz.

— O Connie não valia nada, mesmo — disse o pai. — Faz tempo que eu notei isso. Era só farofa.

Rosa de Sharon ergueu-se e meteu-se na tenda. Deitou-se sobre o colchão e rolou sobre o ventre, enterrando a cabeça nos braços cruzados.

— Acho que não vale a pena a gente ir buscar ele — disse Al.

O pai respondeu:

— Pra quê? Ele não presta. Pra que é que a gente precisa dele?

A mãe olhou para a tenda, em cujo interior Rosa de Sharon estava deitada no colchão.

— Não fala assim — disse.

— Por que não? Se ele não presta mesmo — insistiu o pai. — Era um desses homem que vivem dizendo o que vão fazer. E nunca faz nada. Enquanto ele ainda tava com a gente, eu não dizia nada, mas agora que ele se foi...

— Shh! — fez a mãe suavemente.

— Shh por quê? Por que é que eu vou calar a boca? Ele foi embora ou não foi?

A mãe mexeu as batatas com a colher e a banha fervente espirrou. Botou mais lenha na fogueira e vivas labaredas ergueram-se, iluminando a tenda. Depois disse:

— Mas a Rosasharn vai ter uma criança e a metade dessa criança é do Connie. Não faz bem pra uma criança se criar no meio de gente que diz que o pai dela não presta.

— Antes isso que não dizer a verdade — disse o pai.

— Antes isso, nada — interrompeu-o a mãe. — Vamo fazer de conta que ele morreu. Cê não ia falar mal dele se tivesse morrido, ia?

Tom interveio:

— Ei, que é que ocês tão dizendo? A gente ainda não sabe se o Connie foi embora mesmo. Bom, mas agora não podemo perder tempo conversando. Vamo tratar de comer e cair fora daqui.

— Ir embora? Mas a gente chegou agora mesmo... — A mãe olhou-o através da escuridão, algo atenuada pela luz vermelha das chamas.

Tom tornou a explicar:

— Eles vão botar fogo no acampamento hoje de noite, mãe. A senhora sabe que eu não sou daqueles que olham pra essas coisa sem reagir, e o pai também não é e nem o tio John. Nós já tinha quase brigado, e eu não posso me arriscar a ser preso de novo. Hoje ia acontecer era isso, se o pregador não tivesse se metido na história.

A mãe continuava a mexer as batatas que fritavam na banha quente. Agora tomou a sua decisão:

— Bom, então vamo — disse. — Vamo comer depressa e ir embora. — E foi distribuindo os pratos de estanho.

— E o John? — perguntou o pai.

— É mesmo, onde está o tio John? — repetiu Tom.

O pai e a mãe mantiveram-se calados durante um minuto. O pai disse:

— Foi tomar uma bebedeira.

— Deus do céu! — disse Tom. — Boa hora ele foi escolher. Onde é que ele foi?

— Não sei — disse o pai.

Tom levantou-se.

— Escutem aqui — disse. — Quando acabar de comer ocês vão tratando de botar as coisa no caminhão. Vou procurar o tio John. Ele deve estar naquela venda do outro lado da estrada.

Tom saiu depressa. Diante de quase todas as tendas e barracas, pequenas fogueiras ardiam e seu brilho projetava-se no rosto dos homens e mulheres esfarrapados, e nas crianças acocoradas. De quando em vez, a claridade de uma lamparina a querosene varava a lona de uma tenda, agigantando a sombra das pessoas em seu interior.

Tom galgou o atalho poeirento e atravessou a estrada em direção à venda. Estacou à porta de entrada, lançando um olhar para o interior do estabelecimento. O dono da venda, um homenzinho grisalho, de bigodes desalinhados e olhos sem brilho, apoiava-se ao balcão, lendo um jornal. Seus braços magros estavam nus. Usava um longo avental branco. Atrás dele e rodeando-o havia latas de conserva, armadas em pirâmides, muralhas e montes. À entrada de Tom, o homem cerrou os olhos como se estivesse fazendo pontaria com uma espingarda.

— Boa noite — disse. — Perdeu alguma coisa?

— Perdi o meu tio — disse Tom. — Ou foi ele que se perdeu.

O dono da venda ensaiou uma expressão que era um misto de surpresa e aborrecimento. Colocou delicadamente um dedo na ponta do nariz e ficou a esfregá-lo e coçá-lo.

— Puxa! Ocês vive perdendo alguém — disse. — Aqui entra dez camarada por dia pra dizer: se o senhor vir um homem que se chama assim ou assado e que tem uma cara assim-assim, faz o favor de dizer pra ele que a gente foi pro norte. O tempo todo é assim.

Tom riu.

— Muito bem, se o senhor ver um fedelho chamado Connie, um pouquinho parecido com um coiote, diz pra ele ir pro inferno, e que a gente já foi pro sul. Mas eu não tô procurando esse camarada. Procuro é um sujeito de uns sessenta ano mais ou menos, vestido de calças preta, que já tem os cabelos branco. Será que ele não esteve aqui pra comprar uísque?

Os olhos do dono da venda brilharam.

— Ah, já sei! Esteve aqui, sim. Nunca na vida vi coisa igual. Antes de entrar aqui na venda ele jogou o chapéu no chão e pisou nele como um doido. Aqui tá o chapéu, guardei ele. — E retirou o chapéu sujo e amarrotado de sob o balcão.

Tom pegou-o.

— Tá bem, obrigado.

— Ele comprou duas garrafinhas de uísque e não falou nada. Tirou a rolha e botou o gargalo na boca. Mas agora a lei não deixa que se beba nas venda. Por isso, eu disse a ele: olha, é proibido beber aqui dentro. É melhor o senhor ir lá pra fora. Muito bem. Ele não disse nada e foi saindo. Aposto que esvaziou as garrafa em quatro golada. Só vi foi quando ele atirou as garrafa vazia fora e encostou-se na porta. Os olho dele já tava bem embotado. Ele me disse: muito obrigado, e foi-se embora. Nunca na minha vida vi um homem beber desse jeito.

— Não sabe pra onde ele foi?

— Olha, por acaso, eu sei, sim. Nunca vi um camarada beber desse jeito e por isso eu fiquei de olho pregado nele. Foi pras banda do norte. Inda vi quando o farol de um carro iluminou ele quando ele descia pela vala, na beira da estrada. As pernas dele pareciam que não aguentavam muito. Acho que ele não tá longe, não senhor, do jeito que ele ia...

Tom disse:

— Bom, muito obrigado. Vou ver se encontro ele.

— Não quer levar o chapéu dele, não?

— Quero, sim. Ele vai precisar. Bom, muito obrigado, viu?

— Que é que ele tem? — perguntou o dono da venda. — Me pareceu que não tava gostando muito assim da bebida, palavra que não.

— Não é nada. Ele é assim mesmo, meio esquisito. Bom, boa noite. E se o senhor ver aquele patife do Connie, pode dizer pra ele que a gente foi pro Sul.

— Isso é difícil. Já tô com tantos recado na cabeça que quase não me lembro de nenhum.

— Bom, então deixa pra lá — disse Tom. E foi saindo com o chapéu preto do tio John, sujo e amarrotado, seguro na mão. Atravessou a estrada e foi caminhando à margem. A seus pés estendia-se Hooverville, com as pequenas fogueiras luzindo na escuridão e as lamparinas a querosene brilhando através das tendas. Em um ponto qualquer uma viola tangia lentos acordes, lentos e sem ritmo, como se estivesse em mãos inexperientes. Tom parou um instante, escutando; logo prosseguiu vagaroso em seu caminho e de vez em quando tornava a parar, prestando atenção. Andou uns quatrocentos metros até que afinal ouviu os sons que buscava. De sob um talude vinha o som de uma voz grave e desafinada. Tom esticou a cabeça para a frente, tentando ouvir melhor.

E a voz grossa cantava: "Dei meu coração a Jesus; agora Jesus me leva pra casa. Dei minh'alma a Jesus, agora Jesus é minha casa." O cântico degenerou num murmúrio e extinguiu-se por completo. Tom foi descendo a correr o talude, em direção ao som. Correu alguns instantes e parou para escutar. E o som dessa vez estava mais próximo e ouvia-se o mesmo cântico lento e sem harmonia: "Oh, na noite em que a Maggie morreu, ela me chamou e me deu as calça dela, as calça véia de flanela vermelha que ela sempre usou. As calça tava puída nos joelho..."

Tom avançou cautelosamente. Divisou um vulto negro sentado no chão, e, aproximando-se, sentou-se ao lado dele. Tio John ergueu sua garrafa e o líquido borbulhou no gargalo.

Tom disse com calma:

— Ei, espere um pouco. E pra mim, nada?

Tio John virou a cabeça.

— Quem é você?

— Então o senhor já se esqueceu de mim, né? O senhor tomou quatro goles e eu um só.

— Não, Tom. Não brinca comigo. Eu tô aqui sozinho. Cê nunca teve aqui.

— Bom, mas tô agora, pode ter certeza. O senhor não quer me dar um golinho?

Tio John tornou a erguer a cabeça e o uísque borbulhou. Sacudiu depois a garrafa vazia.

— Não tem mais — disse. — Eu queria era morrer agora. Ter uma morte terrível ou pelo menos morrer um pouquinho. Me sinto tão cansado! Muito cansado. Quem sabe? Se eu pudesse não acordar mais, nunca mais! — Sua voz tinha a mesma entonação monótona. — Vou usar uma coroa, uma coroa de ouro de verdade.

Tom disse:

— Tio John, escuta aqui, escuta um instante. A gente tem que ir embora. O senhor vem comigo, que depois pode dormir à vontade lá em cima no caminhão.

John sacudiu a cabeça.

— Não, ocê vai sozinho. Eu não saio daqui. Não vou. Tenho que ficar aqui. Não vale a pena eu ir. Eu não presto pra nada. Vivo me arrastando com os meus pecado no meio de gente decente. Não, vou acabar com isso. Não vou.

— Vamo, tio John. A gente não pode ir sem o senhor.

— Vai ocê, só. Me deixa. Eu não presto, não presto, ouviu? Vivo sujando todo mundo com os meus pecado.

— O senhor não é mais pecador que outro qualquer.

John aproximou sua cabeça da de Tom e piscou um olho com gravidade. Tom apenas conseguiu distinguir sua fisionomia à luz das estrelas.

— Ninguém sabe dos meus pecado, ninguém, só Deus. Ele sabe.

Tom pôs-se de joelhos. Colocou a palma da mão na testa do tio John, que ardia e estava seca. Tio John afastou a mão desajeitadamente.

— Vem, vamo — suplicou Tom. — Vamo duma vez, tio John.

— Não vou, e pronto, já disse. Tô muito cansado, cansado disso tudo. Vou ficar é aqui mesmo.

Tom estava muito próximo dele. Encostou o punho no queixo do tio John. Traçou no ar duas pequenas voltas, calculando a distância, e afastou seu braço do ombro. O golpe foi dado com uma perfeição esmerada. O queixo de tio fechou-se com um estalido seco. Caiu de costas, tentando ainda erguer-se. Mas Tom já se ajoelhava sobre o corpo dele, e, quando tio John conseguiu firmar-se num dos cotovelos, vibrou-lhe outro golpe. Tio John agora jazia imóvel.

Tom levantou-se, e debruçando-se suspendeu o corpo frouxo, pondo-o no ombro. Cambaleou um pouco sob o peso. As mãos pendentes do tio John batiam-lhe às costas enquanto galgava a estrada respirando pesadamente. Um carro passou por ele e seus faróis lançaram uma luz brilhante, revelando-o com o homem balançando às suas costas. O carro diminuiu por um instante a marcha e logo a acelerou, rugindo o motor.

Tom ofegava ao chegar a Hooverville, depois da caminhada pela estrada até o caminhão dos Joad. Tio John voltava a si e mexia-se fracamente. Tom depositou-o cuidadosamente no chão.

A tenda dos Joad, entrementes, já tinha sido desmontada. Al estava colocando as trouxas sobre o caminhão. A lona estava pronta para ser estirada sobre a carga.

Al disse:

— Que porre danado!

Tom desculpou tio John:

— Coitado dele. Tive que dar um soco e derrubar ele, senão não vinha comigo.

— Cê não machucou ele, né? — perguntou a mãe.

— Acho que não. Ele já tá ficando bom.

Tio John estava no chão. Parecia muito fraco e doente. Espasmos de vômito sacudiam-no.

A mãe disse:

— Guardei um prato de batata procê, Tom.

Tom soltou uma risada curta:

— Palavra que não tenho vontade nenhuma de comer.

O pai gritou:

— Tá tudo pronto. Al, amarra a lona.

O caminhão estava carregado e pronto para partir. Tio John tinha adormecido. Tom e Al alçaram-no sobre o veículo, enquanto na traseira Winfield imitava os gestos de tio John quando vomitava e Ruthie tapava a boca com a mão para não rebentar em gargalhadas.

— Pronto — o pai repetiu.

— Onde está a Rosasharn? — perguntou Tom.

— Tá aí — disse a mãe. — Rosasharn, vem cá. Tá na hora da gente ir embora.

A moça estava sentada no chão, completamente imóvel. Tinha o queixo caído sobre o peito. Tom dirigiu-se a ela.

— Vem — disse.

— Não vou — ela nem sequer ergueu a cabeça.

— Cê tem que vir.

— Quero o Connie. Só saio daqui com ele.

Três carros deixavam o acampamento, subindo para a estrada; carros velhos carregados de objetos diversos e de gente. Arrastaram-se pelo barranco e saíram rodando, perfurando a escuridão com seus faróis.

— O Connie encontra a gente depois — disse Tom. — Deixei na venda um recado pra ele. Mandei dizer pra onde a gente vai. Ele encontra a gente depois.

A mãe também se aproximou e ficou ao lado de Tom.

— Vem, Rosasharn, anda, querida — disse com ternura.

— Quero esperar o Connie.

— Não podemo esperar ninguém. — A mãe debruçou-se e cingiu a moça com os braços, ajudando-a a erguer-se.

— Depois ele encontra a gente — disse Tom. — Não se preocupa. Ele acha a gente. — Foram caminhando, ladeando Rosa de Sharon.

— Pode ser que ele só tenha ido comprar livro pra estudar — disse Rosa de Sharon. — Pode ser que ele quisesse fazer uma surpresa na gente.

A mãe disse:

— É, pode ser. — Conduziram-na até o caminhão, ajudando-a a subir na carroceria. A moça meteu-se debaixo da lona e desapareceu na sombra.

O homem barbudo que morava na primeira barraca chegou agora, postando-se timidamente ao lado do caminhão. Ali ficou, numa atitude de expectativa, mãos enlaçadas nas costas.

— Ocês não vão deixar aqui alguma coisa que preste ainda? — inquiriu finalmente.

— Pelo que sei, não — disse o pai. — A gente não tem nada que deixar.

— Cê não vai embora também? — Tom perguntou.

O barbudo encarou-o durante algum tempo.

— Não — disse, afinal.

— Mas vão pôr fogo no acampamento.

Os olhos inquietos fixaram o chão.

— Eu sei. Eles já fizeram isso muitas vez.

— Mas então por que diabo ocê não vai embora?

Os olhos desvairados ergueram-se por um instante para tornar a baixar, e a luz das chamas que morriam refletia-se neles muito vermelha.

— Sei lá. Leva tanto tempo pra gente arrumar as coisas.

— Pior se eles queimam tudo, ocês ficam sem nada.

— Eu sei. Cês não vão deixar nada que preste?

— Não, a gente já fez a limpeza; leva tudo — disse o pai. E o barbudo foi se afastando com passos hesitantes. — Que é que ele tem? — perguntou o pai.

— Culpa da polícia — disse Tom. — Me disseram que ele tem mania de perseguição. Deve ter apanhado muito da polícia.

Outra caravana deixava o acampamento, galgando o barranco e rodando estrada afora.

— Vamo, pai, vamo embora — disse Tom. — O senhor, eu e o Al ficamo sentado na frente. A mãe pode vir pra trás. Não, pensei outra coisa. Mãe, a senhora vai na frente com nós. Al — Tom meteu a mão no assento e retirou uma grande chave inglesa —, ocê vai sentar atrás. Toma, pega isso. Se alguém quiser trepar no caminhão, ocê dá na cabeça dele.

Al pegou a ferramenta trepando na carroceria. Sentou-se, pernas cruzadas, tendo na mão a chave inglesa. Tom ainda tirou de debaixo do assento o macaco, colocando-o no chão ao lado do freio de mão.

— Pronto — disse. — Mãe, agora a senhora sobe e senta aí no meio.

— E eu, não fico com nada? — perguntou o pai.

— O senhor pode pegar o macaco — disse Tom —, mas queira Deus que a gente não precise usar ele. — Pisou no acelerador e o calhambeque barulhento rodou. O motor pegou, morreu e tornou a pegar. Tom acendeu as luzes do caminhão e deixou o acampamento em primeira. As luzes embaçadas apertavam nervosamente a estrada. Galgaram a faixa de concreto e foram rodando em direção ao sul. Tom disse: — Tem horas que o sujeito fica completamente louco.

A mãe interrompeu-o.

— Tom, ocê me disse... diss'que não ia ser assim. Ocê me prometeu.

— Eu sei, mãe, e tô me esforçando. Mas esses danado desses polícia! A senhora já viu algum xerife que não fosse de bunda larga? E mexem o rabo de propósito, como que pra fazer balançar o revólver. Mãe — disse —, se fosse a lei que tivesse contra a gente, vá lá. Mas não é a lei. Eles maltratam são as nossas alma; querem que a gente viva bajulando e que se arraste pelo chão que nem cachorro, com o rabo entre as perna. Eles querem é dobrar a gente. Puxa, mãe, o que vale é que há de chegar o dia em que um homem só vai poder ser um homem decente quando quebrar a cara de um polícia. Eles trabalham é pra acabar com a nossa dignidade.

A mãe respondeu:

— Ocê me prometeu, Tom. O pobre do Floyd, foi assim que ele começou. Eu conheci a mãe dele. Acabou apanhando como quê!

— Tô tentando, mãe. Deus sabe que eu tô. Mas a senhora não vai querer que eu ande bajulando os outro que nem cachorro que apanhou, arrastando a barriga no chão, não vai querer isso, né?

— Tô rezando, Tom, procê ficar fora disso. A nossa família tá se desmantelando. Cê tem que se controlar.

— Vou fazer força, mãe. Mas é duro a gente se controlar quando chega um desses bundão pra provocar a gente. Se fosse a lei que tivesse contra nós, tá certo. Mas não é. Botar fogo em acampamento não é coisa da lei.

O caminhão ia avançando, sacolejando-se. À frente via-se uma pequena fila de luzes vermelhas ao longo da estrada.

— Acho que é um desvio — disse Tom. Diminuiu a marcha e parou. Imediatamente, um grupo de homens cercou o caminhão. Estavam armados de picaretas e carabinas. Usavam capacetes e alguns tinham na cabeça bonés da Legião Americana. Um dos homens encostou-se à janela do caminhão. Exalava um forte cheiro de uísque.

— Onde é que ocês tão querendo ir? — Aproximou o rosto avermelhado do de Tom.

As faces de Tom crisparam-se. Sua mão baixou e, às apalpadelas, pegou no macaco. A mãe segurou-lhe o braço com firmeza. Tom disse:

— Tá certo, mãe... — e então sua voz adquiriu um tom de servilidade e tornou-se chorosa: — A gente não é daqui — disse. — Contaram que tinha trabalho num lugar chamado Tulare.

— Cês tão no caminho errado, diabo! Não queremo por aqui nenhum danado dum Okie, ouviu?

Estavam rígidos os ombros e os braços de Tom, e um arrepio sacudiu-lhe o corpo. A mãe apertou-lhe o braço com mais força. A frente do caminhão estava cercada de homens armados. Alguns dentre eles, para terem uma aparência militar, usavam fardas e cingiam cartucheiras.

Tom choramingou:

— Então por onde é que a gente deve ir? Por favor, qual é o caminho?

— Dá meia-volta e segue pros lados do norte. E não volte pra cá antes da safra do algodão!

Todo o corpo de Tom estremeceu.

— Sim senhor — disse. Deu a volta e foi rodando pelo caminho que acabara de percorrer. A mãe soltou-lhe o braço, acariciando-o com brandura. E Tom procurou reter um soluço duro e abafado.

— Não faz mal — disse a mãe —, não tem importância.

Tom assoou para fora do caminhão e limpou os olhos com a manga do casaco.

— Esses filhos da puta!

— Cê fez bem — disse a mãe com ternura.

O caminhão penetrou numa estrada lateral sem calçamento e percorreu nela algumas centenas de metros. Tom apagou as luzes e desligou o motor. Saltou do caminhão com o macaco na mão.

— Aonde ocê vai? — perguntou a mãe.

— Vou dar uma olhada por aqui. A gente não vai pro norte. — As lanternas vermelhas movimentavam-se na estrada. Tom viu-as passar pelo entroncamento da estrada lateral com a estrada principal e sumir adiante. Momentos depois chegou aos seus ouvidos o barulho de gritos, e depois um intenso clarão reluziu pros lados de Hooverville. O clarão cresceu de intensidade, espraiou-se, estrondos eram ouvidos. Tom tornou a subir no caminhão. Deu a volta e foi regressando pela estrada lateral, com as luzes do veículo apagadas. Novamente na estrada principal, tomou a direção sul e acendeu os faróis.

A mãe perguntou com timidez:

— Pra onde vamo, Tom?

— Pro sul — foi a resposta. — Não vou permitir que esses bandido enxote a gente daqui sem mais nem menos. Eles não pode fazer isso! Vamo rodear a cidade, sem atravessar ela.

— Tá bom, mas onde é que a gente vai? — O pai falou pela primeira vez. — Só queria saber aonde a gente vai.

— Vamos até aquele acampamento do governo — disse Tom. — Um camarada me disse que lá não tem polícia. Mãe, tenho que evitar eles; tô com medo de acabar eu matando um.

— Calma, Tom. — A mãe tentou apaziguá-lo — Calma, Tommy. Cê já procedeu direito uma vez. Vê se faz sempre assim.

— É, e aos pouquinhos vou perdendo a vergonha.

— Calma, cê deve ter paciência. Olha, Tom, a nossa gente ainda vai tá viva quando esse pessoal já não existir mais. Nós vamo viver, Tom, vamo viver sempre. Ninguém pode destruir a gente. Nós somo o povo, vamo sempre pra adiante.

— É, e sempre apanhando.

A mãe riu.

— É isso mesmo. Talvez seja por isso que a gente se torne tão forte e firme. Aquela gente rica nasce e morre, e seus filho morre antes do tempo. Mas nós, Tom, nós continuamo. Não perca a calma, Tom, outros tempo vão chegar.

— Como é que a senhora sabe disso?

— Sei lá! Só sei que sei.

Iam entrando na cidade e Tom penetrou por uma estrada lateral para evitar a zona central. À luz que iluminava a estrada, olhou o rosto de sua mãe, um rosto tranquilo, com uma estranha expressão nos olhos, parecidos com os olhos eternos de uma estátua. Tom esticou a mão e tocou levemente no ombro dela, num gesto inevitável. Depois retirou a mão.

— Nunca ouvi a senhora falar tanto — disse.

— Nunca tive tanto motivo pra falar — replicou a mãe.

Contornaram a cidade. Tom mudou novamente de direção. Num entroncamento lá estava a placa indicando a 99. Continuaram rumo ao sul.

— Bom, eles não conseguiram que a gente fosse pro norte — disse Tom. — A gente vai pra onde quiser, nem que tenha que se arrastar por aí.

As luzes pálidas lavavam a longa estrada negra que se desenrolava à sua frente.

21

Os homens errantes, sempre em busca de algo, haviam se tornado um povo em migração. As famílias que até aí viviam no seu pequeno pedaço de terra, que até então tinham vivido e morrido em seus dezesseis hectares, que tinham comido o produto de sua terra ou nela passado fome, essas famílias todas tinham agora o Oeste inteiro à sua disposição, e por ele andavam vagueando. E corriam país afora à procura de trabalho. As estradas tinham-se metamorfoseado em caudais de homens, e nas valas à beira das estradas pernoitavam multidões de homens. Atrás deles vinham outros e mais outros. Nas grandes estradas formigava o povo em movimento. No Oeste Central e no Sudoeste vivia um povo simples e agrário, que não era influenciado pela indústria, um povo que jamais empregara máquinas em sua propriedade, nem conhecera o poder ou o perigo de máquinas em mãos de particulares. Era um povo que ainda não sentira as contradições da indústria; um povo de sentidos bastante agudos ainda para perceber o ridículo da vida industrial.

De repente as máquinas expulsaram esse povo, e esse povo enxameava as estradas. A movimentação alterou a sua natureza; as estradas, os acampamentos, o espectro da fome e a própria fome tinham alterado a sua natureza. As crianças sem comida alteraram-na; alteraram-na as viagens infindas. Era um povo migrante. Alterava-o a hostilidade do ambiente, e essa hostilidade unia-o e fazia dele uma unidade coesa; era a hostilidade que costumava impelir pequenas cidades a formar grupos armados como que para repelir um invasor, formar bandos munidos de picaretas, grupos de empregados e patrões armados de carabinas, protegendo-se de sua própria gente.

Reinou o pânico no Oeste quando se multiplicaram os homens nas estradas. Os homens receavam pelas suas propriedades. Homens que jamais tinham sentido fome viam os olhos de esfaimados. Homens que jamais na vida tinham precisado verdadeiramente de alguma coisa viam a chama da necessidade arder nos olhos dos homens das estradas. E os homens das cidades, e dos campos suburbanos que rodeavam as cidades, organizavam-se para a sua defesa. Tinham estabelecido que eles eram bons e que os outros, os invasores, eram maus, como sempre fazem os homens antes das batalhas. Diziam: "São uns malditos Okies, uns ignorantes, sujos. São uns degenerados, uns maníacos sexuais. Uns ladrões, que roubam tudo o que encontram. Não têm o senso do direito da propriedade."

E era certo este último julgamento, pois de que maneira um homem que nada possui pode compreender as preocupações dos que possuem alguma coisa? E os que se defendiam, diziam: "São uns imundos, que espalham epidemias. Não podemos deixar que os filhos deles frequentem a mesma escola que os nossos filhos. Eles são estranhos. Que é que você ia dizer se a sua irmã saísse com um deles?"

A gente das cidades esforçava-se para adotar ares de crueldade. Formava grupos e companhias e armava-os de cassetetes, de bombas de gás e de carabinas. A terra é nossa, diziam. É bom a gente não perder de vista esses danados desses Okies. E as terras não pertenciam aos homens armados, mas estes pensavam que eram os donos das terras. E os empregados que se exercitavam à noite nada possuíam de seu; e os proprietários de lojas insignificantes não possuíam nada além de dívidas. Mas até um emprego é alguma coisa; até uma dívida é alguma coisa. O empregado pensava: ganho quinze dólares por semana; quem sabe um desses malditos Okies aceitaria até doze? E o pequeno lojista pensava: como eu posso competir com um homem que não possui dívidas?

E os homens em êxodo espraiavam-se pelas estradas, e havia fome e miséria em seus olhos. Não empregavam argumentos, nem possuíam um sistema certo de agir; tinham somente o seu número e necessidades. Quando surgia trabalho para um homem, dez homens disputavam-no, lutavam por ele aceitando ordenados miseráveis. Se aquele camarada trabalha por trinta centavos, eu trabalho por vinte e cinco.

Se ele trabalha por vinte e cinco, eu trabalho por vinte.

Não, eu... eu estou com fome. Trabalho até por quinze. Trabalho até pela comida. Meus filho! Cê devia ver eles. Tão com o corpo cheio de furúnculo, que nem podem andar. Dei pra eles fruta podre, apanhada do chão, e eles ficaram tudo inchado. Eu... eu trabalho até por um pedacinho de carne.

E isso causava satisfação, pois, apesar de os salários diminuírem, os preços dos gêneros mantinham-se altos. Os grandes proprietários estavam contentes e mandavam distribuir ainda mais impressos para atrair mais gente. E os salários baixavam e os preços mantinham-se altos. Não demora, haverá novamente servos em nosso país.

Foi então que os grandes proprietários e as companhias inventaram um método novo. Um grande proprietário comprava uma fábrica de frutas em conserva. E quando amadureciam as peras e os pêssegos, ele forçava o preço das frutas para um valor inferior ao custo da produção. Como fabricante de frutas em conserva, ele pagava a si mesmo um preço baixo pelas frutas, e mantendo alto o preço das frutas em conserva tirava ótimos lucros. E os pequenos proprietários que não possuíam fábricas de frutas em conserva perdiam as suas propriedades, que eram arrebanhadas pelos grandes proprietários, os bancos e as companhias aos quais pertenciam as fábricas de frutas em conserva. E com o tempo diminuía o número das propriedades. Os pequenos proprietários não tardavam a mudar-se para as cidades, onde esgotavam o seu crédito, os seus amigos, as suas relações. E depois eles também caíam nas estradas. E as estradas estavam cheias de homens ávidos de trabalho, prontos para matar pelo trabalho.

E as companhias e os bancos trabalhavam para a sua própria ruína, mas não sabiam disso. Os campos estavam prenhes de frutas, mas nas estradas marchavam homens que morriam de fome. Os celeiros repletos, mas as crianças pobres cresciam raquíticas. Em seus peitos intumesciam as pústulas escrofulosas. As grandes companhias não sabiam o quão tênue era a linha divisória entre a fome e a ira. E o dinheiro que podia ter sido empregado em melhores salários era gasto em bombas de gás, em carabinas, em agentes e espiões, e em listas negras e em exércitos armados. Nas estradas os homens locomoviam-se como formigas, à procura de trabalho e de comida. E a ira começou a fermentar.

22

Já era tarde quando Tom Joad atravessava um atalho, à procura do acampamento de Weedpatch. Havia poucas luzes ao redor e um clarão no firmamento indicava a direção de Bakersfield. O caminhão rodava vagarosamente, e de quando em vez gatos ocupados com a caça atravessavam o caminho. Num cruzamento surgiu um pequeno aglomerado de casas de madeira pintadas de branco.

A mãe ia sentada na cabine, dormindo, e o pai havia muito estava taciturno e retraído.

Tom disse:

— Não sei onde fica esse acampamento. Talvez seja melhor esperar até de madrugada e perguntar pra alguém. — Estacionou ao pé de um marco do caminho e, no mesmo instante, outro carro parava no cruzamento. Tom curvou-se para fora do veículo. — Alô — disse —, o senhor não sabe onde fica esse acampamento do governo?

— Siga em frente.

Tom atravessou a estrada e foi tocando para a frente. Passadas algumas centenas de metros, parou novamente. Uma alta cerca de arame ladeava a estrada, e logo a seguir abria-se um caminho, por onde Tom entrou, diante de um largo portão. O caminhão saltou e tornou a cair sobre as rodas com estrondo.

— Meu Deus — disse Tom —, não vi essa lombada.

Um guarda ergueu-se do alpendre e veio em direção ao caminhão, encostando-se nele.

— Da próxima vez vê se toma mais cuidado.

— Mas por que essa coisa logo na entrada?

O guarda riu.

— É que aqui tem muitas criança brincando. Se a gente só avisa aos motorista pra andar devagar, ninguém liga. Mas se eles se lembrar desse troço aqui na entrada, garanto que vão perdendo a pressa.

— Ah, é? Tomara que não tenha quebrado nenhuma peça. Escuta, você tem lugar pra mais alguém aqui?

— Dá-se um jeito. Quantos são?

Tom contou nos dedos.

— Eu, o pai e a mãe, Al e Rosasharn, tio John, Ruthie e Winfield. Estes dois são criança.

— Bem, acho que tem lugar pra todos. Cês trouxeram coisa pra acampar?

— Temo camas e uma lona de barraca bem grande.

O guarda trepou no estribo do caminhão.

— Vá andando até o fim desta fila aqui e depois dobre à direita. Vocês vão ficar no departamento sanitário número 4.

— Que é isso?

— Chuveiros, banheiros e tanques de lavar roupa.

A mãe perguntou:

— Cês têm água corrente aqui?

— Claro que sim.

— Oh, graças a Deus — disse a mãe.

Tom ladeou a fila de tendas mergulhadas na obscuridade. No edifício sanitário ardia uma pequena lamparina.

— Pode parar — disse o guarda. — Este é um bom lugar e acaba de esvaziar.

Tom desligou o motor do caminhão.

— Tá bom aqui?

— Tá. Agora você deixa os outros tirar as coisas do caminhão, enquanto eu faço o registro. Preciso dormir. Amanhã de manhã o comitê do acampamento vai fazer uma visita, que é pra explicar como funciona.

Tom baixou os olhos.

— Polícia? — perguntou.

O guarda riu.

— Não, nada de polícia. A gente tem as nossas próprias autoridade. Aqui a gente elege a própria polícia. Bom, vem comigo agora.

Al saltou da carroceria e começou a andar pelo acampamento.

— Vamo ficar aqui?

— Vamo, sim — disse Tom. — Ajuda o pai a descarregar as coisa, enquanto eu vou no escritório.

— Mas cuidado, não faz barulho — disse o guarda. — Tem muita gente dormindo.

Tom seguiu-o na escuridão. Subiu alguns degraus e penetrou numa sala minúscula, onde apenas havia uma velha escrivaninha e uma cadeira. O guarda sentou-se à escrivaninha e pegou uma ficha em branco.

— Nome?

— Tom Joad.

— Aquele homem ali é seu pai?

— É.

— Qual é o nome dele?

— Tom Joad, também.

O interrogatório continuou. De onde são, faz quanto tempo que tão aqui no estado, onde trabalharam até agora etc. O guarda ergueu os olhos.

— Não somos enxerido, mas precisamos saber algumas coisa.

— Claro — disse Tom.

— Bem... cês têm algum dinheiro?

— Muito pouco.

— Então cês não tão sem recurso?

— Temo muito pouco. Por quê?

— Olha, aqui o preço é um dólar por semana, mas cês podem trabalhar pra pagar a dívida. Carregar lixo, limpar o acampamento e coisa desse tipo.

— Bom, então a gente vai trabalhar.

— Tá certo. Amanhã cês vão ver o comitê, que é pra saber como se vive aqui no acampamento. Vão conhecer o código.

Tom disse:

— Escuta, que negócio é esse de comitê?

O guarda recostou-se à cadeira.

— É uma coisa muito bem-feita. Aqui tem cinco departamento sanitário. Cada um elege uma pessoa pra formar o departamento central. É o comitê que faz as leis daqui. O que eles manda tem que ser cumprido.

— Mas e se eles não tiver certo?

— Bem, a gente pode votar a favor ou contra. Mas eles têm feito coisa muito boa. Quer ver uma? Cê conhece aqueles pregador da seita dos Holy Rollers que vivem perseguindo todo mundo com oração e coleta, não conhece? Pois é. Um dia, eles quiseram pregar aqui no acampamento. Tinha uma porção de velho que queria ouvir eles. Então o comitê teve que decidir. Fizeram uma sessão, e quer ver como resolveram o caso? Disseram assim: "Qualquer pregador pode pregar neste acampamento. Mas nenhum pode fazer coleta." Daí pra cá não teve mais nenhum pregador aqui. E os velho ficaram triste com isso.

Tom riu.

— Você quer dizer — perguntou — que é gente daqui mesmo, como nós, que administra o acampamento?

— Sim. E funciona.

— E cê diz que não tem nenhum polícia?

— Não. O comitê central mantém a ordem e faz as regra. E ainda tem um comitê de senhora. Amanhã, elas vão visitar sua mãe. Cuidam das criança e dos departamento sanitário. Se sua mãe não trabalhar, tem que cuidar dos filho das mulheres que trabalha. E se ela encontra trabalho, então as outras vão tomar conta dos filho dela. E as mulheres aqui também se ocupam com costura; tem aqui uma professora que ensina elas. Um monte de coisa assim.

— Então você diz que não tem nenhum polícia no acampamento?

— Não senhor. Nada disso. Aqui só entra polícia com ordem especial.

— E se alguém se embriaga e se mete a valente e procura briga? Aí como se faz?

O guarda furou o mata-borrão com a ponta do lápis.

— Bem, da primeira vez ele é advertido pelo comitê central. Da segunda, recebe uma advertência grave e da terceira é expulso do acampamento.

— Meu Deus, a gente quase não pode acreditar! Inda ,a noite passada, a polícia e uns sujeito que usava uns bonés pequeno puseram fogo naquele acampamento da beira do rio.

— Aqui eles não podem entrar — disse o guarda. — O que eles fazem às vezes é patrulhar fora do acampamento, do lado de fora da cerca. Principalmente quando tem baile.

— Baile?! Meu Deus, será possível?

— Sim senhor. Todo sábado têm baile aqui, os melhor da região.

— Puxa! Por que será que não existe mais lugar que nem esse?

O guarda lançou-lhe um olhar sombrio.

— Bem, isso você tem que adivinhar. E agora é melhor ir dormir.

— Boa noite — disse Tom. — Minha mãe vai gostar daqui. Faz tempo que ela não é tratada como deve ser.

— Boa noite — disse o guarda. — Agora trate de dormir. O pessoal aqui do acampamento costuma acordar cedo.

Tom atravessou a rua formada entre duas filas de tendas. Seus olhos já se tinham acostumado à luz das estrelas. Notou que as filas eram bem niveladas e que ao pé das tendas não havia imundície. O chão fora bem varrido e regado. O ressonar dos que dormiam filtrava-se das tendas. O acampamento inteiro zumbia e ressonava. Tom caminhava vagarosamente. Chegou ao departamento sanitário número 4 e olhou-o com curiosidade. Era uma construção baixa, tosca e sem pintura. Num telheiro aberto dos lados, havia fileiras de tanques. Tom notou o caminhão da família Joad, que estacionava próximo, e dirigiu-se até lá sem fazer barulho. Sua tenda já tinha sido armada e nela reinava um silêncio completo. Ao chegar mais perto, um vulto surgiu à sombra do caminhão e caminhou ao seu encontro.

A mãe disse baixinho:

— É ocê, Tom?

— Sou.

— Shh... — fez ela. — Fala baixo que tão tudo dormindo. Tavam muito cansado.

— A senhora também devia estar dormindo — disse Tom.

— É, mas antes eu quis falar contigo. Tá tudo arranjado?

— Tá, sim — disse Tom. — Mas agora não vou contar nada à senhora. Amanhã de manhã a senhora vai saber tudo. E garanto que vai gostar.

Ela sussurrou:

— Ouvi dizer que aqui tem até água quente.

— Tem, sim. Mas agora trata de dormir. Já nem me lembro de quando a senhora dormiu a última vez.

Ela insistiu:

— Que é que ocê não quer me dizer?

— Não digo. É melhor a senhora ir dormir agora.

Subitamente, ela adquiriu ares de uma menina curiosa.

— Como posso dormir pensando no que ocê não quer me dizer?

— Ih, deixa disso. A senhora vai dormir e bota amanhã outro vestido e então... então a senhora vai ver.

— Mas não vê que não posso dormir assim?

— Mas a senhora deve dormir — disse Tom com uma risada feliz. — Trate de dormir.

— Boa noite — disse ela baixinho e, curvando-se, penetrou na tenda.

Tom trepou na carroceria do caminhão. Deitou-se de costas no piso de madeira e apoiou com as mãos cruzadas à nuca, encostando os antebraços nas orelhas. A noite começava a tornar-se mais fria. Tom abotoou o paletó no peito e tornou a deitar-se. As estrelas luziam claras, com um brilho agudo, acima de sua cabeça.

Estava escuro ainda quando ele acordou. Um ligeiro ruído metálico o despertara. Mexeu os membros rígidos e o ar frio da madrugada lhe deu um arrepio. O acampamento dormia ainda. Tom levantou-se e lançou um olhar através das bordas laterais do caminhão. As montanhas, a leste, tinham uma cor azul-marinho. Enquanto as olhava, uma luz fraca surgia atrás delas e lhes tingia as margens dum vermelho desbotado. Depois, subindo, a luz tornava-se mais fria, mais cinzenta e mais escura, até que, mais próximo ao horizonte a leste, misturava-se com a noite pura. Embaixo, no vale, jazia a terra, que parecia dum cinzento de alfazema provocado pelo alvorecer.

Retinia ainda o ruído de ferros que se chocam. Tom olhava as tendas, cuja cor cinza era algo mais clara que a do chão. À boca de uma das tendas, chamejou uma luz avermelhada, que escapava das fendas dum velho fogão de ferro. De um tubo curto brotava uma fumaça cinzenta.

Tom saltou da carroceria. Devagar, dirigiu-se até o fogão. Uma moça estava ali com um bebê nos braços. E o bebê mamava, tendo a cabeça mergulhada na blusa da moça. E a moça atiçava o fogo, levantando as tampas enferrujadas para avivar as chamas, e abriu a porta do fogão. O bebê mamava sofregamente, enquanto sua mãe passava-o com destreza dum braço para outro. O bebê não a incomodava na sua tarefa, nem desmanchava a graça de seus movimentos. O fogo deitava agora labaredas vermelhas pelas fendas do fogão e lançava reflexos cintilantes sobre a lona da tenda.

Tom chegou mais perto. Sentiu o cheiro de presunto frito e de pão que se assava. A leste, a luz aumentava rapidamente de volume e extensão. Tom aproximou-se do fogão e estendeu sobre ele uma das mãos. A moça olhou-o e acenou, fazendo com que bailassem lentamente suas tranças compridas.

— Bom dia — disse ela, virando o presunto na frigideira.

Abriu-se a lona da tenda e dela saíram um jovem e um homem mais idoso. Vestiam roupas novas de brim azul e em seus casacos, lustrosos, brilhavam botões de latão. Eram homens de feições duras, muito parecidos um com o outro. O mais moço tinha barba de fios escuros e o mais velho tinha-a branca. Tinham a cabeça e o rosto úmidos. Água gotejava de seus cabelos e as gotas penduravam-se nos fios de sua barba. Suas faces reluziam. Estacaram ao mesmo tempo, olhando com tranquilidade o brilho pálido da alvorada. Bocejaram simultaneamente, observando a claridade que emergia de trás da montanha. Depois viraram-se e notaram a presença de Tom.

— Dia — disse o homem mais velho, com uma expressão que não era amigável nem hostil.

— Dia — disse Tom.

— Dia — disse o jovem.

Secava rapidamente a umidade que lhes cobria o rosto. Os dois se aproximaram do fogão e começaram a aquecer as mãos.

A moça prosseguia na sua tarefa. Colocou o bebê no chão e atou as tranças compridas com uma fita. E suas tranças bamboleavam e bailavam sempre que ela se mexia. Botou canecas de folha de flandres numa grande caixa e distribuiu pratos de folhas, facas e garfos. Despejou numa travessa o presunto que nadava na banha borbulhante da frigideira, onde silvava e encolhia à medida que se ia tostando. A moça escancarou a porta do fogão para retirar dele uma panela cheia de panquecas largas e grossas.

Quando o aroma das panquecas inundou o ar, os dois homens aspiraram-no profundamente. O jovem disse em voz baixa.

— Jesusss!

O mais velho disse a Tom.

— Cê já tomou café?

— Bom, ainda não. Eu tô aqui com minha família, mas tão tudo dormindo ainda. Tavam muito cansado.

— Então faça companhia à gente. Tem comida bastante, graças a Deus.

— Muito obrigado — disse Tom. — Isso tá com um cheiro formidável. Não tenho coragem de recusar.

— Num tá? — disse o jovem. — Já sentiu alguma vez um cheiro tão bom? — Rodearam o caixote e acocoraram-se.

— Trabalha por aqui? — perguntou o jovem.

— Não, mas vontade não falta — disse Tom. — Chegamo ontem à noite. Ainda não tive tempo de procurar.

— Pois já faz doze dia que a gente tá trabalhando.

A moça, que se atarefava junto ao fogão, interveio:

— Compraram até roupa nova. — Os dois homens olharam as roupas muito duras e muito azuis com um sorriso algo acanhado. A moça aproximou-se com a travessa de presunto e panquecas e com uma tigelinha contendo a gordura do presunto e um bule de café. Pô-la sobre o caixote e também se acocorou ao lado dele. O bebê mamava ainda, com a cabeça escondida na blusa da mãe.

Encheram todos os respectivos pratos, derramando gordura de presunto sobre as panquecas e deitaram açúcar no café.

O homem mais idoso encheu a boca, mastigou e engoliu, dando estalos com a língua.

— Que bom, meu Deus! — disse, e tornou a encher a boca.

— Já faz doze dia que não falta comida pra gente — disse o jovem. — Tamo trabalhando direito, recebendo o nosso dinheiro e comendo todo dia. — Voltou a comer com entusiasmo quase frenético e tornou a encher o prato. Tomaram o café bem quente, derramando a borra no chão e enchendo novamente as respectivas canecas.

A luz da madrugada ia adquirindo um brilho avermelhado. Pai e filho cessaram de comer. Tinham o rosto voltado para o leste e iluminado pelo clarão avermelhado. A imagem da montanha envolta em luz refletia-se em seus olhos. Tornaram a derramar borra de café no chão e se ergueram ao mesmo tempo.

— Bom, a gente agora tem que ir — disse o mais velho.

O jovem dirigiu-se a Tom:

— Olha aqui, rapaz — disse. — A gente tá colocando uns cano. Se você quiser vir com nós, é possível que a gente te arrume também um trabalho por lá.

— Ah, isso seria bom à beça — disse Tom. — E muito obrigado pelo almoço.

— Não tem de quê — disse o mais velho. — Vamo ver se conseguimo alguma coisa procê, se ocê quiser mesmo.

— Pois vontade de trabalhar não falta — disse Tom. — Esperem um instantinho, vou só avisar a minha família. — Correu até a sua tenda e, curvando-se um pouco, olhou para dentro.

Na escuridão que reinava sob a lona não conseguiu enxergar senão os contornos das pessoas, que ainda dormiam. Mas eis que algo se movimentava agora entre o emaranhado de roupas de cama. Era Ruthie que se espreguiçava como uma serpente, os cabelos pendentes sobre os olhos. Estava de vestido, um vestido amarrotado e todo torcido ao redor do corpo. Foi se arrastando cuidadosamente e depois se levantou. Seus olhos cinzentos brilhavam claros e calmos, após uma noite decente de sono. Não havia malícia neles. Tom afastou-se da tenda e fez um sinal para que a menina o seguisse. Quando ele tornou a virar-se, ela o olhou.

— Meu Deus, cê tá ficando uma moça — disse ele.

Ela desviou o olhar, dominada por repentino acanhamento.

— Olha aqui — disse-lhe Tom —, não acorda ninguém, mas quando eles acordar ocê diz que fui ver um trabalho pra mim, viu? E diz pra mãe que já tomei o café com uns vizinho. Entendeu?

Ruthie fez que sim e virou a cabeça, e seus olhos eram olhos de uma menininha muito inocente.

— Não acorda ninguém — tornou a recomendar Tom, e voltou correndo para junto de seus novos amigos. Ruthie se tinha aproximado do departamento sanitário e agora espiava para dentro da construção pela porta entreaberta.

Os dois homens tinham ficado aguardando a volta de Tom. A moça estendera um colchão que retirara do interior de sua tenda e colocara sobre ele o bebê, enquanto lavava a louça.

Tom disse:

— Tive que avisar a minha gente que ia sair. Tavam tudo dormindo ainda. — E os três homens iam caminhando pela rua formada entre duas filas de tendas.

O acampamento começara a animar-se. Ao redor de fogueiras recém--acesas as mulheres trabalhavam, cortando a carne e sovando a massa do pão. E os homens atarefavam-se junto às tendas e aos automóveis. O céu estava rosado agora. Diante do escritório, um velhote magro limpava cuidadosamente o chão com um ancinho. Atirava o ancinho com força, de maneira que as marcas dos dentes eram profundas na terra.

— Ocê se levantou cedo hoje, hein, velhinho? — disse o jovem quando passavam pelo homem do ancinho.

— Então? Tenho que ganhar o dinheiro do aluguel.

— Aluguel coisa nenhuma — disse o jovem. — Tava bêbado como o diabo no sábado passado. Cantou a noite toda sentado no bar. Foi por isso que o comitê te deu esse trabalho. — Estavam andando à beira da estrada salpicada de óleo. Uma fileira de nogueiras crescia à margem da estrada. Os contornos do sol surgiam no pico das montanhas.

Tom disse:

— É engraçado. Comi com cês e nem disse meu nome e nem ocês me disseram ainda como se chamavam. Meu nome é Tom Joad.

O homem mais velho olhou-o com um leve sorriso.

— Aposto que ocê tá aqui faz muito pouco tempo.

— Tô aqui há poucos dia.

— Pois é. Eu tinha a certeza. Aqui aconteceu uma coisa muito engraçada. A gente perde o hábito de se apresentar. Tem muita gente, demais. Bom, eu me chamo Timothy Wallace e este aqui é meu filho Wilkie.

— Muito prazer em conhecer — disse Tom. — Ocês tão aqui faz muito tempo?

— Dez mês — disse Wilkie. — Chegamo aqui o ano passado, logo depois da enchente. Puxa! A gente passou por coisa que ocê nem pode imaginar. Já tava quase morrendo de fome. — Seus pés batiam ruidosamente na estrada. Um caminhão repleto de homens passou e cada um desses homens parecia terrivelmente absorto. Todos eles agarravam-se a um ponto qualquer do veículo e olhavam sombriamente diante de si.

— Vão na companhia de gás — disse Timothy. — Tão muito bem empregado lá.

— A gente podia ter tomado o nosso caminhão — disse Tom.

— Não. Pra quê? — Timothy ajoelhou-se e apanhou do chão uma noz verde. Experimentou-a com o polegar e a atirou em direção a um melro pousado sobre uma cerca. O pássaro saiu voando e depois voltou a pousar no mesmo lugar, enfiando o bico entre as penas lisas e brilhantes.

Tom perguntou:

— Cês não têm carro?

Os dois Wallace permaneceram calados e Tom, olhando-lhes no ros to, viu que se sentiam envergonhados.

Wilkie disse:

— Pra que carro? Daqui até o lugar que a gente trabalha são apenas dois quilômetro.

Timothy falou em voz alta e irritado:

— Não, a gente não tem carro. A gente vendeu ele. Foi preciso, porque não se tinha mais comida nem coisa nenhuma. Não havia jeito de se achar trabalho. Por aqui sempre passam uns sujeito que quer comprar carro, toda semana. Eles chega quando a gente já está cheio de fome e compram nossos carro. Quando a fome aperta muito, levam o carro quase de graça. E... bom, a gente já sentia fome bastante. Vendemos o carro por dez dólar. — E cuspiu na estrada.

Wilkie disse tranquilamente:

— Tive em Bakersfield na semana passada. Vi ele no meio de uma porção de carro usado. Sabe qual era o preço marcado nele? Setenta e cinco dólar!

— Era o único jeito — disse Timothy. — Ou a gente deixava eles roubar o nosso carro, ou então era a gente que tinha que roubar alguma coisa deles. Até agora nunca precisamo roubar nada, mas que já tivemo bem perto disso, tivemo mesmo.

Tom disse:

— Sabe, todo mundo dizia que por aqui tinha trabalho à beça. Andaram até distribuindo uns impresso que dizia que precisava de gente e pagava bem.

— Hum — disse Timothy —, a gente também viu esses impresso. Trabalho coisa nenhuma. E os salário tão cada vez mais miserável. Eu já tô cheio de ficar quebrando a cabeça pra arranjar dinheiro pra comida.

— Mas ocês agora tão trabalhando — disse Tom.

— É, mas não será por muito tempo. Tamo trabalhando com um sujeito até muito camarada. É dono de uma terrinha e trabalha também que nem nós. Mas, diacho, a coisa não vai durar muito.

Tom perguntou:

— Mas então por que diabo ocês ainda me leva pra lá também? Eu indo, o trabalho acaba mais depressa. Ocês assim tão cortando a própria garganta.

Timothy sacudiu lentamente a cabeça.

— Não sei mesmo por que é que a gente faz isso. É uma coisa besta, essa. A gente quis comprar um chapéu novo, mas agora acho que não vai poder ser. Olha, o terreno é esse aqui, à direita. O serviço é bem bom. Paga trinta centavos a hora. E o sujeito que é nosso patrão é boa gente.

Deixaram a estrada e tomaram um atalho de barro que atravessava uma pequena horta. Atrás de algumas árvores, havia uma casinha pintada de branco, ladeada por algumas árvores copadas e um galpão. Atrás do galpão estendia-se um parreiral e logo depois um campo de algodão. Ao passarem pela casinha branca, uma porta se abriu ruidosamente. Um homem robusto e queimado de sol desceu os degraus. Tinha na cabeça um capacete de papel, como proteção contra os raios ardentes. Enrolava as mangas da camisa ao atravessar o pátio. Seus olhos encimados por sobrancelhas grossas e queimadas de sol mostravam mau humor. Seu rosto era vermelho como tomate.

— Dia, seu Thomas — disse Timothy.

— Dia — falou o homem, num tom irritado.

Timothy disse:

— Esse aqui é o Tom Joad. Talvez o senhor possa dar trabalho pra ele.

Thomas fitou Tom com olhos sombrios. Depois soltou uma risada curta, com a expressão ainda carregada.

— Ah, sim, pois não. Claro que posso dar trabalho pra ele! Posso dar trabalho pra todo mundo. Quem sabe ocês me traz mais uns cem homem pra cá?

— Desculpe, a gente pensou... — defendeu-se Timothy.

Thomas interrompeu-o.

— Sim, eu também pensei. — Virou-se com rapidez e encarou os homens. — Tenho que dizer uma coisa procês. Tenho pago trinta centavos a hora, não tenho?

— Tem, sim, seu Thomas, mas...

— Pois é. E em troca faziam um trabalho que valia os trinta centavos. — Suas mãos grandes e calosas batiam uma na outra.

— A gente tem se esforçado...

— Tá certo, que diabo! Mas de hoje em diante só posso pagar vinte e cinco centavos, ouviram? Vocês aceitam ou largam, como quiser. — O vermelho de seu rosto acentuou-se por efeito da raiva.

Timothy disse:

— Mas a gente trabalhou direito. O senhor mesmo disse isso, não disse?

— Eu sei, eu disse, sim. Mas parece que não sou mais responsável pela contratação dos meus empregado. — Engoliu em seco. — Olhem — falou. — Eu tenho aqui uns vinte e cinco hectare de terra. Cês já ouviram falar alguma vez da Associação dos Fazendeiros?

— Já, sim senhor.

— Pois bem. Eu sou sócio dessa joça. Tivemo uma reunião ontem de noite. Agora, ocês sabem quem dirige, de verdade, a Associação dos Fazendeiros? Vou dizer: o Banco do Oeste. Quase todo esse vale pertence ao banco, e o que não pertence ainda está hipotecado a ele. Bom, ontem de noite um dos gerente do banco veio falar comigo e me disse assim: "Olha, a gente soube que você anda pagando trinta centavos a hora. Acho melhor você baixar isso pra vinte e cinto." E eu disse: "Mas por quê? Eu tenho comigo uma gente boa, muito trabalhadora. Eles vale trinta." E ele disse: "Não se trata disso. Todo mundo tá pagando vinte e cinco. Se você pagar trinta, só vai é arranjar encrenca pros outros. E por falar nisso", disse ele, "você vai precisar no ano que vem daquele empréstimo pras futura colheita, como de costume, não vai?" — Thomas estacou. Estava arfando de indignação. — Tão vendo? Pois é isso. Passam a ganhar apenas vinte e cinco, e se quiser.

— Mas a gente sempre trabalhou direito — disse Timothy meio atrapalhado.

— Será que ocê ainda não pegou a coisa? O banco dá trabalho pra dois mil homem e eu dou pra três somente. E o banco tem a minha terra hipotecada. Se ocês veem algum remédio para essa situação, diga logo. Eu não vejo. Tô completamente amarrado.

Timothy sacudiu a cabeça.

— Não vejo nada.

— Esperem um instante. — Thomas correu para dentro de casa. A porta fechou-se atrás dele com violência. Regressou num instante, trazendo um jornal na mão. — Já viram isso aqui? Vou ler procês: "Cidadãos irritados com a ação de agitadores vermelhos põem fogo num acampamento de refugiados. À noite passada, um grupo de cidadãos, enfurecidos pela agitação que se vinha desenvolvendo num campo vizinho de refugiados, ateou fogo em todas as suas tendas e expulsou os agitadores desta região."

Tom começou:

— Bem, eu... — e logo calou-se.

Thomas dobrou cuidadosamente o jornal e meteu-o no bolso. Já recuperara o controle de seus nervos. Disse tranquilamente:

— Esses homens tinham sido mandados pela Associação. Puxa! Eu denunciei eles agora. Se souberem disso, o ano que vem não terei mais a minha fazenda.

— Bem, palavra que não sei o que dizer — disse Timothy. — Se é que tinha mesmo agitador lá, dá pra entender por que o pessoal ficou com raiva.

Thomas disse:

— Já venho observando essa coisa faz tempo. Sempre aparece agitador quando os salário têm que baixar. É infalível. Não se pode fazer nada; esses sujeito dominam a gente por completo. Bom, que vão fazer? Aceitam os vinte e cinco?

Timothy pregou os olhos no chão.

— Eu aceito — disse.

— Eu também — disse Wilkie.

Tom disse:

— Parece que bati na porta errada. Pois olha, eu também aceito os vinte e cinco. Que é que se pode fazer?

Thomas tirou do bolso um grande lenço de cor parda e enxugou com ele a boca e o queixo.

— Não sei por quanto tempo ainda essa coisa vai durar. Não posso entender como é que ocês consegue alimentar suas família com tão pouco dinheiro.

— Enquanto tem trabalho, a gente se vira. Pior quando não se tem trabalho nenhum — disse Wilkie.

Thomas consultou seu relógio.

— Bom — disse —, vamos começar a escavar esse fosso. Deus — disse —, vou contar uma coisa procês. Cês mora naquele acampamento do governo, não mora?

— Sim senhor — disse Timothy com estranheza.

— Ali tem baile todos os sábados, não tem?

Wilkie sorriu.

— Temo sim.

— Bom, cês toma cuidado no sábado que vem.

Timothy retesou o corpo e aproximou-se de Thomas.

— Que é que o senhor quer dizer com isso? Eu faço parte do comitê central. Preciso saber.

Thomas parecia preocupado.

— Mas não vá dizer a ninguém que fui eu que contou.

— Que é que há? — perguntou Timothy.

— Bem, a Associação não gosta lá muito desses acampamentos do governo. É que não pode mandar a polícia intervir ali. E aquele pessoal faz as suas próprias lei, dizem, e sem ordem de prisão não se pode prender ninguém lá dentro. Mas se tivesse uma briga forte, com tiroteio e tudo, aí a polícia podia entrar e botar todo mundo pra fora do acampamento.

Timothy sofreu uma transformação radical. Tinha os ombros rígidos e os olhos frios.

— Bom, e então?

— Não fala pra ninguém o que eu tô contando — disse Thomas, inquieto. — Vai ter barulho no acampamento, sábado que vem. E a polícia vai estar de prontidão pra invadir tudo.

Tom perguntou:

— Mas, pelo amor de Deus, por quê? Esse pessoal nunca fez mal pra ninguém.

— Vou te dizer por quê — disse Thomas. — Aquele pessoal do acampamento tá acostumado a ser tratado como gente. E se tiver de voltar pros acampamento dos posseiro vão ficar revoltado como o diabo. — Tornou a enxugar o rosto com o lenço. — Bom, agora vão trabalhar. Puxa! Falei tanto que sou bem capaz de perder a minha fazenda. Mas que é que vou fazer? Gosto do cês, pessoal, e pronto.

Timothy dirigiu-se a ele e estendeu-lhe a mão endurecida e magra, que Thomas apertou.

— Ninguém vai saber que foi o senhor que contou, garanto. E muito obrigado. Não vai ter briga nenhuma.

— Bom, agora tratem de trabalhar — disse Thomas —, e é por vinte e cinco a hora.

— Por vinte e cinco, perfeitamente — disse Wilkie —, e porque a gente gosta do senhor.

Thomas dirigiu-se para a sua casa.

— Eu volto logo — disse. — Cês podem começar. — A porta fechou-se atrás dele.

Os três homens puseram-se a andar, atravessando o pequeno galpão casado, margeando o campo. Chegaram a um fosso comprido e estreito, à margem do qual havia alguns tubos de concreto armado.

— É aqui que a gente trabalha — disse Wilkie.

Seu pai retirou duas picaretas de dentro do galpão e depois mais três pás. E disse a Tom:

— Tom, pega esse troço.

Tom segurou a picareta.

— Puxa, me sinto bem à beça com isso na mão.

— Espera até quando for onze hora. Aí quero ver se você ainda vai se sentir bem — disse Wilkie.

Caminharam até a extremidade do fosso. Tom tirou o casaco e jogou-o sobre um monte de entulho. Depois saltou para dentro do fosso. Cuspiu nas mãos. A picareta subiu no ar e tombou pesadamente. Tom grunhiu baixinho. A picareta tornou a subir e a cair e, no momento em que penetrava no chão, soltando a terra, Tom tornou a grunhir de satisfação.

— Olha só, pai, como ele trabalha — disse Wilkie. — Até parece que tá casado com essa picaretazinha.

Tom disse:

— Tive com uma dessa por muito tempo. (*umph*) Sim senhor, é o que queria fazer. (*umph*) Até que enfim! (*umph*)

O chão tremia aos seus pés. O sol luzia agora nas árvores frutíferas e as folhas dos vinhedos tingiam-se de um verde dourado. Tom abriu uma faixa de uns dois metros de comprimento; saltou para o lado e enxugou a testa. Wilkie se colocou atrás dele. A pá subia e descia e a terra voava sobre um montão que se formava à beira do fosso.

— Já me falaram sobre esse comitê central — disse Tom. — Então, cê faz parte dele, né?

— Faço, sim — disse Timothy. — E é uma responsabilidade que ocê não calcula. Tem gente à beça naquele acampamento. Nós faz o que pode e todo mundo também, por sua vez. Só queria que esses grande fazendeiro não amolasse tanto a gente. É o meu único desejo.

Tom tornou a entregar-se ao seu trabalho e Wilkie descansou um pouco. Tom disse:

— E como vai ser com aquela briga no sábado, (*umph*) quando tiver baile, aquela briga que ele disse? (*umph*) Pra que é que eles faz essa coisa?

Timothy seguia no rastro de Wilkie e a pá de Timothy aplainava o fundo do fosso, preparando-o para receber os tubos de concreto.

— Acho que eles querem é botar a gente pra fora dali — disse Timothy. — Têm medo da gente se organizar. E pode ser que eles tejam com razão. O nosso acampamento é uma organização perfeita. Cada um toma conta de si mesmo. Temo a melhor banda de música da região. Temo uma pequena conta no armazém, que é pra fiar pros companheiro que não têm o que comer. Por cinco dólar se pode comprar bastante comida, e o acampamento fica sendo o fiador desses cinco dólar. A gente nunca teve encrenca com a polícia. Acho que é por isso que os grande fazendeiro andam com medo. Não podem meter a gente na cadeia, é por isso que eles anda com medo. Pode ser que pensem que a gente pode fazer qualquer coisa, já que nós consegue se organizar tão bem.

Tom trepou na beira do fosso e enxugou o suor dos olhos.

— Cês ouviram falar do que aquele jornal disse sobre os agitador, lá no norte, em Bakersfield?

— É claro que ouvimo — disse Wilkie. — Todo mundo só falou nisso.

— Bem, eu tive lá. Não tinha agitador nenhum, o que eles chama de vermelhos. Que diabo eles querem dizer com esse negócio de vermelhos?

Timothy aplainou uma pequena corcova no fundo do fosso. O sol fazia brilhar os fios de sua barba eriçada.

— Tem muita gente que quer saber o que seja isso. — Ele riu. — Um dos nossos rapaz descobriu a coisa. — Alisava cuidadosamente a terra com a pá. — Tem um sujeito aí que se chama Hines. É dono de uns dez mil hectare de terra, com pêssego e uva, e tem uma fábrica de fruta em calda e uma vinícola. Bom, ele vive gritando o tempo todo contra "uns danados duns vermelhos". "Esses vermelhos do diabo levam o país à ruína", diz ele. "A gente tem que enxotar eles daqui, esses patife desses vermelhos." Bem, um camarada recém-chegado do oeste ouviu a coisa. Coçou a cabeça e disse: "Olha, seu Hines, eu tô aqui faz pouco tempo. O senhor pode me dizer quem são esses danados desses vermelhos?" Bem, o Hines respondeu assim: "Um vermelho é um desses filhos da puta que exige trinta centavos a hora quando a gente só quer pagar vinte e cinco." O rapaz ficou pensando sobre a coisa e disse: "Olha, seu Hines, eu não sou nenhum filho da puta e quero é trinta centavos a hora. Quem é que não quer? Que diabo, seu Hines, se é assim, então todo mundo é vermelho." — Timothy meteu a pá contra o fundo do fosso e a terra lisa brilhou nos lugares cortados pela ferramenta.

Tom riu.

— Se é assim, então acho que também sou um vermelho. — Sua picareta vibrou no ar e estalou debaixo dela com um baque surdo. O suor brilhou na testa de Tom e escorreu ao longo de seu nariz. Seu pescoço também brilhava. — Puxa! — disse —, que coisa boa é uma picareta, (*umph*) quando alguém sabe usar ela. (*umph*)

Os três homens trabalhavam um atrás do outro e, pouco a pouco, o fosso alongava-se. O sol brilhava com intensidade sobre eles e espalhava um calor que aumentava à medida que o dia avançava.

Quando Tom a deixou, Ruthie ainda ficou por alguns instantes à entrada do departamento sanitário, espreitando-o pela porta entreaberta. Não era muito corajosa quando Winfield não estava ao lado dela obrigando-a a gabar-se. Pôs um pé sobre o soalho de cimento, para logo retirá-lo. Uma mulher apareceu na rua das tendas e preparou-se para acender o fogão. Ruthie deu alguns passos em sua direção, mas não podia decidir-se a abandonar o reservado. Esgueirou-se, afinal, até a tenda dos Joad e olhou para dentro. Num dos lados, tio John estava deitado no chão, a boca entreaberta, e o ronco borbulhava nas profundidades de sua garganta. O pai e a mãe, cobertos com o mesmo cobertor, estavam algo mais afastados da entrada e, portanto, da luz exterior. Al tinha se deitado do lado aposto ao de tio John, e cobria os olhos com um braço. Rosa de Sharon e Winfield tinham se acomodado perto da entrada da tenda, e ao lado de Winfield escancarava o vazio do espaço onde Ruthie estivera deitada. Ela acocorou-se, continuando a olhar o interior da tenda. Seu olhar fixou-se na cabeça cor de palha de Winfield. E enquanto ela o observava, o menino abriu os olhos e cravou nela um olhar sério. Ruthie pôs um dedo sobre os lábios, fazendo-lhe sinal com a outra mão. Winfield lançou um olhar para Rosa de Sharon que, ao seu lado, dormia com a boca entreaberta. Cautelosamente, Winfield ergueu um pouquinho o cobertor. Saiu engatinhando da tenda e achegou-se a Ruthie.

— Quando foi que ocê levantou? — cochichou.

Ela fê-lo afastar-se da tenda com mil cuidados e quando julgou que estavam seguros declarou:

— Não dormi a noite toda.

— Mentira — disse Winfield. — Ocê sempre mente pra mim.

— Ah, é? Então se eu tô mentindo, não te conto nada. Não te conto como mataram um homem com um punhal, e nem que um urso veio até aqui e carregou uma criança com ele.

— Que urso coisa nenhuma — disse Winfield inquieto, penteando para trás, com os dedos, os cabelos e dando puxões entre as pernas no macacão que vestia, a fim de ajeitá-lo

— Então tá. Não veio urso nenhum. Tá certo. — Continuou sarcástica. — E também não é verdade que existe essas coisa de louça branca que a gente já viu nos livro.

Winfield olhou-a com gravidade. Apontou para o departamento sanitário.

— Ali dentro? — perguntou.

— Não sei. Eu sou uma mentirosa duma figa. Por que vou contar as coisa procê?

— Vamo até lá — propôs Winfield.

— Eu já tive lá — disse Ruthie. — Já me sentei em cima daquela louça e até mijei nela.

— Cê não fez coisa nenhuma — disse Winfield.

Foram até a construção e, dessa vez, Ruthie não sentia medo. Corajosamente, ela o conduziu até o interior do departamento. Os vasos sanitários estendiam-se em fila ao lado do salão, e cada um deles formava um compartimento isolado e tinha sua porta. A porcelana branca brilhava. Na parede da frente havia pias e na lateral enfileiravam-se quatro salas com chuveiros.

— Tá vendo? — disse Ruthie. — São as bacias que a gente viu naquele catálogo. — Os dois aproximaram-se de um dos vasos e Ruthie, num acesso de bravata, levantou o vestido e sentou-se nele. — Não te diss'que eu já tive aqui? — disse. Do interior do vaso veio um murmúrio de água, como que para confirmar o que ela havia dito.

Winfield mostrou-se embaraçado. Sua mão agarrou a correntezinha da descarga e a água despencou ruidosamente. Ruthie deu um salto e saiu correndo. Um pouco afastados, ela e Winfield ficaram olhando o compartimento misterioso. O barulho da água correndo continuava.

— Viu que ocê fez? — disse Ruthie. — Cê quebrou esse troço. Eu vi.

— Quebrei, não. Eu não fiz nada.

— Eu vi, sim — disse Ruthie. — Cê não pode ver essas coisa bonita sem querer escangalhar com tudo?

Winfield baixou a cabeça. Olhou Ruthie e seus olhos encheram-se de lágrimas. Tremia-lhe o queixo, e Ruthie arrependeu-se imediatamente.

— Não faz mal — disse ela. — Eu não conto pra ninguém. A gente diz que isso já tava quebrado. Não, é melhor a gente dizer que nem teve aqui. — Conduziu o irmão para fora do departamento.

O sol surgia agora no topo das montanhas e brilhava sobre os tetos ondulados dos cinco departamentos sanitários que havia no acampamento. Lançava seus raios sobre a lona cinzenta das tendas e sobre o chão varrido das ruas. E acordava o acampamento. O fogo ardia nos fogareiros de campanha, preparados com latas de querosene e chapas de ferro. Havia no ar um cheiro de fumaça. Abriam-se as tendas e homens apareciam nas ruas. Ante a tenda dos Joad, a mãe olhava a rua de cima a baixo. Seus olhos passeavam rua afora. Viu as crianças e foi falar com elas.

— Já tava preocupada — disse a mãe. — Não sabia onde ocês tinha ido.

— A gente foi olhar por aqui — disse Ruthie.

— Onde tá o Tom? Cê não viu ele?

Ruthie vestiu um ar de importância.

— Vi, sim senhora. Tom me acordou e diss'pra eu dizer à senhora... — Fez uma pausa, como que querendo salientar a importância de sua futura revelação.

— Então, diz logo — fez a mãe.

— Ele mandou dizer... — e Ruthie fez nova pausa, para que Winfield apreciasse devidamente sua posição de importância.

A mãe levantou a mão, ameaçando Ruthie.

— Fala...

— Ele encontrou serviço — disse Ruthie com rapidez. — Foi trabalhar. — Olhou apreensiva a mão erguida da mãe. A mão tornou a baixar, estendendo-se depois para Ruthie. A mãe envolveu a filha num abraço apertado e convulsivo, e soltou-a logo em seguida.

Embaraçada, Ruthie cravava os olhos no chão. E mudou de assunto.

— Mãe, a senhora já viu? Ali tem umas bacias brancas, muito bonita.

— Cê teve lá dentro? — perguntou a mãe.

— Sim. Eu e o Winfield — disse, acrescentando traiçoeiramente. — Mãe, o Winfield quebrou uma bacia daquelas.

Winfield corou e olhou Ruthie com raiva.

— E ela mijou na bacia — disse com rancor.

A mãe sentia-se apreensiva.

— Que foi que ocês andaram fazendo? Venham me mostrar, anda! — Fê-los entrar no departamento. — Onde foi? — perguntou.

Ruthie apontou com um dedo.

— Foi ali. Fez um barulho, mãe! Mas agora já parou.

— Mostra o que ocê fez — disse a mãe.

Relutante, Winfield foi até o vaso.

— Não puxei com força — disse. — Só peguei na correntinha, nessa aqui, e... — A água tornou a despencar com força. Winfield deu um salto para o lado.

A mãe riu, atirando a cabeça pra trás. Ruthie e Winfield observavam-na ressentidos.

— Mas é assim mesmo que essa coisa aqui funciona — disse a mãe. — Eu já tinha visto isso. Quando a gente acaba, puxa a correntinha.

Envergonhadas com tanta ignorância, as crianças saíram correndo e, na rua, postaram-se a observar a refeição de uma família numerosa.

A mãe seguiu-as com o olhar e depois olhou ao redor de si. Foi até os gabinetes dos chuveiros e examinou-os. Foi até as pias e passou os dedos na porcelana branca e lisa. Abriu a torneira um pouquinho, estendendo o dedo e levou um susto quando a água quente escorreu sobre a sua mão. Por um instante, ela ficou a contemplar a pia. Depois enfiou a tampa no ralo, e encheu-a metade de água quente e metade de água fria. Lavou as mãos na água morna e a seguir lavou o rosto. Estava molhando os cabelos com os dedos quando ouviu o soar de passos sobre o soalho de cimento atrás de si. A mãe virou-se com rapidez. Um homem de idade estava a olhá-la com um ar escandalizado.

— Como foi que a senhora entrou aqui? — perguntou ele com indignação.

A mãe engoliu em seco. Sentia a água cair em pingos gordos pelo queixo e molhar-lhe o vestido.

— Eu não sabia — defendeu-se. — Pensei que todos podia entrar aqui.

O homem idoso encarou-a, sombrio.

— É só para homem — disse com severidade. Foi até a porta e apontou para um letreiro em que estava escrito: HOMENS. — Tá vendo? — disse. — Ou não viu?

— Não, eu não vi — disse a mãe, envergonhada. — Pra onde devem ir as mulher?

A cólera do homem desapareceu.

— A senhora acaba de chegar, né? — perguntou com mais amabilidade.

— Cheguei no meio da noite — disse a mãe.

— Então ainda não falou com o comitê?

— Que comitê?

— Ora, o comitê das senhora.

— Não senhor. Ainda não falei.

Ele disse com visível orgulho:

— O comitê vai visitar a senhora daqui a pouco e vai te dar uma porção de explicação. A gente cuida das pessoa recém-chegada o melhor que pode. Bem, se a senhora quiser ir ao toalete das mulher tem que entrar pelo outro lado. O lado de lá é o das senhora.

A mãe perguntou, com inquietude:

— O senhor disse que o comitê das senhora vai me visitar, lá na minha tenda?

O homem inclinou a cabeça.

— É sim. Não demora.

— Muito obrigada — disse a mãe. E foi andando, a toda pressa, até a sua tenda.

— Pai — chegou ela gritando, — John, levantem-se, anda! Al, levanta! Vão se lavar! — Olhos sonolentos e confusos viraram-se para ela. — Vamo, anda! — chamou a mãe. — Levanta, lava o rosto e se penteia!

Tio John estava pálido e parecia doente. Tinha um hematoma no queixo.

O pai perguntou:

— Que foi que houve?

— O comitê! — gritou a mãe. — Vem um comitê de senhora visitar a gente. Levanta e lava a cara. Enquanto a gente dormia, o Tom arranjou um serviço e já tá até trabalhando. Vamo, trata de levantar!

Deixaram a tenda, em estado de semiletargia. Tio John cambaleava um pouco e sentia o rosto dolorido.

— Vão até aquela casa ali e lava a cara — ordenou a mãe. — A gente vai comer logo e depois vai esperar a chegada do comitê. — Dirigiu-se para junto de um monte de lenha próximo à tenda, fez uma fogueira e foi buscar os utensílios de cozinha. — Panqueca — monologava. — Panqueca com molho, isso se faz depressa. A gente tem que andar depressa. — Continuou monologando. Ruthie e Winfield olhavam-na surpresos.

A fumaça das fogueiras matinais pairava sobre o acampamento. Vozes eram ouvidas por todos os lados.

Rosa de Sharon, despenteada e com os olhos ainda cheios de sono, arrastou-se para fora da tenda. A mãe ergueu os olhos de sobre a farinha de milho que media aos punhados. Notou o vestido sujo e amarrotado da moça e o seu cabelo despenteado e todo emaranhado.

— Vai te endireitar um pouco — disse a mãe com severidade. — Aí em frente ocê pode se lavar direito. E bota um vestido limpo, e penteia os cabelo. E tira essa remela dos olho, anda! — A mãe parecia excitada.

Rosa de Sharon respondeu com enfado:

— Não me sinto bem. Queria tanto que o Connie tivesse aqui! Não posso fazer nada sem o Connie.

A mãe virou-se completamente para ela. A farinha de milho havia se colado nas mãos e nos pulsos.

— Rosasharn — disse com severidade —, vê se cria um pouco de coragem. Cê já choramingou bastante. Vem um comitê de senhora visitar a gente e a nossa família não pode se apresentar suja dessa maneira, ouviu?

— Mas eu não me sinto bem, mãe.

A mãe avançou alguns passos e estendeu as mãos sujas de farinha.

— Vai logo, anda — disse. — Às vez a gente não deve mostrar o que sente, cê tá entendendo?

— Vou vomitar — gemeu Rosa de Sharon.

— Então vomita duma vez. É natural que tenha vontade de vomitar. Com todo mundo é assim. Vomita duma vez e depois trata de se ajeitar. E lava os pé e bota os sapato. — Tornou à sua tarefa. — E entrança esse cabelo! — disse.

A banha na frigideira espirrava sobre a fogueira, e, quando a mãe deitou nela uma colherada de massa, a gordura deu um estalo forte e espirrou violentamente sobre o fogo. Num bule, ao lado, o café começou a transbordar e seu aroma espalhou-se pelo ar.

O pai estava de volta do banheiro e a mãe o examinou com olhos críticos. O pai disse:

— Cê diss'que o Tom arrumou trabalho?

— Sim senhor. E foi trabalhar antes da gente acordar. Bom, vai abrir aquele caixote e tira dele um macacão limpo e uma camisa. Olha, eu tô muito ocupada. Vê se dá um jeito nas orelha da Ruthie e do Winfield. Tem água quente lá dentro. Cê pode fazer isso? Esfrega bem as orelha das criança e também o pescoço delas. Esfrega até ficar vermelho e brilhando.

— Nunca te vi tão nervosa assim — disse o pai.

A mãe gritou:

— Já tá na hora da família andar direito, cê não acha? Durante a viagem não era possível, mas agora pode ser muito bem. Joga num canto o teu macacão sujo; depois eu lavo ele.

O pai entrou na tenda e regressou num instante, trajando um macacão azul bastante desbotado, porém limpo, e uma camisa. E foi levando as crianças tristonhas e inquietas até o departamento sanitário.

A mãe gritou-lhe:

— Esfrega bem as orelha!

Tio John deixou o banheiro dos homens e olhou em volta. Depois tornou a entrar, sentou-se num dos vasos e quedou-se a pensar por muito tempo, encostando a cabeça dolorida entre as mãos.

A mãe, tendo retirado do fogo a frigideira que continha as panquecas tostadas, estava despejando a massa contida numa colher para outra leva quando uma sombra se projetou sobre ela. Olhou por cima do ombro. Um homem de estatura baixa, inteiramente vestido de branco, estava atrás dela. Era um homem de rosto magro, queimado do sol e cheio de rugas, no qual brilhavam uns olhinhos alegres. O homem era magro feito uma estaca. Tinha a roupa muito limpa, mas desfiada nas costuras. Olhava a mãe com um sorriso nos lábios.

— Bom dia — disse.

A mãe viu o terno branco e seu rosto adquiriu uma expressão de desconfiança.

— Dia — disse ela.

— Você é a senhora Joad?

— Sim.

— Bem, meu nome é Jim Rawley. Sou o diretor do acampamento. Resolvi dar um pulo até aqui pra ver se tava tudo em ordem. A senhora não precisa de nada?

A mãe olhava-o com desconfiança.

— Não senhor — disse ela.

Rawley disse:

— Eu já estava dormindo quando a sua família chegou, ontem de noite. Inda bem que conseguiram uma vaga. — Sua voz era carinhosa.

A mãe disse com simplicidade:

— Aqui tudo é tão bonito! Principalmente os tanque de lavar roupa.

— Espere só que as mulheres comecem a lavar roupa. Elas vêm daqui a pouco. Garanto que a senhora nunca ouviu tanto barulho na vida. Parece uma reunião de igreja. Sabe o que elas fizeram ontem, dona? Resolveram cantar, cantar em coro. Começaram com um hino e enquanto cantavam iam esfregando a roupa. Pena a senhora ter perdido esse espetáculo.

A desconfiança desaparecia do rosto da mãe.

— Deve ter sido bem bonito — disse ela. — Então o senhor é que é o chefe daqui?

— Não — disse ele. — O pessoal aqui faz todo o meu trabalho. Eles cuidam da limpeza do acampamento, mantêm a ordem, fazem tudo, enfim. Nunca vi uma gente assim. Tão fazendo roupa na sala de reunião. E brinquedo também. Nunca vi um povo desse.

A mãe baixou os olhos para o vestido sujo.

— A gente não pôde se limpar direito ainda — disse. — E na viagem a gente se suja muito.

— Ora, eu sei disso — foi a resposta dele. Pôs-se a farejar. — Esse café que cheira tão bem é o que a senhora tá fazendo?

A mãe sorriu:

— Cheira bem, né? Assim, ao ar livre, ele tem bom cheiro. — E acrescentou com orgulho: — Seria uma honra para nós se o senhor quisesse tomar café com a gente.

Ele acocorou-se ao lado da fogueira. Com isso, quebrou-se a resistência final da mãe.

— Vai ser um grande prazer pra nós — disse ela. — Não temo coisas muito fina, mas o senhor será bem-vindo.

O baixinho sorriu.

— Já tomei o meu desjejum, mas aceito uma xícara de café. Tem um cheiro tão bom!

— Pois não. Com muito prazer.

— Não há pressa.

A mãe deitou café de um grande bule numa caneca de folha. E disse:

— Tá sem açúcar. Talvez a gente arranje algum hoje. Se o senhor tá acostumado a tomar café com açúcar, não vai gostar.

— Não, eu sempre tomo café sem açúcar — foi a resposta. — O açúcar estraga o sabor do café bom.

— Bom, eu gosto de café um pouquinho doce — disse a mãe. Examinou-o súbita e silenciosamente, surpresa com tão rápida intimidade. Devassou-lhe o rosto e não encontrou senão traços de amabilidade. Notou-lhe as costuras desfiadas da roupa e sentiu-se tranquilizada.

Ele sorveu o café.

— Acho que as senhoras vão vir te visitar hoje cedo.

— Mas a gente ainda não tá limpo — disse a mãe. — Elas devia vir depois que tudo tivesse mais arrumado.

— Ora, elas sabem como são essas coisa — disse o diretor. — Quando elas chegaram aqui, foi desse mesmo jeito. Pois se os comitês aqui do acampamento prestam, é justamente porque já passaram por todas essas dificuldade. — Tomou o resto de seu café e ergueu-se. — Bem, eu tenho que ir andando. Se a senhora precisar de alguma coisa, é só dar um pulo até o meu escritório. Tô ali o tempo todo. Mas que café formidável! Muito obrigado. — Depositou a caneca sobre o caixote, acenou com a mão e afastou-se, caminhando pela rua das tendas. A mãe o ouvia conversar com as pessoas que encontrava a caminho.

A mãe, baixando a cabeça sobre o peito, lutou contra o irresistível desejo de chorar.

O pai regressava com as crianças, e seus olhos ainda estavam umedecidos devido à dor do esfregar das orelhas e do pescoço. Pareciam muito submissas, e brilhavam de limpas. A pele do nariz de Winfield, queimada do sol, estava descascando.

— Pronto — disse o pai. — Tirei umas das duas camadas de sujeira, e mais um pouco arrancava a pele. Puxa! Que trabalho danado pra eles sossegar.

A mãe examinou as crianças.

— Parece que tão bem — disse. — Tem panqueca com molho procês. Depois vamo tirar tudo do caminho e arrumar as coisa lá dentro.

O pai encheu os pratos das crianças, e o seu próprio também.

— Só quero saber como foi que o Tom arrumou trabalho.

— Não sei, não.

— Bem, se ele achou, é porque nós também vamo achar.

Al regressava à tenda, muito excitado.

— Que lugar! — exclamou. — Serviu-se da panqueca e encheu a caneca de café. — Sabem o que um camarada aí adiante tá fazendo? Tá construindo um *trailer*. Aí perto, atrás daquela tenda. O *trailer* vai ter cama e fogão e tudo. Dá pra morar lá dentro e muito bem. Meu Deus, isto é que é viver bem! A gente pode parar em qualquer lugar, que tá com casa pra morar.

— Eu preferia uma casinha de verdade — disse a mãe. — Assim que for possível, vamos tratar de arrumar uma casinha.

O pai disse:

— Al, depois do café, ocê, eu e tio John vamo tomar o caminhão e sair por aí, e procurar trabalho.

— Tá certo — disse Al. — Eu queria mesmo era me empregar numa oficina, se é que por aqui tem alguma. É um trabalho que eu gosto, mesmo. Podia ter um fordeco, mesmo desses pequenos e bem vagabundos, e pintar ele de amarelo e sair por aí, andando pela região, conhecendo tudo. Vi uma garota bem bonita, ali na rua. Pisquei o olho pra ela. Mas que garota bonita!

O pai disse com severidade:

— É melhor ocê tratar de trabalhar e deixar duma vez dessas mania de malandro.

Tio John estava saindo do banheiro e vinha se aproximando lentamente. A mãe olhou e franziu as sobrancelhas.

— Mas ocê nem se lavou — começou ela, e então notou o quanto tio John estava abatido, fraco e triste. — Acho melhor ocê ir pra tenda e deitar um pouco — disse. — Parece que tá se sentindo mal.

Ele sacudiu a cabeça.

— Não — disse. — Eu cometi um pecado, e agora tenho que receber o castigo. — Acocorou-se num desespero mudo, e encheu a sua xícara de café.

A mãe retirou da frigideira as últimas panquecas e disse, como que por acaso:

— O diretor do acampamento teve aqui e tomou café comigo.

O pai, lentamente, ergueu o olhar.

— Foi? Mas já? O que é que ele queria?

— Nada. Só pra passar o tempo — disse a mãe com afetação. — Sentou aqui e tomou uma caneca de café. Mais nada. Diss'que não era sempre que se encontrava um café bem-feito.

— Mas o que que ele queria? — repetiu o pai.

— Nada, já disse. Só veio ver como a gente ia.

— Não acredito — disse o pai. — Acho que ele veio foi espiar a gente.

— Nada disso — gritou a mãe, zangada. — A gente conhece logo quando alguém vem pra espiar. Eu conheço isso logo.

O pai derramou no chão a borra do café.

— Não faz mais isso, ocê ouviu? — disse a mãe. — Isto aqui é um lugar limpo.

— É. Tô vendo que é tão limpo que nem se pode mais viver aqui — disse o pai com mordacidade. — Vamo, Al. Vamo ver se a gente encontra algum serviço.

Al limpou a boca com a mão.

— Eu tô pronto — disse.

O pai voltou-se para tio John.

— Ocê não vem? — perguntou.

— Vou sim.

— Ocê não tá com a cara muito boa.

— É, não me sinto muito bem, mas quero ir com ocês.

Al trepou no caminhão.

— Precisamo de gasolina — disse. Pôs o motor em movimento. O pai e tio John sentaram-se ao seu lado e o veículo saiu, rodando pela rua das tendas.

A mãe seguia-os com o olhar. Depois, pegou um balde e foi até os tanques, instalados ao lado do departamento sanitário. Encheu o balde de água quente e levou-o até à sua tenda. Ocupava-se com a lavagem dos pratos e canecas, quando Rosa de Sharon chegou.

— Botei a tua comida num prato — disse a mãe, examinando a moça com atenção. Os cabelos dela estavam úmidos e penteados e brilhava-lhe a pele rósea. Trajava um vestido azul, estampado de pequeninas flores brancas. Calçava sapatos de salto alto, os que usara no dia de seu casamento. Corou sob o olhar investigador da mãe.

— Ocê tomou banho? — disse a mãe.

Brotaram rápidas as palavras na boca de Rosa de Sharon.

— Eu tava lá dentro quando entrou uma senhora e começou a tomar banho. A senhora sabe como é que se faz? A gente entra numa coisa que parece uma baia, mas pequena, sabe? E lá dentro se torce uma rodinha e então a água começa a cair em cima da gente. Água quente ou fria, como a gente quiser. Eu vi isso, então eu também fiz assim.

— Eu também vou — exclamou a Mãe. — Assim que terminar aqui vou tomar um banho. Cê me mostra como se faz.

— Pois é — disse Rosa de Sharon. — Agora, todo dia eu vou fazer assim. Sabe, mãe, aquela senhora... ela viu que eu tava de barriga e... sabe o que ela disse? Diss'que vem aqui uma enfermeira toda semana. E diss'que é pra mim falar com essa enfermeira, que ela vai me dizer tudo que eu devo fazer pro bebê nascer bem forte. Diss'que todas as senhora daqui faz assim. Eu também vou, né? — Suas palavras cascateavam com ímpeto. — Sabia que na semana passada nasceu um bebê aqui e então fizeram uma festa no acampamento? Todo mundo deu roupinha e presentes pro bebê... até um carrinho eles deram, um carrinho de vime. Não era mais novo, mas pintaram ele de cor-de-rosa e ficou que nem novinho em folha. E deram um nome pro bebê, e fizeram um bolo. Ah, meu Deus! — terminou ofegante, acabando por se acalmar.

A mãe disse:

— Graças a Deus! Agora, sim. Tamo com a nossa própria gente. Bom, vou tomar um banho.

— Ah, como isso tudo é bonito! — disse a moça.

A mãe enxugava os pratos de folha, empilhando-os.

— Nós somo os Joad — falou. — Nunca baixamo a cabeça pra ninguém. O avô de nosso avô combateu na revolução. Era dono de uma fazendinha, até que ficou cheio de dívida. Então... então veio aquela gente! Que mal eles fazia! Cada vez que vinham, parecia que tavam dando em mim... em todos nós. Depois, aquela polícia, em Needles. Ela também me fez sentir mal. Eu me sentia miserável, me sentia com vergonha. Essa gente aqui é gente nossa. O diretor daqui sentou comigo e tomou café comigo e disse: "Senhora Joad", "Como vão as coisa, senhora Joad?"... — Ela estacou e soltou um suspiro. — Pois é isso, voltei a me sentir gente. — Pôs o último prato na pilha. Entrou na tenda e revolveu o caixote, à procura de seus sapatos e de um vestido limpo. Encontrou também um pequeno embrulho de papel contendo seus brincos. E quando passou pela filha, disse:

— Rosasharn, quando aquelas senhoras vier, cê diz que volto daqui a pouco. — E sumiu-se para as bandas do departamento sanitário.

Rosa de Sharon deixou-se cair pesadamente sobre um caixote, a contemplar os sapatos que usara em seu casamento, uns sapatos de verniz preto com lacinhos da mesma cor. Esfregou-lhe as pontas com os dedos e depois limpou-as com a bainha de seu vestido. Sentiu uma pressão no ventre, quando se curvou. Endireitou-se e apalpou o ventre com dedos cautelosos. Sorria.

Uma mulher robusta atravessava a rua, carregando em direção aos tanques um caixote cheio de roupa suja. Tinha o rosto queimado de sol, e seus olhos eram pretos e de intenso brilho. Usava um grande avental, feito de pano de saco, sobre o vestido de chita, e calçava sapatos masculinos, de cor marrom. Notou quando Rosa de Sharon acariciava o ventre e também notou o fugaz sorriso no rosto da moça.

— Então. — gritou ela prazerosamente. — Que é que vai ser: menino ou menina?

Rosa de Sharon corou e baixou os olhos. Depois ergueu a cabeça e viu que os olhinhos negros e brilhantes da mulher a examinavam.

— Não sei — murmurou ela.

A mulher depositou no chão o caixote de roupa suja.

— O negócio já tá bem crescido — disse num cacarejo. — Que é que ocê prefere? — inquiriu.

— Não sei... acho que ia gostar de ter um menino. É... um menino.

— Você chegou faz pouco, não foi?

— Foi ontem de noite, mas já tavam tudo dormindo.

— Vão ficar aqui mesmo?

— Não sei. Se aqui tiver trabalho, a gente fica.

Uma sombra cruzou o rosto da mulher, e seus olhinhos adquiriram um brilho duro.

— Se tiver trabalho, é só o que se ouve dizer.

— Meu irmão já achou. Tá até trabalhando.

— Já achou trabalho? Bom, talvez ocês seja gente de sorte. Mas toma cuidado com a sorte; não se pode ter muita confiança nela. — Foi se aproximando. — Só existe um tipo de felicidade. Só um. Só é preciso ter juízo — disse com impetuosidade. — Juízo, isso sim. Mas se você pecar, então cuidado com o bebê... — Acocorou-se no chão, em frente a Rosa de Sharon. — Acontece umas coisa escandalosa nesse acampamento — disse, sombria. — Tem baile todo sábado, e eles não dança somente essas nossas dança, dança do povo, mas essas danças indecente da cidade. Eu sei, que eu vi eles dançar assim.

Rosa de Sharon disse, com reserva:

— Pois eu gosto de dançar, mas é só essas danças do nosso povo. — E acrescentou, com virtuosidade: — Eu nunca dancei daquele jeito.

A mulher queimada de sol assentiu tristemente:

— Mas tem gente que só dança daquele jeito. Nosso Senhor não pode permitir isso. Não, senhora! Cê num pense que Nosso Senhor permitirá isso.

— Não, senhora — disse a moça com timidez.

A mulher botou a mão morena e rugosa sobre o joelho de Rosa de Sharon, e a moça estremeceu ao contato.

— Vou dizer uma coisa procê agora. São muito pouco os que vivem aqui no acampamento que ama a Jesus de todo o coração. Nos sábado de noite, quando a banda começa a tocar aquelas música de dança, em vez de tocar música sagrada, essa gente desanda a rodopiar, é sim, a rodopiar... Eu é que não vou pra perto deles, nem deixo que os meus faça isso. É uma coisa indecente que só! — Fez uma pausa enfática e prosseguiu num cochicho rouco. — E não é só isso. Fazem até teatro. — Vergou o corpo para trás e encarou Rosa de Sharon para ver como ela reagia a tal revelação.

— Artistas? — perguntou a moça tomada de medo.

— Não, senhora — explodiu a mulher. — Artistas, nada, essa gente condenada ao inferno! É pessoal nosso, mesmo, fingindo de artista. Até as crianças fingiam ser outra coisa que são na verdade. Eu nem cheguei perto pra ver. Mas ouvi dizer como eles fazia. É o próprio demônio, eu digo, que anda solto nesse acampamento.

Rosa de Sharon escutou-a com os olhos arregalados e a boca aberta.

— Na escola, uma vez, a gente representou numa peça sobre o Menino Jesus, pro Natal.

— Bom, isso era outra coisa. Uma peça sobre o Menino Jesus é outra coisa. Mas eu não sei bem se isso é direito, também. Agora, o que eles fizeram aqui não foi nenhum teatro de Natal. Foi é pecado, coisa do demônio. O pessoal andou se pavoneando, e se gabando, fingindo ser o que não era. E dançava agarrado um no outro que era uma indecência!

Rosa de Sharon suspirou.

— E não eram poucos que faziam assim — continuou a mulher morena. — Hoje em dia a gente pode contar nos dedos os cordeiro do Senhor. Mas ocê não pense que eles vão escapar do castigo, não senhora. Deus guarda essas coisa e vai anotando pecado por pecado. Deus vigia essa gente, e eu também vigio eles. Dois sujeito já pagaram pelos pecado.

— É mesmo? — disse Rosa de Sharon, palpitante.

A voz da mulher morena adquiriu mais intensidade e mais força.

— Quer saber como foi? Era uma moça que tava esperando um bebê, que nem ocê. E ela se meteu nesse tal de teatro e começou a dançar também daquele jeito indecente. E — sua voz tornou-se fria e sinistra — ela começou a ficar magra, cada vez mais magra, e o bebê dela, quando nasceu, nasceu morto.

— Meu Deus! — Rosa de Sharon estava pálida como um espectro.

— Isso mesmo. Nasceu morto, todo ensanguentado. É claro que depois disso ninguém mais quis falar com ela. E ela teve que ir embora daqui. Quem se mete a pecar acaba assim. Sim, senhora! E tinha outra ainda, que também fazia a mesma coisa. E ela também ficou cada vez mais magra. E uma noite também foi embora. Dois dia depois tava de volta. Disse que foi visitar não sei quem. Mas, quando voltou... já vinha sem o bebê. Sabe o que eu penso? Acho que o diretor tirou ela daqui, pra ela fazer um aborto. O diretor não acredita no pecado. Ele mesmo me disse. Disse que o pecado é ter fome e sentir frio. Disse... foi ele mesmo quem disse assim, diss'que não era que Deus tivesse nisso, que elas ficaram magras assim porque não tinham o que comer. Bom, mas eu disse a verdade pra ele. — Ela ergueu-se e deu alguns passos para trás. Seu olhar fuzilava agudo. Apontou o indicador, com rigidez, para o rosto de Rosa de Sharon. — Eu disse: "Vá saindo de perto de mim." E disse: "Sabia que o demônio andava solto nesse acampamento. Agora sei quem é o demônio. Vá saindo, Satanás", falei. E, por Deus, ele foi embora. Tremia quando ia embora. Parecia um verme... E me disse: "Por favor, não faça as pessoa infeliz aqui." Eu disse: "Infeliz? E as alma dessa gente? Que foi que aconteceu com aqueles bebê que nasceram morto e com aquelas infeliz pecadora que fazia teatro?" Ele só ficou olhando pra mim, e arreganhou os dente, o malvado, e foi-se embora. Viu que tinha encontrado uma verdadeira serva de Deus. Eu disse pra ele: "Eu aqui ajudo Jesus a vigiar essa gente do acampamento. Não se incomode, ocê e esses outro pecador não vão escapar do castigo." — Apanhou o caixote de roupa suja. — Ocê, é melhor tomar cuidado. Eu já te preveni. Cuidado com a criança que ocê tem na barriga, afasta do pecado! — E foi andando, titânica, os olhos a brilhar de virtude.

Rosa de Sharon acompanhou-a com o olhar. Baixou a cabeça e escondeu-a entre as mãos, e soluçava. Uma voz branda soou a seu lado. Ela ergueu o olhar, envergonhada. Era o pequeno diretor, no seu terno branco.

— Não se preocupe com ela — disse —, não se preocupe, minha filha.

Os olhos de Rosa de Sharon estavam cegos pelas lágrimas.

— Mas eu também já fiz o que ela disse — gritou. — Também já dancei daquele jeito. Não quis confessar pra ela, mas já fiz. Foi em Sallisaw. Eu e o Connie.

— Ora, não se preocupe com isso — falou o diretor.

— Mas ela diss'que eu vou perder o meu bebê.

— Eu sei que ela costuma dizer isso. Não tiro os olhos daquela mulher o tempo todo. É uma boa mulher, mas tem a mania de fazer o povo infeliz.

Rosa de Sharon fungou.

— Ela disse que conheceu duas moça que perderam seus bebê aqui, nesse acampamento.

O diretor acocorou-se ao lado dela.

— Escute — disse —, eu conheci essas duas moça. O que elas tinha era muita fome e muito cansaço. Trabalhavam demais. E viajavam sacolejando sobre os buraco das estrada. Ficaram doente por isso. Não foi culpa delas.

— Mas ela disse...

— Não se incomode com o que ela disse. Ela gosta de causar problema.

— Mas ela diss'que o senhor é o demônio.

— Eu sei que ela diz isso. É porque eu não deixo que ela atormente o pessoal aqui no acampamento. — Deu-lhe umas palmadinhas amigáveis no ombro. — Não se incomode, minha filha. Ela não sabe o que faz. — E afastou-se com ligeireza.

Rosa de Sharon acompanhou-o com o olhar. Os ombros estreitos do homenzinho sacolejavam-se ao ritmo de seus passos. Ela ainda lhe observava o vulto delgado, quando chegou a mãe, limpa e muito corada, os cabelos úmidos bem penteados e atados atrás. Trazia um vestido floreado e os velhos sapatos muito gastos, e os pequenos brincos pendurados em suas orelhas.

— Pronto — disse a mãe. — Fiz como ocê falou. Me meti debaixo do chuveiro e deixei a água quente cair em mim. Tinha ali uma senhora que diss'que a gente pode fazer isso todo dia, se quiser. E... escuta, o comitê das senhora já veio?

— Hum, hum — disse a moça, fazendo um sinal negativo.

— E ocê ficou aqui o tempo todo e nem arrumou a tenda. — Enquanto falava, a mãe pegava os pratos de folha. — Vamo tratar de arrumar as coisa — disse. — Vamo, anda. Pega a vassoura e varre um pouco o chão, aqui em frente. — Recolheu os pratos, colocou as panelas no caixote e levou-o para a tenda. — Arruma tudo direitinho — ordenou. — Mas que bem me fez essa água quente.

Rosa de Sharon obedeceu com indiferença.

— A senhora acha que o Connie volta?

— É possível. Não sei.

— Mas ele sabe onde a gente tá, não sabe?

— Sabe, sim.

— Quem sabe mataram ele quando puseram fogo no acampamento?

— Que nada! — disse a mãe, confiante. — O Connie não é desses que se deixa pegar assim sem mais nem menos. É ligeiro que nem um coelho. E sabido com uma raposa.

— Queria que ele viesse.

— Qualquer dia ele aparece.

— Mãe...

— Vá trabalhar agora.

— Tá, mas... mãe, a senhora acha que é pecado a gente dançar e trabalhar em teatro, e que quem faz isso acaba perdendo o bebê?

A mãe interrompeu sua tarefa e pôs as mãos na cintura.

— Que negócio é esse, hein? Cê nunca trabalhou no teatro...

— Eu, não. Mas aqui no acampamento tem gente assim, e diz que uma moça perdeu o bebê por causa disso, e que o bebê nasceu morto e todo cheio de sangue, e que isso era castigo do céu.

A mãe tinha os olhos fitos nela.

— Quem foi que te disse isso?

— Foi uma moça que passou por aqui. Depois passou aquele homem baixo, de terno branco, e diss'que era mentira.

A mãe franziu a testa.

— Rosasharn — disse ela —, deixa de preocupar só com ocê. Cê fica se amolando o tempo todo e acaba chorando sempre. Não sei por que ocê é assim. A nossa família nunca foi assim. Aceitava com os olho seco tudo que acontecia. Aposto que foi o Connie quem te meteu essas ideia na cabeça. Esse sujeito tem mania de grandeza. — E prosseguiu com severidade. — Rosasharn, ocê não tá sozinha no mundo, ainda existe muita gente, viu? Conheço uma porção de gente que metia na cabeça tanto essa história de pecado que acabou pensando que não valia mais nada aos olho do Senhor.

— Mas, mãe...

— Cala a boca agora e vai trabalhar. Cê não é bastante importante, nem bastante à toa pra incomodar o bom Deus com as suas história. E se não deixar de te amolar com essas coisas, quem vai te dar uma sova sou eu mesma. — Ela varreu a cinza do fogão e varreu as pedras em volta. Foi quando viu o comitê aproximar-se, na rua. — Vai trabalhar, anda! — disse. — Aí vêm vindo as senhora. Vai trabalhar, pra eu poder me orgulhar de ocê. — Não ergueu os olhos, mas sabia que o comitê estava se aproximando.

Não poderia haver dúvida alguma de que era mesmo o comitê que vinha chegando para a visita. Eram três senhoras, muito limpas e trajando seus melhores vestidos; uma, magra, de cabelos que mais pareciam fios, usando óculos de aros de metal; outra, gorducha, cabelos grisalhos e crespos e boca estreita de linhas suaves e doces; e a terceira parecida com um mamute, de pernas e nádegas excessivamente grossas, seios volumosos e músculos como os de cavalo de carga. Seu andar era o de uma pessoa muito segura de si. O comitê atravessou a rua cheio de dignidade.

A mãe colocou-se propositadamente de costas para elas, como se estivesse distraída em sua ocupação. Elas pararam, deram a volta e formaram fila. E a gorda fez-se ouvir primeiro, a voz como um estrondo:

— Dia, senhora Joad?

A mãe voltou-se com rapidez, como se tivesse sido surpreendida.

— Quê? Ah, sim, sou eu. Como é que a senhora sabe de meu nome?

— Nós somos do comitê — disse a mulher alta. — Somos o comitê das senhoras do departamento sanitário número 4. Ficamos sabendo de seu nome no escritório.

A mãe falou, confusa:

— A gente inda não está bem instalada. Seria um grande prazer pra mim se as senhora pudessem sentar um pouco e enquanto eu faço um pouco de café.

A gorducha de cabelos grisalhos disse:

— Mas, Jessie, apresente-nos também à senhora Joad. Jessie é a presidenta — explicou.

Jessie disse, cheia de formalidades:

— Senhora Joad, esta aqui é Annie Littlefield; esta é Ella Summers e eu me chamo Jessie Bullitt.

— Muito prazer em conhecer — disse a mãe. — Não querem sentar um pouco? Aliás, ainda não tem lugar pra se sentar — acrescentou —, mas vou já fazer um cafezinho.

— Mas, não — disse Annie —, não se incomode. Nós só demos um pulo aqui pra ver como a senhora ia. Queremos que a senhora se sinta tão bem aqui como na sua própria casa.

Jessie Bullitt disse com severidade:

— Por favor, Annie, agradeço se você lembrar que a presidenta sou eu.

— Pois, não. Eu sei. Mas na semana que vem, sou eu.

— Pois então espere até a semana que vem. A gente se reveza toda semana — explicou para a mãe.

— Mas não tomam mesmo um cafezinho? — perguntou a mãe, embaraçada.

— Não, muito obrigada. — Jessie voltou a exercer sua autoridade. — Primeiro, queremos mostrar à senhora o que tem aí no departamento sanitário, e depois, se a senhora quiser, pode entrar no Clube das Senhoras, e ter um cargo qualquer. Claro que a senhora não é obrigada a entrar no Clube.

— Será... será que isso custa muito caro?

— Não custa nada. Só é preciso trabalhar um pouco. E quando a senhora for mais conhecida, pode até ser eleita pro comitê — interrompeu

Annie. — A Jessie representa o acampamento inteiro. Ela é pessoa importante no comitê.

Jessie sorriu com orgulho.

— Fui eleita por unanimidade — disse. — Bem, senhora Joad, acho que está na hora da gente mostrar como são as coisas aqui no acampamento.

A mãe disse:

— Esta é a minha filha, Rosasharn.

— Prazer — disseram as senhoras do comitê.

— É melhor que ela venha também com a gente.

A colossal Jessie falou novamente; tinha um ar misto de dignidade e de benevolência, e seu discurso parecia ensaiado.

— Não pense que a gente quer se meter na sua vida, senhora Joad. Nesse acampamento tem uma porção de coisas que são de uso coletivo. E nós temos leis feitas por nós mesmos. Bom, vamos até o departamento. É uma das coisas de uso coletivo. Por isso, todos nós temos que cuidar dele. — Foram andando vagarosamente até a seção dos tanques de lavar roupa, em número de vinte. Oito deles estavam ocupados. As mulheres debruçavam-se sobre eles, a esfregar roupa suja, e no chão muito limpo, de cimento, havia pilhas de peças de roupa torcidas. — A senhora pode usar esses tanques quando quiser — disse Jessie. — Mas depois que acabar de usar, tem que deixá-los tão limpos como os encontrou.

As mulheres que se atarefavam com o lavar de roupa ergueram a cabeça, curiosas. Jessie disse em voz alta:

— Estas são as senhoras Joad e Rosasharn. Elas vão ficar morando aqui, conosco. — As mulheres cumprimentaram a mãe em coro, e a mãe fez uma pequena reverência desajeitada:

— Muito prazer em conhecer — disse.

Jessie conduziu o comitê até a sala dos toaletes e dos chuveiros.

— Eu já tive aqui — disse a mãe. — Até já tomei um banho.

— Fez muito bem. Estão aqui pra isso — disse Jessie. — E o regulamento aqui é o mesmo: deixar tudo como se encontrou, muito limpo Toda semana se organiza um comitê aqui, que tem a tarefa de lavar bem e esfregar o chão todo dia. É possível que a senhora também entre nesse comitê. E aí a senhora mesma vai ter que trazer o sabão que vai usar.

— A gente vai ter que comprar sabão. Tamo sem nenhum — disse a mãe.

Tornou-se quase reverente a voz de Jessie:

— A senhora nunca usou uma coisa assim? — perguntou, apontando para os vasos sanitários.

— Já, sim, senhora. Ainda hoje de manhã.

Jessie suspirou.

— Bom, então está bem.

Ella Summer disse:

— Na semana passada...

Jessie interrompeu-a com severidade:

— Senhora Summers, quem está falando sou eu, ouviu?

Ella aquiesceu:

— Ah, tá certo..

— Na semana passada, quando você é que era a presidenta, eu não me metia nas suas explicações.

— Está bem, mas conte o que aquela senhora fez — disse Ella.

— Bom — disse Jessie. — Não é costume desse comitê fazer mexericos, mas eu vou contar a coisa sem citar nomes. Na semana passada chegou aqui uma senhora, e veio pra cá antes que o comitê tivesse feito uma visita. Pois bem, ela pegou as calças do marido dela e botou-as na privada e disse: "Puxa!, mas isso é muito baixinho, demais. Deviam fazer isso um pouco mais alto: a gente fica com as costas doendo de tanto ficar curvada. Por que é que não fizeram mais alto?" — O comitê sorriu com um sorriso de superioridade.

Ella interrompeu novamente a presidenta:

— E aquela mulher falou mais ainda. Disse assim: "Não dá pra se botar bastante roupa aqui; é muito pequena."

Ella teve que enfrentar o olhar severo de Jessie.

Jessie disse:

— Há uma porção de dificuldades com o papel higiênico. O regulamento diz que ninguém pode tirar o papel higiênico daqui. — Deu um estalo agudo com a língua. — O acampamento todo contribui para a compra de papel higiênico. — Calou-se por um instante, para confessar depois: — O número 4 tá usando papel higiênico demais. Vai ver que alguém rouba papel daqui. Até na assembleia geral das senhoras o assunto foi discutido. "O departamento número 4, das senhoras, está usando papel higiênico demais", disseram. Imagine, na assembleia geral!

A mãe seguia a narrativa com a respiração em suspenso.

— Roubam o papel? Por quê? — perguntou.

— Bem — disse Jessie —, não é a primeira vez que isso acontece. Da outra vez eram três meninas que tiravam o papel pra fazer bonecas. A gente pegou elas em flagrante. Mas agora não podemos imaginar quem seja. Mal se coloca um rolo, e lá se foi. Imagine só, até na assembleia tiveram que falar a respeito desse caso! Uma senhora disse que a gente devia preparar uma campainhazinha que tocasse cada vez que o rolo de papel girasse. Assim, a gente podia fiscalizar o papel que se gastava. — Sacudiu a cabeça. — Mas francamente não sei mais o que fazer. Andei preocupada com isso a semana toda. Alguém está roubando o nosso papel.

À porta soou uma voz chorosa:

— Senhora Bullitt! — O comitê voltou-se. — Senhora Bullitt, eu ouvi o que a senhora disse. — Uma mulher muito corada e suarenta apareceu à porta. — Não tive a coragem de ir à assembleia, me denunciar. Não tive a coragem, senhora Bullitt. Elas ia rir de mim.

— De que é que a senhora está falando? — Jessie avançou em direção à mulher.

— Pois é... nós todas... a gente tem um pouco de culpa... Mas nós não roubamos nada, não senhora.

Jessie aproximou-se dela. O suor cai em gordas pérolas da testa da mulher confusa.

— A gente não tem culpa, senhora Bullitt.

— Diga logo o que está querendo dizer — falou Jessie. — Essa seção passou vergonha por causa da falta de papel higiênico.

— Não tinha outro jeito, senhora Bullitt. Que é que podia fazer? A senhora sabe, eu tenho cinco guriazinhas.

— Sei, que é que elas fizeram? — disse Jessie, em voz ameaçadora.

— Não fizeram nada, só usaram o papel. É a verdade, sim senhora.

— Mas pra isso bastavam umas cinco, seis folhas. Não precisavam gastar o papel todo. O que é que elas têm?

A mulher falou toda chorosa:

— Era diarreia, senhora Bullitt. Todas as cinco tava com diarreia. A gente tá mal de dinheiro. Tinham comido uva verde e pegaram uma diarreia terrível. Tiveram que correr pra cá de dez em dez minuto. — Começou a defender as filhas: — Mas não roubavam o papel, não senhora.

Jessie suspirou:

— A senhora devia logo contar isso — disse. — Devia dizer sem perda de tempo. O nosso departamento passou vergonha, só porque a senhora não falou nada. Diarreia todo mundo pode ter.

A voz humilde choramingou:

— Que é que eu ia fazer? Não pude impedir que elas comesse uva verde. E elas tava ficando cada vez pior.

Ella Summers explodiu:

— Mas e o Auxílio? Elas deviam receber o Auxílio!

— Senhora Summers — disse Jessie —, estou avisando pela última vez: a presidenta não é a senhora, sou eu. — Voltou-se para a mulher assustada e vermelha. — A senhora tem algum dinheiro, senhora Joyce?

A mulher baixou os olhos, envergonhada.

— Não, senhora. Mas não deve demorar a gente encontrar trabalho.

— Não se incomode com isso — disse Jessie. — Não é nenhum crime. Vá logo até o armazém de Weedpatch e compre alguma coisa que se possa comer. O acampamento tem naquele armazém um crédito de até vinte dólares. A senhora pode fazer compras de até cinco dólares. Depois, quando a senhora encontrar algum trabalho, devolve esse dinheiro ao comitê central. Mas, senhora Joyce, a senhora sabia disso; como foi que a senhora teve a coragem de deixar que suas filhas passassem fome?

— A gente nunca aceitou esmola — disse a senhora Joyce.

— Isto não é esmola, a senhora bem que sabe disso — gritou Jessie, enfurecida. — Não existem esmolas nesse acampamento. Nenhum de nós aceita esmolas. Bom, agora a senhora trate de ir ao armazém, fazer suas compras. Traz a nota, e entregue a mim.

A senhora Joyce replicou com timidez:

— Mas e se a gente nunca estiver em condição de devolver esse dinheiro? Faz tempo que a gente não tem trabalho...

— A senhora paga se puder. Se não puder, paciência. Ninguém tem nada com isto. Um homem deixou esse acampamento já faz mais de dois meses, e agora ele nos mandou o dinheiro que ficou devendo. A senhora não tem o direito de deixar suas filhinhas passar fome nesse acampamento, entendeu?

A senhora Joyce capitulou.

— Sim, senhora — e a senhora Joyce sumiu-se rapidamente.

Jessie dirigiu-se ao comitê, muito colérica:

— Ela não tem o direito de se fazer de esnobe. Não tem o direito de fazer uma coisa dessas com a gente.

— Está aqui faz muito pouco tempo. Pode ser que não soubesse mesmo — disse Anne Littlefield. — É possível que alguma vez ela tivesse que aceitar esmola. Não, Jessie, não manda eu me calar agora. Também tenho o direito de falar. — Dirigiu-se à mãe: — Quando a gente tem que apelar pra caridade dos outros, abre uma ferida dentro da gente que não sara nunca. Aqui não tem esmola, mas, quando a gente é obrigado a aceitar esmola, não esquece nunca. Aposto que nunca aconteceu uma coisa assim com a Jessie.

— Nunca — disse Jessie.

— Bom, comigo já aconteceu — disse Annie. — Foi no inverno passado. A gente tava quase morrendo já de fome. Eu, meu marido e as crianças. E chovia muito. Alguém deu o conselho da gente procurar o Exército da Salvação. — Seu olhar tornou-se feroz. — A gente tava com muita fome, e eles se aproveitaram disso e fizeram com que a gente bajulasse eles pra obter um pouco de comida. Acabaram com toda a nossa dignidade, aqueles... tenho um ódio daquela gente que nem sei. Pode ser que com a senhora Joyce também já tenha acontecido uma coisa assim. Pode ser que ela pensasse que o que se dava aqui também era uma esmola. Senhora Joad, a gente não permite uma coisa assim nesse acampamento. Não permitimos que ninguém se gabe de ter dado uma coisa a alguém. Quem quiser, pode fazer suas ofertas ao acampamento, que depois o comitê distribui tudo. Essa coisa de esmola não existe aqui, entende? — Sua voz tornou-se rouca e adquiriu uma tonalidade violenta. — Odeio aquela gente — disse. — Nunca vi meu marido tão abatido, tão humilhado como naquele dia... aqueles bandidos do Exército da Salvação conseguiram desmoralizar ele.

— Já ouvi falar nisso — disse Jessie com suavidade. — Bom, vamos mostrar nossas coisas à senhora Joad.

— Como tudo aqui é bonito! — disse a mãe.

— Vamos até a sala de costura — sugeriu Annie. — Lá tem duas máquinas. A gente faz cobertores e vestidos. Talvez a senhora vá gostar daquele trabalho lá.

Quando o comitê chegara em visita à mãe, Ruthie e Winfield trataram de desaparecer do local.

— Vamo junto, pra ouvir o que elas diz — disse Winfield.

Ruthie segurou-lhe o braço.

— Não — disse ela —, por causa dessas filha da puta a gente teve que se lavar. Não quero ir pra lá.

Winfield disse:

— Cê contou aquele negócio da privada pra mãe. Pois agora vou contar como ocê chamou elas.

Uma sombra de medo cruzou o rosto de Ruthie.

— Não faz isso. Eu só contei porque sabia logo que ocê não tinha quebrado coisa nenhuma.

— É mentira! — disse Winfield.

Ruthie disse:

— Vou dar uma volta por aí. — Foram caminhando pela rua das tendas e espiavam em todas elas, com um ar aparvalhado e estranho. Ao fim do departamento número 4 estendia-se uma praça em que tinha sido traçado um campo de croqué. Meia dúzia de crianças brincava, com ar de seriedade, na praça. Diante de uma tenda, uma senhora de idade, sentada num banco, vigiava-as. Ruthie e Winfield aceleraram o passo. — A gente pode brincar também? — perguntou Ruthie.

As crianças olharam-na. Uma menina de tranças compridas disse:

— Na outra partida, cês pode entrar também.

— Mas eu quero entrar já! — gritou Ruthie.

— Agora não pode. Só quando terminar a partida.

Ruthie saltou para dentro do campo, com modos ameaçadores.

— Eu quero é brincar já, e pronto!

A menina das tranças segurava com firmeza o seu martelo. Ruthie saltou sobre ela, esbofeteou-a, empurrou-a e tomou-lhe o martelo das mãos.

— Não disse que eu ia brincar? — falou triunfalmente.

A mulher de idade levantou-se do banco. Ruthie olhou-a com um olhar sombrio. A mulher disse:

— Deixa ela brincar, como fizeram com o Ralph, na semana passada.

Todas as crianças puseram seus martelos no chão e deixaram a praça em silêncio. Mantiveram-se a distância, os olhos parados, inexpressivos. Ruthie lançou-lhes um olhar. Depois, deu um martelaço numa bola e correu atrás dela.

— Vem cá, Winfield — gritou ela. — Arranja outro martelo procê. — Mas logo seu olhar exprimia surpresa. Winfield tinha-se juntado às crianças que, afastadas, observavam Ruthie; ele mesmo a olhava com os olhos igualmente inexpressivos.

Com teimosia, Ruthie deu outro golpe na bola, levantando uma grande nuvem de poeira. E as crianças continuavam a ficar de lado, observando. Ruthie juntou duas bolas e golpeou-as simultaneamente. Deu as costas ao grupo de crianças, e não se voltou. De repente, avançou para elas empunhando o martelo.

— Agora venham brincar! — exigiu. As crianças se afastavam silenciosamente à medida que ela se ia aproximando. Por um instante, ela cravou os olhos nelas; depois atirou o martelo de madeira ao chão e correu para sua tenda, a chorar. As crianças voltaram para o campo de jogo.

A menina das tranças disse a Winfield:

— Cê pode entrar na partida.

A vigilante advertiu-as:

— Se ela quiser voltar e portar-se direito, cês deixa ela entrar no brinquedo. Cê também era ruim assim, Amy, não se lembra? — O jogo continuou, enquanto Ruthie, na tenda da família Joad, chorava, sentindo-se miseravelmente infeliz.

O caminhão rodava por estradas bonitas, passando por pomares onde pêssegos começavam a ganhar cor rosada, por parreirais de cachos de uva dum verde pálido, sob fileiras de nogueiras cujos ramos debruçavam-se até o meio da estrada. Em cada portão de pomar havia uma inscrição: "Não se precisa de trabalhadores. Entrada proibida."

Al disse:

— Mas olha, pai, não pode deixar de ter trabalho quando essas fruta estiver madura. Lugar engraçado esse. Antes que a gente pergunte, eles já vão avisando que não tem trabalho.

O pai disse:

— Quem sabe, era melhor a gente entrar num lugar qualquer e perguntar se sabem onde existe trabalho? Acho que a gente devia fazer isso.

Um homem de macacão e camisa azul caminhava à beira da estrada. Al parou o caminhão ao lado dele.

— Ei, moço! Pode me informar onde é que tem serviço por aqui? — gritou.

O homem parou e sorriu com amargura. Faltavam-lhe os dentes da frente.

— Eu não sei — disse. — O senhor sabe? Andei por aqui a semana toda e não consegui arrumar coisa nenhuma.

— O senhor mora no acampamento do governo? — perguntou Al.

— Moro, sim.

— Vem cá, então. Sobe na carroceria e vamo procurar trabalho junto. — O homem subiu pela borda lateral do caminhão e saltou para dentro da carroceria.

O pai disse:

— Tenho um palpite de que a gente não vai encontrar trabalho nenhum. Pois nem sabemo onde procurar!

— A gente devia ter falado com aquele pessoal do acampamento — disse Al. — Como é, tio John, o senhor tá melhor?

— Tô mal, me dói tudo, e é bem feito pra mim. Eu devia ir embora, pra um lugar onde não traga azar para a minha própria gente.

O pai colocou a mão sobre o joelho de tio John.

— Escuta, John, deixa de bobagem. Cê não vai embora, nem nada. A família já perdeu bastante gente. O vô e a vó morreram, Noah e Connie fugiram e o pregador foi preso.

— Tenho um palpite de que a gente ainda vai encontrar o Casy — disse tio John.

Os dedos de Al brincavam com a bola da ponta da alavanca de mudança.

— O senhor tá mal demais pra ter palpite — disse. — O diabo que leve isso tudo. É melhor a gente voltar e conversar com o pessoal do acampamento pra saber onde procurar trabalho. Isso assim é o mesmo que procurar agulha em palheiro. — Fez parar o veículo, debruçou-se para fora e gritou para trás. — Olha aqui, vamo voltar pro acampamento, pra saber onde é que tem trabalho por aqui. Não vale a pena gastar gasolina à toa.

O homem debruçou-se por cima da carroceria.

— Tá certo — disse. — Eu já tô com os calcanhar gasto de tanto andar. E nem comi nada ainda hoje.

Al deu a volta e foram regressando ao acampamento.

— A mãe vai ficar braba, se souber que o Tom arrumou trabalho com tanta facilidade e a gente nada — falou o pai.

— Pode ser que ele nem arrumou — disse Al. — Pode ser que ele só tenha saído pra procurar, que nem nós. Eu só queria era achar um emprego numa oficina. Ia era aprender depressa essas coisa, porque gosto desse trabalho.

O pai grunhiu qualquer coisa, e eles se conservaram taciturnos até o acampamento.

Quando o comitê a deixou, a mãe sentou-se sobre um caixote, diante da tenda dos Joad, olhando Rosa de Sharon com um jeito acanhado.

— Pois é — disse. — Sim senhora. Faz muito tempo que eu não sou bem-tratada assim. Aquelas senhora foram muito gentil, não foram?

— Elas disseram que eu tenho que trabalhar na enfermaria — respondeu Rosasharn. — É assim que eu vou ficar sabendo tudo sobre os bebê...

A mãe abanou a cabeça, parecendo maravilhada.

— Que bom se o nosso pessoal encontrasse trabalho e entrasse algum dinheiro! — Seus olhos passeavam longínquos. — Se eles trabalhasse e nós trabalhasse aqui mesmo, com toda esta gente tão boa perto... Logo que puder, vou é comprar um bonito fogãozinho. Não custa nada caro. Depois, a gente comprava uma tenda maior, bem grande. Sabe? Vamo pro baile no sábado de noite. Dizem que a gente pode levar amigo, se quiser. Que pena nós não ter amigo pra convidar, né? Talvez os homem tenha alguém pra convidar...

Rosa de Sharon olhou rua abaixo.

— Olha, aquela mulher que diss'que eu vou perder meu bebê... — começou ela.

— Vê se para de falar disso — a mãe advertiu-a.

Rosa de Sharon disse baixinho:

— É ela, sim. Vem vindo pra cá. Mãe, a senhora não deixa que ela...

A mãe voltou-se, encarando a figura que se aproximava.

— Como vai, dona? — foi falando a mulher. — Sou a senhora Sandry, Lisbeth Sandry. Já falei com sua filha, hoje de manhã.

— Muito prazer — disse a mãe.

— A senhora tá bem com Deus?

— Muito — disse a mãe.

— Redimida dos teu pecado?

— Sim. — O rosto da mãe conservava-se fechado e mostrava estar na defensiva.

— Muito bem. Fico muito contente por saber disso — disse Lisbeth. — Tem muito pecador por aqui. A senhora tá numa terra horrível. Tudo por aqui é maldade. Gente má, ações más; pessoas como nós, com sangue de cordeiro, não pode suportar uma coisa assim. Nós tamo completamente rodeado de pecador.

A mãe corou ligeiramente, mas cerrou os lábios com firmeza.

— Pois parece que essa gente daqui é muito boa — disse.

A senhora Sandry arregalou os olhos.

— Boa?! — gritou. — A senhora acha que uma gente que dança assim com indecência pode ser boa? Pois olha, sua alma eterna não terá sossego nesse acampamento. Ontem de noite fui a Weedpatch tomar parte num culto. Sabe o que disse o pregador? Disse assim: "Reina a maldade nesse acampamento." E disse: "O pobre, ali, quer ser rico." E disse ainda: "Eles dançam danças imorais, quando deviam era lamentar-se de seus pecados, gemer e chorar." Sim, senhora, foi o que ele disse. "Cada um dos que não tão aqui, não passa dum pecador de alma negra", falou. Fazia bem ouvir alguém falar assim. Pode crer. E a gente sabia que estava redimida, salva, porque a gente não dançou aquelas dança.

As faces da mãe tingiram-se de púrpura. Ela se ergueu inteiramente e encarou a senhora Sandry.

— Suma daqui! — disse. — Suma daqui agora mesmo, antes que eu me torne uma pecadora dizendo pra onde ocê deve ir, ouviu? Vá pra junto de seus choro e gemido.

A senhora Sandry fitou-a boquiaberta. Deu um passo para trás. E então mostrou-se enfurecida:

— Pensei que cês fossem cristãos!

— É o que nós somos — disse a mãe.

— Não, ocês não são. Cês são é pecador, que vão arder no inferno, cês tudo. Vou falar d'ocês na reunião, é isso o que eu vou fazer! Já tô até vendo a alma negra de vocês queimando devagar. Vejo até uma criança inocente ardendo no ventre desta moça.

Um grito agudo deixou os lábios de Rosa de Sharon. A mãe, inclinando-se, apanhou um pedaço de pau.

— Some daqui — disse friamente —, e não me volte mais pra cá. Já conheci gente da tua espécie. Vamo, vá saindo... e ligeiro! — A mãe foi avançando contra a senhora Sandry.

A mulher recuou por um momento e, de repente, atirou a cabeça para trás e rompeu num choro que mais parecia um uivo. Tinha os olhos revirados. Seus ombros e braços bamboleavam frouxos, e do canto de sua boca escorria uma saliva grossa e viscosa. Uivava e tornava a uivar; era o uivo profundo, apavorante, de um animal selvagem. Homens e mulheres acorreram de suas tendas e aproximavam-se, muito assustados e silenciosos. Lentamente, ela foi vergando os joelhos. Seu uivar foi degenerando num lamento borbulhante e trêmulo. Caiu de lado, os braços e as pernas torcidas. O branco de seus olhos era visível.

— O Espírito. Ela recebeu o Espírito. — Um homem disse, em voz baixa.

A mãe não fazia o menor movimento, fixando o vulto contraído no chão.

O diretor, casualmente, vinha passando pelo local.

— Que foi? — perguntou. A multidão abriu alas, deixando-o passar. Ele lançou um olhar à mulher. — Parece que tá mal — disse. — Algum de vocês podia me ajudar a carregar ela para a tenda? — A multidão, silenciosa, pôs-se a arrastar os pés. Dois homens se curvaram, alçando-a pelos braços e pelas pernas. E levaram-na embora, acompanhados por toda aquela gente, que os seguia devagar. Rosa de Sharon arrastou-se para dentro de sua tenda, deitou-se no chão e cobriu o rosto com um cobertor.

O diretor olhou para a mãe e seu olhar baixou para o pedaço de pau que ela ainda segurava. Sorriu um sorriso fatigado.

— A senhora bateu nela? — perguntou.

A mãe contemplava ainda a multidão que se desfazia lentamente.

— Não... mas bem que eu podia fazer isso. É a segunda vez hoje que ela deixa minha filha quase maluca.

O diretor disse:

— Não vale a pena bater nessa mulher. Ela não é certa da cabeça. É o que é: ela não é certa da cabeça. — E acrescentou baixinho: — Só quero que ela vá embora daqui, ela e a família dela. Provoca sozinha mais encrenca que todo o resto do acampamento.

A mãe acalmara-se.

— Se ela voltar, acho que vou ser obrigada a dar nela. Não sei se vou poder me conter. O que não vou deixar é que ela torture a minha filha outra vez.

— Não há perigo, senhora Joad. A senhora não verá ela de novo — garantiu o diretor. — Ela só costuma amolar gente recém-chegada. Ela não vai voltar aqui não. Ela pensa que a senhora é uma pecadora.

— Bom, é o que eu sou, na verdade — disse a uma mãe.

— É claro. Todos nós somos pecadores, mas não como ela imagina. Ela não regula bem, senhora Joad.

A mãe olhou-o com gratidão. Depois disse:

— Cê ouviu isso, Rosasharn? Ouviu? Ela não regula bem, é maluca! — Mas a moça não respondeu. A mãe disse: — Tô avisando o senhor. Se ela voltar, não respondo por mim. Sou capaz de dar nela de verdade.

Ele esboçou um sorriso contrafeito.

— Sei como a senhora se sente — falou. — Mas vê se a senhora evita isso, vê se evita. É só o que lhe peço. — Foi-se afastando, em direção à tenda para onde a senhora Sandry fora carregada.

A mãe entrou na tenda e sentou-se ao lado de Rosa de Sharon.

— Chega aqui — disse-lhe. A moça permaneceu imóvel. Suavemente, a mãe ergueu o cobertor que lhe cobria o rosto. — Aquela mulher é meio louca — falou. — Não acredita nessas coisa que ela disse.

Rosa de Sharon cochichou, terrificada:

— Quando ela falou sobre essa coisa de arder... eu senti uma ardência...

— Não é verdade — disse a mãe.

— Me sinto tão cansada — sussurrou a moça. — Estou cansada de tudo que tá acontecendo. Quero dormir, quero dormir.

— Então dorme. Aqui é muito bom, cê pode dormir à vontade.

— Mas e se ela voltar?

— Ela não volta — disse a mãe. — Fico sentada aí do lado de fora, vigiando. Bom, agora cê vai descansar, porque não demora e ocê vai ter que trabalhar na creche.

A mãe ergueu-se com esforço e sentou-se à entrada da tenda. Tinha tomado lugar num caixote e estava com os cotovelos apoiados nos joelhos e as mãos em concha no queixo. Via o movimento do acampamento, ouvia a vozerio das crianças e o martelar de um aro de ferro, mas seu olhar perdia-se na distância.

O pai, ao voltar da estrada, encontrou a mãe nessa postura. Acocorou-se ao seu lado e ela, lentamente, virou os olhos para ele.

— Encontraram trabalho? — perguntou.

— Não — disse ele envergonhado. — Procuramo, mas não adiantou.

— Onde está o Al e John e o caminhão?

— Pararam ali adiante pra fazer um conserto. A gente queria arranjar umas ferramenta emprestada, mas o homem diss'pra gente fazer o conserto ali mesmo.

A mãe disse tristemente:

— Isto tudo é tão bonito! A gente podia ser bem feliz aqui.

— É, se encontrasse trabalho.

Sentindo instintivamente a tristeza que a empolgava, ele ficou a estudar-lhe o rosto.

— Por que se queixa? Se aqui é tão bonito, cê não tem razão de queixa.

Ela contemplou-o por um instante, e depois foi cerrando lentamente os olhos:

— Engraçado, né? Durante o tempo todo que a gente viajava, eu não pensei em nada. E agora, agora que encontro aqui uma gente tão boa, que é a primeira coisa que faço? Pensar em coisas triste... tô me lembrando daquela noite em que o vô morreu e nós enterramo ele. Até agora eu só vivia preocupada com as sacudidela e o movimento da estrada, e não pensava tanto. Mas chegamo, e não é que tô achando tudo pior? Me lembro da vó também e de Noah que foi embora assim, daquele jeito. Todas essas coisa fazia parte daquele movimento, mas agora aparecem com mais força. A vó... enterrada como indigente. Isso dói, dói muito. E o Noah, que saiu andando rio abaixo. Ele não sabia o que ia encontrar. E nós também não sabemo de nada; nunca vamo saber se ele tá vivo ou morto. Nunca! E o Connie, que fugiu... Antes, eu não tava dando valor pra tudo isso. Mas agora tô vendo tudo claro. E eu devia me sentir feliz por estar num lugar lindo como esse. — O pai observava-lhe o mexer dos lábios. Os olhos dela estavam completamente fechados. — Agora vejo bem claras as montanha, aguda como dente velho, ali praquelas banda do rio onde o Noah foi s'embora. Me lembro bem do mato onde o vô foi enterrado. Me lembro daquele cepo de lá de casa; ainda tinha uma pena de galinha grudada nele, e tava todo cheio de sulco e preto de sangue.

O pai falou, no mesmo tom:

— Vi umas marreca, hoje — disse. — Voavam pras banda do sul, muito alto. Pareciam que tavam cheia de frio. E vi uns pardal nos fio e pomba nas cerca. — A mãe abriu os olhos e encarou-o. Ele prosseguiu: — Vi um ventinho redemoinhante. Vinha do campo e girava que nem um homem bêbado. E as marreca voava mais adiante, indo pro sul.

A mãe sorriu.

— Cê se lembra? — disse. — Se lembra o que a gente costumava dizer lá em casa? "O inverno vai chegar cedo esse ano", a gente dizia, quando via as marreca voando assim. Era costume dizer isso, e não adiantava, porque o inverno sempre vinha quando entendia de vir. Mas nem por isso a gente deixava de dizer: "Esse ano, ele vem cedo." Só quero saber o que a gente queria dizer com isso.

— Eu vi os pardal nos fio — disse o pai. — Tavam bem pertinho um do outro. E os pombo... nada como um pombo pra ficar bem quietinho... quando tá sobre o arame das cerca. Às vez são dois, lado a lado... E aquele ventinho redemoinhante... da altura de um homem e girando que nem um bêbado, vinha tão engraçado, dançando pelo campo. Sempre gostei de ver esses redemoinho do tamanho de um homem.

— Era melhor não pensar mais em casa — disse a mãe. — A gente não pode dizer mais "em casa". Precisamo esquecer tudo isso, esquecer também o Noah.

— Ele nunca foi bom de cabeça... quer dizer... bom, a culpa foi minha.

— Já te diss'pra tirar essa ideia da cabeça. Se não fosse por isso, ele podia até ter morrido.

— Mas eu devia saber...

— Para com isso agora — disse a mãe. — Noah era esquisito. Quem sabe, ele não tá levando uma vida feliz ali na beira do rio? Talvez seja melhor assim. A gente não deve é se preocupar. Aqui tudo é muito bonito, e pode ser que ocês encontre trabalho logo.

O pai apontou para o céu.

— Olha, mãe, lá vêm mais marreca. Vem uma porção. Mãe, o inverno vai chegar cedo esse ano.

A mãe deu uma risada.

— Às vez a gente faz coisa e não sabe por quê.

— Lá vem o John — disse o pai. — Vem cá, John, senta aqui.

Tio John acercou-se deles e acocorou-se, em frente da mãe.

— A gente não encontrou nada — disse. — Foi andar à toa. Olha, o Al quer falar contigo — virou-se para o pai. — Tá precisando dum pneu novo, parece. O velho tá com a borracha já toda gasta.

O pai ergueu-se.

— Espero que ele encontre um pneu bem barato. A gente quase não tem mais dinheiro. Onde tá o Al?

— Lá embaixo, na primeira curva à direita. Diss'que o pneu vai rebentar logo, e a câmara de ar também, se a gente não comprar um novo. — O pai afastou-se vagarosamente, e seus olhos iam acompanhando o voo das marrecas em gigantesca formação em V.

Tio John apanhou uma pedra do chão, deixou-a cair e tornou a pega-la. Não olhava para mãe.

— Acho que por aqui não tem trabalho nenhum — disse.

— Cês ainda não percorreram tudo — falou a mãe.

— Não, mas em toda parte tem cartaz que dizem que não precisa de trabalhador.

— Tá certo, mas como é que o Tom arrumou trabalho então? Ele ainda não voltou.

Tio John insinuou.

— Quem sabe ele também foi embora, que nem o Connie e o Noah?

A mãe lançou-lhe um olhar indignado, mas logo seus olhos encheram-se de ternura.

— Tem coisa que a gente sabe logo — disse ela. — Tem coisa de que a gente tem certeza. Tom arrumou um serviço e quando for de noite ele tá de volta. Isso, te garanto. — Sorriu com satisfação. — Ele é um bom rapaz, né? — disse. — Um rapaz que vale ouro!

Automóveis e caminhões estavam de regresso ao acampamento, e os homens dirigiam-se em grupos ao departamento sanitário. Cada um dos homens tinha no braço um macacão e uma camisa limpos.

A mãe voltou à realidade.

— John — disse ela —, vê se ocê encontra o pai. Diz pra ele ir no armazém. Preciso de feijão e de açúcar... e... e de um pedaço de carne pra assar e cenoura e... diz pro pai que é pra ele comprar uma coisa muito boa pra hoje. Hoje de noite... hoje de noite a gente tem que ter qualquer coisa boa pra comer.

23

O povo em êxodo, correndo atrás do trabalho, procurando a vida às apalpadelas, esse povo também buscava o prazer, estava à cata de prazeres, fabricava prazeres e sentia fome de prazeres. Às vezes, seu prazer consistia em narrativas eivadas de pilhérias. E acontecia que nos acampamentos de beira de estrada, ou sob as amoreiras ou nos barrancos de beira-rio, surgiam narradores de histórias, e os homens se reuniam à luz mortiça das fogueiras para escutá-los. E o interesse com que os homens ouviam as histórias fazia com que essas histórias se tornassem grandes.

Eu estive como recruta na guerra contra Gerônimo...

E o povo escutava, e nos olhos fixos refletiam-se as brasas prestes a extinguir-se.

Aqueles bugres, puxa!, foi um caso sério... eram maus como cascavéis e quietos como o diabo, quando queriam. Podiam correr sobre folhas secas que ninguém escutava eles. Tenta só fazer o mesmo.

E o povo escutava e parecia ouvir o estalido da folhagem seca partindo-se sob seus próprios pés.

Depois houve a mudança do tempo e as grandes nuvens chegaram. Chegaram num momento importuno.

Cê já ouviu dizer que o exército fizesse alguma coisa direito? Pode-se dar dez oportunidades a ele, que não adianta. Vai perder todas elas. Precisou sempre juntar dez regimentos pra bater cem homens de coragem. Sempre foi assim.

E o povo escutava e em suas feições havia tranquilidade. Os narradores de histórias, concentrando a atenção geral em seus lábios, falavam num ritmo entusiástico porque sentiam que eram escutados com atenção, usavam de termos grandiosos porque as narrativas eram grandiosas e com elas sentiam-se engrandecidos os que as escutavam.

Uma vez um camarada corajoso pôs-se no cume de uma montanha, contra o sol. Sabia que era visto por todos os lados. Abriu os braços e deixou-se ficar assim, contra o sol, nu como a madrugada. Talvez estivesse louco. Não sei. Deixou-se ficar assim, braços abertos... parecia uma cruz. Quatrocentos metros. E a nossa gente... bem, eles ergueram a vista e esticaram o dedo molhado, pra sentir a direção do vento, e conservaram-se deitados, ficaram deitados sem poder atirar. Talvez o bugre soubesse disso, talvez ele sentisse que a gente não era capaz de atirar. Todos ficaram deitados no chão, com as carabinas na mão, sem ao menos poder botar elas aos ombros. E todos ficaram olhando o bugre. Ele tinha uma fita na testa e um penacho. Eu vi. E tava nu que nem o sol. Durante muito tempo a gente ficou assim, deitado e olhando, e ele nem se mexia. O capitão tava com uma raiva que te digo. "Atirem, seus patifes covardes, atirem!", ele berrava. E a gente ficou deitado da mesma forma. "Vou contar até cinco e depois pego o nome de todo mundo, vocês vão ver", o capitão gritou. Sim senhor. Aí, a gente apontou as carabinas e cada um ficou esperando que o outro atirasse primeiro. Nunca na vida me senti tão triste como daquela vez. Fiz pontaria na barriga dele, que é o único lugar onde um bugre é vulnerável, e aí... bem, o bugre caiu de costas e veio rolando montanha abaixo. Nós fomos ver ele. Não era alto como parecia ali no cume da montanha. E tava todo dilacerado, todo rasgado o corpo dele. Cê já viu um faisão, firme, lindo, com as penas tão pintadinhas e até os olhos parecendo pintados? Pois bem, cê levanta a arma e... pum!, estragou a coisa que era melhor que ocê mesmo, e apanha ele no chão, um farrapo todo torcido e ensanguentado. E quando ocê começa a comer ele, sente um gosto ruim, porque ocê sente que estragou uma coisa que nunca mais pode consertar.

E o povo concordava com a cabeça e o fogo se avivava talvez e projetava um facho de luz nos olhos que analisavam o próprio eu.

De braços abertos, contra o sol. E ele parecia grande... como Deus.

E talvez um homem, desviando vinte centavos da comida para o prazer, fosse a um cinema em Marysville ou Tulare, em Ceres ou Mountain View. E voltasse para o acampamento de beira-rio com o cérebro cheio de imagens. E contasse o que tinha visto:

E aquele sujeito rico fingiu que era pobre e a moça rica também fingiu que não tinha um níquel. Os dois se encontraram numa barraca de cachorro-quente...

Por quê?

Não sei por que, mas foi assim.

Pra que eles fingiram que eram pobres?

Com certeza tavam cansados de ser ricos.

Isso é idiota!

Afinal, cê quer ouvir a história ou não quer?

Continua, então. Eu quero ouvir a história, claro, mas eu se fosse rico... se fosse rico eu ia era comprar costeletas de porco à beça e pendurava elas na cintura e comia uma atrás da outra. Mas, continua.

Pois é, um pensa que o outro é pobre. Então são presos e vão parar na cadeia e não podem sair, porque senão o outro ia descobrir a verdade, que era rico. E o carcereiro maltrata eles, porque também pensa que eles são pobres. Cê devia ter visto a cara do carcereiro quando descobre a verdade. O homem quase que desmaiou.

Mas por que eles foram presos?

Por quê? Porque tavam numa reunião de radicais, e não eram radicais, nem nada. Estavam lá por acaso. E nenhum queria casar com o outro por causa de dinheiro, compreende?

Então esses filhos da puta tavam se tapeando desde o princípio?

É, mas na fita eles faziam tudo com boas intenções. E eles eram camaradas com os outros.

Uma vez eu fui no cinema e vi alguém lá que era que nem eu. Mas ele era mais do que eu, maior que eu... e tudo ali era maior.

Bom, eu já tenho muito problema. Quero é me ver livre deles e ver coisas diferentes, desde que seja coisas em que eu possa acreditar...

Mas, escuta. Então, eles casaram e descobriram a verdade. E também descobriram a verdade aqueles que foram ruins pra eles. Tinha um camarada que foi sempre muito metido a besta, um camarada convencido que te digo... pois ele quase caiu da cadeira quando viu o outro entrar todo bem-vestido, com chapéu alto na cabeça. Sim senhor. E também teve jornal, com aqueles soldados alemães com passo de ganso. Gozados como o diabo esses soldados!

E sempre que um homem tivesse um pouco de dinheiro podia embriagar-se. Aí acabavam-se os ângulos duros, e tudo era quente, confortador. Aí não mais havia solidão, pois que o cérebro se povoava de amigos e o homem podia achar seus inimigos e aniquilá-los. O homem estava sentado num buraco e a terra tornava-se macia debaixo dele. A desgraça doía menos e o futuro não mais aterrorizava. E a fome não mais rondava perto, o mundo era suave e sem complicações e o homem podia chegar aonde quisesse. As estrelas desciam para maravilhosamente perto e o céu era tão encantador! A morte era um amigo e o sono era irmão da morte. Voltavam os tempos antigos... uma moça de pernas bonitas, com quem outrora se dançava em casa... um cavalo... ah, faz tanto tempo que isso aconteceu! Um cavalo e uma sela. Uma sela de couro trabalhado. Quando foi mesmo que isso aconteceu? Eu devia era encontrar uma moça pra conversar. E seria tão bom! Até, quem sabe?, eu podia até dormir com ela. Mas que calor faz aqui! As estrelas tão pertinho da gente, e a tristeza e o prazer tão pertos um do outro, a mesma coisa, no fundo. Só queria era estar o tempo todo bêbado. Quem foi que disse que isso não prestava? Quem ousa dizer isso? Os pregadores, mas eles têm a sua maneira própria de se embebedar. Mulheres magras, estéreis, mas essas são por demais miseráveis para entender uma coisa assim. Os reformadores, mas estes não conhecem a vida bastante de perto para poder julgá-la. Não senhor... As estrelas estão muito próximas, tão próximas, e eu pertenço à confraria do mundo. E tudo é sagrado... tudo, até eu mesmo.

Uma gaita é fácil de se carregar. Tira ela do bolso de trás das calças e bate ela na palma da mão, pra cair a poeira, a sujeira do bolso e os fiapos de fumo. Bom, agora ela tá boa. Pode-se fazer muita coisa com uma gaita: pode-se arrancar um som agudo e penetrante e acordes simples, e também uma melodia de acordes rítmicos. Pode-se moldar a música com as mãos em concha, fazendo-a lamentar-se, chorar que nem uma gaita escocesa, torná-la volumosa, cheia como um órgão ou fina e amarga como as flautas das montanhas. E pode-se tocar e guardar o instrumento no bolso. Ter ele sempre no bolso, sempre acompanhando a gente. E pode-se sempre tocar e aprender novos truques, novos métodos de se moldar o som com as mãos, modular ele com os lábios, sem precisar de ninguém que nos ensine essas coisas. E pode-se fazer experiências sozinho, às apalpadelas... sozinho na sombra de uma tarde, ou então depois do jantar, à entrada da tenda, enquanto as mulheres lavam a louça. Pode-se bater com o pé no chão, vagarosamente, para marcar o compasso; as sobrancelhas a subir e baixar ao ritmo. E se se perde o instrumento, ou se alguém o quebra, o prejuízo não é tão grande assim. Pode-se comprar outra gaita por um quarto de dólar.

Um violão é mais precioso. Deve-se aprender a tocar violão. Os dedos da mão esquerda devem ser calosos. O polegar da direita também deve ter calosidades. Esticam-se os dedos que nem patas de aranha, para acertar bem as marcações nas cordas.

Este violão era de meu pai. Eu não era mais alto que um percevejo quando ele começou a me ensinar. E quando eu já sabia tocar que nem ele, deixou que eu tocasse. Costumava sentar-se na soleira, me escutando e batendo o compasso com os pés. Às vezes eu metia coisas da minha cabeça no meio da música, e ele ficava zangado até que eu conseguia acertar; então ele ficava aliviado. "Toca", dizia. "Toca alguma coisa bem bonita." Pois é. Esse é um violão dos bons. Olha só como já tá todo arranhado. Foi um milhão de canções que arranhou ele assim, um milhão de canções que já se tocou com ele. Foi esse milhão de canções que afinou a madeira desse jeito. Qualquer dia tá quebrando que nem casca de ovo. Não se pode consertar ele, que senão perde o som. Às vezes, quando toco, de noite, uma gaita na tenda do vizinho me acompanha. E fica tão bonito, os dois juntos!

A rabeca, sim, que é difícil de se aprender. Poucos sabem tocar rabeca. As cordas não têm marcas. Não tem quem ensine.

Eu conversei com um velho, pra ver se ele me ensinava. Mas o diabo do velho não quis me ensinar alguns truques. Diss'que era segredo. Mas eu fiquei olhando ele e acabei vendo como ele fazia.

Agudo como a brisa é com a rabeca; agudo, rápido e nervoso.

Não é grande coisa a rabeca que eu tenho. Paguei por ela dois dólares. Um sujeito me diss'que tem rabeca com mais de quatrocentos anos de idade. Diss'que são leves que nem um bom uísque, e que custam cinquenta, sessenta mil dólares. Não sei, parece mentira. Tá guinchando um pouco, hein, velho safado? Bom, vocês querem dançar, né? Vou botar resina neste arco, bastante resina que é pra correr bem. Aí é que ele vai berrar! Pode-se ouvir ele até daqui a um quilômetro.

E esses três instrumentos, tocando nas noites: gaita, violão e rabeca. Tocando músicas de danças, batendo o ritmo, as cordas fortes do violão palpitando como um coração, a acompanhar os acordes agudos da gaita, e o gemido da rabeca. A gente tem que chegar perto, não tem outro jeito. Tão tocando agora *Chicken Reel*, a dança dos pintos, e os pés batem o compasso e um rapaz magro dá três passadas rápidas, e seus braços pendem frouxos. Fecha-se a roda e começa a dança e os pés batem com força, martelando os calcanhares. As mãos giram e agitam-se. Os cabelos caem sobre as testas e a respiração se torna ofegante. Aí, dobre o corpo, companheiro!

Veja só, aquele camarada do Texas, aquele das pernas compridas e bambas. Bate o pé quatro vezes em cada compasso. Nunca vi um sujeito dançar desse jeito. Olha só, ele e aquela moça de Cherokee, de rosto corado e o dedão aparecendo no bico do sapato. Olha só como ela tá arfando; o peito subindo e descendo! Cê acha que ela tá cansada? Cê acha que ela não pode mais? Não senhor. O cabelo daquele camarada do Texas tá caindo nos olhos. A boca dele tá escancarada. Mas ele continua batendo quatro vezes com os pés em cada compasso e não larga a pequena de Cherokee.

A rabeca guincha e o violão ribomba. O homem da gaita tá com a cara vermelha como o diabo. O rapaz do Texas e a moça de Cherokee tão com a língua de fora que nem cachorro em dia de calor, e ainda continua saltando e girando. Os velhos ficam todos de pé, e sorriem e batem o pé no chão ao ritmo da música.

Foi na escola, lá na minha terra. A lua ia caminhando pro oeste. E nós dois andava devagarinho, ela e eu. A gente não falava, não dizia palavra. Os dois tava de garganta seca. E tinha um monte de feno, pertinho. A gente parou e deitou ali, bem juntos.

Eu vi quando aquele rapaz do Texas e a pequena dele saíram pro escuro; pensaram que ninguém tinha visto eles, mas eu vi. Ah, meu Deus! Se eu ainda pudesse fazer que nem aquele rapaz do Texas! Daqui a pouco, a lua nasce. Vi como o pai da moça se levantou pra reter os dois. Mas depois desistiu. Ele sabia que era inútil. Era o mesmo que querer impedir a chegada do outono, ou não deixar a seiva ser absorvida pelas plantas. E daqui a pouco a lua nasce.

Toca mais um pouco... Toca aquela canção: "As I walked through the Streets of Laredo."

As fogueiras vão se apagando. Não vale a pena atiçar elas outra vez. Pra quê? A velha lua não tarda a nascer.

À margem de uma vala de irrigação, um velho pregador gesticulava, e o povo gritava. O pregador corria para lá e para cá com a fúria de um tigre e fustigava o povo com as suas palavras, e o povo arrastava-se pelo chão, a chorar e a uivar. Ele media aquela gente com o olhar; calculava-lhe a disposição, tocava-a como se toca um instrumento. E quando toda aquela gente serpenteava pelo chão, ele se inclinava e erguia, revelando grande força, um por um nos braços, e gritando "Tome-os, Jesus" atirava-os na água. Quando já todos estavam dentro da vala, com água até a cintura, a olhar o mestre com olhares assustados, ele se ajoelhava na margem e rezava por eles. Rezava implorando que todos eles, homens e mulheres, rastejassem pelo chão, a chorar e a uivar. E os homens e as mulheres observavam-no com a roupa colada ao corpo e a pingar água. Voltavam depois para o acampamento, os sapatos chapinhando, falando baixinho, cheios de assombro.

Estamos redimidos, diziam. Temos a alma branca como neve. Nunca mais vamos pecar.

E as crianças, molhadas e assustadas, cochichavam entre si: estamos redimidos. Não vamos pecar, nunca mais.

Só queria era saber o que eram esses pecados todos, pra eu cometer eles.

O povo em êxodo procurava, humilde, os prazeres pelas estradas.

24

Sábado pela manhã os tanques estavam todos ocupados. As mulheres lavavam suas roupas, vestidos de algodão cor-de-rosa ou estampados de flores, e penduravam-nos para secar ao sol e esticavam bem o tecido para que ficassem lisas. Ao chegar à tarde, o acampamento inteiro mostrava-se atarefado e nervoso. O açodamento febril contagiou também as crianças, tornando-as ainda mais barulhentas que de costume. Pelo meio da tarde, começou o banho das crianças, e quando todas elas já tinham sido capturadas, domadas e lavadas o barulho nas praças de esporte e brinquedo ia diminuindo gradualmente. Antes das cinco horas, as crianças encontravam-se devidamente limpas e advertidas de que não se deviam sujar outra vez. Então caminhavam todas rígidas pelo acampamento, nas suas roupas limpas, e tristonhas com todos os cuidados que se lhes impunham.

No grande tablado ao ar livre, um comitê mostrava notável atividade. Todo o fio elétrico tinha sido requisitado. O ferro-velho da cidade fora vasculhado à cata de fios, e todas as caixas de ferramenta da comunidade tiveram que contribuir com fita isolante. Agora todo esse fio, unido, remendado, estava estendido sobre o tablado, e gargalos de garrafa serviam de isoladores. Pela primeira vez, nessa noite, o tablado teria iluminação.

Às seis, os homens regressaram do trabalho, ou da procura por trabalho, e partiu nova onda rumo aos chuveiros. Lá pelas sete horas, depois do jantar, os homens vestiram suas melhores roupas, macacões recém-lavados, camisas azuis bem limpas e, às vezes, até paletós pretos, distintos. As moças já estavam prontas também, nos seus vestidos de chita estampada, limpos e bem passados a ferro, e com fitas nos cabelos trançados. As mulheres, preocupadas, inspecionavam os membros das respectivas famílias, tiravam a mesa e lavavam a louça. No tablado, a banda começava a ensaiar, rodeada de crianças em fila dupla. Todos estavam atentos e excitados.

Na tenda de Ezra Huston, o presidente, estavam reunidos os cinco homens que compunham o comitê central. Huston, um homem alto e magro, de rosto e olhos que pareciam adagas faiscantes, falava aos homens, cada um dos quais representava um departamento sanitário.

— Que sorte danada a gente ter recebido a informação de que querem acabar com o baile — dizia ele.

O pequeno e gorducho representante do departamento número 3 disse:

— Acho que eles devia era levar uma tremenda surra, pra aprender a não se meter com a gente.

— Não senhor — disse Huston. — Nada disso. É justamente o que eles tão procurando. Se conseguirem provocar briga, os polícias poderão entrar no acampamento. Vão alegar que a gente não sabe manter a ordem sozinho. Já fizeram isso em outros lugares. — Dirigiu-se ao rapaz escuro e de ar melancólico do departamento 2: — O pessoal tá lá na cerca cuidando dos penetra?

O rapaz melancólico anuiu:

— Sim senhor. Doze, dos bons. E recomendei pra eles não bater em ninguém. Deve apenas botar eles pra fora.

— Me faz um favor — disse Huston —, procure o Willie Eaton. Ele é que é o presidente do comitê de diversões, né?

— É, sim.

— Bom, diz pra ele que quero falar com ele.

O rapaz saiu e voltou pouco depois em companhia de um texano musculoso. Willie Eaton possuía um queixo alongado e frágil, e seus cabelos eram cor de poeira. Seus braços e pernas eram compridos e bamboleantes. Tinha olhos cinzentos, desbotados, iguais aos da gente do enclave do Texas. Entrou na tenda sorridente e suas mãos esfregavam nervosamente os pulsos.

Huston disse:

— Cê já ouviu dizer o que tão aprontando pra hoje à noite?

Willie sorriu.

— Já — disse.

— Fez alguma coisa a respeito?

— Sim.

— Conta o que fez.

Willie Eaton sorriu satisfeito.

— Bom, normalmente o comitê de diversão é feito de cinco membro. Pra essa noite, eu arranjei mais vinte, tudo moço e forte. Eles vão dançar e ficar com os olho e ouvido bem aberto. Ao primeiro sinal de discussão ou coisa parecida, eles cercam bem de perto o sujeito que se animar. Já ensaiamo a coisa. Tá tudo bem preparado. Ninguém vai notar coisa nenhuma. Eles vão saindo da pista e o sujeito encrenqueiro vai saindo com eles, no meio do bolo.

— Não se esqueça de recomendar pra eles não dar pancada em ninguém.

Willie riu alegremente.

— Não tem perigo. Já falei pra eles.

— É melhor ocê recomendar de novo, que é pra eles não esquecer.

— Eles sabe. Botei cinco no portão, pra ver os que entra no acampamento. Pode ser que a gente consiga reconhecer eles antes que a briga comece.

Huston pôs-se de pé. Seus olhos cor de aço tinham um brilho severo.

— Mais um instante. Willie. Escuta aqui. Não queremo de jeito nenhum que aqueles homens apanhem, ouviu? Lá fora, perto do portão, vai ter polícia. Se houver briga, a polícia invade o acampamento.

— Eu sei — disse Willie. — Vamo botar eles pra fora pelos fundo do acampamento. Alguns rapaz tão encarregado de fazer eles voltar pelo mesmo caminho.

— Muito bem, parece que assim vai dar certo — disse Huston com ar preocupado. — Mas muito cuidado, viu, Willie? Não quero que aconteça nada. Cê é o responsável. Não batam naquela gente, de jeito nenhum. Nada de faca ou de pau, nada de arma.

— Não senhor — respondeu Willie. — Não tem perigo, eles não vão ficar com marca nenhuma.

Huston ainda parecia preocupado.

— Eu gostaria de poder confiar no cê, Willie! Se não tiver jeito de evitar bater neles, deem na cabeça, pra não ter sangue.

— Sim senhor — disse Willie.

— Cê garante pelos rapazes que ocê escolheu?

— Garanto, sim senhor.

— Muito bem. Se houver qualquer coisa, eu tô no canto direito, do lado de cá do tablado de dança.

Willie fez uma continência de brincadeira e saiu.

Huston disse:

— Não sei. Só espero que os rapazes do Willie não matem ninguém. Por que diabo esses polícias querem provocar barulho no nosso acampamento? Por que não querem deixar a gente em paz?

O rapaz melancólico do departamento 2 falou:

— Eu já morei no acampamento da Companhia Sunland de Terras e Gado, ali embaixo. Palavra que ali tem um polícia pra cada dez homem. E uma bica de água pra uns duzentos homem, pelo menos.

O gorducho disse:

— Jesus, meu Deus, Jeremy. Pra mim é que ocê não deve contar essas coisa. Eu também já tive lá. Tem uma quadra de barraca, quinze fileira de trinta e cinco barraca cada uma. E pra toda essa gente só tem dez privada. Meu Deus, aquilo fede a uma distância de um quilômetro. Um daqueles polícias me saiu com essa. "Aqueles danados daqueles acampamentos do governo", disse ele. "Tão dando até água quente ao pessoal, e agora eles não podem passar sem água quente. Dão a eles umas privadas com descarga, e agora eles tão acostumados com aquelas privadas e nem podem viver com outra!" Ele disse: "Vão dando coisas assim àqueles danados daqueles Okies e o resultado é que eles já nem podem viver de outro jeito." E disse ainda: "Naqueles acampamentos do governo, o pessoal só vive fazendo reuniões de vermelhos. Querem tudo receber o dinheiro do auxílio."

Huston perguntou:

— E ninguém teve a coragem de dar uma surra nesse polícia?

— Não. Tinha um baixinho, que diss'assim: "Que é que ocê quer dizer com isso de auxílio?" "Quero dizer que nós, os contribuinte, tamo pagando imposto pra que ocês, uns Okies muito vagabundo, receba auxílio." "Nós pagamo imposto sobre as venda, e também imposto sobre a gasolina e sobre o fumo que a gente gasta", disse o baixinho. E ele disse: "Os fazendeiro recebe do governo oito centavos pelo quilo de algodão. Isso não é auxílio?" "A estrada de ferro e as companhia de navegação recebem subsídio. Isto também não é auxílio?" O polícia disse: "Mas elas faz uma porção de coisa que deve ser feita." "Bem", respondeu o baixinho "e quem é que ia fazer as colheita, se não fosse a gente?" — O gorducho olhou em torno.

— E que foi que o polícia disse? — perguntou Huston.

— Bom, ele ficou danado e disse assim: "Ocês, seus vermelho do diabo, só vive provocando encrenca, agitando todo o mundo", disse. "É melhor cê vir comigo, ouviu?" E prendeu o baixinho e ele pegou sessenta dia por vagabundagem.

— Que é que eles ia fazer se o homem tivesse empregado? — perguntou Timothy Wallace.

O gorducho soltou uma risada.

— Você conhece bem a coisa, não conhece? Tá careca de saber que, quando a polícia não gosta de alguém, chama ele de vagabundo. É por isso que eles têm raiva do nosso acampamento. Aqui, polícia não entra. Aqui são os Estados Unidos, e não a Califórnia.

Huston suspirou:

— Só queria era que a gente pudesse ficar aqui. Mas eu acho que não vamo ficar por muito tempo. Tô gostando daqui. Leva-se uma vida direita. Meu Deus, por que eles não deixam a gente viver em paz em vez de nos tornar uns desgraçado, querendo nos meter na cadeia a todo custo? Juro que qualquer dia vamo acabar lutando, se não deixarem a gente em paz. — Abafou a voz. — A gente deve manter a calma — admoestou-se a si próprio. — O comitê não tem o direito de perder o controle.

O gorducho do departamento 3 disse:

— Tá enganado quem disser que o comitê nada num mar de rosa. Teve uma briga hoje de manhã na minha seção, entre as mulher. Começaram dizendo nomes feio e acabaram atirando lixo uma na outra. O comitê de senhora não pôde acabar com a história e veio pra mim. Elas pediram pra eu contar o que aconteceu na sessão do comitê central. Eu disse a elas que elas mesmo devia resolver o que acontecesse entre as mulher. O nosso comitê não se pode meter em batalha de lixo.

Huston anuiu:

— É isso mesmo — disse.

O crepúsculo agora tornava-se mais cerrado e com o aumentar da escuridão o ensaio da banda parecia ter mais ressonância. As luzes acenderam-se e dois homens examinavam o fio remendado estendido sobre o tablado. As crianças rodeavam em grupo compacto os músicos. Um rapaz de violão cantava "Down Home Blues", tangendo suavemente as cordas e à segunda estrofe acudiram três gaitas e um violino, acompanhando-o. Uma multidão deixava as tendas em direção ao tablado. Ali permaneciam numa tranquila expectativa. Os rostos atentos brilhavam sob a luz.

Alta cerca de arame rodeava o acampamento, e ao longo da cerca, a cada metro e meio, os vigilantes permaneciam sentados no chão, à espera dos acontecimentos.

Começavam a chegar agora os veículos dos convidados: pequenos fazendeiros e suas famílias ou refugiados de outros acampamentos. E cada um dos convidados dizia, no portão, seu nome e o nome da pessoa que o convidara.

A banda começou a tocar uma música de dança; tocava fortemente, não mais ensaiava. Sentados à boca das respectivas tendas, os adoradores de Jesus observavam os acontecimentos com as feições duras e desdenhosas. Não conversavam; limitavam-se a esperar pelo pecado e seu jogo fisionômico condenava terrivelmente o que se passava.

Na tenda dos Joad, Ruthie e Winfield engoliram rapidamente o jantar escasso e foram correndo em direção ao tablado. A mãe os fez voltar do caminho, levantou-lhes o queixo e, segurando-o com a mão ficou a examinar-lhes o rosto. Olhou para dentro das narinas, examinou as orelhas e olhou para dentro dos ouvidos. Por fim, mandou-os voltar ao departamento sanitário para novamente lavarem as mãos. Mas eles saíram clandestinamente pela porta dos fundos da construção e precipitaram-se ao local do tablado. Furando o grupo de crianças, conseguiram chegar até perto da banda.

Depois do jantar, Al levara meia hora para barbear-se com a navalha de Tom. Possuía um terno de lã, acinturado, e uma camisa listrada. Foi tomar um banho, esfregando-se bem, e penteou o cabelo para trás. E quando, por um instante, o lavatório ficou vazio, ele se deleitou a sorrir de maneira sedutora ao espelho e virou o rosto numa tentativa de ver como era seu sorriso de perfil. Ajustou as braçadeiras vermelhas e vestiu o casaco apertado; poliu os sapatos com um chumaço de papel higiênico. Um banhista tardio entrou no recinto. Al apressou-se a sair, caminhando despreocupadamente até o tablado de danças, de olho nas meninas. Próximo do tablado, sentada diante de uma tenda, descobriu uma loura atraente. Dirigiu-se a ela, abrindo o casaco para mostrar a camisa listrada.

— Vamo dançar essa noite? — perguntou.

A moça desviou o olhar sem responder.

— Será que não se pode dizer uma palavrinha procê? Que tal a gente dançar um pouquinho? — E acrescentou com negligência: — Sei valsar.

Timidamente, a moça levantou os olhos e disse:

— Grande coisa! Qualquer um sabe valsar.

— Mas não como eu — disse Al. A música soava com mais força agora, e ele começou a bater o compasso com o pé. — Vem, menina, vamo dançar — disse.

Uma mulher extraordinariamente gorda estendeu a cabeça de dentro da tenda e lançou-lhe um olhar sombrio.

— Dá o fora — disse com violência. — Esta moça tá comprometida. Vai casar e o noivo vem já buscar ela.

Com audácia, Al piscou os olhos para a moça e continuou a caminhar, vagarosamente. Arrastava os pés ao compasso da música, sacudia os ombros e balançava frouxamente os braços. E a moça o acompanhava com olhares interessados.

O pai pôs o prato sobre o caixote e ergueu-se.

— Vamo, John — disse, e explicou à mãe: — Vamo falar com uns camarada sobre o trabalho. — E o pai e tio John dirigiram-se à casa do diretor.

Tom absorvia com um pedaço de pão os restos de gordura que havia no fundo de seu prato. Deu o prato, depois, para a Mãe, que o deitou num balde de água quente. Lavou-o e passou-o a Rosa de Sharon para que ela o enxugasse.

— Cê não vai ao baile? — perguntou a mãe.

— Vou, sim — disse Tom. — Tô num comitê. A gente tá preparando um brinquedinho pra uns caras aí.

— Mas ocê chegou agora e já tá num comitê? — admirou-se a mãe. — Acho que é porque ocê conseguiu trabalho.

Rosa de Sharon voltou-se para colocar o prato no lugar. Tom apontou para ela.

— Meu Deus, como ela tá gorda — troçou.

Rosa de Sharon, corando, pegou outro prato que a mãe lhe passava.

— É claro que tá gorda — disse a mãe.

— Tá até mais bonita — disse Tom.

A moça corou mais ainda e baixou a cabeça.

— Deixa disso — falou em voz branda.

— Natural que teja — disse a mãe. — Uma moça com um bebê fica sempre mais bonita.

— Se ela continuar a engordar assim, vai precisar de um carrinho de mão pra carregar a barriga.

— Bom, vê se para com isso — disse Rosa de Sharon, sumindo-se na tenda.

A mãe riu.

— Cê não devia zombar dela.

— Ela gosta — disse Tom.

— Sei que ela gosta, mas agora ela tá triste por causa do Connie.

— Bom, eu acho que ela deve esquecer o Connie de vez. O rapaz parece que tá estudando pra ser presidente dos Estados Unidos.

— Não aborreça ela, Tom — pediu a mãe. — Ela tá passando por uma fase difícil.

Willie Eaton aproximou-se com um sorriso nos lábios.

— Ocê que é o Tom Joad?

— Sou eu.

— Bom, eu sou o presidente do comitê de diversões. Nós vamo precisar do seu serviço. Um amigo falou do cê.

— Pois não. Eu tô pronto pra ajudar — disse Tom. — Aqui é minha mãe.

— Muito prazer — disse Willie.

— Muito prazer.

Willie disse:

— Bom, primeiro ocê vai ao portão e depois vai até à pista de dança. Fica olhando os caras tudo que entram, pra ver se descobre os dito-cujo. Cê vai estar com outro parceiro. Tratem de dançar também e ficar de olho bem aberto.

— Sei. Não se incomode que vou fazer isso com muito jeito — disse Tom.

A mãe disse, receosa:

— Não vai ter briga, né?

— Não, senhora — disse Willie. — Não vai ter nenhuma encrenca.

— Eu também garanto — disse Tom. — Bom, vamo sair? — dirigiu-se a Willie. E depois voltou-se para a mãe: — Logo mais a gente se encontra no baile. — Os dois deixaram rapidamente a tenda e foram caminhando em direção ao portão principal.

A mãe empilhou num caixote os pratos lavados e enxutos.

— Vem cá! — gritou, e, não tendo recebido resposta, gritou mais alto ainda: — Rosasharn, vem cá!

A moça saiu da tenda e prosseguiu na tarefa de enxugar os pratos.

— O Tom tava só brincando com cê.

— Eu sei. Não me zanguei com isso. Mas não quero que ninguém me veja assim desse jeito.

— Contra isso não tem remédio. Ficam tudo reparando. Mas a gente se sente satisfeita quando vê uma moça que vai ter bebê. Isso faz a gente ficar alegre, contente. Cê não vai ao baile?

— Vontade não me falta... mas, não sei. Queria que o Connie tivesse aqui. — Sua voz elevou-se uma oitava. — Quase não suporto mais...

A mãe olhou-a atentamente.

— Eu sei — disse —, mas olha, Rosasharn, não envergonha a tua gente.

— Não quero fazer isso, mãe.

— Pois é isso. Não envergonha. A gente já teve preocupação o bastante.

Os lábios da moça tremiam.

— Eu... eu não vou ao baile. Não posso... Mãe, me ajuda! — Sentou-se, enterrando a cabeça nos braços.

A mãe limpou as mãos no pano de prato e, acocorando-se aos pés da filha, pôs ambas as mãos sobre os cabelos dela.

— Ocê é uma boa menina — disse. — Sempre foi uma boa menina, vou tomar cuidado do cê, não se preocupe. — Sua voz tornou-se mais animada agora: — Sabe o que vamo fazer? Vamo ao baile, sentamo num lugarzinho e ficamo olhando, nós duas. Tá bem? Se alguém quiser dançar contigo, eu vou dizer que ocê tá muito fraca, que não se sente bem. Assim, ocê pode ouvir música e ver tudo.

Rosa de Sharon ergueu a cabeça.

— A senhora não vai deixar eu dançar?

— Não, não vou.

— E não vai deixar que ninguém mexe comigo?

— Não.

A moça deu um suspiro. Falou com desespero na voz:

— Não sei o que fazer, mãe, não sei, não sei mais nada.

A mãe deu-lhe umas palmadinhas nos joelhos.

— Escuta — disse —, olha pra mim. Vou te dizer uma coisa. Daqui a pouco, tudo melhora, cê vai ver. Vai ser diferente. Bom, cê agora vem comigo. Vamo tomar banho e vestir nosso melhor vestido. E vamos ao baile. — Foi conduzindo Rosa de Sharon até o lavatório.

O pai e tio John estavam acocorados no meio de um grupo de homens, na sacada do escritório.

— Quase que a gente arruma trabalho hoje — dizia o pai. — Era só chegar uns minuto mais cedo. Eles já tinha contratado dois camarada. Sim senhor. Foi até engraçado. Lá tinha um capataz, que diss'assim: "Acabamos de contratar dois camarada a vinte e cinco. A gente podia dar trabalho a mais homens ainda, mas só pagando vinte centavos. Podia dar trabalho a muita gente ainda, nesta base de vinte. Volta pro seu acampamento e avisa que temo trabalho para muitos homens, a vinte centavos a hora."

Os homens acocorados mexiam-se nervosos. Um grandão, espadaúdo, cujo rosto estava completamente ensombrado pelo chapéu preto, deu uma pancada no joelho.

— Eu conheço essas coisa! — gritou. — E não se incomode que eles vão arranjar gente bastante assim mesmo. Não falta quem teja passando fome. Não se pode dar de comer a uma família quando se ganha vinte centavos por hora, mas não vai faltar quem aceite assim mesmo. Vai ter muita gente correndo pra lá. E aí eles vão até fazer leilão. Meu Deus, daqui a pouco eles vão querer até que a gente pague ainda pra poder ter o gosto de trabalhar.

— A gente ia aceitar os vinte centavos, mesmo — disse o pai. — Precisamo de trabalhar; é claro que a gente aceitava. Mas aqueles dois camarada que tinham sido contratado antes olharam pra gente dum jeito que a gente não teve coragem de aceitar.

O homem de chapéu preto disse:

— Você acaba maluco, pensando muito nisso. Eu trabalhei pra um sujeito que nem pode recolher a safra. Recolher ela custa mais que todo o valor da safra, e ele não sabe o que fazer.

— Olha, me parece... — o pai interrompeu-se. O círculo de homens conservou-se calado, disposto a ouvi-lo. — Bom, eu tive pensando que a gente devia ter um pedacinho de terra própria. Minha mulher podia arrumar uns biscate e criar porco e galinha. E nós, homem, podia trabalhar e voltar pra casa depois. E as criança podia ir pra escola. Nunca vi escola que nem aqui.

— Nossas criança não gostam das escolas daqui — disse o homem de chapéu preto.

— Por quê? Elas são bem bonita.

— Pois é por isso mesmo. Uma criança esfarrapada, descalça, não pode ver outras de sapatos e meias e calças bonita, não senhor. E pior ainda quando elas fica só chamando de Okies. O meu menino foi pra essa escola. Todo dia teve que brigar. Isso até foi bom pra ele. O guri é disposto. Todo dia, ele brigou. Voltava pra casa de roupa rasgada e o nariz escorrendo sangue. E a mãe ainda por cima dava nele também. Mandei que ela parasse com isso. Pra que surrar o coitado sem razão? Deus do céu! Mas garanto que alguns daqueles menino bonito passaram mal, ah, isso passaram mesmo! Apanharam pra valer, esses filhos da puta de calcinha bonita!

O pai perguntou:

— Tá certo, mas o que é que se vai fazer agora? A gente já está sem dinheiro. Um filho meu arrumou um serviço, mas é por pouco tempo. E o que ele ganha não dá pra todos comer. Acho que eu vou até lá e aceito essa proposta de vinte centavos mesmo. É o único remédio.

O homem de chapéu preto ergueu a cabeça. À luz, via-se bem a sua barbicha que despontava no queixo e no pescoço musculoso, em que fios da barba corriam como pelo de animal.

— Sim senhor — disse ele com amargura. — Faça isso, faça. Eu ainda tô ganhando vinte e cinco. Você pega o meu trabalho por vinte e aí eu vou passar fome de novo e aceito trabalho até por quinze. Tá certo, pode ir.

— Mas que diabo posso fazer? — perguntou o pai. — Não vou morrer de fome só porque você tá ganhando vinte e cinco.

O homem de chapéu preto tornou a baixar a cabeça e seu queixo mergulhou na sombra.

— Não sei — disse. — Palavra que não sei o que dizer. É triste a gente ter que trabalhar doze hora por dia e ainda por cima não poder comer à vontade. E ficar fazendo conta o tempo todo. Meu filho não tem comida suficiente. Não posso ficar a vida toda preocupado, diabo! Eu não aguento isso, acabo maluco!

Tom estava parado junto ao portão, a observar os que chegavam para tomar parte no baile. Um farol bem colocado iluminava-lhes as feições. Willie Eaton disse:

— Só fica com o olho bem aberto. Vou te mandar o Jule Vitela. Ele é meio índio cherokee. Ótimo camarada. Olho aberto, hein? Vê se descobre os cara.

— Ok — disse Tom. Ficou observando os que entravam, as famílias dos pequenos proprietários das redondezas, moças de cabelos trançados e rapazes aprumados para o baile. Jule não tardou a chegar também, plantando-se ao lado dele.

— Vim te ajudar — disse Jule.

Tom olhou-lhe o nariz de falcão, as maçãs salientes do rosto e o queixo pequeno e recuado.

— Dizem que ocê é meio bugre. Mas parece um bugre puro.

— Não — disse Jule —, só meio. Mas queria ser puro-sangue. Aí eu ia ter um pedacinho de terra na reserva do governo. Os puro-sangue levam boa vida, ou pelo menos alguns.

— Fica olhando o pessoal — disse Tom.

Os convidados iam entrando pelo portão. Famílias de pequenos proprietários e refugiados de acampamentos vizinhos. Crianças que procuravam escapulir das mãos dos pais, que as retinham calmamente.

Jule disse:

— É engraçada essa história de baile aqui. A nossa gente tá numa situação desgraçada, mas só porque têm o direito de convidar os amigos pro baile isso dá um bocado de ânimo e orgulho pra eles. E as pessoa respeitam a gente por causa desse baile. Conheço um camarada que é dono duma fazendinha. Já trabalhei lá. Ele vem aqui, pro baile. Eu convidei ele. Ele acha que o nosso é o único baile decente em toda a região. Disse que aqui se pode trazer mulher e filha sem medo. Ei! Olha aquilo ali!

Três jovens iam atravessando o portão, moços com aspecto de operários, trajados de fustão. Caminhavam um ao lado do outro. O guarda, no portão, interrogara-os e eles responderam e passaram.

— Vigia bem essas cara — disse Jule. Foi falar com o guarda: — Quem foi que convidou aqueles três ali? — perguntou.

— Um tal Jackson, do departamento 4.

Jule voltou para junto de Tom.

— Acho que esses é que são os cara.

— Como é que ocê sabe?

— Sei lá. É um palpite. Tão meio acanhado. Vai atrás deles e diz pro Willie vigiar eles e pra perguntar pro Jackson, do departamento 4, se foi mesmo convite dele. Quero ver se disseram a verdade. Eu vou ficar aqui esperando.

Vagarosamente, Tom foi seguindo os três jovens. Eles se dirigiram ao tablado de dança, metendo-se tranquilamente no extremo da multidão. Tom notou Willie perto da banda e fez-lhe um sinal.

— Que é que há? — perguntou Willie.

— Aqueles três ali, tá vendo?

— Sim.

— Disseram que um tal de Jackson, do departamento 4, convidou eles.

Willie esticou o pescoço e, vendo Huston, chamou-o com um sinal.

— Aqueles três cara — disse. — Acho melhor a gente procurar o Jackson, do departamento 4, e perguntar se foi ele quem convidou eles.

Huston girou nos calcanhares e foi saindo. Instantes depois regressava em companhia de um homem do Kansas, magro, ossudo.

— Esse é o Jackson — falou Huston. — Escuta, Jackson, tá vendo aqueles três camarada ali?

— Sim.

— Foi você quem convidou eles?

— Não.

— Então cê não conhece eles?

Jackson olhou-os mais detidamente.

— Conheço, sim. Trabalhei com eles na fazenda do Gregory.

— Então eles sabem o teu nome?

— É claro que sabem. A gente trabalhou na mesma turma.

— Bom — disse Huston. — Convém deixar eles em paz. Se andarem direito, podem ficar. Obrigado, Jackson. — Virou-se para Tom: — Belo trabalho. Acho que estes são os caras.

— Foi o Jule que descobriu eles — disse Tom.

— Não é de admirar — disse Willie. — Foi o sangue de bugre que farejou eles. Bom, vou mostrar esses camarada pra rapaziada.

Um adolescente de uns dezesseis anos chegou correndo, abrindo caminho entre a multidão. Parou diante de Huston, ofegante.

— Seu Huston — disse —, tive no lugar que o senhor falou. Lá tem um automóvel parado, com seis homem, lá no meio dos eucalipto; e tem outro carro com quatro homem naquele caminho do norte. Pedi fogo pra eles. Eles tão armado de carabina, eu vi as arma deles.

Os olhos de Huston tornaram-se duros e cruéis.

— Willie — disse —, cê me garante que tá tudo bem arranjado?

Willie sorriu satisfeito.

— Garantido, seu Huston. Não vai acontecer nada.

— Pois bem. Cuidado, não se metam com eles, hein? Lembrem-se bem disto. Se for possível, evitando qualquer escândalo, eu gostaria de ver esses camarada. Traz eles na minha tenda.

— Vou ver o que se pode fazer — disse Willie.

O baile propriamente ainda não começara, quando Willie subiu ao tablado.

— Escolham seus par! — gritou. A banda não havia começado ainda a tocar. Moças e rapazes subiram ao tablado, formando oito grupos distintos. Ficaram à espera, parados. As moças tinham as mãos à frente e distraíam-se mexendo com os dedos. Os rapazes tamborilavam com os pés no chão. Ao redor do tablado tomaram assento os velhos, sorrindo levemente e segurando as crianças para que elas não se metessem no meio dos pares. E, afastados, estavam os adoradores de Jesus, de feições endurecidas e ameaçadoras, a observar o pecado.

A mãe e Rosa de Sharon tinham tomado assento num banco e ali estavam olhando a cena. E cada vez que vinha um rapaz pedindo para que Rosa de Sharon dançasse com ele, a mãe dizia: "Não senhor. Desculpe, mas ela não tá passando bem." E Rosa de Sharon corava e seus olhos brilhavam.

O marcador avançou até o centro do tablado e ergueu as mãos:

— Tudo pronto? Então vamo começar!

A banda entrou rachando com o "Chicken Reel", num tom penetrante e claro. A rabeca esganiçou-se, as gaitas emitiam sons nasais e agudos e os violões tangiam as cordas graves. O marcador indicou a disposição dos pares e os grupos puseram-se em movimento. Ondulavam para a frente e para trás... e "peguem as mãos e rodem a dama!" Frenético, o marcador batia o ritmo com os pés, andava de um lado para o outro e representava os passos de dança à medida que os ia anunciando.

— Rodem as dama, de mansinho! Deem as mão, vamo! — A música subia e baixava de volume, e o bater rítmico dos pés na plataforma soava como o rufar de tambores. — Voltinha à direita, voltinha à esquerda! Larguem as dama e juntem as costa! — O marcador cantava alto e monotonamente. O penteado das moças, tão cuidadosamente arranjado, desfazia-se agora, e o suor formava pérolas na testa dos rapazes. Os dançarinos eméritos mostravam agora suas habilidades. E os velhos, à beira do tablado, contagiados pelo ritmo, batiam palmas com timidez e batiam os pés a sorrir, e quando seus olhares se encontravam acenavam com a cabeça.

A mãe inclinou-se para Rosa de Sharon, dizendo-lhe ao ouvido:

— Talvez ocê não acredite em mim, mas teu pai, quando moço, era um dos melhor dançarino que já vi na vida. — E a mãe sorria. — Isso me faz lembrar dos velhos tempo — falou. E nas feições dos outros espectadores estampava-se o brilho das recordações:

Lá pra cima, pros lados de Muskogee, faz vinte ano tinha um cego que tocava rabeca...

Uma vez eu vi um camarada que batia os calcanhar quatro vez num só salto...

Os sueco, lá em Dakota... cê sabe o que eles costumava fazer? Botava pimenta no chão e a pimenta pegava nos vestidos das moça e elas ficava assanhada que nem potra no cio. Às vez eles fazia isso, esses danados desses sueco...

A boa distância, os adoradores de Jesus seguravam os filhos impacientes.

— Olha o pecado! — diziam-lhes. — Aquela gente vai toda pro inferno, montada num ferro em brasa! — E as crianças estavam caladas e excitadas.

— Mais uma volta, e depois descanso — cantou o marcador. — Toquem depressa que vamo parar logo. — As moças já estavam suadas e muito vermelhas. Dançavam de boca aberta e em seus rostos havia uma expressão séria. Os rapazes atiravam para a nuca os cabelos longos, cabriolavam e sapateavam nas pontas dos pés ou batiam os calcanhares. Os grupos movimentavam-se para dentro e para fora, e cruzavam-se, ondulando como a maré, e a música guinchava.

De repente, acabou-se. A dança parou e pararam moças e rapazes, peito arfando de cansaço. As crianças escapuliram das mãos dos pais e correram para o centro do tablado, perseguindo-se como loucas umas às outras, corriam, esgueiravam-se, roubavam bonés e puxavam os cabelos de seus pequenos companheiros. Os componentes da banda punham-se de pé e esticavam os braços e as pernas e tornavam a sentar-se. Os violinistas afinavam com brandura as cordas dos instrumentos.

Eis que Willie tornou a chamar, agora:

— Escolham seus par para a nova contradança quem tiver coragem! — Os dançarinos se levantaram. E novos rapazes vinham chegando, à procura de moças com quem dançar. Tom vigiava os três suspeitos. Viu como eles abriram caminho através da multidão que rodeava o tablado, dirigindo-se a um dos grupos que se tinham formado para começar a dançar. Fez um sinal a Willie, e Willie foi falar qualquer coisa ao rabequista. Esse arrancou alguns guinchos do instrumento. Vinte rapazes aproximaram-se do tablado com ar distraído. Os três suspeitos tinham chegado junto ao grupo visado. E um deles dizia:

— Eu é que vou dançar com essa pequena.

Um rapaz louro olhou-o cheio de surpresa.

— Mas ela é meu par.

— Olha aqui, seu filho da puta!...

Soou um assobio penetrante. Os três provocadores estavam cercados agora. E cada um deles sentia que mãos fortes o seguravam. E então uma muralha de homens começou a afastar-se lentamente do tablado.

Willie berrou:

— Vamo! — A música entrou de rijo, o marcador indicou os passos e os pés começaram a bater no pavimento.

Um automóvel, vindo da estrada, aproximou-se do portão. O motorista gritou:

— Abram a porta. Parece que tem uma briga aí.

O guarda permaneceu imóvel.

— Aqui dentro ninguém tá brigando. Não tá ouvindo a música tocar? Quem é você?

— Sou o delegado de polícia.

— Tem ordem de prisão?

— Não preciso, quando há briga não é preciso.

— Tá certo, mas é que não tem briga nenhuma — disse o guarda.

Os homens, no interior do carro, ouviram a música tocar e os gritos do marcador. Lentamente, o carro saiu rodando e postou-se num cruzamento, à espera.

Imprensados na muralha de guardas especiais, os três provocadores estavam com a ação completamente neutralizada. Mãos seguravam seus pulsos e lhes tapavam a boca. Quando chegou a um ponto escuro do acampamento, a muralha desfez-se.

— Foi um bonito serviço — disse Tom. Prendia às costas os braços de um dos provocadores.

Willie veio chegando do tablado, em passo acelerado.

— Bonito serviço — falou. — Bom, agora basta ficar aqui seis homens. Ô Huston, quer ver esses caras?

Mas o próprio Huston já vinha surgindo na escuridão:

— São esses os tais?

— Se são! — exclamou Jule. — Iam justamente começar, mas nem chegaram a dar o primeiro soco.

— Quero ver a cara deles. — Dispuseram os prisioneiros de maneira que Huston lhes pudesse ver as feições. Mas os três rapazes conservavam a cabeça baixa. Huston iluminou-lhes o rosto com uma lanterna. — Por que fizeram isso? — perguntou. Não houve resposta. — Quem, diabo, mandou ocês fazer isso?

— Nós não fizemo nada. Nós só queria dançar.

— Dançar o quê! — disse Jule. — Cê queria era dar um soco naquele rapazinho.

Tom disse:

— Seu Huston, justamente no momento em que esses cara tavam entrando na pista, alguém deu um assobio.

— É, eu ouvi. Os polícias chegaram logo no portão. — Dirigiu-se novamente aos prisioneiros. — Cês não vão nem levar uma surra. Só quero que me digam quem foi que mandou ocês acabar com o nosso baile. — Ficou à espera de uma resposta. — Cês são gente nossa — disse Huston com tristeza. — Cês são dos nosso. Como tiveram a coragem de querer fazer uma coisa dessa? A gente sabe de tudo — acrescentou.

— Meu Deus, a gente precisa viver também!

— Mas quem foi que mandou ocês provocar barulho? Quem pagou esse serviço?

— Ninguém pagou nada.

— E nem vai pagar. Não teve briga, não tem dinheiro, certo?

Um dos prisioneiros disse:

— Pode fazer o que quiser. A gente não vai falar nada.

Huston baixou a cabeça por um instante. Depois disse, lentamente:

— Muito bem. Não precisa dizer. Mas, pelo amor de Deus, não esfaqueiem pelas costa a sua própria gente. Nós também tamo querendo viver a nossa vida, ter alguns instante de alegria e manter ordem entre nós. Não vem querer estragar todo esse nosso trabalho. Pensem um pouquinho sobre tudo isso. Cês só fazem mal procês mesmo. — Virou-se para a turma. — Muito bem, rapaziada. Peguem os três e atira eles pra fora, pela cerca dos fundo. Mas não bate neles. Eles não sabem o que fazem.

O grupo começou a mover-se em direção aos fundos do acampamento, e Huston acompanhou-o.

Jule disse:

— Pelo menos um bom pontapé eles vão levar.

— Não, não façam isso — gritou Willie. — Eu prometi que a gente não batia neles.

— Mas só um pontapé, unzinho só — suplicou Jule. — Pra fazer eles voar pela cerca.

— Não senhor — perseverou Willie. — Escuta aqui — disse Willie aos prisioneiros —, desta vez ocês escapa. Mas tão avisado. Se isso acontecer outra vez, cês vão passar mal: rebentamo os osso tudo. Pode dizer isso pro pessoal do cês. O Huston acha que cês são gente nossa. Pode ser mesmo. Mas eu sinto raiva só de pensar nisso.

Chegaram à cerca. Dois dos guardas que ali se encontravam sentados ergueram-se, indo ao seu encontro.

— Temo aqui uns cara com vontade de ir embora daqui muito cedo — disse Willie. Os três rapazes galgaram a cerca e desapareceram na escuridão.

E o grupo regressou rapidamente ao tablado de danças. A banda estava tocando "Ol'Dan Tucker", a guinchar e choramingar.

Diante do escritório, os homens ainda se conservavam acocorados, a palestrar, e as notas agudas morriam em seus ouvidos.

O pai disse:

— Não demora, isso vai mudar. Não sei como vai ser, mas muda. Pode ser que a gente não chegue a ver isso. Mas essa mudança vem vindo. Todo mundo anda inquieto. Ninguém mais pode pensar de tão nervoso que tão.

E o homem de chapéu preto tornou a erguer a cabeça e a luz projetava-se em sua barbicha rala. Apanhou alguns seixos do chão e atirou-os para longe, com o auxílio do polegar, como as crianças fazem com as bolas de gude.

— Não sei, não. Também acho que isso vem vindo, como ocê tá dizendo. Um sujeito me contou o que se passou em Akron, no estado de

Ohio. Ali nas companhia de borracha. Eles foram buscar gente na serra, pra trabalhar por salário baixo. Um dia, aquele pessoal da serra entrou no sindicato. Pois foi o diabo. Os lojista, negociante, toda aquela gente assim, berrava de raiva. "Vermelhos", eles gritavam. E queriam expulsar o sindicato de Akron. Os pregador pregavam sobre isso, e os jornal uivava, e as companhia distribuía picareta e comprava gás lacri... lacrimejante ou lacrimogeneio, sei lá. Puxa, parecia uns verdadeiro demônio aqueles rapaz da serra! — Interrompeu-se, catando mais seixos para atirá-los. — Sim senhor... Foi em março do ano passado. Num domingo, cinco mil daqueles camarada da serra começaram a atirar no alvo, nos arredor da cidade. Cinco mil homens marchava armado de carabina. Atiraram no alvo, e depois voltaram, marchando feito soldado. Foi só o que fizeram, mas desde aí não teve mais encrenca. Os comitês de cidadão devolveram as picareta que tinham recebido, e os negociante se ocupavam dos seus negócio, e ninguém apanhou pancada, ninguém foi jogado em barrica de piche e untado de pena de galinha, nem ninguém foi morto. — Houve um silêncio prolongado, e então o homem de chapéu preto continuou: — Essa gente daqui tá ficando ruim como o diabo. Queimaram aquele acampamento e puseram a culpa na nossa gente. Andei pensando muito a respeito. A nossa gente toda tem espingarda. Pensei que a gente talvez pudesse fundar um clube de tiro ao alvo, e fazer concurso de tiro todo domingo.

Os homens todos olharam-no e tornaram a pregar os olhos no chão. Mexiam nervosamente os pés e apoiavam-se ora numa perna ora noutra.

25

É bela a primavera na Califórnia. Nos vales, as flores das árvores frutíferas parecem águas perfumadas, brancas e cor-de-rosa, num mar pouco profundo. Então, as primeiras gavinhas das uvas, rebentando nas velhas vinhas nodosas, cascateiam para baixo, cobrindo os troncos. As colinas cheias e esverdeadas arredondam-se, macias como seios. E na planície as hortas estendem-se em filas de muitas léguas, filas de alface de um verde pálido, de pequenas couves-flores de forma alongada e de alcachofras bizarras, tingidas de um cinza esverdeado.

E as folhas rebentam nas árvores, e as pétalas gotejam das árvores frutíferas, escondendo a terra sob um tapete branco e cor-de-rosa. Os ovários das flores intumescem, aumentam e começam a colorir-se: cerejas e maçãs, pêssegos e peras, e figos cuja fruta encerra a flor. A Califórnia inteira apressa-se em produzir, e a fruta torna-se pesada. Os ramos, pouco a pouco, dobram-se sob o próprio peso, de maneira que é necessário colocar-se pequenas muletas para que possam suportar a sua carga.

Por trás dessa fecundidade, há homens de conhecimentos, de habilidade e de sabedoria, homens que estão fazendo experimentos com as sementes, que estão desenvolvendo a técnica que proporciona maiores colheitas das plantas cujas raízes têm de resistir aos milhões de inimigos terrestres: ao fungo, aos insetos, à ferrugem e aos pulgões. Esses homens trabalham cuidadosa e incansavelmente para aperfeiçoar as sementes e as raízes. E ao lado deles há os químicos, borrifando as árvores no combate contra as pragas lançando enxofre nas uvas e aniquilando doenças e podridões, míldio e outras enfermidades. Doutores em medicina preventiva, homens da fronteira, espreitando as moscas-da-fruta, o escaravelho japonês; homens que obrigam as árvores doentes à quarentena, ou que as destroem pelo fogo, homens de sabedoria. Os homens que enxertam as árvores jovens ou as vinhas novas são os mais hábeis de todos. Pois seu ofício é o de um cirurgião, é tão fino e tão delicado como o deste; e esses homens devem ter as mãos e o coração de um cirurgião para fenderem a casca, para colocarem os enxertos, para atarem as feridas, protegendo-as do ar. São grandes homens.

Ao longo das filas caminham os camponeses, e arrancam as ervas da primavera, deitando-as na terra, a fim de fazê-la fértil. Abrem o chão para que mantenha a água perto da superfície, estriam-no por pequenos fossos de irrigação, destroem as ervas daninhas que poderiam beber a água destinada às árvores.

E durante todo esse tempo, as frutas vão crescendo, e as flores rebentam nas vinhas, pendendo delas longos cachos. E à medida que correm os dias, o calor aumenta e as folhas tingem-se de verde-escuro. As ameixas alongam-se como ovinhos verdes de pássaro, e os ramos, sob o peso, curvam-se para os tutores que os apoiam. E pequenas peras duras estão se formando, e nos pêssegos aparece a primeira penugem. As flores da uva perdem suas minúsculas pétalas, e as contas pequenas e duras transformam-se em botões verdes, e os botões começam a ganhar peso. Os homens que trabalham nos campos, e os proprietários dos pequenos pomares, vigiam e calculam. Esse ano é fecundo e abundante. E os homens sentem orgulho, pois eles são capazes, devido à sua perícia, de tornar o ano fecundo e abundante. Eles têm transformado o mundo com a sua técnica extraordinária. O trigo curto e magro tem sido feito cheio e produtivo. De pequenas maçãs azedas, eles fizeram maçãs gordas e doces, e aquela vinha velha que crescia entre as árvores, alimentando as aves com as suas frutas minúsculas, engendrou milhares de variedades, vermelhas e pretas, verdes e rosadas, purpúreas e amarelas; e cada variedade tem o seu gosto característico. Os homens que trabalham nos campos de experimentação criaram frutas novas: nectarinas, e quarenta espécies de ameixas e nozes, com uma casca fina como papel. E continuam trabalhando, escolhendo, enxertando, mudando; estão se impelindo a si mesmos, impelindo a terra a produzir.

E as primeiras cerejas estão amadurecendo. Três centavos o quilo. Meu Deus, mas a gente não pode colher elas por esse preço! Cerejas pretas e cerejas vermelhas, cheias e doces, e as aves comem a metade de cada cereja, e as vespas infiltram-se nos buracos feitos pelas aves. E os caroços caem no chão, secos, com pedaços pretos colados neles.

As ameixas purpúreas tornam-se doces e macias. Grande Deus! Não podemos colher, secar e borrifar enxofre nelas. A gente não pode pagar os salários, qualquer salário. E as ameixas purpúreas atapetam o chão. Primeiro a pele enruga um pouquinho e enxames de moscas têm o seu festim. Sobre o vale paira um cheiro de podridão. A polpa torna-se escura, e a colheita murcha no chão.

As peras tornam-se amarelas e macias. Cinco dólares a tonelada. Cinco dólares cada quarenta caixas de vinte e cinco quilos. As árvores copadas e borrifadas... homens especializados... e colher as frutas, e pô-las em caixas, e carregar os caminhões, entregar as frutas na fábrica de conservas... quarenta caixas por cinco dólares. Mas não pode ser, a gente não pode. E as frutas amarelas caem no chão, pesadamente, apodrecendo. As vespas mergulham na polpa mole, e espalha-se um cheiro de fermentação e de podridão.

E depois vêm as uvas... Não se pode fazer bom vinho. O pessoal não quer comprar bom vinho. Arranquem os cachos das vinhas, uvas boas, uvas podres, uvas carcomidas. Espremam os talos, espremam a sujeira e a podridão.

Mas nas cubas há míldio e ácido fórmico.

Botem enxofre e ácido tânico.

A fermentação não tem o aroma rico do vinho, mas o odor de decadência e de drogas.

Não faz mal. De qualquer jeito tem álcool dentro. A gente pode se embriagar com isso.

Os pequenos fazendeiros observam como as dívidas sobem, insensivelmente, como o crescer da maré. Borrifaram as árvores, sem vender a colheita, podaram e enxertaram, e não puderam recolher as frutas. E os homens de sabedoria trabalharam e meditaram e as frutas estão apodrecendo no chão, e a mistura deteriorada nas cubas de vinho empesteia o ar. Prova o vinho... não há nele nada do aroma das uvas; há somente enxofre, ácido tânico e álcool.

Esse pequeno pomar, no ano que vem, pertencerá a uma grande companhia, pois o proprietário será sufocado pelas dívidas.

Esse parreiral será propriedade do banco. Unicamente os grandes proprietários podem subsistir, pois que eles têm também fábricas de frutas em conserva. E quatro peras descascadas e partidas pelo meio, cozidas e postas em latas, custam apenas quinze centavos. E as peras em lata não estragam. Conservam-se durante anos.

A podridão espalha-se por todo o estado, e o cheiro doce torna-se uma grande preocupação nos campos. Os homens que sabem enxertar as árvores e fazer fecundas e fortes as sementes não encontram meios para deixar a gente esfaimada comer seus produtos. Homens que criaram novas frutas para o mundo não sabem criar um sistema pelo qual suas frutas possam ser comidas. E o fracasso paira sobre o estado como um grande desgosto.

As obras feitas nas raízes das vinhas e das árvores devem ser destruídas, para que sejam mantidos os preços em alta. É isto o mais triste, o mais amargo de tudo. Carradas de laranjas são atiradas ao chão. O pessoal vinha de quilômetros de distância para buscar as frutas, mas agora não podia ser. Eles não iam comprar laranjas a vinte centavos a dúzia, quando bastava saltar dos carros e apanhá-las do chão. E homens com mangueiras derramam querosene sobre as laranjas, e eles estão furiosos com o crime, com o crime daquela gente que veio buscar frutas. Um milhão de pessoas com fome, pessoas que necessitam das frutas... e o querosene derramado sobre as faldas das montanhas douradas.

O cheiro da podridão enche o país.

Eles queimam café como combustível de navios. Queimam o milho para aquecer; dá um bom fogo. Atiram batatas nos rios, colocando guardas ao longo das margens para evitar que o povo faminto vá pescá-las. Abatem porcos, enterram-nos, e deixam a putrescência penetrar na terra.

Há um crime nisso tudo, um crime que está além da compreensão humana. Há uma tristeza nisso, a qual o pranto não pode simbolizar. Há um fracasso nisso, o qual opõe barreiras ante todos os nossos sucessos: à terra fértil, às filas retas de árvores, aos troncos vigorosos e às frutas maduras. E crianças, sofrendo de pelagra, têm que morrer, porque a laranja não deve deixar de dar o seu lucro. E médicos-legistas devem declarar nas certidões de óbito: "Morte por inanição", porque a comida deve apodrecer, deve ser forçada a apodrecer.

O povo vem com redes para pescar as batatas no rio, e os guardas impedem-no. Os homens vêm nos carros barulhentos apanhar as laranjas caídas ao chão, mas elas estão untadas de querosene. E eles ficam imóveis, vendo as batatas passarem flutuando; ouvem os gritos dos porcos abatidos num fosso e cobertos de cal viva; contemplam as montanhas de laranjas, num lodaçal putrefato. Nos olhos dos homens reflete-se o fracasso. Nos olhos dos esfaimados cresce a ira. Na alma do povo, as vinhas da ira diluem-se e espraiam-se com ímpeto, amadurecem com ímpeto para a colheita.

26

A família Joad descansava após o jantar, no acampamento de Weedpatch, numa tarde em que barras muito longas de nuvens deitavam-se sobre o sol poente que lhes tingia de vermelho as fímbrias. A mãe hesitava, antes de se entregar à tarefa de lavar os pratos.

— A gente tem que fazer uma coisa — ela estava dizendo, apontando para Winfield. — Olha o menino! — disse. E quando todos tinham os olhos fixos em Winfield: — Olha como ele tá tremendo, se torcendo todo no sono. Olhem só a cor dele. — E os membros da família, envergonhados, tornaram a cravar os olhares no chão. — Panquecas — disse a mãe. — Faz um mês que a gente tá aqui. O Tom só trabalhou cinco dia. E ocês tudo têm procurado à beça e não encontra serviço nenhum. E têm medo de falar disso. O dinheiro acabou. E ocês com medo de falar disso. Quando chega de noite, só fazem é jantar, e tratam de ir saindo. Não têm coragem pra falar do que tá acontecendo. Mas ocês não entende? Tem que falar. A Rosasharm está no final da gravidez e olha só a cor dela! Cês deve falar da nossa situação. Não quero que nenhum do cês saia daqui antes de resolver tudo. A gente ainda tem banha para um dia e farinha pra dois. E dez batata. Fiquem sentado e trata de usar a cabeça.

Todos estavam de cabeça baixa. O pai limpava as unhas grossas com o canivete. Tio John ocupava-se arrancando uma lasca do caixote sobre o qual estava sentado. Tom mordia o lábio inferior e afastava-o depois com os dentes.

Deixando os lábios em paz, Tom disse:

— A gente procurou bastante, mãe. Andamo até acabar toda a gasolina. Entramo em todas as porteira, em todas as casa de fazenda, já sabendo adiantado que não valia a pena. É isso o que incomoda a gente, procurar uma coisa que sabe que não pode achar.

A mãe disse com violência:

— Ocês não têm o direito de perder a coragem. Nossa família tá se desfazendo aos pouco. Cês têm que ter coragem!

O pai contemplava as unhas que acabara de limpar.

— A gente devia ir embora daqui enquanto fosse tempo. Mas a gente não quis ir. Por aqui tudo é tão bonito, o pessoal tão bom, amigo. É o medo de ter que cair em Hooverville de novo.

— Que é que tem? O principal é ter o que comer.

Al interveio:

— O tanque de gasolina tá cheio. Eu não quis dizer a ninguém, mas ele tá cheio ainda.

Tom sorriu:

— Esse Al não é tão bobo como parece.

— Bom, então bota a cabeça pra funcionar — disse a mãe. — Não posso mais ver a nossa família morrendo de fome aos pouco. Ainda tem banha pra um dia. É tudo, entenderam? Não demora, a Rosasharn vai ter o bebê e tem de se alimentar muito bem. Vê se pensam um pouco.

— É que aqui tem água quente e umas privada tão bonita... — começou o pai.

— É, mas a gente não pode comer privada.

— Teve aqui um sujeito hoje, procurando gente pra apanhar fruta em Marysville — disse Tom.

— Então? E por que a gente não vai pra Marysville? — perguntou a mãe.

— Num sei — respondeu. — A coisa não me cheirava muito bem. Ele insistia demais. E não queria dizer quanto pagava. Disse que não sabia ao certo.

A mãe disse:

— Vamo pra Marysville. Não importa quanto eles paga. Vamo pra lá.

— É muito longe — disse Tom. — Falta dinheiro pra gasolina. A gente não ia chegar até lá, mãe. A senhora diz pra gente usar a cabeça. É o que a gente tem feito o tempo todo.

Tio John disse:

— Um sujeito me contou que agora é época de algodão lá pro norte, perto de Tulare. Disse que não é muito longe daqui.

— Pois bem, vamo sair logo daqui. Não podemo ficar, por mais bonito que isso tudo seja. — A mãe apanhou o balde e foi ao departamento sanitário buscar água quente.

— A mãe tá ficando braba — disse Tom. — Ela tem andado muito zangada nos últimos tempo. Aposto que agora mesmo tá fervendo de raiva.

O pai disse, aliviado:

— Inda bem que foi ela quem começou o assunto. Tive matutando sobre isso a noite toda. Agora já se pode falar abertamente do problema.

A mãe regressava com um balde de água fumegante.

— Então? — inquiriu. — Resolveram alguma coisa?

— Tamo falando sobre isso — disse Tom. — Que tal a gente ir lá pro norte, colher algodão? A gente sabe que por aqui não se acha nada. Que tal arrumar tudo e ir pro norte? A gente chega justamente na época da safra. Já tô até com vontade de sentir algodão entre as mão. Cê tá com o tanque cheio, não está, Al?

— Tô. Quase cheio, deve faltar uns cinco centímetro.

— Acho que dá pra gente chegar até lá.

A mãe segurava um prato sobre o balde.

— Então? — perguntou.

— A senhora ganhou, mãe — respondeu Tom. — Acho que vamo sair daqui já. Né, pai?

— Eu também acho — disse o pai.

A mãe lançou-lhe um olhar rápido.

— Quando?

— Bem, esperar muito não vale a pena. Acho melhor a gente partir logo amanhã cedo.

— É bom sair cedo, sim. Já disse procês que a comida tá no fim.

— Olha, mãe, não pense que eu não quero ir. Já faz duas semana que não tenho botado na barriga uma coisa que preste. Enchia ela, tá certo, mas garanto que não tirei nenhum proveito disso.

A mãe mergulhou o prato no balde.

— Vamo partir amanhã de madrugada.

O pai rosnou.

— Parece que as coisa tão mudando — disse, sarcástico. — Me lembro do tempo que era o homem que dizia o que se devia fazer. Parece que agora é a mulher que faz isso. Acho que tá bem na hora de eu arrumar um pedaço de pau.

A mãe colocou num caixote o prato de folha, limpo e ainda gotejante de água. Sorriu, debruçada sobre a sua tarefa.

— Vai, vai buscar um pau — disse. — No dia em que a gente tiver um lugar pra morar, pode ser que ocê possa usar esse pau sem arriscar a sua pele. Mas agora cê não faz coisa nenhuma, não trabalha e nem pensa. Quando ocê tiver fazendo isso tudo, muito bem. Aí ocê pode descer pancada e tua mulher vai ficar fungando e engatinhando. Mas não agora. Agora cê encontra a mulher pela frente. Eu também posso arrumar um pedaço de pau pra desancar no cê.

O pai sorriu um sorriso contrafeito.

— Acho que não é direito as criança ouvir ocê falar desse jeito.

— Enche de presunto a barriga das criança antes de dizer o que é direito pra elas.

O pai ergueu-se, cheio de desgosto, e saiu. Tio John seguiu-o.

As mãos da mãe estavam mergulhadas na água e seus olhos seguiram os dois homens que iam saindo. Disse a Tom, com orgulho.

— Ele é um bom homem. E não se deixa abater. Esse negócio de me dar pancada não é com ele.

Tom deu uma risada.

— A senhora só quis foi mexer com ele, não foi?

— Claro — disse mãe. — Imagina um homem que só vive preocupado, roendo o fígado. Não demora e ele desanima de todo e se deixa ficar sem poder reagir mais. Mas se alguém conseguir fazer ele ficar com raiva, a coisa muda. Ele endireita, garanto. Sabe, seu pai não falou nada, mas tá estourando de raiva. Agora ele endireita.

Al levantou-se.

— Vou dar uma voltinha — disse.

— Seria melhor ocê verificar se o caminhão tá em condição de viajar — disse Tom, em advertência.

— Já verifiquei.

— Se não tiver, ocê vai se ver às volta com a mãe.

— Já diss'que tá. — Al foi saindo, caminhando com pose ao longo da rua das tendas.

Tom suspirou.

— Tô ficando cansado de tudo isso, mãe. Que tal a senhora me meter raiva também?

— Cê tem mais fibra, Tom. Desse remédio ocê não precisa. Eu confio no cê. Os outros... parece que eles são uns estranho para mim. Todos, menos ocê. Cê não é dos que desiste, Tom.

Tom não gostou da responsabilidade que lhe caíra sobre os ombros.

— Não tô gostando disso, mãe — falou. — Quero sair andando livremente que nem o Al, ficar com raiva como o pai ou tomar porre como o tio John.

A mãe sacudiu a cabeça.

— Mas cê não pode, Tom, nem mesmo se quiser. Eu já sabia disso quando ocê ainda era um menino. Tem gente que é só eles mesmo, e nada mais. Olha só o Al... é um rapaz que só tem uma preocupação: andar atrás das menina. Cê nunca foi assim, Tom.

— Fui sim, como não fui? — disse Tom. — Ainda sou assim.

— Não, ocê não é. Tudo que faz não é só por você mesmo. Quando eles te botaram na cadeia, eu já sabia que ia acontecer assim. Cê nasceu pra isso.

— Ora, mãe, deixa disso. Não é verdade. Isso é fantasia sua.

Ela empilhou facas e garfos nos pratos.

— Pode ser. Pode ser que seja fantasia minha. Rosasharn, venha enxugar esses talher e bota eles no lugar.

A moça ergueu-se com um respirar de asmático, e seu ventre intumescido erguia-se diante dela. Moveu-se com indolência em direção ao caixote e apanhou um prato lavado.

— A pele dela tá tão esticada que ela nem pode fechar os olho.

— Não brinca com ela — disse a mãe. — A Rosasharn é uma boa moça. É melhor ocê se despedir dos teus conhecido.

— Tá certo — disse Tom. — Vou aproveitar pra saber a que distância fica esse lugar.

A mãe disse a Rosasharn:

— Ele não diz isso pra te aborrecer. Onde estão a Ruthie e o Winfield?

— Escapuliram atrás do pai. Vi quando eles iam saindo.

— Tá bem. Deixa eles brincar um pouco.

Rosa de Sharon executava preguiçosamente a sua tarefa. A mãe observava-a com atenção.

— Ocê se sente bem? Tá com uma cara tão cansada...

— Eu não tomei o leite que eles diz que eu devia tomar.

— Eu sei. É que a gente não arrumou leite.

Rosa de Sharon disse, com ar sombrio:

— Se o Connie não tivesse ido embora, a gente agora podia arranjar uma casinha, e ele ia estudar e tudo. Eu ia ter quanto leite quisesse, e aí nascia um bebê bem bonito e gordo. Desse jeito, o bebê não pode nascer bem. Eu precisava tomar leite. — Do bolso de seu avental, ela tirou alguma coisa e meteu-a rapidamente na boca.

— Cê engoliu qualquer coisa. O que foi? — perguntou a mãe.

— Nada.

— Nada o quê. Eu vi. Diz logo o que foi.

— Só um pedacinho de cal. Achei aí fora.

— Mas pra que ocê come essas porcarias?

— Sei lá, é desejo.

A mãe calou-se. Afastou os joelhos e esticou a saia entre eles.

— Eu sei — disse, finalmente. — Uma vez, quando tava que nem ocê, comi um pedaço de carvão. Um bom pedaço. A avó diss'pra eu não fazer isso. Mas olha, não fala assim sobre o seu bebê. Cê não tem o direito de falar assim.

— Ora, não tenho marido, não tenho leite. Não tenho nada!

A mãe disse:

— Se ocê ainda fosse uma menina, levava agora era um tapa na cara. Bem na cara, ouviu? — Levantou-se e entrou na tenda. Um instante depois regressava com a mão estendida para Rosa de Sharon.

— Toma! — disse. — Segurava dois brinquinhos de ouro. — Isto é procê.

Os olhos da moça brilharam por um segundo, mas depois ela os desviou lentamente.

— Não tenho as orelhas furada.

— Bem, então vou furar elas agora. — A mãe voltou correndo ao interior da tenda, e não tardou a regressar com uma caixinha de papelão. Rápida, ela enfiou linha numa agulha e dobrando a linha fez nela uma série de nós. Pegou outra agulha e executou a mesma operação. Da caixinha, retirou um pedaço de cortiça.

— Vai doer, sei que vai doer!

A mãe postou-se ao lado dela e encostou a cortiça no lóbulo da orelha. Depois espetou a agulha na orelha, fazendo-a penetrar na cortiça que, do outro lado, servia de apoio.

A moça contraiu-se.

— Ai, tá picando. Vai doer!

— Não dói mais do que isso.

— Dói, sim, eu sei que dói.

— Pois então vamo começar pela outra orelha, já que essa tá doendo. — Ela apoiou a cortiça e perfurou a outra orelha.

— Vai doer!

— Calma — disse a mãe. — Já tá pronto.

Rosa de Sharon olhou-a cheia de surpresa. A mãe cortou fora as duas agulhas presas à linha e fez passar um nó de cada fio através dos lóbulos.

— Pronto — disse a mãe. — Todo dia, a gente faz passar um nó e daqui a umas duas semanas cê já tá em condição de usar os brinco. Toma, fica com eles, agora é seu.

Rosa de Sharon apalpou timidamente as orelhas, contemplando depois a gotinha de sangue que se lhe prendeu aos dedos.

— Não doeu — disse ela. — Só senti uma picada.

— Tem tempo que a gente devia ter feito isso — disse a mãe. Olhou a moça com uma expressão triunfal. — Bom, vê se acaba de enxugar os prato, agora. Teu bebê vai ser um bebê bem bonito. Quase que ocê ia ter bebê sem estar nem com as orelha furada ainda. Mas agora não tem mais perigo.

— Será que isso quer dizer qualquer coisa?

— É claro que sim — disse a mãe. — Quer dizer muita coisa.

Al caminhava vagarosamente pela rua, dirigindo-se ao tablado de danças. Perto de uma pequena tenda, muito asseada, ele soltou um assobio. E continuou a caminhar, até o fim da rua. Sentou-se sobre um barranco coberto de capim.

As nuvens, a oeste, não tinham mais as tarjas vermelhas; agora era de cor negra o seu bojo. Al coçou as pernas, contemplando o céu que escurecia.

Instantes depois, uma moça loura chegava ao local. Era bem bonita e possuía traços finos. Sentou-se também na relva, ao lado de Al, sem dizer palavra. Al enlaçou-lhe a cintura, acariciando-a com os dedos.

— Deixa disso — falou ela. — Tá me fazendo cócega.

— A gente vai embora daqui amanhã.

Ela olhou-o com surpresa.

— Amanhã? Pra onde?

— Pro norte — disse ele com desembaraço.

— Mas a gente ia casar, não ia?

— Claro. Um dia a gente casa.

— Mas cê diss'que era logo — falou a moça, furiosa.

— Pois então? Logo, quer dizer que não demora.

— Ocê me prometeu.

Ele começou a avançar com os dedos.

— Sai daí! — gritou ela. — Para com isso. Cê diss'que casava comigo.

— Mas eu disse, sim.

— É, disse. E agora vai embora.

Al perguntou:

— Que é que ocê tem? Tá esperando um filho?

— Não, não tô esperando coisa nenhuma.

Al riu.

— Quer dizer que perdi meu tempo.

Ela projetou o queixo para a frente e ergueu-se num pulo.

— Vai, vai embora, Al Joad! Me deixa em paz! Não quero te ver nunca mais!

— Ah, vem cá! Que é que ocê tem?

— Cê pensa que pode fazer o que bem quiser?

— Escuta, peraí...

— Cê pensa que eu não tenho mais ninguém, só você. Pois tá enganado. Tem uma porção de rapaz me querendo. É só escolher.

— Peraí. Quero conversar contigo.

— Não espero coisa nenhuma. Vai embora logo.

Al virou-se de súbito e segurou-lhe os tornozelos, fazendo-a tropeçar. Apanhou-a na queda e enlaçou-a com os braços, tapando-lhe a boca com a mão. Ela procurou mordê-lo, mas ele pôs a mão em concha e a prendeu ao chão com o outro braço. Em um instante, ela não mais se debatia e em pouco tempo os dois rolavam na relva seca, rindo.

— Olha, a gente volta logo — disse Al. — Aí, eu vou ter as burra cheia do dinheiro. E a gente vai até Hollywood, ver as fita.

Ela estava deitada de costas. Al debruçou-se sobre o corpo dela. E viu-lhe nos olhos os reflexos da estrela vespertina e das nuvens negras.

— Vamo de trem — disse ele.

— Quanto tempo ocê acha que vai ficar fora? — perguntou ela.

— Um mês, talvez — foi a resposta.

A noite estendeu seu manto escuro. O pai e tio John, em companhia de outros chefes de família, estavam acocorados em frente ao escritório. Estudavam a noite e o futuro. O pequeno diretor, de terno branco, rasgado porém limpo, apoiava os cotovelos na balaustrada da varanda. Seu rosto era cansado, abatido.

Huston ergueu os olhos para o diretor:

— Seria melhor o senhor tratar de dormir.

— A ideia não é nada má. Ontem de noite nasceu um bebê no departamento 3. Tô me transformando pouco a pouco numa parteira perfeita.

— Um homem tem que conhecer essas coisa — disse Huston. — Principalmente um homem casado.

O pai disse:

— Vamo embora daqui. Amanhã de manhã.

— Ah, é? Para onde cês vão?

— Lá pras banda do norte. Vamo ver se chegamo pras primeira colheita de algodão. Por aqui não se encontra trabalho. E não tem nada pra se comer.

— E lá? Cês têm certeza que vão encontrar trabalho? — perguntou Huston.

— Não, mas temo certeza que por aqui não se encontra.

— Mais tarde um pouco, encontra, sim. Nós vamos esperar — disse Huston.

— Bom, vontade de esperar mais um pouco também não falta — disse o pai. — O pessoal daqui tem sido muito bom... e tem banheiro e tudo. Mas a gente precisa comer. Tamo com o tanque cheio de gasolina. Com isso, anda-se um pedaço aí na estrada. Aqui a gente tomava um banho todo dia. Nunca na minha vida eu andei tão limpo. É engraçado... antes eu tomava banho uma vez por semana e nunca me pareceu que tava cheirando mal. Agora, se não tomo banho um dia começo a feder. Só queria saber se isso é assim porque se toma banho todo dia.

— Talvez antes ocê nunca tivesse sentido o teu cheiro — disse o diretor.

— Pode ser... Seria bom se a gente pudesse ficar.

O pequeno diretor premiu a palma das mãos de encontro à fronte.

— Acho que essa noite vem outro bebê — disse.

— Na nossa família também não demora a chegar um — disse o pai. — Queria que ele pudesse nascer aqui dentro. Queria muito mesmo que pudesse.

Tom, Willie e Jule, o mestiço, estavam sentados à beira do tablado de danças, balançando as pernas.

— Tenho um pacotinho de Durham — disse Jule. — Quer fumar?

— Se quero! — disse Tom. — Faz um bocado de tempo que não fumo. — Enrolou com jeito o cigarro pardo, tendo o cuidado de não desperdiçar nem um fiapo de tabaco.

— Pois é, pena cês ir embora. A sua gente é muito camarada — disse Willie.

Tom acendeu o cigarro.

— Andei pensando muito a respeito da nossa partida. Meu Deus, como eu queria ficar aqui!

Jule recebeu de volta o pacotinho de fumo.

— Esse troço não tá direito — disse. — Eu tenho uma filhinha. Pensei que ela podia ir na escola quando a gente chegasse aqui, no acampamento.

Mas, que diacho! Nunca se pode parar muito tempo num lugar. A gente passa a vida andando de um lado pro outro.

— Tomara que a gente não precise mais morar em Hooverville — disse Tom. — Ali, confesso, eu só vivia com medo.

— Foram os polícias que botaram ocês pra fora de lá?

— Fiquei com medo de ter que matar alguém — disse Tom. — A gente parou ali pouco tempo, mas eu só vivia com o sangue fervendo. A polícia chegou lá um dia e agarrou um amigo meu só porque o coitado teve a coragem de falar o que pensava. O sangue me fervia de um jeito que nem te conto!

— Cê já tomou parte numa greve? — perguntou Willie.

— Não.

— Pois eu andei pensando muito tempo sobre isso. Por que os polícia não entra aqui e pinta o diabo, como fazem nos outros lugar? Cê acha que o baixinho do escritório que impede eles de vir? Não senhor.

— Mas então o que é? — perguntou Jule.

— Já te digo. É porque aqui todos vive unido. A polícia não pode vir buscar só uma pessoa aqui no acampamento. Pra isso, tinha que levar o acampamento inteiro. E eles não têm coragem pra isso. A gente basta dar um grito, e duzentos homem tão de pé. Uma vez um camarada me contou isso. Diss'que tava encarregado de organizar o pessoal, por conta do sindicato, e diss'que em qualquer lugar se pode fazer isso. Basta a gente ser solidário. Eles não vão querer se meter com duzentos homem. Mas um só, eles levam, ah, isso levam mesmo.

— Tá certo — disse Jule. — Vá lá que ocês formem um sindicato. Aí, vão precisar de chefe. E eles vão pegar direitinho são os chefe. Onde é que o sindicato vai parar depois?

— Aí é que está — disse Willie. — A gente tem que resolver essa coisa um dia qualquer. Faz um ano que ando aqui nessa região e os salário por aqui só têm baixado. Um homem trabalhando não ganha o bastante pra dar de comer à família. Dia a dia a coisa tá piorando. Não adianta a gente ficar aqui sentado, a morrer de fome. Eu não sei mais o que fazer. Se alguém tem uma parelha de cavalo, não acha ruim ter que dar de comer aos animal quando não trabalham. Mas quando alguém tem homem que trabalha pra ele, a coisa muda de figura. Tô vendo que os cavalo vale mais que os homem. Não entendo isso tudo.

— Bom, eu nem quero pensar sobre isso. E tenho que pensar — disse Jule. — Tenho que pensar, por causa da minha menina. Cês sabem como ela é bonitinha. Na semana passada, até ganhou um prêmio aqui no acampamento, por causa da beleza dela. Pois não sei o que vai ser dela; tá ficando magrinha demais! Não posso aguentar isso. Ela é tão bonitinha! Meu Deus, ainda acabo fazendo uma besteira.

— Como? — disse Willie. — Que é que ocê vai fazer? Roubar e ser preso? Ou matar, pra ser enforcado?

— Não sei — disse Jule. — Fico louco quando penso nessas coisa. Fico completamente louco.

— Esses bailes daqui vão me fazer falta — disse Tom. — Eram os mais lindos que já vi na minha vida. Sim senhor. Bom, acho que vou dormir. Adeus. Acho que a gente ainda se encontra qualquer dia.

— Claro que se encontra — disse Jule.

— Então, adeus. — E Tom sumiu na escuridão.

Na tenda da família Joad, envolta nas trevas, Ruthie e Winfield estavam deitados nos respectivos colchões, e a mãe deitava-se ao lado deles. Ruthie sussurrou:

— Mãe.

— Quê? Puxa, cê não tá dormindo ainda?

— Mãe, será que tem jogo de croqué lá no lugar pra onde a gente vai amanhã?

— Não sei. Trata de dormir, que a gente tem que sair amanhã muito cedo.

— Eu queria ficar aqui, mãe.

— Shh! Fica quieta.

— Mãe, o Winfield bateu num menino hoje.

— Ele não devia ter feito isso.

— Eu sei. Foi o que eu diss'pra ele, mas ele deu um soco bem no nariz do menino. Puxa! Como o sangue tava correndo. Aquilo é que foi porrada...

— Não fala assim. Uma menina não deve falar assim.

Winfield virou-se e falou com raiva:

— Aquele garoto diss'que a gente era Okie. E diss'que ele não era, porque ele tinha vindo do Oregon, e que a gente era uns Okie muito sem-vergonha. Foi por isso que eu bati nele.

— Cê não devia ter feito isso. Que é que tem se ele chamar nós de nome feio? Isso não pode fazer mal.

— É, mas eu não deixo — disse Winfield com violência.

— Shh! Dorme!

— Mãe, só queria que a senhora visse como o sangue corria pela roupa dele! — disse Ruthie.

A mãe tirou a mão direita de sob o cobertor e estalou-a sonoramente de encontro ao rosto de Ruthie. Por um instante, a menina ficou imóvel, rígida, desfazendo-se logo num choro silencioso, fungante.

No departamento sanitário, o pai e tio John estavam sentados em duas privadas vizinhas.

— Vamo tratar de aproveitar, que é a última vez — disse o pai. — Isso aqui é um bocado bonito. Cê lembra como as criança ficaram com medo quando puxaram a água pela primeira vez?

— Bom, até eu mesmo não tava lá muito seguro, não — disse tio John, puxando cuidadosamente o macacão sobre os joelhos. — Eu tô ficando ruim. Tenho maus pensamento.

— Nem pensa nisso — disse o pai. — Pecar é que ocê não pode. Custa pelo menos dois dólar, e a gente tá sem dinheiro.

— Eu sei. Mas tenho maus pensamento.

— Pois não. Pode pecar em pensamento. Ter maus pensamento não custa nada.

— É, mas nem por isso tô deixando de pecar — disse tio John.

— Mas assim é mais barato — disse o pai.

— Olha, cê quer saber? Essa coisa de pecar é muito mais séria do que ocê pensa.

— Eu sei. Ocê sempre tem vontade de pecar quando o inferno tá pipocando.

— É isso mesmo — disse tio John. — Eu sempre fui assim. Não te contei nem a metade das coisa que já fiz na vida.

— Não precisa. Pode guardar elas procê.

— Essas privadas bonita dão a ideia de que eu tô pecando.

— Então vai pro mato! Bom, abotoa as calça e vamo tratar de dormir. — O pai ajeitou nos ombros as alças do macacão e apertou a fivela. Puxou a correntinha e olhou, pensativo, o redemoinho dentro da privada.

Ainda estava escuro quando a mãe despertou a família toda. Um pálido clarão escapulia do departamento sanitário, de portas entreabertas. Das tendas, ao longo da rua, vinham sons de ressonar variados.

— Vamo, acorda — disse a mãe. — Tá na hora da gente viajar. Já é quase dia. — Desapertou o tubo de vidro da lamparina de querosene, que emitiu um silvo rápido, e acendeu o pavio. — Vamo, anda cês tudo, depressa!

No chão, os homens começaram a mexer-se lentamente. Cobertores e colchas eram jogados para trás. Olhos sonolentos fixavam a luz, vesgos e meio cegos. A mãe enfiou o vestido sobre o seu camisolão de dormir.

— O café acabou — disse. — Mas tenho umas panqueca procês. Vamo comer elas na viagem. Levanta logo, anda! Precisamo carregar as coisa no caminhão. Vamo! E não faz barulho. Não acorda os vizinho.

Passaram alguns momentos antes que eles estivessem inteiramente despertos.

— Não sai daqui — advertiu a mãe às crianças. A família vestiu-se. Os homens desataram a lona da tenda e ajeitaram tudo na carroceria do caminhão. — Toma cuidado pra ficar bem plano — avisou a mãe. Deitaram os colchões sobre a carga, amarrando a lona no lugar do costume, estendida sobre as estacas.

— Pronto, mãe — disse Tom. — Tá tudo pronto.

A mãe segurava um prato cheio de panquecas frias.

— Muito bem. Toma. Uma pra cada um do cês. E é só o que tem.

Ruthie e Winfield pegaram com avidez as respectivas panquecas e treparam na carroceria. Cobriram-se com um cobertor e deitaram-se para logo adormecer, a segurar as panquecas frias e duras. Tom sentou-se ao volante e pisou no acelerador. O motor roncou e logo emudeceu.

— Que diabo, Al! — gritou Tom. — Cê deixou a bateria arriar.

Al bravateou:

— Ora, o que é que ocê queria que eu fizesse sem gasolina?

Tom deixou escapar um sorriso.

— Bom, sei lá. Mas a culpa é sua. Agora vê se dá um jeito com a manivela.

— A culpa não é minha, tô te dizendo.

Tom desceu da cabine e tirou a manivela da caixa sob o assento.

— Pois então, a culpa é minha — disse.

— Me dá essa manivela. — Al tomou-a das mãos de Tom. — Empurra a ignição pra baixo, pra não me arrancar o braço.

— Tá bem. Vá torcendo.

Al cansou-se a dar voltas e mais voltas com a manivela. O motor pegou afinal, a roncar e tremer, enquanto Tom, cautelosamente, calcava o acelerador. Aumentou a ignição e reduziu o gás.

A mãe subiu ao assento, ao lado dele.

— A gente tá acordando o acampamento todo com esse barulho.

— Ué, eles dormem de novo.

Al subiu na cabine pelo outro lado.

— O pai e tio John tão na carroceria. Querem dormir mais um pouco.

Tom pôs o caminhão em movimento e foi rodando em direção ao portão. O guarda deixou o escritório e projetou no veículo a luz de sua lanterna.

— Esperem um minuto — disse.

— Que é que há?

— Cês vão embora?

— Vamo.

— Então tenho que dar saída do cês no livro de registro.

— Tá certo.

— Já sabem pra onde vão?

— Vamo ver como são as coisa lá pro norte.

— Muito bem, felicidades! — disse o guarda.

— Igualmente. Passe bem.

O caminhão foi avançando lentamente contra o barranco, entrando logo na estrada. Tom foi voltando pelo caminho por que tinham chegado, passando por Weedpatch, rumo ao oeste, até chegar à Rota 99. Tomou, então, a direção norte, rodando pela larga faixa de concreto até Bakersfield. O dia ia nascendo quando chegaram aos arredores da cidadezinha.

Tom disse:

— Pra qualquer lado que se olha, tem restaurante. Por toda parte, tem café. Olha, esse café aí fica aberto a noite toda. Aposto que tem um bocado de café gostoso fervendo aí dentro.

— Cala a boca — disse Al.

Tom sorriu maliciosamente.

— Logo vi que ocê tinha arrumado uma garota.

— E daí?

— É por isso que ele tá chateado, mãe. Não é nada agradável uma companhia assim.

Al disse, irritado:

— Não se preocupa. Não demora eu tô andando sozinho por aí. É mais fácil um sujeito sozinho ganhar a vida do que com a família.

— Em nove mês, ocê ia ter a tua família também. Bem que eu vi como ocê se divertia lá no acampamento.

— Tá maluco. Eu ia era trabalhar numa oficina e comer em restaurante — disse Al.

— E em nove mês tava com mulher e filho.

— Tá sonhando.

— Cê é um cara esperto — disse Tom. — Mas um dia ocê leva na cabeça direitinho.

— E quem é que vai bater?

— Ué, tem sempre alguém pronto pra fazer isso

— Cê pensa que porque te aconteceu aquilo...

— Vê se acabam com isso — interveio a mãe.

— A culpa é minha — disse Tom. — Fui amolar ele. Não quis te ofender, Al. Não sabia que ocê gostava tanto daquela menina.

— Gosto nada, não gosto de menina nenhuma.

— Bom, então não gosta. Não quero discutir mais.

O caminhão estava rodando já nos limites da cidadezinha.

— Olha só aquelas barraca de cachorro-quente — disse Tom. — Por aqui tem centena delas.

— Tom, eu tenho um dólar, consegui guardar ele — disse a mãe. — Cê quer tanto assim tomar café pra gastar esse dinheiro?

— Não, mãe. Tava brincando.

— Mas se ocê quiser, pode ficar com ele.

— Não, nada disso.

— Então vê se para de falar tanto em café — resmungou Al.

Tom demorou bastante para responder:

— Vivo dando bola fora o tempo todo — disse. — Essa é a estrada que a gente andou naquela noite.

— Espero que a gente não tenha que passar outra vez por uma coisa assim — disse a mãe. — Que noite terrível!

— Se foi! Também não gostei muito, não.

À direita do veículo em marcha, o sol galgava o horizonte. O caminhão projetava uma sombra volumosa, que a acompanhava e se espraiava sobre os mourões das cercas à beira da estrada. Passaram perto de Hooverville, já reconstruída.

— Olha só! — disse Tom. — Parece que só veio gente nova pra cá. Mas o resto não mudou nada.

Pouco a pouco, Al foi perdendo o mau humor.

— Um sujeito me contou que tem gente aí que já teve as coisa queimada umas quinze ou vinte vez. Diss'que eles corre a se esconder nos salgueiro e depois que a polícia vai embora eles volta e arma uma nova barraca pra morar. São que nem as marmota. Tão tão acostumado com isso que nem ficam mais aborrecido com essas coisa. Pra eles, isso tudo é como chuva, que vem e passa logo. Que nem mau tempo.

— Pra mim também me pareceu mau tempo naquela noite — disse Tom. Estavam agora subindo a estrada principal. E os raios do sol causavam-lhes arrepios. — As manhãs já tão ficando bem fresca — disse Tom. — O inverno taí mesmo, não demora. Só quero que a gente possa ganhar algum dinheiro antes. Viver numa tenda no inverno não deve ser nada agradável.

A mãe suspirou e depois ergueu a cabeça.

— Tom — disse ela —, a gente tem que arrumar uma casa no inverno. Não pode deixar de ter uma casa pra morar. A Ruthie tá com boa saúde, mas o Winfield tá ficando meio fraquinho. A gente tem que arrumar uma casa pra morar, antes que a chuva venha. E o povo diz que por aqui chove que não é brinquedo.

— Vamo ter casa, sim, mãe. Fica descansada. A senhora vai ter a sua casa.

— Basta ter um teto e soalho. As criança não deve dormir no chão.

— Vamo fazer força, mãe.

— Bom, eu não quero que ocês tenha preocupação desde já.

— Não tem nada não, mãe.

— Às vez, me sinto desesperada — disse ela. — Às vez começo a perder a coragem.

— Nunca vi a senhora perder a coragem.

— Às vez me acontece, de noite.

Um sibilar agudo chegou-lhes aos ouvidos, vindo da frente do caminhão. Tom segurou o volante com firmeza e pisou no freio. O caminhão parou com estrépito. Tom suspirou.

— Bom, lá se foi — disse, encostando-se ao espaldar do assento. Al saltou e foi examinar o pneu dianteiro direito.

— Um prego enorme! — gritou.

— Será que ainda tem remendo pra pneu?

— Que nada — disse Al. — Acabou tudo. Tem ainda umas tira, mas a cola se foi toda.

Tom virou-se para a mãe com um sorriso melancólico.

— A senhora não devia dizer que ainda tinha um dólar — falou. — A gente dava um jeito sem ele. — Saltou também e foi ver o pneu já completamente vazio.

Al mostrou-lhe um prego enorme, que se destacava no pneu vazio.

— Taí — disse.

— Engraçado, garanto que só existe esse prego por aqui, e foi justamente a gente que teve de passar por cima dele.

— Então, a coisa tá feia? — gritou a mãe.

— Nem tanto assim, mãe, mas a gente tem que dar um jeito nisso depressa.

A família toda desceu da carroceria.

— Pneu furado? — inquiriu o pai. Lançou um olhar à roda e calou-se.

Tom ajudou sua mãe a descer do assento da frente e retirou de sob a almofada uma lata contendo tiras de borracha para remendos. Pegou numa fita de borracha e alisou-a e depois pegou no tubo de cola e o espremeu.

— Tá quase seca — disse —, mas pode ser que ainda dê qualquer coisa. Bom, Al, põe um calço nas rodas traseiras e vamo ver se levantamo esse calhambeque.

Tom e Al entenderam-se bem no trabalho. Calçaram com pedras as rodas traseiras, colocaram o macaco debaixo do eixo dianteiro e suspenderam o caminhão. Retiraram os pneus, encontraram o lugar do furo, mergulharam um pano no tanque de gasolina e lavaram bem a câmara de ar, em volta do ponto perfurado. Depois, enquanto Al esticava o pneu, no lugar da perfuração, sobre os joelhos, Tom rasgou o tubo de cola e untou com eles a tirinha de borracha.

— Agora a gente deixa ela secar enquanto eu corto um remendo — cortou cuidadosamente um pedaço de remendo azul e ajeitou-o. Al mantinha a câmara de ar esticada sobre os joelhos e Tom pregou-lhe o remendo.

— Pronto — disse. — Agora bota ela no estribo, que é pra eu poder dar umas batida de martelo. — Bateu cuidadosamente sobre o remendo; depois esticou o pneu e examinou as bordas. — Bom, acho que aguenta. Vamo meter ela no pneu e encher de ar. Mãe, parece que a senhora não vai precisar gastar o seu dólar.

— Só queria que a gente tivesse um pneu de reserva — disse Al. — É preciso ter sempre um estepe, cheio, pronto pra usar. Aí pode furar pneu até de noite, que é fácil a gente substituir ele.

— Com o dinheiro dum estepe, a gente ia era comprar café e carne — disse Tom.

Começava o tráfego matinal sobre a grande estrada, e o sol estava ficando quente e brilhante. Uma brisa suave e intermitente ondulava, vinda do sudoeste. As montanhas de ambos os lados do imenso vale mal se distinguiam na neblina leitosa.

Tom estava enchendo a câmara de ar quando um Roadster, vindo do norte, parou do outro lado da estrada. Um homem de rosto queimado pelo sol, trajando um terno cinza, saltou do carro, dirigindo-se ao caminhão. Estava sem chapéu. Sorria e seus dentes muito alvos destacavam-se fortemente da cor tostada da pele. No terceiro dedo da mão esquerda usava uma aliança de ouro maciço. De seu colete pendia, suspensa por uma fina corrente, uma bolinha de futebol feita de ouro.

— Dia — disse o homem amavelmente.

Tom parou de bombear e ergueu os olhos.

— Dia.

O homem passou os dedos nos cabelos curtos, hirsutos e grisalhos.

— Cês tão à procura de trabalho?

— Se estamos! Por toda a parte.

— Sabem como se colhe pêssegos?

— Nunca trabalhamo nisso — interveio o pai.

— Mas podemo fazer qualquer coisa — disse Tom apressadamente. — Colhemo o que tiver que colher.

Os dedos do homem brincavam com a bolinha de ouro.

— Bem, se quiserem podem trabalhar bastante. É daqui a uns sessenta quilômetros pro norte.

— Seria bom a gente achar algum serviço — disse Tom. — Diga onde é o lugar certo, e vamo já pra lá.

— Pois bem, então sigam pro norte até Pixley, são quarenta e cinco, cinquenta quilômetros. Depois dobrem para leste e toquem adiante uns dez quilômetros mais. Aí perguntem pelo Rancho Hooper. Lá cês vão encontrar bastante serviço.

— Tá certo. Vamos já pra lá.

— Não sabem de mais alguém que quer trabalhar?

— Sabemo sim. Lá no acampamento de Weedpatch tem gente à beça procurando trabalho.

— Bom, então vou dar um pulo até lá. Nós podemos dar trabalho a muita gente. Não se esqueçam, então. Em Pixley, dobrem para leste e tomem a estrada que vai ao Rancho Hooper.

— Claro — disse Tom. — Muito obrigado ao senhor. A gente tava precisando mesmo de trabalhar.

— Tá certo. Então vão logo indo pra lá. — Atravessou a estrada, entrou no conversível e seguiu em direção ao sul.

— Vinte vez, cada um — disse Tom, apoiando o peso de seu corpo na bomba. — Um, dois, três, quatro... — Quando chegou aos vinte, Al pegou a bomba, e depois o pai, seguido de tio John. O pneu estava cheio agora. Três vezes a bomba teve que percorrer a roda. — Bom, baixa o carro agora, quero ver como ficou — disse Tom.

Al afrouxou o macaco e o caminhão baixou sobre as rodas.

— Parece que tá bom assim — disse. — Tem ar bastante, até um pouco demais, parece.

Jogaram as ferramentas para dentro do caminhão.

— Bom, vamo embora, anda! — gritou Tom. — Parece que finalmente a gente achou trabalho.

A mãe tornou a sentar-se entre Tom e Al, no assento da frente. Dessa vez foi Al quem pegou no volante.

— Agora vai devagarinho, pra não esquentar essa joça — disse Tom.

Rodaram entre campos dourados pelo sol matinal. A neblina erguera-se acima das montanhas, agora elas apareciam muito claras, duma cor pardacenta, com pregas rubras. Pombos selvagens alçavam voo das cercas à passagem do veículo. Inconscientemente, Al acelerou a marcha.

— Calma — recomendou Tom de novo. — O pneu rebenta, se ocê cansar ele assim. A gente tem que chegar até esse rancho de qualquer maneira. Pode ser que ainda hoje mesmo se encontre trabalho.

A mãe disse, excitada:

— Com quatro homem trabalhando, quem sabe a gente até pode comprar alguma coisa a crédito. A primeira coisa que tenho que comprar é café, já que ocê gosta tanto. Depois, um pouco de farinha e fermento em pó e um pouco de carne. Não vamo comprar carne já hoje, podemo deixar isso pra mais tarde. Sábado, talvez. E sabão. Preciso muito é de sabão. Só quero saber é onde a gente vai passar a noite. — E continuou a tagarelar. — E leite. Preciso comprar um pouco de leite, que é pra Rosasharn. Ela tá precisando bastante. Quem disse foi a enfermeira.

Uma cobra serpenteou na estrada. Al deu um golpe de direção para atropelá-la, e depois tomou a direita de novo.

— Não era venenosa — disse Tom. — Cê não devia matar ela.

— Não gosto de cobra — disse Al alegremente. — Tenho raiva de tudo quanto é cobra. Fico com nojo quando vejo elas.

O tráfego matinal aumentava na estrada. Representantes de casas comerciais, em luxuosos sedãs com os nomes das firmas pintadas nas portas; transportes de gasolina, vermelhos e brancos, arrastando correntes a tinir fortemente; pesados caminhões de largas portas, pertencentes a casas atacadistas entregando mercadoria. Era fértil, rica a terra que se estendia à beira da estrada. Havia pomares com frondosas árvores carregadas de frutas, e parreiras em que trepadeiras verdes atapetavam o chão entre as filas da vinha. Havia canteiros de melões, e havia trigais. Casas brancas emolduradas por rosas espreitavam por entre o verde. E o sol brilhava, dourado e quente.

No assento dianteiro do caminhão, a mãe, Al e Tom sentiam grande alegria.

— Faz tempo que não fico tão contente — disse a mãe. — Se a gente colher bastante pêssego, pode até arrumar uma casa pra morar e ate pagar o aluguel adiantado por muitos mês. É preciso a gente arranjar uma casa

— Vou economizar — disse Al. — Vou fazer economia, e depois vou à cidade ver se arrumo um emprego numa oficina. Depois alugo um quarto e passo a comer em restaurante. E vou ao cinema todas as noite. O cinema é barato. Vou ver fita de faroeste. — As mãos apertaram o volante.

O radiador começou a borbulhar e a cuspir vapor.

— Cê não encheu ele de todo? — perguntou Tom.

— Enchi, sim, mas tamo com vento pelas costas. É por isso que tá fervendo.

— Tá um dia lindo — disse Tom. — Em McAlester, no meio do trabalho, eu sempre pensava nas coisa que ia fazer quando saísse. Pensava em sair dali e andar toda a vida, sem parar em lugar nenhum Agora parece que isso foi há muito tempo. Parece que já faz ano que eu tive preso. Lá tinha um guarda, ô sujeito danado! Não podia me ver. E eu tava disposto a acabar com ele. Acho que foi por isso que fiquei com tanta raiva de polícia. Pra mim, todos os polícia parece ter a cara dele. Sempre vermelha como o diabo! Uma verdadeira cara de porco. Diss'que tinha um irmão no oeste. O costume dele era mandar pro irmão os que saíam em liberdade condicional, pra trabalhar de graça. Se achassem ruim, vinham de volta pra cadeia, por ter desrespeitado a liberdade condicional. Todo mundo contava isso.

— Não pensa mais nessas coisa — suplicou a mãe. — Vamos ter boa comida, agora. Muita farinha e toucinho, e outras coisa assim.

— Tanto faz pensar como não — disse Tom. — Não adianta querer enxotar esses pensamento. Um dia eles tinha que voltar. Lá em McAlester tinha um gatuno. Ainda não falei dele procês? Era parecido com o marinheiro Popeye. Não era capaz de fazer o menor mal a ninguém. Estava sempre falando em fugir. Todo mundo chamava ele de marinheiro Popeye.

— Não pensa mais nessas coisa — a mãe suplicou.

— Continua — disse Al —, conta alguma coisa sobre esse camarada.

— Essas coisa não dói mais, mãe — disse Tom. — Bom, esse gatuno só pensava era em dar o fora. Fazia plano e plano pra escapar. Mas não era capaz de guardar seus plano em segredo, todo mundo tinha que saber logo, até os próprio guarda. Um dia, experimentou realizar um plano dele, e foi pego direitinho e levado de volta pro cubículo. Um dia, desenhou um plano pra saltar o muro. E claro que mostrou o desenho pros outro, e todo mundo calou a boca. Ele se escondeu, e ninguém deu um pio! Arrumou uma corda e trepou no muro. Do outro lado tinha seis guarda esperando ele com um saco. Quando o Popeye descia calmamente pela corda, os guarda abriram a boca do saco e fizeram o homem entrar nele. Aí, amarraram a boca do saco e levaram o Popeye lá pra dentro outra vez. A turma riu tanto que quase morreu de tanto rir. Mas o Popeye ficou acabrunhado que te digo com essa história, e danou-se a chorar e a chorar até ficar doente. Tinha o espírito abatido. Acabou abrindo os pulso com um prego e morreu de tanto perder sangue. Era um pobre coitado, que não fazia mal a ninguém. Tem uns gatuno bem engraçado nas cadeia!

— Não fala mais sobre isso — disse a mãe. — Conheci a mãe do pequeno Floyd. O rapaz não era mau, também. Mas fizeram o diabo com ele.

O sol estava quase a pino afinal, e a sombra do caminhão encurtava e metia-se debaixo das rodas.

— Ali em frente deve ser Pixley — disse Al. — Eu vi numa tabuleta que a gente passou agora mesmo. — Entraram na cidadezinha e viraram na direção leste, penetrando numa estrada mais estreita. Pomares guarneciam as margens da estrada, e os galhos frondosos formavam sobre ela uma verdadeira nave de igreja.

— Tomara que seja fácil a gente achar esse tal rancho — disse Tom.

— Aquele homem diss'que era o Rancho Hooper. Diss'que qualquer pessoa podia informar onde era. Espero que tenha um armazém perto. Pode ser que a gente possa comprar umas coisa fiado, já que são quatro homem trabalhando. Se arranjar crédito, posso fazer um bom jantar. Tou com vontade de fazer um daqueles guisadinho — falava a mãe.

— E café — disse Tom. — Talvez até um pacotinho de fumo pra mim. Faz tempo que não tenho fumo.

Pouco adiante, a estrada estava bloqueada por automóveis, e uma fileira de motos brancas orlava-a.

— Deve ter sido um acidente — disse Tom.

Quando se aproximaram, um guarda da polícia estadual, de botas de cano alto e cartucheiras, surgiu de trás do último carro dos muitos que ali estacionavam. O guarda levantou a mão e Al parou. O policial, confiadamente, encostou-se à borda do caminhão.

— Onde é que ocês tão indo? — perguntou.

Al respondeu:

— Um camarada diss'que tinha trabalho pra gente nessa região. Diss'que era pra colher pêssego.

— Então cês querem trabalhar?

— Se queremos! — disse Tom.

— Muito bem. Espera um instante. — Foi até a beira da estrada e gritou: — Mais um. Já são seis. Vamos deixar essa caravana passar.

Tom gritou:

— Ei, que é que há?

O policial regressou vagarosamente.

— Ali em frente tem um pequeno ajuntamento, mas vocês não se preocupem. Vão andando sempre na reta. Sigam a fila.

Ouviam-se agora as explosões dos motores de motos que se punham em marcha. A fila de veículos que obstruía a estrada pôs-se a rodar, encerrada pelo caminhão da família Joad. Duas motos iam à frente e duas outras fechavam a fila.

Tom disse, inquieto:

— Só quero saber o que significa tudo isso.

— Pode ser que a estrada teja impedida — disse Al.

— Mas então a gente não precisa de quatro polícia pra acompanhar. Não, não tô gostando disso nem um pouquinho.

As motos que iam à frente aceleraram a sua marcha. A fila de veículos velhos fez a mesma coisa. Al apressou-se a ficar bem junto do último.

— Todos eles são gente nossa, todos eles — disse Tom. — Não tô gostando dessa história.

Subitamente, os policiais que iam à frente dobraram para uma estrada de cascalho. Os velhos calhambeques arfavam atrás deles. As motos troavam. Tom viu uma fileira de homens parados na vala à beira da estrada, viu-lhes as bocas abertas como se estivessem berrando qualquer coisa, viu como sacudiam os punhos e viu fúria estampada em suas faces. Uma mulher gorda correu de encontro aos carros, mas uma moto ruidosa cortou-lhe o caminho. Abriu-se um alto portão de grade. Os seis calhambeques atravessaram-no, e o portão fechou-se atrás deles. As quatro motos deram a volta e foram rodando, apressadas, na direção de que tinham vindo. E agora, com os motores barulhentos mais longe, distinguiam-se claramente os gritos distantes dos homens parados na vala. Dois homens flanqueavam o caminho de cascalho. Ambos possuíam espingardas.

Um deles gritou:

— Vamo, andem! Que diabo tão esperando? — Os seis veículos tocaram para a frente, deram meia-volta e chegaram a um campo de pêssegos.

Havia ali mais de cinquenta casinhas quadradas, de telhados achatados, cada qual com uma porta e uma janela, todas elas formando um grande quadrado. Nos fundos do acampamento, erguia-se um tanque de água. Defronte havia um pequeno armazém. Na ponta de cada fileira das casinhas estavam postados dois homens armados de carabina e reluzentes estrelas de prata nas camisas.

Os veículos pararam. Dois contadores andavam de um lado a outro.

— Querem trabalhar?

Tom respondeu:

— É claro que queremo, mas que é que há por aqui?

— Você não tem nada com isso. Querem trabalhar ou não?

— Queremo, sim.

— Nome?

— Joad.

— Quantos homens?

— Quatro.

— Mulheres?

— Duas.

— Crianças?

— Duas.

— E todos podem trabalhar?

— Acho que sim.

— Muito bem. Vocês vão ficar na casa 63. O salário é cinco centavos a caixa. E nada de frutas pisadas. Muito bem, vão indo. Podem começar a trabalhar logo.

Os veículos puseram-se em movimento. Nas portas de cada uma das casinhas vermelhas e quadradas havia um número.

— Sessenta — disse Tom. — Essa é a sessenta. Deve ser por aqui. Olha, sessenta e um, sessenta e dois... É aqui.

Al encostou o caminhão bem à porta da casinha. A família desceu da carroceria, olhando, desnorteada, em torno de si. Dois policiais chegaram perto deles. Olharam bem no rosto de todos.

— Nome?

— Joad — disse Tom com impaciência. — Me diga uma coisa, que é que há por aqui?

Um dos policiais tirou do bolso uma lista comprida.

— Bom, aqui não constam. Você já viu alguma vez esse pessoal? Examina o número do caminhão. Nada? Na lista também não estão. Acho que não há nada contra eles. — Dirigiu-se a Tom: — Escuta aqui, nós não queremos nenhuma encrenca, ouviram? Façam o seu trabalho direitinho e não se metam onde não são chamados, que tudo vai correr bem. — Deram-lhes as costas bruscamente e foram embora. No fim da rua poeirenta abancaram-se em dois caixotes de onde podiam controlar tudo.

Tom acompanhou-os com o olhar.

— Não tem dúvida — disse —, eles pedem pra gente se sentir como se estivesse em casa.

A mãe abriu a porta da casinha quadrada e entrou. O soalho estava salpicado de gordura. No quarto, o único, havia somente um fogão enferrujado. O fogão erguia-se sobre um pedestal de quatro tijolos, e sua chaminé enferrujada perfurava o teto. O aposento cheirava a suor e gordura. Rosa de Sharon estava ao lado da mãe.

— A gente vai morar aqui? — perguntou.

A mãe calou-se por um instante.

— Uai, é claro que sim — disse, por fim. — E nem será tão ruim assim, depois que se fizer uma boa limpeza. É preciso lavar bem o soalho.

— Eu gostava mais da tenda — disse a moça.

— Mas aqui não é chão duro, é soalho — sugeriu a mãe. — E quando chove, a água não entra aqui. — Virou-se para a porta. — Bom, de qualquer jeito tratemo de tirar as coisa do caminhão — disse.

Sem pronunciar palavra, os homens fizeram a descarga do caminhão. Uma sensação de medo abatera-se sobre eles. Reinava o silêncio no grande bloco de casas quadradas. Uma mulher passou pela rua, mas nem se dignou a olhá-los. Caminhava de cabeça baixa; fiapos e tiras pendiam da barra de seu vestido sujo e rasgado.

Também sobre Ruthie e Winfield se abatera o desânimo. Eles nem pensavam em deixar os adultos para olhar o local. Mantinham-se bem próximos ao caminhão, junto da família. Seus olhos passeavam perdidos pela rua poeirenta. Winfield achou um pedacinho de arame de embalagem, que ficou a torcer para a frente e para trás até parti-lo em dois. Da parte mais curta, fez uma espécie de manivela que pôs a girar entre os dedos.

Tom e o pai estavam carregando os colchões para dentro de casa quando um funcionário chegou. Usava calças cáqui, camisa azul e gravata preta. Sobre o nariz, ostentava óculos de aros de prata e seus olhos, por trás das grossas lentes, eram fatigados e muito vermelhos. Suas pupilas pareciam paradas, fixas como olhos de boi. Inclinou-se para a frente, a fim de olhar para Tom.

— Preciso inscrever ocês na lista — disse. — Quantos vão trabalhar?

— Somos quatro homem — respondeu Tom. — O serviço é muito pesado?

— Colher pêssego — disse o funcionário. — É trabalho por peça. Dá cinco centavos por caixa.

— Então as criança pode ajudar?

— Podem, desde que trabalhem com cuidado.

A mãe chegou à porta agora:

— Assim que terminar de limpar a casa, vou ajudar também. Olha aqui, moço, a gente não tem mais nada pra comer. Será que recebemo algum dinheiro por conta?

— Já, não. Mas podem comprar fiado aí no armazém, dentro das possibilidade dos seus ganho.

— Bom, então vamo ver isso depressa — disse Tom. — Hoje de noite eu quero é comer carne e pão. Onde é que a gente deve ir, senhor?

— Eu vou pra lá agora. Venham comigo.

Tom, o pai, Al e tio John seguiram o funcionário pela rua poeirenta até o pomar, parando junto aos pessegueiros. As folhas estreitas começavam já a tingir-se de um amarelo pálido. Os pêssegos pareciam pequenas esferas douradas, e vermelhas nos ramos. Havia pilhas de caixotes ao pé das árvores. Os que se ocupavam na colheita corriam apressados de um lado para outro, enchiam de frutos os baldes de que estavam munidos, descarregavam-nos nos caixotes e levavam os caixotes a uma seção de controle. Nessas seções, onde pilhas enormes de caixotes aguardavam os caminhões de transporte, havia funcionários a conferir a safra e tomar nota dos nomes dos que faziam a entrega do produto de suas colheitas.

— Mais quatro procês — disse o guia a outro empregado.

— Muito bem. Cês já fizeram um trabalho assim?

— Nunca — disse Tom.

— Bom, então trabalhem com cuidado. Nada de fruta pisada, nada de fruta caída. Por essas, não se paga nada. Aqui, peguem esses baldes.

Tom pegou um balde grande e olhou para dentro.

— Mas o fundo tá furado — disse.

— É claro — disse o funcionário míope. — É pra evitar que roubem ele. Muito bem, podem começar nessa fila. Andem, vamos!

Os quatro Joad pegaram os baldes e penetraram no pomar.

— Eles não perdem tempo — disse Tom.

— Meu Deus — disse Al —, que diferente ia ser eu trabalhando numa oficina!

O pai, docilmente, seguia-os. Agora virou-se para Al.

— Bom, é preciso que ocê pare de vez com essa história — disse. — O tempo todo cê anda se queixando e suspirando e choramingando. Você deve fazer o trabalho que tiver. Ainda não cresceu o bastante pra não poder levar uma boa surra.

A cólera enrubesceu o rosto de Al. Estava prestes a explodir.

Tom aproximou-se dele.

— Vamo, Al — disse calmamente. — Pão e carne, não esquece! A gente precisa comer.

Iam colhendo pêssegos e atirando-os nos baldes. Tom trabalhava com rapidez. Um balde cheio, dois baldes. Despejava-os no caixote. Três baldes. O caixote estava cheio.

— Ganhei cinco — gritou, suspendendo o caixote e correndo com ele à seção de controle. — Isso aí vale cinco centavos — foi dizendo o funcionário encarregado.

O homem deu um olhar ao caixote e virou alguns pêssegos.

— Bota de lado, estão estragados — disse. — Não falei que tomassem cuidado? As frutas estão pisadas, machucadas. Não posso registrar este caixote. Ou vocês colocam os pêssegos com cuidado nos caixotes, ou trabalham de graça.

— Mas olha, seu... que diacho...

— Trabalhe com cuidado. Você foi avisado antes de começar.

Tom desviou o olhar sombrio.

— Muito bem — disse, afinal. Voltou ligeiro para junto dos outros. — Podem botar no lixo tudo que ocês colheram — disse. — É a mesma coisa que as minhas fruta, não se aproveita elas. O homem não aceita.

— Mas que inferno... — começou Al.

— A gente tem que apanhar as frutas com mais cuidado. Não se pode atirar elas no balde. Tem que se botar com muito cuidado.

Recomeçaram, e dessa vez tratavam as frutas com mais delicadeza. Os caixotes enchiam-se com mais vagar.

— Acho que a gente podia combinar uma coisa — disse Tom. — Se a Ruthie, o Winfield e a Rosasharn colocassem as fruta nos caixote, a coisa ia mais depressa. — Saiu a carregar o novo caixote para a seção de controle. — Será que este vale os cinco centavos? — perguntou.

O funcionário examinou os pêssegos, retirando alguns das camadas inferiores do caixote.

— Bom, isso já tá melhor — disse. Registrou o caixote. — Sempre muito cuidado! — recomendou.

Tom voltou a correr.

— Ganhei cinco centavos — gritou. — Agora é só fazer assim vinte vez, e tô com um dólar ganho.

Trabalharam ininterruptamente, a tarde toda. Ruthie e Winfield os tinham encontrado e o pai lhes dissera:

— Ocês também pode trabalhar. Vão botando os pêssego no caixote, mas com muito cuidado, ouviram? Não, assim não, tem que ser um por um.

As crianças acocoraram-se e foram retirando os pêssegos do balde. Havia aí uma fileira de baldes, já pronta pra elas. Tom carregava os caixotes cheios à seção de controle.

— São sete — dizia. — São oito. A gente já ganhou quarenta centavos. Com quarenta centavos já se compra um belo pedaço de carne.

A tarde ia passando. Ruthie tentou escapar.

— Tô muito cansada — choramingou. — Quero ir descansar.

— Cê vai é ficar aqui mesmo — disse o pai

Tio John colhia com lentidão. Não conseguia encher mais que um balde ao tempo em que Tom enchia dois. E sua velocidade conservava-se inalterada.

Lá pelo meio da tarde, a mãe chegou.

— Quis vir antes — disse —, mas a Rosasharn teve um desmaio. Simplesmente desmaiou.

— Cês andaram comendo pêssego? — perguntou ela às criança. — Pois bem, garanto que vão ficar com diarreia. — O corpo atarracado e forte da mãe mexia-se ligeiro. Pouco depois, ela abandonava o seu balde, passando a botar as frutas no avental. Quando o sol se pôs, tinham enchido ao todo vinte caixotes.

Tom colocou no chão o vigésimo caixote.

— Um dólar — disse. — Até que hora se trabalha? — perguntou ao funcionário.

— Até que fique completamente escuro.

— Bom, será que agora a gente já tem crédito? A mãe tem que ir no armazém, comprar coisa pra se comer.

— Claro. Vou lhe dar um vale para um dólar. — Preencheu um cartãozinho e entregou-o a Tom.

Este levou o cartão à mãe.

— Pronto, isso é pra senhora — disse. — Pode comprar o que quiser, no valor de um dólar, aí no armazém.

A mãe pôs o balde no chão, endireitando os ombros.

— Cansa um pouco, da primeira vez, né?

— É claro, mas a gente se acostuma logo. Bom, agora é melhor a senhora ir correndo comprar qualquer coisa pra gente comer.

A mãe disse:

— Que é que ocê preferia?

— Carne — disse Tom. — Carne, pão e um bule cheio de café com açúcar. Mas um pedaço de carne bem grande.

Ruthie gemeu:

— Mãe, tô cansada.

— Então vem comigo. Ocê também, Winfield.

— Eles já tavam cansado quando começaram — disse o pai. — Tão ficando muito folgado. Só querem viver correndo por aí. É preciso a gente dar um jeito nessas criança.

— Depois que a gente se instalar, elas vão na escola — disse a mãe. Foi saindo vagarosamente, Ruthie e Winfield seguiam-na com timidez.

— A gente tem que trabalhar todo dia? — perguntou Winfield.

A mãe parou, esperando que as crianças a alcançassem. Pegou Winfield pela mão e continuou a caminhar.

— O trabalho não é tão pesado assim. Até vai fazer bem procês — disse. — E olha, cês estão ajudando, agora. Se todo mundo trabalhar, daqui a pouco vamo morar numa casa bem bonita. Todos têm que ajudar.

— Mas eu tô tão cansado!

— Eu sei. Eu também tô. Todo mundo fica cansado. Mas pensa em outra coisa. Pensa como vai ser quando ocês forem pra escola.

— Eu não quero ir na escola. A Ruthie também não quer. A gente viu as criança que vão na escola. Elas não presta. Diz que a gente é Okie. Eu não vou na escola.

A mãe, condescendentemente, olhou a cabeça cor de palha do menino.

— Não me amola agora, por favor — suplicou ela. — Deixa que a gente se endireite primeiro. Aí sim, podem se tornar travesso outra vez. Mas agora, não. A gente já tem amolação bastante.

— Eu comi seis pêssego — disse Ruthie.

— Pois então ocê vai ter é dor de barriga. E a privada fica longe daqui.

O armazém da companhia era um galpão bastante amplo, feito de chapas de folha de flandres ondulada. Não tinha vitrine. A mãe abriu-lhe a porta e entrou. Um homem magro estava de pé atrás do balcão. Era completamente calvo e tinha a cabeça duma curiosa cor azulada. Sobrancelhas largas e pardacentas arqueavam-se sobre seus olhos, formando um arco tão largo que dava ao rosto um aspecto permanente de surpresa e temor. Tinha um nariz comprido, fino e recurvo, qual um bico de ave. Suas narinas estavam obstruídas por pelos castanho-claros. Sobre as mangas da camisa azul usava protetores de cetim preto. Estava com os cotovelos apoiados no balcão quando a mãe entrou.

— Tarde — disse ela.

Ele a contemplou com interesse. Ergueu as sobrancelhas e respondeu:

— Tarde — disse.

— Tenho um vale de um dólar.

— Pois não, pode fazer compra no valor de um dólar — disse ele, soltando um riso agudo. — Sim, senhora. No valor de um dólar. Um dólar. — Fez um gesto largo, abrangendo com a mão todas as mercadorias. — Pode escolher à vontade. — Puxou para cima, diligente, os protetores de cetim.

— Queria era comprar um pedaço de carne.

— Pois não. Temo todo tipo de carne — disse ele. — Carne moída, que tal a carne moída? Quarenta centavos o quilo. É o preço da carne moída.

— Mas é muito caro. Da última vez que comprei, a carne moída tava custando trinta. Como é que agora é quarenta?

— Bem — ele soltou outra risada — é caro e não é. Se a senhora for à cidade comprar carne moída, tem que gastar uns cinco litro de gasolina. É mais negócio comprar aqui, economiza-se a gasolina.

A mãe disse, com aspereza:

— Mas o senhor não teve que gastar gasolina pra ter aqui as suas coisa.

Ele riu, divertido.

— A senhora tem um ponto de vista errado — disse. — Eu não tô querendo comprar carne, tô é vendendo. Se eu tivesse que comprar, a coisa seria diferente.

A mãe pôs dois dedos sobre os lábios e franziu a testa, pensativa.

— Parece que tá cheia de nervo e de gordura.

— Bem, não garanto que ela não vá minguar — disse o homem do armazém. — Nem mesmo garanto que eu comesse ela, mas isso não quer dizer nada. Existe uma porção de coisa que eu não ia fazer.

Por um instante, a mãe ficou a olhá-lo colérica, mas logo conseguiu controlar a voz.

— E carne mais barata, o senhor não tem?

— Osso para sopa — falou ele. — Vinte o quilo.

— Mas é só osso.

— É só osso — falou ele. — Dá uma boa sopa.

— Carne pra cozido, o senhor tem?

— Tenho, sim senhora. Claro que tenho. Cinquenta o quilo.

— Bom, então acho que não dá pra eu comprar carne — disse a mãe. — Mas o pessoal diss'que queria carne. Todo mundo quer comer carne hoje.

— É natural, todos gostam de carne, todos precisam comer carne. Essa carne moída é bem boa até. A gordura que derrete a senhora pode usar como molho. Aproveita-se tudo. E é sem osso.

— Quanto... quanto custa o lombinho?

— Ei, a senhora agora tá querendo é coisa de luxo. Comida de Natal. Comida pra dia de festa. Setenta o quilo. Peru era mais barato, se eu tivesse peru pra vender.

A mãe suspirou.

— Me dá um quilo de carne moída.

— Sim, senhora. — Ele empilhou a carne pálida sobre um papel encerado. — Mais alguma coisa?

— Sim. Quero pão.

— Pois não. Tá aqui. Um pão bem bom e grande. Custa quinze.

— Mas esse pão é de doze centavos.

— Claro que é. Na cidade, a senhora compra ele por doze centavos. É só ir na cidade, e gastar cinco litro de gasolina. Que mais? Batata?

— É, batata.

— Dois quilos por um quarto de dólar.

A mãe olhou-o ameaçadoramente.

— Mas agora chega, seu! Eu sei bem o preço da batata na cidade.

O homenzinho comprimiu bruscamente os lábios.

— Pois então, a senhora pode ir comprar na cidade.

A mãe contemplou os nós de seus dedos.

— Que é isso? — fez, com suavidade. — Esse armazém é seu?

— Não, eu somente trabalho aqui.

— Mas então por que faz pouco da gente? Que é que ocê ganha com isso? — Ela ficou a olhar as mãos enrugadas e brilhantes. O homenzinho permaneceu calado. — De quem é esse armazém?

— Dos Rancho Hooper, Sociedade Anônima, dona.

— Então eles é que fazem os preço?

— São, sim senhora.

Ela ergueu o olhar e sorriu levemente.

— Todos que vêm aqui devem falar que nem eu. Será que ninguém se zanga?

Ele hesitou por um instante.

— Zangam, sim senhora.

— É por isso que o senhor gosta de zombar?

— Que é que a senhora quer dizer com isso?

— É porque o senhor é obrigado a fazer uma coisa feia assim. Sente vergonha, não é? O senhor é obrigado a falar assim, não é? — Sua voz era suave. O empregado observava-a fascinado. Não respondeu. — Sim senhor, é isso mesmo — concluiu a mãe. — Bom, quarenta centavos de carne, quinze de pão, vinte e cinco de batatas. São oitenta centavos. Tem café?

— Tem, sim senhora. O mais barato custa vinte centavos.

— Lá se foi o dólar. Sete pessoa trabalhando, e só deu pra ganhar pro jantar. — Contemplou a mão. — Bom, embrulha isso — disse com rispidez.

— Sim, senhora — disse ele. — Obrigado. — Despejou as batatas num saquinho de papel e fechou com cuidado a boca do saco.

— Como foi que o senhor arrumou um emprego assim? — perguntou.

— A gente precisa viver, não precisa? — começou ele agressivamente. — A pessoa tem que comer, a pessoa tem o direito de comer.

— A pessoa, quem? — perguntou a mãe.

Ele depositou os quatro volumes sobre o balcão.

— Carne — disse —, batata, pão e café. Exatamente um dólar. — Entregou o vale ao empregado e viu o homem lançar num livro o nome e a importância do vale. — Pronto — disse ele por fim. — Tá tudo pago.

A mãe pegou os embrulhos.

— Escuta uma coisa — disse ela. — A gente tá sem açúcar pro café. Meu filho, o Tom, queria café com açúcar. Olha — prosseguiu —, eles ainda tão trabalhando. O senhor podia me vender mais um pouquinho de açúcar, que daqui a pouco eu lhe trazia o vale.

O homenzinho desviou o olhar, afastando-o o mais possível do rosto da mãe.

— Não posso fazer isso — disse em voz baixa. — O regulamento não permite. Se eu fizesse isso, arrumava era encrenca pra mim. Acabava sendo despedido.

— Mas os homens ainda estão lá fora, trabalhando. Com certeza já ganharam mais de dez centavos. Me arrume dez centavos de açúcar. O Tom quer café com açúcar. Ele me pediu.

— Não posso fazer isso, dona. É o regulamento. Sem vale, não tem mercadoria. O diretor vive dizendo isso o tempo todo. Não, não posso fazer isso. Não posso. Eles me pegavam logo. Apanham logo todos os que faz assim. Não posso, dona. Eles me despediam.

— Por causa de dez centavos?

— Por causa de qualquer coisa, dona. — Olhou-a suplicante. E então a expressão de medo deixou-lhe as feições. Tirou uma moeda de dez centavos do bolso, registrou-a na caixa e colocou-a na gaveta. — Pronto — disse aliviado. Tirou um saquinho de papel de sob o balcão, abriu-o e colocou nele uma porção de açúcar. — Taí, a senhora tá servida — disse. — Tá tudo em ordem, agora. Depois a senhora traz o vale e eu retiro meus dez centavos.

A mãe ficou a estudar-lhe as feições. Segurou o saquinho de açúcar sem vê-lo e colocou-o sobre a pilha de outros pacotes que tinha no braço.

— Muito obrigada, moço — disse baixinho. Foi até à porta, depois voltou-se repentinamente. — Aprendi uma coisa muito boa — falou — e todo dia aprendo alguma coisa. Se alguém está em dificuldade, preocupado, na miséria, deve procurar a sua própria gente. É só quem pode ajudar, é só. — A porta bateu atrás dela.

O homenzinho apoiou os cotovelos no balcão e seguiu a mãe com o olhar cheio de surpresa. Um gato gordo, de pelo castanho e amarelo pulou sobre o balcão, arrastou-se preguiçosamente até o homem, esfregou-lhe os pelos no braço; ele o pegou e encostou-o contra o rosto. O gato ronronou alto, enquanto a ponta da cauda abanava de um lado para o outro.

Tom, Al, o pai e tio John regressaram do pomar quando já era profunda a escuridão. Seus pés batiam pesados no caminho.

— Quem é que pensava que estender as mão e apanhar fruta faz doer tanto as costa? — disse o pai.

— Daqui a uns dias, isso passa — disse Tom, tentando encorajá-lo. — Olha, pai, tô com vontade de ir aí fora, depois do jantar, que é pra ver por que esse barulho. O senhor quer vir junto?

— Não — disse o pai. — Eu quero trabalhar por algum tempo sem pensar em nada. Já quebrei bastante a cabeça. Não senhor. Vou me sentar um pouco e depois vou é dormir.

— E você, Al?

Al desviou o olhar.

— Acho que primeiro vou dar uma olhada aqui dentro mesmo — disse.

— Bom, tio John já sei que também não vem. Vou ter que ir sozinho. Tô curioso pra saber o que é.

O pai disse:

— Eu pra ver isso tinha que ficar muito curioso mesmo... com esses polícias tudo aí fora.

— Pode ser que de noite eles não fiquem ali — sugeriu Tom.

— Pode ser, mas eu é que não vou me certificar. E é melhor não dizer nada pra mãe sobre o que ocê vai fazer. Ela ia ficar preocupada.

Tom dirigiu-se a Al:

— Cê então não tem vontade de ver isso?

— Primeiro quero ver aqui, o acampamento — disse Al.

— Ver as pequena, né?

— Isso é comigo — disse Al com irritação.

— Bom, eu vou de qualquer maneira — disse Tom.

Deixaram o pomar e penetraram na rua poeirenta que dividia as filas de casinhas vermelhas. A luz amarela das lamparinas de querosene escapava-se das portas abertas, e lá dentro, na semiescuridão, recortavam-se as sombras negras de pessoas que se moviam. No fim da rua ainda havia um policial sentado, com a carabina encostada ao joelho.

Quando estavam passando pelo policial, Tom parou.

— Pode me dizer se tem algum lugar por aqui onde se possa tomar um banho?

O guarda contemplou-o no lusco-fusco. Finalmente dignou-se a falar:

— Tá vendo esse tanque de água aí?

— Tô.

— Bom, ali você encontra uma mangueira.

— Tem água quente?

— Escuta, quem você pensa que é? O milionário J. P. Morgan?

— Não — disse Tom. — Tenho certeza de que não sou ele. Bem, boa noite.

O guarda grunhiu desdenhosamente.

— Imagina, água quente. Meu Deus, daqui a pouco eles vão querer banheiras. — Acompanhou os quatro Joad com um olhar sombrio.

Outro guarda surgiu de trás da última casa.

— Que é que há, Mack?

— Olha só, esses danados desses Okies: "Tem água quente?"

O segundo guarda depositou sua carabina no chão.

— Isso é coisa do acampamento do governo — disse. — Aposto que esse cara teve num acampamento do governo. A gente só terá sossego quando fizer uma limpeza nesse acampamento. Qualquer dia tão exigindo lençóis limpo, cê vai ver.

Mack perguntou:

— Como tá a coisa lá fora? Cê ouviu alguma notícia?

— Nada, o pessoal vive berrando o dia todo. Agora quem tá cuidando deles é a polícia estadual. Deixa estar que eles vão aprender a andar direito. Me disseram que é um filho da puta alto e magro quem tá acendendo o estopim. Disse que vão pegar ele hoje de noite e acabar com essa palhaçada.

— Mas se a coisa terminar tão cedo assim, a gente fica sem ter mais nada pra fazer — disse Mack.

— Não se preocupe, a gente vai ter bastante que fazer. Esses danados desses Okies! É preciso vigiar eles o tempo todo. Se a coisa acalmar, a gente sempre pode dar um jeito de atiçar eles outra vez.

— Acho que vai ter encrenca é quando eles baixar os salário.

— Se vai! Olha, não se preocupe com o nosso trabalho. Enquanto o Hooper tiver metido nisto, não há perigo.

Na casa dos Joad, o fogo ardia no fogão. As almôndegas crepitavam e espirravam na banha e as batatas borbulhavam na água. A casa estava cheia de fumaça e a luz amarelada da lamparina lançava sobre a parede grandes sombras negras. A mãe trabalhava apressada, debruçada sobre o fogão, enquanto Rosa de Sharon, sentada num caixote, olhava-a, descansando o ventre pesado nos joelhos.

— Tá melhor agora? — perguntou a mãe.

— O cheiro de cozinha me faz mal. Mas apesar disso eu tô com fome.

— Vai se sentar lá na porta — disse a mãe. — Preciso mesmo desse caixote aí, pra fazer lenha.

Chegaram os homens.

— Carne, carne de verdade! — exclamou Tom. — E café. Tô sentindo o cheiro. Deus, que fome! Comi pêssego à beça, mas não adiantou. Mãe, onde é que a gente se lava?

— Ali no tanque. Pode ir pra lá. A Ruthie e o Winfield foram agora mesmo. — Os homens foram lavar-se.

— Vamo ligeiro, Rosasharn — a mãe ordenou. — Senta na cama, ou fica ali na porta, anda. Tenho que rachar esse caixote.

A moça ergueu-se, apoiando-se às mãos. Dirigiu-se pesadamente até um dos colchões e sentou-se nele. Ruthie e Winfield entraram discretamente; a julgar pelo seu silêncio e por procurarem ficar colados à parede, queriam passar despercebidos.

A mãe olhou-os.

— Tenho a impressão de que cês gosta que seja escuro aqui dentro — disse. Agarrou Winfield e apalpou-lhe os cabelos. — Bom, molhado ocê está, mas limpo aposto que não.

— Não tinha sabão — queixou-se Winfield.

— É sim, é verdade. Não pude comprar sabão. Mas pode ser que amanhã a gente já tenha. — Voltou para junto do fogão, distribuiu os pratos de folha e começou a servir o jantar. Duas almôndegas para cada um, e uma batata bem grande, cozida. Em cada prato colocou três fatias de pão. Depois de ter servido toda a carne, despejou sobre cada prato um pouco de molho. Os homens chegaram agora, com os rostos a gotejar e os cabelos brilhantes pela água.

— Quero comer! — Tom foi gritando.

Pegaram os pratos. Comeram sem pronunciar uma palavra, avidamente, absorvendo com o pão o molho do fundo dos pratos. As crianças recolheram-se a um canto do cômodo. Puseram os pratos no chão e ajoelharam-se ante a comida, como animais.

Tom engoliu o seu último pedaço de pão.

— A senhora tem mais alguma coisa, mãe?

— Não — falou ela. — Só isso. Cês ganharam um dólar e o que comemo custou um dólar, certinho.

— Um dólar?

— Eles vendem as coisa mais cara. Diss'que a gente que vá comprar na cidade, se não gostar.

— Ainda não enchi a barriga — disse Tom.

— Bom, amanhã ocês trabalha o dia todo. Amanhã de noite, a gente pode ter mais coisa.

Al limpou a boca com a manga do casaco.

— Vou dar uma volta por aí — disse.

— Espera, vou contigo. — Tom seguiu-o. Lá fora, no escuro, aproximou-se do irmão. — Então ocê não quer mesmo ir comigo?

— Não. Já diss'que quero dar uma volta por aqui mesmo.

— Muito bem — disse Tom. Deu-lhes as costas e foi descendo, vagarosamente, a rua. A fumaça que escapava das casas pairava quase à altura do chão e as lamparinas faziam projetar a sombra retangular das portas e janelas. Homens estavam sentados nos degraus das portas, varando a escuridão com os olhos. Tom podia ver o mover-se de cabeças na direção de seus passos. No fim da rua, tomou uma vereda poeirenta que desembocava e seguia, tortuosa, entre moitas, e à luz das estrelas destacavam-se os negros contornos de montes de feno. A lâmina transparente da lua flutuava baixa no ocidente, e a nuvem alongada da Via-Láctea esboçava-se muito clara no firmamento. Os passos de Tom ressoaram abafados na poeira da vereda. Tom enfiou as mãos nos bolsos, caminhando em direção ao portão principal. Uma vala descia perto da vereda e Tom podia ouvir o murmúrio da água em atrito com o capim das margens. Subiu o barranco e olhou a água negra em que se refletiam, deformadas, as estrelas. Diante dele estendia-se agora a estrada — um risco negro no campo amarelo. Os faróis de automóveis que nela deslizavam apontavam-lhe a sua rota. Tom prosseguiu a caminhada. À luz das estrelas podia distinguir o alto portão de arme farpado.

Um vulto surgiu à margem da estrada. Uma voz disse:

— Ei, quem taí?

Tom parou e ficou imóvel.

— Quem é ocê?

Um homem se pôs de pé e aproximou-se dele. Tom pôde ver um revólver em sua mão. Depois, o jato de luz de uma lanterna caiu-lhe em cheio no rosto.

— Onde é que cê tá querendo ir?

— Bom, a lugar nenhum. Tô só passeando. Será que já não se pode nem passear livremente?

— Pode, mas não por aqui. Vai passear pro outro lado.

— Então a gente nem pode sair daqui de dentro? — perguntou Tom.

— Não, de noite não pode. Bom, quer voltar por bem, ou quer que eu apite pra que os outros te levem de volta?

— Diabo, não precisa. Pra mim tanto faz. Se isso vai provocar alguma encrenca, não vale a pena. Vou voltando, já.

O vulto pareceu aliviado. A luz da lanterna se apagou.

— É para o seu próprio bem, ouviu? Aqueles diabos daqueles grevistas iam acabar se metendo com você.

— Que grevista?

— Aqueles danados daqueles vermelhos.

— Eu não sei de nada. Como é isso?

— Cê não viu eles quando chegou aqui?

— Bom, eu vi uma porção de gente, mas tinha tanto policial ali que acabei não sabendo de coisa nenhuma. Pensei que fosse um desastre na estrada.

— Bom, então vai voltando logo.

— Tá bem. — Tom virou-se e foi regressando pelo caminho pelo qual viera. Andou tranquilamente uns cem metros, depois parou e ficou à espreita. O guincho de um quati soou, vindo das proximidades da vala de irrigação, e de muito longe chegou o uivar furioso de um cão preso. Tom sentou-se à margem da vereda, ficando à escuta. Ouviu o riso, agudo e ao mesmo tempo suave, de um noitibó e os sons furtivos de um bicho qualquer que se arrastava no meio das moitas. Inspecionou o horizonte em ambas as direções: duas placas escuras onde nada se mexia. Tom ergueu-se agora e foi andando para a direita, cuidadosamente, metendo-se entre as moitas. Caminhou inclinado para a frente, quase tão baixo como os montículos de feno. Movimentava-se com lentidão, e de tempos em tempos parava para escutar. Afinal, chegou até uma cerca de arame, cinco fios de arame farpado bem esticados. Deitou-se de costas rente à cerca, enfiou a cabeça através do fio mais baixo, suspendeu-o com as mãos e arrastou-se até o outro lado, usando seus calcanhares para tomar impulso.

Estava para levantar-se quando um grupo de homens ia passando junto à margem da estrada. Tom esperou que eles se afastassem bastante, antes de se pôr de pé para segui-los. Procurou avistar tendas em ambos os lados da estrada. Alguns automóveis passaram. Um rio atravessava os campos, e a estrada cortava o rio por meio de uma pequena ponte de concreto armado. Tom debruçou-se sobre a balaustrada da ponte. Ao pé do barranco profundo, enxergou uma tenda em que ardia uma lamparina. Observando-a por um instante, distinguiu sombras humanas que se projetavam sobre a lona, pelo lado de dentro. Tom desceu ao barranco, através de um matagal de salgueiros-anões e outros arbustos. Embaixo, à margem do riacho, encontrou uma trilha. Diante da tenda, havia um homem, sentado sobre um caixote.

— Noite — disse Tom.

— Quem é você?

— Eu?... Bem, eu... tô só passando por aqui.

— Conhece alguém nesse lugar?

— Não. Tô dizendo que tô só passando por aqui.

Uma cabeça surgiu na entrada da tenda. Uma voz soou:

— Que é que há?

— Casy! — gritou Tom. — Casy! Meu Deus, que é que ocê tá fazendo aqui?

— Deus do céu, mas é o Tom Joad! Entra, Tommy, vem cá pra dentro.

— Cê conhece ele? — perguntou o homem que estava sentado à porta da tenda.

— Se conheço ele? Meu Deus, conheço há muitos ano. Viemo junto pro oeste. Vem, Tom, entra aqui, anda! — Agarrou Tom pelo cotovelo e puxou-o para dentro da tenda.

Havia ali mais três homens, e no centro da tenda ardia uma lamparina. Os homens ergueram os olhos, desconfiados. Um deles, de rosto escuro e sombrio, estendeu-lhe a mão.

— Prazer — disse. — Ouvi o que o Casy disse. Então é esse o camarada de que ocê falou?

— É esse mesmo, se é! Mas vem cá, onde tá o teu pessoal, Tommy? Que é que você tá fazendo aqui?

— Foi o seguinte: a gente ouviu dizer que tinha serviço por aqui. E quando chegamo, uma porção de polícia tava à nossa espera e foi empurrando a gente até lá dentro, no pomar. Ficamo colhendo pêssego a tarde toda. Vi uma porção de sujeito berrando na estrada. Ninguém queria me dizer quem eles era, e então eu vim ver pessoalmente. Mas como diabo você veio parar aqui, Casy?

O pregador inclinou-se um pouco para a frente e a luz amarelada da lamparina caiu-lhe sobre a testa alta e pálida.

— A cadeia é um lugar engraçado — disse. — Eu queria ir ao deserto, como Jesus, pra buscar uma solução. Às vez cheguei a estar bem perto dela. Mas onde encontrei mesmo foi no xadrez, na cadeia. — Seus olhos brilhavam, vivos e alegres. — Era uma cela ampla, muito velha, e tava cheia o tempo todo. Era gente chegando e saindo. E claro, conversei com eles tudo.

— Claro que ocê falou — disse Tom. — Cê vive falando o tempo todo. Se tivesse que subir na forca, passava o tempo todo falando com o carrasco. Nunca vi um sujeito falador assim.

Os homens da tenda riram. Um deles, de rosto enrugado, dava palmadinhas no joelho.

— Fala o tempo todo — disse —, mas a gente gosta de ouvir ele.

— O homem foi pregador — falou Tom. — Ele não contou?

— Contou, sim.

Casy sorria.

— Pois é isso — prosseguiu. — Comecei a entender as coisa. Alguns camarada entre os preso eram beberrão, mas muito tinha ido parar ali por ter roubado alguma coisa. E quase sempre tinham roubado porque precisava de uma coisa e não podia arranjar de outra maneira. Cê entende? — perguntou.

— Não — disse Tom.

— Bem, ali havia gente bem direita até, sabe? O que estragou eles foi precisar de coisa. Eu então comecei a ver com clareza. É a miséria que provoca todos os mal. Mas ainda não entendo tudo com tanta clareza. Sim, pois é, um dia eles deram feijão azedo. Um sujeito começou a berrar, mas não ganhou nada com isso. Berrou até arrebentar a garganta. Veio um guarda, olhou pra dentro e foi-se outra vez. Então, um outro sujeito começou a berrar. E acabamo nós tudo berrando e, te digo, parecia que o xadrez estava pronto pra explodir. E então ocorreu uma coisa. Eles vieram correndo e deram outra coisa pra gente comer. Sim senhor. Trocaram a comida. Tá entendendo?

— Não — disse Tom.

Casy apoiou o queixo nas mãos.

— Pode ser que eu não consiga explicar a coisa procê — disse. — Pode ser que ocê mesmo consiga achar a solução. Onde tá o teu boné?

— Vim sem ele.

— Como vai a sua irmã?

— Bom, ela engordou que nem uma vaca. Aposto que vai ter gêmeo. Tá precisando dum carrinho de mão pra carregar a barriga. Só vive segurando ela com as mão. Mas cê ainda não me disse o que se passa aqui.

— Tamo em greve — disse o homem moreno.

— Mas olha, cinco centavos a caixa não é muito dinheiro, mas dá pra ir vivendo.

— Cinco centavos? — gritou o enrugado. — Cinco centavos? Eles tão pagando cinco centavos procês?

— Isso mesmo. Hoje a gente ganhou um dólar e meio.

Pesado silêncio caiu sobre a tenda. Casy cravou o olhar, através da boca da tenda, na noite escura.

— Escuta, Tom — disse afinal —, nós também viemo aqui pra trabalhar. Eles disseram que a gente ia ganhar cinco centavos por caixa. Nós era muita gente. Depois que chegamo, eles disseram que não pagavam mais que dois centavos e meio. Ora, com esse dinheiro a gente nem comer podia, principalmente tendo filho... Bem, então nós dissemo que não podia aceitar isso, e eles caíram em cima da gente, puseram nós pra fora e chamaram toda a polícia do mundo. E agora tão pagando cinco procês. Quando conseguirem abafar a nossa greve, cê acha que ainda vão continuar pagando cinco centavos procês?

— Não sei — disse Tom. — Sei que agora tão pagando.

— Olha — falou Casy —, a gente procurou acampar tudo junto, e eles caíram em cima de nós e dispersaram que nem a uma vara de porcos, e bateram em muitos homem, andaram espancando o nosso pessoal. Puseram a gente pra correr, como se nós fosse porco, e vão fazer a mesma coisa com ocês. Não se pode aguentar por muito tempo uma coisa assim. Tem gente aqui que não come faz dois dia. Cê vai voltar ainda hoje de noite ali pro acampamento do pomar?

— Vou, quero ver se volto — disse Tom.

— Então, diz pro teu pessoal, pra aquela gente toda, como é a coisa, viu? Mas diz mesmo. Diz que tão matando a gente de fome, o que é o mesmo que dar punhalada nas suas próprias costa. Não resta dúvida nenhuma de que eles vão começar a pagar dois centavos e meio assim que se livrar de nós.

— Eu digo, sim — falou Tom. — Mas não sei como vou poder. Nunca vi tanta gente armada de carabina. São capaz de não deixar ninguém falar nada. Ali no acampamento o pessoal nem "bom dia" tem a coragem de dizer. Todo mundo anda de cabeça baixa, nem tem jeito de fazer amizade com os outro.

— Dá um jeito de explicar a situação pra eles, Tom. Assim que nos afastar daqui, vão começar a pagar dois centavos e meio procês. Cê sabe o que isso quer dizer: uma tonelada de pêssego, colhida e carregada, por um dólar. — Deixou pender a cabeça sobre o peito. — Não, não pode ser. Isso não dá nem pra se comer. Não dá pra comer quase nada.

— Vou tentar explicar tudo pro pessoal.

— Como vai sua mãe?

— Muito bem, até. Ela gostou muito foi daquele acampamento do governo. Tinha até água quente e banheiro!

— Sim, ouvi dizer isso.

— Aquilo ali era muito bonito. Mas não havia jeito de arranjar serviço e por isso a gente teve que vir embora.

— Eu gostaria muito de ir num acampamento assim — disse Casy. — Só pra ver. Um camarada me contou que ali não tinha polícia.

— Não tem, mesmo. É o próprio pessoal de lá que faz o policiamento.

Casy ergueu o olhar, excitado.

— E nunca teve desordem lá? Briga, roubo, bebedeira?

— Nada disso — disse Tom.

— E se alguém se metia a besta? Que acontecia?

— Botavam ele pra fora do acampamento.

— Mas teve muito assim?

— Que nada! Passei ali um mês e só teve um caso desse.

Os olhos de Casy brilhavam de excitação. Dirigiu-se aos outros homens.

— Tão vendo? — exclamou. — Num disse? A polícia causa mais encrenca do que evita. Escuta, Tom, vê se ocê dá um jeito deles passar para o nosso lado. Em quarenta e oito hora tudo se resolvia. Os pêssego já tão maduros. Diz pra eles fazer isso.

— Eles não vão querer — disse Tom. — Tão ganhando cinco centavos, e é só o que interessa pra eles.

— Mas no instante que a greve for abafada, eles começa a ganhar a metade.

— Acho que eles não vão acreditar nisso. Tão ganhando cinco centavos, e eles se sente muito satisfeito.

— Bem, mas ocê diz de qualquer maneira, viu?

— O pai é que não ia fazer isso — disse Tom. — Conheço ele bem. Vai dizer que não tem nada com isso.

— É verdade — disse Casy, desconsolado. — Acho que ocê tem razão. Ele, pra aprender, tem que apanhar primeiro.

— A gente não tinha nada pra comer. Essa noite comemo carne. Não muita, mas era carne. Cê acha que pai vai deixar de comer carne só por causa dos outro? E Rosasharn tem que tomar leite. Cê acha que a mãe vai deixar o bebê de Rosasharn morrer só porque uns cara vive berrando aí do lado de fora do portão?

Casy disse tristemente:

— O que eu queria era que eles entendesse como é a coisa. Queria que eles visse que esse era o único meio de garantir a carne que eles quer comer... Ora, que o diabo os carregue! Às vez me sinto danado de cansado disso tudo. Conheci um sujeito. Trouxeram ele pra cadeia quando eu tava lá ainda. Tentou fundar um sindicato. Já tinha começado, quando os vigilante desfizeram tudo. E sabe o que aconteceu? Aquela mesma gente que ele quis ajudar dedurou ele. Não queriam nem ver ele. Fugiram dele como o diabo da cruz; tinham medo que alguém visse eles na companhia dele. Diziam assim: "Vai, dá o fora. Você é um perigo pra nós." Sim senhor, era o que diziam, e o pobre homem sofria com isso como quê! E ele dizia: "Isso não é nada." "Pior foi na Revolução Francesa... todos que fizeram ela morreram decapitado. É sempre assim. É tão natural como a chuva. Quem faz essas coisa sabe que não tá brincando. Faz porque tem que fazer. Porque tá no sangue. Olha o George Washington, por exemplo", ele dizia. "Fez a revolução e aqueles filhos da puta se viraram contra ele.

A mesma coisa foi com Lincoln. A própria gente dele quis matar ele. Isso é tão natural como a chuva."

— Mas não parece nada engraçado — disse Tom.

— E não é mesmo. Aquele cara na cadeia dizia: "De qualquer jeito, a gente faz o que pode. E a única coisa de que a gente deve cuidar é dar sempre um passo pra frente, um passo, por menor que seja. Se depois a coisa andar em marcha a ré, nunca vai andar tanto pra trás como andou pra frente. Dá pra provar isso e é por isso que vale a pena. Fica provado que nada é inútil, mesmo que assim pareça."

— Conversa — disse Tom. — Pura conversa. Olha só o meu mano, o Al. Só vive à cata de garota. Nada mais interessa a ele. Em dois dia, acaba arrumando uma pequena. Pensa nela dia e noite. Que importa pra ele se tá andando pra frente, pra trás ou pro lado!

— Claro — disse Casy. — É assim mesmo. Ele faz exatamente o que tem que fazer. Nós tudo somos assim.

O homem que estava sentado à porta balançou a cabeça.

— Diabo, não tô gostando disso nem um pouquinho — disse.

Casy olhou-o.

— Que é que há?

— Sei lá. Só sei que sinto uma comichão no corpo inteiro. Tô nervoso que nem um gato.

— Mas por quê?

— Não sei. Parece que tô ouvindo qualquer coisa e quando vou ver não vejo coisa nenhuma.

— Não tem importância. São os nervo — disse o enrugado. Ergueu-se e saiu. Um instante depois, estava regressando. — Tá passando uma nuvem enorme pelo céu. Acho que vem tempestade. É por isso que ocê tá sentindo comichão. Eletricidade. — Tornou a sair e os outros dois também se ergueram e deixaram a tenda.

Casy disse baixinho:

— Todos eles tão sentindo comichão. Os policial andaram dizendo que vão fazer o diabo com a gente. Pensam que o chefe sou eu, porque falo tanto.

O enrugado tornou a aparecer.

— Casy, apaga essa lamparina e vem pra fora. Alguma coisa tá acontecendo.

Casy torceu o pavio. A chama amarela mergulhou na fenda, crepitou um segundo e morreu. Casy saiu, às apalpadelas, seguido de Tom.

— Que é que há? — perguntou Casy baixinho.

— Num sei. Escuta.

Um coro de coaxar de sapos quebrava o silêncio, misturado ao cricrilar dos grilos. Mas por essa cortina musical vazava o som de passos abafados na estrada e o ruído de torrões de terra seca rolando pelo barranco até o rio, e o estalar de galhos secos.

— Não tô ouvindo nada de extraordinário. Cês tão é nervoso. — Tranquilizou-os Casy. — Nós tudo tamo nervoso. Não conseguimo distinguir uma coisa da outra. Tá ouvindo alguma coisa, Tom?

— Ouço, sim — disse Tom. — Acho que vem vindo gente por tudo quanto é lado. É melhor a gente tratar de dar o fora daqui.

O homem enrugado cochichou:

— Por baixo do arco da ponte... por aí. Não queria abandonar a minha tenda...

— Vamo — disse Casy.

Moveram-se em silêncio, caminhando ao longo da margem do rio. O arco da ponte erguia-se diante deles como a boca de uma caverna. Casy abaixou-se e penetrou na cavidade. Tom o seguiu. Seus pés resvalaram e mergulharam na água. Andaram uns vinte metros, e seu resfolegar pesado ecoava sob o teto abobadado. Então chegaram ao lado oposto e aí se detiveram, empertigando-se.

Um grito agudo soou:

— Lá estão eles! — Os focos de duas lanternas caíram sobre os homens, paralisando-os, cegando-os. — Não se mexam! — As vozes vinham das trevas. — É ele. Aquele patife ali na frente! É ele mesmo!

Casy, às cegas, cravava os olhos nos focos brilhantes. Respirava com dificuldade.

— Escutem aqui — disse —, cês não sabem o que tão fazendo. Tão ajudando a matar criança de fome.

— Cala a boca, seu vermelho filho da puta!

Um baixinho rechonchudo e vigoroso surgiu à luz. Segurava um cassetete novo em folha.

Casy continuou:

— Cês não sabe o que tão fazendo.

O baixinho rechonchudo brandiu o cassetete. Casy, procurando esquivar-se, foi justamente apanhado no movimento. O pesado cassetete bateu-lhe com estrondo na têmpora, e ouviu-se o estalo sinistro de ossos que se partem. Casy tombou de lado, fora do raio de luz das lanternas.

— Meu Deus, George, acho que ocê matou ele!

— Bota a luz na cara dele — disse George. — Esse filho da puta teve o que merecia. — O raio de luz de uma lanterna desceu, procurou e achou a cabeça esmagada de Casy.

Tom lançou um olhar ao pregador. A luz iluminava as pernas do baixinho rechonchudo e o cassetete novo. Tom deu um salto silencioso e arrancou-lhe a arma. O primeiro golpe foi mal calculado e alcançou o ombro do baixinho, mas o segundo pegou-lhe em cheio a cabeça, e, quando ele tombou, mais três golpes lhe foram desferidos no crânio. As luzes bailaram ao redor. Gritos soaram e também o barulho de pés correndo e o quebrar de ramos de arbustos. Tom abaixou-se ao lado do homem que abatera. E então um cassetete passou-lhe rente pela cabeça e pegou-a de raspão. Tom sentiu como que um choque elétrico, e desatou a correr para os lados do rio, com o peito vergado. Ouviu o ruído de passos que o seguiam. De repente, voltou-se para a direita e arrastou-se sobre o barranco, ziguezagueando entre as moitas, embrenhando-se em um maciço cerrado de arbustos venenosos. Ficou ali deitado. Os passos soaram mais próximos agora e fachos de luz varavam a escuridão, insinuando-se no leito do rio. Tom saiu rastejando das moitas, subindo mais para o barranco. Alcançou um pomar. Ainda lhe chegavam aos ouvidos os gritos dos homens que o procuravam no fundo do barranco, à margem do rio. Abaixou-se e saiu correndo pelas terras cultivadas. Os torrões desprendiam-se e rolavam aos seus pés. À frente, enxergou os arbustos que marcavam os limites das terras cultivadas, arbustos que se enfileiravam à beira de uma vala de irrigação. Pulou uma cerca e penetrou, serpenteando, entre vinhedos e amoreiras. Depois deitou-se e ficou imóvel, num arquejar rouco. Apalpou o rosto, o nariz insensível. Estava com o nariz esmagado e o sangue lhe gotejava pelo queixo. Ficou imóvel, deitado sobre o ventre, até recuperar completamente o controle. Saiu então a rastejar até a beira do rio. Banhou o rosto na água fria, rasgou uma tira da camisa azul, mergulhou-a na água e encostou-a ao rosto e ao nariz esmagado. A água ardia e queimava.

A nuvem negra atravessava o céu, um colchão de trevas entre as estrelas. A noite recaíra no silêncio.

Tom pisou na água e sentiu como cedia o fundo aos seus pés. Transpôs o rio a nado, em duas braçadas, saltando para a outra margem e alçando o corpo com dificuldade. A roupa grudava em seu corpo. Fez um movimento e a roupa se soltou com um chiado. Seus pés chapinhavam nos sapatos. Sentou-se, então, e tirou-os para esvaziá-los. Torceu as bainhas das calças, despiu o casaco e torceu-o também.

Ao longo da estrada, ele via os focos de luz a bailar, pesquisando as valas. Tom calçou os sapatos e saiu, caminhando cautelosamente por entre as moitas. Seus pés não mais chapinhavam. Instintivamente, encontrou a outra extremidade do matagal e, finalmente, chegou à vereda. Com muita cautela, aproximou-se do bloco de casas.

Um guarda, que pensou ter ouvido qualquer coisa de suspeito, gritou:

— Quem taí?

Tom lançou-se ao chão, e o foco da lanterna passou-lhe sobre o corpo. Arrastou-se em silêncio até a porta da casa da família Joad. Os gonzos da porta rangeram. A mãe perguntou, com uma voz calma:

— Quem é?

— Sou eu, Tom!

— Vê se dorme um pouco. O Al ainda não voltou.

— Deve ter encontrado alguma menina.

— Bom, dorme — disse ela baixinho. — Deita aí perto da janela.

Ele encontrou o lugar designado e despiu a roupa molhada. Sentiu arrepios sob o cobertor. Seu rosto esmagado despertou do torpor e toda a cabeça começou a latejar.

Uma hora depois chegou Al. Entrou cautelosamente e pisou na roupa molhada de Tom.

— Shh... — fez Tom.

Al cochichou:

— Cê ainda tá acordado? Como foi que ocê se molhou?

— Shh... — repetiu. — Amanhã te conto.

O pai virou-se de costas e o seu respirar encheu o quarto de roncos e suspiros ruidosos.

— Parece que ocê tá com frio — disse Al.

— Shh... dorme. — O quadrilátero da janela recortava-se cinzento no negror do quarto.

Tom não pôde dormir. Os nervos de seu rosto ferido voltaram à vida, a palpitar, os ossos doíam-lhe e seu nariz quebrado inchara. A dor latejava tanto que parecia sacudir-lhe o corpo todo. Ele ficou a contemplar o pequeno quadrilátero da janela, olhando a passagem e o sumiço das estrelas. Ouvia os passos dos guardas, fazendo a ronda a intervalos regulares.

Afinal, os galos cantaram ao longe e, gradualmente, a janela foi se tornando mais clara. Tom tocou o rosto inchado com as pontas dos dedos e, quando assim o fez, Al grunhiu e murmurou qualquer coisa em sonho.

Chegada a madrugada, das casas muito unidas filtravam-se ruídos de gente que acorda, o rachar da lenha e o tinir de panelas que se chocam. No crepúsculo acinzentado, Tom viu a mãe sentar-se subitamente no leito, o rosto inchado de dormir. Ela ficou olhando a janela durante alguns instantes. Depois afastou o cobertor e buscou seu vestido. Ainda sentada, enfiou-o pela cabeça e, com os braços erguidos, deixou-o deslizar até a cintura. Pôs-se de pé e fez baixar o vestido inteiramente. Então, descalça, foi cautelosamente à janela e olhou para fora. Enquanto contemplava a claridade crescente, seus dedos, ligeiros, desfaziam as tranças dos cabelos e alisavam as mechas, tornando a trançá-las. Por um momento, uniu as mãos e permaneceu imóvel. Seu rosto recortava-se distintamente à claridade da janela. Depois, voltou-se e caminhou cautelosamente entre os colchões. Pegou a lamparina. O tubo quebra-luz guinchou. Acendeu o pavio.

O pai virou-se, rolando, e lançou-lhe um olhar sonolento. Ela disse:

— Pai, cê tem algum dinheiro?

— Hein? Ah, tenho, sim. Um vale de sessenta centavos.

— Bem, então levanta e compra um pouquinho de farinha e toucinho. Vamos, anda depressa!

O pai bocejou.

— Será que o armazém já tá aberto?

— Se não tiver, manda eles abrir. Cês têm que comer antes de ir pro trabalho.

O pai lutou para vestir o macacão e botou sobre ele o casaco cor de ferrugem. Foi até a porta arrastando os pés e, bocejando, estirou os braços.

As crianças acordaram e espiavam de sob os cobertores como ratinhos. Uma claridade pálida enchia o quarto, a claridade incolor que precede o nascer do sol. A mãe lançou um olhar aos colchões. Tio John já estava acordado. Al dormia profundamente. Os olhos da mãe buscaram Tom e fixaram-se nele por um instante. Depois, dirigiu-se ao filho. Tom estava com o rosto muito inchado, de uma cor azulada, e em seus lábios e no queixo havia uma crosta de sangue enegrecido. A ferida que dilacerava sua face estava inchada e repuxada nas bordas.

— Tom — ela cochichou —, que foi que te aconteceu?

— Shh! Não fale alto. Tive uma briga.

— Tom!

— Não tive outro jeito, mãe.

Ela ajoelhou-se ao lado dele.

— Cê pode ter problema, agora, né?

Passou-se longo tempo antes dele responder.

— É — disse —, e dos grande. Não posso ir trabalhar. Tenho que me esconder.

As crianças, rastejando, chegaram mais perto, olhos arregalados, prenhes de curiosidade.

— Que foi que ele teve, mãe?

— Cala a boca! — disse a mãe. — Tratem de lavar a cara.

— Não tem sabão.

— Então lava só com água, anda.

— Que é que o Tom tem?

— Não diss'procês calar a boca? E não fala nada pra ninguém.

Elas retiraram-se, acocorando-se junto à parede oposta, onde sabiam que podiam passar despercebidas.

A mãe perguntou:

— Então a coisa é feia?

— Nariz quebrado.

— Não, eu tô falando da encrenca em que ocê se meteu.

— É, muito feia.

Al abriu os olhos e notou a situação de Tom.

— Meu Deus, no que foi que ocê se meteu?

— Que é que há? — perguntou tio John.

O pai entrou ruidosamente.

— O armazém já tava aberto. — Pôs no chão, ao lado do fogão, um saquinho de farinha e um pacotinho de toucinho. — Que é que há de novo? — perguntou.

Tom, por um instante, alçara-se sobre o cotovelo, mas tornou a deitar-se.

— Deus, como eu tô fraco. Vou contar tudo logo duma vez. É melhor ocês saber logo. Mas o que vamo fazer com as criança?

A mãe olhou-as. Elas estavam encolhidas, encostadas à parede.

— Vão se lavar, já disse!

— Não — disse Tom. — Elas deve ouvir. Senão, vão começar a tagarelar por aí.

— Mas que diabo foi que houve? — inquiriu o pai.

— Vou contar tudo. Na noite passada, eu saí pra ver por que aquele pessoal lá fora tinha berrado tanto. Então encontrei o Casy.

— O pregador?

— É, pai. O pregador. Era ele que tava dirigindo a greve. E tinha gente atrás dele, querendo pegar ele.

— Quem queria pegar ele? — perguntou o pai.

— Num sei. Uns sujeito daquela mesma espécie que mandou a gente voltar naquela noite. Tavam armado de cassetete. — Fez uma pausa. — Mataram ele. Esmagaram a cabeça dele. Eu tava ali, bem junto. Fiquei louco. Apanhei um cassetete daquele... — Sombrio, ele deixou que seu olhar voltasse à cena da noite anterior, àquela escuridão profunda, às lanternas, e pronunciou as palavras lentamente: — Eu... eu usei o cassetete contra um daqueles sujeito.

A mãe estava com a respiração suspensa. O pai ficou imóvel, como uma pedra.

— Cê matou ele? — perguntou baixinho.

— Eu... não sei. Tava louco. Dei nele pra matar.

A mãe perguntou:

— Será que eles te viram?

— Num sei, eu num sei. Acho que sim. Alumiaram a gente com as lanterna.

Durante alguns segundos, o olhar da mãe fixou-se nele insistente.

— Pai — falou ela —, racha algum desses caixote pra fazer lenha. A gente tem que comer qualquer coisa. Cês têm que ir trabalhar. Ruthie,

Winfield, se alguém perguntar qualquer coisa... o Tom tá doente, entenderam? Se ocês falar, ele vai pra cadeia. Entenderam?

— Sim, senhora.

— Fica de olho nas criança, John. Não deixa elas falar com ninguém. — Ela acendia o fogo, enquanto o pai rachava um caixote dos que antes continham seus bens. Preparou a massa de farinha e colocou o bule de café sobre o fogão. A madeira seca pegou fogo rapidamente e as chamas subiam com ruído pelo cano da chaminé.

O pai acabou de partir o caixote. Aproximou-se de Tom.

— O Casy... ele sempre foi um sujeito direito. Como foi que se meteu numa coisa dessa?

Tom disse, simplesmente:

— Eles tinha vindo pra cá pra trabalhar a cinco centavos por caixa de pêssego.

— É o que nós tamo ganhando.

— Pois é. O que nós fizemo foi furar a greve. Eles ultimamente tavam pagando dois centavos e meio àquele pessoal.

— Mas esse dinheiro não dá nem pra se comer.

— Eu sei — disse Tom, abatido. — Foi por isso que eles fizeram a greve. Bom, acho que hoje de noite eles acaba com ela. E a gente vai passar a ganhar dois centavos e meio.

— Mas que filhos da puta!

— Pois é, pai, o senhor tá vendo? O Casy era um bom sujeito. Que diabo, não há meio de eu me esquecer de ontem de noite. Ele caído no chão, a cabeça esmagada, achatada, cheio de sangue. Meu Deus! — cobriu os olhos com as mãos.

— Bom, mas que é que a gente vai fazer? — perguntou tio John.

Al levantou-se, agora.

— Eu sei o que vou fazer. Vou é embora, agora mesmo.

— Não, Al, cê não pode ir. A gente precisa do cê agora — disse Tom. — Quem tem de ir embora sou eu. Eu aqui sou um perigo. Assim que puder me levantar, tenho que ir embora daqui.

A mãe estava atarefada junto ao fogão. Tinha a cabeça meio virada de lado, para poder ouvir. Despejou um pouco de banha na frigideira, e, quando a gordura começou a crepitar, despejou a massa de farinha.

Tom continuou:

— Cê tem que ficar, Al. Quem é que vai tomar conta do caminhão?

— É, mas eu não tô gostando nada disso aqui.

— É o único jeito, Al. A família é tua também. Cê pode ajudar ela. Eu agora não posso. Sou um perigo procês.

Al resmungou, furioso:

— Só quero saber por que não me deixam trabalhar numa oficina.

— Mais tarde talvez ocê possa. — Tom desviou o olhar e viu Rosa de Sharon deitada sobre um colchão. Seus olhos estavam desmedidamente abertos. — Não se preocupa — gritou para ela. — Hoje ocê vai tomar leite. — Ela pestanejou levemente, mas nada disse.

O pai falou:

— É preciso que a gente saiba: cê acha que matou aquele camarada, hein?

— Eu não sei. Tava muito escuro, demais. Não via nada. E alguém me deu um golpe. Não sei. Mas espero que ele tenha morrido, aquele bandido!

— Tom! — gritou a mãe. — Não fala assim, Tom!

Da rua vinha o ruído de muitos carros rodando vagarosamente. O pai foi à janela e olhou para fora.

— Vem chegando uma grande turma de gente nova — disse.

— Acho que acabaram a greve, como já disse — falou Tom. — Acho que hoje ocês já vão começar a trabalhar por dois centavos e meio.

— Se for assim, a gente pode trabalhar feito um cavalo, que nem pra comer ganha o bastante.

— Eu sei — disse Tom. — Come pêssego caído no chão. Mata a fome também.

A mãe virou a massa de farinha na frigideira e mexeu o café.

— Escuta aqui — disse ela. — Hoje vou comprar farinha de milho. A gente vai comer mingau. E assim que tiver dinheiro que dê pra comprar gasolina, a gente vai embora daqui. Isto aqui não presta. E não admito que o Tom vá sozinho. Não senhor, nada disso!

— A senhora não pode fazer uma coisa dessa, mãe. Eu sou um perigo pra família, já disse.

O rosto dela assumira um ar de decisão.

— É o que vamo fazer, e pronto. Bom, venham cá e comam. Depois vão trabalhar. Eu também vou, assim que acabar de lavar a louça. A gente precisa ganhar dinheiro agora.

Comeram as panquecas, tão quentes que lhes queimavam a boca. Engoliram o café a toda pressa, e, tornando a encher as canecas, tomaram outra dose de café.

Tio John, debruçado sobre o seu prato, sacudiu a cabeça.

— Não gosto dessa história de ir embora com essa pressa toda. Aposto que isso é por causa dos meus pecado.

— Ora, cala a boca! — gritou o pai. — A gente agora não pode perder tempo com os teus pecado. Anda depressa, a gente tem que ir embora daqui. As criança têm que ajudar. A mãe tem razão, a gente deve ir embora daqui.

Quando os homens se foram, a mãe ofereceu a Tom um prato e uma caneca.

— É melhor ocê comer qualquer coisa.

— Não posso, mãe. Dói tudo. Não posso mastigar.

— Experimenta.

— Não, mãe, não posso.

Ela sentou-se à borda do colchão.

— Me conta tudo direitinho, Tom — disse. — Eu tenho que saber bem como foi tudo. Que foi que o Casy fez? Por que mataram ele?

— Ele não fez nada. Tava quieto, de pé, e com a luz das lanterna batendo na cara dele.

— Mas não disse nada? Cê não lembra se ele disse qualquer coisa?

— Disse, sim — falou Tom. — Diss'assim: "Cês não têm o direito de matar ninguém de fome." Aí um camaradinha metido a valente chamou ele de vermelho filho da puta. E o Casy disse: "Cês não sabe o que tão fazendo", e o tal valente matou ele.

A mãe baixou o olhar e enlaçou as mãos.

— Foi isso, então, o que ele disse? "Cês não sabe o que tão fazendo"?

— Foi.

— Só queria que a vó pudesse ouvir isso.

— Mãe... eu nem sabia o que ia fazer. É como a respiração: a gente nem percebe que tá respirando.

— Tá certo, Tommy. Seria melhor se ocê não tivesse feito nada. Seria melhor que não tivesse ido lá. Mas agora tá tudo feito, tinha que ser assim. Não posso te culpar por isso. — Ela foi ao fogão e mergulhou um pano na água quente, que tinha preparado para lavar os pratos e as canecas. — Pega — falou — encosta isso no rosto.

Tom encostou o pano quente no nariz e parte do rosto e estremeceu ligeiramente sob o efeito do calor.

— Mãe, vou embora, hoje mesmo, de noite. Não posso deixar que ocês corra o risco de eu ser apanhado aqui.

A mãe respondeu, irritada.

— Tom! Tem uma porção de coisa que não posso entender. Mas ocê indo embora, não adianta nada. Só faz é piorar as coisa pra nós. Ficamo tudo abatido. — E prosseguiu: — Quando a gente tava na nossa terra, como era diferente! A terra era uma espécie de fronteira para nós tudo. Os véio morria e nascia criança e a gente era sempre uma só coisa... uma só família... uma coisa completa. E agora não é mais assim. Eu tô que não posso mais. Não tem mais nada pra unir a gente. O Al só vive suspirando e resmungando, querendo ir embora, ganhar a vida sozinho. E tio John mal se arrasta nas perna. E o pai perdeu o lugar dele; não é mais o chefe. A gente tá se desfazendo aos pouco, Tom. A família quase que não existe mais. E a Rosasharn... — A mãe voltou-se e seus olhos encontraram os olhos arregalados da moça. — Ela vai ter o bebê, e não será uma família. Não sei. Eu fiz força pra família ficar junta. E o Winfield... como vai ser se ele continuar assim? Tá ficando cada vez mais selvagem, e a Ruthie também... tão ficando que nem um animal. Eles não pode ter mais fé em nada. Tom, não vai embora, fica junto com a gente, ocê tem que ajudar a gente.

— Muito bem — disse Tom, abatido. — Muito bem. Eu não devia ficar, sei que não devia, mas fico.

A mãe foi para junto da bacia de lavar pratos. Lavou os pratos de estanho e enxugou-os.

— Cê não dormiu?

— Não.

— Então trata de dormir agora. Vi que a sua roupa tá molhada. Vou estender ela sobre o fogão, que é pra secar. — Ela terminou a tarefa. — Vou sair agora. Ajudar na colheita. Rosasharn, se alguém aparecer, o Tom tá doente, entendeu? Não deixa ninguém entrar. — Rosa de Sharon anuiu. — Ao meio-dia, a gente volta. — Dorme agora, Tom. Pode ser que logo de noite a gente possa ir embora daqui. — Brandamente, ela se dirigiu a ele: — Tom, ocê não vai fugir, né?

— Não, mãe.

— Tem certeza? Cê fica mesmo?

— Fico sim, mãe.

— Muito bem. E Rosasharn, lembra bem o que te disse. — A mãe saiu e fechou a porta com firmeza atrás de si.

Tom ficou deitado, imóvel, e uma onda de sono levou-o à inconsciência, largou-o e tornou a inundá-lo de novo.

— Tom... Tom!

— Hein? Que é? — Ele acordou e fitou Rosa de Sharon, cujos olhos brilhavam de ressentimento. — Que é que ocê quer? — perguntou à irmã.

— Cê matou um homem!

— É, mas não fala tão alto! Não faz escândalo.

— Que me importa? — gritou ela. — Aquela mulher me disse, ela me disse o que o pecado fazia. Me falou tudo. Como é que eu posso ter um bebê bonito agora? O Connie foi embora, e ninguém me dá comida que preste. Nem leite me dão. — Sua voz subia, histérica, de tonalidade. — E agora ocê matou um homem. Como é que um bebê pode nascer direito desse jeito? Eu sei... eu sei que meu filho vai ser uma aberração, uma aberração. E eu nunca dancei igual a eles.

Tom ergueu-se.

— Shh! — fez. — Fica calada, senão vem gente.

— Não me interessa. Vou ter uma aberração. E eu nunca dancei essas danças indecentes.

Tom chegou-se perto dela.

— Fica quietinha.

— Não me toque, ouviu? Esse não é o primeiro que ocê mata. — Seu rosto tingiu-se de vermelho, num acesso de histeria. Suas palavras borbulhavam na garganta. — Não quero te ver mais. — Cobriu a cabeça com o cobertor.

Tom ouviu-lhe o choro abafado. Mordeu o lábio inferior, quedando--se a contemplar o chão. Depois foi até o leito do pai. À beira do colchão havia uma espingarda, uma velha espingarda Winchester 38, pesada e comprida, de trava automática. Tom apanhou-a e destravou a alavanca para ver se ainda havia alguma bala na agulha. Examinou o gatilho e verificou que estava travado. Depois voltou ao seu colchão. Pôs a espingarda no chão, ao lado, com a coronha para cima e o cano para baixo. O choro de Rosa de Sharon descambava em gemidos. Tom tornou a deitar-se e cobriu-se com o cobertor. Cobriu também o rosto inchado, deixando um pequeno túnel para a passagem do ar necessário à respiração. Suspirou.

— Jesus, ah, meu Jesus!

Lá fora passava um comboio de carros e vozes se ouviam:

— Quantos homens?

— Só nós três. Quanto é que ocês paga?

— Vão morar no 25. O número tá na porta da casa.

— Ok, senhor. Quanto é que paga?

— Dois centavos e meio.

— Meu Deus, mas isso não dá nem pro almoço.

— É só o que pagamos. Tão aí duzentos homens, chegados do sul, que vão ficar bem satisfeito de poder ganhar dois e meio.

— Mas, Jesus, meu senhor!

— Vamos, anda! Ou aceita ou vai embora. Não posso perder tempo com discussão.

— Mas...

— Olha aqui, quem faz os ordenado não sou eu. Eu só faço é registrar ocês. Se quiserem aceitar, bem; se não, podem ir voltando logo.

— Casa 25, foi que o senhor disse?

— É, casa 25.

Tom cochilava. Um ruído abafado despertou-o. Sua mão deixou o cobertor, à procura da espingarda. Pôs o dedo no gatilho e ergueu o cobertor que lhe tapava o rosto. Rosa de Sharon estava ao seu lado.

— Que é que ocê tá procurando?

— Dorme — disse ela. — Continua dormindo. Vou ficar vigiando na porta. Ninguém entra.

Por um instante, ele ficou a analisar as feições dela.

— Tá certo — disse, tornando a cobrir o rosto com o cobertor.

Ao cair a noite, a mãe regressou. Parou no limiar da porta, bateu nela com os nós dos dedos e disse: "Sou eu", para que Tom não ficasse preocupado. Abriu a porta depois e entrou, segurando um saquinho. Tom acordou, sentando-se. Sua ferida secara e estava tão tensa que a pele da parte que não fora ferida brilhava. Tinha o olho esquerdo repuxado e quase fechado.

— Veio alguém enquanto eu tive fora? — perguntou a mãe.

— Não — respondeu Tom. — Ninguém. Tô sabendo que eles baixaram os salário.

— Como é que ocê sabe?

— Ouvi o pessoal falando aí fora.

Rosa de Sharon lançou à mãe um olhar envergonhado.

Tom apontou para ela com o polegar.

— Ela fez um barulho dos diabos, mãe. Pensa que todas essas encrenca são tudo contra ela. Se sou eu quem faz ela ficar tão nervosa, acho melhor é eu ir embora logo duma vez.

A mãe voltou-se para Rosa de Sharon.

— Que foi que ocê fez?

A moça disse, com amargura:

— Como é que eu posso ter um bebê bonito com todas essas encrenca?

— Shh! Cala a boca! Eu sei como ocê se sente, sei que não tem culpa. O melhor é ocê ficar quieta agora, ouviu?

Voltou-se de novo para Tom.

— Não leva ela a mal, Tom. É duro isso que tá acontecendo pra ela, eu sei que é duro. A gente, quando espera um filho, pensa que tudo é contra a gente, qualquer coisa que alguém diga parece logo um insulto, todos parece inimigo. Não leva ela a mal. A culpa não é dela. Todas são assim.

— Mas eu não quero fazer nenhum mal a ela.

— Shh!, não fala! — Ela pôs o saquinho de papel em cima do fogão. — A gente quase não ganhou nada — disse. — Eu não falei que o melhor é ir embora daqui? Tom, me faz o favor de trazer um pouco de lenha. Não, ocê não pode... Ainda tem um caixote. Racha ele. Eu disse pros outro que é pra trazer alguma lenha na volta. Vou fazer um mingau, com açúcar em cima.

Tom levantou-se e transformou em lenha o último caixote, partindo-o em pequenas ripas. Cautelosamente, a mãe acendeu o fogo num canto do fogão, mantendo as chamas concentradas sob uma rodela, apenas. Encheu uma panela de água e a colocou sobre as chamas. Em breve a água da panela borbulhava sobre o fogo, borbulhava e espirrava.

— Como foi a panha hoje? — perguntou Tom.

A mãe mergulhou uma caneca no saquinho de farinha de milho.

— Não quero falar disso. Justamente hoje andei pensando em como a gente antigamente vivia brincando, fazendo pilhéria. Não tô gostando, Tom. Ninguém mais brinca hoje em dia, ninguém mais faz galhofa. E quando faz, são palavra amarga e vulgar, sem graça. Um homem disse hoje assim: "A crise passou. Vi um coelho, e não tinha ninguém perto, querendo caçar ele." E um outro respondeu: "O motivo é outro, não é o que ocê pensa. É que hoje em dia ninguém tem coragem de matar um coelho. Hoje se pega ele e se ordenha, tirando todo o leite, e depois se solta de novo. O coelho que ocê viu não tinha mais leite, tava seco." É assim que andam falando. E isso não é nada engraçado, não é engraçado como quando o tio John converteu um bugre e levou ele pra casa, e o bugre comeu uma panela inteirinha de feijão e depois sumiu com a garrafa de uísque do tio John. Tom, bota um pano molhado nessa cara.

A escuridão aprofundara-se. A mãe acendeu a lamparina e colocou-a suspensa sobre um prego. Atiçou o fogo e foi despejando, devagar, a farinha de milho na água fervente.

— Rosasharn — disse —, será que ocê podia mexer um pouco o mingau?

Ouviu-se o ruído de pés a correr ao lado de fora. A porta foi aberta com violência e batida de encontro à parede. Ruthie se precipitou no quarto.

— Mãe — gritou —, o Winfield desmaiou!

— Onde? Fala!

Ruthie arfava.

— Ficou branco de repente e caiu no chão. Ele comeu muito pêssego e andou com dor de barriga o dia todo. Depois caiu. Tava branco, mãe!

— Vem me mostrar onde ele está. — A mãe pediu. — Rosasharn, ocê fica cuidando do mingau.

Ela saiu com Ruthie. Subiu a rua, correndo com dificuldade atrás da menina. Três homens vinham chegando ao seu encontro na escuridão, e o do meio carregava Winfield nos braços. A mãe correu até eles.

— É meu filho! — gritou. — Me dá ele, faz favor.

— Deixa que eu carrego ele, dona.

— Não, não, me dá ele pra cá, depressa. — Ela pegou o menino e foi só então que se lembrou de agradecer: — Muito obrigada.

— Não tem de quê, dona. O menino tá bem fraco. Parece que é lombriga.

A mãe regressava com rapidez, com Winfield a pender de seus braços, corpinho abandonado, sem alento. A mãe o levou para dentro da casa e, vergando os joelhos, deitou-o sobre o colchão.

— Agora me conta como foi — pediu. Winfield abriu os olhos, sacudiu a cabeça e tornou a fechar os olhos.

Ruthie disse:

— Foi assim, mãe. Ela passou o dia todo com dor de barriga. Só vivia indo lá fora. Comeu pêssego que foi uma coisa por demais.

A mãe pôs a mão na testa do menino.

— Não tem febre. Mas tá muito branco e fraco.

Tom aproximou-se e tirou a lamparina do prego.

— Eu sei — disse. — Ele tá é com fome. Por isso, a fraqueza. É melhor comprar um pouco de leite pra ele, ou então misturar o leite no mingau.

— Winfield — disse a mãe —, como ocê tá se sentindo? Diz.

— Tô tonto, mãe. Tá tudo girando, eu tô tonto.

— Nunca vi uma diarreia assim — disse Ruthie com ar de importância.

O pai, tio John e Al entraram nesse instante. Tinham os braços cheios de gravetos e galhos secos, que deixaram cair ao pé do fogão.

— Que foi? — perguntou o pai.

— O Winfield. Ele tá precisando de leite.

— Meu Deus, só vejo gente precisando de coisa.

A mãe disse:

— Quanto foi que a gente ganhou hoje?

— Um dólar e quarenta e dois e meio.

— Bom, então cê traz logo uma lata de leite pro Winfield.

— Mas por que diabo ele ficou doente justo agora?

— Não sei. Só sei que ficou. Bom, vê se traz esse leite. — O pai saiu resmungando. — Cê mexeu o mingau?

— Mexi. — Rosa de Sharon foi mexendo com mais rapidez, para provar o que tinha afirmado.

Al queixou-se:

— Deus todo poderoso, Mãe! Só isso que a gente tem depois de trabalhar até escurecer?

— Al, cê sabe que a gente tá querendo ir embora daqui. Precisamo do dinheiro pra comprar gasolina. Cê sabe disso, não sabe?

— Mas meu Deus, gente que trabalha precisa comer um pouco de carne, mãe!

— Para com isso agora — disse ela. — Antes de mais nada, a gente tem que dar um jeito numa coisa muito mais importante. Cê sabe bem o que é.

Tom perguntou:

— Isso é comigo, né?

— Falamo sobre isso depois do jantar — disse a mãe. — Al, a gente tem gasolina bastante para ir embora daqui?

— Um quarto de tanque, mais ou menos, tá cheio — disse Al.

— Que é que há? Me contem logo — disse Tom.

— Depois. Tenha calma. Vai ocê mexer o mingau. Quero botar no fogo um pouco de água pro café. Cês pode escolher: açúcar no mingau ou no café. Pros dois, não tem.

O pai voltou com uma lata de leite.

— Onze centavos — disse, indignado.

— Deixa ver — a mãe pegou a lata e perfurou-a. Despejou o leite numa caneca, que entregou a Tom. — Dá isso pro Winfield.

Tom pôs-se de joelhos, ao lado do colchão.

— Toma, bebe isso, rapaz.

— Não posso. Tô muito doente. Me deixa.

Tom ergueu-se.

— Ele não pode tomar o leite agora, mãe. Vamo esperar um pouco.

A mãe tomou a caneca e colocou-a sobre o peitoril da janela.

— Ninguém toque nisso, ouviram? — advertiu. — É pro Winfield.

— Pra mim ninguém dá leite — choramingou Rosa de Sharon. — Eu preciso tanto de leite!

— Eu sei, mas ocê ainda tá de pé, e o menino tá muito doente. O mingau já tá bem grosso?

— Tá, sim, quase que nem posso mais mexer ele.

— Bom, então vamo comer. Tá aqui o açúcar. Tem uma colher pra cada um. Podem botar no mingau ou no café, como quiser.

Tom disse:

— Eu queria era sal e pimenta pro mingau.

— Pode botar sal, se quiser — disse a mãe. — A pimenta acabou.

Os caixotes todos tinham sido queimados como lenha. A família sentou sobre os colchões para comer. Serviram-se todos e tornaram a servir-se, até a panela estar quase vazia.

— Deixem um pouco pro Winfield — disse a mãe.

Winfield sentou-se e bebeu seu leite e, imediatamente, se sentiu acometido de uma fome canina. Depositou a panela de mingau entre as pernas, comeu tudo e ainda raspou os lados da panela. A mãe botou o resto do leite numa caneca, que passou para Rosa de Sharon. Ela o tomou, furtivamente, encolhida num canto. A mãe pôs o café, bem quente, nas canecas e entregou uma a cada um dos membros da família.

— Bom, agora me conta logo duma vez o que há — pediu Tom. — Eu preciso saber.

O pai disse, embaraçado.

— Eu preferia que Ruthie e o Winfield não ouvisse isso. Será que eles não podia sair um pouco?

— Não, é melhor que fique — disse a mãe. — Eles têm que andar como gente grande, apesar de não ser ainda. Ruthie, Winfield, cês não vão dizer coisa nenhuma do que ouviram aqui, senão vão encrencar nós, entenderam?

— A gente não vai falar nada — disse Ruthie. — Já somo grande.

— Então fiquem bem caladinho. — As canecas tinham sido depositadas no chão. A chama curta e bojuda da lamparina, parecida com uma asa aparada de borboleta, projetava nas paredes uma meia-luz amarelada.

— Vão dizendo — falou Tom.

— Pai, é melhor ocê contar — disse a mãe.

Tio John engoliu o seu café. O pai começou:

— Bom, eles baixaram os salário, como ocê tinha dito. E chegou uma porção de gente nova para trabalhar na colheita. Eles tavam com tanta fome que trabalhavam até pra ganhar um pedaço de pão seco. E quando um ia pegar num pêssego, outro já tinha apanhado ele. Já acabaram quase com a colheita toda. Eles chegaram a brigar... Um camarada diss'que a árvore era dele e outro diss'que era dele primeiro. Foi um caso sério. Esse pessoal veio de El Centro. Gente faminta como o diabo. Trabalham o dia todo por um pedaço de pão. Eu disse pr'aquele homem que faz o registro do pessoal: "A gente não pode trabalhar por dois centavos e meio a caixa", e ele me disse: "Vai em frente então, pode sair. Esses homens todos podem." Eu disse então: "Quando eles tiver de barriga cheia, também não vão querer mais." E ele falou: "Ora, esses pêssego tão tudo colhido antes que eles teja de barriga cheia." — O pai fez uma pausa.

— Aquilo ali foi um verdadeiro inferno — disse tio John. — E diss'que vêm mais duzentos homem hoje de noite.

— Bem, e aquela outra história? — perguntou Tom.

Por alguns instantes, o pai permaneceu em silêncio.

— Tom — disse afinal —, parece que ocê fez um serviço bem-feito.

— Eu já calculava que fosse assim. Não pude ver nada, mas calculava isso.

— O pessoal só vive falando nisso — disse tio John. — Tem polícia à beça aí fora, e tem gente falando sobre linchar, se pegasse o sujeito que fez esse serviço.

Tom lançou um olhar às crianças, que estavam de olhos arregalados. Elas quase não piscavam. Era como se estivessem com medo de que algo acontecesse exatamente no instante em que fechassem os olhos. Tom disse:

— Bom, o sujeito que fez esse serviço só fez depois que eles mataram o Casy.

O pai interrompeu-o:

— Mas eles tão contando a coisa de outro jeito. Diss'que ele fez a coisa primeiro.

Tom soltou um suspiro.

— Ah, é?

— Tão criando um sentimento contra a nossa gente. Eu ouvi bem. É esse pessoal fardado todo, os homem da guarda... o diabo... Diss'que vão pegar o sujeito de qualquer maneira.

— Eles sabem como é ele? — perguntou Tom.

— Bom... acho que não se lembram bem da cara dele. Mas ouvi dizer que eles sabem que o sujeito tá ferido. Eles acham que...

Tom ergueu a mão lentamente e apalpou o rosto ferido.

A mãe gritou:

— Mas não é verdade o que eles tão dizendo!

— Calma, mãe — disse Tom. — Eles faz o que quer. Tudo que essa gente fardada falar contra nós tem que ser verdade.

A mãe, à luz fraca, analisou as faces de Tom, observando-lhe principalmente os lábios.

— Ocê me prometeu — disse ela.

— Mãe... quem sabe se eu... se esse sujeito não devia ir embora. Se... se esse sujeito tivesse feito alguma coisa de ruim, podia ser que tivesse pensando assim: "Muito bem, devo morrer na forca. Cometi uma ação má, e agora tenho que pagar." Mas esse sujeito não fez nada de mal. Não se arrepende do que fez. É como se tivesse matado um gambá fedorento.

Ruthie interrompeu-o:

— Mãe, o Winfield e eu, a gente sabe de tudo. Ele não precisa falar assim: "esse sujeito", na nossa frente.

Tom riu.

— Pois é, esse sujeito não quer ser enforcado, pois tá pronto pra fazer novamente uma coisa assim, a qualquer momento. E também não quer arranjar encrenca pra sua família. Mãe... eu tenho que ir embora.

A mãe tapou a boca com a mão e tossiu e pigarreou para clarear a voz.

— Cê não pode ir — disse. — Onde é que ocê ia se esconder? Cê não pode confiar em ninguém, só em nós. A gente podia esconder ocê e dar um jeito qualquer procê ir comendo, até que fique bem do rosto.

— Mas, mãe...

Ela pôs-se de pé.

— Não, ocê não vai embora. Vem com a gente. Al, cê traz o caminhão, em marcha a ré, até a porta. Já sei como é que vamo fazer a coisa. A gente bota um colchão no fundo do caminhão e Tom sobe depressa e então a gente pega outro colchão e dobra ele um pouco, que é pra formar uma cova, e o Tom fica escondido aí dentro. Depois, a gente coloca ainda qualquer coisa na frente. Ele pode respirar de lado, sabe? Pois é isso. Não discutam! Vai ser é assim mesmo.

O pai queixou-se:

— É, tô vendo que um marido já não pode mais dizer nada. Ela tá que tá mandona, é eu *quero*, *posso*, *mando* em tudo. Deixa estar, assim que a gente tiver instalado cê vai ver.

— Tá bem. Depois cê dá um jeito — disse a mãe. — Bom, Al, anda. Já tá bastante escuro.

Al dirigiu-se ao caminhão. Estudou bem o terreno e encostou em marcha a ré à porta da casa.

A mãe disse:

— Vamo depressa, agora. Botem o colchão aí na carroceria.

O pai e tio John galgaram a carroceria pela traseira.

— O outro agora. — Alçaram o segundo colchão. — Agora ocê sobe, Tom, e se enfia no meio dos colchão. Anda depressa!

Tom, rápido, subiu à carroceria e deixou-se cair sobre o ventre. Estendeu um dos colchões e puxou o segundo sobre si. O pai suspendeu-o e dobrou-o pelos lados, de maneira que o colchão formava um arco sobre o corpo de Tom, que podia ver e respirar através das frestas laterais do caminhão. O pai e tio John carregaram o caminhão com rapidez, empilhando os cobertores por cima da toca de Tom, colocando os baldes do lado e cobrindo a parte traseira do veículo com o último colchão. Panelas, frigideiras e as roupas de reserva foram lançadas soltas sobre o caminhão, pois os caixotes tinham sido aproveitados como lenha. Estavam quase terminando a tarefa, quando um guarda surgiu, a carabina sob o braço esquerdo.

— Que é que ocês tão fazendo? — perguntou.

— Vamo embora — disse o pai.

— Por quê?

— Bom... ofereceram à gente um emprego... um bom emprego.

— Ah, é? Onde isso?

— Ali, pra baixo. Perto de Weedpatch.

— Deixe dar uma olhada no cês. — Dirigiu o foco da lanterna no rosto do pai, depois no de tio John e de Al. — Não tinha mais um rapaz com cês?

Al disse:

— O senhor se refere àquele vagabundo que a gente pegou no meio da estrada? Um baixinho, de cara pálida?

— É. Acho que tinha um jeito assim mesmo.

— A gente pegou ele no caminho pra cá. Ele foi embora hoje de manhã, quando baixaram os salário.

— Como foi mesmo que ocê diss'que ele era?

— Um baixinho, de cara pálida.

— Cê não viu se ele tava com a cara machucada, hoje de manhã?

— Não. Não tinha nada na cara — disse Al. — Escuta, será que a bomba de gasolina ainda tá aberta?

— Tá. Até às oito.

— Bom, então subam — gritou Al. — Se a gente quer chegar a Weedpatch antes de amanhecer é preciso andar depressa. A senhora vem na frente, mãe?

— Não, eu gosto mais de ficar aqui atrás. Pai — disse ela —, ocê vem pra trás também. Deixa a Rosasharn sentar na frente, no meio do Al e de tio John.

— Pai, me dá o vale — disse Al. — Vou comprar gasolina, e quero ver se ele me dá o troco.

O guarda ficou a acompanhá-los com o olhar, vendo-os descer a rua e dobrar para a esquerda, onde ficava a bomba de gasolina.

— Bota dois — disse Al.

— Então ocês não vão longe.

— Não, não vamo pra longe. O senhor troca esse vale, não troca?

— Bom... eu não devo fazer isso.

— Olha, senhor — disse Al. — A gente arrumou um emprego e tem que chegar lá inda hoje de noite. Senão, a gente perde o emprego. Seja camarada.

— Bom, tá certo, mas ocê me assina o vale.

Al deixou a boleia do caminhão e foi até o radiador.

— Mas é claro que assino — disse. — Retirou a tampa do radiador e encheu-o de água.

— Cê disse dois litro, não foi?

— É, dois.

— Qual é a direção que ocês vão?

— Sul. Tem trabalho ali, à nossa espera.

— Ah é? É difícil arrumar trabalho hoje em dia. Principalmente um trabalho regular.

— É um amigo nosso que ofereceu pra gente — disse Al. — Tá esperando a gente com o emprego. Bom, até qualquer dia. — O caminhão fez uma curva, atravessou o atalho poeirento e entrou na estrada. A luz tênue dos faróis bailou sobre a faixa e o farol do lado direito começou a falhar, devido a má ligação. A cada solavanco, as panelas e frigideiras, postas sobre o topo da carga, entrechocavam-se e retiniam ruidosamente.

Rosa de Sharon gemeu baixinho.

— Tá se sentindo mal? — perguntou tio John.

— Tô, me sinto mal o tempo todo. Queria era poder ficar sentada, tranquila, num lugar bonito qualquer. Que bom se a gente tivesse ficado em casa, nunca tivesse feito essa viagem! Aí o Connie nunca ia me abandonar. Ia estudar e arranjava um bom emprego. — Nem Al nem tio John lhe responderam. Sentiram-se embaraçados por causa de Connie.

Ao portão do pomar, pintado de branco, o guarda aproximou-se do caminhão.

— Cês tão indo embora mesmo?

— Tamo — disse Al. Vamo pro norte. Achamo trabalho.

O guarda lançou o foco de sua lanterna no caminhão todo. A mãe e o pai pareciam petrificados sob a intensidade do clarão.

— Tá certo — disse o guarda, abrindo o portão. O caminhão virou para a esquerda e subiu na 101, a grande estrada que vai de norte a sul.

— Cê sabe aonde a gente vai? — perguntou tio John.

— Não — disse Al. — É sempre assim: a gente vai indo e nem sabe pra onde. Já tô farto disso tudo.

— Não demora muito até chegar a minha hora — disse Rosa de Sharon com ar mal-humorado. — É melhor a gente procurar um lugar bonito onde possa ficar.

O ar da noite estava frio e denunciava as primeiras geadas. À margem da estrada, as folhas já começavam a cair das árvores frutíferas. A mãe estava sentada na carroceria, encostada à parede lateral do veículo, e o pai sentava-se à sua frente, no lado oposto.

A mãe gritou:

— Cê tá bem, Tom?

Uma voz abafada soou:

— Tá meio apertado aqui. A gente já saiu do rancho?

— Já, mas é melhor tomar cuidado. Pode ser que nós tenha que parar — disse a mãe.

Tom ergueu uma das pontas do colchão que o encobria. Na penumbra da carroceria, as panelas retiniam ruidosamente.

— Parece que eu tô numa ratoeira — disse Tom. — Se alguém vier, dá pra baixar o colchão depressa. — Apoiou-se no cotovelo. — Por Deus, tá fazendo um bocado de frio, hein?

— Tem muita nuvem no céu — disse o pai. — Diss'que o inverno vem cedo esse ano.

— Será porque os esquilo já tão construindo suas casa, ou porque tem grão no chão? — perguntou Tom. — Meu Deus, ocês só vive fazendo previsão do tempo. Qualquer coisa serve pra fazer previsão. Aposto que não falta quem faça previsão de tempo até com um par de cuecas usada.

— Não sei — disse o pai —, mas parece que o inverno já vem vindo mesmo. Pra dizer essas coisa, só quem já mora aqui faz bastante tempo.

— Que direção a gente tá tomando? — perguntou Tom.

— Não sei. O Al virou pra esquerda. Parece que a gente tá voltando pelo caminho que veio.

— Não sei como seja melhor — falou Tom. — Me parece que, se a gente for pela estrada principal, vai é encontrar muitos polícia. E com a minha cara do jeito que tá, eles me pegava logo. É melhor a gente ir por esses caminho pequeno.

A mãe disse:

— Bate aí na tábua, pro Al parar um instante.

Tom bateu com o punho na tábua traseira da cabine. O caminhão freou bruscamente à margem da estrada. Al saiu e dirigiu-se à traseira do caminhão. As cabeças de Ruthie e de Winfield apareceram, a espiar por baixo dos cobertores.

— Que é que ocê quer? — perguntou Al.

A mãe disse:

— É melhor a gente resolver logo o que vai fazer. Talvez seja bom passar por estrada pequena. O Tom acha que isso seja melhor.

— É por causa da minha cara — disse Tom. — Desse jeito, qualquer um ia saber logo. Qualquer polícia me reconhecia.

— Bom, mas então qual é a direção que ocês quer tomar? Eu queria ir pro norte. No sul, a gente já foi.

— Tá certo — disse Tom. — Mas vai por uma dessas estrada pequena.

Al perguntou:

— Que tal a gente parar um pouco agora e dormir, pra poder viajar amanhã?

A mãe respondeu com rapidez:

— Agora, não. Deixa a gente se afastar um pouco, primeiro.

— Tá bem. — Al voltou a pegar no volante e o caminhão prosseguiu sua marcha.

Ruthie e Winfield tornaram a cobrir as cabeças. A mãe perguntou:

— O Winfield tá bem?

— Tá — disse Ruthie. — Ele dormiu.

A mãe encostou-se de novo à parede lateral da carroceria.

— É esquisito a gente ser caçado assim dessa maneira. Já tô ficando danada com isso.

— Todo mundo fica danado — disse o pai. — Todo mundo. Cê viu aquela briga, hoje de manhã? O pessoal mudou muito. Lá naquele acampamento do governo a gente não era assim.

Al fez uma curva para a direita e entrou num caminho coberto de cascalho e as luzes amareladas bailavam no chão. Acabara-se agora a fila de árvores frutíferas e em seu lugar havia pés de algodão. Percorreram trinta quilômetros atravessando campos de cultura de algodão, ziguezagueando por caminhos estreitos. O caminho, agora, estendia-se paralelo a um riacho orlado de arbustos, atravessando-o por meio de uma pequena ponte de cimento e continuando, do outro lado, a seguir o riacho. E então as luzes fizeram aparecer à beira do riacho longa fileira de vagões de carga, vermelhos, sem rodas, e um grande cartaz colocado à beira do caminho dizia: "Procuram-se trabalhadores para a colheita do algodão." Al diminuiu a marcha do caminhão. Tom espreitou para fora, por entre as frestas do veículo. A quinhentos metros dos vagões, Tom tornou a bater à tábua da cabine. Al parou à beira do caminho e saltou do caminhão.

— Que é que ocê quer de novo?

— Desliga o motor e sobe aqui — disse Tom.

Al voltou à cabine, guiou o veículo até a vala, desligou o motor, apagou os faróis e subiu pela lateral do caminhão.

— Pronto — disse.

Tom saiu rastejando entre as panelas e pôs-se de joelhos diante da mãe.

— Olha — disse. — Eles tão procurando gente pra colher algodão. Tá escrito naquele cartaz. Bem, eu andei pensando como podia ficar com cês sem causar encrenca. Quando a minha cara tiver boa, pode ser que tudo ande direito, mas por enquanto não. Ocês viram aqueles vagão ali atrás?

É neles que mora os trabalhador da safra do algodão. Pode ser que eles precisem de mais gente. Que tal experimentar e morar num daqueles vagão?

— E ocê? — perguntou a mãe.

— Bom, a senhora viu aquele riacho ali, todo coberto de moita, não viu? Pois eu podia me esconder ali, no meio do mato, que ninguém ia me ver. E de noite a senhora me levava comida. Vi um cano de água, mais pra trás um pouco. Pode ser que dê pra dormir naquele cano.

O pai disse:

— Meu Deus, que bom se eu pudesse pegar em algodão de novo. É um serviço que conheço bem, mesmo.

— E esses vagão até pode ser bem bom pra se morar — disse a mãe. — São bonito e parecem seco. Cê acha que o mato ali dá pra te esconder, Tom?

— Dá, sim. Eu reparei bem. Arranja um canto bem escondido. Assim que o rosto melhorar eu saio de lá.

— Mas ocê vai ficar com a cara toda marcada — disse a mãe.

— Que é que tem? Todo o mundo tem cicatriz.

— Uma vez eu apanhei duzentos quilo — disse o pai. — É verdade que foi numa colheita dura de roer. Mas se a nossa gente toda trabalhar, dá pra ganhar bastante dinheiro.

— Aí a gente podia até comprar um pedaço de carne, né? — disse Al. — Bom, que é que a gente vai fazer agora?

— Vamo voltar pro lugar onde tão aqueles vagão e dormir um pouco no caminhão mesmo, até amanhã de manhã — disse o pai. — E amanhã de manhã a gente talvez possa começar a trabalhar. Até no escuro dá pra ver a cabeça branca do algodão.

— E como vai ser com o Tom? — perguntou a mãe.

— Vê se não pensa em mim o tempo todo, mãe. Eu levo um cobertor comigo. Presta atenção no lugar. Ali tem aquele cano de água. É onde vou ficar. Se a senhora quiser, pode me levar um pouco de pão ou batata ou mingau, qualquer coisa. Basta deixar ali perto do cano. Eu depois procuro a comida.

— Tá bem.

— Eu também acho que é uma ideia boa — disse o pai.

— É boa, sim — insistiu Tom. — E logo que eu melhorar da cara vou sair dali e trabalhar com cês.

— Muito bem — concordou a mãe. — Mas toma cuidado. Não se arrisca, viu? Não deixa que ninguém te veja, por algum tempo.

Tom arrastou-se até a traseira do caminhão e saltou para a margem da estrada.

— Boa noite — disse.

A mãe viu seu vulto fundir-se com a noite e sumir entre os arbustos da margem do rio.

— Meu Deus, tomara que tudo corra bem — disse ela.

Al perguntou:

— Então, vamo voltando?

— Vamo — disse o pai.

— Vai devagarinho — disse a mãe. — Quero ver bem aquele cano que ele disse. Quero ver bem onde fica.

Al deu marcha a ré, tornou a galgar o caminho de seixos e fez a volta. Foi rodando lentamente em direção à fila de vagões, onde a escuridão reinava. Os faróis do caminhão iluminavam as pranchas que ligavam as portas dos vagões com o chão. Nenhum movimento havia na noite. Al desligou as luzes.

— Ocê e tio John vão lá pra trás — disse ele a Rosa de Sharon. — Eu vou dormir aqui mesmo, no assento.

Tio John ajudou a moça, pesada, na tarefa de subir pela traseira da carroceria. A mãe empilhou as panelas em um canto. A família se aninhou na traseira do caminhão.

Num dos vagões soou um choro de criança, um choro convulsivo e prolongado. Um cão passou a trote, a farejar e bufar, rodeando vagarosamente o caminhão dos Joad. Do leito do riacho vinha o murmúrio da água.

27

"Procuram-se trabalhadores para a colheita de algodão"... cartazes no caminho, impressos distribuídos, impressos cor de laranja... "Procuram-se trabalhadores."

Ali, subindo a estrada — diz o impresso.

As plantas verde-escuras estão fibrosas agora e as pesadas cápsulas sentem-se comprimidas em sua vagem. Algodão branco, estalando feito pipoca.

Eu gostava de tocar os flocos com as mãos. Delicadamente, com as pontas dos dedos.

Sou bom para colher algodão.

Esse aqui é que é o homem, é esse mesmo.

Eu queria colher algodão.

Tem um saco?

Saco não, não tenho.

Custa um dólar cada saco. Vai ser descontado dos primeiros setenta e cinco quilo que ocê fizer. Oitenta centavos os cinquenta quilo da primeira passagem pelo campo, e noventa da segunda. Pode procurar seu saco por ali. Um dólar. Se ocê não tem um dólar, a gente desconta ele dos primeiro setenta e cinco quilo que ocê fizer. É o costume, você bem sabe.

Claro que é o costume. Um bom saco pra algodão dura a estação toda. E, quando ele tiver estragado, gasto, vira ele e usa do lado da boca. Costura a boca aberta e abre a boca fechada. E quando as duas boca tiver gasta, então o pano ainda serve. Serve pra um bom par de calça pro verão. Ou pra camisola de dormir. E pra... sim senhor, um saco pra algodão é coisa muito boa.

Prega ele na cinta. Estique bem e arrasta o saco entre as perna. No princípio, se puxa facilmente. E as pontas dos dedo colhe a penugem e as mão empurra pra dentro do saco, que tá entre as perna. As criança anda atrás. Não tem saco pras criança... elas que use um velho saco de juta, ou botem a coisa no saco dos pais. Agora já tá ficando pesado. Inclina pra diante e puxa ele pra frente. Eu tenho uma boa mão pro algodão. É pegar e colher. Cê pode falar no trabalho e cantar, se quiser, até o saco ficar bem pesado. Os dedo trabalha direitinho. Os dedos sabe. Os olhos tão vendo o trabalho... e ao mesmo tempo não veem ele.

E eles conversam na marcha pelas fileiras de algodoeiros.

Lá na minha terra tinha uma mulher, não quero dizer o nome dela... bom, ela, um dia, de repente, teve um filho preto. Ninguém sabia disso, antes. E nunca apanharam o preto. E ela nunca mais teve coragem de aparecer. Mas que foi mesmo que eu quis dizer?... Ah, sim, ela era muito boa pra colher algodão.

Agora o saco tá bem pesado. Arrasta pra diante, com toda força. Faz força com as anca e puxa ele pra frente que nem um cavalo. E as criança colhe também pro saco do velhote. É bom, aqui, o algodão. É fino nas baixada, fino e fibroso. Nunca vi um algodão como esse da Califórnia. Fibra comprida, o melhor algodão que vi na minha vida. Mas esgota a terra muito ligeiro. Quando um camarada pretende comprar terra pra algodão, eu digo sempre: "Não compra, arrenda ela. E então quando ela ficar estragada pelo algodão, sai pra outro lugar."

Filas de trabalhadores, movimentando-se através dos campos, os dedos hábeis. Dedos apalpadores procuram, e dão com os flocos. Quase sem olhar.

Aposto que podia colher algodão até se fosse cego. Nas ponta dos dedo tenho um palpite para apanhar os floco. Tô fazendo um trabalho limpo, limpo que nem um assobio.

O saco tá cheio agora. Carrega ele pra balança. Discute. O homem da balança diz que ocê botou pedra pra aumentar o peso. E ele? A balança dele tá viciada. Às vez ele tem razão; ocê tem pedra no saco. Às vez é ocê que tem razão; a balança tá viciada. Às vez ambo acerta: pedra e balança viciada. Argumenta de qualquer jeito; luta de qualquer jeito. Aguenta firme. Ele aguenta firme também. Que nada, pedra! Uma só, pode ser! Duzentos e cinquenta grama? Discute de qualquer maneira.

Volta com o saco vazio. Ocê tem que fazer sua própria escrituração. Toma nota do peso. Ocê é que deve fazer isso. Se eles sabe que ocê toma nota do peso, não vão te lograr. Mas Deus te guarde de não tomar nota do peso.

Esse trabalho é bom. As criança corre ao redor do cê. Já ouviu falar da máquina pra colher algodão?

Já, sim.

Acha que vão arranjar uma máquina assim por aqui?

Bom, o pessoal diz que, quando ela chegar, vai acabar o trabalho à mão.

Chega a noite. Tá todo mundo cansado. Mas é bom mesmo, isso de colher algodão. A gente ganhou três dólar, eu e a mulher e as criança.

Os carros chegam aos campos de algodão. Armam-se os acampamentos do algodão. Os altos caminhões cobertos e os reboques estão cheios de penugem branca. O algodão se agarra nos arames das cercas, e bolinhas de algodão rolam pelos caminhos quando sopra o vento. E o algodão limpo e alvo vai para a máquina de descaroçar. E os fardos grandes e grumosos vão à prensa. E o algodão se gruda na roupa e fica preso na barba. Assoa teu nariz, tem algodão no teu nariz.

Arrasta pra frente agora, enche o saco antes de escurecer. Dedos hábeis pesquisam as cápsulas. As ancas fazem força, arrastando o saco. As crianças estão cansadas, agora que chega a noite. Tropeçam nos próprios pés no solo cultivado. E o sol está se pondo.

Quem me dera que a coisa durasse mais algum tempo! Não se ganha muito dinheiro, Deus sabe, mas eu gostava que durasse algum tempo mais!

Nas estradas aglomeram-se os calhambeques, atraídos pelos impressos.

Tem saco pro algodão?

Não.

Então, custa um dólar.

Se tivesse aqui uns cinquenta de nós, a gente podia se instalar por algum tempo, mas tem é quinhentos. Assim a coisa não pode durar muito. Conheço um sujeito que nunca conseguiu pagar o saco que lhe deram. Todo emprego, ele recebia um novo saco, e todo o campo já era colhido antes que ele completasse o peso necessário.

Pelo amor de Deus, procura economizar algum dinheiro. O inverno vem logo. E no inverno não tem trabalho nenhum na Califórnia. Enche o teu saco antes da noite. Vi um camarada que botou duas pedra no saco dele.

Por que não, que diabo! Só pra compensar a balança viciada.

Tá aqui o meu livro, cento e cinquenta quilo.

Certo.

Jesus, ele não discute nunca! A balança dele deve estar viciada. Bom, de qualquer jeito o dia foi bom.

Dizem que uns mil homem vêm chegando pra essa fazenda. Amanhã a gente vai brigar por uma fileira. Um vai querer roubar o algodão do outro.

"Procuram-se trabalhadores para a colheita de algodão." Quanto mais homem, mais depressa a colheita vai pra máquina.

E agora a gente volta ao acampamento.

Grande Deus! Tem filé pro jantar! A gente tem dinheiro pra comprar carne! Pega na mão do menino, ele tá caindo de cansado. Dá um pulo no açougue e compra dois quilo de carne. A véia vai fazer umas boa panqueca pra nós, se ela não tiver cansada demais.

28

Os vagões de carga, em número de doze, estavam alinhados um atrás do outro num terreno baldio de pequenas dimensões à margem do riacho. Eram duas fileiras de seis vagões cada uma, cujas rodas tinham sido desmontadas. Pranchas serviam de acesso às largas portas de correr dos vagões, que tinham sido transformados em boas moradias, impermeáveis, sem fendas, capazes de abrigar vinte e quatro famílias ao todo, uma família em cada metade do vagão. Não havia janelas neles, mas as portas largas permaneciam sempre abertas. Em alguns vagões, havia lona estirada como linha divisória entre as duas famílias, enquanto em outras somente a posição da porta servia como limite.

Os Joad habitavam a metade de um dos vagões ao fim de fileira. Moradores anteriores tinham transformado uma lata de querosene em fogão, enxertando-lhe um tubo de chaminé e perfurando a parede de madeira para assestá-lo. Mesmo com as portas largas completamente escancaradas, os cantos dos vagões permaneciam em eterna penumbra. A mãe esticara a lona da tenda no centro do vagão.

— Isto aqui tá bem bom — dizia ela. — Melhor que o que a gente teve antes, menos aquele acampamento do governo, é claro.

Todas as noites, ela desenrolava os colchões no soalho e todas as manhãs voltava a enrolá-los. E todos os dias iam aos campos para colher algodão, e todas as noites tinham carne para o jantar. Um sábado, foram a Tulare e compraram um fogareiro de estanho e novos macacões para Al, o pai, Winfield e tio John, e também compraram um vestido para a mãe, e a mãe presenteou Rosa de Sharon com o seu melhor vestido.

— Ela tá muito gorda agora — disse a mãe. — Seria dinheiro jogado fora comprar um vestido novo pra ela.

Os Joad tinham tido sorte. Chegaram a tempo de encontrar lugar nos vagões. As tendas das famílias chegadas mais tarde enchiam agora a área do pequeno terreno plano, e os que habitavam os vagões eram considerados veteranos, aristocratas, em certo sentido.

O riacho deslizava ali perto, surgindo de um salgueiral e sumindo em outro. De cada vagão nascia uma trilha, formada à força de pisadas, a qual conduzia invariavelmente ao riacho. Entre os vagões, arames tinham sido estirados, nos quais diariamente a roupa era colocada para secar.

À noite, a família regressava dos campos, carregando debaixo do braço o saco dobrado. Ia ao armazém do cruzamento, onde sempre havia trabalhadores da colheita de algodão a comprar provisões.

— Quanto fizeram hoje?

— Tamo indo bem. A gente fez três e meio. Só queria que continuasse assim. Essas criança tão ficando boa mesmo na colheita. A mãe fez um saquinho menor para cada uma delas, pois não podiam carregar aquele saco tão grande. Antes, elas punham nos saco que a gente usava o algodão que elas colhia. Agora tá melhor. São saquinho feito de camisa velha. Tão trabalhando que é uma beleza!

A mãe achegou-se ao balcão em que se vendia carne, e, botando o dedo indicador nos lábios, parecia mergulhada em profundos pensamentos:

— Eu queria era umas costeleta de porco — disse. — Quanto é que custa?

— Sessenta centavos o quilo, dona.

— Bom, então me dá um quilo e meio. E um pedaço bom pra cozido. Minha filha pode cozinhar isso amanhã. E me dá também uma garrafa de leite pra minha filha. Ela tá louca pra tomar leite. Vai ter um bebê, e a enfermeira diss'pra ela tomar muito leite. Bom... deixa ver... batata, a gente tem.

O pai acercou-se dela com uma lata de melado na mão.

— A gente podia levar isso também — disse ele. — É bom pra fazer panqueca.

A mãe franziu a testa.

— Bom... podemo, sim. Deixa ver... toucinho já temo.

Ruthie aproximou-se. Segurava em cada mão uma caixa de bolachas e em seus olhos havia uma interrogação ansiosa, que podia transformar-se em tragédia ou júbilo, conforme o sinal negativo ou afirmativo da mãe.

— Mãe? — ela lhe estendia as caixas, sacudindo-as para aumentar a força da atração.

— Bota elas já de onde ocê tirou...

A tragédia começou a tomar forma nos olhos de Ruthie. O pai disse:

— Custa só um níquel cada uma. E as criança trabalharam direitinho hoje.

— Hum! — fez a mãe, e a excitação brilhou nos olhos de Ruthie. — Pois então vá lá, que seja.

Ruthie girou nos calcanhares e chispou. A meio caminho da porta, segurou Winfield e saiu a correr com ele, mergulhando na escuridão da noite.

Tio John apalpava um par de luvas de lona com palmas de couro amarelo, experimentou-as, despiu-as e tornou a colocá-las na prateleira. Sem que se desse conta, ia se aproximando das prateleiras de bebidas, a examinar os rótulos das garrafas. A mãe observava-o.

— Pai — disse ela, acenando com a cabeça em direção a tio John.

O pai, vagarosamente, foi até onde tio John estava.

— Tá com sede, John?

— Não, não tô.

— Espera até a gente acabar com esse algodão. Aí cê pode tomar um bom porre.

— Agora não acho mesmo graça nenhuma — disse tio John. — O trabalho é duro, e eu durmo bem. Não sonho, nem nada.

— Bom... é porque cê tava olhando as garrafa dum jeito meio esquisito, então pensei...

— Nem reparei nelas. É engraçado. Eu tô é com vontade de comprar alguma coisa. Alguma coisa que eu não precise. Queria era comprar um desses aparelho de barba. Ou então um par daquelas luva. São até bem barata.

— Mas colher algodão de luva não dá — disse o pai.

— Eu sei. Mas também não preciso dum aparelho de barba. É que a gente, vendo as coisa, tem logo vontade de comprar, precisando ou não.

A mãe gritou:

— Vamo! A gente já tem tudo que precisava. — Tinha um volume nos braços. Tio John e o pai carregavam um pacote cada um. Do lado de fora, Ruthie e Winfield esperavam-nos, olhos radiantes e boca cheia de bolachas.

— Já sei que ocês não janta hoje — disse a mãe.

Uma multidão movia-se em direção aos vagões, que se encontravam iluminados. Os fogões produziam fumaça. Os Joad galgaram o vagão pela prancha e penetraram na sua habitação. Rosa de Sharon estava sentada sobre um caixote, ao lado do fogão. Acendera o fogo, e o fogão de estanho adquirira uma tonalidade vinho.

— A senhora trouxe leite pra mim, mãe? — perguntou.

— Trouxe, sim.

— Então me dá ele. Desde o meio-dia que não tomo leite.

— Ela pensa que leite é remédio.

— Aquela senhora lá da enfermaria me diss'pra fazer assim.

— As batatas tão pronta?

— Tão, sim. Tão tudo descascada.

— Bom, vamo fritar elas — disse a mãe. — Comprei costeleta de porco. Corta as batata e bota elas na frigideira nova. E bota também uma cebola no meio delas. E ocês, homem, vão se lavar, e na volta tragam um balde d'água. Onde tão a Ruthie e o Winfield? Eles têm que se lavar também. Ganharam uma caixinha de bolacha cada um — a mãe contou a Rosa de Sharon. — Uma caixinha inteira pra cada um.

Os homens saíram para se lavar. Rosa de Sharon cortou as batatas e despejou-as na frigideira, mexendo-as com a ponta de sua faca.

Subitamente, a lona foi afastada de lado. Um rosto de feições agudas, todo salpicado de gotas de suor, apareceu do outro lado do vagão.

— Quanto fizeram hoje, senhora Joad?

A mãe virou-se com rapidez.

— Como? Ah, boa noite, senhora Wainwright. A coisa hoje foi até bem boa. Três e meio. Três e cinquenta e sete, exatamente.

— A gente fez quatro dólar.

— Bom — disse a mãe —, a sua família é maior.

— É, sim, e o Jonas já tá ficando grande também. Então vão ter costeleta de porco hoje, pelo que vejo.

Winfield acabava de entrar.

— Mãe!

— Fica quieto um instante, menino. É, o pessoal daqui gosta um bocado de costeleta de porco.

— Pois eu tô fazendo bacon — disse a senhora Wainwright. — A senhora não tá sentindo o cheiro?

— Eu não posso sentir nada com esse cheiro de cebola no meio das batata.

— Alguma coisa tá queimando! — gritou a senhora Wainwright, e sua cabeça sumiu atrás da lona.

— Mãe — disse Winfield.

— Que é? As bolacha já tão te fazendo mal?

— Mãe... a Ruthie falou...

— Falou o quê?

— Do Tom.

A mãe encarou-o, pasmada.

— Falou? — Pôs-se de joelhos diante do menino. — Winfield, com quem foi que ela falou?

Winfield mostrou embaraço. Tentou recuar.

— Ela só disse...

— Winfield, agora ocê me conta como foi. Conta logo, anda!

— Ela... ela não comeu as bolachas toda. Guardou algumas, depois ia só comendo uma de cada vez, mastigando tudo bem devagar, como ela costuma fazer. E então diss'assim: "Cê também queria que não tivesse comido tudo, não queria?"

— Winfield — suplicou a mãe —, me conta logo duma vez. — Lançou um olhar nervoso à lona que servia de cortina. — Rosasharn, dá um pulo até a senhora Wainwright e distrai ela, pra ela não ouvir.

— E as batata?

— Deixa as batata, eu vou cuidar delas. Não quero é que ela fique escutando. — A moça foi se arrastando penosamente em direção à outra metade do vagão.

— Bom, agora, Winfield, cê me conta tudo duma vez, ouviu?

— Já disse. A Ruthie só comia uma bolacha de cada vez e quebrava elas em duas, que era pra durar mais tempo.

— Sim, sim, anda depressa.

— Então, chegaram outras criança e elas também queriam bolacha, mas a Ruthie só ficava roendo e roendo e não queria dar nem um pedacinho pras outra. Aí elas ficaram braba e uma criança pegou e tomou a caixa das mão dela.

— Anda, Winfield, conta tudo duma vez.

— Mas tô contando, mãe — disse ele. — Então, a Ruthie ficou danada e correu atrás deles; brigou com um, depois brigou com outro, então chegou uma menina grande e deu um tapa na Ruthie, um tapa bem grande, e a Ruthie começou a chorar e disse que ia buscar o irmão mais velho pra matar ela. E a menina grande disse: "Vai, é? Eu também tenho um irmão mais velho." — Winfield estava ficando esbaforido com a rapidez de sua narrativa. — Aí elas se pegaram e brigaram e a menina grande deu muito na Ruthie e a Ruthie só dizia que depois o irmão mais velho ia matar ela. Então a menina grande diss'que o irmão dela ia matar era o irmão da Ruthie. E... e... a Ruthie diss'que o irmão dela já matou dois homem. E... e a menina grande diss'assim: "Ah, é? Cê tá é mentindo, ouviu?" E a Ruthie disse: "Tô mentindo, é? Pois fica sabendo que o meu irmão tá escondido agora mesmo porque matou um homem." E diss'que também ia matar o irmão da menina grande. E ela dizia nomes feio e a Ruthie atirou uma pedra nela e a menina grande correu atrás de Ruthie, e aí eu vim pra casa.

— Meu Deus! — disse a mãe, abatida. — Meu Deus, que vamo fazer agora? — Apoiou a cabeça às mãos e esfregou os olhos. — Que é que a gente vai fazer agora? — Um cheiro de batatas que se queimam vinha do fogão. Mecanicamente, a mãe ergueu-se e foi mexer as batatas.

— Rosasharn! — gritou a mãe. A moça apareceu, afastando a cortina de lona. — Chega aqui, cuida do jantar. Ô Winfield, vai procurar a Ruthie e traz ela pra casa.

— Ela vai apanhar? — perguntou ele, esperançoso.

— Não, isso agora não adianta mais. Meu Deus, por que ela foi dizer essas coisa? Não, não adianta dar nela. Vai depressa, Winfield, e traz ela pra cá.

Winfield saiu a correr prancha abaixo, encontrando os três homens que justamente iam subindo. Afastou-se para o lado, deixando-os passar.

A mãe disse, baixinho:

— Pai, tenho que falar com ocê. A Ruthie foi dizer a umas criança que o Tom matou alguém e está escondido.

— O quê?

— Pois é. Meteu-se numa briga e acabou contando tudo.

— Ah, essa diaba!

— Não, ela não sabia o que tava fazendo. Agora escuta, pai. Eu quero que ocê fique aqui. Vou procurar o Tom e dizer pra ele tomar muito cuidado. Cê fica aqui, pai, e com os olho bem aberto. Vou levar alguma coisa pro Tom comer.

— Tá bem — concordou o pai.

— E vê se não fala pra Ruthie nada sobre o que ela fez. Eu depois falo com ela.

Nesse instante, Ruthie vinha entrando, seguida de Winfield. A menina estava toda suja. Tinha a boca lambuzada e de seu nariz ainda pingava sangue. No rosto, uma expressão mista de vergonha e medo. Winfield a seguia com um ar triunfal. Ruthie olhou em torno com olhares raivosos e encostou-se num canto do vagão. Lutava contra a cólera e a vergonha.

— Eu diss'pra ela o que ocê fez — falou Winfield.

A mãe dispôs duas costeletas num prato e juntou-lhe uma porção de batatas fritas.

— Winfield, fica quieto — disse. — Não precisa magoar ela mais ainda.

Ruthie saltou do canto do vagão e, correndo, abraçou as pernas da mãe, enterrando a cabeça no colo dela, e soluços abafados lhe sacudiam o corpo todo. A mãe acariciou-lhe suavemente os cabelos e afagou-lhe os ombros.

— Calma — disse. — Cê não sabia o que tava fazendo.

Ruthie ergueu o rosto sujo, ensanguentado e manchado de lágrimas.

— Elas me roubaram as bolacha — disse, chorando — e aquela grandona filha da puta me deu pancada — desatou num choro desesperado.

— Calma — disse a mãe —, não fala assim, que é feio. Quieta, Ruthie, eu tenho que sair.

— Por que a senhora não dá nela, mãe? Se ela não fosse tão pão-dura, não ia acontecer nada. Ela precisa é apanhar.

— Ocê se mete com a tua vida, ouviu? — disse a mãe irritada. — Senão, quem apanha agora mesmo é ocê. Não chora mais, Ruthie.

Winfield encostou-se a um dos colchões enrolados, observando a cena com olhares cínicos e mal-humorados. Colocara-se numa boa posição defensiva, pois sabia que Ruthie iria atacá-lo na primeira oportunidade. Ruthie, lentamente, dirigiu-se ao lado oposto do vagão, com o coração despedaçado.

A mãe cobriu o prato com uma folha de jornal.

— Bom, vou indo — disse.

— Cê não vai comer primeiro? — perguntou tio John.

— Mais tarde. Depois que voltar. Agora não posso. Não vou conseguir engolir nada. — A mãe dirigiu-se à porta e desceu pela prancha íngreme.

Ao lado da fileira de vagões que dava para o riacho havia um grande número de tendas, armadas uma tão perto da outra que se cruzavam as cordas com que eram amarradas, e as estacas de umas tocavam as paredes de lona das outras. As luzes das lamparinas filtravam-se através das lonas, e as pequenas chaminés cuspiam fumaça. Havia homens e mulheres à entrada das tendas, entretidos em conversas. Crianças corriam de um lado para outro, em febril excitação. A mãe passou majestosamente pelo aglomerado de tendas. Às vezes, alguém a reconhecia.

— Noite, senhora Joad.

— Noite.

— Levando coisas pra alguém, senhora Joad?

— É, pra uma amiga. É um pouquinho de pão.

Finalmente, ela alcançou os limites do acampamento. Parou e olhou para trás. Um brilho de luzes pairava sobre as tendas, de mistura com o brando murmúrio de vozes em confusão. De quando em quando, uma voz mais aguda se erguia do coro, dominando as restantes. O cheiro de fumaça enchia o ar. Alguém tocava, baixinho, uma gaita de boca, repetindo incansavelmente a mesma melodia.

A mãe penetrou no salgueiral que orlava o riacho. Deixou a trilha e aguardou em silêncio para ver se alguém a seguia. Um homem vinha pelo caminho que conduzia ao acampamento e, mesmo andando, ajeitava os suspensórios e abotoava as calças. A mãe sentou-se e permaneceu imóvel, e ele passou sem vê-la. Ela esperou uns cinco minutos e então levantou-se e foi avançando silenciosamente pelo atalho que levava ao riacho. Movia-se com cautela, de maneira que podia ouvir o marulho da água no intervalo do ruído que seus pés faziam ao pisar nas folhas secas de salgueiro. O riacho e o atalho descreviam uma curva para a esquerda, depois outra para a direita, até aproximarem-se da estrada. À luz cinzenta das estrelas, a mãe podia distinguir a ribanceira e a boca redonda e negra do cano onde ela costumava deixar a comida para Tom. Avançou com mil cuidados, colocou o prato no cano e tirou o prato vazio que ali tinha sido deixado. Saiu engatinhando mato adentro, forçando a passagem entre os arbustos, e afinal sentou-se, a esperar. Por entre a ramagem, podia ver claramente a boca negra do cano. Passou os braços em torno dos joelhos e ficou sentada sem se mexer. Um momento depois, a vida recomeçava no matagal. Os ratos moviam-se cautelosamente entre a folhagem. Um gambá trotou pesadamente, deixando atrás de si um odor fraco. O vento agitou brandamente os salgueiros como que querendo pô-los à prova, e uma chuva de folhas amareladas inundou o chão. Subitamente, uma rajada irrompeu, sacudiu fortemente as árvores e provocou uma cascata de folhas. A mãe sentiu-as nos cabelos e nos ombros. Uma nuvem bojuda e negra atravessou o céu, ocultando as estrelas. Gordas bagas de chuva despencaram do alto, batendo ruidosamente nas folhas caídas. A nuvem bojuda afastou-se, revelando novamente as estrelas. A mãe estremeceu. O vento amainou agora, e de novo reinou a paz na mata, mas o gemer das árvores prosseguia rio abaixo. De longe, do acampamento, vinha o som penetrante de uma rabeca, ensaiando uma melodia qualquer.

À sua esquerda, a mãe ouviu passos cautelosos sobre a folhagem. Entesou o busto. Soltou os joelhos e esticou a cabeça para ouvir melhor. Os passos interromperam-se e logo recomeçaram. A mãe notou então um vulto a esgueirar-se para a clareira e aproximar-se do cano. O grande buraco negro, por um instante, esteve encoberto, e depois o vulto deu um passo atrás. A mãe chamou em voz baixa:

— Tom! — O vulto parou, imobilizou-se e inclinou-se tanto para o chão, que poderia ter se passado por um tronco cortado. Tornou a chamar.

— Tom! Tom! — E então o vulto agitou-se.

— Mãe, é a senhora que taí?

— Sou eu, sim. — Ela ergueu-se e foi ao seu encontro.

— A senhora não devia ter feito isso — disse.

— Tinha que te ver, Tom. Preciso muito falar contigo.

— Aqui, não. A gente tá perto demais do caminho — disse Tom. — Alguém pode passar.

— Mas aqui não é o teu esconderijo, Tom?

— É, sim... mas... mas alguém pode ver a senhora comigo... e aí a família toda ia se dar mal.

— Foi preciso eu vir, Tom.

— Então vem comigo. Mas sem fazer barulho. — Cruzou o riacho patinhando cuidadosamente na água rasa, seguido pela mãe. Atravessou a mata e desembocou num campo, do outro lado do matagal, ao longo das terras aradas. As hastes enegrecidas do algodão projetavam-se contra o chão e em algumas havia ainda flocos. Andaram cerca de quinhentos metros ao longo da margem das terras cultivadas e depois tornaram a penetrar no mato. Tom aproximou-se de um grande emaranhado de groselheiras silvestres, debruçou-se sobre ele e descerrou uma cortina de capim. — A senhora tem que entrar aqui de rastro — disse.

A mãe abaixou-se sobre as mãos e os joelhos. Sentiu areia debaixo de si e logo depois sentiu que tocava no cobertor de Tom. Ele ajeitou a cortina de capim. A cova estava inteiramente às escuras.

— Onde tá a senhora?

— Tô aqui mesmo. Fala baixo, Tom.

— Não se preocupe. Já tô com grande prática de viver que nem coelho.

Ela ouviu-o desembrulhar a comida.

— Costeleta de porco — falou a mãe — e batatas frita.

— Meu Deus! E ainda tão quentes!

No escuro ela não o podia ver, mas ouvia o seu mastigar, o cortar da carne com os dentes e os estalidos que fazia ao engolir.

— Muito bom, esse esconderijo — disse ele.

A mãe disse com embaraço.

— Tom... a Ruthie falou do cê. — Ouviu-o engolir.

— A Ruthie? Por quê?

— Bom, a culpa não foi dela. Teve uma briga, e ela diss'que o irmão dela ia dar uma surra no irmão da outra menina. Cê sabe como elas fala. Então ela diss'que o irmão dela matou um homem e que estava escondido.

Tom soltou uma risada.

— Quando eu tava com as criança, fazia que nem o tio John, metendo medo nelas, apesar dele nunca ter feito nada. Mas isso não tem importância. É conversa de criança, mãe. Ninguém leva a sério.

— Não é, não. Aquelas criança vão começar a falar sobre isso e os adulto vão ouvir e também vão começar a falar, e não demora tão te procurando por aí, só por curiosidade. Tom, ocê tem que ir embora.

— É o que eu dizia. Andei sempre com medo de que alguém visse a senhora botar a comida no cano e depois começasse a vigiar a senhora.

— Eu sei, mas queria que ocê ficasse sempre perto da gente. Tinha medo que te acontecesse alguma coisa. Nunca mais eu vi ocê, nem tô conseguindo ver agora. Como vai o teu rosto?

— Não demora tá bom.

— Chega mais perto, Tom. Deix'eu apalpar ele. Chega pra cá. — Ele aproximou-se da mãe, rastejando. Sua mão estendida achou-lhe a cabeça no escuro e seus dedos tocaram-lhe o nariz e a face esquerda. — Cê vai ficar com uma cicatriz bem feia, Tom. Tá com o nariz todo torto, também.

— Isso é bom até. Talvez assim ninguém me reconheça mais. Seria melhor ainda se eles não tivesse tirado as minha impressão digital. — Ele voltou a comer.

— Shh... — fez a mãe. — Escuta só!

— É o vento, mãe, é só o vento. — Uma rajada percorreu o riacho e as árvores gemiam ao seu assalto.

Às apalpadelas, a mãe acompanhou-lhe a direção da voz.

— Queria tocar no cê mais uma vez, Tom. Tá tão escuro que até parece que eu sou cega. Quero me lembrar do cê nem que seja só com os dedo. Mas ocê tem que fugir, Tom.

— É, eu sabia logo no princípio.

— A gente ganhou bastante dinheiro. Botei alguns cobre de lado. Abre a tua mão, Tom. Tenho aqui sete dólar.

— Não vou aceitar o dinheiro da senhora — disse Tom. — Vou ganhar a minha vida, de algum jeito.

— Abre a mão, Tom. Se ocê não aceitar o dinheiro, eu não vou poder dormir. Quem sabe? Talvez ocê tenha que tomar um caminhão, ou outro veículo qualquer. Eu queria que ocê fosse pra bem longe, uns quinhentos quilômetro ou coisa assim.

— Não quero ficar com esse dinheiro.

— Tom — disse ela com severidade —, fica com o dinheiro, já disse. Tá entendendo? Vê se não me aborrece mais ainda.

— Não é direito o que a senhora tá fazendo.

— Seria bom se ocê fosse pra uma cidade grande. Los Angeles, por exemplo. Ali eles não te procurava.

— Bom — disse ele —, escuta aqui, mãe. Eu tive escondido nesse lugar o tempo todo, dia e noite. Sabe no que eu tava pensando? No Casy. Ele falava muito. Eu até ficava danado com isso. Mas agora andei o tempo todo pensando no que ele tinha me dito. E posso me lembrar de tudo. Ele disse que um dia foi no mato pra encontrar a sua própria alma e descobriu que não tinha uma alma que fosse só dele. Diss'que notou que a alma dele era uma parte muito pequena duma alma grande. Diss'que não adiantava nada andar por lugar deserto porque a alminha dele não servia pra nada sem o resto. É engraçado como ainda me lembro disso tudo! Na época eu achava que não tava ouvindo nada do que ele dizia. Pois agora eu sei que ficar sozinho no mundo não serve de nada.

— Ele era um bom homem — disse a mãe.

Tom prosseguiu:

— Um dia ele citou um trecho das Escritura, e a coisa não soava como se fosse mesmo das Escritura. Duas vez ele disse o trecho, e eu guardei ele na memória. Diss'que tinha tirado isso do Livro do Pregador.

— Como era, Tom?

— Era assim: "Melhor é estarem dois juntos que estar um sozinho, porque eles receberão boa recompensa pelo seu trabalho. Se um cair, o outro o erguerá; ai do que está só, porque quando cair não tem quem o levante." Este é só um pedacinho daquele trecho.

— Continua — disse a mãe —, continua, Tom.

— Sei mais um pedacinho só: "E se dormirem dois juntos, eles se aquecerão, mas como se aquecerá um homem solitário? E se alguém prevalecer contra um, dois lhe resistem; uma corda reforçada dificilmente se rompe."

— Isso então é das Escritura?

— Ele diss'que era do Livro do Pregador.

— Shh...! Ouve!

— Não é nada, é o vento. Conheço o vento. Aí, mãe, eu fiquei pensando que a maior parte que os pregador dize é sobre os pobre e a pobreza. Se a gente não tiver mais nada, então é só juntar as mãos e esperar morrer, que depois no céu a gente recebe sorvete em taça de ouro. E o tal do Livro do Pregador diz que dois recebe melhor recompensa pelo seu trabalho.

— Tom — disse ela —, que é que ocê pretende fazer?

Por muito tempo, ele não respondeu.

— Tive pensando em como era a coisa lá no acampamento do governo, como aquele pessoal resolvia sozinho os assunto. Quando teve uma briga, eles mesmo resolveram. E não tinha polícia ameaçando de revólver na mão, mas tinha muito mais ordem e sossego do que se tivesse polícia. E fiquei quebrando a cabeça: por que a gente não pode fazer assim em outro lugar? Enxotar os polícia, que não são gente nossa. Fazer todo mundo trabalhar por uma coisa só, todo mundo lavrando a própria terra.

— Tom — repetiu a mãe — que é que ocê pretende fazer?

— A mesma coisa que o Casy fez — foi a resposta dele.

— Mas eles mataram o Casy...

— Mataram, sim — disse Tom. — Foi porque ele não soube se safar depressa bastante. Ele não fez nada contra a lei, mãe. Eu tive pensando uma porção de coisa, pensando sobre a nossa gente que vive que nem porco, sobre uma terra boa e rica que ninguém cultiva. E sobre os graúdo que têm meio milhão de hectare de terra, enquanto cem mil camponês bom morre de fome. E imaginei que a nossa gente devia se unir e berrar, que nem aqueles camarada que berrava na entrada do rancho Hooper...

A mãe disse:

— Tom, eles vão te perseguir e vão te matar, como fizeram com o pequeno Floyd.

— Eles vão me perseguir de qualquer maneira. Perseguem toda a nossa gente.

— Mas ocê não vai querer matar ninguém, né, Tom?

— Não, eu tive só pensando que de qualquer jeito eu tô fora da lei e por isso eu podia... que diabo! Mãe, a coisa ainda não tá toda clara pra mim. Agora não me aporrinha, mãe. Não complique as coisa.

Permaneceram sentados, sem falar, na cavidade negra formada pelo capim. Afinal, a mãe disse:

— Mas como é que eu vou ter notícia tua? Pode ser que eles te mate, e nem vou saber disso. Pode ser que eles te maltrate. Como é que eu vou saber?

Tom soltou uma risada embaraçada.

— Bom, pode ser que o Casy acertou quando diss'que a pessoa não tinha alma própria, mas só parte duma alma grande... e aí.

— Aí o quê, Tom?

— Aí, isso tudo não tem importância. Aí eu vou tá em qualquer lugar, na escuridão, vou tá no lugar que a senhora olhar à minha procura. Em toda parte onde tenha briga pra que a gente com fome possa comer, eu vou tá presente. Em toda parte onde um polícia teja maltratando um camarada, eu vou tá presente. Imagina, se o Casy soubesse disso! Vou tá onde a nossa gente teja berrando de raiva... e vou tá onde as criança teja rindo porque sente fome e sabe que vão logo ter comida. E quando a nossa gente for comer o que plantou e for morar nas casas que construiu... aí eu também vou tá presente. Sabe, já tô falando direitinho como o Casy. É porque vivo pensando nele. Às vez, até parece que tô vendo ele.

— Eu não entendo ocê — disse a mãe. — Não entendo mesmo.

— Nem eu — disse Tom. — São coisa que fiquei imaginando. A gente imagina muita coisa quando não pode nem se mexer. A senhora tem que voltar agora, mãe.

— Mas então ocê fica com esse dinheiro.

Ele ficou calado por um instante.

— Tá certo — disse, afinal.

— E olha, Tom, mais tarde... quando as coisa se acalmar, ocê volta, viu? Será que ocê encontra a gente?

— Encontro, sim — disse ele. — Mas agora é melhor a senhora ir. Por aqui, me dá a mão. — Conduziu-a à entrada da cavidade. Os dedos dela agarravam o pulso de Tom. Ele correu a cortina de capim e seguiu-a até o lado de fora. — A senhora vai direitinho pra frente, na beira dos campo, até chegar numa figueira, e aí a senhora atravessa o riacho. Bom, adeus, mãe.

— Adeus, meu filho — respondeu ela, afastando-se às pressas. Seus olhos estavam úmidos e ardiam, mas ela não chorou. Foi andando com passos ruidosos e descuidados sobre a folhagem seca que cobria o chão. Entrementes, a chuva começara a cair do céu turvo, gotas grossas e escassas que batiam pesadamente no tapete de folhas secas. A mãe parou e permaneceu imóvel sob a chuva espessa. Virou-se... deu três passos rápidos em direção à muralha de capim, tornou a voltar-se e foi caminhando em direção aos vagões. Passou ao lado do cano e galgou o caminho. A chuva parara, mas o céu estava nublado ainda. Atrás de si, no caminho, ouviu passos. Voltou-se, nervosa. A faixa de luz, fraca, de uma lanterna bailou no chão. Um momento depois, um homem a alcançava, apagando a luz, cortesmente, para não ferir o rosto da mãe.

— Noite — disse ele.

— Olá — disse a mãe.

— Parece que vamo ter chuva.

— Espero que não. Aí parava o trabalho da panha e atrapalhava bastante a gente.

— Eu preciso panhar também. A senhora mora nesse acampamento?

— Moro, sim senhor. — Seus passos ressoavam com igual cadência.

— Eu tenho uns oito hectare de algodão. Costuma amadurecer um pouco tarde, mas agora tá no ponto. Resolvi dar um pulo até aqui e contratar alguns homem pra panha.

— Pois gente é que não falta. Aqui, a safra tá quase no fim.

— Pois não seria nada mau. A minha fazenda fica a dois quilômetro daqui.

— Nós somos seis — disse a mãe. — Três homem, eu e duas criança.

— Vou botar um cartaz. Seguindo na estrada, são três quilômetro.

— A gente pode ir pra sua fazenda amanhã de manhã, mesmo.

— Espero que não chova.

— Eu também — disse a mãe. — Oito hectare não dura muito pra se panhar.

— Quanto mais depressa, melhor. Meu algodão tá atrasado. Não pude panhar ele mais cedo.

— Quanto é que o senhor paga?

— Noventa centavos.

— A gente vai, sem falta. Ouvi o pessoal dizer que pro ano só vão pagar setenta e cinco, talvez só sessenta.

— Também ouvi isso.

— Então vai ter barulho — disse a mãe.

— Eu sei, mas um pequeno fazendeiro como eu não pode fazer nada. O sindicato fixa os salário, e a gente tem que se submeter. Se não, acabam tirando a nossa fazenda. Fazem pressão sobre a gente o tempo todo.

Chegaram ao acampamento.

— A gente vai trabalhar pro senhor amanhã de manhã, sem falta — disse a mãe. — Aqui a panha tá quase no fim. — Caminhou até a extremidade da fila de vagões e subiu pela prancha. A luz pobre da lamparina lançava sombras melancólicas por todo o vagão. O pai, tio John e um homem de idade estavam de cócoras, junto à parede.

— Olá! — disse a mãe. — Noite, seu Wainwright.

O homem ergueu a cabeça, mostrando um rosto de traços delicados. Seus olhos escondiam-se no fundo das órbitas, abobadadas por cerradas sobrancelhas. Seus cabelos eram de um branco azulado. Uma barba prateada cobria-lhe o rosto e o queixo.

— Noite, dona — disse.

— A gente tem novo serviço pra amanhã — comunicou a mãe. — É daqui a dois quilômetro, pro norte. Oito hectare.

— Então é bom a gente ir de caminhão. Chega lá mais depressa e pode começar a colheita mais cedo — disse o pai.

Wainwright ergueu a cabeça, interessado.

— Que tal nós ir também?

— Por que não? Andei um pedaço junto com aquele camarada. Diss'que precisa de bastante gente.

— O algodão aqui tá quase acabando. Já tá bastante raro na segunda passagem. Agora vai ser difícil ganhar algum dinheiro. Na primeira, sim, deu pra fazer uns cobre.

— A gente talvez até podia viajar pra lá junto. Assim repartia a despesa da gasolina.

— A senhora é muito bondosa.

— Assim todo mundo faz economia — disse a mãe.

O pai disse:

— O seu Wainwright... ele anda preocupado e veio falar com a gente. Estivemo conversando sobre isso.

— Que é que há?

Wainwright cravou o olhar ao chão.

— É a nossa Aggie — disse. — Ela é uma menina grande, quase dezesseis ano e tá bastante desenvolvida.

— A Aggie é uma moça bonita — disse a mãe.

— Deixa ele falar — interrompeu o pai.

— Bem, ela e o Al sai pra passear toda as noite. A Aggie é moça-feita, que está pedindo um marido; não quero que ela dê algum desgosto pra gente. Nunca tivemo um desgosto desses na família. Mas nós somos tão pobres, a senhora sabe. E tamos preocupado, eu e minha mulher. Imagina se ela se mete em encrenca?

A mãe desenrolou um colchão e sentou-se.

— Agora tão passeando também? — perguntou.

— Eles sempre sai junto — disse Wainwright —, todas as noite.

— Bom, o Al é um rapaz direito. Pode ser que ele pense que é o galo de terreiro, mas no fundo é um rapaz decente e bom. Filho melhor não tem.

— Ah, a gente não se queixa do Al. Nós gostamo dele, até. Temo é medo, minha mulher e eu. Não se esqueça: ela já é moça-feita. E se a gente for embora daqui, ou se ocês for, e depois descobre que a Aggie tá numa situação daquela... Na nossa família nunca teve nada que desse motivo pra gente se envergonhar.

A mãe respondeu com brandura:

— Vamo fazer o possível pra evitar a vergonha.

Ele levantou-se rapidamente.

— Muito obrigado, dona. A Aggie já é moça-feita. É tão bonita quanto boazinha. A gente agradece à senhora, de todo o coração, se a senhora der um jeito nisso. A culpa não é da Aggie. Ela já tá bem crescida.

— O pai vai falar com o Al — disse a mãe. — Ou se ele não quiser, eu falo.

Wainwright disse:

— Bom, então boa noite, e obrigado, mais uma vez. — Sumiu-se atrás da cortina de lona. Ouviu-se como ele falava baixinho no lado oposto do vagão, contando à esposa os resultados de sua missão.

A mãe ficou por um instante à escuta, e depois disse:

— Vem cá, ocês tudo. Senta aqui.

O pai e tio John ergueram-se com dificuldade da posição de cócoras e tomaram assento no colchão, ao lado da mãe.

— Onde tão as criança?

O pai apontou para um colchão, num canto do vagão.

— A Ruthie pegou o Winfield e mordeu ele. Mandei os dois se deitar. Acho que tão dormindo. E a Rosasharn foi visitar uma senhora conhecida dela.

A mãe suspirou.

— Falei com o Tom — disse baixinho. — Mandei... mandei que ele fosse embora. Fosse pra bem longe.

O pai anuiu lentamente. Tio John baixou a cabeça.

— Era a única coisa que se podia fazer — disse o pai. — Cê acha que havia outro remédio, John?

John ergueu o olhar.

— Não sou capaz de pensar — disse. — Parece até que nem tô acordado.

— O Tom é um bom rapaz — disse a mãe, e depois procurou desculpar-se. — Cê não levou a mal quando eu diss'que ia falar com o Al, né?

— Eu não — disse o pai tranquilamente. — Não presto pra mais nada. Vivo pensando como era antigamente. Vivo pensando nas coisa lá de casa, nas coisa que nunca mais vou ver de novo.

— Aqui é mais bonito e as terras são melhor — disse a mãe.

— Eu sei, mas nem reparo nas terra. Só tô vendo é os salgueiro lá em casa perdendo as folha. Às vez fico imaginando que tenho que endireitar aquele antigo buraco na cerca, aquele do lado do sul. Engraçado! A mulher tomando conta da família. A mulher dizendo pra fazer isso e mais aquilo, e que a gente deve ir pra lá ou pra cá... E eu nem tô ligando pra isso.

— As mulher se acostuma mais depressa que os homem — disse a mãe, para consolá-lo. — Uma mulher tem a vida toda nos braço, o homem tem ela na cabeça. Não se preocupa. Quem sabe?... Pode ser que para o ano a gente tenha a nossa casinha.

— Mas por enquanto não temo nada — disse o pai. — E daqui até o ano que vem, nem trabalho, nem colheita... Que é que a gente vai fazer?

Como é que a gente vai se arranjar pra comer? E não demora chega o dia da Rosasharn. Tô tão desgostoso que nem posso mais pensar. Me afundo nos tempo antigo pra não pensar no futuro. Acho que a nossa vida já se foi, é coisa passada.

— Nada disso — sorriu a mãe. — Não é não, pai. E isso é mais uma das coisa que uma mulher sabe com certeza. Já reparei nisso. O homem vive aos salto... nasce uma criança e morre um homem, é como se fosse um salto; ele arranja uma fazendinha e perde a fazendinha, e é outro salto. Para a mulher, tudo corre sem parar, que nem um rio, cheio de redemoinho e cascata, mas correndo sem parar. É assim que a mulher encara a vida. A gente não morre, a gente continua... muda, talvez, um pouco, mas continua sempre firme.

— Como é que ocê sabe disso? — perguntou tio John. — Como se pode evitar que as coisa pare, e que todo mundo se canse e queira fechar os olho?

A mãe meditou. Esfregou o dorso brilhante de uma das mãos com a palma da outra e encaixou os dedos da mão direita nos da esquerda.

— Isso é difícil de dizer — falou. — Parece que tudo que a gente faz deve ter continuação. Eu penso assim. Mesmo a fome... mesmo a doença. Alguns morre, mas os que sobra se torna mais forte. O que ocês têm que fazer é viver somente o dia de hoje, de dia pra dia.

Tio John disse:

— Se ao menos ela não tivesse morrido daquela vez...

— Vive só o dia de hoje — disse a mãe. — Num se preocupe.

— Quem sabe? O ano que vem pode ser um ano bom lá na nossa terra — disse o pai.

A mãe disse:

— Shh! Escuta só.

Passos se ouviam sobre a prancha e Al, afastando a cortina, apareceu à entrada do vagão.

— Alô — disse —, pensei que ocês já tivesse dormindo.

— Al — disse a mãe —, senta aqui. A gente tá conversando um pouco.

— Tá certo. Eu também tenho que contar uma coisa. Preciso ir embora daqui, e não demora.

— Mas ocê não pode. A gente precisa do cê. Por que ocê quer ir embora?

— Bom, eu e a Aggie Wainwright vamo casar, e pensamo que eu ia trabalhar numa oficina e a gente aluga uma casa e... — Ergueu o olhar excitado. — É o que vamo fazer, e ninguém pode impedir!

Os olhos de todos fixaram-se nele.

— Al — disse a mãe, afinal —, tamo satisfeito por ouvir o que ocê disse, satisfeito de verdade.

— É?

— É, sim. É claro que tamo. Ocê já é um homem-feito. Precisa de mulher. Mas não vai embora já, viu, Al?

— Prometi à Aggie — disse ele. — A gente tem que sair daqui. Não podemo aguentar mais isso.

— Fique só até a primavera — suplicou a mãe. — Até a primavera, somente. Não pode ficar até lá? Quem vai guiar o caminhão?

— Bom...

A senhora Wainwright meteu a cabeça no vão da cortina.

— Já ouviram a novidade? — perguntou.

— Já. Agora mesmo.

— Santo Deus, eu só queria... só queria que a gente tivesse um bolo. Um bolo ou qualquer coisa assim.

— Vou fazer café e umas panqueca — disse a Mãe. — A gente tem melado.

— Meu Deus, é boa ideia! — disse a senhora Wainwright. — Muito bem. Olha aqui, eu trago o açúcar. A gente pode botar açúcar nas panqueca.

A mãe rachou lenha e enfiou-a no fogão. A brasa que sobrara do preparo do jantar pegou fogo imediatamente. Ruthie e Winfield deixaram o leito feito um bernardo-eremita saindo da concha, a princípio devagar, para que não fossem novamente recriminados. Como ninguém reparasse neles, tornaram-se audazes. Ruthie saiu pulando num pé só até a porta e voltou do mesmo jeito, sem se encostar ou tocar à parede.

A mãe despejava farinha numa tigela quando Rosa de Sharon subia a prancha. Ela vinha com passos firmes e cautelosos.

— Que é isso? — perguntou.

— Grandes novidade! — gritou a mãe. — Temo uma festinha. O Al e a Aggie Wainwright vão casar.

Rosa de Sharon parou, imobilizando-se por completo. Olhou lentamente para Al, que se mostrava embaraçado, confuso.

A senhora Wainwright disse do outro lado do vagão:

— Tô só botando um vestido limpo na Aggie. Já vamo aí.

Rosa de Sharon voltou-se lentamente. Dirigiu-se de novo à larga porta do vagão e arrastou-se prancha abaixo. Chegando à terra firme, foi caminhando com vagar à trilha que corria paralela ao rio. Tomou o mesmo caminho por que antes a mãe viera de visita a Tom, no salgueiral. O vento, agora, soprava com mais constância e os arbustos agitavam-se incessantemente. Rosa de Sharon pôs-se de joelhos e penetrou de rastro no matagal. Os espinhos lhe arranharam as faces e lhe desgrenharam os cabelos, mas ela não se importou com isso. Só parou quando se sentiu inteiramente envolvida pela ramagem. Deitou-se, então, de costas, sentindo no ventre o peso do filho.

No interior do vagão escuro, a mãe moveu-se. Pôs o cobertor de lado e ergueu-se. Pela porta aberta penetrava um pouco da luz cinzenta das estrelas. A mãe chegou à porta e olhou para fora. A leste, as estrelas estavam empalidecendo. O vento soprava brandamente por entre os salgueiros, e do riacho vinha o calmo murmúrio das águas. Dormia, ainda, a maior parte dos componentes do acampamento, mas diante de uma tenda ardia uma pequena fogueira, cercada de homens que junto a ela se esquentavam. A mãe via-os à luz vacilante das chamas, viu como tinham o rosto voltado para o fogo, esfregando as mãos; viu depois como davam as costas para a fogueira, cruzando as mãos atrás. A mãe ficou olhando assim por algum tempo, com as mãos cruzadas sobre o colo. Veio uma rajada de vento e o ar se tornou frio e penetrante. A mãe esfregou as mãos, a tremer. Tornou a entrar no vagão e procurou os fósforos, a fim de acender a lamparina. O tubo de vidro da lamparina rangeu. Ela acendeu o pavio, viu a luz tornar-se azul por um instante, para se tornar depois amarela, num delicado anel de luz. Colocou a lamparina sobre o fogão e nele colocou alguns ramos secos de salgueiro. Momentos depois o fogo crepitava e as chamas galgavam o tubo da chaminé.

Rosa de Sharon rolou pesadamente de um lado para outro e sentou-se, afinal, no colchão.

— Vou me levantar — disse ela.

— Por que ocê não espera um pouco, até fazer mais calor? — perguntou a mãe.

— Não quero. Vou me levantar já.

A mãe entornou água do balde no bule de café e o colocou no fogão. bem como a frigideira cheia de banha, para fazer as panquecas.

— Que é que ocê tem? — perguntou com brandura.

— Vou sair — disse Rosa de Sharon.

— Pra onde?

— Colher algodão.

— Ocê não pode — disse a mãe. — Já tá muito pesada.

— Não tô, não. Eu quero ir.

A mãe mediu o café e o depositou na água.

— Rosasharn, cê não teve aqui ontem de noite, quando a gente comeu panqueca. — A moça não respondeu. Será por causa do Al e da Aggie? — Desta vez, a mãe lançou-lhe um olhar interrogador. — Ah, sim, já sei. Ocê não precisa ajudar, ouviu?

— Mas eu quero.

— Tá bem, então venha. Mas não te cansa muito. Pai, acorda, tá na hora!

O pai piscou os olhos e bocejou.

— Não dormi bastante — resmungou. — Acho que já era mais de onze horas quando a gente foi deitar.

— Vamo, levanta. Levanta todo mundo, e vão se lavar!

Os habitantes do vagão, lentamente, iam voltando à vida, desembaraçando-se de seus cobertores e enfiando-se nas roupas. A mãe cortou fatias de charque, que depositou numa segunda frigideira.

— Vão se lavar — ordenou.

No extremo oposto do vagão surgiu uma luz, logo seguida do ruído de lenha sendo partida.

— Senhora Joad — ouviu-se do lado dos Wainwright — a gente tá se aprontando. Não demoramo, não.

Al grunhiu:

— Por que diabo a gente se levanta tão cedo?

— São só oito hectare de algodão — disse a mãe. — A gente tem que chegar cedo, porque o algodão é pouco. Temo que aproveitar. — A mãe apressou o vestir-se da família, apressou também a refeição matinal. — Vamo, toma logo esse café — disse. — Temo que ir depressa.

— Mas no escuro não se pode colher algodão, mãe.

— Quando a gente chegar, já vai tá amanhecendo.

— Pode ser que tudo teja molhado.

— Acho que não. Não choveu tanto assim. Bom, vamo, toma logo esse café. Al, assim que ocê tiver pronto, deixa o motor trabalhando. — Ela gritou: — Senhora Wainwright, tão pronto?

— Tamo acabando de comer. É só um instante, só.

O acampamento já tinha despertado de todo. Havia fogueiras diante das tendas. A fumaça espirrava das chaminés.

Al virou a sua caneca e ficou com a borra de café na boca. Desceu pela prancha a cuspir.

— A gente já tá pronto, senhora Wainwright — gritou a mãe. Dirigiu-se a Rosa de Sharon: — Ocê fica.

A moça enrijeceu os maxilares.

— Eu vô junto — disse. — Eu quero ir junto, mãe.

— Cê não tem saco, e nem é capaz de carregar um saco cheio de algodão.

— Boto o algodão no teu saco.

— Acho melhor ocê ficar aqui.

— Mas eu quero ir.

A mãe suspirou.

— Vou cuidar do cê. Só que queria que a gente tivesse um médico. — Rosa de Sharon, nervosa, aproximou-se do caminhão. Vestiu um casaco leve e tirou-o de novo. — Leva um cobertor — disse a mãe. — Quando ocê quiser descansar um pouco, pode te esquentar. — Ouviram o caminhão roncar atrás do vagão. — Vamo ser os primeiro a chegar, com certeza — disse a mãe triunfante. — Bom, pega os saco. Ruthie, não esquece os saquinho que fiz procês, ouviu?

Os Joad e os Wainwright subiram no caminhão envolto em sombra. Começava a romper o dia, um dia pálido, que demorava a chegar.

— Dobra pra esquerda — a mãe avisou Al. — O homem quis colocar um sinal na estrada, pra mostrar por onde a gente tem que ir. — Rodaram no caminho mergulhado nas trevas. Outros veículos seguiam-nos e, atrás deles, no acampamento, mais outros iam sendo postos em movimento, cheios de gente. E todos os veículos tomavam o mesmo caminho e dobravam à esquerda.

Havia um pedaço de papelão preso a uma caixa de correio do lado direito da estrada. Nele se via escrito com lápis azul: "Precisa-se de gente para colher algodão." Al manobrou e penetrou na fazenda. Já estava cheia de veículos. Uma lâmpada elétrica, a um canto de um galpão pintado de branco, iluminava um grupo de homens e mulheres, à espera junto à balança, com os sacos enrolados sob os braços. Algumas mulheres cobriam o ombro com os sacos.

— Não chegamo tão cedo como a gente pensava — disse Al. Fez o caminhão rodar até a cerca, e ali estacionou. As famílias saltaram e juntaram-se ao grupo. E chegaram mais carros e mais famílias, que iam se reunir ao grupo. Debaixo da lâmpada, no canto do galpão, o dono da fazenda ia inscrevendo a todos numa relação.

— Hawley — disse —, H-a-w-l-e-y? Quantos são?

— Quatro. Will...

— Will.

— Benton.

— Benton.

— Amelia.

— Amelia.

— Claire.

— Claire. O próximo. Carpenter? Quantos?

— Seis.

Escreveu os nomes todos na lista, deixando ao lado um espaço em branco para os pesos.

— Cês tudo têm saco? Eu tenho alguns aqui. Custa um dólar, cada um. — E os veículos iam chegando à fazenda. O proprietário aconchegou junto do pescoço sua jaqueta de couro, forrada de pele de carneiro. Lançou um olhar apreensivo às filas de veículos. — Esses oito hectare vão ser colhido depressa com tanta gente assim — disse.

As crianças treparam sobre um grande reboque destinado ao transporte do algodão e enfiavam os dedos do pé desnudo na tela de arame das bordas laterais.

— Parem com isso! — gritou o dono. — Desçam daí, anda! Cês vão me afrouxar o arame. — E as crianças desceram, silenciosas e embaraçadas. A alvorada surgia, cinzenta. — Vou fazer um desconto no peso, por causa do orvalho. Vamo ver se acabamo com ele quando o sol nascer — disse o dono. — Bem, pode começar, se quiserem. Já tá bastante claro, dá pra ver.

Os trabalhadores correram ao algodoal e escolheram as respectivas fileiras. Ataram os sacos à cintura e bateram as mãos uma na outra, para esquentá-las, pois os dedos deviam ser bem flexíveis e destros. A alvorada tingia as montanhas a leste e as colunas de trabalhadores puseram-se em movimento. Mais veículos chegavam, estacionando no terreiro da fazenda, e, quando o terreiro ficou cheio, os veículos começaram a parar à beira do caminho fronteiro, em ambos os lados. O vento varria a plantação de algodão.

— Não sei como ocês tudo souberam da coisa — disse o dono. — Espalhou-se que nem raio. Até o meio-dia, os oito hectare tão pronto. Qual é o seu nome? Hume? Quantos são?

E as colunas de trabalhadores moviam-se campo adentro, e o vento oeste, agudo e permanente, fustigava-lhes as vestes. Os dedos voavam para os flocos alvos e para a boca dos grandes sacos que os trabalhadores iam arrastando atrás de si, os quais, pouco a pouco, tornavam-se pesados.

O pai estava conversando com o homem que percorria a fileira de algodoeiros à sua direita.

— Lá na minha terra um vento assim é sinal de chuva. Mas parece que pra chuva, ele é um bocado frio. Faz quanto tempo o senhor tá aqui? — Enquanto falava, não tirava os olhos do trabalho.

O outro também não erguia os olhos.

— Tô aqui faz quase um ano.

— Acha que vai chover?

— Não sei, e não fique admirado. Essa gente que viveu aqui a vida toda também às vez não é capaz de dizer. Se eles tiver medo que a chuva caia nas colheita, então vai chover com certeza. É o que diz o pessoal daqui.

O pai lançou um olhar rápido às montanhas a oeste. Nuvens grandes cor de cinza singravam o céu sobre os cumes, impelidas pelo vento forte.

— Parece que traz chuva — disse o pai.

O outro também arriscou uma olhadela.

— Sei lá — disse. E os trabalhadores de todas as fileiras olhavam para trás a fim de ver as nuvens. Depois tornavam a debruçar-se sobre a tarefa, e suas mãos voavam para os flocos de algodão. A colheita transformou-se numa corrida, uma corrida contra a chuva e contra os outros trabalhadores, contra o tempo e o peso do algodão... era só esse pouquinho de algodão que havia para se colher, era só esse o dinheiro que havia para se ganhar. Eles chegaram aos limites do algodoal e corriam à cata de novas fileiras. Agora trabalhavam de encontro ao vento e podiam ver as nuvens altas e cinzentas nadando no céu rapidamente em direção ao sol nascente. E mais veículos chegavam ainda, estacionando à beira do caminho, e novos trabalhadores eram registrados. As colunas moviam-se frenéticas na plantação, fazendo a entrega da colheita ao chegar ao fim de cada fileira, tomando nota do peso entregue e correndo para a nova fileira.

Às onze horas, a colheita estava feita. Terminara o trabalho. Os reboques de bordas de tela de arame foram engatados nos caminhões, igualmente munidos de paredes de tela de arame, os quais rodaram velozes rumo à máquina de descaroçar. O algodão espremia-se de encontro à tela de arame; nuvenzinhas de algodão voavam pelo ar, e flocos de algodão prendiam-se na vegetação que orlava o caminho. Os trabalhadores, desconsolados, regressavam ao galpão e formavam uma fila para receber o dinheiro.

— Hume, James, vinte e dois centavos; Ralph, trinta centavos; Joad, Thomas, noventa centavos; Winfield, quinze centavos. — O dinheiro estava preparado sobre a mesa, em rolos de prata, níquel e cobre. E cada um dos trabalhadores consultava seus apontamentos próprios antes de receber o dinheiro. — Wainwright, Agnes, trinta e quatro centavos; Tobin, sessenta e três centavos. — A fila se ia desenrolando ao lado da mesa, lentamente. As famílias voltavam aos respectivos veículos, caladas. E, vagarosamente, iam-se dispersando.

Os Joad e os Wainwright ficaram aguardando, dentro do caminhão, que o tráfego se tornasse mais livre. Enquanto esperavam, começaram a cair as primeiras gotas de chuva. Al estendeu a mão, a fim de sentir-lhe o contato. Rosa de Sharon estava sentada no centro da cabine, a mãe ao lado dela. Os olhos da moça estavam velados, novamente.

— Cê não devia ter vindo — disse a mãe. — O mais que colheu foi uns sete quilos. — Rosa de Sharon baixou os olhos para o ventre saliente, intumescido, sem responder. De repente, estremeceu, erguendo a cabeça. A mãe observara esse gesto. Desenrolou seu saco e cobriu com ele os ombros de Rosa de Sharon, puxando-a para si.

Afinal, o caminho estava livre. Al pôs o motor a funcionar e rodou pela estrada. Grandes pingos de chuva, pouco frequentes, despencavam com força do céu, esmagando-se de encontro ao chão, e, à medida que o caminhão avançava, os pingos tornavam-se menores e mais frequentes. A chuva tamborilava sobre a cabine, tão ruidosamente que superava os roncos do velho motor. Na carroceria, os Joad e os Wainwright cobriam cabeça e ombros com os sacos de colher algodão.

Rosa de Sharon, aconchegada à mãe, era sacudida por violento tremor. A mãe gritou:

— Mais rápido, Al. A Rosasharn apanhou um resfriado. Ela tem que botar os pés em água quente.

Al acelerou a marcha do caminhão e não tardaram em chegar ao acampamento, estacionando próximo aos vagões pintados de vermelho. A mãe, mesmo antes de terem chegado, emitia suas ordens.

— Al — disse ela —, ocê, o John e o pai vão pros salgueiro e apanha toda a lenha que puder. A gente precisa esquentar bem o fogão.

— Só quero ver se o teto tem goteira.

— Acho que não. Vai ficar bem bom lá dentro, mas precisamo de bastante lenha, pra esquentar o ambiente. Pode levar também a Ruthie e o Winfield. Eles apanham esses galhos menor. A Rosasharn não tá passando nada bem. — A mãe desceu do caminhão. Rosa de Sharon fez um esforço para segui-la, mas seus joelhos vergaram e a moça teve que sentar-se pesadamente no estribo.

A gorda senhora Wainwright notou esse gesto.

— Que é que há com você? Será que chegou a hora?

— Acho que não — disse a mãe. — Ela tá é resfriada. Pode ser uma gripe, isso sim. Me dá uma mão, faz favor. — As duas mulheres sustiveram Rosa de Sharon. Depois de ter dado alguns passos, voltaram as forças à moça e suas pernas aguentaram novamente o peso de seu corpo.

— Já tô boa, mãe — disse. — Foi só um instante.

As duas mulheres seguravam-na pelos cotovelos.

— Tem que esquentar os pé — disse a mãe com ar sabichão. Ajudaram-na a subir pela prancha e entrar no vagão.

— A senhora deve fazer uma massagem nela — disse a senhora Wainwright. — Enquanto isso, eu faço fogo. — Ela pegou as últimas achas de lenha, botou-as no fogão e acendeu o fogo. Chovia, agora, a cântaros, e a chuva caía com estrondo no teto do vagão.

A mãe levantou o olhar.

— Graças a Deus que o teto é bem fechado. Numa tenda, a água entra sempre, por melhor que ela seja. Me faz um favor, senhora Wainwright, ponha um pouco de água sobre o fogo.

Rosa de Sharon deitara-se no colchão e ali jazia imóvel. Deixou que lhe tirassem os sapatos e esfregassem seus pés. A senhora Wainwright debruçou-se sobre ela.

— Tá sentindo dor?

— Não. Mas tô me sentindo muito mal.

— Tenho aqui uns comprimido e uns sal — disse a senhora Wainwright. — Se quiser, tá às ordem. Tenho muito prazer em oferecer eles procês.

Novo calafrio sacudiu violentamente o corpo da moça.

— Me cobre, mãe, que eu tô com muito frio. — A mãe apanhou todos os cobertores e estendeu-os sobre ela. A chuva troava de encontro ao vagão.

Agora chegavam de volta os que tinham ido buscar lenha. Traziam nos braços pilhas de galhos secos e gravetos. A água escorria e gotejava de suas roupas.

— Puxa! A gente se molhou um bocado — disse o pai. — Foi só um instante, e ficamo molhado até os osso.

A mãe disse:

— É melhor ocês sair de novo. Essa lenha é pouca, acaba num minuto. E não demora tá anoitecendo. — Ruthie e Winfield chegaram gotejando água, e juntaram o produto de seu trabalho à pilha arrumada pelos outros. Quiseram tornar a sair. — Ocês fica — disse a mãe. — Encosta perto do fogo, pra secar a roupa, anda!

Lá fora a chuva prateava a tarde e o caminho cintilava sob a água. A cada hora que passava, os pés de algodão pareciam enegrecer e enrugar mais e mais. O pai, Al e tio John realizaram incursões e mais incursões ao matagal, trazendo e avolumando boa quantidade de lenha. Empilharam-na perto da larga porta do vagão, e só depois que a pilha quase alcançou o teto foi que pararam com a tarefa e foram secar ao pé do fogão. Fios de água escorriam-lhes da cabeça até os ombros. A bainha de seus casacos gotejava incessantemente e a água em seus calçados fazia um chap-chap ruidoso.

— Chega, agora chega — disse a mãe. — Vão mudar de roupa. Fiz um bom café procês. Botem macacão seco logo, não fiquem parado desse jeito.

A noite chegou cedo. Nos vagões, as famílias estavam sentadas, bem unidas, escutando o tamborilar da chuva no teto.

29

Sobre as montannas altas da costa e sobre os vales, as nuvens cinzentas avançavam, oriundas do oceano. O vento soprava violenta e silenciosamente, vindo das altas camadas atmosféricas, fustigando os arbustos e uivando nas florestas. As nuvens chegavam, esfarrapadas, em forma de novelos, faixas ou rochedos de cor cinza. Amontoavam-se umas sobre as outras, fixando-se sobre o oeste, a pouca altura. E o vento parou, as nuvens profundas e sólidas ficavam. A chuva começou com aguaceiros tempestuosos, teve intervalos de bátegas e gradualmente transformou-se numa cortina monótona de pequenas gotas, a cair com regularidade, uma chuva que tornava tudo cinzento. E a luz do dia assumiu um aspecto crepuscular. E, a princípio, a terra seca absorvia a umidade, tornando-se negra. Durante dois dias a terra bebeu a chuva, bebeu até estar satisfeita. Depois formaram-se lamaçais e, nas baixadas, pequenos lagos. Os lagos lodosos cresciam, e a chuva constante chicoteava a água cintilante. Finalmente, as montanhas também estavam satisfeitas, e nas encostas corriam regatos, caindo em cachoeiras e despencando nos vales estrondosamente através dos desfiladeiros. A chuva continuava sem cessar. Os riachos e os pequenos rios galgavam as margens de seus leitos forçando os salgueiros, e as raízes das árvores faziam os salgueiros debruçarem-se profundamente sobre a correnteza; arrancavam as raízes dos pés de algodão e derrubavam as árvores. A água lodosa redemoinhava entre as margens e as galgava, até transbordar por fim, enchendo os campos, os pomares, os algodoais onde se erguiam ainda as hastes enegrecidas. Os campos, nas baixadas, metamorfoseavam-se em lagos amplos e cinzentos, e a chuva chicoteava-lhes a superfície. Então, a água inundou as estradas, e os carros iam devagar, cortando a água e deixando nela esteiras lodosas e borbulhantes. A terra murmurava sob o fustigar da chuva; os riachos trovejavam com suas cachoeiras agitadas.

Quando começaram as primeiras chuvas, o povo em êxodo comprimia-se nas tendas, dizendo: "Isso passa logo." E perguntando: "Quanto tempo vai durar?"

Quando se formaram os lamaçais, os homens saíram à chuva, carregando pás, e construíram pequenos diques em torno das tendas. As chicotadas da chuva castigavam a lona até penetrarem nela, formando estreitos regatos no chão. Então os pequenos diques vinham abaixo e a água entrava; e as enxurradas molhavam os colchões e os cobertores. As famílias tinham que permanecer com as roupas molhadas. Punham caixotes no chão e colocavam tábuas sobre eles. E, dia e noite, ficavam sentadas nas tábuas.

Ao lado das tendas estacionavam os calhambeques, e a água corroía os fios da ignição e os radiadores. As pequenas tendas cinzentas elevavam-se no meio de lagos. Finalmente, todos tiveram que sair. Mas os veículos recusaram-se a pegar, porque havia curtos-circuitos nos fios, e, se os motores funcionavam, um lodo profundo envolvia-lhes as rodas. E chapinhavam as pessoas, levando nos braços os cobertores molhados. Andavam, e a água saltava sob os seus passos. Carregavam as crianças nos braços e também os anciãos. E se em qualquer ponto elevado havia um galpão, enchia-se rapidamente de gente desesperada, a tremer de frio.

Algumas famílias dirigiram-se às comissões de socorro, e voltavam para junto de sua gente, abatidas.

Tem um regulamento, sabe... a gente deve morar aqui um ano pelo menos pra que possa receber auxílio. Mas o pessoal me disse que o governo vai ajudar. Só não sabem quando, mas vai...

E, gradualmente, surgia o mais profundo terror.

Não vai ter trabalho nenhum durante três meses.

As pessoas sentavam-se nos galpões, comprimidas, e o terror caía sobre elas, e seus rostos estavam cinzentos de pavor. As crianças choravam de fome, e não havia o que comer.

Então vieram as doenças, pneumonia, e sarampo, que atacava os olhos e os mastoides.

E a chuva continuava caindo sem cessar, e a água espraiava-se pelas estradas, pois os canais não eram capazes de absorvê-la.

Então grupos de homens molhados saíam das tendas e galpões superlotados, homens cujas roupas eram farrapos encharcados, cujos calçados se tinham transformado numa papa lodosa. Caminhavam na água, que saltava sob seus passos, e iam às cidades, às vendas da redondeza, às comissões de socorro, a implorar por comida, para mendigar, humilhando-se a solicitar auxílio, mentindo e tentando roubar. E entre os mendigos e os humilhados uma raiva desesperada começou a tomar forma. Nas pequenas cidades, a compaixão pelos homens encharcados transformou-se em indignação, e a indignação despertada pela gente faminta transformou-se em medo. E então os xerifes reuniam turmas de policiais e emitiam pedidos urgentes de rifles, de gases lacrimogêneos e de munição. E os homens famintos enchiam as ruas mendigando pão, mendigando verduras podres e roubando o que podiam.

Homens desvairados batiam às portas dos médicos, e os médicos estavam ocupados demais para atendê-los. Homens abatidos deixavam nas vendas das aldeias recados para o médico-legista, para que ele mandasse o rabecão. O médico-legista não estava ocupado demais para atender. O rabecão atravessava o lodo e retirava os cadáveres.

E a chuva martelando sem cessar, os rios transbordando e inundando a região.

Comprimidos nos galpões, deitados no feno úmido, o medo e a fome que sentiam engendraram a ira. Os rapazes saíam, não para mendigar, mas para roubar; e os homens saíam enraivecidos, para também tentar roubar.

Os xerifes reuniam novos policiais e pediam mais rifles; e as gentes abastadas, em suas casas sólidas, sentiam compaixão no princípio, depois desgosto e, finalmente, ódio daquele povo em êxodo...

No feno molhado, dentro de galpões desmantelados, bebês nasciam, bebês de mães que ofegavam com pneumonia. E os velhos contorciam-se nos cantos e assim morriam, de maneira que o médico-legista não podia distender seus corpos enrijecidos. À noite, os homens furiosos visitavam audaciosamente os galinheiros e carregavam os frangos cacarejantes. Quando alguém atirava neles, não apressavam o passo; continuavam chapinhando no lodo; e, se eram feridos, caíam exauridos no lodaçal.

A chuva parou. Mas a água ainda estava nos campos, refletindo o céu cinzento, e sobre a terra murmurejava a água tranquila. E os homens deixaram os galpões, saíram das tendas. Acocoravam-se e olhavam a paisagem inundada. E ficavam em silêncio. Às vezes, falavam, a voz muito baixa.

Nenhum trabalho até a primavera. Nenhum trabalho.

E sem trabalho... nenhum dinheiro, nenhuma comida.

Um sujeito tem uma parelha de cavalo; lavra com eles e cultiva a terra e ceifa com eles. E nunca teria deixado que morressem de fome quando não trabalhassem.

É que são cavalos, e nós somos homens.

As mulheres observavam os homens, observavam-nos para ver se agora, finalmente, eles ficariam alquebrados. As mulheres permaneciam sem falar, observando. Onde um grupo de homens se formava, o medo desaparecia de suas faces, a raiva tomava o lugar do medo. As mulheres suspiravam de alívio, pois sabiam que assim tudo estava bem. Eles não estavam vencidos; não iam se render enquanto o medo ainda fosse capaz de transformar-se em ira.

Minúsculos rebentos de capim brotavam à superfície da terra e, decorridos poucos dias, as colinas estavam cobertas de um tapete verde pálido. Ia começar um novo ano.

30

No acampamento dos vagões havia grandes lodaçais, e a chuva despencava com ruído sobre a lama. Gradualmente, o riacho galgava suas margens e espraiava-se no terreno plano e baixo em que se erguiam os vagões.

No segundo dia das chuvas, Al retirou a lona que servia de cortina para separar as duas metades do vagão, cobrindo com ela a frente do caminhão. Depois voltou e sentou-se no seu colchão. Agora, sem a cortina de lona, as duas famílias que habitavam o vagão formavam uma só. Os homens tomavam lugar juntos. Sentiam-se deprimidos. A mãe mantinha permanentes chamas fracas no fogão, adicionando-lhes alguns gravetos de quando em vez, a fim de economizar a lenha. A chuva tamborilava no teto quase plano do vagão de carga.

No terceiro dia, os Wainwright tornaram-se nervosos.

— Quem sabe? É melhor a gente ir embora daqui — propôs a senhora Wainwright.

A mãe procurou retê-los:

— Pra onde é que ocês querem ir? Aqui pelo menos a gente tem um teto firme.

— Não sei, mas tenho um palpite de que seria melhor a gente ir embora daqui. — Discutiram entre si, e enquanto isso a mãe observava Al.

Ruthie e Winfield, por algum tempo, distraíam-se a brincar, mas logo eles também decaíram numa inatividade desanimada; e a chuva tamborilava no teto.

No terceiro dia, era audível o tumulto do riacho através do tamborilar da chuva. O pai e tio John postaram-se à porta, a olhar o riacho que engrossava. Pelos dois lados do acampamento a água aproximava-se, mas dava uma volta, de maneira que o barranco da estrada formava os limites do acampamento atrás, e o riacho à frente. E o pai disse:

— Que é que ocê acha, John? Eu acho que, se o riacho subir mais ainda, vai acabar inundando a gente.

Tio John abriu a boca, esfregando sua barbicha rala.

— É bem possível — disse.

Rosa de Sharon estava deitada em seu colchão, com forte gripe, suas faces ardiam e os olhos brilhavam pela febre. A mãe sentou-se ao lado dela, tendo na mão uma caneca de leite quente.

— Toma — disse —, bebe isso aqui. Botei um pouco de banha de presunto, que é pra te dar força. Bebe logo.

Rosa de Sharon abanou fracamente a cabeça.

— Não tenho fome.

O pai descreveu com o dedo um arco no ar.

— Se nós tudo pegasse nas pás e construísse um pequeno dique, aposto que podia afastar a água daqui. Era só levantar desse lado e baixar daquele.

— É — concordou tio John —, pode ser. Mas não sei se o pessoal vai querer. Acho que eles quer é sair daqui.

— Mas esses vagão tão bem seco — insistiu o pai. — Lugar seco como esse não se encontra. Espera um instante. — Apanhou da pilha de lenha que estava ao pé do fogão um ramo e desceu a prancha correndo. Chapinhou no lodaçal até o riacho e cravou o ramo à margem das águas turbulentas. Um momento depois estava de volta ao vagão. — Deus! — disse. — Essa chuva entra até os ossos da gente.

Os dois homens fixaram os olhos no ramo encravado à beira do riacho. Viram como a água ondulava, subindo lentamente ao redor dele. O pai acocorou-se no vão da porta.

— Tá subindo depressa — disse. — É bom dizer aos outro pra virem ajudar a construir um dique. Se eles não quiser, que vão-se embora. — O pai lançou um olhar para o compartimento dos Wainwright. Al estava com eles, sentado perto de Aggie. Foi até lá. — A água tá subindo — disse. — Que tal a gente construir um dique? É muito fácil, se todos ajudar.

Wainwright disse:

— A gente tava falando agora mesmo sobre isso. Eu acho que devemo ir embora daqui.

O pai respondeu:

— Mas ocê conhece essa região, num conhece? Sabe que por aqui não se encontra nem um pedacinho de terra seca agora.

— Eu sei. Mas de qualquer jeito...

Al disse:

— Pai, se eles for, eu também vou.

O pai olhou-o assustado:

— Cê não pode, Al. O caminhão... nenhum de nós sabe guiar.

— Que me importa? Eu e a Aggie temo que ficar junto.

— Espere um instante — disse o pai. — Cheguem aqui. — Wainwright e Al puseram-se de pé e aproximaram-se da porta. — Tão vendo? — disse o pai, apontando com o dedo. — Basta a gente amontoar um dique dali até ali. — Olhou o ramo que tinha espetado à beira do riacho. As águas ferviam ao redor dele, subindo a margem.

— Vai ser um trabalho danado de grande e é capaz de não adiantar nada — opôs-se Wainwright.

— Que é que tem? A gente não tem nada a perder. De qualquer maneira, é melhor que não fazer nada. Lugar bom como esse pra se ficar é difícil de encontrar por aqui. Vamos falar com os outro também. Se todo mundo trabalhar, se faz a coisa num instante.

Al disse:

— Se a Aggie for embora, eu vou também.

— Escuta aqui, Al — disse o pai —, se o resto do pessoal não quiser ajudar a fazer o dique, a gente tem que ir embora daqui de qualquer maneira. Vamo falar com eles. — Desceram pela prancha, ombros encolhidos, e foram correndo, debaixo da chuva, até o próximo vagão.

A mãe estava atarefada junto ao fogão e de vez em quando punha uma acha para alimentar as chamas. Ruthie achegou-se a ela.

— Tô com fome — choramingou.

— Tá nada — disse a Mãe. — Inda agora ocê comeu um bocado de mingau.

— Mãe, eu quero mais uma caixinha daquelas bolacha. Aqui é tão ruim! A gente não pode brincar, nem nada.

— Depois ocê vai brincar de novo — disse a mãe. — Tem paciência. Depois ocê vai poder brincar bastante. Dia desse a gente arruma uma bonita casa e tudo.

— E a gente vai ter um cachorro, não vai?

— Sim, vamo ter um cachorro e também um gato.

— Um gato amarelo, né?

— Escuta, por favor, não me amola agora. Seja boazinha — suplicou a mãe. — A Rosasharn tá doente. Me deixa em paz um pouquinho. Toma juízo. Depois ocê brinca bastante. — Ruthie afastou-se resmungando.

Do colchão em que Rosa de Sharon estava deitada veio o som de um grito curto e agudo, bruscamente interrompido. A mãe voltou-se, assustada, e correu até o colchão. Rosa de Sharon estava de respiração retida e em seus olhos pairava uma expressão de terror.

— Que foi? — perguntou a mãe. A moça expeliu o ar e tornou a aspirar profundamente. A mãe, num movimento rápido, enfiou a mão sob o cobertor. Ergueu-se depois. — Senhora Wainwright! — chamou. — Ô senhora Wainwright!

A mulherzinha gorda veio correndo.

— Que é que há?

— Olha! — A mãe apontou para o rosto de Rosa de Sharon. Ela tinha os dentes cravados no lábio inferior e a fronte úmida de suor; e o terror ressurgia em seus olhos.

— Acho que vem vindo — disse a mãe. — Mas é muito cedo ainda, como é que pode?

A moça soltou um suspiro prolongado e pareceu aliviada. Seus dentes desprenderam-se do lábio. Cerrou os olhos. A senhora Wainwright voltou-se para a mãe:

— Sim — disse —, vem vindo. A senhora acha que ainda é cedo pra isso?

— É, sim. Mas pode ser que é por causa da febre.

— Bom, mas em todo o caso ela devia tá de pé. Andar um pouquinho.

— Ela não pode — disse a mãe. — Tá sem força.

— Mas devia tentar. — A senhora Wainwright mostrou-se calma e enérgica. — Já assisti uma porção de parto — disse. — Vamo, vamo fechar a porta o mais possível pra evitar as corrente de ar. — As duas mulheres fizeram correr a larga porta do vagão, deixando aberta apenas uma fresta de cerca de um palmo de largura. Vou trazer a nossa lamparina também — disse a senhora Wainwright. Tinha o rosto vermelho de excitação. — Aggie! — gritou. — Toma conta das criança.

A mãe concordou:

— É isso mesmo. Ruthie, Winfield! Vão ficar no outro lado, com Aggie. Anda depressa!

— Por quê? — veio a pergunta.

— Porque sim. Andem logo. A Rosasharn vai ter um bebê.

— Eu quero ver, mãe. Deixa eu ver, mãe, por favor.

— Ruthie! Vai, anda depressa! — Diante do tom de sua voz, qualquer argumento seria inútil. Ruthie e Winfield, relutantes, foram para o lado oposto do vagão. A mãe acendeu a lamparina. A senhora Wainwright trouxera sua lamparina Rochester, colocando-a no soalho, e a larga chama circular iluminava perfeitamente o compartimento.

Ruthie e Winfield ficaram atrás da pilha de lenha, a espiar.

— Ela vai ter um bebê, e a gente vai ver — disse Ruthie em voz baixa. — Vê se ocê não faz barulho, senão a mãe bota a gente pra fora daqui. Se ela olhar pra cá, baixa a cabeça atrás da lenha, ouviu? Assim a gente pode ver até o fim.

— Acho que poucas criança viram isso — disse Winfield.

— Nenhuma criança viu — assegurou Ruthie, cheia de orgulho. — Só nós é que vamo ver.

Ao pé do colchão, à luz brilhante da lanterna, a mãe e a senhora Wainwright conferenciavam. Falavam em um tom de voz que cobria o barulho da chuva. A senhora Wainwright tirou do bolso do avental uma faquinha de cozinha e meteu-a debaixo do colchão.

— Pode ser que não adiante — disse, desculpando-se. — A nossa gente sempre fazia assim. De qualquer maneira, mal é que não pode fazer.

A mãe fez um gesto de aquiescência.

— O nosso pessoal botava uma lâmina de arado. Qualquer coisa afiada serve pra cortar as dor do parto. Tomara que não seja um parto difícil.

— Tá melhor agora?

Rosa de Sharon fez que sim, nervosa.

— Será que é agora?

— É, sim — disse a mãe. — Ocê vai ter um bebê que vai ser uma belezinha. Precisa só é ajudar a gente um pouco. Acha que pode levantar e andar um pouquinho?

— Vou tentar.

— Ela é uma boa moça — disse a senhora Wainwright. — É uma boa moça, mesmo. Vamo te ajudar, queridinha. Vamo andar junto com ocê. — Auxiliaram-na a pôr-se de pé e ajeitaram um cobertor em seus ombros. Depois, a mãe a segurou por um braço e a senhora Wainwright pelo outro. Conduziram-na até a pilha de lenha, voltaram-se devagar e regressaram ao colchão, tornando a percorrer o mesmo trajeto. E a chuva martelava com força o teto do vagão.

Ruthie e Winfield olhavam ansiosos a cena.

— Quando é que ela vai ter o bebê? — perguntou o menino.

— Shh!, fica quieto. Se não, não deixam a gente ver.

Aggie associou-se aos dois, ocultando-se atrás da pilha de lenha. Seu rosto delgado e seus cabelos dourados brilhavam à luz das lamparinas. Seu nariz parecia muito comprido e afilado na sombra que a cabeça projetava na parede.

Ruthie cochichou:

— Cê já viu algum bebê nascer?

— Ora, se vi! — disse Aggie.

— Então diz quando é que vai ser.

— Pode demorar muito ainda, muito mesmo.

— Quanto?

— Pode ser que seja só amanhã de manhã.

— Ora bolas! — disse Ruthie — Então pra que ficar olhando desde já? Oh, olha lá!

As mulheres tinham interrompido o seu passeio. Rosa de Sharon estava com o corpo enrijecido e as dores faziam-na gemer. Deitaram-na sobre o colchão, enxugando-lhe a fronte úmida, enquanto ela gemia e cerrava os punhos. E a mãe falava-lhe com brandura.

— Calma — disse —, agora tá tudo bem. Isso mesmo, aperta as mão. E morde a boca. Assim, isso mesmo, muito bem. — A dor passou. Deixaram-na descansar um pouco. Depois tornaram a ajudá-la a levantar-se e passearam pelo vagão, para lá e para cá, entre os acessos periódicos de dor.

O pai enfiou a cabeça pela fresta da porta. Seu chapéu gotejava água.

— Por que fecharam a porta? — perguntou. E então reparou nas mulheres, andando de um lado para o outro.

— Chegou a hora dela — disse a mãe.

— Então... então nem mesmo que a gente quisesse, podia ir embora daqui?

— Não.

— Então é preciso fazer o dique?

— É, sim.

O pai voltou ao riacho, chapinhando no lodaçal. Mais dez centímetros do ramo que ele enfiara na margem do rio tinham sido tragados. Havia uma vintena de homens parados na chuva. O pai gritou:

— A gente tem que construir o dique. Minha filha tá dando à luz. — Os homens cercaram-no.

— Um bebê?

— É. A gente agora não pode ir embora daqui.

Um homem alto disse:

— O bebê não é nosso. Não temo nada com isso. Se a gente quiser, vai embora.

— Se quiser, pode ir — disse o Pai. — Ninguém tá te prendendo aqui. Ainda mais que a gente só tem oito pá. — Dirigiu-se a toda a pressa até a parte mais baixa da beira do rio e cravou sua pá no lodo. Ao retirá-la, produziu-se um som semelhante a um estalo de língua. O pai continuou a escavar, amontoando o lodo na parte mais baixa da margem. A seu lado mais quatro homens começaram a trabalhar. Empilharam o lodo em formato de barranco, o mais alto possível. Os que não tinham pá cortavam ramos de salgueiro e trançavam-nos, preparando com eles uma espécie de esteira, e meteram-na no lodo. Uma fúria de batalha apoderou-se dos homens.

Quando um parava para descansar, o outro apanhava a pá. Tinham despido seus casacos e tirado os chapéus. Camisa e calças estavam grudadas aos corpos e os sapatos se lhes tinham transformado em uma massa informe de lodo. Um grito agudo veio do vagão dos Joad. Os homens interromperam seus movimentos, escutando nervosos, e logo tornaram a mergulhar no trabalho. O barranco foi crescendo até se unir ao barranco da estrada, na outra extremidade. Os homens estavam cansados agora e as pás moviam-se mais vagarosas. O riacho, a subir lentamente, já estava inundando o lugar onde tinham começado a amontoar a terra.

O pai deu uma risada triunfal.

— Se a gente não tivesse começado a trabalhar, a água já tinha subido até nós — gritou.

O riacho foi galgando lenta, mas firmemente, as bordas do dique.

— Mais alto! — gritou o pai. — A gente tem que fazer ele mais alto!

Chegou a noite e o trabalho ainda continuava. Os homens, agora, sentiam-se exaustos. Seus rostos, de expressão petrificada, pareciam mortos. Vibravam golpes automaticamente na terra, feito máquinas. Ao chegar a escuridão, as mulheres puseram lamparinas à entrada dos vagões e prepararam o café. As mulheres, uma após a outra, foram até o vagão dos Joad, entrando pela fresta apertada da porta.

Os acessos de dor eram mais frequentes agora; vinham a intervalos de vinte minutos. Rosa de Sharon perdera por completo o domínio sobre si. As dores fortes faziam-na gritar violentamente. E as vizinhas olhavam-na, acariciavam-lhe com ternura as faces e voltavam aos seus vagões.

A mãe acendeu o fogo. Todas as suas panelas, todos os vasilhames estavam cheios de água para esquentar. De vez em quando, o pai dava uma olhada pela fresta do vagão.

— Tudo bem? — perguntava.

— Sim, acho que sim — dizia a mãe, tranquilizando-o.

Alguém trouxera uma lanterna ao anoitecer. Tio John brandia a pá sem cessar, atirando camadas de lodo sobre o barranco.

— Devagar, devagar, assim ocê se mata — disse o pai.

— Que me importa! Eu não aguento é esses grito. É como... como naquele dia...

— Eu sei — disse o pai —, mas é melhor cê esquecer isso.

Tio John falou precipitadamente:

— Eu queria era fugir daqui. Sim senhor. Se não tivesse trabalhando, ia era fugir daqui já, já.

O pai desviou o olhar.

— Vamo ver a altura da água — disse.

O homem da lanterna projetou um cone de luz sobre o ramo marcador de nível. A chuva dividia a luz em fios prateados.

— Tá subindo.

— Mas agora sobe mais devagar — disse o pai. — Vai custar a chegar até em cima.

— É, mas que tá subindo, tá mesmo.

As mulheres encheram as canecas de café e puseram-nas às portas dos vagões. E quanto mais a noite avançava, mais lentamente os homens trabalhavam, erguendo os pés pesados como animais de carga. Mais e mais lodo sobre o barranco. E a chuva caindo sem cessar. Quando a luz da lanterna os focalizava, viam-se olhos fixos e músculos salientes em seus rostos.

Por muito tempo os gritos continuaram no vagão dos Joad. Afinal, deixaram de fazer-se ouvir.

O pai disse:

— Se o bebê tivesse nascido, a mãe me chamava. — E continuou a trabalhar, aborrecido.

O riacho lançava-se contra o dique, em turbilhão. Em dado momento, ouviu-se o som de algo que rachava. A luz da lanterna mostrou uma paineira enorme que tombava ruidosamente. Os homens interromperam o trabalho para olhar. Os ramos da árvore mergulharam na água e iam sendo arrastados, enquanto o riacho continuava a escavar-lhe as raízes. Pouco a pouco, a correnteza arrancava a árvore da terra e começava a levá-la rio abaixo. Os homens olhavam a cena boquiabertos. Lentamente, a árvore movia-se. Então, um de seus ramos encontrou um obstáculo e agarrou-se firmemente nele. E, devagar, as raízes giraram e emaranharam-se no dique em construção. A água investia com fúria contra o novo obstáculo. E a árvore deslocou-se e arrebentou o dique. Um fio de água penetrou na brecha. O pai correu para lá, a fim de tapá-lo com lodo. A água exerceu toda pressão, agora, contra a árvore. De repente, o dique desabou. A água espraiou-se, lavando os tornozelos dos homens, subindo-lhes até os joelhos. Os homens fugiram, abandonando o trabalho, a correnteza inundou facilmente o terreno plano por baixo dos vagões e dos automóveis.

Tio John viu a investida da água, viu-a mesmo nas trevas da noite. Subitamente, não suportou mais o peso de seu corpo; seus joelhos cederam e as vagas da correnteza fustigaram-lhe o peito.

O pai viu-o cair.

— Que foi? — disse, ajudando-o a pôr-se de pé. — Cê tá doente? Sobe no vagão, que lá ainda tá seco.

Tio John procurou reunir forças.

— Não sei — disse, como quem se desculpa. — Não sinto as minhas perna. — Não posso mais. — O pai susteve-o, conduzindo-o ao vagão.

Quando o dique rebentou, Al voltou-lhe as costas e saiu correndo. Erguia os pés com dificuldade. A água banhava-lhe a batata das pernas quando alcançou o caminhão. Retirou a lona que cobria o radiador e pulou na cabine. Girou a ignição. O motor roncou, mas não pegou. Tornou a acionar a ignição. A bateria arriava e o motor molhado girava lentamente, mas não pegou. Cada vez esmorecia mais. Al experimentou a pré-ignição. Tomou a manivela que estava sob o assento e saltou do caminhão. A água já ultrapassava a altura do estribo. Al correu a ver a frente do veículo. O cárter já estava debaixo de água. Al ajustou furiosamente a manivela e começou a manobrá-la. A mão que empunhava a manivela espalhava a água, a cada volta que dava. Afinal, Al desistiu. O motor estava cheio de água; a bateria, encharcada. Num ponto um pouco mais alto do terreno, os motores de dois carros estavam sendo postos a funcionar. Os faróis brilhavam. Os carros arrastavam-se pelo lodaçal e as rodas afundavam cada vez mais, até que, afinal, seus condutores desligaram os motores e ficaram imóveis, olhando as luzes dos faróis. A chuva chicoteava os veículos, transformando as faixas brancas de luz em fios prateados, quase brancos. Al rodeou devagar o caminhão, meteu a mão na cabine e desligou o motor.

Quando o pai chegou à prancha do vagão dos Joad, uma parte desta já estava envolta pelas águas. O pai cravou-a com mais firmeza ao chão.

— Cê acha que é capaz de subir até a entrada, John? — perguntou.

— Sou, sim. Já passou.

O pai subiu pela prancha cautelosamente e insinuou-se pela fresta apertada da porta. A luz das lamparinas enfraquecera. A mãe estava sentada sobre o colchão, ao lado de Rosa de Sharon, abanando o rosto da moça com um pedaço de papelão. A senhora Wainwright estava colocando galhos secos no fogão, e uma fumaça úmida escapava das tampas, enchendo o vagão de um cheiro de pano queimado. A mãe ergueu os olhos quando o pai entrou, mas logo tornou a baixá-los.

— Como ela tá? — perguntou Pai.

A mãe não tornou a levantar os olhos.

— Acho que tá bem. Tá dormindo.

O ar era fétido e pesado em consequência do parto. Tio John também entrou no vagão, cambaleando, e encostou-se à parede. A senhora Wainwright deixou sua tarefa e foi para perto do pai. Puxou-o pelo cotovelo a um canto. Pegou uma lamparina e iluminou um caixote de maçãs, dentro do qual, sobre uma folha de jornal, jazia uma mumiazinha, toda enrugada e de cor azul.

— Nem chegou a respirar — disse a senhora Wainwright com brandura. — Nasceu morto.

Tio John voltou-se e arrastou-se cansado para um canto escuro do vagão. A chuva lavava suavemente, agora, o teto do vagão, tão suavemente que era possível ouvir-se, na escuridão, o arfar de tio John.

O pai olhou a senhora Wainwright. Tomou-lhe a lamparina e a colocou no chão. Ruthie e Winfield dormiam em seus colchões, cobrindo os olhos com os braços para protegê-los da luz.

O pai caminhou lentamente até o colchão de Rosa de Sharon. Tentou acocorar-se, mas suas pernas, exauridas, recusaram-se. Pôs-se, assim, de joelhos. A mãe continuava a abanar com o pedaço de papelão. Olhou o pai por um instante com olhar fixo e distante, como um sonâmbulo.

— A gente... fez o que pôde — disse o pai.

— Eu sei.

— Trabalhamo a noite toda. E no fim uma árvore tombou e arrastou o dique.

— Eu sei.

— Tá ouvindo a água ao pé do vagão, não tá?

— Sim. Tô ouvindo.

— Cê acha que ela vai ficar boa?

— Não sei.

— Mas... será... O que é que a gente podia ter feito?

Os lábios da mãe estavam apertados e brancos.

— Nada. Só se podia fazer uma única coisa... e a gente fez.

— Trabalhamo um bocado, até que caiu aquela árvore... Parece que tá chovendo menos agora. — A mãe ergueu o olhar ao teto do vagão e tornou a abaixá-lo. O pai continuou, sentindo uma imperiosa necessidade de falar: — Não sei até onde a água vai subir; é capaz de entrar no vagão.

— Eu sei.

— Cê sabe tudo.

Ela permaneceu em silêncio, e o pedaço de papelão movia-se lentamente.

— Será que a gente não esqueceu nada? Será que não tem mais nada pra se fazer? — inquiriu o pai.

A mãe lançou-lhe um olhar estranho. Seus lábios brancos ensaiaram um sorriso de sonhadora compaixão.

— Não te atormenta. Fica sossegado. Tudo vai terminar bem. As coisa tão ficando diferente... em toda parte.

— Mas se a água... se a gente tiver que sair daqui?

— A gente vai, se chegar a hora. Vamo fazer tudo que é preciso fazer. Fica quieto. Assim, ocê só vai é acordar ela.

A senhora Wainwright cortou lenha e a colocou no fogão úmido, fumegante.

Do lado de fora vinha uma voz furiosa.

— Abre a porta, que eu quero conversar direito com esse filho da puta.

Depois soou a voz de Al, à entrada do vagão:

— Que é que ocê quer?

— Quero entrar aí e dizer umas coisas a esse canalha do Joad.

— Não senhor, você não vai entrar coisa nenhuma. Que foi que houve?

— Se não fosse essa ideia besta dele de construir um dique, a gente a esta hora já podia estar longe. Agora, o nosso carro tá todo estragado.

— E que tal o nosso? Cê acha que a gente vai poder pegar a estrada?

— Não quero conversa com ocê. Eu vou é entrar.

A voz de Al soou fria:

— Pra entrar, cê antes vai ter que brigar comigo.

O pai ergueu-se lentamente e foi à porta.

— Calma, Al, já vou aí. — Desceu pela prancha escorregadia. A mãe ouviu-o dizer: — Tem gente doente lá dentro. Vamos conversar mais pra lá um pouco.

A chuva, agora, batia mais fracamente no teto do vagão, e um pé de vento a fez correr em forma de rajada. A senhora Wainwright deixou o fogão para ver Rosa de Sharon.

— A madrugada taí, senhora Joad. Por que não deita pra dormir um pouco? Eu fico sentada aqui, tomando conta.

— Não — disse a mãe —, não tô cansada.

— Um cego talvez acredite nisso — disse a senhora Wainwright. — Vamo, deita um pouquinho.

A mãe, lentamente, golpeava o ar com o pedaço de papelão.

— A senhora foi muito amiga — disse. — Muito obrigada por tudo.

A mulherzinha obesa sorriu.

— Não tem de quê. Tamo tudo no mesmo vagão. Se fosse alguém da minha família que passasse mal, a senhora também ia ajudar.

— É — disse a mãe —, é o que eu ia fazer.

— A senhora ou outro qualquer.

— Ou outro qualquer, isso mesmo. Antigamente, a família vinha em primeiro lugar. Agora não é mais assim. Quanto mais a gente passa mal, mais nós temos que fazer.

— Salvar a criança foi impossível.

— Eu sei — disse a mãe.

Ruthie soltou um suspiro profundo e retirou o braço que lhe vedava os olhos. Por um instante, mostrou-se ofuscada pela luz da lamparina. Depois virou a cabeça e encarou a mãe.

— Já nasceu? — perguntou. — O bebê já veio?

A senhora Wainwright pegou um saco e estendeu-o sobre o caixote de maçãs encostado ao canto.

— Onde tá o bebê? — tornou a perguntar Ruthie.

A mãe molhou os lábios com a língua.

— Não veio nenhum bebê. Nem ia vir. A gente se enganou.

— Puxa! — disse Ruthie bocejando. — E eu que tanto queria um bebê!

A senhora Wainwright sentou-se ao lado da mãe, tirou-lhe da mão o pedaço de papelão e continuou a tarefa de abanar o rosto da moça. A mãe cruzou as mãos no colo e seus olhos fatigados estavam pregados em Rosa de Sharon, que dormia esgotada.

— Vamo — disse a senhora Wainwright —, deita um pouquinho. A senhora pode deitar perto dela. Se acontecer qualquer coisa, a senhora acorda logo.

— Tá bem, eu vou me deitar. — A mãe estendeu-se sobre o colchão, ao lado da filha que continuava dormindo. E a senhora Wainwright sentou-se no chão, vigilante.

O pai, Al e tio John tinham tomado lugar no vão da porta, e observavam o nascer do dia, cor de aço. A chuva parara, mas as nuvens negras pairavam baixas ainda. A luz fraca era refletida pela água. Os homens viam a correnteza do riacho, muito veloz, carregando no dorso ramos negros de árvores, caixotes e tábuas. A água formava redemoinhos no terreno que os vagões ocupavam. Do dique nada mais restava. As margens do riacho estavam demarcadas com tiras de espuma amarela. O pai debruçou-se e colocou um graveto sobre a prancha, logo acima da superfície da enchente. Os três homens ficaram olhando a água subir, levantá-lo suavemente e levá-lo consigo. O pai dispôs outro graveto, cerca de três centímetros acima do nível da água, sobre a prancha, e quedou-se à espera.

— O senhor acha que vai subir até a porta do vagão? — perguntou Al.

— Não sei, não. Ainda vem muita água das montanha. Pode ser também que venha mais chuva.

Al disse:

— Andei pensando sobre isso tudo. Se a água entrar, nós tá frito. Vai ficar tudo ensopado.

— Se vai.

— Pois é, mas eu acho que não vai subir tanto dentro do vagão. Primeiro ela vai inundar a estrada, espalhando mais pra lá.

— Como é que ocê sabe disso? — perguntou o pai.

— Dei uma olhada atrás do vagão. — Fez um gesto com a mão, indicando a altura que achava que a água ia subir. — Só sobe até aqui, mais ou menos.

— Muito bem — disse o pai. — Mas o que é que tem isso? Até lá, a gente não tá mais aqui.

— Tá sim. Não dá pra sair daqui. O caminhão tá quase debaixo d'água. Pra se endireitar ele ainda vai levar uma semana, depois que baixar a enchente.

— É?... Mas então qual é a ideia que ocê tem?

— Eu pensei que a gente podia arrancar as tábua do lado do caminhão e fazer um andaime ou plataforma ou coisa assim, bem alto, pra gente botar as coisa e também ficar ali quando a água subir.

— Ah, é? E como é que a gente vai cozinhar... e comer?

— Bom, pelo menos as coisa não se molha.

A claridade aumentava pouco a pouco, uma claridade cinzenta, metálica. O segundo graveto colocado sobre a prancha já estava sendo arrastado pela enxurrada. O pai colocou um terceiro, um pouco mais alto.

— Tá subindo muito depressa — disse. — Acho melhor a gente começar a fazer logo essa tal plataforma ou coisa parecida.

A mãe, sem cessar, revolvia-se no sono. Arregalou os olhos e gritou, com voz aguda, como que numa advertência:

— Tom, ô Tom!... Tom!

A senhora Wainwright tentou acalmá-la brandamente. Os olhos da mãe tornaram a cerrar-se, mas ela ainda se revolvia incessantemente. A senhora Wainwright ergueu-se e caminhou até a porta.

— Ei — disse baixinho —, vai demorar até a gente poder sair daqui. — Apontou para o caixote de maçãs. — Isso não tem utilidade nenhuma aqui, só dá tristeza e desgosto. Algum do cês não podia levar e enterrar ele?

Os homens permaneciam em silêncio. O pai disse, afinal:

— Acho que a senhora tem razão. Isso só dá é desgosto. Mas enterrar ele é contra a lei.

— Ora, existe uma porção de coisa contra a lei e que a gente tem que fazer, quando não tem outro remédio.

— Bom, isso é verdade.

Al disse:

— A gente tem que arrancar as tábua do caminhão antes que a água suba mais ainda.

O pai disse a Tio John:

— Será que ocê podia enterrar ele? O Al e eu ia fazer o trabalho no caminhão.

Tio John respondeu com ar sombrio:

— Por que justamente *eu* é que tenho que fazer isso? Por que um do cês não faz? Eu não gosto desse serviço não, ocês bem sabe. — E, depois de uma curta pausa: — Tá bem, vô sim. É claro que vô. Me dá ele pra cá, dona. — Ergueu a voz: — É claro que vô. Me dá ele pra cá logo, dona!

— Shh... cuidado que ocê acorda o pessoal — disse a senhora Wainwright. Cobriu o caixote com o saco.

— Ali tem uma pá — apontou o pai.

Tio John pegou a pá com uma das mãos. Saiu, mergulhando os pés na água, que corria lenta, quase chegando à sua cintura antes que ele tocasse o fundo com os pés. Virou-se e alojou o caixote debaixo do braço.

À luz pálida da alvorada, tio John contornou, chapinhando, a traseira do vagão e passou ao lado do caminhão dos Joad. Galgou o barranco escorregadio da estrada e saiu caminhando ao longo do terreno do acampamento, até chegar a um lugar onde a água agitada corria bem próximo à estrada orlada de salgueiros. Botou a pá no chão e, colocando o caixote à sua frente, atravessou a moita de salgueiros e chegou à margem do riacho caudaloso. Ficou algum tempo a olhar o rodopio das águas que deixava flocos de espuma amarela presos aos troncos dos salgueiros. Agora, ele comprimia o caixote contra o peito. Debruçou-se e deixou-o cair no riacho, empurrando-o com a mão. E disse, com violência:

— Vai, vai rio abaixo e diz aquilo pra eles. Vai descendo, e para na estrada, e apodrece e diz pra eles o que aconteceu. É o único jeito de ocê dizer as coisa. Nem sei se ocê é menino ou menina, e nem quero saber. Vai descendo até a estrada. Talvez, então, eles fique sabendo. — Girou o caixote com as mãos, lentamente, na correnteza, e por fim o largou.

O caixote afundou um pouco na água, atravessou de lado e voltou-se, lentamente. O saco que o cobria se soltou; boiou por um momento e em seguida desapareceu, por trás das moitas, e por fim sumiu completamente, rápido, arrastado pela força da correnteza. Tio John apanhou a pá e regressou às pressas ao vagão. Chapinhando no lodaçal, foi até o caminhão junto ao qual Pai e Al estavam atarefados, arrancando-lhes as bordas laterais.

O pai lançou-lhe um olhar:

— Então, a coisa tá feita?

— Tá, sim.

— Bom, então escuta aqui — disse o pai. — Se ocê quisesse ajudar um pouco o Al, eu ia no armazém comprar alguma coisa pra gente comer.

— Compra toucinho, pai — disse Al. — A gente precisa comer um pouco de carne.

— Vou ver — disse o pai. Saltou do caminhão e tio John tomou seu lugar.

Quando as tábuas estavam sendo depositadas à porta do vagão, a mãe acordou e sentou-se no colchão.

— Que é que ocês tão fazendo?

— Construindo uma plataforma, que é pra proteger a gente da água.

— Pra quê? — perguntou a mãe. — Aqui dentro tá tudo bom, tudo seco.

— É, mas não vai ficar assim. A água tá subindo.

A mãe ergueu-se com dificuldade e foi até a porta.

— A gente tem que ir embora daqui.

— Não pode — disse Al. — As nossas coisa ia ficar tudo. O caminhão não anda, tá alagado. Tudo que a gente tem ia ficar aqui.

— Onde tá o pai?

— Foi comprar alguma coisa pra comer.

O olhar da mãe agora mirava a água. A distância que a separava da porta do vagão não passava de uns quinze centímetros. Ela tornou ao colchão e olhou para Rosa de Sharon. A moça fixou nela seus olhos também.

— Como se sente? — perguntou a mãe.

— Cansada, muito cansada, demais.

— Cê precisa é comer alguma coisa.

— Não tô com fome.

A senhora Wainwright aproximou-se da mãe.

— Parece que ela tá indo muito bem. Aguentou tudo como uma heroína.

Os olhos de Rosa de Sharon fixaram-se interrogadores no rosto da mãe. Esta procurou evitar a resposta. A senhora Wainwright foi para junto do fogão.

— Mãe!

— Sim?

— Será... será que tudo foi bem?

A mãe desistiu da tentativa. Ajoelhou-se junto ao colchão.

— Cê vai ter outros filhos — disse. — A gente fez tudo o que pôde.

Rosa de Sharon fez um esforço para sentar-se.

— Mãe.

— Não teve jeito...

A moça tornou a deitar-se, cobrindo os olhos com os braços. Ruthie achegou-se, rastejando, ao colchão, olhando-a atemorizada.

— Ela tá doente, mãe? Será que ela vai morrer?

— Vai o quê! Vai ficar é boa, não demora.

O pai regressou, os braços carregando uns poucos embrulhos.

— Como ela tá?

— Vai bem — disse a mãe. — Não demora tá completamente boa.

Ruthie comunicou a Winfield a notícia:

— Ela não vai morrer, a mãe disse.

E Winfield, palitando os dentes de uma maneira muito adulta, com uma lasca de madeira, respondeu:

— Ué, eu já sabia disso.

— Sabia?

— Então! — disse Winfield, cuspindo um fiapo de madeira que lhe ficara na boca. — Já te digo por que...

A mãe avivou o fogo com os restos da lenha, fritou o toucinho e preparou um molho. O pai comprara um pão no armazém. A mãe franziu a testa quando viu o pão.

— Será que a gente tem tanto dinheiro assim?

— Não — disse o pai —, mas todo mundo tá com fome.

— E por isso ocê compra pão? — disse a mãe, em tom de censura.

— Mas o pessoal tá com tanta fome! A gente trabalhou a noite toda.

A mãe suspirou.

— Bom, fazer o quê, né?

Enquanto comiam, a água continuava a subir. Al engoliu a comida e depois o pai e ele construíram a plataforma. Um metro e meio de largura por dois de comprimento e um de altura acima do piso do vagão. A água já estava no limiar da porta; pareceu hesitar um pouco, e depois foi entrando e inundando lentamente o soalho do vagão. Também a chuva recomeçou, e chovia agora como antes, martelando pesadamente o teto.

Al disse:

— Vamo suspender os colchão depressa. E também os cobertor, pra eles não ficar molhado. — Empilharam seus haveres na plataforma, e a água se espalhava no piso do vagão. O pai, a mãe, Al e tio John, cada um num canto, levantaram o colchão em que estava deitada Rosa de Sharon e depositaram-no no topo da plataforma.

E a moça protestava:

— Mas eu posso andar. Eu já tô boa. — E a água continuava a subir no piso do vagão, uma camada fina de água. Rosa de Sharon cochichou qualquer coisa ao ouvido da mãe, e a mãe meteu a mão debaixo do cobertor. Apalpou os seios da moça e fez um gesto de assentimento.

Na outra extremidade do vagão, os Wainwright também martelavam, construindo uma plataforma para o seu uso. A chuva aumentou de intensidade e cessou depois.

A mãe baixou o olhar. Uma camada de água com cerca de um centímetro cobria o piso do vagão.

— Ruthie, Winfield, subam pra cá, depressa! — gritou a mãe, com violência. — Ocês vai resfriar. — Auxiliou-os a alcançar a plataforma, onde se sentaram, acabrunhados, ao lado de Rosa de Sharon. A mãe disse, subitamente: — A gente tem que ir embora daqui!

— É, mas não dá — disse o pai. — O Al já disse. Tudo que é nosso tá aqui. Vamo é desmontar a porta do vagão e fazer mais lugar pra gente sentar.

A família comprimia-se na plataforma, silenciosa e agastada. Quinze centímetros de altura, atingia a água que cobria o piso do vagão. A enxurrada rompera o barranco e penetrara no algodoal do outro lado. Durante todo esse dia e toda essa noite, os homens dormiram completamente molhados, uns ao lado dos outros, no vagão. E a mãe estivera deitada ao lado de Rosa de Sharon. Às vezes, a mãe cochichava com ela, e outras vezes imobilizava-se, pensativa. Sob o cobertor, ela ocultou restos do pão que o pai comprara no armazém.

A chuva agora caía de intervalo a intervalo. Aguaceiros curtos, seguidos de calmaria. Na manhã do segundo dia, o pai atravessou chapinhando o acampamento e regressou com dez batatas nos bolsos. A mãe observava-o sombriamente, enquanto ele arrancava tábuas da parede interior do vagão para fazer fogo, e despejava água numa panela. Mais tarde, a família comeu com os dedos as batatas cozidas e fumegantes. E quando esta refeição também terminara, eles fixaram os olhos na água cinzenta, e era madrugada quando conseguiram dormir.

Ao chegar o alvorecer, acordaram nervosos. Rosa de Sharon falava baixinho com a mãe.

A mãe sacudiu a cabeça.

— Sim — disse —, tá na hora. — E dirigiu-se à porta do vagão, onde estavam os homens. — A gente tem que ir embora daqui! — disse com violência. — Temo que procurar um lugar mais alto. Cês venham ou não, eu levo daqui a Rosasharn e as criança.

— Mas é impossível... — disse o pai, fracamente.

— Tá bem. Me faz o favor então de carregar a Rosasharn nos braço até a estrada, e depois volta, se quiser. Agora não tá chovendo, e a gente deve aproveitar e ir embora.

— Bom, vamo então — disse o pai.

Al disse:

— Mãe, eu não vô.

— Por que não?

— Porque... Porque a Aggie e eu...

A mãe sorriu.

— É claro — disse ela —, é claro, Al. Cê fica, então. Toma conta das nossas coisa. Quando a água baixar, a gente volta. Bom, vamo depressa antes que comece a chover de novo — disse, dirigindo-se ao pai. — Vamo, Rosasharn. Vamo pra um lugar seco.

— Eu tô pronta. Posso andar sozinha.

— Na estrada, quando a gente tiver lá, talvez ocê possa andar. Bota ela nas costa, pai.

O pai entrou na água e ficou à espera. Mãe ajudou Rosasharn a descer da plataforma e deu-lhe apoio no caminhar pelo vagão. O pai pegou-a nos braços depois, erguendo-a o mais alto possível, e foi andando cuidadosamente na água funda, rodeando o vagão, até a estrada. Ali, colocou-a de pé e ficou a segurá-la. Tio John fez o mesmo, carregando Ruthie. A mãe também entrou na água e, por um instante, o seu vestido flutuou ao redor dela.

— Winfield, senta no meu ombro. Al... quando a água baixar, a gente volta. E Al… — Ela fez uma pausa. — Se o Tom vier, diz pra ele que a gente volta, ouviu? Diz também pra tomar cuidado. Winfield! Anda depressa, senta aí no meu ombro. Assim. E não mexe com os pé. — Foi se arrastando água afora, que lhe atingia os seios. No barranco, os que a aguardavam ajudaram-na a subir e a tirar Winfield de seu ombro.

Detiveram-se na estrada, com os olhos voltados à superfície da enchente, ao grupo de vagões pintados de vermelho, aos caminhões e carros envoltos pelas águas que ondulavam levemente. E a chuva começou a cair.

— Bom, temo que andar pra frente — disse a mãe. — Rosasharn, cê acha mesmo que pode andar?

— Tô meio tonta — disse a moça. — Parece que levei uma pancada na cabeça.

O pai resmungou:

— Bom, agora que nós tá aqui, quero ver pra onde vamo.

— Num sei. Vamo, dá a mão a Rosasharn. — A mãe deu o braço direito à moça para lhe servir de apoio e o pai segurou-lhe o esquerdo. — Vamo pra onde tiver seco. Não tem outro remédio. Faz dois dia que ocês anda com essa roupa molhada. — Caminharam vagarosamente pela estrada. Podiam ouvir o murmúrio das águas do riacho que corria paralelo à estrada. Ruthie e Winfield andavam lado a lado, e cada passada deles fazia a água saltar. O avanço era lento. O céu tornou-se mais negro e a chuva mais intensa. A estrada estava deserta. — A gente tem que andar depressa — disse a mãe. — Se a Rosasharn continuar molhada assim, não sei como vai ser com ela.

— Mas ocê ainda não diss'pra onde a gente vai com tanta pressa — falou o pai, sarcástico.

A estrada serpenteava junto ao riacho. Os olhos da mãe analisavam a paisagem inundada. Ao longe, à esquerda, sobre o flanco de uma colina de suave declive, erguia-se um celeiro enegrecido pela umidade.

— Olha! — disse a mãe. — Aposto que esse celeiro aí tá bem seco. Vamo ficar lá, até a chuva passar.

O pai suspirou.

— Garanto que o dono do celeiro vai enxotar a gente.

À margem da estrada, um pouco adiante, Ruthie descobriu uma mancha vermelha. Correu a ver o que era. Um gerânio magro crescia ali, no meio do mato, e dele brotava uma flor fustigada pela chuva. Ruthie colheu a flor. Arrancou-lhe cuidadosamente uma pétala e colocou-a no nariz. Winfield veio correndo ver o que era.

— Me dá uma também — disse.

— Não senhor. É minha. Fui eu que achei. — Colou outra pétala na testa, um coraçãozinho, de um vermelho brilhante.

— Anda, Ruthie, me dá uma! Me dá! — Tentou agarrar a flor que ela segurava, mas não o conseguiu e Ruthie lhe deu um tapa. Ele quedou surpreso por um segundo, e então seus lábios começaram a tremer e lágrimas saltaram de seus olhos.

Os adultos alcançaram-nos.

— Que foi? — perguntou a mãe. — Diz logo, que é que ocê andou fazendo?

— Ele quis tirar a minha flor.

Winfield soluçava.

— Eu... eu queria ela pra colar... pra colar no nariz.

— Dá pra ele, Ruthie.

— Por que é que ele não procura uma flor? Essa é minha.

— Ruthie, cê não ouviu? Anda, não me aborrece.

Ruthie percebeu a ameaça no tom da voz da mãe e mudou de tática.

— Pois não — disse, com perfeita amabilidade. — Peraí que vou colar uma no teu nariz. — Os adultos prosseguiram na marcha. Winfield ergueu o nariz para receber a pétala. Ela molhou-a primeiro com a língua e a espetou com brutalidade no nariz. — Toma, seu filho da puta — disse, baixinho. Winfield apalpou a pétala com os dedos e premiu-a com força contra o nariz. Foram correndo atrás dos mais velhos. Ruthie sentia que a coisa não tinha mais graça. — Pronto — disse — toma mais. Pode grudar tudo na cara.

Um sibilar agudo soou do lado esquerdo da estrada.

— Depressa! — gritou a mãe. — Vem chuva grossa! Vamo pela cerca, é mais rápido. Faz força, Rosasharn. — Quase arrastaram a moça pela vala da estrada, e depois os outros ajudaram-na a passar a cerca. E então desceu a tempestade. Chafurdavam no lodo, galgando a pequena elevação. O celeiro estava agora quase oculto pela cortina de chuva, que despencava assobiando, impelida pelas rajadas cada vez mais fortes. Rosa de Sharon escorregou. Deixou-se arrastar pelo pai e pela mãe.

— Pai, será que ocê pode carregar ela?

O pai debruçou-se sobre a moça e tomou-a nos braços.

— De qualquer maneira, a gente já tá tudo ensopado. Vamo ligeiro — disse. — Ruthie, Winfield, cês vão na frente.

Ofegando, eles chegaram finalmente ao celeiro. Entraram pela frente descoberta. Não havia porta desse lado. Algumas ferramentas de agricultura, enferrujadas, jaziam aqui e ali: um disco de arado, uma gadanha quebrada e uma roda de ferro. A chuva fustigava o teto e formava uma compacta cortina à entrada. O pai sentou delicadamente Rosa de Sharon sobre um caixote gorduroso.

— Grande Deus! — exclamou.

— Pode ser que tenha feno aí dentro — falou a mãe. — Olha aquela porta. — Deu um empurrão na porta, que girou nos gonzos enferrujados. — Tem, sim! — gritou. — Tem feno! Vamo, entra.

Estava escuro lá dentro. Uma luz fraca apenas penetrava pelas fendas da parede de tábuas.

— Deita, Rosasharn — disse a mãe. — Deita aí e descansa, ouviu? Vou ver se dou um jeito pra te secar a roupa.

Winfield disse:

— Mãe! — E a chuva que fustigava o teto do galpão abafou a sua voz. — Mãe!

— Que é? O que é que ocê quer?

— Olha, ali naquele canto.

A mãe olhou. Havia dois vultos recortando-se na penumbra: um homem deitado de costas e um menino, sentado ao lado dele, de olhos arregalados, fixos nos recém-chegados. Quando eles o olharam, o menino, lentamente, pôs-se de pé e acercou-se deles. Tinha uma voz rouca:

— Esse celeiro é seu? — perguntou.

— Não — disse a mãe —, a gente entrou aqui por causa da chuva, mas não é nosso. Tamo com uma moça doente aqui. Será que ocês têm algum cobertor seco pra emprestar? Ela tem que tirar o vestido molhado.

O menino regressou ao seu canto, apanhou um cobertor sujo e estendeu-o à mãe.

— Muito obrigada — disse ela. — Que é que esse moço tem?

O menino respondeu com a mesma voz rouca e monótona:

— Primeiro, ele teve doente; agora tá morrendo de fome.

— O quê?!

— É isso. Morrendo de fome. Ficou doente na colheita do algodão e faz seis dia que não come nada.

A mãe foi ao canto obscuro e debruçou-se sobre o homem. Poderia ter uns cinquenta anos. Seu rosto era barbudo e descarnado, e os olhos muito abertos fixavam o nada. O menino colocou-se ao lado da mãe.

— Ele é teu pai? — perguntou ela.

— É, sim. Ele sempre dizia que não tava com fome, ou que já tinha comido. Dava toda a comida pra mim. Agora tá fraco que não pode mais nem se mexer.

A chuva amainou outra vez e tamborilava com brandura no teto do celeiro. O homem emaciado moveu os lábios. A mãe ajoelhou-se ao lado dele e encostou o ouvido à boca do homem, cujos lábios tornaram a mover-se.

— Bom — disse a mãe. — Fica sossegado. Espera só até eu tirar as roupa molhada da minha filha.

A mãe voltou para junto de Rosa de Sharon.

— Trata de te despir, anda. — disse. Estendeu o cobertor, fazendo dele uma cortina para escondê-la dos olhos dos outros. E quando Rosasharn estava nua, a mãe enrolou-a no cobertor.

O menino estava agora novamente ao lado da mãe, explicando:

— Eu não sabia de nada. Ele sempre falava que já tinha comido ou então que não sentia fome. A noite passada, eu entrei numa casa, quebrando a vidraça da janela, e roubei um pão. Dei um pedaço pra ele comer, mas vomitou tudo e depois ficou mais fraco ainda. Devia era tomar sopa ou leite ou coisas assim. Será que a senhora tem algum dinheiro pra comprar leite?

A mãe respondeu suavemente:

— Shh, fica quietinho. A gente dá um jeito, já, já.

De repente, o menino deu um grito:

— Ele tá morrendo! Ele vai morrer de fome, tô te dizendo!

— Calma — fez a mãe. Lançou um olhar ao pai e a tio John, que estavam parados, diante do doente, sem saber o que fazer. Olhou Rosa de Sharon, envolta no cobertor. Seus olhares fugiram dela e tornaram a encontrá-los. As duas mulheres liam tudo nas respectivas almas. A moça ofegava, respirava num ritmo curto e apressado.

Ela disse:

— Sim.

A mãe sorriu.

— Eu sabia. Eu sabia que ocê ia me entender. — Olhou as mãos enlaçadas com firmeza sobre o colo.

Rosa de Sharon disse baixinho:

— Saiam ocês tudo... por favor. — A chuva fustigava fracamente o teto.

A mãe inclinou-se sobre a filha e com a palma da mão afagou as mechas revoltas que lhe caíam sobre a testa, e lhe deu um beijo na fronte.

A mãe ergueu-se rapidamente:

— Vamo, gente, vamo pra perto das ferramenta. Anda, vamo!

Ruthie quis abrir a boca para falar. "Quieta", disse a mãe, "quietinha". Empurrou-os porta afora. Por fim, pegando o menino pela mão, também saiu, fechando a porta guinchante atrás de si.

Por um minuto, Rosa de Sharon permaneceu imóvel no celeiro repleto de murmúrios. Depois ergueu-se pesadamente, enrolando-se mais no cobertor. Lentamente, dirigiu-se ao canto escuro e pôs-se a olhar o rosto sofredor do desconhecido, os olhos arregalados e cheios de temor. Então, com vagar, deitou-se ao lado dele. O homem esboçou um movimento negativo com a cabeça, um movimento fraco e muito lento. Rosa de Sharon afastou um dos lados do cobertor, deixando o seio desnudo.

— Ocê precisa — falou, aproximando-se mais dele, e puxando-lhe a cabeça para si. — Assim — disse.

Apoiou-lhe a cabeça com a mão e seus dedos lhe afagaram suavemente os cabelos. Ergueu o rosto e seu olhar percorreu o celeiro escuro. Seus lábios se curvaram num sorriso misterioso.

Este livro foi composto na tipografia Minion Pro,
em corpo 11,5/15, e impresso em
papel off-white no Sistema Cameron da
Divisão Gráfica da Distribuidora Record.